DAG VAN ONTMASKERING

D1722290

ALLAN FOLSOM

DAG VAN ONTMASKERING

2009 – De Boekerij – Amsterdam

Oorspronkelijke titel: The Hadrian Memorandum (Tom Doherty Associates)

Vertaling: Jasper Mutsaers

Omslagontwerp: HildenDesign, München

Omslagbeeld: © Artwork HildenDesign, Munich, using images from Stephanie Connell/
  Shutterstock

Zetwerk: Mat-Zet BV, Soest

ISBN 978-90-225-5287-2

Voor Karen en Riley,
en ter nagedachtenis aan
Julian Ludwig en Kris Kristy

I

Nicholas Marten wist dat ze in de gaten werden gehouden. Maar door wie en door hoeveel personen, daar had hij geen idee van. Hij keek pater Willy Dorhn, zijn wandelgenoot, alsof hij het antwoord bij hem zocht, maar de lange, broodmagere, achtenzeventig jaar oude pater van Duitse afkomst zei niets. Ze liepen verder, bukten voor overwoekerende begroeiing, staken smalle, snelstromende beekjes over en volgden een ondoordringbaar, nauwelijks zichtbaar pad dat door het regenwoud kronkelde.

Nu liep het pad omhoog en ze bleven het volgen. Het was warm, zeker zevenendertig graden, misschien wel meer. De vochtigheid maakte het nog erger. Marten veegde het zweet van zijn nek en voorhoofd en sloeg naar een wolk muggen die hem van begin af aan al achtervolgde. De kleren plakten aan zijn lijf. De stank van de planten was overweldigend, als een sterk parfum waaraan je niet kon ontkomen. De schelle kreten van de tropische vogels klonken door het bladerdak dat de zon tegenhield, veel harder en schriller dan hij zich had voorgesteld dat een natuurlijk geluid kon klinken. Toch had pater Willy, die had gevraagd of Marten hem zo wilde noemen, niets gezegd en was gewoon doorgelopen op het pad dat hij in de afgelopen vijftig jaar op het eiland zo goed had leren kennen dat het leek alsof zijn voeten alle beslissingen namen.

Uiteindelijk sprak hij. 'Ik ken u helemaal niet, meneer Marten,' zei hij zonder hem aan te kijken. Spaans was de officiële taal van Equatoriaal-Guinea, maar hij sprak Engels met Marten. 'Ik zal snel moeten besluiten of ik u kan vertrouwen. Ik hoop dat u hier begrip voor hebt.'

'Ik begrijp het,' zei Marten, en ze liepen verder. Er verstreken een paar minuten, toen hoorde hij een laag, rommelend geluid dat hij niet kon thuisbrengen. Het werd steeds een beetje sterker, het overstemde het geluid van de vogels en groeide uit tot bijna een gebulder. Toen wist hij het: watervallen! Meteen daarna kwam er een bocht in het pad en ze stonden stil voor een aantal kleine watervallen die langs hen heen raasden door een laag mist en driehonderd meter lager in het oerwoud verdwenen. Willy keek lang naar het schouwspel en wendde zich toen langzaam tot Marten.

'Mijn broer zei dat u zou komen, dat ik u kon verwachten,' zei hij boven het geraas van het water. 'Toch kent hij u niet. Hij heeft u nooit gesproken. Dus of u de man bent over wie hij heeft verteld of iemand anders die zijn plaats heeft ingenomen, kan ik onmogelijk weten.'

'Ik kan u alleen maar zeggen dat mij gevraagd is naar u toe te komen, te luisteren naar wat u te zeggen had en daarna naar huis te gaan. Ik weet niet veel meer dan dat, behalve dat u denkt dat er hier iets aan de hand is.'

De pater keek hem bedachtzaam aan, nog steeds twijfelend. 'Waar komt u vandaan?'

'Een stad in het noorden van Engeland.'

'U bent Amerikaan.'

'Was. Ik ben expat. Ik heb een Brits paspoort.'

'U bent journalist.'

'Tuinarchitect.'

'Waarom heeft hij ú dan gestuurd?'

'Een vriend van me, die uw broer via via kent, vroeg me hierheen te gaan.'

'Wat voor vriend?'

'Ook een Amerikaan.'

'Dan is hij journalist?'

'Nee, politicus.'

Willy's ogen zochten die van Marten en bleven hem aankijken. 'Wie u ook zijn mag, ik zal u wel moeten vertrouwen want ik ben bang dat ik steeds minder tijd heb. Bovendien is er niemand anders.'

'U kunt me vertrouwen,' zei Marten en keek om zich heen. Het zag eruit alsof ze helemaal alleen waren, maar toch had hij het gevoel dat ze nog steeds in de gaten werden gehouden.

'Ze zijn weg,' zei Willy zachtjes. 'De mannen van de Fangstam. Goede vrienden. Ze hebben ons een tijdje gevolgd, tot ik ze verzekerde dat alles in orde was met me. Ze zullen ervoor zorgen dat er niemand anders komt.' Hij stak zijn handen in zijn habijt en haalde er een envelop op a4-formaat uit. Hij maakte hem open en liet er een aantal gevouwen vellen uitglijden, die hij ongeopend in zijn hand hield. 'Wat weet u van Equatoriaal-Guinea?'

'Niet veel. Alleen wat ik in het vliegtuig heb gelezen. Het is een klein, erg arm land dat geleid wordt door een dictatoriale president, Francisco Tiombe. In de afgelopen tien jaar is er olie gevonden en...'

'Francisco Tiombe,' onderbrak Willy hem kwaad, 'staat aan het hoofd van een brute, meedogenloze familie die zichzelf als koninklijk beschouwt, maar dat niet is. Tiombe heeft de vorige president, zijn eigen neef, vermoord om meer macht te krijgen en de rijkdommen van oliepachten op te strijken. En rijk is-ie. Schatrijk. Hij heeft onlangs in Californië een huis gekocht van veertig miljoen dollar, en dat is er maar één van een stuk of vijf die hij over de hele wereld bezit. Het probleem is dat hij ervoor heeft gekozen deze rijkdom niet te delen met het volk dat armer dan arm blijft.' Willy ging gepassioneerder spreken.

'Ze hebben niets, meneer Marten. Het enkele baantje dat er is betaalt een paar stuivers per dag en ze verkopen het kleine beetje eten dat ze verbouwen of de vis die ze vangen. Schoon drinkwater wordt beschouwd als goud en ook als zodanig verkocht. Elektriciteit, in die paar dorpjes die erover beschikken, is er maar af en toe. Meestal is het uit. Medische voorzieningen zijn lachwekkend. Er zijn nauwelijks scholen. Er is geen uitzicht op een fatsoenlijk bestaan.' Willy keek Marten doordringend aan. 'De bevolking is boos. Er laait vaak geweld op en het wordt steeds erger. Regeringstroepen beantwoorden het met bruut, meestal gruwelijk geweld. Tot nu toe is het beperkt gebleven tot het vasteland en is er nog niets gebeurd op Bioko, maar de angst hangt overal in de lucht en de bevolking is ervan overtuigd dat het binnenkort naar hier overwaait. Tegelijkertijd is er sprake van een grote toevloed van mensen die in de olie-industrie werken. De meesten zijn afkomstig van een Amerikaans bedrijf dat AG Striker heet. Het voelt alsof er iets groots staat te gebeuren, maar niemand weet wat. Vanwege het geweld heeft Striker om zijn mensen en voorzieningen te beschermen huursoldaten ingevlogen van een klein particulier militair bedrijf, SimCo.'

Willy hield de pagina's omhoog die hij uit de envelop had gehaald en opende ze een voor een. Het waren kleurenfoto's die op computerpapier waren geprint, met een elektronische datumvermelding in de rechteronderhoek. Op de eerste stond de hoofdingang van een groot oliewingebied. Het terrein werd omsloten door een hoog hek van gaas met prikkeldraad er bovenop. Gewapende mannen in uniform stonden op wacht bij de ingang.

'Dit zijn mannen van de plaatselijke bevolking die de mazzel hadden dat ze werden aangenomen en zijn opgeleid om de omheinde groep gebouwen en huizen van de huurlingen te bewaken. Als je goed kijkt,' Willy liet een dunne wijsvinger over de foto glijden om op de achtergrond twee gespierde blanke mannen aan te wijzen met kortgeschoren haar, in strakke zwarte T-shirts, camouflagebroeken, en nauw aansluitende zonnebrillen. 'Dit zijn twee van de mannen van SimCo die hen getraind hebben. Dit is een met de computer bewerkte close-up.' Willy liet Marten het tweede vel zien.

De twee mannen waren duidelijk te zien. De eerste was groot en gespierd, met ongewoon platte oren die nauwelijks uitstaken. De tweede was dun, pezig en aanmerkelijk langer.

'Ik ben al meer dan zeventig jaar amateurfotograaf. Gedurende die tijd heb ik enthousiast gelijke tred gehouden met de nieuwste technologieën. Ik heb een digitale camera. Als er elektriciteit, is zet ik de beelden over naar de computer en maak ik afdrukken als deze. Ik heb velen uit de plaatselijke gemeenschap de beginselen van fotografie bijgebracht.'

'Dat begrijp ik niet.'

'Op een avond kwam een jongetje uit de buurt vragen of hij mijn camera mocht lenen. Dat had hij al vaker gedaan dus gaf ik hem weer mee. Toen werd ik nieuwsgierig naar wat hij aan het doen was en vroeg hem ernaar. "Grote vogel in jungle," zei hij, "komt heel vroeg bijna iedere dag naar verschillende plekken. Morgen ik weet waar hij komt." "Wat voor grote vogel?" vroeg ik. Hij zei "Kom maar mee," en ik ging met hem mee.'

Nu opende Willy het derde gevouwen vel papier. Het was een foto van een helikopter in de kleur van de jungle, zonder kenmerken, die bij het aanbreken van de dag op een open plek in het bos stond. Verscheidene mannen stonden naast de helikopter te helpen met het uitladen van kratten voor zes inlanders die, op hun beurt, de kratten in een oude open vrachtwagen laadden.

Willy liet Marten de volgende foto zien. Een close-up van twee mannen naast de helikopter.

'Dezelfde mannen die de oliebelangen bewaken,' zei Marten.

'Ja.'

Willy vouwde de volgende foto open: een vergrote close-up van de vrachtwagen met voorraden die ter inspectie geopend waren. Er was duidelijk een kist met wapens te zien, een andere kist met munitie, nog een andere met een stuk of vijftien lange buizen die eruitzagen als draagbare raketgranaatwerpers en meerdere kisten met wat er uitzag als de raketten zelf. In de rechterbovenhoek was duidelijk een derde blanke man te zien, in een zwart T-shirt en een camouflagebroek. Hij was lang, met kort haar en scherpe gelaatstrekken en was zeker tien jaar ouder dan de eerste twee.

'De vuurwapens zijn AK-47's. De lokalen zijn Fang- en Bubistamleden die betrokken zijn bij een groeiende georganiseerde opstand tegen de regering. Er zijn al meer dan zeshonderd mensen vermoord, de meesten inlanders maar ook een klein aantal van de oliemensen.'

'U bedoelt dat dezelfde mensen die zijn ingehuurd om de oliearbeiders te beschermen een opstand tegen hen aan het uitvoeren zijn?' Marten was stomverbaasd.

'Daar lijkt het wel op, ja.'

'Waarom?'

'Dat is niet aan mij, meneer Marten. Maar ik neem aan dat dat de reden is waarom u hier bent. Om dat uit te zoeken.' Willy haalde plotseling een aansteker uit zijn jas. 'Ik ben tweeëndertig jaar, vier maanden en zeven dagen geleden gestopt met roken. De aansteker geeft me nog steeds troost.' Zijn duim gleed abrupt over de bovenkant van de aansteker. Er was een klik te horen en er kwam een vlam uit. Al snel sloegen de vlammen uit de papieren foto's. Willy liet ze net zo snel op de grond vallen, keek toe hoe ze in as veranderden en keek daarna naar Marten.

'Het is tijd om terug te gaan. Ik moet de avondmis doen.' hij draaide zich met een ruk om en ging Marten voor op hetzelfde pad waarlangs ze gekomen waren.

Een minuut of twintig later kwamen ze bij het eind van het pad. Ze zagen de zandweg die ze hadden afgelopen vanuit het dorp en de torenspits van Willy's kleine houten kerk die boven de bomen uitstak. Boven hun hoofden slingerde een aap van tak naar tak. Er kwam een andere achteraan. Toen stopten ze allebei en keken omlaag naar de mannen onder hen, druk kwebbelend. Tropische vogels krijsten een antwoord en heel even leek het hele oerwoud op volle sterkte tot leven te komen. Net zo snel als het begon, stopte het weer. Even later begon het hard te regenen. Na een halve minuut werd het een stortvloed.

Toen waren ze aan het eind van het pad dat overging in de weg die nu in modder was veranderd. Willy sprak voor het eerst sinds ze bij de watervallen waren vertrokken.

'Ik vertrouwde u, meneer Marten, omdat ik wel moest. Ik kon u de foto's niet geven omdat ik niet weet wie u tegen zou kunnen komen als onze wegen zich scheiden. Ik hoop dat u een duidelijk beeld hebt van wat u hebt gezien en wat ik u heb verteld. Neem die informatie mee en vertrek zo snel als u kunt uit Bioko. Mijn broer zit in Berlijn en is zeer capabel. Ik hoop dat tegen de tijd dat u bij hem bent er geen aanleiding is om hem of uw bevriende Amerikaanse politicus hierover te vertellen. Vertel het ze toch maar. Misschien dat er iets gedaan kan worden voor het te laat is. Er wordt hier oorlog gevoerd om redenen die ik niet ken, meneer Marten. Er komt nog meer, en het zal een bloedbad en een enorme lijdensweg met zich meebrengen. Daar ben ik van overtuigd.'

'*Padre!* Padre!' De stemmen van geschrokken kinderen kwamen uit het niets. De mannen keken op en zagen twee jongens van de stam, tussen de tien en twaalf jaar oud, op hen af rennen over de modderige weg.

'Padre! Padre!' schreeuwden ze weer eenstemmig. 'Padre! Padre!' Tegelijkertijd klonk het scherpe geratel van machinegeweren uit de richting van het dorp achter hen.

'God bewaar me,' zei Willy hard en hij rende zo snel als zijn oude lichaam het toeliet naar de kinderen. Het volgende ogenblik kwam een open vrachtwagen vol zwaarbewapende troepen de bocht om. Er kwam een tweede vrachtwagen achteraan. Marten begon achter Willy aan te rennen. De pater moet dat gevoeld hebben want hij draaide zich plotseling om en keek hem met grote, angstige ogen aan.

'Nee!' schreeuwde hij. 'Ga terug! Vertel ze wat u gezien hebt! Rennen! De jungle in! Ren voor uw leven!'

2

Marten twijfelde, draaide zich toen om en rende, zich als een gek haastend door de tropische stortbui terug het pad op waar hij en Willy nog maar net vandaan gekomen waren. Even later ging hij ervanaf en dook in het kreupelhout om achter zich te kunnen kijken.

Hij werd misselijk van wat hij zag. De eerste legertruck hield stil toen pater Willy bij de jongens was. Er sprongen meteen soldaten van af. Terwijl ze dat deden, ging Willy voor de jongens staan in een poging ze te beschermen. Dit werd beantwoord door een klap met een geweerkolf tegen zijn hoofd. De jongens schreeuwden toen hij viel en probeerden de soldaten van zich af te houden. De eerste jongen werd met twee geweerkolven tegelijk in zijn gezicht geslagen. Twee andere sloegen de tweede; de een in zijn gezicht, de ander op zijn achterhoofd toen hij viel. De bewegingsloze gestalten werden alle drie opgeraapt en op hun buik in de laadruimte van de vrachtwagen gegooid. Tegelijkertijd reed de andere legertruck langs de eerste en scheurde hard in de richting van waar Marten en pater Willy uit elkaar waren gegaan en stond daar stil. Er sprongen ogenblikkelijk een stuk of twintig soldaten uit die hard het pad op renden, de kant op waar waar Marten zich had verstopt.

'Shit!' zei hij binnensmonds, en baande zich een weg uit zijn schuilplaats en rende verder het pad op, het oerwoud in, met hoogstens driehonderd meter voorsprong. Hij realiseerde zich al snel dat hij sporen achterliet in de modder. Hij keek eerst naar links en daarna naar rechts, zocht een plek uit en dook van het pad het kreupelhout in. De apen en tropische vogels schrokken van zijn onverwachte beweging en begonnen te krijsen in de bomen boven hem.

Hij rende verder. Tien meter, vijftien, twintig. Ineens stond hij stil. Vóór hem was niets dan ondoordringbaar regenwoud, zo dik als een tapijt. Hij kon nergens anders heen dan terug naar waar hij vandaan was gekomen. Hij had nog maar de helft van de afstand naar het hoofdpad afgelegd toen hij hen aan hoorde komen. Ze liepen hard en zeiden iets in het Spaans. Het kwam hem vreemd voor, zwarte Afrikaanse troepen die Spaans spraken.

Ze hielden abrupt op met praten en het geluid van hun bewegingen ebde weg. De apen en de vogels hielden zich ook stil. Net als Marten. Op de regen na was het stil in het oerwoud. Hij hield zijn adem in. Ze waren vlakbij en stonden te luisteren. Hij ging langzaam achteruit, zijn ogen gefocust op het gebladerte voor hem, zijn voeten tastend over de doorweekte grond. Toen hoorde hij iemand schreeuwen en op de plek waar hij van het pad afgegaan was, kwamen mannen aangerend. Ze hadden zijn spoor gevonden.

Marten draaide zich vliegensvlug om en snelde door de wirwar van begroeiing voor hem. Het regende nog net niet hard genoeg om het geschreeuw van zijn achtervolgers te overstemmen. Hij klom over een verrotte boomstam, sloeg een gordijn van laaghangende bladeren uiteen en glipte erdoorheen. Het gebons van zijn hart overstemde alles. Hij wist dat hij geen schijn van kans had. Als ze hem te pakken kregen was hij er geweest.

De regen en de modder maakten het bijna onmogelijk om vooruit te komen. Hij gleed uit, viel half, herstelde zich en keek om. Daar kwamen ze. Hij kon de voorsten duidelijk zien. Ze waren met z'n drieën. Op hooguit vijftien meter achter hem. Grote, sterke, zwarte mannen in camouflagepakken. Vlijmscherpe machetes die het dikke gebladerte voor hen doorkliefden. Een van hen zag hem en ze keken elkaar aan.

'Daar is-ie!' schreeuwde hij in het Spaans en ze kwamen in een nog hoger tempo op hem af.

Die ogen – moordzuchtig en uitermate genadeloos – en de vastberadenheid waarmee ze keken, waren het meest angstwekkende dat Marten ooit had gezien. Op dat moment besefte hij dat als ze hem te pakken zouden krijgen, hij niet gewoon vermoord zou worden, maar ter plekke afgeslacht.

Hij rende verder; het oerwoud als een dicht web om hem heen, alsof het zich bij de vijand had aangesloten. Achter hem klonk steeds meer geroep. Ze haalden hem in en snel ook.

'Mijn god,' zei hij binnensmonds. 'Mijn god!'

Zijn longen stonden in brand, zijn benen konden niet meer. Hij wilde net omkijken toen plotseling de grond onder zijn voeten verdween. In een oogwenk stortte hij van een steile wal naar beneden. Bomen, varens, ranken, allerlei soorten gebladerte vlogen voorbij. Hij probeerde zich schrap te zetten met zijn hakken, om enigzins grip te krijgen zodat hij langzamer zou gaan. Tegelijkertijd graaide hij om zich heen, wanhopig op zoek naar iets om vast te grijpen om zijn val te breken. Er was niets, de door de regen doorweekte bodem was zo glad dat het net zo goed ijs had kunnen zijn. Hij ging sneller en sneller.

Plotseling sloeg zijn arm om een rank en die trok hij stevig naar zich toe. Hij kwam met een schok tot stilstand, zijn gezicht naar de lucht gericht. Hij klampte zich heel even vast terwijl de tropische regen over hem heen spoelde. Toen ademde hij diep uit en keek omlaag. Zijn benen hingen boven het niets. Hij was bijna over de rand gegleden en naar wat er zich ook onder hem mocht bevinden gevallen. Hij zag in een flits de watervallen die hij nog geen uur geleden met pater Willy had gezien. Hij herinnerde zich dat hij naar beneden had gekeken en ze driehonderd meter lager had zien verdwijnen. Als hij daar nu was, was hij een paar centimeter van zijn dood verwijderd.

Plotseling ging zijn borst omhoog en stootte hij een dierlijke klank uit, half uit pure angst en half om te ontladen. Ergens ver boven hem hoorde hij de stemmen van de soldaten. Ze klonken ruw, rauw en dringend. Hij had geen idee hoever hij gevallen was en of ze op een of andere manier konden omlopen om vanaf de zijkant bij hem te komen, of dat ze touwen hadden en gewoon naar hem konden afdalen.

Hij keek naar links en zag nog een rank. Daarachter nog een. Als hij met behulp ervan de klif, het heuveltje of wat het dan ook zijn mocht kon oversteken, kreeg hij aan de andere kant misschien vaste grond onder zijn voeten. Als dat zo was, kon hij het oerwoud weer in gaan en zich verstoppen tot het donker werd. Dat zou binnen twee uur gebeuren schatte hij.

Hij haalde diep adem en hield de rank stevig vast. Na nog een keer ademhalen zwierde hij in de richting van de rank er vlak achter. Hij bereikte hem, klampte zich eraan vast en probeerde zorgvuldig hoe sterk hij was. Tevreden liet hij de eerste rank los. Hij herhaalde de procedure en daarna nog een keer. Hij kon nu zijn einddoel zien: de rand van het ravijn waarin hij gevallen was. Het ging harder regenen. Hij had geen idee of de soldaten nog boven stonden. Hij haalde nog een keer diep adem en zwierde weer bijna naar de andere kant, tot hij door zijn eigen gewicht werd teruggeslingerd. Hij keek of de rank hem hield en zwierde nog een keer. Hij kwam dichterbij, maar niet dicht genoeg. Nog een zwaai en hij had hem bijna te pakken; zijn vingers streken langs het struikgewas aan de rand voor hij weer terugzwierde. 'Rustig,' mompelde hij en zwierde weer. Deze keer kwam hij een stukje verder. De struiken waren binnen handbereik. Hij reikte ernaar, greep de dichtstbijzijnde plant en – plotseling was er een misselijkmakende schok, toen de rank uit de bovenliggende grond werd getrokken. Heel even maar hing hij in het luchtledige, toen kwam er een regen van stenen en modder omlaag, en viel hij achterover in het niets.

Hij hoorde zichzelf schreeuwen terwijl hij viel. Hij dacht even dat hij water zag, een snelstromende rivier die de jungle ver onder hem doorsneed. Hij bleef vallen en vallen. Toen raakte hij iets hards en werd alles zwart.

3

Er gingen seconden, minuten of dagen voorbij voor Marten zijn ogen opendeed en omhoog keek. Hij leefde nog, dacht hij, en hij was nat en hij bewoog. De nachtelijke hemel boven hem, het kleine beetje dat hij ervan kon zien door het dikke bladerdak, was helder en stond vol met sterren. Toen realiseerde hij zich dat hij in een rivier lag en stroomafwaarts werd meegevoerd.

Op dat moment herinnerde hij zich pater Willy, de foto's en de soldaten; zijn wilde ontsnapping door het oerwoud, de rank die was losgeschoten en zijn angstaanjagende val. Datgene waar hij zo hard op gevallen was dat hij bewusteloos was geraakt, was de rivier. Water, dat zo teer is als je het drinkt of je erin baadt, is als beton als je er van een grote afstand op terechtkomt. En nu was het halsstarrig, nu hij probeerde er doorheen te navigeren. Om van de ene naar de andere kant te zwemmen, eruit te komen om te inventariseren of hij echt nog leefde of na zijn dood in een droom terecht was gekomen en de plek waarnaar hij op weg was het hiernamaals was.

Donderdag 3 juni, 12.12 uur

Marten keek op de verlichte wijzerplaat van zijn horloge. Hij had op een of andere manier de oever van de rivier bereikt en kroop er in het donker uit. Hij wist niet hoeveel afstand hij had afgelegd. Zijn enige aanknopingspunt was het geluid van stromend water in de buurt. Een tijd lang deed hij niet veel meer dan ademhalen. Toen bewoog hij behoedzaam eerst zijn linker- en daarna zijn rechterarm. Daarna een voor een zijn benen. Iedere beweging deed pijn, maar hij dacht niet dat hij iets had gebroken. Nu inventariseerde hij de rest. Er zat een lange schaafwond op zijn rechterbeen, van zijn knie tot zijn enkel. Zijn linkerelleboog en onderarm waren ook geschaafd, net als zijn voorhoofd bij zijn haargrens. Zijn kleren, zijn lichtgewicht tropenshirt en -broek, waren gescheurd maar nog te gebruiken; het tasje met daarin zijn paspoort en portefeuille hing nog om zijn nek. Zijn wandelschoenen, hoewel doorweekt, zaten nog aan zijn voeten.

Hij ging rechtop zitten en luisterde, zich afvragend of de soldaten hem hadden kunnen volgen. Of dat ze nu ergens in het donker op hem afkwamen door de dikke begroeiing van het oerwoud dat langs de oever van de rivier liep. Hij hoorde slechts het verre gekwetter van een nachtvogel. Hij keek weer tussen de bomen door omhoog. Net als eerst zag hij een sterrenhemel. Toen kwam het besef dat hij geen idee had waar hij was of welke kant de rivier op stroomde: noord, oost, zuid of west.

Hij wist dat Bioko een eiland was in de golf van Equatoriaal-Guinea. Dit betekende dat in welke rivier hij ook was meegevoerd zij uiteindelijk naar een andere, grotere zou voeren die ook weer in een andere zou uitkomen en ten slotte in zee. Als hij hem kon volgen en de kust zou kunnen bereiken, zou hij misschien een dorpje vinden dat beschikte over een boot die hem naar de hoofdstad Malabo in het noorden kon brengen en naar het Malabohotel, waar zijn spullen lagen en waar hij kon uitzoeken hoe het met pater Willy ging. En daarna zo snel mogelijk terugvliegen naar Europa.

Marten ging staan en liep een meter of twintig terug naar het water. Afgaand op de richting waarin het water stroomde, liep hij weg in het donker en volgde de oever van de rivier in de richting van waar hij hoopte dat de zee lag.

4

SimCo hoofdkwartier, Malabo, Bioko, hoofdstad van Equatoriaal-Guinea, 12.23 uur

De altijd punctuele Conor White zat in het kleine verduisterde kantoor voor in de grote camper, die zowel zijn tijdelijke hoofdkwartier als zijn woonvertrek was, dat zich achterin bevond. Zijn computer stond aan en hij zat te wachten tot het vijf voor half een was en zijn contactpersoon in Virginia het beveiligde mailtje kon binnenhalen dat hij op het punt stond te verzenden.

White trommelde ongeduldig met zijn vingers. Eerder die avond was de stroom uitgevallen door de storm die over het eiland had geraasd. Die was in het zuiden aan land gekomen, had zich weer teruggetrokken, om enkele uren later op het noorden in te beuken. Het noodaggregaat van SimCo was onmiddellijk aangesprongen. Toen er weer stroom was, was de generator weer uitgegaan. Dit was niets nieuws voor Conor White, directeur en eigenaar van SimCo, een particulier beveiligingsbedrijf met vierhonderd gewapende mannen in Equatoriaal-Guinea en nog eens zeventig in Irak. Met zijn vijfenveertig jaar was de krachtig gebouwde, een meter vijfennegentig lange White, met zijn gebeeldhouwde lichaam en opgeschoren haar, het toonbeeld van een moderne, professionele huursoldaat. Als voormalig kolonel van de commando's in het Britse leger had hij acht jaar geleden in Nederland zijn eerste particuliere beveiligingsbedrijf opgericht: Argosy International, een militair beveiligingsbedrijf dat leverde wat hij 'operationele steun aan de gevestigde orde en bedrijven wereldwijd' noemde. Argosy was uitgegroeid tot een bedrijf met duizend werknemers en vestigingen in vijf verschillende landen.

Toen, iets minder dan een jaar geleden, had hij op aandringen van Josiah Wirth, directeur en voorzitter van de raad van bestuur van de in Texas gevestigde AG Striker Oil & Energy Company, en Loyal Truex, oud-commando en oprichter en baas van de Hadrian Worldwide Protective Services Company, ineens zijn belang in Argosy verkocht en in het Engelse Bristol, SimCo opgericht. Een kleiner, veel breder inzetbaar militair beveiligingsbedrijf waarin de nadruk lag op het 'verschaffen van beveiligingsdiensten aan grote bedrijven die zakendoen in 's werelds onderontwikkelde gebieden'. Nog geen maand later had SimCo een langlopend contract getekend met Striker om dezelfde diensten te verlenen aan AG Striker in Equatoriaal-Guinea. Tien dagen daarna tekende Conor White een apart contract voor SimCo om operationale steun te bieden aan Hadrian, dat al geruime tijd werkzaam was voor Striker in Irak, en voor het Amerikaanse ministerie van Defensie werkte.

Conor White zat te wachten tot hij Loyal Truex zijn dringende en noodzakelijk beveiligde nachtelijke mailtje kon sturen. Iemand anders zou misschien nerveus zijn over het verslag dat hij moest uitbrengen, maar hij niet. Wat hem betrof zat hij midden in een oorlog, en oorlog was niet alleen dodelijk, maar ook problematisch en tegenwoordig ook in hoge mate onvoorspelbaar. Bovendien was hij nog steeds een zeer goed getrainde beroepssoldaat. Hij handelde dienovereenkomstig.

Hij toetste een hekje in op het toetsenbord. Er verscheen onmiddellijk een bericht op zijn scherm waarin: UW LOKALE CENTRALE IS GEACTI-VEERD. VOER UW WACHTWOORD IN.

Whites vingers gingen naar het toetsenbord om de code in te toetsen. Meteen verscheen VERGRENDEL FUNCTIE in beeld. Dit hield in dat de lijn tussen Conor White, SimCo/Malabo, Equatoriaal-Guinea en Loyal Truex, Hadrian/Manassas, Virginia, beveiligd was.

Hij typte onmiddellijk het volgende: 'We hebben mogelijk een probleem. Er zijn foto's van onze jongens die wapens voor de rebellen staan uit te laden.' Na twee seconden antwoordde Truex: 'Foto's?'

CONOR WHITE: Ja. Superscherp. Geen twijfel mogelijk wie onze jongens zijn als iemand dat zou willen uitzoeken. Ik ben betrokken bij de andere manoeuvres. Ik heb zelf een paar foto's gezien, computerprints. Ze zijn vorige week genomen. Op alle foto's staat een datum.

LOYAL TRUEX: Zijn de foto's verspreid?

CW: Voor zover we weten niet. De afdrukken die ik heb gezien zijn door een inlander die ze wilde verkopen bezorgd bij onze jongens op locatie.

LT: Wie heeft ze gemaakt?

CW: Een oude Duitse pater op Bioko. Het leger heeft hem opgepakt, hij ligt in coma. Zijn printer is gevonden en vernietigd. Zijn digitale camera ook. De enige camera die hij bezat. Geen foto's of extra afdrukken gevonden. De geheugenkaart was nieuw. De oude met de foto's erop is zoek.

LT: En als hij de foto's gemaild heeft?

CW: In het zuiden van Bioko, waar hij woonde, hebben ze geen internetverbinding. Om de foto's te versturen had hij gebruik moeten maken van regeringsfaciliteiten van Equatoriaal-Guinea of die van Striker of SimCo in Malabo, de enige plekken met IT-aansluitingen. Dat heeft hij niet gedaan.

LT: Heeft hij iets doorgestuurd met de camera van zijn mobiele telefoon?

CW: Het enige mobieltje dat hij had was een oud ding. Zat geen camera op. Het mobiele netwerk in het zuiden van Bioko is sowieso slecht.

LT: Hij kan de prints gefaxt hebben.

CW: De fax in zijn kantoor was kapot. Er zijn er nog twee in het dorp. Van beide is gecontroleerd wanneer ze voor het laatst zijn gebruikt. De ene al een half jaar niet, de andere drie maanden. Allebei vernietigd. Eigenaars zijn inmiddels overleden. Er wordt nog naar andere apparaten in omliggende dorpjes gezocht. Bovendien hebben we de gegevens van het lokale telefoonbedrijf ingezien. Tot op heden zijn er behalve naar het vasteland van Equatoriaal-Guinea geen foto's mobiel verzonden de afgelopen zes weken. De nummers van de inlanders die voor ons werken worden nu stuk voor stuk gecontroleerd. Ik heb het gevoel dat er niets is verzonden, het gebied is nog te primitief.

LT: En de gewone post? Hij kan ze opgestuurd hebben.

CW: De posterijen in het zuiden zijn op z'n zachtst gezegd ongeregeld. Zendingen zouden via het centrale postkantoor in Malabo moeten zijn verstuurd. Alleen aangetekende post kan getraceerd worden. Hij heeft niets aangetekend verzonden. Als hij al iets verzonden heeft, dan was het met de gewone post, en die is niet te traceren.

LT: BELANGRIJK: Zorg dat je ieder fotografisch bewijs vindt en vernietigt. Op papier, elektronisch enzovoort MAAR VOORAL: Zoek de originele geheugenkaart, neem hem mee en vernietig hem. Zoek en vernietig alle lokale computers en printers die kopieën op de harde schijf zouden kunnen hebben. EN VERDER: Zoek iedereen die de foto's gezien kan hebben en ga na wie ze zijn. Onderzoek wat ze weten en met wie ze gesproken zouden kunnen hebben en reken met ze af. Als hier iets van uitlekt, komt Equatoriaal-Guinea meteen onder de loep te liggen en Irak ook. DOE WAT JE MOET DOEN EN DOE HET SNEL. KAN ME NIET SCHELEN WAT HET KOST. WIS JE SPOREN UIT. Dit moet binnenskamers blijven.

CW: Komt voor elkaar. Zoals ik al schreef, is alles in gang gezet.

LT: Hou me op de hoogte.

Loyal Truex logde uit en liet Conor White peinzend achter in de verduisterde cabine van zijn SimCo-camper.

'Goed,' zei hij uiteindelijk, met zijn duidelijk chique Britse kostschoolaccent.

Hij kende Loyal Truex al sinds de eerste golfoorlog, toen Britse en Amerikaanse commando's tot ver achter de vijandelijke linies waren doorgedrongen om gegevens te verzamelen over Russische scudraketlanceerinstallaties. Ze hadden drie nachten op elkaar gepakt in een kleine grot doorgebracht op spuugafstand van een afvaardiging van Saddam Hoesseins garde. De kleinste fout of het gebrek aan discipline van een van beiden zou hun het leven hebben gekost. Sinds Hadrians inval in Irak net na het begin van de tweede golfoorlog had hij zowel met als voor Truex gewerkt, en meer dan eens in het veld. Als gevolg daarvan respecteerde hij niet alleen de leiderskwaliteiten en logica van Truex, hij begreep ook de orders die hij zojuist had ontvangen volledig. Zoek iedereen die de foto's gezien kan hebben en reken met hen af. Doe wat je moet doen. Kan me niet schelen wat het kost. Wis je sporen uit. Vertaald betekende dit: spoor iedereen op die de foto's gekregen zou kunnen hebben, confronteer ze hiermee, gebruik indien nodig geweld, breek hun weerstand, neem de foto's mee en maak ze desnoods af.

Conor White zette de computer uit. Het was een omvangrijke, moeilijke rotklus. Maar het was te doen. 'Goed,' zei hij nog een keer, en hij stond op en liep naar zijn slaapkamer.

5

Nog steeds donderdag 3 juni

Zonsopgang.

Nicholas Marten ontwaakte uit een diepe slaap toen er iets kleins over zijn gezicht liep. In een reflex greep hij ernaar en veegde het weg, wat het ook mocht zijn. Hij viel net weer in slaap toen hij iets soortgelijks over zijn kruin voelde lopen. Hij sloeg het weg en was plotseling helemaal wakker. Hij keek omlaag. Er krioelden honderden rood met grijze krabbetjes over hem heen. Op zijn armen, benen, bovenlichaam, overal. Het uitschreeuwend sprong hij op, slaand naar alles wat op zijn lijf bewoog. Hij liep vlug achteruit en zag de krabben alle kanten op rennen. Daarbij raakte hij iets van een muur. Toen hij zich vliegensvlug omdraaide zag hij alleen maar stevige houten stokken die uit de zanderige modder staken tot een halve meter boven zijn hoofd. Hij dacht heel even dat hij in een primitieve gevangenis zat, met houten tralies. Toen voelde hij het water tegen zijn voeten komen en zich even later weer terugtrekken. Hij keek meteen om zich heen in de verwachting de grijnzende gezichten van zijn overweldigers te zien. In plaats daarvan zag hij meer houten tralies, en nog meer op andere plekken. Toen snapte hij het. De tralies waren boomwortels. Hij bevond zich in een zanderig moeras dat stikte van de mangrovebomen. Het water dat tegen zijn voeten kwam en weer wegging was de opkomende vloed. De krabben waren gewoon op zoek geweest naar hogergelegen grond om aan het stijgende water te ontsnappen en hij was hun meest beschikbare route geweest.

Waar hij nu was, was net zo'n groot raadsel als waar de rivier hem midden in de nacht had afgeleverd. Hoe hij in het donker van de rivier in deze kluwen van mangroves terecht was gekomen – lopend, kruipend, zwemmend – hij had geen idee. Wat hij wel wist, was dat de rivier zoet water had gehad en hier was het water zout. Dit hield in dat hij, zeker met het opkomende water, ergens in de buurt van de zee was.

Hij liep uit zijn gevangenisachtige omgeving, om in meer van hetzelfde terecht te komen. Mangroves, wist hij, groeiden op plekken waar weinig of geen andere bomen konden overleven, in gebieden die overstroomden met zout water. Het waren juist die hoge wortels die het zout niet toelieten. Maar terwijl de wortels de plant beschermden tegen het zout, vormden ze nu een probleem, omdat Marten er aan alle kanten door omgeven was. Als hij de verkeerde kant op zou gaan, zou hij dieper het moeras inlopen en er misschien nooit meer uitkomen. Aan de andere kant kwam de vloed opzetten en hij kon aan de kroon van de wortels zien tot waar het water zou komen. Hij zou al snel alleen nog maar de bomen in kunnen, net als de duizenden krabben, slangen en alles wat er nog meer aan het stijgende water wilde ontkomen.

Hij keek weer naar de golfslag van het opkomende getij, hoe het vanaf de linkerkant over zijn voeten liep en dan weer in de richting van de zee ging. De vloed kwam opzetten vanaf zee en ging dezelfde kant op terug. Als hij daarnaartoe wilde, zou hij die kant op moeten. Hij had geen idee hoe ver het was en hoe lang hij erover zou doen.

Bruusk draaide hij zich om en volgde de getijdenstroom. Op zijn hurken, bukkend, draaiend, soms kruipend worstelde hij zich door modder, krabben en mangroven. Tien minuten, een kwartier, nog een kwartier. In die tijd steeg het water van zijn enkels tot net onder zijn knieën. In het ochtendlicht zag hij alleen maar mangroven en de krabben die in de wortels waren geklommen om aan het water te ontkomen. Ze leken overal te zitten waar hij iets wilde vastpakken om meer houvast te hebben tijdens het lopen.

Toen botste er iets hards tegen hem aan. Hij stopte om zich om te draaien en zag een groot stuk drijfhout, een stuk van een dode boom. Net als de rest was het bedekt met krabben. Hij duwde het net weg toen hij verstijfde van afgrijzen. Verstrikt in de wortels zaten de lichamen van een inheemse vrouw en drie jonge kinderen, de oudste hooguit vijf jaar oud. Bij alle vier was de keel doorgesneden en de krabben renden hongerig hun wonden in en uit en namen van hun menselijke buit mee wat ze konden.

Een golf duwde het blok nog een keer tegen Marten aan. Hij gaf het snel een zet en ging verder. De vrouw was dood, de kinderen waren dood en hij kon niets voor hen doen behalve voor hen bidden en zich afvragen of ze bij pater Willy in het dorp hadden gewoond en of hij ze gekend had. Jezus, dacht hij, wat doen die mensen elkaar aan? En maken de huurlingen van SimCo het alleen maar erger?

Stukje bij beetje werd de lucht lichter, waardoor het baldakijn van mangroven nog dikker leek dan eerst. Het was nu al warm en de lucht was een lijkwade van vocht. De muggen begonnen te zwermen en Marten sloeg ze weg tijdens het lopen. Hij had honger en dorst en werd steeds ongeruster. Voor hetzelfde geld was hij nog maar aan het begin van het moeras. Het kon nog wel kilometers doorlopen voor het de zee bereikte. Hij begon zich af te vragen of het niet stom was om te proberen het over te steken. Hoe lang zou het duren voor zijn voeten het begaven of hij niet verder zou durven en dezelfde weg terug zou gaan? Of drijf-zand zou tegenkomen, dat overal kon zijn, dat wist hij. Hij stond stil en draaide zich om. Op zijn schreden terugkeren zou net zo gevaarlijk zijn als verder lopen. Zelfs als hij het zou halen tot de rivier, zou hij een ande-re uitweg moeten zien te vinden. Als de soldaten hem dan al niet gevon-den hadden tenminste. Nee, het beste wat hij kon doen was op zijn in-stinct vertrouwen en verder gaan en de opkomende vloed volgen.

Tien minuten later kwam de eerste strook zon door de bomen boven hem. Nog tien minuten later scheen hij recht in zijn gezicht. Toen wist Marten dat hij pal naar het oosten keek. Dit betekende dat hij in de rich-ting van Bioko's oostkust ging. Een half uur later stopte hij en hield zijn hand boven zijn ogen. Toen hij dat deed, stokte zijn adem. Door de bo-men zag hij de oceaan met zijn golfjes die op het strand sloegen onder een wolkeloze lucht.

'Jezus! Ja! Ja!' Hij slaakte een kreet van blijdschap en opluchting.

Nat, tot op zijn botten vermoeid, hongerig, gehavend, vol sneeën en uitgedroogd; wat hij ook gedaan had, hoe hij het ook gedaan had, hoe ver hij ook gekomen was: hij was zijn oneindige mangrovegevangenis over-gestoken en was uit het moeras gekomen. Tot op dat moment had hij in zijn hele leven nog nooit zoiets wonderbaarlijks gezien als het zandstrand en de rollende golven voor hem.

Hij ging een tijdje alleen maar zitten uitrusten. Uiteindelijk stond hij op en keek naar links, naar het noorden. Een paar honderd meter verderop zag hij in het zand de verroeste romp van wat ooit een kustvrachtschip moest zijn geweest. De voorsteven en een stuk boeg, verbonden door een restje van het middenstuk, was alles wat er nog van over was. Erachter lagen kilometers strand. Nergens een teken van menselijk leven. Geen dorpje, geen visser, geen voor anker liggende boten. Niets of niemand die hem water en eten kon verschaffen of hem kon helpen in Malabo te komen, op het noordelijkste puntje van Bioko. Het enige wat er gebeurd scheen te zijn, was dat hij het oneindige web van mangroven had ingeruild voor kilometers desolaat, onbewoond strand. Zijn lot veranderde er nauwelijks door. Blijf de ene voet voor de andere zetten en loop verder.

Hij keek op zijn horloge.

7.48 uur

Een blik op de wolkeloze hemel, een keer flink ademhalen en daar ging hij.

6

'Kijk!' Riep de vierentwintigjarige Luis Santiago in het Spaans. Hij keek door het hoge gras naar de zee. Zijn metgezellen Gilberto, Rosa en Ernesto haastten zich naar hem toe.

'Marita!' riep Rosa over haar schouder naar de leidster van de groep, een jonge Spaanse arts die samen met twee geüniformeerde inlandse gidsen gebogen over de motorkap van een van de twee oude, met modderspatten bedekte Toyota Land Cruisers op een landkaart stond te kijken.

'Wat is er?' riep ze terug in het Spaans.

'Er is een man op het strand!'

Marita keek achterom.

'Daar,' wees Luis naar het zand.

Marita Lozano hield haar hand boven haar ogen. Aanvankelijk zag ze hem niet, maar toen opeens wel: een man alleen, wankelend over het strand bij de kustlijn. Ze stonden zelf op een meter of vijftig van het water, langs de kant van een modderige weg met geulen. Door het hoge gras waren ze waarschijnlijk onzichtbaar voor de man. Hij liep langzaam en stopte regelmatig om om zich heen te kijken, alsof hij zijn positie probeerde te bepalen. Dan liep hij weer verder, onzeker, uit balans. Uiteindelijk struikelde hij, viel en bleef liggen.

'Vlug!' schreeuwde Marita. 'Vlug! Vlug!'

Het groepje haastte zich naar hem toe.

Nicholas Marten zat half in een droom. Hij dacht dat hij het gezicht zag van een mooie vrouw die op hem neerkeek. Ze werd afgewisseld door een jonge man met een veldfles die hem rechtop probeerde te houden om hem water te geven. Daarna zag hij twee gespierde, erg vriendelijke mannen in een of ander uniform die hem op de been wilden houden. Toen verdween dit beeld langzaam en was hij in Engeland, waar hij 's middags in een huurauto arriveerde op een statig landgoed – Fifield, in de buurt van Oxford. In de blauwe lucht dreven donzige wolken, de omliggende bomen en het uitgestrekte gazon van Fifield hadden de heldere kleur groen van de vroege zomer.

Al snel was hij voorbij een slagorde van mannen in donkere pakken met zonnebrillen op en nog even later schudde hij lachend de hand van een elegante man met zilvergrijs haar die hij liefkozend 'neef Jack' noemde en omhelsde. Dezelfde man die hem met dezelfde affectie 'neef Harold' noemde. Dezelfde man die wist wat maar weinig anderen wisten, namelijk dat hij ooit, nog niet zo heel lang geleden, rechercheur was geweest bij de afdeling Moordzaken van de politie van Los Angeles en John Barron heette, en dat hij lid was geweest van een elitaire eenheid die uiteengevallen was vanwege een uit de hand gelopen toestand van moord en doodslag. Geconfronteerd met de dreiging van dodelijke represailles van duistere machten binnen het korps van Los Angeles had hij zijn naam veranderd in Nicholas Marten en was samen met zijn zus gevlucht naar een nieuw leven in Europa. Zijn zus werkte tegenwoordig als kindermeisje bij een rijke familie in Zwitserland; hij had tuinarchitectuur gestudeerd op de universiteit van Manchester in het noorden van Engeland en was nu in dezelfde stad tuinarchitect en fulltime in dienst bij het gerenommeerde Fitzsimmons and Justice.

Marten en 'neef Jack' zaten alleen in de orangerie van het landhuis en kregen een lunch geserveerd van Schotse zalm, Ierse aardappelen, Franse boontjes, Italiaanse witte wijn en Spaans mineraalwater. Zo werd de culinaire goodwill over een aantal landen verspreid.

Zelfs in zijn droom lachte Marten. 'Neef Jack' was geen gewone neef, of überhaupt familie. Hij was een man met wie hij zo close was als je met een ander mens kon zijn; een man die zijn leven had gered en wiens leven hij had gered tijdens een gruwelijke reis van bijna een week in Spanje, een kleine anderhalf jaar geleden. Het was ook de man die hij eigenlijk niet had verwacht terug te zien. 'Neef Jack' was John Henry Harris, president van de Verenigde Staten.

Eerder diezelfde ochtend was Marten uit zijn huis in Manchester vertrokken en had een vlucht naar Londen genomen, om vervolgens met een huurauto naar het platteland te rijden. President Harris was in Engeland voor een bespreking met de Engelse premier, maar had tijd vrijgemaakt om vertrouwelijk met zijn goede vriend te kunnen praten. De ontmoeting was niet zomaar, wist Marten. Hun Spaanse avontuur, eerst in Barcelona en later in het klooster van Montserrat, was op z'n zachtst gezegd levensgevaarlijk geweest en daarom had het verzoek van 'neef Jack' om hem op Fifield te ontmoeten hem een onbehaaglijk gevoel gegeven.

'Wil je weten waar het over gaat?' vroeg de president toen er beleefdheden waren uitgewisseld en herinneringen opgehaald.

'Ja.' Marten glimlachte behoedzaam. 'Ik wil weten waar dit over gaat.'

'Je hebt vast wel van de Duitse schrijver Theo Haas gehoord.'

'De Nobelprijswinnaar? Uiteraard. Ik heb zijn boeken gelezen en óver hem gelezen. Hij is een briljante, weerspannige onruststoker van tachtig.'

'Klopt,' zei de president glimlachend. 'Daarnaast was hij drie dagen geleden in Washington waar hij een van zijn grootste fans heeft ontmoet, afgevaardigde Joe Ryder uit New York. Ryder is voorzitter van het belangrijkste onderzoeksorgaan van het Huis van Afgevaardigden in de Verenigde Staten.'

'Dat weet ik.' Marten glimlachte ook. 'In Manchester werkt internet hetzelfde als overal ter wereld. Ik volg het nationale nieuws. Ik ben mijn afkomst niet vergeten.'

'Dan zul je ook wel weten dat Ryder gespitst is op de miljarden dollars die we uitgeven in Irak. Hij is in het bijzonder geïnteresseerd in de kostenoverschrijdingen van een in Texas gevestigde oliebeheers- en onderzoeksmaatschappij die AG Striker heet, en een onderaannemer van Striker, een particulier beveiligingsbedrijf, Hadrian genaamd. Ze hebben allebei langlopende contracten met Buitenlandse Zaken en hebben honderden miljoenen belastingdollars gekregen voor hun diensten, veelal in vage, onbevestigde onderlinge factureringen. Het is de taak van Ryder om opheldering te krijgen over die uitgaven, maar dat lukt niet, omdat de overeenkomsten vertrouwelijk zijn.'

'Maar niet voor jou.'

'Als ik dat zou willen niet, nee.' De president legde zijn vork neer en nam een slok mineraalwater. 'Het volk verwacht dat hun president op de hoogte is, maar ik moet ervoor waken me niet in een wespennest te begeven als daar geen gegronde reden voor is.'

Marten keek hem aan. 'Waar doel je op?'

'Tijdens zijn ontmoeting met afgevaardigde Ryder suggereerde Theo Haas dat er iets gebeurt tussen AG Striker en Hadrian dat losstaat van de situatie in Irak. Hij doelde op activiteiten van Striker in Equatoriaal-Guinea.' President Harris stak zijn hand in zijn zak en haalde er een opgevouwen vel papier uit.

'Joe Ryder gaf me dit.' Hij gaf het aan Marten. 'Het is een kopie van een brief die Haas heeft gekregen van zijn broer, pater Willy Dorhn, een Duitse priester die op Bioko woont, dat deel uitmaakt van Equatoriaal-Guinea. In de brief beschrijft pater Willy de veranderingen die hij het land de afgelopen maanden heeft zien doormaken. Hij verwijst vooral naar een snel escalerende en gewelddadige burgeropstand op het vasteland en de wrede reactie hierop van het regime dat aan de macht is. Hij vreest dat het binnenkort overslaat naar Bioko. Tegelijkertijd komen er steeds meer mensen van Striker Oil op het eiland aan en is er een particulier Brits militair beveiligingsbedrijf ingevlogen, SimCo, om hen te beschermen. Lees zelf maar.'

Marten keek hem onderzoekend aan, nam een slok water en bekeek de brief. Het was een herhaling van wat de president hem zojuist had verteld

Marten vouwde het papier dicht en keek op. 'Wat heeft dit met mij te maken?'

'Nadat Haas de brief van zijn broer had ontvangen heeft hij wat zaken uitgezocht en ontdekt dat SimCo pas ruim een jaar bestaat. In die tijd hebben ze twee langlopende contracten afgesloten, één voor beveiligingswerk voor Striker in Equatoriaal-Guinea en een ander om hetzelfde te doen voor Hadrian in Irak.'

'Je suggereert dus dat er een soort van overeenkomst is tussen Striker en Hadrian waarbij SimCo betrokken is in zowel Irak als Equatoriaal-Guinea?'

De president knikte. 'Dat dacht Haas tenminste. Hij verontschuldigde zich tegenover Ryder omdat hij dacht als een romanschrijver en zei hem dat hij zich terdege bewust was van het belang van Ryder in de situatie Striker/Hadrian in Irak. "Is het misschien mogelijk dat de Amerikaanse belastingbetaler zonder het te weten de rekening betaalt van wat er in Equatoriaal-Guinea gebeurt?" vroeg hij.'

'Je bedoelt dat SimCo een dekmantel is voor Hadrian in Equatoriaal-Guinea?'

'Misschien.'

'Dat is niet illegaal.'

'Behalve als het gebeurt zoals Haas het voorspiegelt en de belastingbetaler het zonder het te weten financiert, wanneer het afkomstig is van het contract van Buitenlandse Zaken met Striker/Hadrian in Irak.'

'Striker is een zeer succesvolle oliemaatschappij die kennelijk al genoeg problemen heeft in Irak. Waarom zouden ze zoiets doen en zichzelf nog meer in de kijker zetten?'

'Ik weet niet wat ze hebben gedaan. Maar ik zou het graag willen weten.' De president nam een hap van de zalm, spoelde hem weg met mineraalwater en wendde zich tot Marten. 'Misschien is er wel niets aan de hand. Is alles volkomen legaal. Aan de andere kant gebeurt er in Equatoriaal-Guinea dat gepaard gaat met een hoop bloedvergieten, en als Striker en Hadrian er met ons belastinggeld een slaatje uit willen slaan, dan moeten we daar achter zien te komen. Op dit moment is het niet genoeg om de CIA of zo in te schakelen. Als we dat zouden doen, zouden we ons in de kaart laten kijken door Striker en Hadrian, omdat die goede vrienden hebben bij de CIA en in het Pentagon. Daar komt nog bij dat een inlichtingenonderzoek, zelfs op beperkte schaal, heel gemakkelijk kan uitlekken naar de media en dan moeten we dat weer zien op te lossen.'

Marten keek de president aan. 'Ik hoop niet dat je denkt wat ik denk dat je denkt.'

'Joe Ryders voorstel is dat we er zelf een "onafhankelijke partij" heen sturen, die onopvallend gaat kijken wat er allemaal gebeurt. Iemand die weet wat hij doet en openhartig met pater Dorhn kan praten en verslag kan uitbrengen van wat hij denkt dat er aan de hand is, áls er al iets aan de hand is.'

Marten stak in protest zijn handen op. 'Meneer de president, ik ben vereerd door dit voorstel, maar ik heb zeer veeleisende klanten die in mijn nek lopen te hijgen.'

'Pater Dorhn zit al vijftig jaar in Equatoriaal-Guinea.' De president negeerde zijn tegenwerping en prikte een stuk keurig gesneden Ierse aardappel aan zijn vork. 'Als er iemand is die weet wat daar speelt, dan is hij het wel en aan zijn brief te zien lijkt hij behoorlijk wat te weten.'

'Of,' zei Marten terwijl hij zijn stoel naar achteren schoof, 'Theo Haas is gewoon bezorgd om hem en wil dat iemand daar iets aan doet. Misschien denkt hij inderdaad zoals hij zegt als een romanschrijver en probeert hij een verhaal te maken dat er niet is. Hij heeft zijn reputatie als scherpe geest niet voor niks.'

President Harris grinnikte. 'Mijn gevoel zegt dat je gelijk hebt. Waarschijnlijk komt het erop neer dat je een week betaald vakantie viert op een paradijselijk eiland.'

Marten legde zijn vork neer en keek de president aan. 'Kom op, neef van me, daar kun je heus wel iemand anders voor krijgen.'

'Die zo competent en betrouwbaar is als jij?'

'Er zijn honderden, zo niet duizenden mensen zo competent en betrouwbaar als ik. Waarschijnlijk zelfs competenter en betrouwbaarder.'

De president keek op en zijn ogen zochten die van Marten. 'Misschien wel, mijn waarde vriend, maar ík ken ze niet.'

7

Bioko, 12 uur 20

Marten voelde scherp zonlicht over zijn gezicht glijden. Even later reed de Toyota over een hobbel en vloog zijn lijf omhoog tot het ergens door werd belemmerd en werd gedwongen terug te vallen. Hij werd met een ruk wakker en zag, nog helemaal duf van een uitputtende slaap, dat de sneeën en schrammen op zijn rechterarm en -been waren verbonden. Er volgde meteen weer een schok en hij was helder genoeg om te beseffen dat hij in een rijdend voertuig zat. Geschrokken keek hij op en zag de misschien wel mooiste vrouw die hij ooit had gezien naar hem kijken. Ze had halflang, donker haar dat achter haar oren was gestopt, een klein wipneusje en oogverblindend groene ogen en was tenger, sexy en ondeugend op een volkomen natuurlijke manier.

'Deze weg zit vol met kuilen,' zei ze in het Engels, met een accent. 'Je hebt geslapen, je was behoorlijk moe.'

Marten probeerde zijn aanhoudende dufheid van zich af te schudden en keek om zich heen. Ze zaten op de achterbank van een gedeukte, met modderspatten bedekte Toyota Land Cruiser die hard over een zandweg vol geulen reed. Twee jonge zwarte mannen in uniform zaten voorin, de een reed, de ander zat ernaast. Marten keek achterom. Een tweede Land Cruiser volgde op korte afstand. Die was ook vies en met modder bedekt. Aan zijn rechterkant zag hij moerasgebied, met vlekken helder zonlicht die door een bewolkte hemel braken. Links waren steile heuvels die in een dikke laaghangende mistdeken verdwenen.

'Ik ben Marita Lozano.' De jonge vrouw glimlachte. 'Ik ben arts. Mijn reisgenoten in de andere auto zijn studenten geneeskunde. We zijn uit Madrid naar Bioko gekomen om aidsvoorlichting te geven aan de bevolking in het zuiden van het eiland. Zoals je waarschijnlijk wel weet, is er een burgeroorlog uitgebroken. Het leger heeft ons bevolen onmiddellijk naar Malabo terug te keren.'

'Het leger?' Marten was opeens gealarmeerd.

'Ze hebben onze auto's net aangehouden en zeiden dat we hen moesten volgen.'

Marten keek langs de geüniformeerde mannen voorin door de vieze, met modder besmeurde voorruit en zag een Humvee van het Equatoriaal-Guinese leger die een meter of dertig voor hen modder en grind deed opspatten. Er zaten soldaten in. Op het dak stond een soldaat die een machinegeweer bemande.

Marten keek weer naar Marita. 'Hebben ze me gezien?'

'Ja.' Ze knikte. 'Ze schenen te denken dat je bij ons hoorde en dat heb ik zo gelaten. Ik heb gezegd dat je moe was en sliep.'

'Hebben ze geen identificatie gevraagd?'

'Alleen aan mij. Onze gidsen hebben verteld wie we zijn en wat we hier doen.' Ze glimlachte en hij zag weer hoe ondeugend ze was. 'Ik wist dat je betrokken was bij de gevechten in het zuiden en dat je aan de soldaten bent ontsnapt, dus ik nam vanzelfsprekend aan dat je niet door hen ondervraagd wilde worden.'

'Hoe weet je dat allemaal?' vroeg Marten verbaasd. Instinctief keek hij naar de gidsen en toen weer naar Marita.

'Dat heb je ons verteld. Aan mij en mijn collega's en ook aan de gidsen. We zagen je op het strand lopen. Je struikelde, viel en stond niet meer op. Toen we bij je kwamen, was je behoorlijk uitgeput en ernstig uitgedroogd. Ook een beetje gedesoriënteerd en bang, toen je de gidsen zag in hun uniform. Je kon natuurlijk niet weten wie we waren.'

Marten bekeek haar aandachtig. 'Wat heb ik jullie precies verteld?'

'Dat je Nicholas Marten heet en een Engelse tuinarchitect bent die op Bioko is om inlandse flora te bestuderen. Je zei dat je een priester hebt ontmoet die je heeft meegenomen de jungle in om je wat planten te wijzen die je zocht. Jullie waren op weg terug naar zijn dorp toen daar gevechten uitbraken; er kwamen legertrucks aan, de priester zei dat je moest vluchten en dat heb je gedaan.'

Marten keek haar vol ongeloof aan.

'Je kunt je niet herinneren dat je ons dit hebt verteld, hè?' vroeg ze zachtjes.

'Nee.'

'Of het waar is of niet gaat me niets aan.' Nu was er niets zachtaardigs in haar gedrag, laat staan iets ondeugends.

'Het is waar. Precies zoals ik het heb verteld.'

'Goed dat het waar is, want je zult het moeten herhalen als we in Malabo aankomen.'

'Hoe bedoel je, herhalen?'

'Het leger gaat je bij aankomst ondervragen. Dat zeiden ze. Daarom hebben ze ons bevolen hen te volgen.'

'Met "ons" bedoel je ook mij?'

'Ja.'

Ondervraagd worden door het leger was het laatste waar Marten op zat te wachten. Hij had geen idee hoeveel ze wisten van zijn banden met pater Willy, en of ze al die tijd al van de foto's hadden afgeweten en hem in de val wilden laten lopen, samen met iedereen die hij de foto's zou hebben kunnen laten zien of erover hebben verteld. Ze waren wreed en voerden oorlog, ze zouden dus alles doen om zo veel mogelijk informatie te verkrijgen over wat er aan de hand was en wie er betrokken was bij het bewapenen van de rebellen. Pater Willy woonde al lang bij de inlanders en dat maakte hem erg verdacht in alles wat leek op het ondersteunen van de opstand. De soldaten hadden hem met Marten gezien en Marten was omgedraaid en gevlucht toen ze achter hem aankwamen. Dat op zich was al genoeg om iedere verhoorsessie lang en waarschijnlijk akelig te maken, zelfs fataal.

Hij keek naar Marita. 'Waarom zou ik het jullie onnodig lastig maken? Zeg maar tegen de chauffeur dat hij even stopt als we in een bocht rijden en me laat uitstappen. Dat zien ze niet gebeuren en op die manier hebben jullie geen last van me. Dan hoeven jullie ook geen vragen over mij te beantwoorden als ze er achterkomen dat ik nooit bij jullie groep heb gehoord.'

'Ze weten met hoeveel man we zijn. Als er eentje minder is zouden we dat moeten uitleggen en willen ze weten waarom en dat zou voor iedereen alleen maar méér problemen opleveren. Zelfs al zouden we stoppen en je zou uitstappen, waar zou je dan heengaan? Het regenwoud in? Hoe lang denk je daar te willen blijven? We zitten op een eiland en zoals je al weet zijn ze hier niet erg gastvrij. Wat je privéomstandigheden ook zijn, het lijkt me het beste als je ze zo snel mogelijk regelt.'

'Vind je dat,' zei Marten toonloos.

'Dat vind ik, ja.'

Marten keek weg. Hij wist dat ze gelijk had en dat hij maar het beste degene die hem ondervroeg onder ogen kon komen en hopen dat hij zich eruit kon bluffen. Het was geen optie om de president te bellen op het rechtstreekse, vierentwintig uur per dag bereikbare nummer dat Harris hem had gegeven of om iemand anders te bellen. Hij was niet in de Verenigde Staten of Europa. Het verzoek iemand te mogen bellen zou weggelachen worden, of, en dat was waarschijnlijker, worden beloond met een pak slaag. Of erger. Hij keek haar weer aan. 'Oké. Ik volg je advies op.'

'In dat geval,' zei Marita grinnikend waardoor ze haar ondeugendheid weer terugkreeg, 'moet je me je verhaal nog een keer vertellen alsjeblieft, precies hetzelfde als je eerst deed. Dan hebben we het allemaal juist in ons hoofd voordat we de soldaten onder ogen komen.'

Marten moest lachen om haar lef. Een mooie, jonge arts die midden in een straatarm gebied in het oerwoud op een of andere barmhartige of educatieve missie was, of allebei, en die snapte hoe de zelfkant van de samenleving in elkaar zat, daarmee leerde omgaan en er nog om kon lachen ook terwijl ze besloot hoe ze ermee moest omgaan. Zulke mensen kwam je niet vaak tegen.

12.42 uur

8

Malabo, hoofdstad van Equatoriaal-Guinea, 16.18 uur

Conor White stond in zijn eentje onder het gewelf van een openbaar gebouw te schuilen voor een lichte regen en naar het eind van de straat te kijken. Zo nu en dan liep er iemand voorbij; voornamelijk lokale vrouwen en kinderen, hun mannen waren kennelijk elders. De blanken – Amerikanen, Europeanen en Zuid-Afrikanen, voornamelijk mensen die in de olie-industrie werkten of ermee te maken hadden – waren nergens te bekennen. Ze waren óf nog aan het werk óf hadden zich al verzameld in de bar van het Malabo Hotel, waar de meesten hun vrije tijd doorbrachten. Voor hen was noch Malabo, noch het eiland Bioko, het oude Spaanse Fernando Po of zelfs Rio Muni of het vasteland van Equatoriaal-Guinea aan de overkant van de Baai van Biafra, een plek voor een beschaafd mens. Als je niet in de olie werkzaam was of er op een of andere manier een slaatje uit wilde slaan, had je hier niets te zoeken.

4.22 uur

White trok een zakdoek uit zijn zak. Hij haalde hem door zijn nek en veegde er daarna zijn voorhoofd mee af. Het was vijfendertig graden en vochtig als altijd toen hij tien minuten eerder uit de airco van zijn camper/kantoor/slaapkamer stapte.

De buurt was een mengelmoes van oude koloniale gebouwen in verschillende stadia van verval. De meeste hadden een vervallen overdekte galerij, luiken die aan flarden of anderszins kapot waren en voordeuren die eruitzagen alsof ze door een kistenmaker gerepareerd waren. Ze hadden allemaal schuine, golfplaten daken, de meerderheid bijna doorgeroest. De gebouwen zelf, opgetrokken uit wit beton en een of twee verdiepingen hoog, waren, zo dacht hij, waarschijnlijk gebouwd in de jaren dertig of veertig. Ongetwijfeld ooit elegant en goed onderhouden hadden ze naar alle waarschijnlijkheid zo gestaan tot 1968, toen Equatoriaal-Guinea onafhankelijk werd na honderdnegentig jaar Spaanse overheersing en er een reeks wrede dictators kwam, die het land onderdompelden in ongekende rijkdom voor enkelen en bittere armoe voor de rest. De gebouwen werden nu door de laatsten bewoond en waren niet alleen erg vervallen, maar in de loop der tijd in een combinatie van kleuren geschilderd die nergens op sloeg. Eentje was verschoten geel met een net zo verschoten roze balkon, een ander een somber wit met één lichtblauwe galerij, een ander modderkleurig oranje en weer een ander helderroze, maar met met zalmkleurige luiken aan de ene kant en felgroene aan de andere.

Conor White had vaker de wereld rondgereisd dan hij zich kon herinneren en nergens had hij iets gezien wat in de buurt kwam van deze vreugdeloze atmosfeer van roest, verval en om zich heen grijpende armoede dan Malabo of in ieder geval het gedeelte waar hij nu was.

16.30 uur

Weer keek hij naar het eind van de straat.

Nog steeds niks.

Ze hadden er om vijf voor half moeten zijn. Waar bleven ze? Waarom waren ze vertraagd? Hij kon ze makkelijk via de radio oproepen. Hij hoefde maar in zijn jas te graaien en hem aan te zetten. Tegen de SimCo-vervoerscoördinator zeggen wat hij wilde en binnen een halve minuut zou hij hun locatiecoördinaten hebben en een nieuwe, zo goed als exacte aankomsttijd. Maar dat deed hij niet. Het had geen zin om zijn ongeduld te laten blijken, zelfs niet aan zijn vervoerscoördinator.

16.33 uur

Drie meter verderop liep een haan op de stoep, kraaiend rond een dode palmboom, waarna hij brutaal en pronkerig naar de overkant beende, over het gebarsten asfalt, onder een verzameling verweerde laaghangende kabels door, die vervaarlijk bungelden tussen metalen telefoonpalen.

16.34 uur

White keek weer naar het eind van de straat. Er kwam een oude man de hoek om gefietst in zijn richting. De straat achter hem was leeg. Zijn geduld was op. Hij zocht naar zijn radio. Toen…

Daar waren ze, ze kwamen de hoek om, zijn kant op: een modderige Equatoriaal-Guinese leger-Humvee met een machinegeweer op het dak, op de voet gevolgd door twee met modder bedekte Toyota Land Cruisers en een tweede Humvee, die zich als volgauto bij hen aangesloten moest hebben toen ze de stad binnenreden. White deed een stap terug onder de galerij, uit het zicht, toen ze voorbijreden. Even later hield de karavaan halt onder de luifel van een vervallen huis met één verdieping aan de overkant van de straat. Gewapende soldaten sprongen uit de legervoertuigen en trokken de portieren van de Land Cruisers open. In een oogwenk werden de inzittenden van de auto's het gebouw in geleid. In totaal acht man. Vier van hen waren Spaanse studenten geneeskunde van wie hij de gegevens had. Namen, paspoortnummers en huisadressen in Madrid. Twee anderen waren geüniformeerde lokale gidsen. De zevende was een jonge vrouwelijke arts, ook uit Madrid, over wier persoonlijke gegevens hij ook beschikte. De laatste was degene die hij het liefst wilde zien en de reden waarom hij hierheen was gekomen en had staan wachten. Hij had tot dusverre helemaal geen informatie over hem. Wat hij zag was alles wat hij wist. Een ruige, aantrekkelijke blanke man van midden dertig, ongeveer een meter tachtig lang, slank, met donker haar. Het was de man die de soldaten met pater Dorhn hadden gezien, dezelfde man die hun ontvlucht was, het regenwoud in. Hij was de enige echt interessante van de aanwezigen. Iemand die best wel eens iets zou kunnen weten van de foto's die de priester had genomen en de vermiste geheugenkaart die erbij hoorde.

White had hem in levenden lijve willen zien om een indruk van hem te krijgen voor de legerverhoorders het overnamen. Als het leger niet de informatie loskreeg die hij wilde hebben, zou hij iets moeten verzinnen om het zelf te doen. Hij wist uit ervaring dat het, indien mogelijk, goed was een beeld te krijgen van je prooi voordat hij enig benul had van jouw bestaan, zeker als je niets van hem wist. Het gaf je een voorsprong, gelegenheid om te kijken hoe hij zich gedroeg, hoe zijn houding was, hoe hij lichamelijk en geestelijk in elkaar zat voor het geval je hem moest overmeesteren. Het was niet veel, maar meer dan wat de ander had.

9

Het was ondraaglijk warm in het vertrek.

Het uniform van de soldaat had geen naamplaatje, slechts gouden trossen op zijn epauletten. Marten kon er niet meer van maken dan dat hij majoor was in het leger van de Republiek Equatoriaal-Guinea. Hij was groot en sterk, langer dan een meter tachtig en woog wel honderdvijftien kilo. Een afschrikwekkend, bij zijn stam horend litteken bedekte bijna de hele linkerhelft van zijn gezicht, en hij had een vergelijkbaar litteken op zijn rechteronderarm. Het geheel gaf hem eerder het uiterlijk van een struikrover dan van een legerofficier. Toch haalde niets het bij zijn ogen. Die waren donkerbruin en bloeddoorlopen, net als die van de soldaat die in het regenwoud achter hem aan had gezeten. Zijn oren waren moordlustig en totaal gewetenloos de poorten naar de ziel van de eigenaar. Marten zou er de rest van zijn leven bang voor blijven.

'Spreek in de microfoon,' commandeerde de majoor met een zware stem en sterk accent. Er glinsterde zweet op zijn voorhoofd. Hij hield de microfoon van een ouderwetse cassetterecorder op een paar centimeter afstand van Martens gezicht. 'Zeg uw naam, beroep en woonplaats. Beschrijf daarna wat er gisteren is gebeurd toen u in het zuiden van Bioko was.'

Marten zat op een stoel met rechte rug in het midden van een schaars verlichte kamer. Zijn haar was drijfnat van het zweet, dat langs zijn nek en gezicht omlaag liep, zijn overhemd in. Links van hem stonden twee stevig gebouwde geüniformeerde officieren kaarsrecht te zwijgen. Achter hen bewaakten twee andere mannen in uniform de deur. De mannen bij de deur waren duidelijk geen officieren maar gewone soldaten, jong, alert en gretig. Hun ogen boorden zich in Marten. Ze leken bijna hongerig, alsof ze hoopten dat hij iets zou doen waardoor ze konden toeslaan.

Ze droegen allemaal hetzelfde junglegroene camouflage-uniform vol zweetvlekken, hun broekspijpen bollend over zwarte kistjes. Op hun hoofd een donkerrode baret met een heldergeel met zwart insigne op de voorkant genaaid. De majoor en de twee officieren droegen handwapens, terwijl de mannen bij de deur lichte machinegeweren vasthielden.

Het vertrek zelf was groot. Op de vloer lag gescheurd linoleum. Een oude houten tafel met allemaal oude verroeste ijzeren stoelen eromheen, stond net voorbij de deur. De muren waren gestuukt en lang geleden bleekgroen geschilderd en zaten vol waterplekken. Het kleine beetje licht dat er was kwam van drie peertjes die aan rafelige elektriciteitskabels hingen, en van het middaglicht dat via kapotte luiken door het enige raam naar binnen scheen. Een eenzame ventilator aan het plafond draaide langzaam boven Martens hoofd en beroerde de verstikkende lucht nauwelijks.

Naast dat alles viel Marten een jonge bok op, die aan een poot van de houten tafel was vastgeknoopt en tevreden van een stapel oude kranten stond te eten. Of het nou een huisdier was, de mascotte van het regiment of dat hij er met een compleet andere reden was, wist Marten niet, maar zijn aanwezigheid kwam vreemd over, zelfs op een beangstigende plek als deze.

'In de microfoon praten,' commandeerde de majoor opnieuw, en deze keer klonk er ongeduld door in zijn stem. 'Zeg uw naam, beroep en woonplaats. Beschrijf daarna wat er gisteren is gebeurd toen u in het zuiden van Bioko was.'

Marten aarzelde en begon toen te praten. Hij wist dat hij het beste maar gewoon kon meewerken. Gewoon doen wat ze hem vroegen. 'Ik heet Nicholas Marten,' zei hij, en vertelde hun geduldig wat hij vlak daarvoor ook al had verteld toen hij net in het vertrek was gezet, ze zijn foto hadden genomen en hem hadden gefouilleerd. Toen hadden ze zijn nog vochtige paspoort, portefeuille en het nektasje waar die in zaten ingenomen. Meteen daarna eiste de majoor dat hij zijn naam zei, zijn beroep en waar hij vandaan kwam. 'Ik ben tuinarchitect. Ik woon in Manchester, in het noorden van Engeland.'

Voorzichtig ging hij verder en herhaalde het verhaal dat hij Marita onderweg had verteld. Het was een beschrijving die hij, dacht hij nu, snel en onbewust in elkaar gezet moest hebben toen de soldaten hem in het regenwoud achternazaten en hij zeker had geweten dat ze hem te pakken zouden krijgen. Een simpele maar gedetailleerde verklaring van wie hij was en waarom hij op Bioko was.

'Ik ben hier voor vijf dagen naartoe gekomen om equatoriale flora te bestuderen die een klant misschien in de tropische kas op zijn landgoed wil zetten. U kunt de datum waarop ik op Bioko ben aangekomen natrekken met behulp van het stempel in mijn paspoort. Ik heb voor de duur van mijn verblijf een kamer genomen in het Malabohotel. Mijn spullen liggen daar nog.'

Marten zweeg even en keek nonchalant om zich heen om te zien hoe de anderen reageerden. Of ze überhaupt relaxter waren. Of ze hem geloof-den. Wat er zou kunnen gebeuren als hij uitgepraat was. Er kwam hele-maal geen respons. De soldaten keken hem in stilte aan, hun houding on-gewijzigd.

Marten schraapte zijn keel en ging verder. 'Toen ik op het zuidelijk deel van het eiland was, ontmoette ik een priester die zich voorstelde als pater Willy Dorhn. Hij vroeg me naar mijn reizen en toen ik hem uitlegde waarom ik hier was, was hij zo vriendelijk om wat vegetatie in het regen-woud te laten zien die ik nog niet kende. Later, toen we terugkwamen, hoorden we schoten vanuit zijn dorp komen. De priester was erg bezorgd over zijn mensen en ging naar hen toe. Op dat moment kwamen de leger-trucks. Hij keek om toen hij ze zag en ik zag dat hij bang was. Hij schreeuwde dat ik het op een lopen moest zetten, wat ik deed. Ik had geen idee wat er aan de hand was, maar de klank van zijn stem en de angst in zijn ogen zeiden genoeg. Ik rende de jungle in, achternagezeten door ge-wapende soldaten. Kort daarna gleed ik van een klif en viel in een rivier. Ik werd een heel eind door het water meegevoerd. Toen werd het nacht en 's morgens ontdekte ik dat ik de zee had bereikt. Ik was verdwaald en had honger en dorst. Ik had geen andere keus dan te gaan lopen, dus dat deed ik. Een tijdje later werd ik gevonden door de Spaanse arts en haar studen-ten.' Marten stopte en keek de majoor recht aan. 'De rest weet u.'

'Waarom zou u bang zijn voor het leger?' vroeg hij toonloos.

'Als je net als ik als vreemdeling in het achterland zit en je hoort dat er veel wordt geschoten en de priester die bij je is – een man die je zojuist heeft verteld dat hij de mensen hier al vijftig jaar dient – zegt dat je het op een lopen moet zetten, dan lijkt me dat een goed idee. Ik hoef u niet te vertellen dat er in Afrika een groot aantal burgeroorlogen is, en bloedba-den waar we in het Westen niets van afweten, en invallen van gewapende mannen uit omringende landen. Ik had geen idee wie die mannen in uni-form waren. Dus vluchtte ik.'

De majoor keek hem kwaad aan en leek te willen gaan antwoorden, toen de deur plotseling openging en er een soldaat met een haviksgezicht en grijs haar binnenkwam, die dezelfde junglekleding droeg als de ande-ren die waren binnengekomen. De mannen in de kamer sprongen ogen-blikkelijk in de houding. Tegelijkertijd kwamen er twee andere mannen in uniform binnen. Een van hen droeg een vouwstoel, die hij uitgeklapt bij Marten neerzette. De soldaat met het haviksgezicht keek naar Marten en ging erop zitten.

Meteen wendde de majoor zich tot Marten. 'Geef me uw naam, beroep en woonplaats en vertel daarna uw verhaal nog een keer.' Nu was het geen formeel verzoek meer, maar een bevel.

'Natuurlijk,' zei Marten geduldig, zich sterk bewust was van de soldaat met het haviksgezicht en de manier waarop zijn aanwezigheid de anderen totaal beïnvloedde. Wie hij ook zijn mocht, hij had een donkere huid maar was duidelijk geen zwarte Afrikaan zoals de anderen. Hij leek meer op een latino met scherpe gelaatstrekken en was ouder dan hij er op het eerste gezicht uitzag. Minstens vijftig, misschien zelfs zestig. Bovendien zaten er op zijn uniform geen andere insignes dan die van het Equatori-aal-Guinese leger. Geen decoraties, geen eikenbladeren die voor Ameri-kaanse onderscheidingen werden gebruikt, geen sterren, strepen of enige andere indicatie van zijn rang. Toch was het duidelijk dat hij een hoge of-ficier was, kolonel of zelfs generaal. Marten had geen idee wie hij was en wat hij hier kwam doen. Maar dat maakte ook niet uit. Hij had het bevel gekregen zijn verhaal nog een keer te vertellen en dat deed hij. Hij liet niets achterwege.

'Mijn naam is Nicholas Marten. Ik ben tuinarchitect. Ik woon in Man-chester, in het noorden van Engeland. Ik ben hier voor vijf dagen naartoe gekomen om…'

De soldaat met het haviksgezicht bestudeerde Marten de hele tijd dat hij zat te praten. Keek naar zijn ogen, zijn handen, zijn lichaamstaal, zelfs de manier waarop hij zijn voeten neerzette, alsof Marten onbewust iets zou doen wat meer over hem zei dan de leugen die hij zat te vertellen.

En Marten negeerde hem de hele tijd, keek alleen naar de majoor en herhaalde wat hij inmiddels uit zijn hoofd kende. Toen hij klaar was, leunde hij achterover met zijn blik nog steeds op de majoor gericht, ho-pend dat het voorbij was, dat hij geslaagd was voor zijn examen, ze hem zouden geloven en hem lieten gaan.

'Dank u.' De majoor glimlachte losjes en Marten ontspande zich. Hij had gedaan wat ze hem gevraagd hadden, vriendelijk en beleefd. Hij had op alle fronten meegewerkt. Het probleem was dat de microfoon er nog steeds stond, op een paar centimeter van zijn gezicht. Wat wilden ze in godsnaam nog meer weten?

Plotseling verdween de glimlach van de majoor en hij boog zich naar Marten. 'Waar zijn de foto's die de priester je heeft gegeven?'

'Wat?' Marten was totaal uit het veld geslagen. Hoe konden ze afweten van het bestaan van de foto's van pater Willy? Dat was onmogelijk; behal-ve hem en pater Willy was er niemand anders aanwezig geweest.

'De foto's die pater Dorhn u heeft gegeven.'

'Ik weet niet waar u het over hebt.'

'De foto's die pater Dorhn u heeft gegeven,' herhaalde de majoor.

'De pater heeft me geen foto's gegeven.'

De majoor keek hem lang aan. Het was akelig stil. Toen, na een blik op de soldaat met het haviksgezicht, keek hij Marten weer aan. 'Opstaan alstublieft.'

Marten verroerde zich niet.

'Opstaan. Trek uw kleren uit.'

'Mijn kleren?'

'Ik begin ongeduldig te worden.' De bloeddoorlopen ogen van de majoor boorden zich in die van Marten en zijn gezicht glom van het zweet. Het litteken dat de helft ervan bedekte, zag er angstaanjagender uit dan ooit.

Marten stond langzaam op. Ze hadden hem al gefouilleerd en niets gevonden. Wat gingen ze in godsnaam doen?

Hij keek de kamer rond. Iedereen zat hem aan te kijken, zelfs de bok. De hitte werd plotseling ondraaglijk en hij dacht even dat hij zou flauwvallen. Toen herstelde hij zich. Als hij hen ervan wilde overtuigen dat hij niets van de foto's afwist, zou hij precies moeten doen wat de majoor hem opdroeg, zonder angst of arrogantie. Hij moest laten zien dat hij overtuigd was van zichzelf, wat ze ook van hem wilden.

'Oké,' zei hij uiteindelijk. Zijn hand ging onmiddellijk naar zijn overhemd. Hij maakte een voor een de knopen open, trok het uit en liet het naast zich op de grond vallen. Zonder te aarzelen maakte hij zijn riem los, deed de knoop open, de rits omlaag en liet zijn broek vallen.

De majoor keek hem uitdrukkingsloos aan en knikte naar zijn onderbroek.

Wil je die ook uit hebben? dacht Marten. *Nou, dat kan.* Vlug liet hij zijn onderbroek op de grond zakken.

Nu was hij naakt, met zijn kleren in een hoopje rond zijn voeten. Een blanke man, alleen in een broeierige, bouwvallige kamer, midden in een broeierige, bouwvallige stad, omringd door zeven gewapende zwarte Afrikaanse junglecommando's, een hoge officier van onbekende nationaliteit met een haviksgezicht en een bok.

10

'Waar zijn de foto's die de priester je heeft gegeven?' vroeg de majoor nogmaals.

'Ik weet niet waar u op doelt,' zei Marten kalm. 'De priester heeft me geen foto's gegeven. En zoals u ziet, verberg ik niets.'

'U verbergt wat hierin zit!' De majoor tikte plotseling met een enorme vinger op Martens voorhoofd. 'Wat er in uw gedachten zit, in uw hoofd.' Hij keek een van de officieren aan die achter hem stonden.

In een oogwenk stapte de man naar voren. Marten zag de schielijke grijns, de glinstering in zijn ogen. Hij wist wat er ging komen en hij kon het niet tegenhouden. Toch deed hij zijn best zich te beschermen. Het hielp niet. De trap met het kistje in zijn genitaliën kwam aan als een piston. Marten brulde het uit en viel op zijn knieën, kokhalzend en hoestend. Hij werd misselijk. De pijn was ondraaglijk en was overal en nergens tegelijk. Hij bleef een tijdje met zijn ogen dicht in dezelfde houding naar adem snakken en bidden dat de kwelling zou stoppen.

Uiteindelijk opende hij zijn ogen. Hij zag de majoor op zijn hurken voor hem zitten, zijn bezwete hoofd met het litteken op een paar centimeter van het zijne.

'Ik wil die foto's hebben,' siste hij. 'De foto's en de geheugenkaart uit de camera waarmee ze zijn gemaakt. Waar zijn ze?'

Marten zag pure haat in zijn ogen. Of dat te maken had met het feit dat Marten blank was of omdat hij geen informatie loskreeg, leek er niet toe te doen. De majoor was niet zozeer soldaat als wel moordenaar, net als iedereen hier en de anderen van de dag ervoor – de soldaten die met de kolf van hun geweer pater Willy en de jongens hadden doodgeslagen en die hem achtervolgd hadden door het regenwoud. Een mensenleven betekende niets voor hen. Ze wilden wat ze hebben wilden, niet meer en niet minder. In dit geval was het informatie over de vindplaats van de foto's en de geheugenkaart uit de camera van pater Willy. Hij kon het hun niet vertellen. Ten eerste omdat hij niet zeker wist of er meerdere afdrukken van de foto's waren en of de geheugenkaart er nog wel was. Ten tweede hadden ze geen bewijs dat hij de foto's had gezien, dat namen ze alleen maar aan. Dit betekende dat het cruciaal was dat hij volhield dat hij van niets wist, want als ze ook maar het kleinste vermoeden hadden dat hij zat te liegen zouden ze hem martelen tot hij zou breken. Als dat zou gebeuren, als hij de waarheid zou vertellen over wat er was gebeurd en wat hij had gezien, zouden ze hem meteen vermoorden.

Marten keek de majoor aan. 'Ik weet niets van foto's, een camera of een geheugenkaart,' fluisterde hij. Tegelijkertijd dankte hij God op zijn blote knieën dat pater Willy zo slim was geweest om de foto's op het pad te verbranden in plaats van ze aan hem te geven.

'Dat zullen we nog wel eens zien.' Hij grinnikte wreed en stond op.

17.22 uur

Hij liep naar de tafel, pakte iets en kwam terug. Het was een buis, misschien vijf centimeter in doorsnee en zestig centimeter lang. Op twee uitstekende elektroden na leek het net een wapenstok. Dat was het niet. Het was een ouderwetse veeprikker met hoog voltage.

'Holy shit,' vloekte Marten binnensmonds.

Hij werd plotseling vastgegrepen en op zijn rug op de grond gelegd. De majoor hing boven hem. Hij bracht de stok naar Martens gezicht en drukte op een knopje dat bovenaan op het handvat zat. Marten zag een stoot blauw licht en hoorde een luid knetterend geluid toen de elektriciteit van de ene naar de andere elektrode op het uiteinde van de stok liep. De majoor grinnikte, stak de stok langzaam tussen Martens benen en aaide over zijn genitaliën.

'De foto's en de geheugenkaart en je kunt gaan.'

Ik kan helemaal niet gaan, dacht Marten. Ze zouden er snel genoeg achterkomen dat hij hun niet kon geven wat ze wilden hebben. Ze konden hem ook niet meer laten gaan, ongeacht zijn toestand, zodat hij zou kunnen navertellen wat er was gebeurd. Ze hadden dus geen andere keus dan hem uit de weg te ruimen. Het enige wat hij kon doen was een beetje tijd winnen om iets te bedenken om hieraan te ontsnappen.

'Ik weet niets van foto's of een geheugenkaart,' fluisterde hij. 'Niets.'

'O nee?'

'Nee.'

Vanuit zijn ooghoek zag hij beweging. Hij draaide zijn hoofd. De bok stond naast hem. Hij werd door een soldaat bij zijn kop vastgehouden. Een tweede tilde zijn staart op. De majoor hield de stok op de genitaliën van de geit en drukte op het knopje op het handvat. Het harde, knetterende geluid van het hoge voltage werd overstemd door het gegil van de bok toen zijn genitaliën en de spieren eromheen in wilde schokken samentrokken. De bok krijste, trapte wild om zich heen en probeerde zich te bevrijden uit de ijzeren greep die de soldaat op zijn kop had. Het was zinloos. De man was te sterk. De majoor lachte naar Marten, stak de stok tussen de poten en drukte weer op het knopje. En nog een keer. Het doodsbange beest jankte en gilde van de ondraaglijke pijn. Daarna trapte hij wild om zich heen, daarmee de stok uit de hand van de majoor slaand, en trok hij zich los van de soldaat die zijn kop vasthad. Toen liep hij rondjes door de kamer, tot vermaak van de soldaten zijn achterste achter zich aanslepend, wanhopig op zoek naar een ontsnappingsmogelijkheid. Uiteindelijk verborg hij zich rillend onder de relatieve beschutting van de houten tafel. Waarop de soldaat die hem had vastgehouden naar hem toe liep en knielde alsof hij hem wilde troosten. In plaats daarvan grinnikte hij, trok zijn pistool en schoot het beest tussen de ogen.

'*Cena*,' zei de majoor in het Spaans. Avondeten. Hij raapte de stok op van de plek waar de geit hem heen had getrapt en liep terug naar Marten.

Martens ogen volgden de stok en keken toen naar de majoor. 'Als ik het wist, zou ik het u vertellen,' zei hij met alle kracht die hij nog op kon brengen. 'Maar ik weet het niet.'

'Dat is geen bevredigend antwoord. Trouwens, het is nog vroeg. Heel vroeg. Ik weet zeker dat het niet lang zal duren voor uw geheugen terugkomt.' Langzaam stak hij de stok tussen Martens benen en liet hem op zijn ballen rusten.

Op dat moment stak de soldaat met het haviksgezicht zijn hand op. Abrupt liep de majoor naar hem toe. Ze spraken kort en gedempt. Toen ze uitgesproken waren, knikte de majoor en liep terug naar Marten.

'Kleedt u zich aan,' zei hij.

Marten keek eerst de andere man aan en daarna de majoor.

'Kleedt u zich aan,' zei hij weer.

Marten was ontzettend opgelucht, maar dat durfde hij niet te laten merken omdat hij vreesde dat het bij het spelletje hoorde. Hem laten denken dat hij werd gespaard en dan gewoon opnieuw beginnen. Hij stond stilletjes op en kleedde zich langzaam aan. Eerst zijn onderbroek, daarna zijn broek en overhemd. Hij keek de hele tijd behoedzaam naar de man met het haviksgezicht en vroeg zich af wat hij tegen de majoor had gezegd en wat er nu ging gebeuren.

Het volgende moment keek de majoor een van de jonge soldaten aan die de voordeur bewaakte. De man pakte het hoesje met Martens paspoort van de tafel en gaf het aan hem.

'Er vertrekt om tien uur vanavond een vlucht naar Parijs.' De majoor duwde Marten zijn paspoorthoesje in zijn hand. 'Die neemt u.'

Marten keek hem aan en keek toen de kamer rond; hij vroeg zich af wat er gebeurde, of het misschien een val was. Het was stil.

'Bedankt,' zei hij uiteindelijk zo vriendelijk mogelijk, en hij liep naar de deur. Toen hij bij de deur was, duwde de tweede jonge soldaat hem open.

Marten had zijn zegeningen moeten tellen en zo snel mogelijk weg moeten gaan. In plaats daarvan stond hij stil in de deuropening en draaide zich om naar de majoor.

'Wat is er met de priester gebeurd?' vroeg hij zacht.

'Dood.' Het antwoord was fel en sneed door de kamer.

Marten had verwacht dat de majoor zou antwoorden, maar het kwam van de soldaat met het haviksgezicht. Het was de eerste en enige keer dat hij tegen hem had gesproken, en terwijl hij dat deed keek hij hem recht aan.

'Er waren ook twee jongens…'

'Dood,' herhaalde de man met kille, vlakke stem. 'Iedereen in het dorp van de priester is dood. Tragisch dat niemand scheen te weten waar de foto's waren. Er zou zeker iemand geweest zijn die in ruil voor zijn of haar leven, of…' en hij legde er expres de nadruk op, '… het leven van zijn moeder, vader of kinderen, de foto's had gegeven. Het had zo eenvoudig kunnen zijn…'

Marten zei niets. Toen keek hij de majoor aan, draaide zich om en liep de kamer uit.

17.40 uur

#

Malabohotel, 18.30 uur

Nicholas Marten stond in een piepkleine douchecabine, die net als het toilet in een hoekje van de kamer was verstopt. Met zijn hoofd achterover en zijn ogen gesloten liet hij het water over zich heen stromen, onvoorstelbaar opgelucht bevrijd te zijn van de legerverhoorders en uit Bioko te kunnen vertrekken. Tegelijkertijd dacht hij aan de kille bravoure waarmee de soldaat met het haviksgezicht hem over de afslachting in het dorp had verteld.

Hoeveel mensen hadden er in dat dorp gewoond? Zestig? Tachtig? Misschien wel meer. Hij vroeg zich af wat er zo buitengewoon waardevol was aan die foto's dat het leger zo veel moeite deed en er zo veel mensenlevens voor opeiste om ze terug te krijgen.

Het enige logische antwoord dat ergens op sloeg was dat ze de foto's als bewijs wilden voor de rest van de wereld, zodat ze konden laten zien dat de opstand werd gesteund door troepen van buitenaf en dat hun weloverwogen acties om die de kop in te drukken – ten zeerste afgekeurd door mensenrechtenorganisaties, de Verenigde Naties en heel erg veel landen – gerechtvaardigd waren. Maar toch, als ze de foto's zo graag wilden hebben maar ze nog niet hadden, waarom hadden ze dan plotseling zijn verhoor gestaakt en hem laten gaan?

Een stukje van de puzzel was misschien gelegen in de toestand waarin hij zijn hotelkamer aantrof toen hij terugkwam. De kamer was grondig overhoopgehaald. Al zijn persoonlijke bezittingen waren doorzocht, zijn bed afgehaald, meubels omgekeerd. Ze hadden er de foto's niet gevonden, net zomin als op zijn lichaam, maar dat beantwoordde de vraag niet waarom ze hem hadden laten gaan als ze hem net zo goed hadden kunnen ombrengen. Als ze hem in het oerwoud haddden begraven, zou hij nooit gevonden zijn. Was er sprake van miscommunicatie? Misschien. Barmhartigheid? Niet waarschijnlijk bij dergelijke mannen, zeker niet nu hij gezien had wat het leger deed met oude mannen en jongens, en dat het liep op te scheppen over het afslachten van de dorpsbewoners. Hem laten gaan had dus een andere reden. Hij kon niet verzinnen welke.

19.10 uur

Frisgeschoren en gekleed in een schoon overhemd, spijkerbroek en tweedjasje liet Marten zijn bagage achter bij de receptie en liep naar de bar. Hij liep behoedzaam, zijn ballen waren nog gezwollen en pijnlijk van de trap die de 'specialist' van de majoor hem had gegeven. Hij had behoefte aan een gin-tonic of twee, drie om de pijn weg te krijgen en daarna te maken dat hij wegkwam met de vlucht van tien uur naar Parijs. Maar ineens was zelfs dat niet meer zeker. Het afgelopen half uur was er uit het niets een tropische storm komen opzetten. Wind en regen kwamen als een eindeloos gordijn naar beneden. De lichten flikkerden, gingen uit en daarna weer aan. Hij was door de receptie gewaarschuwd dat het vlieg-veld misschien zou worden gesloten.

'Hoe lang gaat het duren?' had hij gevraagd aan de blanke receptionist van middelbare leeftijd met de hoekige schouders.

'Zo lang als het stormt, señor. Een uur. Een dag. Een week.'

'Een week?'

'Soms wel, ja,' zei de man grijnzend.

'Als het vliegveld dichtgaat, wil ik wel een kamer hebben. Ik heb geen zin om een nacht in de lobby te slapen, laat staan een week.'

'Dat kan ik niet beloven, meneer.'

'Niet?'

'Nee, señor.'

Marten voelde in zijn jasje, haalde er een rolletje bankbiljetten uit en gaf de man een briefje van tienduizend cfa-francs, de valuta van Equato-riaal-Guinea. Het was zo'n twintig dollar waard. 'Nu wel!'

'Natuurlijk, meneer. Als het vliegveld sluit, hebt u een kamer.'

'Mooi.'

Marten liep huiverend weg. Het laatste waar hij behoefte aan had was nog een uur, laat staan een nacht of week, hier te blijven.

12

19.15 uur

Marten liep tegen een muur van lawaai en rook toen hij in de gezelligheid van de hotelbar terechtkwam. Een groot, breed vertrek met rotanmeu-bels, afgeladen met westerlingen: de meesten huurlingen van SimCo of werknemers van AG Striker. Beide groepen leken zo van een castingbu-reau vandaan te komen. De SimCo-mensen waren stereotiepe stoere zware jongens: stevig zuipende, sigaren rokende oorlogsveteranen in zwarte t-shirts en camouflagebroeken met geschoren hoofden, afkom-stig uit zeker twaalf verschillende landen en net zo veel oorlogen. De ploeg van Striker leek te bestaan uit olieveldwerkers, boorders, monteurs, technici en wat dies meer zij. De meesten droegen hun met olie en zweet besmeurde werkkleding nog, lichtgewicht overalls met een groot AG Striker-logo op de rug gedrukt, en in tegenstelling tot de SimCo-mensen waren het niet allemaal mannen.

Vier vrouwen die eruitzagen alsof ze op kantoor werkten, zaten, hun ingeklapte paraplu's nog nat van de regen aan de stoelleuning, aan een nabijgelegen tafel met elkaar te praten. Ze keken af en toe naar een knappe huurling of olieboorder. Er waren her en der ook een paar onverzorgde vrouwen. Ze droegen laag uitgesneden jurkjes met een split tot op hun dijen alsof het een uniform was en zaten in de weg aan de lange mahoniehouten bar of aan de goedkope rotantafeltjes, om iedere man in te palmen die wilde betalen voor hun aandacht.

Dan was er de rest nog. Voornamelijk mannen, in leeftijd variërend van midden twintig tot achter in de zestig. De meerderheid droeg tropenkleding, met de bovenste knoop van hun overhemd open. Sommige van de jongeren droegen een spijkerbroek of kaki broek met een polo en een gekreukeld lichtgewicht jasje. Aan hun taal te horen waren het Europeanen of Zuid-Afrikanen. In een straal van zes meter hoorde Marten flarden Engels, Duits, Nederlands, Spaans en Italiaans voorbijkomen. Zijn ervaring als rechercheur moordzaken bij de politie van Los Angeles zei hem dat het mensen waren die snel geld wilden verdienen; gokkers, manipulators en klaplopers die werden aangetrokken door plaatsen waar iets viel te verdienen. En hij had de afgelopen dagen zeker het gevoel gehad dat in Equatoriaal-Guinea veel te verdienen viel. Er werd ongetwijfeld gehandeld in drugs, wapens, mensen en informatie – in pakketten of versnipperd – alles waar winst op kon worden gemaakt.

Marten schoof langs een man in een wit pak vol zweetplekken en probeerde de snelste weg naar de bar te zoeken toen hij Marita en haar studenten aan een hoektafeltje gepropt zag zitten. Ze lachte en zwaaide toen ze hem zag. Hij grinnikte en knikte. Hij had hen geen van allen meer gezien sinds ze uit elkaar gehaald waren en de soldaten ze hadden meegenomen om ondervraagd te worden. Hij was blij te zien dat ze vrijgelaten en ongedeerd waren. Hij liep om twee ruziënde medewerkers van AG Striker heen naar hun tafeltje.

'We maakten ons zorgen om je, meneer Marten,' zei Marita toen hij bij hun tafel was. 'Ga zitten.'

'Alles oké, dank je.' Ze schoven op en hij ging voorzichtig zitten. 'En jullie? Alles goed met iedereen?'

'Prima,' zei Marita en ze keek naar haar medewerkers. 'Si?'

'Si.' Ze knikten instemmend.

Hij kende de vier alleen bij hun voornaam: de slanke, altijd lachende

Luis; Rosa met haar babyface, een beetje te zwaar en met een voorkomen alsof ze liever directiesecretaresse zou zijn, met haar bril met grote glazen en een olijfkleurig, recht jurkje; de stille, mollige, veel te serieuze Gilberto en tot slot Ernesto, lang en slungelig, met een warrige bos rood haar en bijpassende rode All Stars. In deze drukke, rumoerige, met rook gevulde ruimte, omringd door een gezelschap van in de marge rommelende spelers uit een totaal andere wereld, zagen ze er eerder uit als een stel middelbare scholieren die nog thuis woonden dan als mensen die binnenkort arts zouden zijn.

'Ze hebben onze spullen uit het hostel waar we zaten gehaald en ons hierheen gebracht. Ze zeiden dat ze ons om negen uur zouden komen halen om ons naar het vliegveld te brengen. Er is ons meegedeeld dat we vanavond van het eiland vertrekken. Ik begreep dat we op dezelfde vlucht zitten als jij.'

'Naar Parijs.'

'Ja.'

Marten lachte. 'Wat een aangenaam toeval.' Helemaal niet, dacht hij bij zichzelf. Hij had van de receptionist begrepen dat het de enige vlucht was die de komende twee dagen zou vertrekken, en het leger wilde hen duidelijk zo snel mogelijk van het eiland af hebben. Hij keek de tafel rond. Niemand wekte de indruk slecht behandeld te zijn. Toch waren ze ondervraagd en hij wilde weten wat ze verteld hadden aan degene die hen had verhoord. Hij vroeg zich af of de foto's ter sprake waren gekomen, of ze er überhaupt iets van afwisten. Hij wendde zich tot Marita. 'Wat hebben ze je gevraagd?'

'Ze hebben ons gefouilleerd en wilden daarna informatie. Voornamelijk over jou. Waarom we samen reisden. Wat we van je wisten. Wat jij ons verteld hebt.'

'Wat heb je hun verteld?'

'De waarheid natuurlijk. Dat we je op het strand zagen lopen, dat je instortte en dat we naar je toe zijn gegaan om je te helpen. En verder wat jij ons hebt verteld,' zei ze samenzweerderig, en haar ondeugendheid kwam weer tevoorschijn. Ze herhaalde bijna letterlijk wat hij hun op het strand had verteld en wat ze samen geoefend hadden in de Land Cruiser op weg naar Malabo. 'Achteraf vroegen ze ons wat we op Bioko deden, maar we hebben ons bezoek bij de bevoegde autoriteiten aangekondigd toen we aankwamen. Er was dus niets aan de hand.'

'En dat is alles wat ze wilden weten?'

'Ja.'

'Niets over een priester?'

'Nee, hoezo?'

Marten schudde zijn hoofd. 'Niks.' Kennelijk waren de foto's niet ter sprake gekomen. Misschien omdat de autoriteiten tevreden waren met wat hij hun had verteld en geloofden dat de afstand tussen het dorp van pater Willy en het strand waar hij was gevonden te groot was voor een samenzwering om de foto's te smokkelen. Als dat zo was, zouden de foto's niet ter sprake zijn gekomen. Geen reden dus om de anderen van het bestaan ervan te vertellen; dat zou de boel alleen maar onnodig gecompliceerd maken als er onvoorziene problemen optraden. Met de media en nieuwsgierige verslaggevers bijvoorbeeld.

Plotseling ging Ernesto met zijn hand door zijn bos rode haar. 'Er was wel iets,' zei hij in het Engels. 'Toen we onze bagage gingen halen, zagen we dat alles doorzocht was, zelfs onze medische spullen. Maar er was niets weg. We weten niet waarom ze dat gedaan hebben.'

Marten lachte halfslachtig. 'Maak je daar maar niet druk om, mijn spullen zijn ook doorzocht. Ik weet net zomin als jullie waarnaar ze op zoek waren.' Ze waren dus op zoek geweest naar de foto's. Zo incompetent waren ze dus ook weer niet. 'Ik denk dat er een revolutie ophanden is en dat ze geen enkel risico willen nemen.'

Op dat moment sloeg een onverwachte windvlaag een lawine van regen tegen een groot raam achter hen. Even later deed een sterkere windvlaag het gebouw trillen op zijn grondvesten. De lichten flikkerden weer, gingen even uit en daarna weer aan.

'We mogen van geluk spreken als we hier vanavond überhaupt nog wegkomen,' zei Marita. Ze kon haar ongerustheid niet verbergen. Ze wilde hier net zomin stranden als Marten. Er kon nog steeds te veel fout gaan.

'Dat dacht ik ook al,' zei Marten.

Meteen daarna werd haar aandacht getrokken door iets opzij van haar en ze draaide zich ernaartoe om te kijken. Marten volgde haar blik en zag een lange, aantrekkelijke vrouw door de menigte op hen afkomen. Ze was waarschijnlijk achter in de dertig of begin veertig, met schouderlang, stijlvol geknipt donker haar. Ze droeg een dure witte linnen broek met een bijpassend topje. Ze zag er krachtig, bijna streng uit, als iemand die gewend was om leiding te geven en die iets belangrijks en dringends aan haar hoofd had.

Naast haar liep een knappe man in een mooi donker pak en een overhemd waarvan het bovenste knoopje open was. Hij leek iets ouder dan zij, was zeker een meter tachtig met kort donker haar en had een bijzonder goed figuur. Ook hij was omgeven door een aura van autoriteit. Dat zat 'm in de snit van zijn kleding en zijn houding: schouders naar achteren, borst naar voren, zijn bewegingen vloeiend. Hij had iets aristocratisch. Een eigenschap die hij bij sommige van zijn klanten in Manchester ook zag: een aangeleerde militaire houding, ontstaan in een traditie van officiersfuncties in het leger. Er was nog iets, iets wat Martens adem deed stokken. Het was een van de SimCo-mannen die hij op de foto's van pater Willy had gezien, de mannen die in het oerwoud wapens overdroegen aan de rebellen.

13

'Volgens mij bent u de heer Marten,' zei de vrouw toen ze voor hem stond.

Marten keek hen op zijn hoede aan. 'Dat klopt. Hoezo?'

'Ik ben Anne Tidrow. Dit is Conor White.'

'Wat kan ik voor u doen?'

'Ik zit in de raad van bestuur van de AG Striker Oil & Energy Company,' zei ze. 'De heer White is hoofd van het beveiligingsbedrijf dat we ingeschakeld hebben voor de beveiliging van ons personeel in Equatoriaal-Guinea. We hebben begrepen dat u betrokken was bij de rebellie in het zuiden, waarbij een Duitse priester is omgekomen. Aangezien Striker veel werknemers heeft in verschillende regio's op Bioko, zijn we uiteraard begaan met hun veiligheid. Alles wat u ons zou kunnen vertellen over wat u hebt gezien of meegemaakt, zou ons enorm helpen bij het beschermen van onze mensen.'

'Ik heb het uitvoerig besproken met de legerverhoorders. Waarom vraagt u het hun niet?'

'Helaas deelt het leger dergelijke informatie niet met ons, meneer Marten,' zei Conor White met een onmiskenbaar Brits accent. 'Hebt u misschien heel even tijd voor ons? Onder vier ogen, als u het niet erg vindt. Deze bar heeft oren en we willen de mensen niet onnodig bang maken. Daar is ook geen reden toe, hopen we.'

Marten twijfelde. Deze situatie had hij niet verwacht. Het hoofd beveiliging van de oliemaatschappij, een man die gefotografeerd was bij het leveren van wapens aan de rebellen, stond voor zijn neus en vroeg hem of hij iets wist van de opstand, en de vrouw die bij hem was, directielid bij Striker, vroeg naar pater Willy, zonder zijn naam te noemen. Het leger mocht dan geen informatie uitwisselen met SimCo, Conor White wist zonder twijfel van de foto's en het feit dat Marten alleen was geweest met de man die ze had genomen. Dit betekende dat hij, net als het leger, dacht dat Marten wist waar de foto's waren en hij ze zo snel en geruisloos mogelijk wilde achterhalen. Dat verklaarde de aanwezigheid van Conor White. Maar hoe zat het met Anne Tidrow?

Het was een interessante vraag waarom ze op Bioko was, laat staan met White. Ze wist ongetwijfeld ook van het bestaan van de foto's, anders had White het risico niet genomen dat zijn betrokkenheid bij de rebellen zou uitkomen door haar mee te nemen. Dus waarom zou ze SimCo willen beschermen? Dat bedrijf was door Striker ingehuurd om hun werknemers te beveiligen tegen de rebellen, dezelfde rebellen die ze nu wapens leverden. Hij had pater Willy dezelfde vraag gesteld.

'Ik ben hier gekomen in de hoop een gin-tonic te krijgen,' zei Marten uiteindelijk. 'Toen kwam ik mijn vrienden tegen en ik heb tot nu toe geen ober gezien.'

'Een gin-tonic klinkt goed,' zei White. 'Zullen we dat even gaan regelen aan de bar?'

Marten knikte instemmend. 'Waarom niet.'

19.35 uur

Conor White ging hun voor naar een redelijk rustig hoekje van de bar, uit de drukte, op veilige afstand van de meeluisteraars waar White het over had gehad. Een Aziatische man op leeftijd die een donker toupet droeg en die er uitzag alsof hij er al rondliep sinds het gebouw was opgeleverd, kwam naar hen toe en White bestelde bij hem. Terwijl hij dat deed pakte Marten een versleten rotanbarkruk voor Anne Tidrow.

'Dank u,' zei ze glimlachend.

'Hoe wist u hoe ik heet en dat ik, zoals u zegt, betrokken was bij de rebellie in het zuiden? Wie heeft u dat verteld?'

'Mijn mensen,' antwoordde White voor haar. 'We luisteren vaak radioverkeer af. Op die manier weten we wat er in het land gebeurt.'

'Tot je gepakt wordt.'

White grijnsde. 'We zorgen er wel voor dat we niet gepakt worden, meneer Marten.'

Juist op dat moment kwam de barkeeper hun drankjes brengen. White deelde ze rond.

Anne Tidrow pakte haar glas op en keek Marten aan. 'Misschien kunt u ons iets vertellen over wat u hebt meegemaakt tijdens de gevechten? Wat er gebeurde, wat u gezien hebt.'

'Ik zat er nou niet bepaald middenin.' Marten pakte zijn glas en nam een flinke slok. 'Ik herinner me twee lokale jongetjes die in de stromende regen aan kwamen rennen over een erg modderige weg en die pater Willy Dorhn riepen, de priester die jullie bedoelen. Even later hoorde ik schoten uit het dorp komen. Voor ik het wist, kwamen er twee legertrucks aanrijden. De eerste stopte naast pater Willy en de jongens. Er sprongen soldaten uit. Een van hen sloeg de priester neer met zijn geweer. Het kan u ontgaan zijn, maar hij was een oude man. Een andere soldaat deed hetzelfde bij de jongens. Eerst de ene, daarna de andere. Ik hoorde achteraf dat ze alle drie zijn overleden. De soldaten uit de tweede vrachtwagen kwamen achter me aan.' Marten pauzeerde. Hij zocht haar ogen met de zijne en hield zijn blik op haar gericht. 'Wat wilt u nog meer weten?'

'Bent u van tevoren in het dorp geweest?' Nu stelde Conor White de vragen. 'En daarmee bedoel ik vóór de rebellen kwamen?'

'Ik heb nooit gezegd dat de rebellen kwamen. Ik had pater Willy een paar uur eerder ontmoet. Hij nam me mee het regenwoud in om me inheemse planten te laten zien. Ik ben tuinarchitect. Daarom ben ik op Bioko, om de lokale fauna te bestuderen voor een aantal klanten in Engeland. Pas achteraf, toen we uit de jungle kwamen en het dorp naderden, begon de ellende. De priester zei dat ik moest vluchten, en dat deed ik.'

'Bent u in zijn kerk geweest? Bij hem thuis?'

'Hoezo?'

'Meneer White probeert alleen maar een indruk te krijgen van wat er aan de hand was voor de rebellen aanvielen.' Anne Tidrow nam een slok van haar drankje en zette het glas op de bar.

'Jullie blijven maar volhouden dat het rebellen waren die aanvielen. Ik heb geen rebel gezien. Alleen soldaten.'

'Maar u bent in zijn kerk en bij hem thuis geweest,' drong White aan.

'Ik heb hem op het dorpsplein ontmoet, als je het tenminste zo wilt noemen.' Marten keek White opzettelijk recht in de ogen. 'Eerst de rebellen. Nu vraagt u me voor de tweede keer of ik in de kerk van de priester ben of bij hem thuis ben geweest. Wat wilt u nou eigenlijk?'

'Ik wil weten of hij de rebellen steunde. Of u iets hebt gezien wat daar op wees.'

'Nee, dat heb ik niet.'

'Het is misschien handig om te weten dat de ongeregeldheden de afgelopen weken erg zijn geëscaleerd. Het leger slacht verdachte opstandelingen en hun familieleden letterlijk af, oude mensen, vrouwen en kinderen incluis, en steekt vervolgens hun dorpen in brand. In reactie daarop slacht het volk soldaten en omstanders af. Het wordt erg gevaarlijk voor onze mensen hier, zowel voor mijn personeel als dat van Striker Oil.'

'Waarom haalt u ze dan niet weg?'

'Omdat we dan het risico lopen dat we lange tijd niet kunnen terugkeren. Striker heeft hier een heleboel geïnvesteerd. Op dit moment is dat dus geen reële optie.'

'Dat is uw zaak, niet de mijne.' Martens blik verplaatste zich naar Anne Tidrow. 'Excuseert u me. Ik heb een paar zware dagen achter de rug. Ik wil graag terug naar mijn vrienden, zodat we bij elkaar zitten als de soldaten komen om ons naar het vliegveld te escorteren. Misschien wist u het nog niet, maar het leger heeft ons het land uitgezet. We vliegen om tien uur naar Parijs, vooropgesteld dat we kunnen opstijgen. We hebben hoe dan ook nog een lange nacht voor ons.'

Plotseling galmde het donderende geluid van een grote trom door de bar. Zelfs de storm leek er even van te gaan liggen. Anne keek naar Conor White.

'Daar gaan we weer.'

Het volgende moment verscheen er een eregarde van twaalf zwarte Afrikaanse soldaten in goud met blauwe uniformen in de deuropening. Ze droegen allemaal witte handschoenen en een vergulde AK-47.

Weer klonk het donderende geluid van de trom. Er marcheerden nóg acht soldaten in hetzelfde uniform pedant de bar in. Ze stopten als één man. Een van hen had een grote trom voor zijn buik hangen. De anderen hadden vergulde trompetten in hun handen. Die zetten ze tegelijkertijd aan hun lippen en er klonk trompetgeschal.

'President Tiombe is in aantocht,' zei White zacht. 'Hij komt in een opwelling, wanneer het hem uitkomt.'

Marten keek in de richting van de deur toen de trommelaar en de trompettisten opzijstapten en een zwarte Afrikaan binnenkwam, in een elegant gesneden militair uniform. Hij was lang en breed tegelijk en zichtbaar zachtaardig: hij leek meer op een baviaan dan op de aanvoerder van een gewetenloos leger. Hij keek even de bar rond en liep toen zonder aarzelen naar voren, links en rechts geflankeerd door de garde met hun vergulde AK-47's.

'Wat is er aan de hand?' vroeg Marten.

'Hij laat van zich horen bij zijn buitenlandse gasten,' zei White. 'Hij wil graag gezien worden als goede gastheer en weldoener van Equatoriaal-Guinea.'

Marten keek toe hoe president/dictator Francisco Ngozi Tiombe als een politicus een rondje door de bar maakte. Hij zocht steeds willekeurig iemand uit, gaf een hand, maakte een kort praatje en legde af en toe met een warm gebaar zijn hand op hun schouder voordat hij doorliep naar de volgende. Een halve minuut en tig handjes later stond hij voor hen stil.

'Goedenavond, mevrouw Tidrow, meneer White,' zei hij met lage basstem in onberispelijk Engels. 'Ik hoop dat alles naar wens is?'

'Maar natuurlijk excellentie, wat vriendelijk van u,' zei Conor White en hij boog licht vanuit zijn middel. President Tiombe glimlachte en zijn blik gleed naar Marten.

'Excellentie, dit is de heer Marten,' stelde White hem voor. 'Helaas laten de omstandigheden niet toe dat hij nog langer in uw gastvrije land kan blijven. Hij vertrekt vanavond.'

'Het spijt me dat te moeten horen, meneer Marten,' zei Tiombe met een glimlach. 'Ik hoop dat u thuis niets dan goeds vertelt over mijn land en mijn volk. Ik verheug me erop u persoonlijk te ontvangen de volgende keer dat u Malabo bezoekt.'

'Dat is erg vriendelijk van u, meneer de president.' Marten knikte wel, maar maakte geen buiging. 'Dank u wel.'

Tiombe keek Marten aan met een blik die niet anders dan kil genoemd kon worden en liep verder.

'Nu kunt u zeggen dat u de president van Equatoriaal-Guinea hebt ontmoet,' zei Conor White met een glimlach.

'Reden te meer om te vertrekken,' zei Marten, waarna hij zijn glas leegdronk en het op de bar zette. 'Ik hoop dat ik u van dienst ben geweest.'

'Erg vriendelijk van u dat u ons te woord hebt willen staan,' zei Anne Tidrow met een glimlach.

'Het genoegen was geheel aan mijn kant,' zei Marten. Hij knikte naar White en liep weg.

White wachtte tot Marten buiten gehoorsafstand was en wendde zich toen tot Anne. 'Wat vond jij ervan?'

'Hij weet meer dan hij loslaat.'

'Dat denk ik ook.' White pakte zijn glas. 'De vraag is wat we daar aan gaan doen.'

19.52 uur

14

Hoofdkwartier van Striker Oil & Energy Company, Houston, Texas. Nog steeds 3 juni, 12 uur 's middags

Een hevig verontruste Josiah 'Sy' Wirth, zevenenveertig jaar oud en voorzitter van de raad van bestuur van AG Striker, staarde uit het raam van zijn kantoor op de drieënzestigste verdieping naar de schittering van de stad. Wirth was lang en slungelig, zijn gezicht gerimpeld door het verstrijken van de tijd, de Texaanse zon en een leven vol ambitie. Hij droeg een vale spijkerbroek, een verschoten westernhemd en laarzen van struisvogelleer. Hij leek meer op een cowboy die net was teruggekomen van een tocht over zijn land dan op de directeur van een bloeiende oliemaatschappij.

'Ik heb gehoord dat de heer Loyal Truex een uur geleden is geland met zijn Gulfstream,' zei hij met kille stem. 'Theoretisch gesproken is hij op weg hiernaartoe.' Abrupt draaide hij weg van het raam om Arnold Moss aan te kijken, advocaat van Striker, een tweeënzestigjarige weduwnaar die lang geleden uit New York was gekomen. Hij zat in een stoel tegenover hem. 'Zo lang duurt het niet om van Ellington Field hierheen te rijden. Dus waar is-ie verdomme? Verdwaald? Of is hij onderweg ergens gestopt om te neuken?' Wirth ging aan zijn bureau zitten en haalde een grote, nieuwe sigaar uit een rood-wit-blauwe asbak in de vorm van Texas.

Net als zijn persoonlijkheid en net als Texas zelf was Wirths kantoor enorm groot, zij het sober: chroom met glas en groepjes gemakkelijke fauteuils van koeienhuid die her en der verspreid stonden zodat bezoekers tegelijkertijd op verschillende plekken konden praten. Op een lange wandtafel stonden flessen water, een stapel goedkope piepschuimbekers en een grote thermoskan met koffie. In een hoek stond een veelgebruikte mesquitehouten bar. Voor het raam stond het belangrijkste meubelstuk van de kamer: het enorme bureau van Wirth. Het was drie meter lang en anderhalve meter breed en had een glazen blad. De voor hem onmisbare dingen stonden erop: een opengeklapte laptop, een handgemaakte leren sigarendoos, een dertig centimeter lange aansteker in de vorm van een olieboortoren, een asbak in de vorm van Texas, een blauwgrijze houder voor zijn telefoon, twee gelinieerde gele schrijfblokken, een elektronische puntenslijper en vier, pasgeslepen Ticonderoga 1388-potloden nummer 2 die op precies vijf centimeter afstand loodrecht naast elkaar lagen. Behalve zijn directeursstoel en mesquitehouten dressoir achter het bureau zelf, was er verder weinig anders. Geen foto's van vrouw en kinderen. Geen gebonden handboeken in overladen boekenkasten. Geen portretten van de oprichters van het bedrijf aan de muren, die op een groot verguld AG Striker-logo na leeg waren.

Er ging een zoemer.

'Ja.'

'De heer Truex,' antwoordde een vrouwenstem.

'Stuur hem maar door.'

'Hij is er,' zei Wirth kortaf tegen Moss.

'Dat had ik al begrepen,' zei Moss terwijl de deur openging en Loyal Truex, oprichter en directeur van het particuliere beveiligingsbedrijf Hadrian Protective Services, binnenkwam.

'Hè hè, daar is-ie dan,' bitste Wirth. 'Waar heb je verdomme uitgehangen?'

'Een ongeluk. Gelukkig was ik er niet bij betrokken,' antwoordde Truex met een vriendelijk zuidelijk accent.

'Is het ooit bij je opgekomen om de telefoon te pakken en even te bellen? Of vind je deze vergadering niet belangrijk genoeg?'

'Je lijkt mijn moeder wel,' zei Truex met een ontspannen lachje. Hij ging op de leuning van een van de fauteuils zitten en maakte het zich gemakkelijk.

Loyal Truex was drieënveertig en ruim een meter tachtig. Met zijn korte zwarte haar en de gespierde bouw van een oud-commando uit het Amerikaanse leger straalde hij op alle fronten zelfvertrouwen uit. Hij was rustig, jongensachtig en nouveau riches. Zijn kleding weerspiegelde dat: een getailleerd donkerblauw maatpak, een wit overhemd zonder stropdas, Italiaanse schoenen met rechte neuzen, een gouden armband met diamanten om zijn ene pols, een Rolex om de andere. Dat hij het grootste gedeelte van de ochtend vanuit Virginia op weg naar Texas om slecht weer heen had moeten vliegen achter de stuurknuppel van zijn eigen Gulfstream om daarna bijna een uur in de file te staan, had zo te zien geen effect op hem, net zomin als het dringende bevel van Wirth om zes uur die ochtend om van Manassas naar Houston te komen. Hij was er zoals afgesproken, klaar om aan de slag te gaan.

Wirth kwam snel ter zake. 'De Bioko-foto's.'

'Je wilt weten hoe het daarmee staat,' zei Truex terwijl hij eerst naar Arnold Moss en daarna naar Wirth keek. 'Daarom ben ik hier.'

'Ik weet verdomme heus wel hoe het daarmee staat. We hebben ze niet! De reden waarom je hier bent is dat ik wil weten hoeveel Washington weet. Hoeveel je hun hebt verteld of wat ze zelf te weten zijn gekomen. Hoe zeer ze er zelf bovenop zitten.'

'Voor zover ik weet, Sy, is het nog steeds niet verder gekomen dan deze muren,' zei Truex zachtjes. 'De communicatie met Conor White in Bioko verloopt hetzelfde als die met jou: alles gaat via beveiligde kanalen. De mensen van SimCo in Malabo zijn geïnstrueerd om er met niemand over te praten en dat doen ze dus ook niet. Ze zijn buitengewoon loyaal aan White en praten sowieso niet veel. Mocht Washington de boel in de gaten hebben gehouden – iets wat ik betwijfel, om de simpele reden dat het recent is gebeurd en weinig aandacht heeft getrokken en tijd nodig heeft om bekend te worden – dan zou ik het ongetwijfeld gehoord hebben. Voor wat betreft de foto's: de beste mannen van White zijn erachteraan gegaan en hebben niets gevonden, dus heeft hij de legerunit van generaal Mariano erop gezet.'

'Mariano?' Wirth ontplofte. 'Ben je godverdomme helemaal gek geworden?'

'Rustig, Sy,' zei Truex terwijl hij een kalmerend handgebaar maakte. 'Whites mannen kwamen geen stap verder en dus heeft hij Mariano om hulp gevraagd. Zijn mannen zijn de enigen die weten dat hij er is. Tegen hen is gezegd dat ze op zoek waren naar illegale foto's die door een dorpspriester zijn gemaakt, en dat als die gevonden werden ze direct naar Mariano gebracht moesten worden. Voor zover ik weet hebben alleen White en een paar dorpsbewoners ze gezien. Het gevolg was dat de mannen van White en Mariano de hele omgeving uitgekamd hebben op zoek naar de foto's en dat daarbij een heleboel mensen zijn omgekomen. Zeker honderd. Dus als de foto's er waren, zouden ze zeker zijn gevonden. Maar dat zijn ze niet. Dat betekent dat de priester ze waarschijnlijk zelf heeft vernietigd, om te voorkomen dat hij zou worden vermoord,' zei Truex met een glimlach. 'Daarom zijn ze waarschijnlijk niet gevonden. Omdat ze niet meer bestaan.'

'En voor hetzelfde geld bestaan ze nog wel en liggen ze verdomme ergens verstopt,' viel Wirth uit. Woede, ongeduld en afkeuring dropen van hem af. Het volgende kwam uit het niets. 'Wie is verdomme die tuinier, Nicholas Marten?'

'Blijkbaar niet meer of minder dan wat hij zegt te zijn. Een Amerikaanse expat die op Bioko is om plantenonderzoek te doen voor een paar van zijn klanten. Hij heeft de priester bij toeval ontmoet. Meer weten we niet.'

'Meer weten jullie niet?'

'Sy, we zijn er druk mee bezig.'

'Ik heb je gevraagd hierheen te komen met keiharde feiten. Je komt aanzetten met "voor zover ik weet" en "misschien". En nou vertel je me ook nog heel terloops dat het leger ervan afweet. Moet ik er zelf heen om de boel te regelen? Wat heb ik godverdomme aan jou en White? Geen zak!'

Abrupt stond Wirth op uit zijn stoel en liep weg om de situatie op zich in te laten werken. De informatie over het bestaan van de foto's had hem nauwelijks twaalf uur eerder bereikt via het dringende mailtje van Conor White aan Truex. Dat White er al eerder van had geweten maar dit niet had gemeld en dat hij een speciale eenheid van het Equatoriaal-Guinese leger had ingezet om hem te helpen zoeken had de boel alleen maar verergerd, omdat er nu te veel mensen van afwisten. Erger nog, niets had ook maar iets geholpen. De foto's waren nog steeds zoek.

Wirth stond in de verste hoek van zijn kantoor, bij het AG Striker-logo, en hij draaide zich om en liep terug. 'Als die foto's gepubliceerd worden, is het hele Bioko-project naar de kloten, net als dit bedrijf. Als de media daar niet voor zorgen, doet Washington het wel.' Hij gebaarde met zijn onaangestoken sigaar naar Moss. 'Wat gaan we verdomme doen, Arnie?'

Moss was niet alleen New Yorker, de ruim dertig jaar die hij in de oliebusiness had gezeten hadden hem gevormd tot iemand die op een scherpzinnige manier de complexe zaken van het leven tegemoet trad en er een gewoonte van had gemaakt om eerst op zijn gemak ergens over na te denken. Dat deed hij nu dus ook.

'Toen dit hele gedoe voorviel,' zei hij uiteindelijk, 'hebben we er in toegestemd om de heer Truex en zijn bedrijf Hadrian zeven procent te geven van de bruto winst van de ruwe olie die in het Biokoveld wordt gewonnen tot het jaar 2050. Volgens onze verwachting en de zijne zal dat een gigantisch bedrag zijn. Dit houdt in dat meneer Truex er aanzienlijk veel belang bij heeft dat die foto's, als ze daadwerkelijk bestaan, niet openbaar gemaakt worden. Want als dat gebeurt, zal Washington, zoals je correct veronderstelde, Sy, het contract simpelweg ontbinden, de pachtovereenkomst beëindigen en met iemand anders in zee gaan. Zodat wij, net als meneer Truex, met lege handen staan.' Moss stond op en liep naar de wandtafel om een piepschuimbeker te pakken en er koffie in te doen. Met de beker in zijn handen keek hij om.

'Dat gezegd hebbende: we zullen ervan uit moeten gaan dat de foto's bestaan en openbaar gemaakt zullen worden. We moeten daarnaar handelen. Met onmiddellijke ingang moeten AG Striker en Hadrian zich distantiëren van SimCo en Conor White. We bereiden een juridisch- en pr-offensief voor en verbreken onze banden met White en SimCo zodra de foto's boven water komen. Of Nicholas Marten ze nou heeft of iemand anders of dat ze gewoon ineens op internet staan, dat doet er niet toe; als ze maar tevoorschijn komen. Wat er ook opstaat, wat ze ook mogen onthullen over White die wapens levert aan de rebellen, het moet eruitzien of alleen SimCo hier verantwoordelijk voor was, dat het hun eigen idee was, waar wij niets van afwisten.' Moss liep terug naar zijn stoel en ging zitten.

'AG Striker is een bedrijf dat bodemonderzoek doet en olievelden beheert,' zei hij. 'Niet meer en niet minder. Hadrian werkt alleen in Irak voor ons. Als ooit uitkomt dat wij en Hadrian op wat voor manier dan ook betrokken waren bij SimCo om de revolutie in Equatoriaal-Guinea uit te buiten om er zelf beter van te worden, is alles wat we hebben bereikt en zo hard voor hebben gewerkt voor niets geweest. En dat niet alleen, de kans is groot dat het ministerie van Justitie zich ermee gaat bemoeien, met afgevaardigde Ryder hijgend in hun nek. Dat levert niet alleen heel veel negatieve publiciteit en enorme juridische kosten op, maar misschien gaan we wel allemaal de bak in. Jij en de heer Truex ook, Sy. Als we in Washington aankloppen voor steun, geven ze niet thuis. Wat hun betreft heeft onze overeenkomst nooit bestaan. Zo staan de zaken ervoor.'

Josiah Wirth keek zijn advocaat zwijgend aan en wendde zich vervolgens tot Loyal Truex. 'We sturen Conor White erheen en wat gebeurt er dan? Wie beschermt ons in Equatoriaal-Guinea?'

'Dat doen wij.'

'Jullie?'

Truex knikte. 'Als we het goed aanpakken en Washington ervan overtuigd is dat het alleen de schuld is van SimCo, stemmen ze er ongetwijfeld mee in. Ze zullen er niet blij mee zijn, maar ze gaan ermee akkoord vanwege de omvang van de operatie en omdat ze niet het risico willen lopen de controle te verliezen op de manoeuvres van een buitenlandse mogendheid. Als ze ermee ingestemd hebben, huren we een ander bedrijf in, met een smetteloos blazoen. Belgisch of Nederlands of zo. Ik zoek wel uit wie we moeten hebben.'

'Dan moeten we ze dus vertellen wat er aan de hand is.'

'Klopt.'

Wirth keek Truex aan en daarna Arnold Moss. 'Kun je hem alsjeblieft vertellen dat hij knettergek is?'

Moss schudde zijn hoofd. 'Hij is niet gek, Sy, hij heeft gelijk. Ze moeten weten wat er gebeurd is en wat wij doen om het op te lossen. Ondanks wat de heer Truex heeft verteld, weten ze er misschien al van en vragen ze zich af waarom wij niets gezegd hebben. Als ze het niet weten en er later achterkomen, zijn ze begrijpelijkerwijs kwaad. Zo erg dat ze misschien het contract opzeggen en een deal sluiten met een andere oliemaatschappij, zelfs als we het geluk hebben de foto's te achterhalen voor er iets gebeurt. Trouwens, als we hen er nu bij betrekken, kunnen ze ons misschien wel helpen.'

'Arnie.' Wirth werd steeds kwader. 'Dat is hetzelfde als toegeven dat we de boel verdomme niet zelf in de hand kunnen houden. Contractueel gezien zitten we jaren aan hen vast. We kunnen het ons niet permitteren dat ze zich gaan afvragen wat de volgende stap zal zijn, want dan leggen ze ons lam. Als dat gebeurt, doen ze nooit meer iets voor ons. En dan bedoel ik ook echt nooit! En het maakt geen reet uit welke partij of president aan de macht is.'

Moss glimlachte fijntjes. 'Sy, ik word ervoor betaald om jou raad te geven. Ik stel voor dat je hem deze keer opvolgt. We kunnen Washington nu niet negeren en later zeggen dat we daar spijt van hebben. Het gaat hier niet om het kopen van land of olievelden, we helpen bij het organiseren van een revolutie. Ze moeten weten wat er aan de hand is en beseffen dat we hun hulp bij het oplossen van de situatie erg op prijs zouden stellen. Soms loont het echt om eerlijk te zijn. Nu bijvoorbeeld.'

Wirth keek hem aan. Hij had hier een bloedhekel aan. Dat het gebeurd was. Dat het zo uit de hand was gelopen. Helemaal omdat het om iets eenvoudigs ging als foto's die door een nieuwsgierige priester waren gemaakt. Aan de andere kant wist hij dat hij het advies van Arnie Moss ter harte moest nemen. Hij kende de man al jaren en had vele juridische geschillen van Striker aan hem toevertrouwd sinds hij was toegetreden tot de raad van bestuur.

Na een hele tijd keek hij Truex aan. 'Stap in je Gulfstream en ga naar Washington. Bel ze vanuit het vliegtuig, zeg dat je eraan komt en dat het belangrijk is dat ze op je wachten. Je kunt er om een uur of zeven, acht plaatselijke tijd zijn. Als je bent aangekomen, vertel je ze wat er is gebeurd. Geef de schuld maar aan mij. Zeg maar dat ik op eigen houtje achter die foto's aan wilde gaan. Dat ik hoopte dat ze boven water zouden komen voor ze schade konden aanrichten. Zeg maar dat jij het daar niet mee eens was en hierheen bent gekomen om het me uit mijn hoofd te praten, omdat jij het belangrijk vond dat zij wisten wat er aan de hand was. Niet alleen omdat we partners zijn, maar omdat jij veel waarde hecht aan hun overtuigingen en alles waar ze voor staan, en je hun hulp wilt. Je hebt mij ervan overtuigd dat je gelijk had en bent teruggegaan om hen te spreken. Dat verklaart de ontbrekende tijd in het geval ze al weten wat er aan de hand is.' Wirth wendde zich tot Arnold Moss. 'Vind je dat wat?'

'Ja,' zei Moss.

Wirth keek naar Truex. 'Jij?'

'Ja.'

'Bel me als je klaar bent.'

'Doe ik.' Truex keek de mannen allebei aan en liep naar de deur.

'Loyal,' zei Wirth. Truex draaide zich om. 'Dracula Joe Ryder is in Irak met een paar andere congresleden op zoek naar iets belastends tegen ons.'

'Dat weet ik.'

'Als je klaar bent in Washington ga je naar hem toe. Spoor hem op en pak zijn handje vast. Doe zo hoffelijk mogelijk. Slijm zonder dat hij het in de gaten heeft. Geef hem het gevoel dat we absoluut niets te verbergen hebben.'

Truex grinnikte. 'Er is niets waar hij ons op kan pakken. Geen kruimeltje. Nooit geweest ook. Dat weet je toch?' Met een knikje naar Arnold Moss deed hij de deur open en vertrok.

15

Sy Wirth en Arnold Moss keken hoe de deur dichtging achter Truex. Toen wendde Wirth zich tot zijn advocaat. 'Ik ben het eens met wat je zei over SimCo. We distantiëren ons er zo snel en onopvallend mogelijk van. Tegelijkertijd distantiëren we ons ook van Hadrian en Truex. Zelfs als dat betekent dat we hiermee de deur voor Joe Ryder en zijn congrescommissie wagenwijd openzetten. Zelfs als het betekent dat we iedere cent van de negenhonderdnogwat miljoen die we in Irak hebben binnengehaald moeten teruggeven. Dat is niets vergeleken bij wat we in de toekomst gaan verdienen.'

Wirth ging bij het raam staan en keek naar het schelle middaglicht dat op de stad scheen. 'We hadden een particulier beveiligingsbedrijf nodig voor onze uitgebreide activiteiten in Equatoriaal-Guinea,' dacht hij hardop. 'We vonden dat Hadrian zijn handen al vol had in Irak. Er werden ook vragen gesteld over onze samenwerking daar. Toch hadden we nog vertrouwen in Hadrian en vroegen of Truex een betrouwbaar bedrijf kon aanbevelen.'

Wirth draaide zich om en keek Moss recht aan. 'SimCo werkte voor Hadrian in Irak. Truex vond het bedrijf en de eigenaar, Conor White, goed. Hij had eerder met hem samengewerkt en had uitstekende referenties. Daarom stelde hij ons aan elkaar voor. We zagen wel wat in White en gingen met zijn bedrijf in zee. Hoe konden we weten dat SimCo een dekmantel was van Hadrian, dat zijn activiteiten wilde uitbreiden naar West-Afrika zonder het twijfelachtige stigma van Irak? We hadden geen idee van Hadrian met behulp van SimCo wilde doen, namelijk het opstoken van de opstand in Equatoriaal-Guinea. Zoals je al zei, Arnie, is AG Striker Oil een bedrijf dat olievelden beheert en bodemonderzoek doet. Meer niet.'

'Hadrian zou kunnen proberen dat te ontkennen door te zeggen dat we een contract hebben waarin staat dat we hebben geholpen bij de oprichting van SimCo en waarom. Maar als ze dat zouden doen, moeten ze met het contract op de proppen komen, het origineel, dat zoals we allemaal weten ergens in een kluis ligt in een van de best beveiligde gebouwen ter wereld. Als ze een elektronische versie uit de database van Washington willen laten zien, zullen ze toestemming van Washington moeten hebben en dat is iets wat ze nooit zullen krijgen. Als Truex daar achteraf tegen hen over zou klagen, zal het feit dat hij daar nu naartoe onderweg is en daarna doorvliegt naar Ryder alleen maar worden opgevat alsof hij wist dat er al die tijd al stront aan de knikker was en probeerde iedereen op zijn hand te krijgen voor het fout zou gaan.'

'Als de foto's op een of andere manier in de openbaarheid komen voor we ze te pakken hebben, wordt niet AG Striker onder de loep van Ryder en het ministerie van Justitie gehouden, maar Hadrian en SimCo.'

Wirth liep naar de mesquitehouten bar in de hoek, en schonk een glas Johnnie Walker Blue in en dronk het in één teug leeg. Toen keek hij Moss in de ogen en legde een eed af.

'Ik ben niet van plan om het Bioko-olieveld te verliezen, Arnie. Niet aan Hadrian. Niet aan Washington. Aan niemand.'

16

Air France vlucht 959, van luchthaven Malabo Santa Isabel naar Charles de Gaulle, Parijs. 22.30 uur. Nog steeds donderdag 3 juni

De configuratie van de toeristenklasse van de Airbus A319 was drie om drie, gescheiden door een middenpad. Het vierkoppige escorte dat Marten, Marita en haar studenten naar het vliegveld had gebracht, had een hele rij voor hen opgeëist. Van het raam naar het gangpad aan de ene kant zaten Marita, Rosa en Ernesto. Aan de andere kant zaten Marten, Luis en Gilberto. Het vliegtuig was opgestegen tijdens een luwte in de storm en kort daarna waren de cabinelichten gedimd. Op een enkeling na die zijn leeslampje gebruikte om te kunnen lezen of werken, sliepen de meeste passagiers, meer uit opluchting aan een langdurig weergerelateerd oponthoud ontsnapt te zijn dan iets anders.

Marten was waarschijnlijk het dankbaarst van allemaal. Emotioneel uitgeput en ontzettend opgelucht dat hij was opgestegen en uit de klauwen van het leger was ontsnapt, realiseerde hij zich nu pas hoe verschrikkelijk moe hij was. Hij was nauwelijks vijf dagen op Bioko geweest, maar het voelde alsof hij er zijn hele leven had gezeten. Hij was te opgefokt en rusteloos om te kunnen slapen. Hij zag dat de roodharige Ernesto aan de andere kant van het gangpad ook nog wakker was en naar iets op zijn koptelefoon zat te luisteren. Hij zuchtte diep en keek uit het raam; nog net op tijd om de Airbus door de sluimerende wolken te zien breken naar een heldere, maanverlichte nacht.

22.38 uur

Hij leunde achterover en deed zijn ogen weer dicht. Ze waren nog lang niet in Parijs en hij wilde zo lang mogelijk slapen, om even te kunnen ontsnappen aan alles wat er in de afgelopen dagen was gebeurd.

Er gingen twee minuten voorbij. Vier. Acht. Marten ging rechtop zitten. Hij kon niet slapen en wist dat hij het ook niet hoefde te proberen. Hij keek weer uit het raam, het vliegtuig maakte een bocht om van het eiland weg te draaien. De duisternis onder het toestel speelde met het zachte gebrom van de straalmotoren, en even dacht hij dat die combinatie hem in slaap zou sussen. Toen zag hij drie oranjerode lichtpuntjes op de grond.

Ze lagen zo'n dertig kilometer uit elkaar in wat donker bosgebied zou moeten zijn. Hij twijfelde er geen moment aan wat de lichtpuntjes waren. Brandende dorpen. Als hij gelijk had, breidde de opstand zich uit of nam het leger van president Tiombe voorzorgsmaatregelen door met veel machtsvertoon verdachte rebellendorpjes uit te roeien. Misschien wel allebei. Maar wat er ook aan de hand was, er werden honderden mensen omgebracht en de opstand – hoe gerechtvaardigd ook in zijn strijd tegen het wrede, corrupte regime van Tiombe – werd aangewakkerd door de levering van wapens door Conor White aan de opstandelingen, omdat het antwoord van het leger hierop zo barbaars was. Om met de woorden van pater Willy te spreken: extreem geweld. Conor White had gezegd: 'het leger slacht verdachte opstandelingen en hun familieleden letterlijk af, oude vrouwen en kinderen niet uitgezonderd, om daarna het dorp tot de grond toe af te branden'. Marten had de indruk dat de oorlog opzettelijk verhevigd werd door beide partijen. De vraag was waarom, en waarom nu?

Wat had president Harris nauwelijks een week eerder in Engeland ook alweer gezegd? 'Pater Dorhn zit al vijftig jaar in Equatoriaal-Guinea. Als er iemand is die weet wat er aan de hand is, is hij het wel. En uit zijn brief op te maken, weet hij behoorlijk veel.'

Nou, pater Willy had inderdaad veel geweten. En daarom was hij nu dood. Net als de twee jongetjes die bij hem waren geweest. Hoeveel honderden, misschien wel duizenden anderen, waren hun zonder dat iemand er van afwist voorgegaan? Hoeveel werden er op dit moment omgebracht, acht kilometer lager in de dorpjes die ze onderweg passeerden?

Marten wendde zijn blik af van het raam en schoof het luikje naar beneden. Alsof hij hiermee de gruwelijkheden onder hem kon buitensluiten.

Bijna tegelijkertijd kwam er een stewardess uit de businessclass gelopen. Ze trok het gordijn met een ruk achter zich dicht. Heel even zag Marten een glimp van het handjevol passagiers. Tot zijn verbazing zat Anne Tidrow er ook. Ze droeg een sportieve donkere broek, een getailleerd jasje, en zat achterin aan het gangpad. Naast haar zat een oudere man met grijs haar, in pak. Of ze samen reisden of dat ze toevallig naast elkaar zaten kon hij niet opmaken.

Marten was boos, geïrriteerd en waarschijnlijk ook te moe om alles op een rijtje te zetten, maar hij bleef het proberen omdat hij het niet kon laten en omdat hij deze hele toestand niet zomaar even uit zijn hoofd kon zetten.

'*Vertel ze wat je hebt gezien!*' had pater Willy geschreeuwd voor hij werd vermoord.

Daar had hij de foto's mee bedoeld.

Voor president Harris en zeker voor Joe Ryder was de betekenis ervan veel verstrekkender dan de beelden van SimCo-huurlingen die in het geheim de opstandelingen bewapenden. De beelden zouden de theorie die Theo Haas aan Joe Ryder had voorgelegd over de samenzwering tussen Striker en Hadrian die van Irak werd uitgebreid naar Equatoriaal-Guinea meteen geloofwaardig maken.

Dat was pure speculatie van zijn kant, dat wist hij maar al te goed. Toch wist hij wat hij had gezien en hoe dringend pater Willy hem had weggestuurd om er verslag van te kunnen uitbrengen. Het probleem was dat het verhaal alleen niet volstond. Hij had harde bewijzen nodig: de foto's en indien mogelijk de geheugenkaart van de camera. Hetzelfde harde bewijs dat de regering van Equatoriaal-Guinea wilde hebben om te kunnen aantonen dat iemand van buitenaf de opstand steunde. Hetzelfde harde bewijs waarnaar Conor White en Anne Tidrow ongetwijfeld op zoek waren, maar dan om de tegenovergestelde reden. Zij wilden juist dat hun acties niet zouden uitlekken.

Het was duidelijk dat beide kampen dachten dat de foto's bestonden en er alles aan zouden doen om ze in handen te krijgen. Tot nu toe waren ze beide kennelijk niet erg succesvol geweest. Dus zelfs als Marten de overtuiging zou delen dat de foto's bestonden, wist hij net zomin als zij waar ze waren. Het was en bleef een mysterie dat alleen pater Willy kon oplossen. En pater Willy was dood.

Marten keek zomaar even het middenpad in naar de passagiers die in het donker op de rijen achter hem zaten. Tot zijn verbazing zag hij een man in een gestreept overhemd en een witte broek in het licht van zijn leeslampje naar hem zitten kijken. Toen hij zag dat Marten keek, wendde hij zijn blik af en pakte onhandig het tijdschrift dat op zijn schoot lag. Hij was zwaargebouwd en had een onderkin, en Marten wist dat hij hem eerder had gezien. Hij wist alleen niet waar. Even later gleed zijn blik naar de andere kant van het gangpad. Twee rijen verder zat een andere te lezen. Hij droeg een kaki broek, een lichtblauw poloshirt en was aanzienlijk jonger dan de man met de onderkin. Marten had ook hem eerder gezien. Op het vliegveld misschien. En die andere man waarschijnlijk ook.

Of wacht eens even.

Hij herinnerde zich opeens waar hij ze van kende. Uit de bar van het Malabohotel. Hij had bij binnenkomst om de zwaargebouwde man met de onderkin in het wit heen moeten lopen. De andere man had halverwege aan de bar gezeten waar hij met Conor White en Anne Tidrow had zitten praten. Als ze toevallig op deze vlucht zaten, waarom had man met de onderkin dan naar hem zitten kijken? Of hield hij naar hem in de gaten?

22.57 uur

Marten deed het lampje boven zijn stoel uit en sloot zijn ogen weer, vastbesloten om te gaan slapen. Hij begon net weg te soezen toen iets waaraan hij eerder gedacht had keihard terug kwam. Waarom hadden de legerverhoorders hem plotseling op het vliegtuig gezet en hem laten gaan terwijl ze hem net zo makkelijk vermoord hadden kunnen hebben en hem ergens in het regenwoud hadden kunnen begraven?

De foto's moesten daar de oorzaak van zijn. Ze hadden ze niet op pater Willy's lichaam, bij hem thuis of in zijn kerk gevonden. Noch bij iemand uit zijn dorp, noch tussen de spullen van Marten in het hotel of tussen die van Marita en haar studenten. Ze zouden hierdoor wel eens hebben kunnen concluderen dat het hem gelukt was ze naar een veilige plek te sturen buiten het eiland, misschien naar iemand op het vasteland, gebruikmakend van zoiets simpels als de gewone post. Marten, de buitenlander, was de laatste persoon met wie pater Willy levend was gezien. Dus waarom zouden ze niet aannemen dat de priester, in plaats van hem de foto's te geven, hem had verteld waar ze waren? Als dat zo was dan hadden ze gewoon de beproefde tactiek van politie en leger toegepast: maak gebruik van je doelwit in plaats van het te vernietigen. Het zou stom zijn geweest hem om te brengen als het zo veel makkelijker was om hem te laten gaan en hem te schaduwen. En dat hadden ze gedaan. Ze hadden hem op het eerste vliegtuig het land uit gezet en iemand met hetzelfde toestel meegestuurd om hem te volgen. Misschien wel de man met de onderkin of die met het poloshirt; misschien allebei, of heel iemand anders. Het probleem was – en zelfs in deze uitgeputte toestand moest Marten er om lachen – dat ze zich vastklampten aan een strohalm want pater Willy had hem niets verteld.

Hij keek nog een keer over zijn schouder. Het leeslampje van de man met de onderkin was uit. Dat van de man met het poloshirt brandde nog; hij was nog wakker en zat te lezen. Laat maar, dacht Marten. Ze doen maar. Je weet niets, dus denk er niet meer over na en ga slapen. Hij trok het door Air France verstrekte dekentje om zich heen en deed zijn ogen dicht.

Je weet niets, herhaalde hij.

Niets.

Helemaal niets.

17

Parijs, luchthaven Charles de Gaulle, vrijdag 4 juni, 07.11 uur

Marten wachtte samen met de andere passagiers van Air France vlucht 959 op zijn spullen bij de bagageband. Hij zag Marita vlak bij hem staan met haar studenten geneeskunde. Ze waren instapkaarten en opbergmapjes aan het doorzoeken voor hun bagageclaims. Recht tegenover hem stond de man met de onderkin in het witte pak en het gestreepte overhemd net als iedereen te wachten tot de bagageband ging draaien. Rechts van hem, een stuk of tien passagiers verderop, stond de man in de kaki kleurige broek en het poloshirt. Beide mannen schenen alleen te reizen. Nu zag hij Anne Tidrow naar de band lopen. De man met het grijze haar in pak die naast haar had gezeten in de businessclass liep naast haar. Marten vroeg zich opeens af of zij hetzelfde had geconcludeerd als de legerverhoorders, namelijk dat hij wist waar de foto's waren, en volgde ze hem in de veronderstelling dat hij haar naar de foto's zou leiden. Als dat het geval was, had hij niet één maar twee groepen achter zich aan. En allebei voor niets.

Hij hoorde een ratelend geluid en de band begon te draaien. Even later kwam de bagage tevoorschijn. Marten draaide zich om om te kijken waar zijn tas bleef toen hij Marita en haar studenten op zich af zag komen. Ze hadden hun spullen al en waren op weg naar de uitgang.

'Hallo en tot ziens.' Marita grinnikte toen ze bij hem was aangekomen. 'We zitten op de volgende vlucht naar Madrid. Hij vertrekt over een half uur. We hebben nauwelijks tijd om de bagage in te checken.'

'Dan zou ik maar opschieten,' zei hij en keek het groepje rond. 'Nogmaals hartstikke bedankt voor alles wat jullie voor me gedaan hebben. Misschien dat we ooit een keer...'

'Hier,' zei Marita en ze duwde hem een vel papier uit een schrijfblok in zijn hand. 'Mijn adres en telefoonnummer voor als je in Spanje bent. Mijn e-mailadres voor als je niet in Spanje bent. Ze klonk verlegen, maar er was niets verlegens aan haar ondeugende lach. 'Bel me als je tijd hebt. Ik wil weten hoe het je vergaat.'

'Er overkomt mij echt niks, hoor. Ik ga naar huis, ga werken, word oud en da's alles.'

'Je bent geen 'da's alles'-type, meneer Marten.' Hun ogen ontmoetten elkaar en haar ondeugendheid verdween. 'Ik ben bang dat je zo iemand bent die door problemen wordt achtervolgd.' Ze lachte weer. 'We moeten gaan. Bel me alsjeblieft.'

'Doe ik,' zei hij, en hij knikte naar de anderen.

Toen waren ze weg; ze liepen door de drukte van vroeg gelande passagiers en verdwenen uiteindelijk uit het zicht.

Even later pakte Marten zijn tas en liep weg, zijn tas op wieltjes achter zich aan trekkend. Hij zag Anne Tidrow en haar reisgenoot met hun koffers op een bagagekarretje langslopen, op weg naar de uitgang. Ze keek niet één keer zijn kant uit. Hij kreeg hierdoor de indruk dat hij zich had vergist en dat ze toevallig op dezelfde vlucht hadden gezeten en totaal geen belangstelling voor hem had.

07.30 uur

Marten liep Musikfone binnen, een klein winkeltje met muziek en elektronica boven aan de roltrap, aan het eind van een gang met aan weerszijden ramen. Toen hij naar buiten had gekeken had hij een heldere ochtendhemel vol met donzige wolken gezien en een naderend front, maar wat er zich in de winkel bevond was veel interessanter voor hem: iPods, mp3-spelers en andere elektronische gadgets, plus, zo leek het wel, duizenden koptelefoons, opladers, kabeltjes en hulpstukken. Wat hij moest hebben lag recht voor zijn neus: een schap vol goedkope wegwerptelefoons en prepaid telefoonkaarten.

Zijn plan was eenvoudig, hij zou een wegwerptelefoon kopen, president Harris bellen op het privénummer dat hij hem had gegeven en hem vertellen over de foto's en zijn belevenissen op Bioko. Daarna zou hij zich van de telefoon ontdoen, het vliegtuig naar Manchester nemen en aan het werk gaan. Als hij gevolgd werd wenste hij zijn achtervolger veel succes; zijn of haar leven zou erg saai worden. Tenzij diegene iets wilde leren over bloemen en planten.

Marten zocht een donkerblauw mobieltje uit, pakte een prepaid telefoonkaart en ging naar de kassa. Terwijl hij dat deed, gebeurden er twee dingen tegelijkertijd. In zijn ooghoek zag hij de man met de onderkin in zijn witte pak en gestreepte overhemd de winkel binnenlopen, rondkijkend alsof hij iets zocht en weer vertrekken. Het tweede kwam ergens diep vanbinnen en trof hem als een moker.

'Fuck!' Het ontschoot zijn mond toen het besef tot hem doordrong net toen hij bij de kassa was. De caissière, een jonge vrouw van hooguit een jaar of twintig vroeg met een zwaar accent in het Engels: 'Wat zei u, meneer?'

'Niks. Sorry,' antwoordde hij en legde de verpakte telefoon op de toonbank. 'Deze twee, graag.'

07.38 uur

Marten liep de gang door, het Musikfone-tasje met zijn telefoon en kaart in zijn tas. Hij was zich nauwelijks bewust van zijn omgeving of de mensen om hem heen. Hoe had hij zo blind en naïef kunnen zijn?

Pater Willy had hem alles verteld toen ze uit het regenwoud terugliepen, vlak voor ze de schoten hoorden en de jongens schreeuwend op hen waren afgerend.

'Ik vertrouwde u, meneer Marten, omdat ik wel moest,' had hij gezegd. 'Ik kon u de foto's niet geven omdat ik niet weet wie u tegen zou kunnen komen als onze wegen zich scheiden. Ik hoop dat u een duidelijk beeld hebt van wat u hebt gezien en wat ik u heb verteld. Neem die informatie mee en vertrek zo snel u kunt van Bioko. Mijn broer zit in Berlijn, hij is een zeer capabel man. Ik hoop dat tegen de tijd dat u bij hem bent, er geen aanleiding meer is om hem en uw Amerikaanse politicus hierover te vertellen. Vertel het ze toch maar.'

Geen reden om hún erover te vertellen?

Natuurlijk niet als zijn broer die foto's *voor zijn neus had liggen*!

Pater Willy had op een of andere manier kans gezien om de foto's naar hem te sturen, misschien wel via de gewone post zoals hij al eerder had bedacht of op een andere, simpelere manier. Als hij het bij het rechte eind had, en dat wist hij zeker, dan waren de foto's dus daar, bij Theo Haas in Berlijn.

Het probleem was dat als hij dit kon bedenken, het niet zo lang zou duren voordat Conor White en/of de majoor en de soldaat met het haviksgezicht dat ook zouden doen. Hoe lang zou het duren voordat ze de antecedenten van Willy zouden natrekken en ze, ondanks een andere achternaam en een wereld van verschil, zouden ontdekken dat hij en de beroemde romanschrijver Theo Haas broers waren?

Als ze het eenmaal doorhadden, zou er een race beginnen wie er het eerst bij hem zou zijn. Wanneer dat gebeurde en de foto's boven water kwamen, zou alles waarvoor pater Willy en zijn dorpsgenoten gestorven waren óf een publieke rechtvaardiging zijn voor het leger om door te gaan met zijn barbaarse razernij, óf in het niets verdwijnen door toedoen van Conor White.

Beide waren onacceptabel voor Marten. Hij moest Theo Haas zien te bereiken om hem te waarschuwen. Hij moest hem zeggen dat hij in gevaar was en dat hij de foto's naar de politie moest brengen. Bij nader inzien was dat iets dat onbedoelde gevolgen kon hebben, als ze in handen vielen van iemand die het belang ervan inzag en ze verkocht aan de rioolpers of ze eenvoudigweg op internet zou zetten. Als dat zou gebeuren, had de regering van Equatoriaal-Guinea zonder er enige moeite voor te hoeven doen bereikt wat ze wilde. Nee, er moest voorzichtig en precair gehandeld worden, rekening houdend met het feit dat het leven van Theo Haas binnenkort ernstig gevaar zou lopen. Marten had, hoopte hij, een kleine kans voordat de anderen beseften wie Haas was en wat zijn broer naar alle waarschijnlijkheid had gedaan.

Hij was al in Parijs. Berlijn was maar kort vliegen. Hij zou er zo snel mogelijk heen moeten, zonder aandacht te trekken.

07.42 uur

18

07.45 uur

Marten liep snel door de terminal, op zoek naar een monitor waar een vlucht naar Berlijn op zou staan. Het besef dat iemand hem zou volgen, iets wat hij eerder als onzinnig had afgedaan, werd opeens een reëel probleem. Het laatste waar hij op zat te wachten was achtervolgd te worden door iemand die hem aan boord van een vliegtuig naar de Duitse hoofdstad zou zien gaan en daar verslag van zou uitbrengen.

Hij keek om.

De man met de onderkin was nergens te zien. De man met de kaki broek en blauwe polo ook niet. Anne Tidrow en haar grijsharige vriend waren ook in geen velden of wegen te bekennen. Misschien maakte hij zich druk om niks. Als dat zo was, jammer dan.

Tien meter verderop hing een bord met vertrektijden. Weer keek hij om. Hij zag alleen onbekenden. Even later stond hij het bord met de vertrekkende vluchten te bekijken. Een meter of twintig achter hem stopte een jongen met een baardje. Hij droeg een spijkerbroek en een sweater met PARIS, FRANCE erop en een rugzak over zijn schouder. Hij tilde nonchalant zijn arm op alsof hij een hoest wilde onderdrukken.

'Twee hier,' zij hij zacht in een microfoontje dat in zijn mouw zat. 'Hij staat stil bij een bord met vertrektijden en staat ernaar te kijken.'

'Bedankt, we nemen het vanaf nu van je over,' sprak een vrouwenstem door zijn oortje.

07.59 uur

Marten liep een koffiehoek binnen die vol zat met reizigers en liep naar de bar. Hij bestelde een croissant en een kop koffie, betaalde, liep naar een afgelegen tafeltje bij een groot raam dat uitkeek over de landingsbaan en ging zitten. Hij nam even de tijd om zijn gedachten te ordenen en keek toen nonchalant om zich heen om te zien of hij iemand herkende. Hij zag alleen anonieme reizigers en luchthavenpersoneel. Hij nam een hap van zijn croissant en een slok koffie. Daarna haalde hij de verpakte telefoon uit zijn koffer. Na nog een slok koffie scheurde hij de verpakking open en haalde de telefoon eruit. Hij wachtte nog even en stond toen op, keek onverschillig om zich heen, liep van de tafel naar het raam en klapte het toestel open. Hij toetste een toegangscode in en de pincode van zijn telefoonkaart. Daarna toetste hij snel een tweede toegangscode in.

'Internationale nummers graag, Berlijn.' Even later kwam er een telefoniste aan de lijn. 'Ik ben op zoek naar het telefoonnummer van Theo Haas,' zei hij. 'Ik heb geen adres.' Hij wachtte, en zei toen: 'Dat weet u zeker? Geen nummer? Oké, bedankt.'

Hij verbrak de verbinding en keek nog een keer om zich heen. Daarna keek hij op zijn horloge, toetste nog een keer zijn toegangscode en pincode in en daarna een tweede telefoonnummer. Terwijl hij dat deed, ging hij met zijn rug naar koffiehoek staan. Een doodgewone reiziger die een telefoontje pleegt.

Ambassade van de Verenigde Staten, Sussex Drive, Ottawa, Canada, 02.10 uur

Een rinkelende telefoon haalde president John Henry Harris uit een half-slapende, halfwakkere toestand. Zij gedachten gingen steeds over omslachtige details van een nieuwe handelsovereenkomst waar hij hier met de Canadese premier en de Mexicaanse president uit probeerde te komen. Hij keek slaperig naar de vier telefoons op zijn nachtkastje. Twee ervan hadden een vaste lijn, de andere twee waren mobieltjes. Een rode en een grijze. De grijze rinkelde. Voor hij het toestel pakte, wist hij al wie er belde.

'Neef,' zei hij in het donker toen hij opnam, en hij trok zijn pyjamasje recht dat in zijn slaap verdraaid was. 'Waar ben je?'

'Parijs.'

'Is alles goed met je?'

'Ja.'

'Ik was ongerust. Ik ben gebriefd over de oorlog op Bioko en de rest van Equatoriaal-Guinea. Ik ben blij dat je veilig bent weggekomen.'

'Anders ik wel.' Harris hoorde de emotie in Martens stem, die snel plaatsmaakte voor een dringende toon. 'Er zijn foto's in omloop van huurlingen van SimCo, het particuliere beveiligingsbedrijf dat Striker heeft ingehuurd in Equatoriaal-Guinea, huurlingen die in het geheim wapens leveren aan de rebellen. De directeur van SimCo, ene Conor White, een Brit, was een van hen.'

'Wát zeg je?'

'De broer van Theo Haas, pater Willy Dorhn, de priester naar wie je me toe hebt gestuurd, heeft ze genomen. Hij is dood. Vermoord door het leger. Ik weet niet waarom de mannen van White zijn betrokken bij de opstand, maar dat zijn ze wel en ik weet bijna zeker dat dit in opdracht van Striker is.'

'En die foto's zijn scherp? Er is geen twijfel mogelijk wie erop staan en wat ze aan het doen zijn?'

'Geen enkele. Ik heb ze zelf gezien.'

'Waar zijn ze? Wie heeft ze nu?' Harris deed het licht op zijn nachtkastje aan en gooide zijn benen over de rand van het bed.

'Daar probeert iedereen momenteel achter te komen. De verhoorders van het leger van Equatoriaal-Guinea en Conor White zelf ook. Niemand kan ze vinden, maar ik denk dat ik weet waar ze zijn.'

'Nicholas, neef van me.' De president stond op en liep op blote voeten door de kamer. 'Ik wil, móét,' zei hij met nadruk, 'zo snel mogelijk die foto's in mijn bezit hebben, zonder dat iemand het weet. Als de mensen van Striker erachter komen, dekken ze zich meteen in. Die van Hadrian ook. Als ze uitlekken naar de media, zitten we met een groot internationaal conflict aan onze broek.'

Parijs, vliegveld Charles de Gaulle

'Dat snap ik.' Marten draaide weg van het raam om nonchalant om zich heen te kijken, alsof hij midden in een saai gesprek zat. Tevredengesteld dat er zich niemand binnen gehoorsafstand bevond, draaide hij weer terug.

'Het is hier even over half acht 's ochtends. Ik ga proberen de vlucht van half tien naar Berlijn te halen, waar Theo Haas woont. Hij heeft een geheim nummer. Ik wil dat je het voor me opzoekt.'

'Hoezo, waarom?' vroeg de president.

'Ik denk dat zijn broer de foto's naar hem heeft gestuurd. Hij heeft ze waarschijnlijk in zijn bezit en is van plan er iets mee te doen, of hij heeft ze maar weet dat nog niet. Als ze per post zijn verstuurd, heeft hij ze misschien nog niet. Ik denk niet dat de anderen al aan Berlijn hebben gedacht, omdat hij en Haas een andere achternaam hebben en er geen reden is om hen met elkaar in verband te brengen. Ik heb dus een voorsprong. In ieder geval die paar uur die het duurt om het door te krijgen en actie te ondernemen.'

'Weet je zeker dat je dit wilt doen?'

'Heb je iemand anders dan?'

Er viel een stilte en Marten wist dat de president zat te overwegen wat de consequenties waren als hij de hulp van de CIA of andere inlichtingendiensten zou inroepen. Hadrian en Striker zouden er meteen achter komen wat er aan de hand was, en waar en waarom.

'Ik regel het telefoonnummer van Haas voor je.'

'Mooi. Er is nog iets,' zei Marten met dringende stem. 'Haas weet misschien nog niet dat zijn broer dood is. Of hij dat nou wel of niet weet, hij kent mij niet en heeft geen enkele reden om me te vertrouwen. Maar hij kent Joe Ryder wel en hij vertrouwt hem. Ryder moet Haas onmiddellijk bellen en hem vertellen dat hij een telefoontje van mij kan verwachten. Hij hoeft niet te zeggen waar het over gaat. Hij kan volstaan met te zeggen dat ik degene was die zijn broer heeft ontmoet op Bioko en dat ik hem wil spreken zodra ik in Berlijn ben.'

'Nicholas, Ryder zit met een delegatie van het congres in Irak om de situatie van Hadrian en Striker te bekijken. Ik weet niet hoe snel ik hem kan bereiken of hoe snel hij contact kan opnemen met Haas.'

'Ik weet dat je er alles aan zult doen. In de tussentijd moet ik het nummer van Haas hebben.'

'Bel me over een half uur terug.'

08.14 uur

Marten verbrak de verbinding en wendde zich van het raam af. Hij zag een bekend gezicht van een verdieping hoger naar beneden kijken.

Anne Tidrow.

In plaats van verbazing te veinzen, of zich om te draaien in de hoop dat hij haar niet zou zien, lachte ze naar hem en zwaaide alsof ze oude bekenden waren. De laatste keer dat hij haar zag, was ze op weg naar buiten geweest met haar grijze vriend. Nu was ze terug en kennelijk alleen. Als ze hem volgde, zou hij daar nu achter komen.

Hij lachte vriendelijk en gebaarde dat ze naar beneden moest komen.

19

Marten keek hoe ze met de roltrap naar beneden kwam. Ze droeg nog steeds de donkerkleurige broek en het getailleerde jasje dat ze in het vliegtuig had gedragen, maar ze leek slanker, minder streng en atletischer dan hij zich haar herinnerde van de bar van het Malabohotel. Hij zag nu pas haar lange, gespierde nek. Het was duidelijk dat ze een goed figuur had en dat ze daar trots op was.

'Ik was op weg naar het station om de trein naar de stad te nemen toen ik je zag,' zei ze toen ze bij hem was. 'Ik vroeg me af hoe het met je ging na zo'n lange vlucht.'

'Ik wou dat ik thuis was en weer aan het werk kon,' zei hij luchtig. 'Mijn vlucht vertrekt over minder dan een uur.'

'Naar Engeland. Manchester was het toch?'

'Ja. Hoe weet je dat?'

'Ik weet ook waar je werkt. Het tuinarchitectenbureau Fitzsimmons and Justice.' Ze lachte. Heeft Conor White me verteld. Hij heeft toegang tot informatie die de meeste mensen niet hebben.'

'Vanwaar die belangstelling voor mijn woonplaats en mijn werk?'

'Nou meneer Marten, wij denken allebei dat je in Malabo niet helemaal eerlijk tegen ons bent geweest. Wij zijn verantwoordelijk voor het welzijn van ons personeel in Equatoriaal-Guinea en het scheen ons toe dat je een andere reden had om daar te zijn dan het verzamelen van plantengegevens. Dus heeft de heer White je antecedenten nagetrokken en…'

'Hij kwam erachter dat ik de waarheid sprak,' maakte hij haar zin af. 'Ik was op Bioko om lokale flora te bekijken voor een paar klanten.' Hij wachtte even. Ze was intelligent, doortastend en duidelijk gewend haar zin te krijgen. 'Ik neem aan dat je daarom in hetzelfde vliegtuig zat. Uit bezorgdheid voor je werknemers volgde je me, om er zeker van te zijn dat de heer White me goed heeft nagetrokken. En daarom stond je me vanaf het balkon te bekijken in plaats van weg te gaan met je vriend.

Ze grijnsde. 'Ik moest toch naar Parijs, dus hebben ze mij dat laten doen.'

'In dat geval kun je hun doorgeven dat mijn vlucht naar Manchester via Londen gaat, en dat er geen reden is om me daar helemaal heen te volgen. Behalve natuurlijk als je van plan bent een huis te kopen in het noorden van Engeland. Ben je ooit in Manchester geweest?'

'Nee.'

'Mocht je er een keer zijn, dan geef ik je graag een rondleiding. Mocht je ooit een tuinarchitect nodig hebben voor thuis of op kantoor in Texas, dan weet je waar je me kunt vinden. Fitzsimmons and Justice, Manchester, Engeland. We staan in het telefoonboek. We zijn duur maar verrichten uitstekend werk. Als je het niet erg vindt, ga ik nu mijn vliegtuig halen. Doe vooral de groeten aan meneer White.' Met die woorden liep Marten weg.

'Welke maatschappij?' riep ze hem na.

Hij keek om. 'Hoezo, wil je mee?'

'Nee, maar misschien laat ik u volgen.'

'Ga je gang,' zei hij met een grijns. 'British Airways.' Hij draaide zich om en liep verder.

08.22 uur

Dat Marten het bord met vertrektijden had bestudeerd kwam nu goed van pas. Toen hij uitvogelde hoe laat de volgende vlucht naar Berlijn vertrok, had hij ook gezien dat de vlucht naar Manchester via Londen ging en met welke maatschappij. Hij was jaloers geweest omdat hij veel liever daarheen was gegaan. Het was in zijn hoofd blijven zitten en was nu een welkome, geloofwaardige bestemming geweest die hij aan Anne Tidrow kon doorgeven. Als ze hem geloofde tenminste, waar hij niet zeker van was. Ze was veel te blasé geweest toen ze hem vertelde dat zij en White hem niet hadden geloofd in Malabo. Net als toen ze vroeg met welke maatschappij hij naar huis zou vliegen. Misschien maakt ze een grapje, maar waarschijnlijk niet. Het was duidelijk dat ze dachten dat hij iets wist over die foto's en hem pas lieten gaan wanneer ze dat zeker wisten, hoe dan ook.

De vlucht uit Malabo was aangekomen in Terminal – of 'hal' zoals ze hier zeiden – 2F. De British Airways-vlucht naar Londen vertrok om tien over negen vanuit hal 2B. Dat gaf Marten verdomd weinig tijd om van de ene naar de andere terminal te lopen, een ticket naar Londen te kopen, een plek te zoeken waar hij de president terug kon bellen, hem te bellen en naar de gate te lopen. Daar aangekomen zou hij wachten tot de passagiers gingen instappen en dan plotseling een kiosk induiken alsof hij iets was vergeten te kopen, en dan naar hal 2D te lopen om de Air Francevlucht naar Berlijn van half tien te pakken. Het was een hele onderneming, maar hopelijk afdoende om Anne Tidrow en wie hem nog meer volgde op het verkeerde been te zetten en ongemerkt naar Berlijn te kunnen vliegen.

Het probleem met Anne Tidrow was dat toen hij haar erop betrapte dat ze hem in de gaten hield, haar reactie was geweest naar hem te lachen en te zwaaien. Toen hij haar er achteraf van beschuldigde dat ze hem volgde, had ze dat toegegeven en ook een reden gegeven. Of in ieder geval een gedeeltelijke reden. In dergelijke situaties kon je het beste eerlijk zijn. Of in ieder geval gedeeltelijk. Het probleem was dat de meeste mensen dat niet waren. Ze aarzelden en verzonnen iets en keken je zeker niet aan zoals zij dat had gedaan. Misschien was een dergelijke zelfverzekerdheid het gevolg van haar positie in de raad van bestuur van een grote oliemaatschappij of misschien kwam het ergens anders vandaan. Hij had geen idee wáár vandaan.

08.44 uur

Marten sloot achteraan in de rij naar de veiligheidscontrole, wendde zich af, haalde de blauwe mobiele telefoon uit zijn tas en pakte een pen en een notitieboekje uit zijn zak. Hij keek om zich heen en herhaalde de procedure van daarstraks.

Ambassade van de Verenigde Staten in Ottawa, Canada, 02.44 uur

President Harris nam na één keer rinkelen op. 'Ik heb net met Joe Ryder gesproken. Hij kan ieder ogenblik Theo Haas bellen. Ik heb het privénummer van Haas voor je. Heb je een pen bij de hand?'

'Ja.'

'030-555-5895.'

'Dank je.'

'Als je Haas hebt gesproken, wil Ryder je spreken. Ik ook. Bel me en ik regel dat we op een of andere manier een beveiligde *conference call* kunnen doen. Ik weet nog niet precies hoe we dat gaan doen, want hij is onderweg, maar tegen de tijd dat je belt weet ik hoe dat moet.' De president aarzelde even. 'Nick, Nicholas, neefje van me. Ik heb even snel je maatje Conor White nagetrokken. Hij heeft zijn sporen verdiend als Britse commando. Hij heeft de hoogste onderscheiding, het Victoriakruis, en een heleboel andere medailles als bewijs. Wees alsjeblieft voorzichtig, oké? Ik wil je niet kwijt.'

'Ik wil mezelf ook niet kwijt. Ik bel je als ik iets te melden heb.' President Harris hoorde Marten de verbinding verbreken. Hij keek op zijn horloge. Kwart voor drie 's nachts. Kwart voor negen 's morgens in Parijs.

20

08.48 uur

Marten liet zijn instapkaart van British Airways aan de beveiligingsbeambte zien, zette zijn koffer op de lopende band, deed zijn riem af, legde hem samen met wat kleingeld in een bak en liep door de metaaldetector. Even later pakte hij zijn riem, kleingeld en koffer en liep naar gate B34, vanwaar hij zou vertrekken. Hij had sinds hij bij de ticketbalie in de rij stond niet een keer gezien dat iemand hem in de gaten hield. Dat betekende niet dat er niemand was. Het betekende alleen dat hij ze niet had gezien.

08.50 uur

Rechts voor Marten was gate B34. Er stond een lange rij passagiers die bezig waren in te stappen voor de vlucht naar Londen. Aan zijn linkerkant waren toiletten en een winkeltje met boeken, kranten en etenswaren. Daarnaast zat een broodjeszaak. Hij liep doelgericht door en ging in de rij bij gate B34 staan. Een meter of vijf voor hem stond een slanke, atletisch gebouwde man van middelbare leeftijd in tweedjasje en spijkerbroek in de menigte om aan boord te gaan en tegelijkertijd afwezig te kijken hoe Marten op hem af kwam lopen. Hij hield zijn arm voor zijn mond alsof hij een hoest wilde onderdrukken of zijn keel schraapte.

'Drie hier. Hij is zojuist in de rij gaan staan om in te stappen,' zei hij zacht in een microfoon die in zijn mouw zat.

'Een hier. Bedankt,' antwoordde een mannenstem in een nauwelijks zichtbaar oortje in zijn linkeroor.

'Wat wil je dat ik doe?'

'Blijf bij hem en ga mee aan boord. Vergewis je ervan dat hij in het toestel zit als het wegtaxiet.'

'Oké.'

Kort daarvoor had Marten opgekeken, instinctief of per toeval, en een atletisch gebouwde man van middelbare leeftijd in een tweedjasje en spijkerbroek gezien die vooraan in de rij naar hem stond te kijken en tegelijkertijd zijn lippen bewoog terwijl hij zijn hand bij zijn mond hield. Nu zag Marten hoe hij zijn hand liet zakken en nonchalant uit de rij stapte om iets te vragen aan iemand in een uniform van British Airways achter de balie bij de gate.

Toen wist hij het meteen. Wat hij eerder ook gedacht mocht hebben, er was nu geen twijfel meer over mogelijk dat hij in de gaten werd gehouden. Maar door wie? Door mensen van Conor White en Anne Tidrow? Mensen die handelden in opdracht van het leger van de Republiek Equatoriaal-Guinea? En het waren er meer dan één. De man had met iemand staan praten, wat inhield dat ze minstens met z'n tweeën waren, misschien meer.

08.52 uur

De rij voor het instappen werd snel korter toen de mensen aan boord van het vliegtuig gingen. De 'atleet', zoals Marten had besloten hem te noemen, sprak nog steeds met de werknemer van British Airways en stond te gebaren alsof er iets niet in orde was met zijn ticket of stoelnummer of iets dergelijks. Af en toe wendde hij zijn blik af alsof hij ervan baalde welke kant het gesprek opging. Marten wist dat dat wegkijken was bedoeld om hem in de gaten te kunnen houden. Om te kijken of hij nog in de rij stond. Zich ervan te vergewissen dat hij opliep met de rest van de passagiers, waarvan er nu nog maar een stuk of twintig over waren. 'Atleet' of geen 'atleet', als Marten weg wilde, moest hij het snel doen.

'Sorry,' zei hij tegen een jonge vrouw achter hem. 'Ik barst van de koppijn en moet er iets tegen halen voor ik aan boord ga. Zou u mijn plaats vast willen houden? Ik ben zo terug.'

En weg was hij. Hij liep de rij uit en stak over naar het winkeltje met boeken, kranten en etenswaren aan de andere kant van de gang.

De 'atleet' draaide zich onmiddellijk af van de medewerker van de luchtvaartmaatschappij en bracht zijn hand naar zijn mond. 'Hij is zojuist uit de rij gestapt en een kiosk aan de overkant binnengegaan!' riep hij in zijn verborgen microfoon.

'Blijf bij hem! Blijf bij hem!'

Marten liep gehaast de kiosk binnen en keek of er een andere uitgang was. Hij bekeek een tijdschriftenmolen en liep langs een rek met toiletartikelen. Hij had geen tijd om zich met de 'atleet' bezig te houden, hij moest de uitgang zien te vinden en ervandoor gaan. Maar waar? Er was geen andere uitweg. Voor hem stond een rek met bestsellers. Rechts van hem een groot rek met tijdschriften. Links een plafondhoge kast met PARIS, FRANCE-T-shirts en petten.

'Shit!' zei hij en draaide zich om om een andere uitgang te zoeken. Hij zag de 'atleet' de winkel in lopen en vlak na de ingang blijven staan. Hij keek de winkel rond. Marten keek meteen weg. De enige uitgang was de deur waar de man stond. Als hij daar gebruik van wilde maken, moest hij langs hem lopen. De seconden tikten weg. Als hij de vlucht naar Berlijn zou missen, was de kans aanzienlijk dat de mensen van Striker en SimCo of het Equatoriaal-Guinese leger eerder bij Theo Haas op de stoep zouden staan dan hij. 'Atleet' of niet, hij had geen andere keus dan hem voorbij te lopen en wel meteen.

Hij draaide zich en wilde weglopen toen hij vlakbij een deur open zag gaan en een vrouwelijke bediende uit een achterkamertje zag komen. Ze duwde een karretje met tijdschriften en dozen snoep. In een oogwenk was Marten haar voorbijgelopen, de kamer in, om naar een service-uitgang te zoeken. Hij zag alleen planken vol voorraad.

De bediende kwam achter hem aangelopen. 'Meneer,' zei ze met een Frans accent, 'u mag hier helemaal niet komen!'

'Sorry,' antwoordde hij, en draaide zich ontmoedigd om. Toen zag hij aan de zijkant een uitgang met over de hele breedte een handgreep. Er hing een rood waarschuwingsbord boven.

'NOODUITGANG', stond er in het Frans en in het Engels. Marten keek ernaar. Als hij hem zou openen, zou het alarm afgaan. Mensen zouden erop afkomen. Perfect.

'Sorry,' zei hij nogmaals tegen de bediende en hij liep naar de andere kant van de ruimte en duwde de deur open.

21

Marten liep snel met zijn koffer achter zich aan, het geloei van het alarm van de nooduitgang en de drukte van naar de winkel rennende beveiligingsbeambten achter hem nam af toen hij hal 2B uitliep en zich door de menigte nieuwsgierige reizigers bewoog die werden aangetrokken door de plotselinge activiteit. Hij liep naar hal 2D en zijn bestemming: gate D55 en zijn vlucht naar Berlijn met Air France.

Rechts van hem boden ramen van de vloer tot het plafond uitzicht op andere terminals die hij onderweg passeerde. Hij zag dat de heldere hemel met hier en daar een wolkje die hij eerder die dag had gezien nu helemaal bewolkt was. Regen sloeg in dikke druppels tegen het glas. Plotseling, zelfs nu hij zich naar het vliegtuig haastte en tegelijkertijd probeerde de 'atleet' en zijn onzichtbare helpers te ontlopen, bracht de regen herinneringen terug aan de storm in Malabo, waarvan hij bang was geweest dat die hem uren, misschien zelfs dagen vertraging zou opleveren. Het was een gedachte die de regelmatig terugkerende herinnering aan Bioko met zich meebracht: pater Willy en de jongetjes die waren doodgeslagen door legertroepen, de lichamen van de moeder en haar kinderen die vastzaten in de takken van de drijvende boom, de boosaardige gelaatstrekken van de soldaten die hem moordzuchtig achtervolgd hadden door het regenwoud, de dodelijke, priemende ogen en het stamlitteken van de majoor die hem had ondervraagd, de bespottelijke entree van president Tiombe in de bar van het Malabo Hotel en de afschuwelijke kille blik waarmee hij Marten had bekeken toen hij was doorgelopen.

Er was maar één woord dat zijn gevoelens juist weergaf: woede.

De bevolking van Equatoriaal-Guinea was slachtoffer van het systeem en de maatstaven van een dynamiek die ver buiten hun invloed lag. Waar hij nog bozer van werd was het verlammende besef dat hij er zo weinig aan kon veranderen. Pater Willy had het geprobeerd, had alles gedaan wat hij kon, en was daarom nu dood. Maar hoe het ook was afgelopen, hij had het wél geprobeerd. Net als Marten het nu, op zijn eigen manier, ook probeerde. Als hij op een of andere manier aan de foto's kon komen en ze aan president Harris en Joe Ryder kon geven, zouden ze voldoende munitie opleveren om Striker, Hadrian en SimCo onder druk te zetten om de levering van wapens aan de rebellen te stoppen en tegelijkertijd Tiombe te dwingen zijn troepen terug te trekken, een combinatie die het barbaarse karakter van de gevechten zou kunnen verminderen. Het was niet veel, maar als hij het voor elkaar kreeg, was het in ieder geval iets. En voor Marten betekende zijn onhandige ontsnapping uit de krantenkiosk hopelijk genoeg om de 'atleet' en degenen die met hem samenwerkten van zich af te schudden. Voor hem zou 'niet veel' alles betekenen.

09.07 uur

De 'atleet' werd halverwege de gang voor hal 2B staand gehouden. Door de glazen muur van de terminal zag hij het toestel naar Londen wegtaxiën van de gate. Hij bracht zijn hand naar zijn mond. 'Drie hier,' zei hij zacht maar met dringende stem. 'Wie heeft hem nu?'

'Twee hier. Hij kwam terug van de gate. Hij is door security gegaan en we zijn hem kwijt. Eén?

'Ik ben hem ook kwijt.'

'Jullie zijn met z'n drieën. Iemand had hem toch moeten zien! Vier, waar zit je?'

Stilte.

'Vier, ik herhaal: waar zit je?'

Stilte.

'Eén hier. Vier geeft geen antwoord.'

09.11 uur

Anne Tidrow zag Marten hal D inlopen en naar de gatenummers zoeken. Ze had meteen geweten dat hij had gelogen over zijn vlucht naar Londen met British Airways en zijn overstap naar Manchester. In de paar minuten voor hij haar achter de balustrade had zien staan, had zij hem al gespot. Hij had op het punt gestaan een koffiehoek binnen te gaan toen hij een paar piloten van Air France had aangesproken en hun de weg had gevraagd. Een van hen had in de richting van hal D gewezen. Marten had geknikt, hen bedankt en was naar de kofiehoek gegaan waar hij koffie en een croissant had gekocht en niet lang daarna zijn mobieltje had gebruikt.

Ze zag hem naar gate 55 lopen en in de rij gaan staan met de passagiers voor vlucht 1734 naar Berlijn. Anderhalve minuut later overhandigde hij zijn instapkaart aan iemand van Air France, liep de slurf in en verdween uit het zicht.

Ze haalde een keer diep adem en bracht haar hand naar haar mond, alsof ze een hoest onderdrukte.

'Vier hier. Ik sta in hal D. Ik dacht dat ik hem deze kant op zag komen, maar toen ging hij met de roltrap omlaag en was ik hem kwijt.'

'Begrepen, vier,' antwoordde de stem van één.

Anne Tidrow keek hoe de laatste passagiers de slurf inliepen en de mensen van Air France de deur achter hen dichtdeden. Ze treuzelde nog even en liep toen weg. Ze haalde een BlackBerry uit haar tas, toetste een nummer in, en wachtte tot hij overging.

Voorbije levens, dierbare herinneringen, oude vrienden.

Tegen de tijd dat Marten in Berlijn zou arriveren en de stad zou ingaan – met een taxi, een huurauto, het openbaar vervoer of lopend – zou ze weten waar hij naartoe ging en waar ze hem kon vinden.

22

Berlijn, luchthaven Tegel, nog steeds vrijdag 4 juni, 11.15 uur

Nicholas Marten stapte uit tussen de andere passagiers van Air France vlucht 1734. Met zijn koffer achter zich aan verliet hij gate A14 en liep door de douane. Hij had niets aan te geven. Hij kwam in de aankomsthal, waar mensen bij elkaar stonden om anderen op te halen die geland waren. Hij liep er snel doorheen en een paar minuten later stond hij buiten in de warme zon en liep naar de taxistandplaats. Nog een stuk of tien passen en hij was aan het eind van de stoep, weg van de mensen. Hij keek snel om zich heen, ritste het bovenste vak van zijn koffer open en haalde het blauwe mobieltje tevoorschijn. Het nummer van Theo Haas stond inmiddels in zijn geheugen gegrift. Hij toetste het in en wachtte. De telefoon ging vier keer over en schakelde toen over op de voicemail. Een hese mannenstem waarvan hij aannam dat het die van Haas was, had een korte boodschap ingesproken. De boodschap werd gevolgd door een stilte, waarna de piep kwam om een bericht achter te laten. Hij dacht er even aan om zijn naam te noemen en over Joe Ryder te beginnen, maar zag daar van af en hing op. Wie weet wie zijn berichten allemaal af konden luisteren – vrouw, vriendin, assistent, secretaresse? Misschien besprak hij persoonlijke zaken met mensen die hij goed kende, misschien ook niet. De kans was trouwens groot dat Joe Ryder hem nog niet te pakken had gekregen. Of misschien had hij het wel geprobeerd maar net als Marten alleen de voicemail gekregen. Nee, dacht Marten, ik kan beter wachten en het later op de dag nog een keer proberen. Hij klapte de telefoon dicht, stopte hem in zijn jaszak en liep naar de rij voor de taxi's.

Een dikke vrouw met grijs haar in een geelbruine zomerjas zag hem lopen. Ze had tussen de andere mensen bij gate 14 staan wachten op aankomende passagiers en was hem gevolgd toen hij wegliep. Ze had hem op de stoep zien staan, een mobieltje uit zijn koffer zien halen en een telefoontje zien plegen. Nu volgde ze hem weer. Ze stond stil toen hij in de rij voor de taxi ging staan en zag hem in een zwarte Mercedes stappen. Nummer 77331.

11.35 uur

Madrid, internationale luchthaven Barajas; zelfde tijdstip

Moe, maar opgelucht om weer thuis te zijn na een vertraging van bijna twee uur in Parijs vanwege een technisch probleem, liepen Marita Lozano en haar studenten weg bij de bagageband van Iberia, gingen door de douane en liepen de aankomsthal in, op weg naar de metro die hen naar het centrum van de stad zou brengen.

Net als in de aankomsthal in Berlijn stond het ook hier vol met vrienden, familieleden, zakenrelaties en anderen die iemand kwamen ophalen. Onder hen waren een stuk of tien chauffeurs, de meeste in een donker pak en wit overhemd, ingehuurd om mensen op te halen. Ze hielden bordjes omhoog waarop handgeschreven namen van hun klanten stonden.

'Marita, kijk!' zei Rosa, die het als eerste zag. 'Een bordje met jouw naam erop.'

Onzeker keek Marita naar de chauffeurs. Een knappe jonge man hield een bordje omhoog met 'Dokter Lozano' erop.

'Da's vast een andere, rijkere dokter Lozano, zei Marita lachend en ze liep door.

Toen ze voorbijliepen kwam de man plotseling op hen af.

'Marita Lozano?'

'Ja.'

'Ik heb een limousine om u naar de stad te brengen.'

'Mij?'

'Ja, en uw vrienden ook.'

'Ik begrijp het geloof ik niet helemaal.'

Hij lachte. 'De oliemaatschappij in Bioko betaalt. Om u te bedanken voor het werk dat u hebt verricht en u te compenseren voor het gedoe met het leger. Ik heb de opdracht u allemaal thuis af te zetten.'

Marita bekeek hem aandachtig. Er klopte iets niet.

'Dat is heel vriendelijk van u,' zei ze beleefd, 'maar ik denk dat we toch maar met de metro gaan.'

'Het bedrijf staat erop, dokter. U hebt allemaal een lange reis achter de rug.'

'Ik weet het niet, hoor,' antwoordde Marita, die nog steeds twijfelde.

'O, Marita, kom op nou,' zei Rose giechelend. 'We zijn hartstikke moe. Het is toch heel aardig van hem?'

Luis grinnikte. 'Wie gaat er nou met de metro als hij ook met een limo kan?'

'Niemand,' antwoordde Ernesto.

Marita twijfelde nog steeds.

'Marita, kom op,' drong Rosa aan.

Uiteindelijk zwichtte ze. 'Oké Rosa, we gaan met de limousine.'

'Mooi,' zei de chauffeur hartelijk. Hij nam haar bagage en die van Rosa over leidde hen naar de uitgang.

23

Frisgedoucht en geschoren stond Nicholas Marten uit het raam naar beneden te kijken. Hij was op blote voeten en in ontbloot bovenlijf en droeg alleen een spijkerbroek. Hij had de donkerblauwe mobiele telefoon in zijn hand. Na een korte aarzeling belde hij voor de derde keer sinds hij anderhalf uur eerder had ingecheckt in het hotel het nummer van Theo Haas dat president Harris hem had gegeven.

Hij ging weer over. Na de vierde keer kreeg hij weer die hese voicemailstem. Hij hing op.

'Verdomme,' vloekte hij. Waar hing Haas in godsnaam uit? Wat was hij aan het doen? Wanneer zou hij thuiskomen?

Hij bedacht plotseling dat de Nobelprijswinnaar wel eens op reis zou kunnen zijn en helemaal niet in de stad was. En dan? Moest de president of Joe Ryder hem dan op zien te sporen? Dat kon dagen duren, langer zelfs. Waar waren de foto's in de tussentijd, aangenomen dat pater Willy ze inderdaad naar zijn broer had gestuurd? Waar? Ergens op een Berlijns postkantoor? Of lagen ze gewoon ergens bij Haas thuis, geopend of ongeopend? Of had Haas ze meegenomen en was hij bezig met de voorbereidingen om ze aan de wereld te laten zien, zoals alleen een heetgebakerde, wereldberoemde schrijver dat zou kunnen en zeer waarschijnlijk ook zou doen?

Meteen bedacht Marten iets anders: dat de mensen van Conor White of die van het Equatoriaal-Guinese leger misschien sneller door hadden gehad dat pater Willy en Theo Haas broers waren dan hij had gedacht. Misschien had een van beide groepen hem al gevonden. In een reflex, dringend en bijna onbewust, pakte hij de telefoon weer en toetste Haas' nummer nog een keer in.

Hij ging weer over. Vier keer. Marten verwachtte dat de voicemail aan zou springen toen in plaats daarvan een mannenstem antwoordde.

'Ja,' klonk het grommend in het Duits.

'Mijn naam is Marten, Nicholas Marten. Ik bel voor…'

'Spreekt u mee,' zei Theo Haas bits in het Engels.

'Ik zou graag ergens met u afspreken. Kan ik langskomen?'

'Tegenover de Tiergarten. Platz der Republik. Het grasveld tegenover de Reichstag. Om vijf uur. Ik ben die oude man met een groene pet op en een wandelstok. Ik zit op een bankje bij de Scheidemannstrasse. Als u er om tien over nog niet bent, ga ik weer.'

Er klonk een abrupte klik toen er werd opgehangen.

'Kijk eens aan,' zei Marten hardop, opgelucht. Er was hem in ieder geval niemand voor geweest. Nog niet tenminste.

Platz der Republik, 16.45 uur

Marten was vroeg in het park, vastbesloten om Haas niet mis te lopen door iets buiten zijn macht. Voor hem lag, uitgestrekt over ruim vierhonderd meter, de Platz der Republik. Honderden mensen genoten er van een warme vroege zomermiddag. Aan zijn rechterhand lag het enorme gebouw van de historische Reichstag, het Duitse parlementsgebouw. Hij herinnerde zich vaag dat het in 1933 door de nazi's in brand was gestoken en in 1999 herbouwd was als symbool van de Duitse eenheid die volgde op de Koude Oorlog. De woorden die in 1916 uitgehouwen waren boven de voorgevel waren ook gerestaureerd. DEM DEUTSCHE VOLKE (van het Duitse volk). Misschien wilde Haas indruk maken op Marten met de historische betekenis van deze woorden en had hij daarom hier afgesproken. Misschien betekende het wel niets. Wat wel vreemd was, was dat hij buiten, en plein public had afgesproken in plaats van bij hem thuis, waar ze veel meer privacy zouden hebben. Helemaal omdat hij wist dat Marten hem iets wilde vertellen wat over zijn broer ging. Hij stond erom bekend dat hij nogal een persoonlijkheid was, dus misschien had hij het in een opwelling gedaan of wilde hij geen vreemden over de vloer hebben.

16.50 uur

Marten was aan de andere kant van het park aangekomen en liep weer terug. Hij bleef in de buurt van het pad dat bij de Scheidemannstrasse liep. Hij keek naar ieder bankje dat hij tegenkwam. De meeste waren bezet. Hij keek ook naar de rest van het park en het leek hem schier onmogelijk het uit te kammen op zoek naar een oude man met een groene pet en een wandelstok.

Hij was bij de Reichstag en liep dezelfde weg weer terug. Nog steeds geen groene pet, geen oude man met een wandelstok.

Hij stond stil aan de andere kant van het park en liep nog een keer terug. En als hij nou eens niet kwam opdagen? Hij kon alleen maar bellen en duimen dat er werd opgenomen en dat niemand hem voor was geweest. Hij moest denken aan de tien minuten speling die Haas hem had gegeven. Waarom had hij dat gedaan? Hij vroeg zich weer af waarom die oude man op zo'n drukke, openbare plek had willen afspreken. Misschien vond hij het gewoon een veilig idee om iemand die hij niet kende in een druk park te ontmoeten, zeker gezien wat er met zijn broer op Bioko was gebeurd. Maar toch, een rustig restaurant of café zou hetzelfde effect hebben gehad.

Opnieuw keek Marten om zich heen. Nog steeds niemand. Toen zag hij vanuit zijn ooghoek dat er een taxi uit de Scheidemannstrasse kwam en langs de weg parkeerde. Er verstreek wat tijd, toen ging het achterportier open en stapte er een oude man uit met een groene pet op en een wandelstok in zijn hand. Hij gooide het portier met een woeste klap dicht en liep het park in naar een nabijgelegen bankje. Het was precies vijf uur. Theo Haas was gearriveerd.

24

Anne Tidrow liep ruim twintig meter achter Marten het park in. Ze bleef bij hem in de buurt tot hij aan de andere kant was en zich omdraaide. Toen ging ze achter een groepje toeristen staan om te kijken waar hij nu heen zou gaan.

Ze was hem met een taxi naar de Platz der Republik gevolgd en had hem de hoek van de Friedrichstrasse om zien komen, Unter den Linden op. Hij was nog een stuk doorgelopen tot aan de historische Brandenburger Tor. Daar was hij eerst rechtsaf gegaan en daarna linksaf, om vervolgens over te steken naar het park tegenover de Reichstag. Daar was ze uitgestapt en hem verder te voet gevolgd.

Haar Lufthansa-vlucht uit Parijs was een uurtje later geland dan Martens vlucht. Ze had onmiddellijk contact opgenomen met de 'voorbije levens, dierbare herinneringen, oude vrienden'-contactpersoon en gehoord dat Marten een taxi had genomen naar het Mozart Superiorhotel en had ingecheckt. Niet lang daarna was er een privédetective in de lobby gaan zitten, die zorgvuldig in de gaten hield wie er allemaal in- en uitliepen.

Vijfentwintig minuten later had ze een kamer genomen in het nabijgelegen Adlon Kempinskyhotel. Er stond een taxi voor de deur te wachten. Iets minder dan drie zenuwslopende uren en ontelbare telefoontjes met de privédetective in de lobby van het Mozart Superiorhotel later, werd ze gebeld met de boodschap dat Marten zojuist zijn sleutel bij de receptie had afgegeven en naar buiten liep. Even later gaf de detective door dat hij hem volgde over de Friedrichstrasse in de richting van Unter den Linden.

In minder dan drie minuten – met een zonnebril op, haar strak naar achter in een staart, als toerist verkleed in een spijkerbroek, sneakers en een modieus spijkerjasje – zat ze in de taxi die kant op. Ze was bang dat de detective hem kwijt zou raken als Marten onverwachts zelf een taxi aan zou houden. Ze had hem gezien toen hij de hoek omkwam en Unter den Linden op liep.

Nu zag ze op minder dan dertig meter afstand hoe Marten afliep op een oude man met een groene pet en een wandelstok die zojuist op een bankje was gaan zitten. Ze zag dat Marten iets tegen de man zei en dat de man hem vervolgens eerst aandachtig bestudeerde voor hij gebaarde dat hij moest gaan zitten. Ze ging langzamer lopen en stond toen stil achter twee jongens die een balletje aan het trappen waren. Ze wilde dichterbij komen, in de hoop dat ze kon horen wat er werd gezegd, maar besloot dat dit te riskant was en bleef waar ze was. Het laatste wat ze nu kon gebruiken was dat Marten zou opkijken en haar zou herkennen.

Ze wist niet hoe lang ze had staan kijken. Om haar heen was volop activiteit: de jongens met de voetbal, kinderen op een verjaardagsfeestje die elkaar achternazaten, mensen die in het briesje aan het vliegeren waren, honden die achter een frisbee aanrenden, verliefde stelletjes die hand-in-hand liepen en geen oog hadden voor de wereld om hen heen. Anderen, veelal nog in werkkleding en zo te zien vroeg op weg naar huis om nog even van de zon te kunnen genieten, zaten op bankjes of lagen in het gras.

Plotseling weerklonk op een meter of twintig afstand van het bankje waar Marten en de oude man zaten te praten, een explosie van rotjes. Er ontploften er dertig of veertig tegelijkertijd. Mensen schreeuwden het uit van schrik. Geschrokken kinderen gilden. Honden blaften. Zelfs Marten reageerde. Hij sprong op en keek in de richting van de knallen. Het volgende moment sloeg het noodlot toe. Een jonge man met krullen in een zwarte trui dook op uit het niets en ging op de man op het bankje af. In zijn hand blonk een mes. Even later haalde hij het over de keel van de oude man, stond heel even stil om zijn werk te bekijken en rende toen in de richting van de Scheidemannstrasse.

Marten zag de aanvaller precies op het moment dat er een vrouw begon te gillen. In een oogwenk stond hij naast de oude man. Hij tilde diens onderuitgezakte hoofd op, hield het voorzichtig vast, legde het zachtjes terug en rende achter de aanvaller met de krullen aan. In drie passen was hij bij het trottoir en stak hij met gevaar voor eigen leven de drukke Scheidemannstrasse over om achter de man aan te rennen in de richting van de Brandenburger Tor.

17.16 uur

25

17.18 uur

Marten zag hem een meter of veertig voor hem rennen, het verkeer ontwijkend. Toen hij bij de Brandenburger Tor was, keek hij achterom. Marten kon zijn gezicht duidelijk zien. Het was een jong, smal gezicht met verwilderde ogen die dicht bij elkaar stonden onder die woeste bos zwarte krullen. Wie was hij? Waarom had hij Theo Haas vermoord? Zo gruwelijk en in het openbaar? Had Conor White hem gestuurd? Het Equatoriaal-Guinese leger? Was hij Haas vanaf zijn appartement gevolgd? Betekende dit dat iemand de foto's al in handen had en dat Haas dit wist? Wist hij wie dat was? Moest hem daarom snel het zwijgen worden opgelegd, voor hij het aan iemand kon vertellen? Waarom hadden ze dan niet geprobeerd om Marten ook te doden?

Marten ging harder lopen in een poging hem bij te houden. Hij zag de jonge man zigzaggen tussen de auto's, touringcars, taxi's en toeristen die voor een opstopping zorgden bij de Brandenburger Tor. Weer keek hij om en weer zag Marten zijn gezicht. Het stond grimmig, verwilderd en op een vreemde manier triomfantelijk. Op dat moment voelde hij dat hij niet achter een beroepsmoordenaar aanzat, maar achter een maniak.

17.20 uur

Anne Tidrow liep op een afstand van een seconde of twintig achter Marten en rende bijna net zo hard. Ze zag hem een meute toeristen inlopen en erin opgaan. Ze liep door, baande zich een weg door de menigte, maar zag hem niet.

De onverwachte moord op de oude man had alles in een stroomversnelling gebracht. Wie was hij? Wist hij van de foto's af? Zo ja, wat had hij Marten dan verteld voor hij werd vermoord en waar moesten ze gaan zoeken? Als ze Marten nu uit het oog zou verliezen en hij achter de foto's aan zou gaan in plaats van terug te gaan naar zijn hotel, zou ze er waarschijnlijk nooit achter komen.

Ze rende verder langs dezelfde route die Marten had genomen, de menigte in, die nu gonsde van de spanning omdat er zojuist een achtervolging had plaatsgevonden. Ze had spijt dat ze niet een van haar contactpersonen had meegenomen. Ze dacht even dat ze Marten kwijt was en raakte bijna in paniek. Toen zag ze hem weer, een meter of vier voor haar uit. Hij stond stil in de verzamelde groep toeristen, naast een rij wachtende taxi's, en keek woedend om zich heen, zoekend naar de moordenaar. Instinctief begon ze zelf ook om zich heen te kijken of ze hem zag. Ze dacht hetzelfde als Marten, namelijk dat hij zich ergens in de menigte schuilhield.

Plotseling hoorde ze het geluid van snel naderende sirenes. Groen-witte auto's van de Berlijnse politie kwamen van alle kanten aangereden. Binnen een paar seconden liepen er overal uniformen door de menigte te dringen, op zoek naar de moordenaar. Ze wist even niet wat ze moest doen: Marten aanspreken over de oude man voor het geval hij 'm zou smeren en ze hem nooit meer terug zou zien, of afwachten wat zijn volgende zet zou zijn. Het maakte ineens niet meer uit; mensen stonden naar Marten te wijzen.

Het was een afschuwwekkend moment, zowel zij als Marten realiseerde zich wat er gebeurde. Omstanders hadden hem als een dolle door de menigte zien rennen. Ze dachten dat hij degene was achter wie de politie aan zat en wezen nu naar hem.

Anne handelde snel. Binnen een mum van tijd stond ze naast Marten en pakte hem bij zijn arm. 'Kom lieverd,' zei ze zo hard dat iedereen het kon horen, 'we moeten opschieten.' Ze trok snel het portier van een taxi open.

'Naar het Mozart Superiorhotel, zo snel mogelijk alstublieft,' zei ze tegen de chauffeur. Ze duwde Marten naar binnen en ging naast hem zitten.

'Komt voor elkaar,' antwoordde de chauffeur in het Engels met een Duits accent en hij reed vlug weg, achter een andere taxi aan die door de menigte reed. Binnen de kortste keren waren ze weg en reden ze op Unter den Linden in de richting van Martens hotel.

17.24 uur

'Waar kwam jij in godsnaam vandaan?' Marten keek haar aan, stomverbaasd door haar aanwezigheid, door alles wat er zojuist was gebeurd en wat er nu gebeurde. 'Hoe wist je dat ik in Berlijn was, of waar ik zat in de stad, waar ik logeer?'

'Ik weet alles, schatje. Je hebt iemand anders; ik wil haar graag leren kennen,' ging Anne tekeer tegen Marten, hard genoeg zodat de taxichauffeur het kon horen. 'In Parijs zei je tegen me dat je met British Airways naar Londen zou vliegen. Maar dat was nadat je een bemanning van Air France de weg had gevraagd naar een andere gate. Als je dat doet, moet je goed opletten dat niemand je ziet. Wie of wat ga ik zo meteen ontmoeten? Laat me raden: een blondje met lange benen, een jaar of vierentwintig, met grote tieten.'

Ze keek op en zag dat de chauffeur in de achteruitkijkspiegel zat te kijken. 'Zou u alstublieft de radio aan willen zetten; we willen graag muziek.'

'Amerikaanse muziek?'

'Maakt niet uit.'

De chauffeur zette meteen de radio aan. Hij zette hem op een satellietzender en er klonk countrymuziek uit de boxen.

Marten keek haar aan. 'Ik vroeg je hoe je wist waar ik was en waar ik logeerde.'

'Misschien herinner je je nog dat ik in de raad van bestuur zit van een nogal grote oliemaatschappij. We hebben overal vrienden.'

Marten keek naar de chauffeur en vervolgens weer naar Anne. Hij ging zachter praten, hij wist niet of de muziek hard genoeg stond om hun gesprek te overstemmen. 'Je bent me van Malabo via Parijs naar Berlijn gevolgd. En nu hierheen. Waarom?'

Anne keek naar de chauffeur en schonk hem een brede glimlach. 'Goeie muziek! Harder!'

Hij lachte terug en deed wat ze hem had gevraagd. De muziek stond nu keihard. Anne wendde zich weer tot Marten.

'Ik wil die foto's. En ga nou niet zeggen: "Welke foto's?"'

'Ik weet niet waar je het over hebt.'

'Dat weet je wel. En je weet waar ze zijn. Dat heeft die oude man je verteld.'

Marten glimlachte neutraal. 'Jammer dat je oren niet zo goed zijn als je ogen. We hebben het helemaal niet over foto's gehad.'

Op dat moment knalde 'Friends in Low Places' van Garth Brooks uit de boxen. Anne boog zich naar hem toe. 'Ik wil die foto's hebben, Marten. Ik geef je ervoor wat je wilt hebben.'

'Wat er ook op de foto's mag staan, ze betekenen kennelijk erg veel voor je. Waarom?'

'Zit me niet te fokken,' zei ze vinnig. 'Je weet heel goed wat en wie er op die foto's staat. Ik wil ze terug omdat de veiligheid en het welzijn van onze mensen in Equatoriaal-Guinea ervan afhangen.'

'Wie zijn "onze mensen", mevrouw Tidrow? Die gast die me volgde op Charles de Gaulle? De raad van bestuur van Striker Oil? De huurlingen van SimCo? Vast niet president Tiombe en zijn leger, dat op dit moment honderden mensen afslacht terwijl wij door Berlijn toeren.'

'Personeel van Striker Oil, Marten. Mensen die voor ons werken worden door ons als familie behandeld. We staan in voor hun veiligheid, waar ter wereld ze ook werkzaam zijn.' Ze werd wat milder. 'Alstublieft, de foto's zijn heel belangrijk voor mij persoonlijk. Ik wil ze terug.'

'Ik weet nog steeds niet waar je het over hebt.'

'Waarom zei je dan dat je naar Londen ging en kwam je hiernaartoe? Een paar uur later hebt je een ontmoeting met die oude man in het park. Dat ging over die foto's. Wie hij is, of beter gezegd was, weet ik niet. Maar hij heeft je verteld waar ze zijn en waar je ze kunt vinden. Ik weet niet voor wie je werkt en waarom. Maar wat ze je ook betalen, ik geef je er heel veel meer voor.'

'Ik zal je even iets vertellen over die "oude man", zei Marten zacht. Het was duidelijk zij en Conor White nog geen verband hadden gelegd tussen pater Willy en Theo Haas. Dit hield in dat ze alleen maar dáchten dat hij van de foto's wist en wist waar ze waren. 'Het was een nogal beroemde Duitse schrijver, die onder meer veel geschreven heeft over het ontwerpen van stadsparken. Je hebt geverifieerd dat ik tuinarchitect ben, dus zal het je niet verbazen ik mijn plannen gewijzigd heb en naar Berlijn ben gevlogen toen hij een afspraak met me wilde maken. Ik heb hem in het park ontmoet om over zijn werk te praten.'

'Ik geloof je niet.' Wat er nog van haar milde toon over was geweest, was plotseling verdwenen.

'Da's heel jammer, maar je zult wel moeten.'

Op dat moment stond de taxi stil langs de kant van de weg. Anne wendde zich tot de chauffeur. 'Wat is er aan de hand?'

De chauffeur zette de muziek zachter, keek in de achteruitkijkspiegel en lachte. 'We zijn er, mevrouw. Het Mozart Superiorhotel.'

Marten boog naar voren en gaf hem een biljet van honderd euro. 'Kunt u deze mevrouw naar haar hotel brengen, of waar ze ook naartoe wil?'

Hij opende het portier en keek naar Anne. 'Bedankt voor de goede zorgen, lieverd. Ik loos haar zelf wel. Compleet met lange benen, dikke tieten en de rest.'

Toen stond hij naast de auto en liep het Mozart Superiorhotel binnen. Even later reed de taxi weg.

17.38 uur

26

Marten had vier minuten nodig om op zijn kamer te komen en zijn spullen te pakken. Dat Anne Tidrow opeens voor zijn neus stond was een verrassing geweest, maar niet zo'n grote als de moord op Theo Haas. Los van haar persoonlijke motivatie was hij enorm dankbaar voor haar snelle reactie: ze had hem uit de menigte gehaald die hem aanwees als de man die door de politie werd gezocht. Dat was een goede zet geweest. Het probleem was dat Haas een nationaal icoon was en dat de jacht op zijn moordenaar en iedereen die daarbij betrokken was enorm zou zijn. Hij moest maken dat hij zo snel mogelijk uit Berlijn en Duitsland wegkwam, voor het politieonderzoek goed op gang kwam en getuigen in zowel het park als bij de Brandenburger Tor hem gedetailleerd zouden omschrijven. Er was nog iets. Het zou niet lang duren voor de politie zou ontdekken dat Theo Haas en pater Willy broers waren en zich meteen zou afvragen of de twee moorden verband hielden met elkaar. Als dat openbaar werd gemaakt, zouden Anne Tidrow, Conor White en de officier van het Equatoriaal-Guinese leger met het haviksgezicht niet meer hoeven te raden waarom hij naar Berlijn was gekomen, ze zouden het zeker weten. Dit betekende dat het, nog los van de politie, binnenkort uitermate moeilijk zou worden, zo niet onmogelijk, om Duitsland uit te komen, laat staan Berlijn, zonder dat iemand hem op de hielen zou zitten. En dat kon hij zich onder geen beding veroorloven, omdat hij nu wel wist waar de foto's waren. Tenminste, hij dacht het te weten.

Op het bankje in het park op Platz der Republik had Theo Haas hem op dezelfde manier aangekeken als pater Willy in het regenwoud. Hij had geprobeerd in te schatten of hij hem al dan niet kon vertrouwen. Uiteindelijk had hij hem omslachtig, op dezelfde manier als zijn broer, naar de foto's geleid. 'Livros usados, Avenida Tomás Cabreira,' had hij glimlachend gezegd. 'In het stadje Praia da Rocha in de Algarve, Portugal. Een zekere Jacob Cádiz. Een verzamelaar.' Even later, nog voor Marten de kans kreeg hem meer te vragen, waren de rotjes afgegaan. Meteen daarna had de man met de krullen toegeslagen en was Haas dood.

17.47 uur

Toen Marten klaar was met het inpakken van zijn koffer ritste hij hem dicht. Hij zou niet officieel uitchecken, zijn kamer niet opzeggen maar gewoon vertrekken. Het hotel zou hem later wel weten te vinden. Hij keek nog een keer of hij niets was vergeten, deed de deur open en verstijfde.

'Dit is van u, geloof ik, meneer Marten.' Anne Tidrow stond alleen op de gang. Ze stopte hem het biljet van honderd euro in zijn hand dat hij hun taxichauffeur had gegeven. 'Ik kan heus mijn eigen taxi wel betalen. Mag ik binnenkomen?'

'Eh…' aarzelde Marten.

'Bedankt,' zei ze en stapte de kamer in. Ze sloot de deur achter zich.

Hij keek haar aan. 'Wat moet je nou weer?'

'Er staat een andere taxi te wachten. Bij de zijdeur. Ik stel voor dat we die zo snel mogelijk nemen.'

'We?'

'Nadat je was uitgestapt, schakelde de chauffeur de radio over van countrymuziek naar het nieuws. Naar het schijnt was jouw vermoorde vriend niet zomaar een schrijver, maar de beroemde Nobelprijswinnaar Theo Haas. Een Nobelprijswinnaar die voor het laatst levend is gezien in gesprek met iemand op de Platz der Republik die, volgens getuigen, erg veel op jou leek. Ik weet zeker dat onze taxivriend dit zal beseffen en maar al te graag een omschrijving van deze persoon aan de politie zal geven en zal vertellen wie er bij hem was en waar hij hen heen heeft gebracht. Moet ik het nog verder uitleggen?'

'Nee,' zei Marten. De politie was sneller en efficiënter dan hij had gedacht. Het zou niet lang duren voor ze wisten wie hij was. Ze zouden hier naar bewijs komen zoeken. Of hij het nou leuk vond of niet, hij zat plotseling met Anne Tidrow opgescheept. Erger nog, ze had zich in hem vastgebeten en was niet van plan hem te laten gaan, ongeacht de consequenties. Hij had geen andere keus dan met haar mee te gaan.

'En waar brengt die andere taxi ons naartoe?'

'Naar mijn hotel.'

'Hoe weet je dat de chauffeur dit achteraf niet ook aan de politie vertelt?'

'Omdat ik hem vijfhonderd euro betaal om dat niet te doen.'

17.50 uur

27

Adlon Kempinskihotel, kamer 647, 18.15 uur

Marten stond bij het raam naar buiten te staren. Op nog geen honderd meter afstand lag, vanachteren door de zon beschenen, de Brandenburger Tor. Er stond ook een aantal politiewagens vol in het zicht. Dat Anne en hij waren teruggegaan naar de omgeving die ze nauwelijks een uur eerder hadden verlaten had hij zich niet gerealiseerd toen ze er aankwamen, omdat ze door de achteringang van het luxe hotel aan de Behrenstrasse naar binnen waren gegaan en de trap hadden genomen om het gebruik van de liften te vermijden.

Hij draaide zich om en keek naar Anne. Ze had haar koffer open op bed liggen en was die gehaast aan het pakken. 'Ik tel vier politiewagens en drie motoren, en dat is alleen maar wat ik vanaf hier kan zien.'

Ze stopte even en keek hem aan. 'Ik wilde gewoon een hotel redelijk in de buurt van het jouwe. Hoe kom ik weten dat jij hierheen zou rennen?'

'Je had in Malabo moeten blijven. Beter nog: in Texas.'

Ze lachte. 'Je kunt het ook zo bekijken, schatje. Nu heeft de politie zo ongeveer iedereen aangehouden die ze willen ondervragen, dus het duurt niet lang meer voor ze dit gebied verlaten.'

'En dan?'

'Dan gaan we de foto's halen.'

'Je geeft het echt niet op, hè?' viel Marten uit. 'Je hebt jezelf er kennelijk op een of andere manier van overtuigd dat ik weet waar ze zijn en wat er op staat.'

Ze kneep haar ogen tot spleetjes. 'Kappen met die spelletjes, Marten. Je wilde met koffer en al vertrekken toen ik bij je voor de deur stond in je hotel. Als de foto's ergens in de buurt zouden hebben gelegen, was je ze gewoon even gaan halen en had niemand er iets van afgeweten. Dit betekent dat ze niet in Berlijn zijn, misschien zelfs niet in Duitsland. Maar waar ze ook zijn, je wilde ze gaan halen.'

'Ik stond daar met mijn koffer omdat ik op weg naar huis was,' zei hij zacht.

'Dat was je vanmorgen ook, weet je nog? In plaats daarvan ging je naar Berlijn.'

'Ik ging naar Berlijn voor Theo Haas. Hij is dood. Wat had ik dan moeten doen? Geloof het of niet, maar er ligt werk op me te wachten. Zowel mijn werkgevers als mijn klanten kunnen buitengewoon veeleisend zijn.'

'Niet zo veeleisend als de politie zal zijn. Die zal willen weten waarom je met Haas had afgesproken en ze zal er niet intrappen als je beweert dat je het met hem over tuinarchitectuur wilde hebben. Als je ze uiteindelijk de ware reden hebt verteld, zal ze willen weten wat er op die foto's staat en dan zul je dat ook moeten vertellen. Dat is het begin van een enorm internationaal incident en als gevolg daarvan zullen de foto's, waar ze ook mogen zijn, boven water komen. Daar zorgt de politie wel voor. Dit is geen eenmansactie, schatje. Nu niet en op Bioko ook niet. Als die foto's gepubliceerd worden, is je opdrachtgever niet blij en ik ook niet. Dus kap met die flauwekul dat je er niks van afweet, daar hebben we geen tijd voor. Er is misschien nog een uitweg, maar je hebt mijn hulp nodig en die krijg je alleen maar als je me die foto's geeft.'

Marten had geen idee wat ze bedoelde met 'uitweg' maar hij wist dat hij president Harris kon bellen mocht dat nodig zijn, om hem te vertellen wat er aan de hand was. Maar alleen als uiterste redmiddel, want als hij hem zou bellen, zou de president alles in het werk stellen om hem daar weg te krijgen. Hij zou kruiwagens moeten gebruiken, iets wat op zich al een internationaal incident kon veroorzaken – hoe discreet het ook werd aangepakt – omdat het om Theo Haas ging. Zowel de Duitse politie als het Duitse volk zou hevig verontwaardigd zijn als de hoofdverdachte van de moord op Haas onder druk van de Amerikaanse regering ineens vrijgelaten zou worden.

En ze zouden er hoe dan ook achterkomen, al was het maar via internet. Als dat gebeurde, zouden computerexperts, bloggers en eigenlijk iedereen zijn lol op kunnen met het achterhalen van de bron van deze diplomatieke manoeuvre. Zelfs als er niets bewezen kon worden, zou het kwaad geschied zijn. Anne Tidrow had gezegd dat zijn opdrachtgever niet blij zou zijn en dat was een meer dan juiste constatering, omdat de wereld zou denken dat de president van de Verenigde Staten probeerde een moord te verdoezelen. Bovendien zou het uiteindelijk kunnen leiden tot het publiceren van de foto's, die, als dat zou gebeuren, de indruk zouden wekken dat het motief was geweest om Striker Oil en Hadrian de hand boven het hoofd te houden. Het was duidelijk dat dit scenario geen optie was voor Marten. Dus kon hij niet anders dan Anne Tidrow de touwtjes opnieuw in handen geven. In ieder geval tijdelijk.

Hij plofte neer op de rand van het bed. 'Wat moeten we doen zolang de politie nog bezig is?'

'Zet de televisie aan, misschien kom je er wel achter wat ze aan het doen zijn. Of ze vliegvelden, bus- en treinstations controleren. Of auto's doorzoeken die de stad uit willen.'

'Ik spreek geen Duits.'

'Je zult het in grote lijnen echt wel snappen. Het is tv, hoe moeilijk kan het zijn?'

'Wat ga jij doen?'

'Douchen.'

'Douchen?' vroeg Marten vol ongeloof.

'Ik heb het grootste gedeelte van de afgelopen nacht in een vliegtuig gezeten. Vandaag heb ik achter jou aan gezeten. Ik heb het gevoel dat we weer een lange nacht tegemoet gaan. Dus als je het niet erg vindt, wil ik me van tevoren graag even opfrissen.' Abrupt ging ze naar de badkamer en sloot de deur achter zich.

'Hoe weet je dat ik er niet tussenuit knijp?' riep hij tegen de dichte deur.

'Omdat ik dan de politie zou bellen.'

'Dan zouden ze jou ook oppakken.' Er kwam geen antwoord. Hij verhief zijn stem. 'Ik zei dat ze jou dan ook oppakken.' Nog steeds geen antwoord.

Toen hoorde hij de douche lopen.

18.25 uur

18.37 uur

Marten zat in een stoel televisie te kijken toen de badkamerdeur openging en Anne de kamer weer in kwam. Haar haar zat in een handdoek gedraaid en ze droeg een witte badjas. Ze keek naar de tv.

'Ben je iets wijzer geworden?

Marten zei niets en bleef naar het scherm kijken. Ze kwam dichterbij staan. Naar welke zender hij ook keek, ze zonden allemaal beelden op locatie uit en schakelden tussen verslaggevers die op het grasveld van de Platz der Republik, de Brandenburger Tor of het hoofdbureau van politie, het Polizeipräsidium, stonden. Een correspondent voor het politiebureau bracht plotseling zijn hand naar zijn oortje alsof hij luisterde naar instructies vanuit de studio en kondigde toen iets anders aan. De beelden kwamen nu uit de perskamer van het politiebureau, waar een lange man met een staalharde blik in zijn ogen en geschoren hoofd, gekleed in een wit overhemd, stropdas en een zwart leren jack op een zee van microfoons afliep.

'Heb je ooit gehoord van een Berlijnse rechercheur die Hauptkommissar Emil Franck heet?' vroeg Marten zonder haar aan te kijken.

'Nee.'

'Nou, dit is 'm. Ik zag hem een paar minuten geleden op beelden die waren opgenomen op de Platz der Republik. Hij schijnt de topman van moordzaken te zijn en leidt het onderzoek.'

'Wat hebben ze tot nu toe gezegd?'

'Dat ze naar mij op zoek zijn.'

'Pardon?' Anne was verbijsterd.

'Dat is tenminste wat ik er uit kan opmaken.'

'Hoe kunnen ze dat nou zeker weten? Ze hadden alleen een omschrijving.'

'Iemand heeft met een mobiele telefoon een foto van me gemaakt.'

99

'Jezus!'

'Amen.'

'Weten ze hoe je heet?'

'Als dat zo is, hebben ze het niet gezegd.'

Hauptkommissar Franck was bij de microfoons aangekomen en keek recht in de camera. Hij sprak eerst in het Duits en daarna in het Engels. Zijn stem was ijskoud en zonder emotie.

'Deze man wordt gezocht voor verhoor in de tragische en schokkende moord op Theo Haas, op klaarlichte dag. We roepen de kijkers op ons te helpen zoeken.'

Op het scherm verscheen een wazige foto van Marten die in de menigte bij de Brandenburger Tor stond. De stem van Franck gaf een telefoonnummer en e-mailadres.

'Herken je me?' Marten keek geconcentreerd naar de tv.

'Helaas wel, ja.'

Hetzelfde telefoonnummer en e-mailadres verschenen nu ook in beeld. Na een tijdje werd het scherm langzaam zwart. Even later kwam er een foto van Theo Haas in beeld. Er stond VERBRECHEN DES JAHRHUNDERTS overheen gedrukt.

'De misdaad van de eeuw,' vertaalde ze. 'Misdaad van de fucking eeuw.'

Marten draaide zich naar haar toe. 'Ik heb zo'n idee dat die gulle omkoopsom die je aan de taxichauffeur gegeven hebt niet genoeg is om hem ervan te weerhouden naar de politie te gaan.'

'Dat denk ik ook.'

28

Marten stond snel op. 'Het is een kwestie van tijd voor ze hier voor de deur staan. Als ik nu wegga zoals we gekomen zijn, door de achterdeur, kun je alles ontkennen. Zeg dat je me op de vlucht uit Bioko hebt ontmoet, we een beetje geflirt hebben en dat je voor de lol met me mee bent gegaan naar Berlijn. Je had geen idee dat ik een afspraak had met Theo Haas, laat staan dat ik in de buurt was toen hij werd vermoord. Bovendien kun je een omschrijving geven van de echte moordenaar, je weet net zo goed als ik hoe hij eruitziet. Andere mensen moeten hem ook gezien hebben, mensen die misschien al verhoord zijn door de politie, en dat kun je ter sprake brengen; het vergroot je geloofwaardigheid alleen maar. Je bent een rijke Amerikaanse die in de raad van bestuur zit van een grote Texaanse oliemaatschappij. Ze zullen je echt niets doen, helemaal niet als je hen ervan overtuigd hebt dat het een ongelukkige samenloop van omstandigheden was waar je in bent terechtgekomen en je geen idee hebt waar ik uithang. En dat klopt, want dat weet je ook niet.'

'Dat lukt nooit.' Anne keek hem recht aan.

'Waarom niet? Ik ben over tien seconden weg en verdwijn.'

'Niet zonder mij.'

Marten keek haar aan. 'Begin nou niet wéér. Niet nu Hauptkommissar Franck ons op de hielen zit. Als ze ons samen pakken, draai je net zo lang de bak in als ik.'

'Ik wil die foto's, meneer Marten. Ik neem het risico wel. Trouwens, zoals ik al eerder zei, is er nog een ontsnappingsmogelijkheid, maar daar heb je mij voor nodig.'

'Hoe dan?'

'Om met mijn moeder te spreken: "Dat is voor jou een vraag en voor mij een weet".'

Marten keek haar aandachtig aan en gaf zich toen gewonnen. 'Ik geef me nogmaals aan je over.'

'Laten we dan aan de slag gaan.' Ze graaide in haar koffer, haalde er iets uit en wierp het hem toe. 'Dit helpt je je vermommen. Een beetje althans.'

Marten ving het ding op en keek ernaar. Het was een pet van de Dallas Cowboys.

Hij keek haar aan alsof ze gek was. 'Dit gaat me echt niet helpen, hoor.'

'Het is beter dan niks, schatje. Pak je spullen en ga plassen, dan kunnen we als de sodemieter maken dat we hier wegkomen.'

Anne trok onverwacht haar badjas uit. Marten zag in een flits een stuk strak lijf, mooie borsten en schaamhaar. Toen trok ze haar onderbroek, spijkerbroek, sweater, spijkerjasje en loopschoenen aan die ze eerder ook al gedragen had.

Drie minuten later liepen ze door de achteringang van het Adlonhotel naar buiten, door de Wilhelmstrasse in de richting van Unter den Linden en de rivier de Spree. Marten had de pet van de Dallas Cowboys op en trok zijn koffer als een toerist achter zich aan. Anne droeg een schoudertas die ze uit haar koffer had gehaald. Er zaten wat basisbenodigdheden in die ze op het laatste moment had ingepakt: schoon ondergoed, toiletspullen, paspoort, creditcards, geld en haar BlackBerry. Haar koffer had ze samen met de rest van haar kleding opzettelijk achtergelaten in de kamer, zodat het eruit zou zien alsof ze nog verwachtte er terug te komen.

19.07 uur

Adlon Kempinskyhotel, kantoor van de portier, 19.28 uur

'Er zijn meer dan driehonderd kamers en achtenzeventig suites. Het is geen doen om te weten hoe al onze gasten eruitzien,' zei Paul Stonner, de trotse hoofdportier van het Adlonhotel. Hij droeg een donker pak en een bril met bifocale glazen. Hij stond in zijn kantoortje tegenover de kaalgeschoren, bijna twee meter lange Erster Kriminalhauptkommissar Emil Franck. Franck had zijn collega's Kommissar Gerhard Bohlen en Kommissar Gertrude Prosser bij zich. Bohlen was eenenveertig, mager als een skelet, dodelijk serieus en getrouwd. Prosser was achtendertig, een stevige, knappe blondine die met het korps getrouwd was en dat ook zou blijven. Gerhard en Gertrude. Franck noemde hen vaak de twee g's. Ze waren allebei toprechercheurs.

'Meneer Stonner,' zei Franck met ijzige stem, zijn koolzwarte ogen als speldenprikjes in zijn hoofd. 'U roept uw werknemers hiernaartoe en dan gaan we ons best doen om iemand te vinden die aan die omschrijving voldoet. Deze meneer hier gaat hem precies zo omschrijven als hij voor ons en u heeft gedaan.'

Franck keek de vijftigjarige Karl Zeller aan, de taxichauffeur met het witte haar die Marten en Anne Tidrow van het Mozart Superiorhotel naar de achteringang van het Adlon Kempinskyhotel had gebracht, volgens zijn gegevens om precies twee minuten over zes die avond.

'We zullen u graag medewerking verlenen, Hauptkommissar,' zei Stonner eerbiedig, 'maar hoe weet u dat deze mensen hotelgasten waren?'

'Dat weten we nog niet, Herr Stonner, maar daar komen we wel achter.'

Marten en Anne liepen gehaast over de Schiffbauerdamm, de weg aan de overkant van de Spree, tegenover Unter den Linden. Marten had zijn koffer allang niet meer; die was verzwaard met brokken beton uit een bouwcontainer in de buurt van de Reichstag in de rivier gegooid. Zijn eigen basisbehoeften – paspoort, rijbewijs, creditcards, contant geld en de donkerblauwe wegwerptelefoon die hij had gebruikt om president Harris te bellen – droeg hij op zijn lijf.

19.34 uur

De rivier en de stad glinsterden nog in de warme gloed van een lange zomerdag. Op een bepaalde manier hielp het daglicht hen, omdat het hun de gelegenheid gaf zich te mengen tussen de toeristen die samendromden in de straten en café's op de kade boven de Spree, waar je naar de wirwar van rondvaartboten op het water kon kijken. Na zonsondergang zouden er minder mensen op de been zijn en zouden ze zichtbaarder worden voor de politie die overal leek te zijn – op straathoeken, op motoren, in auto's – op zoek naar de man die nog steeds geen naam had gekregen en wiens wazige foto door Hauptkommissar Franck op televisie was getoond.

In het halve uur dat ze uit het Adlon weg waren, had Marten weinig gezegd, maar had hij Anne gevolgd. Het was duidelijk dat ze de stad of in ieder geval een gedeelte ervan kende en ze leek erop gebrand hem naar een specifieke plek te brengen. Waar dat was en wie hij daar zou aantreffen waren vragen waar hij een ongemakkelijk gevoel bij kreeg, net als bij de twee vragen die hij eerder had gesteld: hoe had ze geweten dat hij in Berlijn was en hoe wist ze waar ze hem kon vinden toen hij met Theo Haas had afgesproken? En dan was er nog het feit dat ze was gaan douchen voor ze uit het Adlon waren vertrokken en het telefoontje dat ze had gepleegd achter de gesloten badkamerdeur. Allemaal zaken die hem zorgen baarden. Alsof hij nog niet genoeg aan zijn hoofd had.

'Waar gaan we naartoe?' vroeg hij abrupt.

'Het is niet ver meer.'

'Waar het ook is, we zijn te lang onderweg. We geven de politie veel te veel tijd.'

'Het is niet ver meer, zei ik toch.'

'Wat is niet ver meer? Een café, weer een hotel, een restaurant?'

'Het appartement van een vriendin.'

'Wat voor vriendin?'

'Gewoon een vriendin.'

'Degene die je gebeld hebt toen je ging douchen?'

'Wat bedoel je?'

'Het douchen was een smoesje. De echte reden waarom je naar de badkamer ging was dat je kon bellen zonder dat ik het hoorde.'

'Schatje,' zei ze lachend, 'ik wilde alleen schoon worden, da's alles.'

'Je BlackBerry lag op bed voor je naar de badkamer ging. Naderhand was hij weg.'

Haar glimlach verdween. 'Goed dan, ik heb gebeld. Naar mijn vriendin. Die ons gaat helpen.'

'Waarom zou je het dan geheim willen houden?'

'Het was persoonlijk. Moet ik nou echt alles uitleggen?'

'Zorg maar gewoon dat we er komen.'

'We...' Ze aarzelde.

'We... wat?'

'We moeten wachten.'

'Waarop?'

'Ze moet nog wat voorbereiden.'

'Voorbereiden?'

'Ja. Ze belt me als ze ermee klaar is.'

'En wie mag "ze" dan wel zijn?'

Anne's ogen schoten vol vuur. 'Je moet één ding heel goed begrijpen. Het wemelt van de politie. We kunnen nergens anders heen.'

Het beviel Marten helemaal niet. Hij dramde nog verder door. 'Verbrechen des Jahrhunderts.'

'Hè?'

'Verbrechen des Jahrhunderts. De misdaad van de eeuw.' Dat vertaalde je van de tv. Je spreekt Duits. Je kent de stad. Je hebt me laten volgen vanaf het vliegveld. Daarom wist je waar ik zat. Je hebt het hotel in de gaten laten houden door iemand die je op de hoogte hield van het moment waarop ik vertrok en die je vertelde welke kant ik op gegaan was. Op die manier vond je me in het park. Dan, als er overal politie is, moet jij zonodig ineens douchen. En nu gaan we naar een "vriendin". Een vrouw die eerst nog voorbereidingen moet treffen. Wat is dat voor vriendin, schat, als iedereen in de stad naar mij op zoek is, en inmiddels waarschijnlijk ook naar jou? Ik moest van jou kappen met alle flauwekul, nu ben jij aan de beurt. Je werkt niet alleen voor Striker Oil, maar ook voor iemand anders. Wie? Wat doe je?'

Voor hen lag de Weidendammer Brücke, waar de Friedrichstrasse over de rivier liep. Er liep een trap naartoe.

'Pak de trap,' zei ze zachtjes.

'Ik vroeg je iets.'

Op dat moment kwamen er twee motoragenten voorbijgereden. Ze remden af. Even verderop stonden ze stil en keken achterom. Een van hen sprak in een microfoontje dat op zijn helm gemonteerd was. Anne trok Marten naar zich toe.

'Kus me,' zei ze terwijl ze in zijn ogen keek. 'En doe alsof je het leuk vindt. Nu.'

Marten keek naar de politie en kuste haar. Ze zoende hem terug. Lang en vol overgave.

De motoragenten keken toe en reden daarna weg.

'De trap,' zei ze weer en duwde hem ernaartoe.

19.40 uur

29

19.42 uur

Er stonden nog twee motoragenten toen ze boven aan de trap van de Weidendammer Brücke stonden. Hun motoren stonden langs de weg geparkeerd en zelf stonden ze op de stoep te praten. Anne wilde naar links, maar dan zouden ze langs de agenten moeten lopen of de straat moeten oversteken naar de andere kant, wat opgevat zou kunnen worden als een manier om hen te omzeilen. Daarom gingen ze op aanwijzing van Anne rechtsaf toen ze van de brug kwamen.

Tijdens het lopen boog ze naar Marten toe om hem weer te kussen. Ze fluisterde: 'Verderop is een treinstation. Loop naar binnen zodra we daar zijn.'

Ze keken niet om. Ze wisten dus niet of ze gevolgd werden. Veertig seconden later waren ze bij het station en liepen ze naar binnen.

'Als ze ons naar binnen hebben zien gaan en ons doorhebben,' zei Marten snel, 'dan worden alle treinen door de politie in de gaten gehouden.

Dat doen ze waarschijnlijk sowieso. We moeten hier weg en wel nu meteen, maar niet met de trein en we moeten ook niet terug de straat op.'

'Deze kant op, zei Anne, en ze ging hem voor langs het loket, de roltrap af. Beneden aangekomen sloegen ze eerst links af en daarna rechts, een gang door die aan het eind bij een uitgang uitkwam. Van daaruit staken ze over naar de oevers van de Spree, die door de stad kronkelde. Even later stonden ze op een steiger en liepen daarna een loopplank af tussen een groep toeristen en gingen aan boord van een dubbeldeksrondvaartboot die 'Monbijou' heette. Het benedendek was een restaurant en zat vol, dus werden ze naar het bovendek gestuurd. Het bovendek, dat zichtbaar was voor iedereen die vanaf een andere boot, een brug of de oever die kant op keek.

Adlonhotel, kamer 647, 20.05 uur

'Stuur het technische team zo snel mogelijk naar boven,' snauwde Hauptkommissar Emil Franck tegen rechercheur Bohlen. De spookachtig magere Bohlen zette meteen zijn radio-ontvanger aan en ging weg.

Het had Franck en zijn collega's Bohlen en Prosser iets meer dan een half uur gekost om – met behulp van de witharige taxichauffeur Karl Zeller en de uitstekende mensen van portier Stonner – vast te stellen wie de vrouw was die Zeller had opgepikt bij het Mozart Superiorhotel en om twee minuten over zes bij de achteringang van het Adlon had afgezet, en in welke kamer ze daar zat. Er was een man bij haar geweest die duidelijk leek op degene die door de politie werd gezocht voor de moord op Theo Haas.

'Haar volledige naam zoals die geregistreerd staat luidt Hannah Anne Tidrow,' las Stonner van een print die hem net was overhandigd door een jonge assistente in een donkerblauw mantelpakje.

'Adres: Post Oak Boulevard 2800, Houston, Texas. Ze is om tien over een vanmiddag ingecheckt en heeft geen vertrekdatum doorgegeven. Ze heeft hier al vaker gelogeerd. Ze gebruikte een creditcard van American Express op naam van AG Striker Oil & Energy Company in Houston, Texas. Het factuuradres komt overeen met het adres dat ze gegeven heeft.'

'Wanneer was ze hier voor het laatst?' Franck liep voorzichtig de kamer door en bekeek alles, zonder iets aan te raken.

'Twee jaar geleden. Van 12 tot 15 maart.'

'Hauptkommissar.' Rechercheur Gertrude Prosser kwam uit de mar-

meren badkamer met gepolitoerd hout gelopen. 'Een van hen heeft gedoucht, misschien allebei. De badjas van het hotel is nog vochtig, net als
drie handdoeken.'

'Twee stuks bagage.' Franck liet zijn blik door de kamer gaan. Een van
de koffers van Anne stond op een standaard bij de deur; de andere stond
ernaast op de grond. Een donkere broek, jasje, twee mantelpakjes, een
zwarte nette broek, iets gekleeds voor 's avonds, en een dure, iets gekreu-
kelde witte linnen broek met bijpassend topje met korte mouwen hingen
in de openstaande kast.

'De technische ploeg is onderweg.' Rechercheur Bohlen kwam weer
binnen vanaf de gang.

Franck pakte een kleine politieradio-ontvanger en sprak erin. 'Met
Franck. Ik wil informatie over ene Anne Tidrow van Striker Oil & Energy
Company uit Houston, Texas. Wat ze hier doet, wat haar functietitel is,
wat haar rol binnen dat bedrijf is. Ga na of er een recente foto van haar is.'
Hij hing op en keek naar Bohlen. 'Ik wil hier zo snel mogelijk speurhon-
den hebben.'

'Komt voor elkaar.'

'Prosser en jij gaan naar het Mozart Superiorhotel. Zorg dat je de namen krijgt van iedereen die er de afgelopen tien dagen verbleven is. Roep
dan het personeel bij elkaar, geef ze een omschrijving van Anne Tidrow
en laat een foto van de verdachte zien. Misschien waren ze slechts op
doorreis of gebruikten ze het hotel om ons op het verkeerde been te zetten, maar als hij daar is geweest, wordt hij vast door iemand herkend en
dan hebben we zijn naam, kamernummer en adres.'

'Is goed.'

20.12 uur

30

Monte de el Pardo, Spanje. Zelfde tijdstip

De grond onder de oude olijfbomen was zacht geworden door een regen-
bui – die ongebruikelijk was in dit seizoen – nog niet zo lang geleden, die
het graven van een graf makkelijker maakte. Hij had er met een schep
slechts een paar minuten voor nodig. Conor White tilde het lijk zelf op.

Het was klein en breekbaar in zijn grote handen. Hij keek er even naar; twee klauwtjes aan stakige pootjes, de weerbarstige nekveren, de trotse, van pijn vertrokken snavel, en de grijze vleugels die eruitzagen alsof ze zo konden wegvliegen keurig langs het lijf gevouwen. Wat voor vogel het was, of was geweest, wist hij niet.

'Ik hoop dat je een mooi leven hebt gehad, maatje,' zei hij eerbiedig. Toen draaide hij het lijfje van het schepsel zo, dat het op zijn zij in de grond kwam te liggen en bedekte het met aarde. 'Vaarwel en goede reis,' sprak hij met dezelfde eerbied. Toen liep hij met de schep in zijn hand door de olijfgaard terug naar de boerderij.

Rechts van hem zag hij het avondverkeer van en naar de stad op de A6, de drukste snelweg van Spanje. Er stond een dikke haag van coniferen aan de zij- en achterkant van het huis, waardoor het aan het oog onttrokken werd vanaf de weg. Aan de andere kant was een halve cirkel van twee kilometer braakliggende, ongeploegde akkers. De boerderij stond al twee jaar te koop, sinds het overlijden van de bejaarde eigenaar. Er was tot op heden nog geen bod op uitgebracht en er was nog geen geld toegewezen om het te onderhouden. Als gevolg daarvan waren de olijfbomen verwaarloosd, net als de anderhalve kilometer lange oprit naar het huis, de toegangspoort die op een aantal plaatsen was weggespoeld door winterse buien, overwoekerd en bedekt met stenen. Hoe het er ook bij mocht staan, dat had vandalen er niet van weerhouden in te breken en alles van waarde mee te nemen. Alleen het fornuis, de toiletten en een paar meubelstukken die ze niet wilden hebben stonden er nog. Het enige andere gebouw op het terrein was een vervallen schuur, die zo slecht onderhouden was dat het enige logische wat je ermee kon doen afbreken en opnieuw opbouwen was. Alles bij elkaar was de locatie een ideale omgeving voor het verhoor dat al bezig was sinds White en zijn collega's zes uur geleden met een privévliegtuig vanuit Malabo in Madrid waren geland en ze met een huurauto hierheen waren gereden.

Zes uur ondervragen is lang; de mensen die er aan onderworpen werden waren dan ook doodsbang en uitgeput. Dat was misschien de reden waarom hij nog geen antwoorden had gekregen op zijn vragen en waarom hij naar buiten was gelopen. Zo konden ze even uitrusten en de ernst van hun situatie inzien, en kreeg hij zelf wat frisse lucht. Toen had hij de dode vogel gevonden, in de schaduw van het huis, bij de deur.

Hij was nu dichter bij het huis. Binnen zag hij het flauwe schijnsel van de lantaarn die een van zijn mannen had meegenomen. Hij had terecht verondersteld dat het gebouw geen elektriciteit meer zou hebben. Hij keek op naar een hemel vol rode strepen en plukjes wolken bij een zonsondergang in het westen. Als hij nog gerookt had, zou hij nu een sigaret opgestoken hebben. Maar roken hoorde tot het verleden en hij had alleen steun van zijn eigen gedachten en emoties, die hem momenteel grote zorgen baarden.

Hij had het zich heel anders voorgesteld toen hij SimCo een jaar eerder oprichtte ten bate van Striker en Hadrian. Hij was bij zijn eigen bedrijf weggegaan om een baan aan te nemen die een grote stap in de goede richting was van de hoogst lucratieve wereld van particuliere beveiligingsbedrijven. Geen stáp voorwaarts maar een spróng, die begon met een contract voor tien jaar met Striker Oil. Hij moest het personeel in Equatoriaal-Guinea beveiligen en het contract zou gedurende vijftig jaar iedere vijf jaar verlengd worden. Hij stond in één klap op gelijke hoogte met 's werelds grootste beveiligingsbedrijven, Hadrian meegerekend. Maar in die bedwelmende golf van hoge verwachtingen had niemand het bizarre, zelfs obscene mijnenveld kunnen voorzien waarmee SimCo nu was omgeven. De hele toestand met die foto's was zo simpel en stompzinnig. Bijna net zo simpel en stompzinnig als Watergate, de inbraak die Nixon vijfendertig jaar eerder de kop had gekost. Toch was het voor hem net zo wezenlijk als het voor Richard Nixon geweest moet zijn. Maar hij was geen paranoïde president die opgesloten zat in de gouden kooi van het Witte Huis; hij was een hoogopgeleide, doorgewinterde strijder, verantwoordelijk voor het snel en geluidloos oplossen van de nachtmerrie die de foto's inmiddels geworden waren, voordat alles erdoor uiteen zou vallen.

Loyal Truex had de afgelopen uren twee keer van zich laten horen. Josiah Wirth ook. Hij was van Texas onderweg naar Europa met een privéjet van AG Striker. Die man was alleen maar onderweg om hem in zijn nek te hijgen en hem te vertellen wat hij moest doen. Beide mannen hadden geëist dat hij vertelde waar hij uithing, hoeveel vooruitgang hij had geboekt en wanneer hij dacht het probleem opgelost te hebben. Alsof hij een loodgieter was die gebeld was om een kapotte wc te repareren terwijl de bruidsgasten buiten stonden te wachten tot ze er weer gebruik van konden maken. Ze wilden beiden dat het gisteren opgelost was, maar ze snapten allebei niet hoe complex de situatie was. Hij had zijn handen al vol aan Truex, maar ze begrepen elkaar tenminste. Wirth was een heel ander verhaal: hij was te gedreven, te egocentrisch, te rijk en te rechtlijnig om de wereld vanuit een ander perspectief dan het zijne te kunnen bekijken. Zulke mensen werden al snel roekeloos, zeker als ze hun zelfvertrouwen kwijtraakten en het gevoel hadden dat ze hun grip begonnen te verliezen. Als gevolg daarvan lieten ze toe dat ze in paniek raakten, waardoor ze vatbaar waren voor beslissingen die grote schade konden aanrichten en zelfs gevaarlijk of dodelijk konden zijn. Niet alleen voor henzelf, maar ook voor de mensen om hen heen. En dat was het laatste waar Conor White op zat te wachten.

Nu niet, en nooit.

20.20 uur

In de schemering zag hij onder overhangende bomen de zwarte Mercedes staan die de gevangenen naar de boerderij had gebracht. De chauffeur in livrei en de lokale beroepsmoordenaar, die hetzelfde gekleed ging en die hem en de twee huurlingen van SimCo die hij van Bioko meegenomen had naar Madrid hadden opgehaald en hierheen had gereden, stonden bij de auto te praten en te roken. Extra handen voor het geval dat er een probleem optrad in het huis. Alsof dat zou gebeuren met de mannen die daar gestationeerd waren: Irish Jack Hanahan, voormalig lid van 'Sciathán Fianóglach an Airm'; de commando's van het Ierse leger. Kolossale dijen met een omtrek van tachtig centimeter, razendsnelle reflexen en vuisten als hammen. En Patrice Sennac, de pezige, bijna te knappe Frans-Canadees met priemende, groene ogen. Hij had ooit voor de CIA in Centraal-Amerika een opstand onderdrukt en was junglespecialist. Hij had een lang litteken naast zijn mond dat daarvan getuigde. Afhankelijk van de situatie konden beide mannen overdreven beleefd of akelig dodelijk zijn, voor vriend, vijand en alles daar tussenin. Zoals voor degenen die binnen zaten te wachten tot hij terugkwam en het verhoor hervatte – de jonge Spaanse arts en haar vier studenten. Vijf mensen die wel eens heel goed zouden kunnen weten wat het Equatoriaal-Guinese leger niet had kunnen achterhalen, namelijk waar de foto's waren. Zouden kúnnen weten, want Nicholas Marten had volop gelegenheid gehad het hun te vertellen. Onderweg naar Malabo, vanaf de plek waar ze hem op het strand van Zuid-Bioko ontmoet hadden, in Malabo zelf, in het hotel met een drankje erbij of, en dat was het meest waarschijnlijk, op de lange nachtvlucht naar Parijs.

White was het liefst zelf achter Marten aangegaan en had de dokter en haar studenten aan iemand anders willen overlaten, maar die opdracht was naar Anne gegaan, van wie Truex, Wirth en zijzelf dachten dat ze makkelijker bij Marten in de buurt kon komen. Dus kreeg White het tweede doelwit toegewezen: de vijf mensen die nu in het huis zaten.

Haast was de belangrijkste factor. Zorg dat de foto's boven tafel komen en vernietig ze voordat ze in het openbaar komen. Voor White was de druk des te hoger omdat hij prominent op veel van de foto's stond. Als ze openbaar gemaakt zouden worden, zou alles wat hij zo zorgvuldig had opgebouwd in elkaar storten.

Alles.

Colin Conor White was geboren in Londen, als enig kind van een jong meisje dat in een bar werkte en George Winston White, een Londense spoorwegmedewerker die een paar weken na Colins geboorte aan een hartaanval was overleden. Kort daarna was zijn moeder verdrietig en wanhopig de stad uitgegaan en bij haar zus gaan wonen in een klein flatje in Birmingham. Hij was in armoede opgegroeid als straatschoffie. Toen hij elf was, ontdekte hij per toeval een afscheidsbriefje in een reeds lang vergeten doosje met souvenirs in een keukenkastje. Hij las dat zijn vader helemaal niet bij de spoorwegen had gewerkt, maar getrouwd was met een ander. Hij had er zijn moeder woedend mee geconfronteerd, maar ze weigerde te vertellen hoe hij heette, wat voor werk hij deed of wat de ware toedracht was. Ze had hem in niet mis te verstane bewoordingen duidelijk gemaakt dat het belachelijk was en dat ze geen idee had wie het briefje had geschreven of waar het vandaan was gekomen, en ze had hem gewaarschuwd dat hij er niet meer over moest beginnen.

Haar vurige ontkenning had hem alleen maar aangemoedigd verder te graven. Zorgvuldig speurwerk in de gegevens van het uitvoerend orgaan van de Londense spoorwegen leerde hem dat daar in de twee jaar voor zijn geboorte niemand had gewerkt die George Winston White heette. Anderhalf jaar en veel speurwerk later ontdekte hij dat zijn vader sir Edward Raines was: een knappe grijzende man, al lang lid van het parlement en gedecoreerd oud-officier in het Britse leger die een arm was kwijtgeraakt bij de slag om Crater tijdens de noodtoestand in Aden op het Arabische Schiereiland in 1963. Raines was niet alleen zijn vader, hij betaalde ook zijn moeder een jaarlijkse toelage om daar haar mond over te houden.

Toen hij haar om uitleg had gevraagd, was ze geërgerd bij haar oorspronkelijke verhaal gebleven en had het bestaan van zijn echte vader en de betalingsregeling ontkend. Sterker nog, door deze confrontatie zakte ze alleen maar dieper weg in haar toenemende zelfmedelijden. Hoe durfde hij te denken dat iemand als Sir Edward Raines ook maar enige aandacht zou besteden aan een vrouw die alleen lagere school had en geen goede manieren had geleerd? Hij hoorde haar schrille, woedende stem nog steeds.

'Laat het nou voor eens en altijd tot je doordringen, meneertje Conor White, dat wij geen van beiden ooit zo'n status zullen hebben en dat je je maar beter kunt instellen op een leven als arbeider en kunt stoppen met fantaseren over de vader die je liever had gehad. Daar schiet je geen reet mee op, al zou je het nog zo graag willen.'

Misschien. Maar fantasie of niet, hij dacht er heel anders over en wendde zich rechtstreeks tot Sir Edward en eiste een bewijs van zijn vaderschap. Of liever gezegd, dat probeerde hij. Hij werd keer op keer door een tussenpersoon tegengehouden, Sir Edward wilde hem zelfs niet zien.

Conor was sterk, nors, dwars en meer dan door het leven gehard. Het werd zijn redding dat hij net zo groots en sociaal geaccepteerd wilde worden als zijn vader. Omdat hij erg van lezen en rugby hield, wat hij speelde met een woestheid die direct op zijn vader was gericht, kreeg hij een beurs voor Eton. Hij studeerde Engels en was aanvoerder van het rugbyteam. Omdat hij in beide erg goed was, kon hij naar Oxford en ging hij na zijn afstuderen naar de Koninklijke Militaire Academie van Sandhurst, vastbesloten om officier in het Britse leger te worden. Niet lang daarna werd hij gevraagd voor de SAS, de Special Air Services, een speciale elite-eenheid van het Britse leger. Hij greep die kans met beide handen aan omdat hij soldaat aan het front zou worden in uiterst gevaarlijke gevechtssituaties en dat tegelijkertijd een speelterrein was waarop hij met een beetje geluk en extreme moed een held zou kunnen worden. Net als zijn vader.

En dat had hij het grootste gedeelte van de afgelopen kwart eeuw gedaan. Hij had een schitterende reputatie opgebouwd in uiterst risicovolle oorlogssituaties over de hele wereld. Zijn carrière bij de SAS en het enorme aantal onderscheidingen dat daarbij hoorde waren daar het bewijs van. Hij ontving een medaille voor buitengewone verdiensten en heldhaftigheid tegenover de vijand in Irak in 1991, DSO geheten. Een DSO in Irak in 1998. Een DSO in Bosnië in 2000. In Sierra Leone in 2002. Het Victoriakruis, de hoogste onderscheiding in het Verenigd Koninkrijk voor moed, uitgereikt door de koningin, voor zijn uitzending naar Afghanistan in 2003. Weer een DSO in Irak in 2004. Daarna ging hij in de particuliere sector werken, waar hij zelfs nu nog een voorbeeld was voor iedereen met plannen om ooit een politieke carrière te beginnen. Dat daar een abrupt einde aan zou komen – zijn kop overal op internet en op tv en op de voorpagina van alle kranten en roddelbladen als marionet van een oliemaatschappij die van plan was om de regering van een derdewereldland omver te werpen om er zelf beter van te worden – was een schande en een vernedering waar hij niet mee kon en wilde leven.

20.22 uur

Bij het huis aangekomen zette hij de schep naast de voordeur en keek er nog even naar, zich afvragend of er die avond nog meer graven mee gedolven zouden worden. Hij ademde vastberaden in, haalde een zwarte bivakmuts uit zijn jaszak, trok hem over zijn hoofd, deed de deur open en ging naar binnen.

De vijf 'gasten' zaten er nog net zo bij als hij ze had achtergelaten, in het schijnsel van een lantaarn op een rustieke houten bank in de kamer die ooit gediend had als woonkamer en keuken. Hij kende ze inmiddels bij naam: Marita, Gilberto, Rosa met de grote bril, Luis en de roodharige Ernesto. Ze waren allemaal nog net zo bleek, bang en stil als toen hij naar buiten was gegaan. Behalve Marita keek iedereen naar de grond. Haar ogen waren op hem gericht geweest sinds hij binnengekomen was. Ze keek uitdagend en hatelijk.

Irish Jack stond aan het uiteinde van de bank met zijn armen over elkaar. Patrice stond voor hen met zijn voeten gespreid, zijn armen op zijn rug. Ze droegen allebei dezelfde spijkerbroek en trui als hij. Beiden hadden een automatisch pistool in een holster van kevlar op hun bovenbeen. Elk van hen droeg eenzelfde zwarte bivakmuts als hij.

'Wie is er inmiddels bereid om over de foto's vertellen?' vroeg White met zijn Engelse accent.

'Voor de honderdste keer: wat we niet weten, kunnen we ook niet vertellen,' zei Marita bits.

Conor White keek naar de bange, norse gezichten en krabde op zijn hoofd. 'Misschien maken we het te moeilijk,' zei hij met vlakke stem, en hij trok zijn bivakmuts van zijn hoofd. Het was de eerste keer dat hij hem niet droeg en hij zag de verrassing in hun ogen toen ze hem herkenden uit de bar in Malabo. 'Heren,' zei hij met een knikje tegen Patrice en Irish Jack, 'Kan het wat beleefder alstublieft? We hoeven deze mensen niet langer ongerust te maken.'

Beide mannen deden onmiddellijk hun bivakmutsen af en propten ze tussen hun riem.

White ging wat dichterbij staan. 'Zoals jullie zien hebben we goede bedoelingen en zijn we niet van plan jullie iets aan te doen. Dit houdt allemaal verband met de burgeroorlog op Bioko. De foto's zijn erg belangrijk voor de oliemaatschappij waarvoor wij werken. Onze taak is om ze zo snel mogelijk te vinden. Daarna mogen jullie meteen weg.'

Plotseling keek Rosa op en herhaalde dapper wat Marita had gezegd. 'Wat we niet weten, kunnen we ook niet vertellen.'

'Nee, dat denk ik ook niet,' zei White aarzelend, en hij keek naar Patrice. 'We gaan er wat vaart achter zetten.'

'Ja, prima.'

Patrice deed een stapje naar voren zodat hij recht voor hen stond. Hij keek van de een naar de ander, wendde zich tot Marita, draaide zich abrupt om en ging voor Rosa staan. De anderen ademden scherp in toen Irish Jack achter haar ging staan en haar bij haar schouders vasthield, in een ijzeren greep waar zelfs White niet uit zou kunnen ontsnappen.

'Marita!' schreeuwde Rosa.

Het volgende ogenblik trok Patrice het pistool uit zijn holster en duwde het onder haar neus.

White keek Marita aan. 'Waar zijn de foto's?'

Marita keek Rosa geschrokken aan en keek toen weer naar hem. 'Dat weten we godverdomme niet! Hoe vaak moeten we dat nog zeggen?'

'Dat is heel jammer.'

Conor White gaf Patrice een knikje. Irish Jack stapte opzij en Patrice haalde de trekker over. Er klonk een oorverdovende knal en het hoofd van Rosa spatte uit elkaar. Haar enorme bril verdween ergens achter haar, haar lijf zakte op de bank in elkaar als een lappenpop.

White gaf de anderen geen gelegenheid om bij te komen. Hij liep naar Marita. 'De foto's. Waar zijn ze?'

Verlamd en doodsbang schudde Marita alleen haar hoofd.

'Ga je me nou nog steeds vertellen dat je het niet weet?'

'Ja. Nee. Jezus! We weten het niet! Alstublieft! In godsnaam! Alstublieft!'

White keek naar Gilberto, Luis en Ernesto. Het volgende moment haalde hij een korteloops Sig Sauer 9mm automaat uit een holster onder op zijn rug. In één vloeiende beweging draaide hij zich om en schoot Marita van dichtbij door haar hoofd.

20.27 uur

31

Berlijn, nog steeds 4 juni, 20.30 uur

De rondvaartboot Monbijou was om twee minuten over acht van de steiger weggevaren, de Spree op, en was nu op weg terug naar een stad waar het nachtleven op gang begon te komen. De aanvankelijke vrees die Anne en Marten hadden gehad omdat ze op het bovendek zaten en daardoor vol in het zicht vanaf de kant, was afgenomen door het grote aantal andere passagiers om hen heen. Minstens tachtig, plus twee gekwelde kelners in witte jasjes die met drankjes en snacks heen en weer renden tussen het boven- en benedendek in een poging de mensen boven tevreden te houden. Mocht Berlijn psychologisch geraakt zijn door de moord op Theo Haas, dan was daar hier weinig van te merken. Naar alle waarschijnlijkheid omdat de meeste passagiers Engelssprekende buitenlanders waren, zich onbewust van het emotionele gewicht van de misdaad en het effect ervan op de stad.

Toch maakte Marten zich zorgen, vooral over de mensen die bij hen in de buurt zaten. Hij was bang dat ze zijn gezicht hadden gezien op tv, of dat ze nieuwe informatie kregen via hun telefoon, iPod of andere elektronische gadgets waarover zo te zien iedereen beschikte, ondanks het feit dat ze aan boord waren gegaan om zich te ontspannen en te genieten van de bezienswaardigheden. Toch had tot nu toe niemand zelfs maar naar hem gekeken, waardoor hij besefte dat het nog helemaal niet zo'n slecht idee was geweest van Anne toen ze hem een pet van de Dallas Cowboys had toegeworpen en hem had gezegd dat hij die op moest zetten.

Los van het publiek of zelfs de politie, die vanaf de kant met verrekijkers zou kunnen turen, maakte hij zich het meest ongerust over Anne. De vragen die hij haar eerder had gesteld – wie ze nou eigenlijk echt was en wat haar beweegredenen waren – bleven onbeantwoord, allereerst omdat ze in het openbaar zaten en probeerden om niet op te vallen. Dus liet hij het voor wat het was, voorlopig tenminste.

Hij had een tijdje naar de voorbijglijdende stad zitten kijken en over zijn volgende stap nagedacht. Op zich al een lastig probleem, want hij had haar nodig maar wilde tegelijkertijd van haar af. Toen was haar BlackBerry gegaan. Ze had opgenomen en zachtjes gezegd: 'Dat klopt, ja. Da's goed. Nee, tot nu toe niet. Dat is nog niet duidelijk. Ja. Oké.'

Meteen toen ze had opgehangen en het apparaat in haar tas wilde stoppen, ging het weer. Ze nam op, zei 'hallo?', gaf de tweede beller nagenoeg dezelfde informatie als de eerste, hing weer op en stopte de telefoon weg. Daarna had ze naar hem geglimlacht, op zijn wang gekust en zijn hand vastgehouden alsof ze de tortelduifjes waren die ze gespeeld hadden voor de politie op straat. Ze repte met geen woord over de telefoontjes.

Als Marten had gezien welke e-mail ze eerder naar Sy Wirth had gestuurd, met een cc naar Conor White en Loyal Truex, had hij het misschien wel begrepen.

Ontmoeting met voorgedragen kandidaat in Berlijn. Hij is enigszins terughoudend over zijn toetreding tot het bedrijf dus ik heb meer tijd nodig om hem van gedachten te laten veranderen. Mensen van kantoor sturen zou de boel alleen maar compliceren. Later meer.

Het was een bevestiging geweest dat ze Marten achterna was gereisd en hem had gevonden en geen bemoeienis van hen wilde. Dat ze het bericht vóór de moord op Theo Haas had verzonden maakte het er niet eenvoudiger op, omdat met zijn dood alles was veranderd. Marten was opeens hoofdverdachte in een moordzaak en binnenkort zou de politie erachter komen dat ze kort daarna bij hem was geweest, als ze dat niet al wisten. Als ze zijn spoor eenmaal tot in het Adlon gevolgd hadden, zouden ze haar identiteit ook weten. En wat zouden de heren Wirth, White en Truex doen als ze daarachter kwamen?

Marten had niets van deze correspondentie geweten. Wat hij wel wist, was dat ze in de afgelopen minuten twee korte telefoontjes had gehad en dat ze erg vaag op vragen had geantwoord. Wie er hadden gebeld en waar het over ging daar kon hij alleen maar naar raden en dat wilde ze graag zo houden. Vlak daarna ging haar BlackBerry voor de derde keer. Ze had hem uit haar tas gehaald, een kort sms'je gelezen en hem weggestopt. Wat erin stond, wist Marten ook niet. Maar door de manier waarop hij naar haar keek was het duidelijk dat het verloop van de recente communicatie hem genoeg begon te verontrusten. Ze vreesde dat hij ervandoor zou gaan als hij de kans kreeg. Om hem gerust te stellen wilde ze hem net gaan vertellen wat er in het sms'je stond, toen de wereld om hen heen plotseling roet in het eten gooide.

'Sorry meneer, maar zou u zo vriendelijk willen zijn?' vroeg een van de obers in een wit jasje, een man van een jaar of vijftig met borstelige wenkbrauwen en een snor, die naast hen was komen staan. Hij droeg een dienblad met zes grote glazen bier erop en keek naar Marten, die het dichtst bij hem zat, aan het gangpad.

'Dit is voor de mensen naast uw vrouw,' zei hij met een glimlach.

'Tuurlijk,' antwoordde Marten, en hij pakte twee glazen. Hij gaf ze door aan Anne, die ze weer aan een Australisch stel van middelbare leeftijd naast haar gaf.

'Dat is tien euro, alstublieft,' zei de kelner.

De Australische vrouw graaide in haar tas, gaf een briefje van twintig euro aan Anne, die het doorgaf aan Marten, die het weer aan de kelner gaf. Het wisselgeld ging op dezelfde manier terug, en daarna ging er een fooi van drie euro terug naar de kelner, die 'danke schön' zei en doorliep om de rest van de drankjes naar een viertal te brengen dat twee rijen voor hen zat.

'Dank u,' zei de Australische vrouw lachend tegen Anne.

'Graag gedaan,' antwoordde ze lachend, was toen even stil en keek Marten aan. Met zachte stem gaf ze de strekking van het bericht. 'Onze accommodatie is klaar, schat. We stappen op de volgende steiger uit. Het is dan nog hooguit tien minuten lopen.'

20.38 uur

32

Adlonhotel, kamer 647, 20.42 uur

Hauptkommissar Emil Franck keek toe hoe ervaren politiehondentrainer Friedrich Handler twee onstuimige Belgische herders de badkamer in leidde, hun riemen losmaakte en ze de badjas en handdoeken voorhield die Anne Tidrow na het douchen had gebruikt. Beide dieren legden er hun kop op, snuffelden even en bleven toen staan. Handler knikte en als één hond liepen ze achteruit de kleine badkamer uit om de hotelkamer te onderzoeken. Daar waren ze binnen een halve minuut mee klaar. Ze bleven eerst staan bij de kledingkast, daarna bij de stoel die bij de tv stond en uiteindelijk snuffelden ze rond het bed. Een ogenblik later liepen ze naar de deur. Handler deed ze weer aan de riem. Toen, na een knikje van Franck, deed hij de deur open en weg waren ze.

De honden leidden hen een trap aan de achterkant af en de achteringang uit, de Behrenstrasse in. Buiten sloegen de herders links af en daarna nog een keer, de Wilhelmstrasse in, Handler en Franck achter zich aan trekkend in de richting van Unter den Linden. In minder dan een minuut waren ze de boulevard overgestoken en liepen ze in de richting van de Spree.

'Hauptkommissar,' klonk een mannenstem door een kleine ontvanger in Francks rechteroor.

Franck bracht de politieradio naar zijn mond, vertraagde zijn pas en liet Handler en de herders verder lopen. 'Ja.'

'Hannah Anne Tidrow zit in de raad van bestuur van AG Striker Oil & Energy Company in Houston, Texas. Hetzelfde AG Striker dat ook onder contract staat bij het Amerikaanse ministerie van Buitenlandse Zaken in Irak.'

Franck keek verrast. 'Ze zit in de raad van bestuur?'

'Ja.'

'Ik wil meer over Striker weten. Waar ze buiten Irak nog meer actief zijn. Of ze een kantoor hebben in Duitsland of ergens anders in de EU. Weten we al iets over haar metgezel?'

'Nog niet.'

'Toch wel,' kwam de stem van Gertrude Prosser plotseling krakend door zijn oortje. 'Hij heet Nicholas Marten en is tuinarchitect in Manchester, Engeland. Heeft even na één uur vanmiddag ingecheckt in het Mozart Superior.'

'Tuinarchitect?'

'Ja.'

'Zoek uit waar hij uithing voor hij naar Berlijn kwam. Of hij rechtstreeks uit Manchester is gekomen of ergens anders vandaan kwam en of hij een strafblad heeft. Ik wil meer weten over het bedrijf waarvoor hij werkt. Of ze enig aanzien hebben, wat voor klanten ze hebben. Al deze informatie moet vertrouwelijk blijven en mag mijn afdeling niet verlaten. Er mag niets, ik herhaal niets, uitlekken naar de media. Complete radiostilte.'

'Oké.'

'Hauptkommissar,' riep Handler plotseling.

'Ja,' antwoordde Franck. Hij verbrak de verbinding en keek op.

Handler en zijn honden waren blijven staan bij een bouwcontainer die tien meter verder stond op een bouwterrein bij de Reichstag. De herders liepen verward rondjes.

'Hier is ze gestopt,' zei Handler. 'Ze is hier even blijven staan en is toen doorgelopen. Ik weet niet of de man wel of niet bij haar was.'

'Welke kant op?'

'Naar de rivier, denk ik.'

'Denk ik?'

'Er ligt te veel puin, gips en cementstof. Ze zijn het spoor kwijt.'

Franck keek hem aan. Hij was duidelijk niet blij.

'Sorry, Hauptkommissar.'

'Geeft niks, Handler. Laat maar. Wij nemen het vanaf hier wel over. Bedankt.'

21.12 uur

33

21.45 uur

Anne Tidrow en Nicholas Marten liepen snel door de Friedrichstrasse. Met gebogen hoofd zigzagden ze tussen de slenterende voetgangers door en deden hun best zo weinig mogelijk aandacht te trekken. Vier minuten eerder waren ze van de Monbijou gegaan op de kade bij de Weidendammer Brücke aan de stadszijde van de Spree en teruggelopen naar de overkant, dezelfde kant op als daarvoor. De hele route, de boottocht incluis, had bijna twee uur geduurd en ze hadden een grote cirkel gemaakt die hen weer terug had gebracht in de stad en het wespennest dat het vangnet van de politie was.

'We lijken wel gek,' zei Marten hijgend, toen er twee langzaam rijdende motoragenten passeerden die de voetgangers bekeken. 'Hoe ver is het nog?'

'We zijn er bijna.'

'Spreken jullie Engels?' vroeg een man met een korte baard die opeens naast hen kwam lopen. Hij was een jaar of dertig en hip gekleed in een beige pak en een strak zwart T-shirt.

Ze zeiden niets en liepen door.

'Engels, toch? Ik wil jullie alleen maar helpen,' drong hij aan.

Anne keek hem aan. 'Wat moet je?'

Hij lachte en zei met zachte stem: 'Ik heb goed spul. Onversneden coke, niet van die rotzooi die je op straat koopt.'

'Nee, dank je.'

'En hij?' hij knikte naar Marten. Marten bleef naar beneden kijken en zei niks. 'Doet zij het woord voor je?' drong hij aan.

Marten zei nog steeds niets en liep verder.

'Ik praat tegen je, man. Kom op, het is goed spul. Daar kom je niet gemakkelijk aan.'

'Laat ons alsjeblieft met rust,' zei Marten, die hem strak aankeek voor hij zijn hoofd afwendde.

Plotseling fronste de man zijn wenkbrauwen. 'Jou heb ik eerder gezien, en nog niet zo lang geleden.'

Marten stond abrupt stil, pakte de man bij zijn revers en trok hem naar zich toe. 'Ik ben agent. Rechercheur bij de politie van Los Angeles. Zal ik iemand van de lokale marechaussee roepen om je even na te trekken?'

'Laat me los, man. Laat los!' schreeuwde de man en hij probeerde zich los te wurmen.

Marten keek hem aan en duwde hem van zich af. 'Sodemieter op. Nu!'

De man keek hem heel even aan, draaide zich om, liep snel in tegengestelde richting en verdween toen tussen de mensen die op de stoep liepen.

Anne keek hem aan en zei grinnikend: 'Politieagent?'

Marten pakte haar bij haar arm. 'Waar we ook naartoe gaan, zorg dat we er snel zijn.'

22.10 uur

Het appartement was in het gunstigste geval praktisch te noemen. Het lag op de bovenste verdieping van een oud stenen gebouw in een zijsteegje van de Ziegelstrasse. Er waren twee spaarzaam ingerichte kamers en een kleine keuken en badkamer. De slaapkamer bevond zich aan de achterzijde. Er stond een tweepersoonsbed in, een versleten fauteuil en een ladekast. Een klein raam keek uit op een luchtkoker met een stalen brandtrap die naar het dak liep. De andere kamer, een zit-eetkamer annex bibliotheek, was aan de voorzijde, waar twee ramen van de grond tot het plafond uitzicht boden op de steeg, met een glimp van de Ziegelstrasse aan het eind ervan.

De schilferende, rood geschilderde keukenkast was onlangs volgezet met een selectie van blikken soep en vlees, pakken cornflakes, een potje mosterd en een pot aardbeienjam. In de koelkast lagen een pak gemalen koffie, een stuk kaas, een liter melk, een ons ham, een paar appels, twee bruine broden, zes flessen water en acht flesjes Radeberger-bier. Al met al voldoende om hen de komende dagen van voedsel te voorzien volgens Anne.

'Een paar dagen?' protesteerde Marten toen ze door de donkere woonkamer liepen en hun toevlucht zochten in de achterste slaapkamer.

'Ik doe mijn best om ons zo snel mogelijk uit deze toestand te krijgen. Dat is niet eenvoudig en het kan wel even duren.' Anne deed een lamp op een nachtkastje aan. De warme gloed vormde een welkome afwisseling bij de rest van het donkere appartement, dat ze expres donker lieten om geen aandacht uit de steeg te trekken. 'Je zou me misschien even kunnen bedanken, verdomme.'

Het duurde lang voordat Marten antwoord gaf. 'Dank je,' zei hij uiteindelijk, en hij liep door de gang om in de deuropening van de woonkamer zonder iets te zeggen naar binnen te staren, alleen met zijn gedachten.

'Graag gedaan,' riep ze hem na. Ze maakte haar tas open, haalde er een designer t-shirt uit en begon zich uit te kleden. Eerst haar jasje en spijkerbroek, daarna haar blouse en bh. Ze vouwde alles netjes op en legde het in een stapel op de ladekast. Ze trok net het t-shirt aan toen ze voelde dat er iemand naar haar stond te kijken. Ze draaide zich om en zag hem in de deuropening staan.

'Wat is er in godsnaam allemaal aan de hand?' vroeg hij zachtjes. 'Van wie is dit huis? Wie ben jij?'

'Ik ben moe, ik wil slapen,' zei ze.

'Nou, ik ben ook moe.'

'Alsjeblieft. Niet nu.'

Ze wilde langs hem heen naar de badkamer lopen, toen hij zijn arm uitstak om haar tegen te houden. 'Ik geef je tien seconden om mijn vragen te beantwoorden. Als je dat niet doet, ga ik weg. Ik neem het risico wel met de politie.' Zijn ogen waren fel en onverbiddelijk, het was duidelijk dat hij wist wat hij wilde.

Ze keek terug. 'Wat wil je dat ik je vertel?'

'Over het bedrijf. Over jezelf. Alles.'

'Ik zou niet weten waar ik moest beginnen.'

'Probeer het eens bij het begin.'

Ze keek hem nog even aan en gaf toen toe. 'Oké,' zei ze en ze ging in kleermakerszit op bed zitten met nog steeds alleen een T-shirt en onderbroek aan. Haar tepels waren te zien door het zachte katoen van het shirt. Als het uitdagend was, scheen het haar niet te kunnen schelen.

'Mijn vader was eigenaar van Striker Oil. Hij heeft het bedrijf gekocht toen het nog klein was, gevestigd in het oosten van Texas in de jaren zeventig. Mijn moeder overleed toen ik dertien was. Ik was enig kind. Hij voedde me in z'n eentje op. Heeft me overal mee naartoe genomen toen hij bezig was met de uitbreiding van het bedrijf. Ik ben dus op alle plekken geweest waar olie was of waar oliebedrijven zaten die leiding nodig hadden of ondersteund moesten worden bij de winning. We gingen meer dan eens bijna failliet. Toen het goed begon te gaan bracht hij Striker naar de beurs en deed het erg goed. Ik ging studeren in Texas en daarna het zakenleven in. Ik trouwde en scheidde daarna weer. Korte tijd later kreeg mijn vader een hersenbloeding en zette mij in de raad van bestuur van Striker, omdat hij wist dat ik voor het bedrijf zou opkomen en ik het beter kende dan wie dan ook. Toen hij een tweede hersenbloeding kreeg nam ik vrij om hem te verzorgen. Ik ben vier jaar bij hem gebleven tot hij overleed.' Plotseling zweeg ze. 'Saai, hè?' Zullen we het hier maar bij laten?'

Marten leunde tegen de klemmende deur. 'Wat gebeurde er toen met het bedrijf?'

Ze keek hem een tijdje aan. Hij wilde alles weten en zou niet rusten voor ze het verteld had. Als ze hem bij zich wilde houden, had ze geen andere keuze dan verder te vertellen.

'De mensen die hij had aangenomen om de tent te runnen, Sy Wirth en de door hem zelf uitgezochte leidinggevenden, kozen Wirth tot voorzitter van de raad van bestuur en directeur, kochten alle aandelen op, haalden het bedrijf van de beurs en gooiden bijna de hele raad van bestuur eruit. Daarna begon Wirth vriendjes te maken in Washington. Zo is hij ook aan Hadrian gekomen om onze olievelden wereldwijd te bewaken. Toen kwam de oorlog in Irak en hij en Hadrian zaten er met hun neus bovenop. Ze manipuleerden vrijwel vanaf het begin de contracten met Buitenlandse Zaken, namen allerlei onderaannemers aan, factureerden dubbel, deden aan creatief boekhouden, maar alles op zo'n manier dat het bijna niet te achterhalen was. Dit beviel mij niet en dat heb ik ook kenbaar gemaakt. De enige reden waarom ze me aanhielden was vanwege mijn vaders reputatie bij zijn werknemers, leveranciers en andere bedrijven waar we zaken mee deden. Ik kon zo hard aan de bel trekken als ik wilde, ik wist dat het toch geen zin had. Ze waren arrogant en verdienden honderden miljoenen dollars, dus waarom zouden ze veranderen, zelfs al hadden ze de belangstelling gewekt vanuit het congres van de onderzoekscommissie van Joe Ryder. Conor White was…'

Ze hield weer op met praten en hij zag de woede in haar opwellen, alsof ze zich realiseerde dat ze te veel vertelde. 'Ik ben echt heel moe. Ik wil naar bed.'

'Nog niet.'

Ze keek hem woedend aan. 'Wat ben jij een lul, zeg.'

'Dat zal best. Maar misschien wil ik wel gewoon weten met wie ik te maken heb. Wat was er met Conor White?'

'Conor White,' zei ze weloverwogen, 'werd ingehuurd om SimCo in het leven te roepen, ter vervanging van Hadrian in Equatoriaal-Guinea zodat de uitkomst van Ryders onderzoek over Irak op geen enkele manier de aandacht zou trekken voor de situatie in Equatoriaal-Guinea.'

'En jij wist daarvan?'

'Ik wist ervan maar had geen flauw idee dat hij betrokken was bij het bewapenen van de rebellen. De man met wie je me in het vliegtuig zag zitten was een onafhankelijke accountant die ik had aangenomen om de boekhouding in Malabo te controleren om ons ervan te vergewissen dat er absoluut geen verband was tussen de situatie van Striker en Hadrian in Irak en onze zaken in Equatoriaal-Guinea. En voor zover ik weet was dat er ook niet, alles was legaal. Hij was klaar met zijn controle op dezelfde dag dat ik hoorde van de foto's en de dood van de priester die ze genomen had. Ik vroeg er Conor naar en hij zei dat ze gemanipuleerd moesten zijn, gefotoshopt of zo, omdat wat erop zou moeten staan niet klopte. Maar toch, nep of niet, we moesten ze terughebben, snel en geruisloos voordat ze gepubliceerd zouden worden.

Ik vertrouwde het toen al niet. Ik denk dat die foto's echt zijn. Anders zou die priester niet zijn vermoord en het land niet zo gewelddadig overhoop zijn gehaald om ze te vinden. Bovendien denk ik dat White handelt in opdracht van Sy Wirth en de mensen bij Hadrian.'

Marten bekeek haar aandachtig: haar ogen, lichaamstaal, alles waaruit hij zou kunnen opmaken dat ze loog. Hij zag niets. Alleen had ze hem maar een klein gedeelte verteld, en hij wilde de rest ook horen. 'Dat verklaart die toestand met het leger, SimCo en de hoge pieten bij Striker en Hadrian. Maar hoe pas jij in dit hele verhaal? We zitten hier nu niet omdat jij in een opwelling had besloten dat je wel aan vakantie toe was.'

Anne haalde diep adem. 'Ik heb je al verteld dat het persoonlijk was. Ik wil die foto's om ze tegen Wirth, Hadrian en Conor White te gebruiken. Dreigen ze aan de commissie-Ryder te geven als ze niet stoppen met het bewapenen van de opstandelingen en met het aanwakkeren van een oorlog die toch al verschrikkelijk is. Ten tweede, en dat is misschien nog wel belangrijker voor me…' Haar ogen schoten vol, 'wil ik redden wat er nog over is van de reputatie van mijn vaders bedrijf. Voor hem. Voor zijn nagedachtenis.

Mijn moeder werd ernstig ziek toen ik drie was. Ze heeft een maand in het ziekenhuis gelegen. Ze herkende mijn vader en mij niet. Niemand wist wat er aan de hand was. Uiteindelijk kwam ze er bovenop. Die ervaring heeft me de stuipen op het lijf gejaagd. Mijn vader ook. Ik was nog heel klein, maar dat zag ik. Hij was radeloos. Ik wilde hem zo graag helpen, maar dat kon ik niet.

Ik heb je al verteld dat ik dertien was toen mijn moeder overleed. Aan een hersentumor. Ze heeft er niet lang mee geleefd, maar het was vreselijk voor haar en mijn vader. Net als de eerste keer probeerde hij me ertegen te beschermen terwijl hij er zelf aan onderdoor ging. Hoe hij alles overeind gehouden heeft – mij, zichzelf, de zaak – ik zou het niet weten. Toen ze overleed gingen wij samen door. We leefden hetzelfde leven tot ik ging studeren. Maar we zijn altijd heel close gebleven, ook toen ik ging trouwen. Ik hield verschrikkelijk veel van hem. Ik respecteerde hem nog meer. Ik hield zijn hand vast toen hij stierf.' Ze stopte even en zocht zijn blik. 'Is het zo voldoende?'

'Bijna.'

Plotseling werd ze weer kwaad. 'Wat wil je verdomme nog meer weten?'

'Van wie dit huis is. Op wie je vertrouwt om ons Berlijn uit te krijgen. Waarom je me eerder vandaag hebt laten volgen, zodat je wist waar ik was en waar ik naartoe ging toen ik het hotel verliet op weg naar Haas.'

Deze vragen had hij al eerder gesteld en tot nu toe had ze ze kunnen ontwijken. Maar ze wist dat hij ze zou blijven stellen tot hij antwoord had of dat hij er anders vandoor zou gaan, zoals hij gedreigd had.

'Ik heb dit geregeld via oude bekenden,' zei ze zacht. 'Ik heb een paar jaar geleden anderhalf jaar in Berlijn gewoond.'

'Wat deed je hier dan?'

Ze gaf geen antwoord.

'Wat deed je hier dan?'

'Ik werkte voor de Amerikaanse regering.'

'Als?'

'Mijn werk was geheim.'

'Geheim?'

'Ja.'

'Je werkte dus undercover of zoiets?'

'Ik… werkte voor de cia.'

22.30 uur

34

Harringtonmeer, Canada, het officiële buitenhuis van de minister-president van Canada. Nog steeds vrijdag 4 juni, 16.35 uur

President Harris liep op een landweggetje met de Canadese premier, Elliot Campbell, Campbells vrouw Lorraine en Emiliano Mayora, de president van Mexico. Het was warm en er hingen donzige wolken in de lucht, die af en toe donker werd en voor later op de dag regen voorspelde. Ze droegen allemaal vrijetijdskleding tijdens de wandeling die bewust nergens over ging, om de leiders van de noordelijkste Amerikaanse landen de gelegenheid te geven informeel met elkaar te kunnen praten voor ze weer terug moesten naar de formele gesprekken over handel en wederzijdse veiligheid waarvoor ze hier waren gekomen.

Premier Campbell en president Mayora liepen voor de anderen uit en hadden het over vliegvissen, zodat president Harris naast mevrouw Campbell liep. Lief en opgewekt als ze was, greep ze de gelegenheid aan om te vragen hoe het met hem ging. Ze herinnerde hem er subtiel aan dat hij een aantrekkelijke man was die sinds de dood van zijn echtgenote nog niet met een andere vrouw gesignaleerd was tijdens zijn presidentscampagne twee jaar daarvoor.

'Eerlijk gezegd heb ik nog niet veel gelegenheid gehad om daarover na te denken,' zei president Harris met een charmante glimlach. 'Ik heb een veeleisende baan.'

'Dat snap ik, meneer de president. Maar toch zou u er eens over na moeten denken. Ik zag het verlangen in uw ogen toen u het erover had. U hebt behoefte aan gezelschap, in uw werk en uw leven.'

Nu lachte John Henry meer in zichzelf, subtieler. 'U hebt een scherp opmerkingsvermogen, mevrouw Campbell. Ik ben inderdaad eenzaam. Maar ik verlang nog steeds naar mijn vrouw. Ik mis haar heel erg. Ik doe mijn best daar niet te veel aan te denken.'

'Meneer de president,' klonk er plotseling een stem van achter hen.

Harris en mevrouw Campbell draaiden zich om en zagen Lincoln Bright, stafchef van de president, door het gezelschap veiligheidsagenten die hen volgden en op hen af komen lopen.

'Sorry, meneer de president, mevrouw Campbell,' zei Bright terwijl hij de president aankeek. 'Afgevaardigde Ryder belt vanuit Qatar. Het is belangrijk.'

'Ik neem hem wel even.' Harris wendde zich tot Lorraine Campbell. 'Excuseert u mij. Wilt u tegen de premier en president Mayora zeggen dat ik me zo weer bij u voeg?'

'Natuurlijk, meneer de president.'

16.47 uur

President Harris nam het gesprek met Joe Ryder aan op een beveiligde telefoonlijn in het comfortabele, rustieke gastenverblijf op het landgoed bij het Harringtonmeer.

'Hebt u gehoord wat er in Berlijn is gebeurd?' vroeg Ryder bezorgd.

'Theo Haas is vermoord.'

'Ja.'

'Ik weet ervan, maar dat is alles. Heeft Marten hem gesproken voor het gebeurde?'

'Marten wordt gezocht voor de moord.'

'Wat?' vroeg Harris ontzet.

'Het gaat op tv nergens anders over. De *Washington Post*, *New York Times* en alle andere grote kranten staan er vol mee. Internet ook. Ik weet dat u het druk hebt en dat u zich hier momenteel niet mee bezighoudt; dat er niemand is die u op de hoogte had kunnen brengen omdat niemand het verband tussen u en Marten kent.'

'Jezus Joe, waar zit-ie?'

'Voor zover ik weet is hij op de vlucht in Berlijn. Samen met een vrouw. Haar naam is nog niet vrijgegeven. De zijne trouwens ook niet.'

'Hoe weet je dan dat het om Marten gaat?'

'Iemand heeft een foto van hem gemaakt met een mobiele telefoon. Hij lijkt niet erg goed, maar het is ongetwijfeld Marten, of anders een dubbelganger. U hebt me een foto van u samen laten zien toen u hem voordroeg voor deze klus…' Ryder aarzelde even. 'John, meneer de president, u kunt hier niet bij betrokken raken. U mag niet proberen hem te helpen. Zelfs niet als u gebruik maakt van uw eigen mensen. U kunt het risico niet nemen dat iemand het verband legt.'

President Harris staarde voor zich uit. 'Dat weet ik, verdomme. Hij ook.'

'Wat doen we nu?'

'Niets. Afwachten en heel hard duimen dat hij op een of andere manier contact met mij kan opnemen.'

'En dan?'

'Dat weet ik nog niet. Ik bedenk wel iets.'

'En als hij Haas echt heeft vermoord?'

'Dat heeft hij niet.'

'Weet u dat zeker?'

'Verdomd zeker.'

'Ik ben er voor je, John. Altijd en overal.'

'Weet ik Joe, we komen er wel uit. En bedankt. Bedankt dat je er voor me bent. Ik bel je als ik iets meer weet.'

De president hing op en staarde voor zich uit. Hij hoopte in godsnaam dat hij gelijk had en dat Marten contact met hem kon opnemen. Wat hij daarna zou doen, wist hij echt niet. Tegelijkertijd kon hij maar beter zijn verhaal voor Marten klaar hebben.

16.52 uur

35

Berlijn, zaterdag 5 juni, 01.27 uur

Marten zat onderuitgezakt in de fauteuil te kijken hoe Anne lag te slapen in het bed tegenover hem. Hij had een flesje Radeberger-bier in zijn hand en droeg een boxershort en het lichtblauwe sporthemd dat hij ook had gedragen toen hij naar zijn afspraak met Theo Haas in het park ging.

Hij nam een slok van het bier en keek rusteloos naar het plafond. Het was warm in het appartement en Anne sliep met alleen een laken om zich heen. Ze had gevraagd of hij naast haar kwam liggen, alleen maar omdat er geen andere slaapplek was. Hij had de stoel verkozen, voornamelijk omdat hij dan goed zicht had op de voordeur van het appartement. Als er iemand binnen zou komen, wilde hij die persoon zien voordat hij of zij hem zag. Vooral als het politie was die het bevel had gekregen om te schieten.

01.32 uur

Marten pakte nog een flesje Radeberger en keek naar Anne tegenover hem. Hij zag haar in het donker liggen, op haar zij slapend, haar benen opgetrokken naar haar borst in een soort foetushouding. De CIA, dacht hij. Jezus, welke afdeling dan? Onderzoek? Undercover? Wat het ook geweest mocht zijn, ze was blijkbaar zo belangrijk geweest dat ze nog steeds contact had met mensen die onbekenden voor haar wilden schaduwen, haar hielpen uit handen van de politie te blijven, een schuiladres te regelen en hen de stad uit te krijgen, of dat in ieder geval probeerden.

Ze was tweeënveertig en dus zeven jaar ouder dan hij, maar zoals ze daar nu lag kon ze wel een kind zijn. Ze had hem verteld dat ze getrouwd was geweest en hij vroeg zich af of ze zelf kinderen had. En zo ja, hoeveel. Hoe oud? En waar waren ze nu dan? Ze konden wel op de middelbare school zitten, of al studeren. Misschien waren het wel twintigers die het huis al uit waren.

01.40 uur

Hij dronk het flesje Radeberger leeg en bracht het naar de keuken. Hij was doodop en tegelijkertijd opgewonden. Slapen was geen optie. De moord op Theo Haas was al erg genoeg, maar door de samenloop van omstandigheden waardoor hij hoofdverdachte was, was het niet meer te vatten. Dat er een topagent als Franck op de zaak was gezet maakte het er niet beter op. Los van zijn kwalificaties kreeg Marten de rillingen van zijn fysieke voorkomen, zijn lichaamstaal en de intense blik in zijn ogen als hij in de camera keek, die Marten sterk deden denken aan zijn mentor bij het korps van Los Angeles, wijlen commandant Arnold McClatchy. Hij was een van de meest gerespecteerde, meedogenloze en gevreesde rechercheurs bij moordzaken in de geschiedenis van Californië geweest. Net als McClatchy had Franck het hele bureau tot zijn beschikking en Marten wist zeker hij dat hij, net als McClatchy, zich vastbeet in een zaak en pas losliet als hij iemand op zijn knieën kreeg, hoe dan ook.

Dan was er nog iets. Ook al was zijn foto nog zo slecht, hij was overal te zien. Wat zou er gebeuren als de jongens van het korps van Los Angeles, die nog steeds achter hem aanzaten, hem zouden zien en contact zouden opnemen met Franck? Wat dan? Een beetje over en weer kletsen als agenten onder elkaar en plotseling staan er een paar rechercheurs uit LA op de stoep te wachten tot Franck hem te pakken heeft. En als het dan zover was, zou Franck het stil houden en hem aan hen overdragen. Een dag later zou zijn lichaam ergens in een greppel gevonden worden. Daders onbekend. Het zou de politie van Berlijn een langdurig en geruchtmakend proces en een hoop geld besparen. Hij kon zichzelf wel voor zijn kop slaan omdat hij tegen die rondlummelende dealer op straat had gezegd dat hij een agent uit LA was. Wat zou er gebeuren als de politie die gozer oppakte en hij erover zou beginnen?

Hij was stom geweest.

Heel erg stom.

01.42 uur

Marten zette het flesje op het aanrecht en liep net naar de slaapkamer toen hij sirenes hoorde naderen. Hij bleef staan en luisterde. Wat was het? Brandweerwagens? Ambulances? Nee, hij wist het zeker: politie. Ze kwamen dichterbij. Hij ging in de woonkamer naast een van de smalle ramen staan om naar de schaars verlichte steeg te kunnen gluren. De sirenes kwamen steeds dichterbij. Instinctief luisterde hij of hij een helikopter hoorde. Wat zou hij doen als ze voor de deur zouden stoppen?

'Wat gebeurt er?' riep Anne vanuit de slaapkamer.

'Niks. Ga maar weer slapen.'

Jezus, misschien kon hij haar beter wakker maken en zeggen dat ze zich moest aankleden. En dan? Uit het raam klimmen naar de kleine luchtschacht en dan in het donker via de brandtrap naar het dak? Waarom zouden ze? Als de politie wist dat ze hier zaten, hadden ze geen schijn van kans. Hij stapte verder weg van het raam zodat hij naar het begin van de steeg aan de Ziegelstrasse kon kijken. Het schelle geluid werd steeds harder, het weerkaatste tegen de oude stenen gevels van de naastgelegen panden. Zijn hart klopte in zijn keel. Als ze kwamen, kwamen ze. Dan moesten ze zich maar gewoon overgeven. De enige mogelijkheid die ze hadden.

Het geluid werd harder en harder. Toen was het naast hem. Hij wachtte op piepende remmen, het abrupt zwijgen van de sirenes, dichtslaande portieren en gewapende agenten die uit de auto's zouden springen. In plaats daarvan zag hij een hele korte glimp van de sirenes. Ze reden gewoon voorbij en namen het geluid met zich mee.

Hij stond een tijdje in het donker te luisteren naar het bonzen van zijn hart en het geluid van zijn eigen ademhaling. Hij vroeg zich ineens af hoe hij er emotioneel aan toe was: of hij zich het te veel aantrok of dat hij de controle over zichzelf begon te verliezen. Hij bedacht ook dat dit niet het juiste moment was om zich daar druk om te maken; veel te gevaarlijk.

'Je moet slapen,' hoorde hij Anne ergens dichtbij in het donker zeggen. Hij schrok en keek op. Hij zag haar in het licht dat van de straat kwam in de deuropening staan. Ze had haar donkere haar achter haar oren gestopt, liep op blote voeten en droeg nog steeds alleen een T-shirt en onderbroek.

'Je bent oververmoeid,' zei ze zacht.

'Ik weet het,' antwoordde hij nauwelijks hoorbaar.

'Kom mee naar bed.'

Marten keek haar aan.

'Toe nou.'

'Goed dan,' zei hij uiteindelijk, en hij liep weg van het raam en volgde haar door de smalle gang naar de slaapkamer.

01.48 uur

36

Hoofdbureau Berlijnse politie, Platz der Luftbrücke, 02.02 uur

'Waarom het zo lang moest duren voor me dit ter ore kwam, weet ik niet, maar ik garandeer je dat ik daar nog wel achter kom.' Hauptkommissar Emil Franck zat achter zijn degelijke stalen bureau in zijn praktisch ingerichte kantoor. Zijn ogen waren zwart en kil en knipperden niet.

Er stonden twee geüniformeerde motoragenten voor hem. Links van hem stonden rechercheur Gerhard Bohlen en rechercheur Gertrude

Prosser. Hij bekeek de motoragenten even en drukte toen op PLAY op een digitale recorder voor hem. Na een korte stilte was een opgenomen gesprek te horen tussen een motoragent en een Funkbetriebszentrale, een vervoerscoördinator van de centrale op het hoofdbureau.

Motoragent: 'West voor West 717.'

Vervoerscoördinator: 'West 717, ga je gang.'

Motoragent: 'Mannelijke en vrouwelijke voetganger die op voortvluchtigen lijken op Schiffbauerdamm, bewegend naar de Weidendammer Brücke ter hoogte van de Friedrichstrasse. Over.'

Vervoerscoördinator: 'Genoteerd, West 717.

Er viel even een stilte en toen:

Motoragent: 'O, west voor West 717, vervoerscoördinator. Negeren. Het is een stelletje dat staat te huigzuigen.'

Vervoerscoördinator: 'Genoteerd. West 717.

Meteen schoot Francks middelvinger naar voren en drukte op STOP. De speler viel stil en hij keek naar de twee motoragenten die voor hem stonden.

'Jullie eerste telefoontje kwam binnen om zeven uur achtendertig en vierenveertig seconden,' zei hij vinnig tegen agent die de naam West 717 toebedeeld had gekregen. 'Waarom liet je dit bericht als niet-verzonden beschouwen?'

'Het leek niet belangrijk. Ze zagen ons. Het interesseerde ze niks. Zo zouden voortvluchtigen zich niet gedragen, Hauptkommissar.'

'En waarom denk je dat? Je zei zelf dat ze op de verdachten leken. Hoe kun jij nou weten wat ze aan het doen waren en waarom? De Schiffbauerdamm bij de Weidendammer Brücke is minder dan twintig minuten lopen van het Adlonhotel. Acht over half acht past precies in de tijdslijn.' De ogen van Franck gingen van West 717 naar de tweede agent. 'Was jij het eens met zijn oordeel?'

'Ja, Hauptkommissar.'

'Ik wil binnen vijf minuten een rapport op mijn bureau hebben liggen. Met een exacte beschrijving van die mensen. Wat voor kleding ze droegen. Wat ze bij zich hadden. En alles wat jullie je verder nog kunnen herinneren. Ingerukt!'

Beide mannen schoten in de houding, salueerden en vertrokken. Hun toekomst bij de Berlijnse politie hing aan een zijden draadje.

De deur ging achter hen dicht en Franck keek Bohler en Prosser aan. 'Misschien waren het Marten en Tidrow. Misschien ook niet. Het tijdstip klopt, het gebied ook. Handlers honden raakten het spoor bijster bij de bouwput in de buurt van de Reichstag, drie passen verwijderd van de Spree. Dit "huigzuig"-stelletje werd gesignaleerd op de Schiffbauerdamm bij de Weidendammer Brücke. Dat is ook bij de Spree en niet ver van de Reichstag.'

Franck stond op van zijn bureau en liep naar een enorme, in secties verdeelde kaart van Berlijn die aan een muur hing. Hij stond er even naar te kijken alsof hij zich ervan wilde overtuigen dat hij wist waar de Schiffbauerdamm en de Weidendammer Brücke lagen, een kruispunt dat hij kon dromen, zoals bijna alle andere straten en kruispunten in de stad. Maar het lag in zijn aard om alles twee keer te controleren dus dat deed hij. Gerustgesteld wendde hij zich tot zijn rechercheurs.

'Dat kruispunt heeft twee bijzonderheden. Station Friedrichstrasse en de rivier, en dus rondvaartboten. Zodra ik het rapport van onze zeer oplettende agenten binnen heb, wil ik mensen hebben die iedereen ondervragen die werkt op het station, in de trein of op een rondvaartboot, iedereen die na acht minuten over half acht moest werken. Laat ze er desnoods mensen voor uit bed halen. Als onze "tortelduifjes" in die buurt waren, wil ik daar alles van weten. Als ze op het station waren, wil ik weten door welke ingang ze naar binnen en naar buiten zijn gegaan. Als ze een trein of boot hebben genomen, wil ik weten waar ze in- en uitgestapt zijn.'

02.25 uur

Franck stond in z'n eentje op de kaart te kijken om te proberen te bepalen waar Marten en Anne Tidrow naartoe gegaan zouden kunnen zijn, zodat hij dat kon koppelen aan de andere informatie die was binnengekomen. Vlak na middernacht had hij antwoord gekregen op zijn vragen over de persoon Marten en het tuinarchitectenbureau waar hij werkte in het Engelse Manchester. Marten was een Amerikaanse emigrant uit Vermont, zonder strafblad. Hij huurde een mooi appartement en betaalde zijn rekeningen keurig op tijd. Verder was het bedrijf waarvoor hij werkte, Fitzsimmons and Justice, een gevestigde naam die hoog stond aangeschreven en vrijwel uitsluitend werkte in opdracht van de gemeente of voor wat rijkere particulieren. Marten werkte er al ruim twee jaar, aangezien hij met hoge cijfers was afgestudeerd aan de universiteit van Manchester. Alleen maar eersteklas referenties. Wat Anne Tidrow betrof: ze zat niet alleen in de raad van bestuur van AG Striker Oil & Energy Company uit Houston in Texas, ze was ook de dochter de van overleden oud-directeur, Virgil Wyatt Tidrow. Bovendien werkte Striker, samen met het particuliere beveiligingsbureau Hadrian uit Manasus in Virginia, in Irak onder contract van het Amerikaanse ministerie van Buitenlandse Zaken. Dat deden ze al sinds het begin van de oorlog en Striker stond momenteel onder toezicht van het Amerikaanse congres vanwege vermeende dubieuze praktijken. Striker Oil had geen kantoor in Berlijn of ergens anders in Europa. Marten tenslotte was gisterochtend om elf uur geland op vliegveld Tegel van Berlijn en kwam niet uit Manchester maar uit Parijs. Nauwelijks twee uur later was Anne Tidrow gearriveerd, ook uit Parijs.

Franck keek nog even naar de kaart, liep terug naar zijn bureau en ging weer zitten. Waarom, dacht hij, komen twee mensen zoals zij in godsnaam helemaal naar Berlijn om Theo Haas te vermoorden op zo'n drukke en openbare plek als de Platz der Republik?

Hij ging achter zijn computer zitten en stuurde een mailtje met hoge prioriteit naar de rechercheurs Bohlen en Prosser: *Zoek meer informatie over activiteiten van Striker Oil buiten de Verenigde Staten en Irak. Ga ook na waar Marten en Tidrow zaten voor ze naar Parijs gingen.*

Toen hij klaar was, trok hij een stapel rapporten naar zich toe met de bevindingen van meer dan twintig rechercheurs die getuigen en omstanders hadden verhoord op de Platz der Republik en bij de Brandenburger Tor kort na de moord op Theo Haas. Hij sloeg het eerste rapport open en begon te lezen. Hopelijk stond er iets in wat over het hoofd was gezien.

37

02.57 uur

In twee van de eerste vier rapporten hadden drie ooggetuigen – een op de Platz der Republik en twee bij de Brandenburger Tor – melding gemaakt van een jongeman met zwarte krullen en een zwarte trui die door de menigte rende alsof hij werd achternagezeten. Dat was het, meer niet. Niets over hoe hij eruitzag, hoe lang hij was of wat hij behalve de trui nog meer droeg. In alle drie de gevallen was het een terloopse observatie. Zeker niet iets wat hem in verband kon brengen met Marten, Anne Tidrow of de moord op Haas. Franck maakte er niettemin een notitie van en wilde net het vijfde rapport pakken, toen de telefoon ging. Hij keek op zijn bureauklok en nam toen op.

'Ja.'

'Hauptkommissar,' zei Gertrude Prosser.

'Jij zou thuis in bed moeten liggen. Een paar uur al.'

'U bent toch ook nog aan het werk?'

'Ja, maar ik ben gek. Ga naar huis, Gertrude. Je kunt niet werken als je niet uitgerust bent.'

'Hauptkommissar,' zei ze volhardend. 'Ik heb antwoord op twee van de vragen die u kort geleden had. Ik denk dat ze in de categorie "vertrouwelijk" vallen.'

'Ik luister.'

'U wilde toch weten waar Nicholas Marten en Anne Tidrow waren voor ze naar Parijs gingen? Ze zaten allebei aan boord van een Air France-vlucht uit Malabo, op Bioko in Equatoriaal-Guinea.'

'Equatoriaal-Guinea?'

'Ja.'

'En de tweede vraag?'

'Striker Oil heeft overal op de wereld contracten voor het onderhouden van olievelden en het winnen van olie. Ze hebben onlangs hun exploratie-activiteiten op Bioko uitgebreid en hebben een Brits particulier militair bedrijf, SimCo genaamd, aangenomen om beveiligingswerkzaamheden te verrichten. En ik ontdekte nog iets.' Ze pauzeerde even en hij merkte dat ze opgewonden was.

'Ga door,' zei hij.

'Pater Willy Dorhn, een katholieke priester, is in het zuiden van Bioko vermoord door leden van het nationale leger, een dag voordat Marten en Tidrow daar vertrokken.'

'En?'

'Pater Willy was de broer van Theo Haas.'

'Wát zeg je?'

'Meer weet ik nog niet. Er dreigt een grote burgeroorlog uit te breken in Equatoriaal-Guinea. Misschien houdt alles verband met elkaar.'

'Misschien wel, ja. Puik werk. Bedankt, Prosser. En nu ga je naar huis om te slapen.'

Emil Franck hing op. Deze wending had hij niet zien aankomen. Zouden Marten, Anne Tidrow en misschien ook haar oliemaatschappij op een of andere manier betrokken zijn bij de burgeroorlog in Equatoriaal-Guinea? En was daar iets van uitgelekt naar Berlijn via Theo Haas en zijn broer? En zo ja, waarom dan? Die vragen stelden hem voor een raadsel en verontrustten hem tegelijkertijd. Hij vroeg zich ineens af of dit geen zaak was voor de Binnenlandse Veiligheidsdienst of de Rijksrecherche in plaats van zijn bureau.

Maar die diensten erbij betrekken zou alles veranderen. Hun aanwezigheid zou erg onhandig zijn en veel te veel aandacht in de media krijgen. Met als gevolg dat hij Marten en Anne Tidrow waarschijnlijk kwijt zou raken. Dat gaat niet gebeuren, dacht hij. Hij zou voorlopig het advies van Gertrude Prosser opvolgen en de informatie vertrouwelijk houden.

Hij keek nog een keer op zijn bureauklok.

03.09 uur.

Tijd om op zijn versleten leren bank te gaan liggen om zelf wat slaap te pakken. Hij sloeg de rapporten dicht die hij had zitten lezen en wilde net zijn bureaulamp uitdoen, toen zijn privémobieltje ging. Het was de ringtoon die een technisch assistent had ingesteld. Hij haatte dat geluid.

Wie zou dat zijn? Zijn vrouw lag allang in bed. Zijn kinderen zaten in het buitenland: zijn dochter van tweeëntwintig studeerde een jaar in China en zijn negentienjarige zoon trok met een rugzak door Nieuw-Zeeland. Er waren maar weinig anderen die dit nummer hadden.

Het was even stil en toen ging de telefoon weer. Hij nam op.

'Ja?'

'Ik dacht wel dat je nog aan het werk zou zijn,' hoorde hij een hese vrouwenstem zeggen.

Franck zweeg even, in een poging de stem te plaatsen. Het kwartje viel. 'Dat is lang geleden,' antwoordde hij.

'We moeten praten.'

'Wanneer?'

'Over twintig minuten.'

'Zelfde plek?'

'Ja.'

'Oké,' zei Franck en hing toen op. Hij had gelijk, het wás lang geleden. Maar nu hij erover nadacht: hij had kunnen weten dat ze zou bellen.

03.12 uur

135

38

Marten schrok wakker. Het bed naast hem was leeg. Hij keek om zich heen. De kleren die Anne gisteren had uitgetrokken en zorgvuldig had opgevouwen lagen niet meer op de ladekast.

'Anne?'

Geen antwoord. Hij stond snel op.

'Anne?'

Hij liep de gang door, gluurde door de openstaande deur de badkamer in, keek eerst in de woonkamer en daarna in het keukentje. Ze was er niet. Toen pas rook hij de koffie en zag hij het apparaat bij de gootsteen op het aanrecht staan. Er stond een kan verse koffie in het apparaat. Er stond een beker naast. En er lag een briefje.

Ben zo terug. Niet weggaan.

Ik heb je paspoort meegenomen.

Zijn paspoort? Hij had dan misschien wel gedreigd om op te stappen, maar eerlijk gezegd kon hij momenteel beter blijven waar hij was en haar laten proberen om hen Berlijn uit te krijgen. Het probleem was dat ze inmiddels ook het gevaar liep om opgepakt te worden, en dat wist ze. Waar was ze dan verdomme naartoe gegaan? Hij dacht meteen aan nog iets anders. Wat moest hij doen als er iemand zou aanbellen? Of met een sleutel zou binnenkomen? Anne had daar wel raad mee geweten, omdat zij dit allemaal geregeld had. Hij wist niet eens van wie het appartement was. Hij had het nog niet gedacht of hij hoorde stemmen buiten, in de steeg. Meteen liep hij de woonkamer in en keek voorzichtig naar buiten. Het regende zacht en er liep een aantal mensen met paraplu's vanaf de straat de steeg in. Ze zagen eruit als studenten. Hij dacht dat er verderop in de steeg misschien een insituut was waar op zaterdag les werd gegeven. Als dat zo was zou dat, paspoort of niet, een eventuele schuilplaats kunnen zijn. Hij kon zich dan tussen de studenten begeven als de politie deur voor deur huiszoeking zou doen.

In een boekenkast aan de andere kant van de kamer stond een kleine tv. Hij liep erheen en zette hem aan in de hoop te horen of er nieuwe feiten waren in het onderzoek van Hauptkommissar Franck. Hij begon vlug te zappen. Er was alleen zaterdagochtend-tv; cartoons, sport- en reisprogramma's. Uiteindelijk vond hij een Engelse nieuwszender waarop iemand het weer voor Europa gaf. Hij keek op zijn horloge en daarna naar de deur en vroeg zich af hoe laat Anne was weggegaan. Het weerbericht maakte plaats voor een Audi-reclame. Hij liep terug naar het raam om naar buiten te kijken. Er liepen nog meer jongeren samengedromd onder paraplu's. Er had zich inmiddels een rij gevormd. Wat was er aan de hand, zo vroeg op de zaterdagochtend? Toen was het reclameblok afgelopen, ging het nieuws verder en hij liep terug naar de tv.

Er was een verslag over een auto die was ontploft op een provinciale snelweg. Hij zag alleen maar politiemensen en het uitgebrande autowrak; hij ging ervan uit dat het ergens in Duitsland was gebeurd. Dat was niet zo. Het was in Spanje. De auto was een limousine, de chauffeur had het niet overleefd. Men vermoedde dat het om een bom ging. De andere slachtoffers waren vermoedelijk drie van de vijf mensen die werden vermist sinds ze de ochtend ervoor in Madrid waren geland op een vlucht uit Parijs. Het ging om Spaanse medici die net terug in Europa waren uit Equatoriaal-Guinea. Hun namen werden nog niet vrijgegeven zo lang de lichamen nog niet officieel waren geïdentificeerd.

'Mijn god, nee toch!' Marten verstijfde van schrik. Meteen daarna realiseerde hij zich dat schietgebedjes en ontkenning geen zin hadden. Hij wist exact wie de slachtoffers waren: Marita en haar studenten. Het zou wel heel erg toevallig zijn als ze het niét waren. Geschokt en misselijk keek hij nog even verder, zette toen het geluid uit en liep weg. Afgestompt schonk hij in de keuken een kop koffie in en stond daarna maar een beetje voor zich uit te kijken. Uiteindelijk zette hij de beker weg en ging naar de badkamer.

Hij keek in de spiegel en zag hoe lijkbleek hij was. Er stonden papieren bekertjes naast de wasbak. Hij vulde er een met kraanwater, dronk het leeg, verfrommelde het en gooide het in de prullenbak. Daarna liep hij terug naar de woonkamer, om naar de tv te kijken die nog steeds zonder geluid aan stond. Hij zag een paar reclames, gevolgd door zakennieuws. Toen een herhaling van de ontplofte limousine.

In het eerste verslag was gemeld dat de slachtoffers vermist werden sinds ze gisteren in Madrid waren aangekomen. Hij bedacht opeens dat als de politie de lichamen van de chauffeur en drie van de vijf mensen had geborgen, waar waren dan de andere twee? En wie waren dat? Marita en een van de studenten? Of twee studenten, en behoorde Marita tot de dodelijke slachtoffers in de ontplofte auto?

Marten voelde de woede door zijn lijf gieren. Tenzij er sprake was van een of ander absurd toeval, moest dit te maken hebben met de foto's. AG Striker en SimCo waren hier verantwoordelijk voor. Het had geen zin om te denken dat het moordlustige leger van president Tiombe hier achter zat. Ze zouden het misschien wel gewild hebben, ze hadden er alleen de connecties en het reactievermogen niet voor. Iets wat een huurling van wereldklasse zoals Conor White ongetwijfeld wel binnen handbereik had.

Dit betekende dat Anne's verhaal, dat ze White niet vertrouwde en dat ze de foto's zelf wilde vinden, om zo de oorlog te stoppen en de reputatie van haar vaders bedrijf te redden, niet meer was geweest dan een smoesje om zijn vertrouwen te winnen. En ook dat ze absoluut van Whites actie in Spanje geweten moest hebben. Misschien hadden ze het wel samen op touw gezet. Ze gingen er allemaal van uit dat hij, uit angst dat hem iets zou overkomen, Marita en de anderen in vertrouwen had genomen en hun had verteld wat er op de foto's te zien was en waar ze waren. Als dat zo was, betekende dit dat alleen het bedrijf haar iets kon schelen.

Marten liep weg van de tv en ging bij het raam staan kijken naar de rij mensen met paraplu's in de steeg. Zijn blik dwaalde af naar het eind, waar de Ziegelstrasse begon. Langs die weg zou Anne terugkomen.

Waar was ze verdomme?

07.33 uur

39

Londen, Dorchesterhotel, 08.50 uur. Nog steeds zaterdag 5 juni (het is in Londen een uur vroeger dan in Berlijn)

Sy Wirth was even na middernacht geland op Stansted. Een limousine had hem naar de stad gereden en bij een particulier appartement in Mayfair afgezet. Om half twee 's nachts was hij gaan slapen. Vierenhalf uur later was hij in de sportzaal van het appartement aan het trainen. Om zeven minuten over zeven ging hij douchen en trok daarna een donkerblauw pak aan. Alleen zijn accent en struisvogelleren laarzen verrieden zijn Texaanse afkomst. Om half acht verliet hij het appartement in Mayfair en werd naar het Dorchesterhotel op Park Lane gereden. Om kwart voor acht werd hij naar een aparte eetkamer gebracht om op de aankomst van zijn gast te wachten. Drie minuten later kwam die met veel tamtam binnen. Het was de vrijpostige achtenveertig jaar oude Russische oliemagnaat Dimitri Korostin, in dure kleding gestoken en met zijn gevolg van bodyguards in zijn kielzog. Binnen de kortste keren waren de bodyguards verdwenen en begroetten de mannen elkaar als oude vrienden en concurrenten. Ze bestelden een ontbijt en praatten over koetjes en kalfjes.

'Hoe gaat het met je kinderen, Dimitri?'

'Goed. Ze studeren al, ongelooflijk, hè? Op Oxford, Yale en aan de Sorbonne,' zei Korostin grijnzend, met een zwaar Russisch accent. 'Het zijn er maar drie, maar we hebben ze zo goed mogelijk verspreid. En hoe gaat het met jou, Sy? Of noem je jezelf tegenwoordig weer Josiah, om jezelf iets meer bijbels cachet te geven aan deze kant van de plas?'

'Ik doe in olie, Dimitri. Ik heb geen cachet, bijbels of anderszins. Jij ook niet.'

'Laten we het dan niet meer over kinderen en andere flauwekul hebben en ter zake komen. Wat wil je verkopen?'

'Ruilen.'

'Wat voor wat?'

'Ik…' Wirth aarzelde even. 'Ik heb je hulp nodig.'

'Dat zou wel eens een duur grapje kunnen worden.'

'De lease van het Andea-gasveld, voor vijfendertig jaar.'

'Welk?'

'Magellan in Santa Cruz-Tarjia.'

'Dat is waarschijnlijk een erg groot veld,' zei Korostin lachend. 'Jouw probleem moet van persoonlijke aard zijn.'

'Er loopt iemand rond met een aantal foto's en waarschijnlijk ook de geheugenkaart die in de camera zat. Ik wil beide terughebben, de verpakking of envelop of waar ze ook inzitten ongeopend.'

'Je wordt gechanteerd.'

Wirth knikte.

'Een vrouw. Een man, misschien?'

Wirth knikte. Dimitri's conclusie was best een goede dekmantel. 'Seks kan gevaarlijk zijn.'

'Je hebt hier zelf toch wel mensen voor?'

'Ik ben er niet van overtuigd dat het hun gaat lukken. Ondanks de vele successen blijft het Westen provinciaal. Wij hebben de gewoonte dat we alles goed willen doen, ook als dat niet helemaal legaal is. Dat werkt niet altijd even goed, zeker niet als het om iets dringends gaat. Jullie daarentegen nemen de kortste weg naar het probleem en halen daar vaker wel dan niet een bevredigend resultaat mee. Ik noem bijvoorbeeld een voormalig KGB-agent die hier in Londen met polonium vergiftigd werd.'

'Het resultaat is niet altijd even fraai.'

'Maar wel doeltreffend.' Wirth haalde een gevouwen vel papier uit zijn jasje en gaf het aan Korostin. 'Het contract voor Magellan in Santa Cruz-Tarjia.'

Korostin zette zijn leesbril op en vouwde het open. Het document was op eenvoudig papier geprint. Geen logo, niets waaruit bleek van wie het afkomstig was. De tekst besloeg nauwelijks twee derde pagina en de overeenkomst was in eenvoudige bewoordingen opgesteld. De handtekening van Josiah Wirth stond eronder.

'Het staat er allemaal in,' zei Wirth. 'De naam van de betrokkene, wat ik wil dat er gedaan wordt en hoe dit moet gebeuren. Als ik de spullen in mijn bezit heb, is Magellan Santa Cruz-Tarjia van jou.'

Korostin las het door. Hij las het nog een keer en keek toen op. 'Je wilt op de hoogte gehouden worden van onze verrichtingen.'

'Ik wil alles weten. Ik wil weten waar jouw mensen uithangen en waar Nicholas Marten is. Er gebeurt niets met hem zonder dat ik er bij ben, zodat de foto's en de geheugenkaart zodra ze gevonden zijn aan mij overhandigd kunnen worden.'

'Dat zou wel eens lastig kunnen worden.'

'Je bent een man met vele talenten, Dimitri. Je vindt er vast iets op.'

'Als die spullen echt zo belastend zijn, hoe weet je dan dat ik me aan de afspraak houd en ze niet tegen je gebruik?'

'We zijn dan misschien maar een klein bedrijf vergeleken bij de grote jongens, maar we hebben wel een aantal grote olie- en gasvoorraden, verspreid over de hele wereld. Dat weet je verdomd goed. Misschien wil je ooit nog wel eens zaken met ons doen. Zoals ik al zei, ben je een man met vele talenten, dus dat risico ga je niet nemen.'

Korostin vouwde het papier op en stopte het in zijn jasje. 'Wanneer moet de klus geklaard zijn?'

'Gisteren.'

40

Er stonden vijf mensen in de woonkamer van een bescheiden appartement in de Scharrenstrasse. Hauptkommissar Franck, Kommissar Gertude Prosser, twee geüniformeerde agenten en Karl Betz. Een zesde persoon, de vrouw van Betz, stond ongerust achter een deur het appartement in te gluren. Betz was tweeënvijftig, een beetje te zwaar, had een snor en borstelige wenkbrauwen en was erg zenuwachtig. Hij was kelner op de rondvaartboot Monbijou.

Franck liet hem een officiële foto zien van Nicholas Marten. 'Deze man hebt u gisterenavond geserveerd.'

'Geserveerd is een groot woord, Hauptkommissar.' Betz probeerde te lachen, al voelde hij zich niet op zijn gemak. 'Hij heeft mij eigenlijk geholpen met serveren. Samen met zijn vrouw. Of iemand van wie ik dacht dat ze zijn vrouw was. Ze hebben een paar glazen bier doorgegeven aan de passagiers die naast hen zaten.'

'Maar u weet zeker dat hij het was?' drong Franck onverstoorbaar aan. 'Is hij degene die wordt gezocht? De moordenaar van Theo Haas?'

'Is het dezelfde man, ja of nee?'

'Ja, Hauptkommissar. Het is dezelfde man.'

'En de vrouw die erbij was is dezelfde als Kommissar Prosser u omschreven heeft?'

'Ja, Hauptkommissar.'

'U zei dat hij iets bijzonders droeg.'

'Een pet van de Dallas Cowboys.' Betz lachte trots. 'Ik ben in Dallas geweest. In Texas. Ik had bijna zelf zo'n pet gekocht, maar daar hadden we het geld niet voor.'

'Waar zijn ze aan boord van de Monbijou gekomen?'

'Dat weet ik niet precies. Op de kade bij de Lustgarten, denk ik.'

'Waar zijn ze van boord gegaan?'

'De Weidendammer Brücke, op het kruispunt met de Friedrichstrasse.'

'Hoe laat?'

Betz keek opeens naar de grond.

'Hoe laat, Herr Betz?' drong Franck aan.

De kelner keek hem aan, zenuwachtiger dan ooit. 'We hebben niets illegaals gedaan. Het was een rondvaart speciaal voor buitenlandse reisagenten. Het werd later dan normaal. We hadden er een vergunning voor, dat kunt u zo opzoeken. Het was hartstikke druk op de boot. Ik weet niet hoe ze aan boord zijn gekomen.'

'Herr Betz, ik ben niet van de waterpolitie,' zei Franck, die zijn geduld begon te verliezen. 'Hoe laat zijn ze van boord gegaan?'

'Rond tien over half tien, Hauptkommissar. Ik heb op mijn horloge gekeken toen we aanmeerden.'

'Tien over half tien.'

'Ja, Hauptkommissar.'

'Dank u wel.'

08.24 uur

08.26 uur

Marten stond naast het raam naar de steeg te kijken. Er viel nog steeds een lichte regen. De rij studenten-onder-paraplu's kroop vooruit en leek langer dan ooit.

Hij was nog twee keer naar de tv gelopen, had het geluid harder gezet en was gaan kijken. Zo nu en dan werd het nieuwsbericht uit Spanje herhaald. Als de Spaanse politie meer informatie had over de toedracht, dan hielden ze die voor zich. Hetzelfde gold voor het nieuws uit Berlijn. Het onderzoek naar de wrede moord op Theo Haas liep nog. De politie vroeg medewerking bij het opsporen van de man die ze 'wilden ondervragen' in verband met de moord. Opnieuw kwam de wazige foto van Marten die met een mobieltje was gemaakt in beeld met een telefoonnummer en e-mailadres om contact op te nemen met de politie als iemand hem had gezien. Daarna kwam de mededeling dat er een mediastilte werd afgekondigd. Dat verontrustte Marten nog meer dan het voortdurend in beeld zijn van zijn foto. Hij wist nog uit zijn tijd bij het korps van Los Angeles dat dit wilde zeggen dat de politie mogelijk belangrijke aanwijzingen had en dat ze die nog even geheim wilden houden. Dat betekende meestal dat er een arrestatie ophanden was.

Hij keek weer naar de voordeur. Waar zat Anne toch? Wat was ze aan het doen dat zo lang duurde? Misschien was er wel – en zijn hart klopte in zijn keel bij die gedachte – iets gebeurd en was ze opgepakt. Ze had zijn paspoort bij zich. Hoe lang zou het duren voordat ze haar dwongen te vertellen waar hij was? Misschien was dat wel de reden voor de mediastilte.

Hij voelde zweetdruppels op zijn voorhoofd. Hij dacht weer aan Spanje en aan de twee mensen die nog niet gevonden waren na het incident met de autobom. Hij zou erop moeten vertrouwen dat de Spaanse politie wist waar ze mee bezig was en dat de vermisten snel gevonden zouden worden. Maar misschien ook wel niet. Joost mocht weten hoe ver de limousine gereden had voor hij ontplofte. Misschien waren er meerdere korpsen bij betrokken en waren er problemen met de jurisdictie. Misschien bemoeide de politiek zich er wel mee. Onmiddellijk bedacht hij dat de overgebleven twee misschien nog in leven waren en dat ze momenteel ergens op het platteland van Spanje werden gemarteld om op die manier informatie over de foto's los te krijgen. Dat kon de politie niet weten, toch? Jezus, hij moest iemand waarschuwen. Maar hoe?

Toen was er een doorbraak in het nieuws. Hij liep vlug naar de andere kant van de kamer om te kijken. Het was een rechtstreeks verslag uit Madrid, waar de politie op het punt stond een verklaring af te leggen over het onderzoek naar de ontplofte limousine.

De angst sloeg hem om het hart toen een woordvoerder naar een zee van microfoons liep en de verzamelde pers in het Spaans toesprak. Iemand in de studio sprak de Engelse vetaling in. Er waren, zo zei hij, twee lichamen gevonden in een ondiep graf bij een leegstaande boerderij op minder dan drie kilometer van de ontplofte auto. Er was nog een lichaam gevonden in een vervallen schuur in de buurt. Ze waren alle drie in het hoofd geschoten. De eerste twee slachtoffers waren vrouwen, de derde een man. Identificatie van de lichamen was ophanden.

Marten staarde naar het scherm, verdoofd en als aan de grond genageld. Langzaam gleed zijn blik naar het raam, de grijze lucht, de motregen en vage contouren van de gebouwen erachter. Zijn herinnering was levendig. Hij zag de gezichten van Marita, Ernesto, Rosa, Luis en Gilberto voor zich, zoals ze hem op het strand op Bioko water gaven, hem uit de volle zon haalden en in de schaduw van de Land Cruiser legden. Hoe hij met hen aan tafel had gezeten in het Malabohotel tijdens de gierende storm. Hoe ze naast hem hadden zitten slapen op de nachtvlucht van Malabo naar Parijs. Hij herinnerde zich haarscherp hoe Marita hem een papiertje in de hand had geduwd toen ze op het vliegveld in Parijs afscheid namen en hoe ondeugend ze toen gelachen had.

'Hier zijn mijn adres en telefoonnummer, voor als je ooit in Spanje bent. Mijn e-mailadres voor als je niet in Spanje bent. Wil je me alsjeblieft bellen als je tijd hebt? Ik wil weten hoe het je vergaat.'

'Mij overkomt niks hoor. Ik ga naar huis, ga aan het werk en wordt oud, da's alles.'

'Je bent geen "da's alles"-type, meneer Marten. Ik denk dat je zo iemand bent die wordt achtervolgd door problemen. We moeten nu echt gaan, bel me alsjeblieft.'

Hij hoorde vaag het geluid van de tv. Een reclame voor een huidproduct. Het werd opeens licht in zijn hoofd. Hij werd duizelig en de kamer begon te draaien. Het volgende moment begon zijn hart tekeer te gaan. Hij moest naar adem happen. Het zweet gutste van zijn lijf. Hij had het koud en warm tegelijk. Hij wist niet wat er aan de hand was. Met zijn hand tegen de muur ter ondersteuning snakte hij naar adem. Hij voelde zich opgesloten, alsof de muren op hem afkwamen. Hij wilde weg. Naar buiten. Toen hoorde hij het geluid van zijn eigen stem boven dat van de tv uit komen. Het lage, schurende geluid van zijn zware ademhaling. Het kwam van ergens diep van binnen en was sterk, intens en vol woede. Hij zong keer op keer dezelfde litanie van namen, als een soort demonische mantra.

Striker, Hadrian, Conor White, Anne Tidrow.
Striker, Hadrian, Conor White, Anne Tidrow.
Striker, Hadrian, Conor...

Plotseling was er nog een geluid. Van een sleutel die in het slot werd gestoken. Hij drukte zich tegen de muur en verstijfde. Een seconde later ging de deur open.

'Nicholas?' riep een bekende stem. 'Nicholas?'
Anne Tidrow.

41

Hij herinnerde zich nog dat hij had gezien hoe ze de deur dichtdeed, op slot draaide en zich naar hem toekeerde. Ze had haar tas en een kledingzak over een arm geslagen en trok een goedkoop regenkapje van haar hoofd. Van de rest herinnerde hij zich weinig. Hij wist alleen dat ze nu in een stoel bij de tv naar hem zat te kijken, haar haar door de war, de kledingzak en haar tas op de grond. En dat hij tegen de muur geleund stond te hijgen, zijn armen over zijn borst geslagen, haar blik ontwijkend.

'Wat is er gebeurd?' vroeg ze zacht.

'Dat weet ik niet.'

'Wat is er gebeurd?'

'Ik...'

'Vertel op.'

Langzaam zocht zijn blik die van haar. 'Ik greep je bij je strot en gooide je tegen de muur. Hard. En hield je zo vast.'

'Wat zei je?'

'Ik zei niets. Ik vroeg wat.'

'Wat vroeg je dan?'

'Waarom zij?'

'En wat zei ik toen?'

'Over wie heb je het?' Marten voelde zijn kaken verstrakken. 'Je wist verdomd goed over wie ik het had.'

'Nee, dat wist ik niet. En dat weet ik nog steeds niet.'

'Fuck you.'

'Zeg het dan.'

'Moet ik het je voorkauwen?'

'Ja.'

'De Spaanse arts en haar studenten. Ik zal ze voor je opnoemen. Marita, Ernesto, Rosa, Luis, Gilberto. Marita was nog geen dertig, de studenten geen van allen ouder dan drieëntwintig. Ze zijn allemaal dood! Vermoord! Ergens buiten Madrid. God weet wat er met hen gebeurd is.'

'Nicholas, dat wist ik niet. Echt niet. Hoe kon ik dat weten?'

'Fuck you, zei ik.'

'Ik lieg niet.'

'Goeie god.' Marten liep naar het raam en ging ernaast naar buiten staan kijken. Hij had zin om er met zijn voet doorheen te trappen en naar de mensen beneden te roepen dat er een heuse moordenaar bij hem was en dat ze de politie moesten bellen.

'Je zou me misschien wel vermoord kunnen hebben,' zei ze.

Martens hoofd draaide pijlsnel haar kant op. 'Had ik dat maar gedaan.'

'Maar je deed het niet.'

'Ik had het moeten doen.'

'Wat heb je wél gedaan?'

'Ik liet je los.'

'En verder?'

'Dat weet ik niet.'

'Dat weet je wel.'

'Niet waar.'

'Je hebt gehuild.'

Marten keek haar lange tijd alleen maar aan, zonder iets te zeggen. 'Ach, wat kan mij het ook schelen,' zei hij uiteindelijk. 'Op een of andere manier hebben Conor White en dat verrekte AG Striker van jou hen vermoord. Of je hem hebt helpen plannen wat hij moest doen en hoe hij het moest doen, weet ik niet. Jij wel, maar ik niet.'

'Nicholas,' zei ze zacht, 'ik vind het heel erg wat er met je vrienden is gebeurd, echt waar, maar ik weet niet hoe je erbij komt dat ik of Striker of Conor White er iets mee te maken had.'

'Hoe ik daarbij kom? Dat zal ik je vertellen. Jij denkt dat ik hun verteld heb waar die foto's zijn. Jij volgde mij, White ging achter hen aan.'

'Dat is niet waar.'

'O nee?'

'Nee.'

'Waar is hij nu?'

'In Malabo, voor zover ik weet tenminste.'

'Heb je zijn mobiele nummer?'

Anne knikte bevestigend.

Marten liep doelbewust op haar af, pakte haar tas, viste haar BlackBerry eruit en gooide hem in haar schoot. 'Bel hem. Vraag hem waar hij uithangt.'

'Oké,' zei Anne, en ze pakte de BlackBerry van haar schoot en toetste een nummer in. Ze wachtte even en hoorde toen een mannenstem aan de andere kant van de lijn. Hij klonk doordringend en kortaf, het Britse accent was onmiskenbaar.

'Hallo?'

'Met Anne. Waar zit je?' Ze luisterde naar zijn antwoord en zei toen: 'Ik wilde gewoon weten waar je bent, voor het geval ik je nodig heb.' Weer een stilte, toen: 'Ik zit in Berlijn. Maar je hoeft hier niet naartoe te komen. Het gaat goed met me, let maar niet op wat je allemaal over me hoort in de media.' Ze hield haar mond weer terwijl White aan het woord was en antwoordde: 'Ja, dat denk ik wel. Wat?' Weer een stilte. Toen: 'Nee dat dénk ik niet, Conor, dat wéét ik.' Ze hing op met: 'Ik bel je nog wel.'

Marten keek hoe ze de verbinding verbrak, opstond en de BlackBerry wegstopte. 'Waar zit-ie?' vroeg hij.

Anne aarzelde.

'Nou?'

'Madrid. Barajas, het vliegveld.'

'In Madrid?'

Marten boog zich voorover tot zijn gezicht nog maar een paar centimeter van het hare was. 'De volgende keer dat je hem spreekt, moet je namens mij zeggen dat alle moeite voor niets is geweest. De mensen die hij heeft vermoord wisten verdomme helemaal niets van die foto's. Ik heb ze nooit iets verteld.'

Anne keek hem oprecht meelevend, kwetsbaar zelfs. 'Denk maar wat je wilt. Maar ik wist het niet. Wat Conor White heeft gedaan deed hij op eigen houtje, of misschien, zoals ik al eerder zei, op aandringen van Sy Wirth of iemand bij Hadrian.'

Marten keek haar haatdragend aan, haalde diep adem en liep weer naar de andere kant van de kamer om uit het raam te kijken. 'Wanneer gaan we hier weg, verdomme?'

'We worden opgehaald door een busje. Over vijf minuten.'

'Waar?'

'Buiten, in de Ziegelstrasse.'

'En er komt een busje hierheen?'

'Ja.'

'Om wat te doen? Ons langs vijfduizend agenten loodsen die naar ons op zoek zijn?'

'Dat hoop ik wel, ja.'

'Dat hoop je?'

'De Hauptkommissar zit ons op de hielen. Hij moet mensen op de rondvaartboot hebben gesproken. De politie is bezig de weg af te zetten in de buurt van de steiger waar we van boord zijn gegaan. Als mijn plan mislukt, kunnen we ons verheugen op dertig jaar Duitse cel.'

Marten keek haar strak aan. 'Val dood, jij. Je bedrijf. Hadrian. Conor White. Jullie allemaal.'

'Het spijt me.'

08.50 uur

42

Het busje had er stipt op tijd gestaan, aan de weg geparkeerd op de plek waar de steeg uitkwam in de Ziegelstrasse. Het was wit en redelijk nieuw. Er zat een man achter het stuur die door Anne werd voorgesteld als Hartmann Erlanger. Hij was zo te zien eind vijftig, slank met grijzend, dunner wordend haar. Hij droeg een montuurloze bril en een lichtbruine spencer op een donkerbruine broek. Hij zag eruit alsof hij de rol van gepensioneerde professor of antiekhandelaar speelde. Zo had Marten hem tenminste in zijn hoofd voor hij achter in het busje achter een aantal antieke stoelen met rechte rugleuningen werd gestopt. Erlanger haalde een paneel weg, waardoor er een kleine, benauwde ruimte zichtbaar werd boven het linkerachterwiel.

'Instappen graag,' zei hij met een zwaar accent. 'De politie houdt alle verkeer aan op kruispunten om identiteitspapieren te controleren. Ik heb geluk gehad dat ik erdoorheen kwam. Als we worden aangehouden, moet je niet bewegen en geen geluid maken. Hou je adem in als je kunt.'

Marten klom naar binnen en probeerde zijn een meter tachtig lange lijf in de microscopisch kleine ruimte te wurmen. Daarna deed Erlanger het paneel terug op zijn plek. Marten hoorde hoe hij het op slot deed en zat alleen in het pikkedonker.

Hij herinnerde zich dat Erlanger Engels met Anne had gesproken. 'Hoe is je Duits? De kans dat we onderweg worden aangehouden is heel groot.'

Hij hoorde dat Anne in het Duits begon te antwoorden. Toen sloeg het portier dicht en startte Erlanger de motor. Even later reed het busje weg.

Wat Anne ook gedaan had, of juist niet, of waar ze ook bij betrokken was: het leed geen twijfel dat ze ballen had. Kennelijk ging ze voorin zitten naast Erlanger terwijl ze probeerden door de blokkades van Franck te komen. Ze deed waarschijnlijk of ze Erlangers vrouw was, of zijn zus of nicht. Het had er alle schijn van dat het haar nog zou lukken ook. Niet alleen omdat ze Duits sprak, maar ook vanwege haar uiterlijk. Daarom was ze 's morgens weggegaan en teruggekomen met een kledingzak. In de paar minuten voordat ze Erlanger had opgehaald, had ze haar haar onder een blonde, schouderlange pruik gestopt, haar spijkerbroek en loopschoenen verruild voor een slonzig beige broekpak en lelijke orthopedische sandalen. Haar oude kleren zaten in de kledingzak, die ze had meegenomen.

Marten bewoog behoedzaam in een poging om een beetje comfort te vinden in zijn benauwde rijdende gevangenis. Hij dacht even dat hij lekker zat en probeerde zich zo veel mogelijk te ontspannen. Toen reed het busje door een kuil in de weg en vloog hij omhoog, zodat hij met zijn hoofd tegen het dak van de ruimte knalde. Even later gingen ze langzamer rijden en uiteindelijk stonden ze stil. Hij hoorde een aantal stemmen door elkaar en toen een mannenstem die kortaf in het Duits sprak. Erlanger sprak daarna. Ze stonden bij een controlepost van de politie.

En nu?

Plotseling hoorde hij de achterdeuren opengaan. Er klom iemand naar binnen. Hij hield zijn adem in, zoals Erlanger had gevraagd. Hij hoorde hoe de antieke stoelen opzij werden geschoven. Er werd op de achterwand gebonsd, alsof iemand er met zijn vuist op sloeg. Nog meer gebons. De panelen van het busje werden gecontroleerd. Even later werd er op het paneel pal boven zijn hoofd geklopt. Meteen daarna hoorde hij Anne iets in het Duits zeggen, haar stem rustig en gedienstig. Er verstreken een paar seconden, toen hoorde hij voetstappen wegsterven en het geluid van dichtslaande deuren. Erlanger en de gezaghebbende man spraken nog wat met elkaar. Toen werd het stil en reed het busje verder.

Marten ademde uit.

Dat was de eerste controlepost. Hoeveel zouden er nog volgen?

09.32 uur

09.40 uur

Hauptkommissar Franck zat alleen in een donkergrijze Audi die langs de Liechtenstein Allee geparkeerd stond in de Tiergarten, een uitgestrekt stadspark. Hij staarde met een lege blik naar de motregen en luisterde op de politieradio naar de krakende stemmen van de agenten die op straat aan het werk waren. Hij was vooral geïnteresseerd in de ploeg die hij er het afgelopen uur opuit had gestuurd na zijn gesprek met de kelner van de Monbijou. Zijn beschrijving van de man en vrouw die op de steiger bij de Lustgarten waren uitgestapt, gekoppeld aan de pet van de Dallas Cowboys die de man had gedragen, kwamen goed overeen met die uit het rapport van de opgelaten motoragenten.

Naar aanleiding daarvan had hij op de computer een raster gemaakt van het omliggende gebied en blokkades opgericht op kruispunten, en hij liet tweehonderd agenten in burger en uniform straat voor straat het gebied uitkammen. Daarna was hij in zijn auto gestapt en ernaartoe gereden. Hij had geparkeerd en ging zitten wachten.

Hij nam een slokje uit een pakje jus d'orange en zette het terug in de bekerhouder van de auto. De grijze lucht, de motregen. Hij hoorde in bed te liggen, zeker na zo'n lange nacht. Als de omstandigheden anders waren geweest, hadden de verdachten allang in voorlopige hechtenis gezeten. Dan had hij kunnen uitslapen, koffie kunnen drinken met zijn vrouw en kunnen gaan sporten voor hij de pers te woord zou staan. Maar de omstandigheden waren niet anders.

'We moeten praten,' hoorde hij in gedachten de hese vrouwenstem weer zeggen toen ze hem mobiel had gebeld in het holst van de nacht.

'Wanneer?'

'Over twintig minuten.'

'Zelfde plek?'

'Ja.'

Het was een schemerig café vlak bij de Taubenstrasse en het Gendarmenmartkplein. Half vier 's nachts. Ze waren de enigen in het café, half zichtbaar in het bijna zwart-witte clair-obscur van een straatlantaarn. Elsa was ouder geworden, net als hij, maar was nog steeds ongelooflijk aantrekkelijk, zowel intellectueel als seksueel. Ze hadden al jaren geen seks meer en hij wist dat hij het vooral geen nieuw leven in moest willen blazen. Zeker niet nu, onder deze omstandigheden.

'Die Nicholas Marten,' had ze gezegd toen ze achter de bar was gelopen om voor hen beiden een beetje cognac in te schenken en daarna weer naast hem op een barkruk was gaan zitten.

'Wat wil je weten?'

'Naar verluidt is er een aantal foto's die betrekking hebben op de rebellie in Equatoriaal-Guinea. Daarom is Marten naar Berlijn gekomen, om ze te halen.'

'Wat staat erop?'

'We weten alleen dat ze van groot strategisch belang zijn. Wat dat belang is mag je zelf invullen.'

'Met "naar verluidt" bedoel je "als ze bestaan"?'

'We gaan ervanuit dat dat zo is.'

'Wat wil je van mij?'

'Volg Marten. Spoor de foto's, en de geheugenkaart op die er waarschijnlijk bij zit, en haal ze terug. Vervolgens elimineer je Marten en iedereen die bij hem is.'

'Om hem te volgen, Elsa, moet ik hem zien te vinden zonder dat hij dat weet. Op zich al niet makkelijk, maar het wordt extra bemoeilijkt door de vele aandacht die deze zaak trekt en het aantal mensen dat erop zit.'

'Het is mogelijk, Emil. We hebben het eerder gedaan, onder veel moeilijkere omstandigheden.'

'Er waren toen veel minder van die vervloekte media dan nu.'

Ze had niet geantwoord maar hem alleen maar aangekeken. Ze had hem een bevel gegeven. Uitvluchten waren er niet. Net als vroeger.

Hij herinnerde zich hoe hij zijn glas had opgepakt, een slokje van zijn cognac had genomen en haar had aangekeken. 'Wie is hij?'

'Marten?'

'Ja.'

'Behalve tuinarchitect bedoel je?'

Hij had geknikt.

'Dat weten we nog niet.'

'Voor hij naar Berlijn kwam…' Het had geen zin om het voor haar geheim te houden. 'Zat hij in Equatoriaal-Guinea. Net als Anne Tidrow, van wie we denken dat ze bij hem is.'

'Ze zit in de raad van bestuur,' had ze gezegd. 'Van Striker Oil. In Houston, Texas. Ze exploiteren een groot olieveld in Equatoriaal-Guinea.'

'Je weet er dus van.'

'Ik wil de rest ook horen, Emil.'

'Toen ze daar waren is er een priester vermoord. De broer van Theo Haas.'

'Heeft een van hen contact met hem gehad?'

'Dat weet ik niet. Ik weet ook niet waarom Marten…'

'Theo Haas heeft vermoord?'

'Ja.'

'Heeft hij dat gedaan dan?'

'Dat weet ik niet zeker.'

'Toch is dat reden genoeg om hem te vermoorden zodra je de foto's in handen hebt.'

'Ja, als jouw informatie klopt en hij inderdaad weet waar ze zijn.'

Ze had hem in ijzig stilzwijgen aangekeken. Zo lang hij haar kende kon ze al zo neerbuigend doen. Toen had ze haar glas gepakt en het leeggedronken.

'Verdere instructies krijg je zodra ik ze heb,' had ze gezegd. Ze had haar glas op de bar gezet en hem nog een keer aangekeken. Hij kon niet zeggen of ze aan vroeger dacht of probeerde in te schatten of ze hem nog steeds kon vertrouwen.

'Sluit af als je weggaat,' had ze gezegd, en ze was opgestaan en weggelopen.

Haar instructies kwamen twee uur later, toen hij net in slaap was gevallen op de bank in zijn kantoor. Hij zou om tien uur die ochtend een man treffen aan de zuidkant van het Neuermeer in de Tiergarten. Een Rus van midden veertig, met baard en iets te dik. Hij heette Kovalenko.

43

09.48 uur

Marten voelde dat het busje naar rechts overhelde, optrok en weer in balans kwam. Daarna hoorde hij weinig anders dan het zachte gegons van de banden op de weg. Als Anne en Erlanger met elkaar spraken, kon hij ze niet horen.

Marten had geen flauw idee wie Erlanger was of zou kunnen zijn. Hij kwam niet verder dan de gok dat hij een van Anne's Duitse undercovercollega's was uit haar dagen bij de CIA in Berlijn. Hij vroeg zich af wanneer dat geweest was. Ze was nu tweeënveertig. Hoe oud zou ze geweest zijn toen ze de CIA verliet om voor haar vader te zorgen? Negenentwintig of dertig, misschien iets ouder. Ze had dus nog zeker tien jaar contact gehouden met deze mensen; niet alleen met Erlanger, maar ook met de vrouw van wie het appartement was waar ze gezeten hadden en de persoon of personen die hem gevolgd waren vanaf het vliegveld en haar hadden verteld waar hij verbleef. De vrouw van het appartement en Erlanger liepen het meeste gevaar. Ze hielpen voortvluchtigen en riskeerden een langdurige gevangenisstraf als ze gepakt werden. Aan de andere kant: als ze infiltranten waren, deden ze dit soort werk aan de lopende band en waren connecties, trouw en goed kunnen zwijgen zeer waardevol.

Volgens Martens horloge hadden ze bijna een half uur op behoorlijke snelheid gereden zonder nog een keer aangehouden te worden, wat inhield dat ze waarschijnlijk op de snelweg reden en op weg waren naar een stadje of plaats buiten Berlijn, zonder die grote politiemacht. Hij vroeg zich opeens af waar Erlanger hen eigenlijk naartoe bracht en wat ze zouden doen als ze er waren. Uit Berlijn zien te komen was tot daar aan toe, maar uit Duitsland was een compleet ander verhaal. Vliegvelden, metro-, trein- en busstations zouden wemelen van de politie. De enige manier om het land te verlaten leek hem dat Erlanger hen zelf de grens over zou rijden. Misschien was dat zijn bedoeling ook wel en had Anne dat zelf ook bedacht, maar dat was niet waarschijnlijk omdat ze nog steeds geen idee had waar de foto's waren. Ze kon Erlanger of wie dan ook geen eindbestemming opgeven. Haar vertellen waar de foto's waren had hij tot dan toe kunnen omzeilen, maar het zou ongetwijfeld ter sprake komen als ze op hun bestemming waren aangekomen.

Vanaf het moment dat ze uit het Adlonhotel waren vertrokken had hij geweten dat hij haar toch een keer wat zou moeten vertellen, helemaal toen hij besefte dat zij hem uit handen van de politie zou kunnen houden. Hij wist alleen niet hoevéél. Zei hij te veel, dan had ze hem niet meer nodig en zou ze hem zelfs aan Franck kunnen overdragen om van hem af te zijn. Vertelde hij niets, dan zou hij niet verder komen dan de plek waar Erlanger hem nu naartoe bracht.

Het antwoord, besloot hij, was nog even niets te doen en af te wachten hoe de omstandigheden waren als er ze op hun bestemming aankwamen.

09.57 uur

44

Berlijn, Tiergarten, Neuermeer, 10.10 uur

Ze waren net twee agenten uit een stripverhaal toen ze over een bospaadje langs de rand van het water liepen, hun kraag omhooggeslagen tegen de motregen. De twee meter lange Emil Franck naast Yuri Kovalenko van een meter zeventig. Kovalenko sprak slechts een beetje Duits. Het Russisch van Franck was amper redelijk. Ze spraken daarom maar Engels met elkaar.

Boven aan hun lijstje stonden de foto's, en met een beetje geluk de geheugenkaart uit de camera waarmee die genomen waren. Geen van beiden wist wat erop stond en of ze überhaupt bestonden. Wat hen samenbracht was de belofte van wat erop zou staan en het belang ervan en de moeite die het kostte om ze te achterhalen.

De twee mannen sloegen een blinde hoek om bij een inham, waardoor verscheidene eenden verschrikt wegvlogen. Franck bleef staan om te kijken hoe ze over het meer wegvlogen en op veilige afstand van de oever landden. Hij stond even gewoon te genieten van de dieren in het wild. Daarna haalde hij de foto's van Marten en Anne Tidrow uit zijn zak. Die van Marten was met een mobiele telefoon genomen en gepubliceerd in de media, die van Anne kwam van de site van Striker Oil.

Kovalenko keek ernaar en stopte ze in zijn zak. 'Bedankt. Ik heb al eerder een foto van mevrouw Tidrow gezien. Ik weet al het een en ander van de heer Marten.'

'Je bedoelt zijn werk als tuinarchitect in Engeland, en dat hij in Equatoriaal-Guinea zat toen de broer van Haas werd vermoord?'

'Ja,' knikte Kovalenko instemmend. 'Dat, en nog iets meer.'

'U beschikt over informatie die wij niet hebben.'

'Hij is ooit rechercheur geweest bij de afdeling moordzaken bij de politie van Los Angeles.'

'Wát?'

'En een goeie ook.'

'Hoe weet u dat?'

Kovalenko glimlachte. 'Dat is een lang verhaal, Hauptkommissar. Ga er maar gewoon van uit dat ik het weet.' Zijn glimlach verdween. 'Het is een kwestie van tijd voor jouw uitstekende politieapparaat hem en mevrouw Tidrow oppakt. Je snapt dat we dat niet kunnen laten gebeuren.'

'Misschien heeft hij mazzel en ontsnapt hij,' zei Franck met vlakke stem en de twee liepen verder. Grote Duitser, kleine Rus. Grijze hemel. Onophoudelijke motregen.

Kovalenko glimlachte zuinig. Je kon er wel van uitgaan dat 'misschien' hier weinig mee te maken had. Er had al lang een veel betere foto van Marten uitgedeeld kunnen worden. Eentje die via de Britse autoriteiten verkregen was bijvoorbeeld, een kopie van zijn paspoort of rijbewijs. Maar zo'n foto zou het alleen maar makkelijker maken voor het publiek om hem te spotten en de politie te waarschuwen. Hij had misschien wel iets geregeld om Marten en zijn metgezel op een of andere manier zijn eigen vangnet te laten omzeilen.

'Misschien heeft hij inderdaad mazzel,' zei Kovalenko.

Conor staarde afwezig uit het raampje van de driemotorige Falcon 50 tijdens de vlucht met het gehuurde vliegtuig naar Berlijn. Tien kilometer onder hem kon hij tussen de wolken door Genève en de Jet d'Eau zien liggen, de immense fontein in het Meer van Genève die een straal van honderdvijftig meter hoog de lucht in spoot. Hij zag noch de Zwitserse stad, noch de fontein. Hij dacht aan Berlijn en aan wat er zou gebeuren als hij daar was.

De hele toestand in Spanje was een ongelukkig uitgepakte, slordige en achteraf totaal onnodige actie geweest. Hij had van begin af aan geweten dat de Spanjaarden geen idee hadden waar de foto's waren of zelfs maar wisten wat erop stond. Toch had hij het zekere voor het onzekere moeten nemen. Hij had hen tot het uiterste gedreven en daarna kon hij niet meer terug, dus had hij het karwei afgemaakt en nu hoopte hij maar dat het hem niet zou achtervolgen. Als het aan hem had gelegen was hij meteen achter Nicholas Marten aangegaan, maar die klus was naar Anne gegaan. En moest je nou eens kijken wat ervan geworden was.

Het enige positieve van haar werk tot dusverre was dat ze het bewijs had geleverd dat Marten wist waar de foto's waren. Dat had ze bevestigd toen ze hem belde op het vliegveld van Madrid.

'Waar zit je?' had ze gevraagd. 'Ik wilde alleen maar weten waar je bent voor het geval ik je nodig heb.'

Toen hij het haar vertelde, had hij gevraagd waar ze zat. Ze had geantwoord dat ze in Berlijn zat en had hem gewaarschuwd daar niet naartoe te komen en niets te geloven van wat hij in de media las. Hij vroeg ook door over Marten, zodat hij zeker wist dat die bij haar was, en hij had rechtstreeks gevraagd of de foto's bestonden en of hij wist waar ze waren.

'Dat denk ik wel, ja,' had ze gezegd na een ongemakkelijke stilte. Ze had het bevestigd toen hij nog een keer aandrong en zei dat hij moest weten of ze dat zeker wist.

'Denk je het of weet je het?' had hij geëist.

'Ik dénk het niet, Conor. Ik wéét het,' had ze kribbig geantwoord, en toen had ze opgehangen.

White schudde zijn hoofd. Als hij Marten zelf vanaf het begin had gevolgd, had hij hem nu, politie of niet, allang op de hielen gezeten of hem te pakken gehad, zonder dat Anne erbij betrokken was. Hij zou de foto's hoe dan ook snel in handen gekregen hebben en die hele onaangename toestand hebben opgelost. Maar zo was het niet gegaan. In plaats daarvan was hij op weg naar Berlijn. Niet om de confrontatie aan te gaan met Anne en Marten, maar voor een ontmoeting met Sy Wirth. Hij had geen idee waarom, behalve dat Wirth zijn werkgever was en zich ook zo gedroeg: door hem te vertellen wat hij moest doen en hoe en wanneer.

Wirth had het laatste woord gehad door Anne achter Marten aan te laten gaan en hem naar Spanje te sturen. Als hij nog meer van die stomme beslissingen nam, zou het niet lang meer duren voor de politie zowel Anne en Marten als de foto's in handen had. Als dat zou gebeuren, zou het einde zoek zijn.

Hij keerde zich van het raam af en zag dat Irish Jack en Patrice aan de andere kant van het gangpad rustig zaten te kaarten. Net als hij keurig gekleed in jasje-dasje zagen ze eruit als atleten op weg naar een wedstrijd. En dat waren ze eigenlijk ook met z'n allen, als hij tenminste iets kon bedenken om Sy Wirth erbuiten te laten. Maar nu deelde de Texaanse olieboer de lakens nog uit en zou hij naar zijn pijpen moeten dansen. Minzaam, en met zijn beste Eton-, Oxford- en Sandhurstbeentje voor, over ongeveer anderhalf uur, als ze in Berlijn zouden landen.

10.32 uur

45

Potsdam, Duitsland, 10.40 uur

Het busje stond al een paar minuten stil. Vanuit zijn donkere schuilplaats in het compartiment boven het linkerachterwiel vroeg Marten zich af wat er aan de hand was. Erlanger had in het Duits iets gezegd en toen waren de portieren open- en dichtgegaan. Daarna niets meer. Waren ze op hun bestemming aangekomen of waren ze door de politie aangehouden en stilletjes gemaand om uit het voertuig te stappen terwijl ze onder schot werden gehouden?

En verstreek nog wat meer tijd en toen hoorde hij de achterdeuren opengaan en iemand binnenkomen. Hij hield zijn adem in. Hij hoorde iets naast het paneel bij zijn hoofd. Het werd weggehaald. Hij zette zich schrap in de verwachting iemand in uniform te zien, of zelfs Hauptkommissar Franck met een stuk of tien agenten in de deuropening achter hem. In plaats daarvan verscheen het gezicht van Erlanger.

'Gaat het?' vroeg hij.

Marten haalde opgelucht adem. 'Stijf en een beetje nerveus, maar het gaat wel.'

'Sorry. Het kon niet anders. Deze methode werd tamelijk effectief gebruikt om mensen uit het Oostblok te halen tijdens de Koude Oorlog. 'Ik zou graag zo snel mogelijk naar de wc willen.'

Anne, die nog steeds haar blonde pruik en slonzige kleding droeg, stond te kijken hoe hij uit het busje klauterde. Hij dacht heel even dat het haar echt iets kon schelen hoe het met ging en dat ze blij was dat de rit voorbij was, dat ze het gered hadden. Maar ze was net zo snel weer haar zakelijke zelf.

'Kom mee naar binnen,' zei ze en leidde hem langs een paar bomen over een grindpad naar een huis met één verdieping dat aan de omgeving te zien in een rustige, groene woonwijk stond.

Marten ging naar de wc en liep daarna een gang door naar de voordeur, waardoor ze binnen waren gekomen.

'Hier,' hoorde hij Erlanger in een kamer achter hem zeggen. Hij liep terug en ging een klein kantoortje met houten lambrisering binnen, waar Erlanger in zijn eentje aan een bureau zat en net op wilde staan. Achter hem was een raam met uitzicht op een kleine, lommerrijke tuin.

'Waar is Anne?' vroeg Marten.

'Boven. Ze komt zo naar beneden. Heb je zin in koffie?'

'Graag,' antwoordde Marten.

Marten keek om zich heen. De kamer was comfortabel en zag eruit alsof er echt in geleefd werd, net als de rest van het huis die hij had gezien toen hij binnenkwam. Er stond een grote collectie zo te zien veel gelezen boeken en snuisterijen en familiefoto's. Het zag eruit of de bewoners er al lang woonden en niet van plan waren te verhuizen. Niet echt een schuilplaats van iemand die bang was voor de politie.

'Voel je je weer wat beter?' vroeg Anne, die plotseling de kamer binnenkwam. De blonde pruik en slonzige kleding waren verdwenen en ze had haar spijkerbroek, het getailleerde jasje en de loopschoenen weer aan. Haar zwarte haar zat in een knotje achter op haar hoofd gedraaid. Ze zag er tegelijkertijd sexy, ongeduldig en gevaarlijk uit.

'Ja. Jij?'

'Ik zou me beter voelen als we weer weg konden. Waar gaan we nu heen?'

'Waar zitten we, wat is dit voor huis?'

'In Potsdam. Ongeveer een half uur van Berlijn. Dit is het huis van Erlanger. Hij heeft een enorm risico genomen door ons hierheen te brengen. Hij helpt ons nog wel, maar we moeten zo snel mogelijk iets bedenken zodat we weg kunnen. Dus, zoals ik al zei, waar gaan we naartoe? Waar zijn de foto's? Erlanger en ik kunnen niets doen zolang je me geen bestemming geeft.'

'Weet Erlanger van de foto's?

'Nee.'

Marten sloot de deur. 'Deze hele trip heb ik, toen ik in het donker opgevouwen zat in dat kleine compartiment boven het achterwiel, alleen maar zitten denken aan wat het tot nu toe gekost heeft.'

'Wat wat gekost heeft?'

'De foto's. Hoeveel mensen er al voor zijn doodgegaan. Op Bioko, in Spanje, in Berlijn. Wie zal de volgende zijn, en waar?' Hij liep naar het raam en ging naar buiten staan kijken.

'Wat wil je nou eigenlijk zeggen?'

'Dat we maar beter contact kunnen opnemen met Hauptkommissar Franck en hem vertellen waar de foto's zijn,' zei hij terwijl hij zich naar haar omdraaide. 'We geven ze aan de Duitse regering en die moet er maar mee doen wat haar goeddunkt.'

'Dat is geen goed besluit.'

'Kan zijn, maar gezien de omstandigheden moet het maar.'

Anne werd opeens kwaad. 'Waar zijn die foto's, Nicholas?'

'Ik wil dat er een eind komt aan de oorlog, Anne,' beet Marten haar toe, zijn ogen strak op haar gericht. 'Of op z'n minst dat-ie in hevigheid afneemt. De foto's kunnen dat bewerkstelligen. De wereldpers zal zich erop storten. Verslaggevers, cameraploegen, alles. En niet alleen in Equatoriaal-Guinea maar ook in Houston, waar ze de werknemers van Striker lastig zullen vallen, en op het hoofdkantoor van SimCo in Engeland. Er zullen vragen gesteld worden. Er zullen politici bij betrokken raken, omdat ze niet anders kunnen. En het zal niet stilletjes uit het nieuws verdwijnen, zoals dat altijd lijkt te gebeuren in Congo, Darfur of onder andere Afrikaanse schrikbewinden omdat er hier een Amerikaanse oliemaatschappij en een particulier beveiligingsbedrijf centraal staan. Het is nu niet langer een opstand tegen een bloeddorstige dictator, maar een oorlog uit winstbejag. Help mee bij het verjagen van de slechteriken en je krijgt een dankbare, winnende bondgenoot die de oliecontracten niet ontbindt en die je het land niet uittrapt, omdat je zijn vriend bent en weet dat je heel lang een heleboel geld voor hem gaat verdienen en een betere deal met je sluit dan die tiran van wie je je net hebt ontdaan.'

'Ik wil net zo graag als jij dat het moorden stopt. Daar hebben we het al over gehad.'

'Je hebt ook gezegd dat je de foto's wilde hebben zodat je kon dreigen ze over te dragen aan de commissie Ryder als je vrienden Hadrian en Sim-Co niet zouden stoppen met het bewapenen van de opstandelingen.'

'Dat klopt.'

'Hoe weet ik of je niet gewoon Striker wilt beschermen? Dat je de foto's vernietigt als je ze in handen hebt?'

'Dat is niet zo.'

'Hoe kan ik dat zeker weten?'

Anne keek hem aan. 'Ik ga je nog een keer vragen wat ik je gisteren ook vroeg. Hoeveel wil je hebben voor die foto's? Zeg het maar.'

'Mag ik er voor vragen wat ik maar wil?'

'Ja.'

'Dan wil ik jou.'

'Mij?'

'Ja,' zei hij zachtjes.

Anne was stomverbaasd. 'Godsamme Nicholas, gaat het uiteindelijk toch weer gewoon om seks? Wil je me naaien? Wil je er dat voor hebben? Jezus!'

'Ik wil jóú niet naaien,' zei hij net zo zachtjes als daarnet. 'Ik wil dat jij jouw bedrijf naait.'

'Wat bedoel je daar nou weer mee?'

'Conor White staat prominent op een aantal van die foto's.'

'Aha,' zei Anne, met vals glimlachje alsof ze zojuist een overwinning had geboekt. 'Je hebt ze dus gezien.'

'Een paar, niet allemaal.' Marten ging dichter bij haar staan alsof hij wilde onderstrepen hoe ernstig de situatie was. 'Het gaat erom dat White duidelijk herkenbaar is. Misschien wil jij die foto's niet vernietigen, maar hij wel, want hij raakt alles kwijt als ze gepubliceerd worden. Wie hij ervoor moet vermoorden of wat hij moet doen om ze in handen te krijgen, schijnt hem niet zo veel te kunnen schelen. Hij is hoe dan ook toch al verantwoordelijk voor de dood van pater Willy en zijn broer, om nog maar te zwijgen van mijn Spaanse vrienden. Als jij de foto's in handen zou hebben, zou hij jou ook vermoorden, ook al zit je in de raad van bestuur of heb je banden met de CIA. Hij vermoordt je, net zoals hij mij vermoordt.'

Anne's blik snelde over zijn gezicht. 'Ik weet nog steeds niet wat je nou eigenlijk van me wilt.'

'Als ik jou meeneem om de foto's te halen, brengen we ze samen naar

Joe Ryder. Jij vertelt hem wie je bent en wie Conor White is en zegt dat je alles wilt doen wat in je vermogen ligt om de wapenstroom naar de rebellen te stoppen, in de hoop dat Buitenlandse Zaken Tiombe onder druk kan zetten om zijn troepen terug te trekken. Uiteraard zal dat ertoe leiden dat hij meer wil weten, en dan vertel je hem over SimCo als façade voor Hadrian, waardoor hij nog feller achter Hadrian/SimCo aan zal gaan dan hij nu al doet. Als hij kan bewijzen dat Hadrian en SimCo wapens leveren aan de rebellen in opdracht van Striker, gaan Sy Wirth en de andere bazen bij Striker, net als Conor White en de mensen van Hadrian, tot over hun oren de shit in. Het is niet uitgesloten dat we de bak indraaien, jij misschien ook. Ik mocht vragen wat ik wilde, zei je, Anne. Dit is wat ik ervoor wil hebben, anders…'

Er werd plotseling op de deur geklopt. Erlangers stem kwam vanaf de andere kant. 'Koffie. Zal ik het voor de deur zetten?'

'Heel even nog, Hartmann,' zei Anne. Ze keek Marten weer aan. 'En anders?'

'Anders denk ik dat je de foto's wilt hebben om jouw bedrijf en de gedane investeringen in Equatoriaal-Guinea veilig te stellen. Dan neem ik aan dat ze jou gestuurd hebben omdat je een erg aantrekkelijke vrouw bent en je dat tegen me wilde gebruiken – dat heb je al gedaan door je badjas uit te trekken in het hotel, me midden op straat te kussen terwijl de politie stond toe te kijken en door me je levensverhaal te vertellen in alleen een onderbroek en t-shirtje waar je tepels doorheen schenen. En omdat je bij de CIA hebt gezeten wist je verrekte goed waar je mee bezig was en hoe je het moest doen. Daar ben je op getraind namelijk.'

Marten dacht heel even dat ze hem zou slaan, maar dat deed ze niet. Anne stond hem alleen maar aan te kijken.

'Dit is wat ik ervoor wil hebben,' zei hij. 'Begrepen?'

'Ja.'

'Zeg me dat je het doet.'

'Hoe weet je dat je me kunt vertrouwen en dat ik jou vertrouw?'

'Omdat ik geloof dat je dit inderdaad voor je vader doet – voor zijn nagedachtenis, de reputatie van het bedrijf dat hij groot gemaakt heeft en omdat je van hem hield. En anders hebben we altijd Hauptkommissar Franck nog als je zit te liegen.'

Hij voelde haar woede. Haar blik sprak boekdelen maar ze zei niets. Uiteindelijk knikte ze nauwelijks zichtbaar.

'Ik wil het je horen zeggen,' drong hij aan.

'Ik doe het.'

'Alles wat ik gezegd heb?'

'Alles wat je gezegd hebt.'

Hij keek haar een tijdje aan, probeerde een inschatting te maken en te besluiten wat zijn volgende stap zou zijn. 'We hebben een vliegtuig nodig,' zei hij ten slotte. 'Tweemotorig, burgerluchtvaart. Het liefst een straalvliegtuig, maar een turboprop mag ook. Met een bereik van 2500 kilometer.'

'De piloot moet een vluchtplan hebben. Hij moet weten waar we naartoe gaan.'

'Naar Málaga, aan de zuidkust van Spanje.'

'Málaga?'

'Ja,' loog hij.

11.12 uur

46

Berlijn, Giesebrechtstrasse 11, 12.55 uur

De ontmoetingsplek was op de tweede verdieping van een duur appartementencomplex in het westelijk deel van de stad bij de Kurfürstendamm. Als je er de geschiedenisboeken op na zou slaan, zou je ontdekken dat het in de jaren dertig van de vorige eeuw een chic bordeel was, Salon Kitty. In de Tweede Wereldoorlog was het nog steeds een bordeel maar was het in gebruik genomen door de Sicherheitsdienst, de veiligheidsdienst van de nazi's. Het werd gebruikt voor spionagedoeleinden. Aanvankelijk werden er gesprekken afgeluisterd tussen chique hoeren, buitenlandse diplomaten en Duitse hoogwaardigheidsbekleders die landverraders zouden kunnen worden. Nu was de ruimte locatie voor een gesprek tussen twee mensen die zich niet druk maakten om dat verre verleden: Sy Wirth en Conor White.

'Hoeveel mannen heb je bij je?' vroeg Wirth, die zijn stoel had weggeschoven van de tafel met koffie en vers fruit.

'Twee,' antwoordde White.

'Ervaren?'

'Zeer.'

'En twee is genoeg?'

'Nu wel.'

'Waar zijn ze?'

'Voor de deur, in een huurauto.'

Wirth leunde naar de tafel, tilde een zilveren koffiepot op en schonk een kop koffie in voor zichzelf. Hij gebaarde White om hetzelfde te doen.

'Nee, dank u.'

'Spanje verliep niet zo best, hè?' zei Wirth.

'U bedoelt dat we niets wijzer zijn geworden over de foto's.'

'Ja.'

'We hebben gedaan wat u ons hebt opgedragen. Ze hadden geen flauw benul waar we het over hadden. Ze hebben, net als de mensen die we hadden ingehuurd: een chauffeur en een plaatselijke beroepsmoordenaar, de ware toedracht meegenomen in hun graf.' White keek naar de topman van Striker voor een teken van berouw, of iets waaruit bleek dat hij een fout had gemaakt toen hij opdracht had gegeven voor de operatie. Zoals hij al verwacht had, zag hij niets wat daar op duidde.

'Dus die Nicholas Marten is de enige die ervan afweet?'

'Dat moet u aan Anne vragen.'

Sy Wirth keek hem aan, duidelijk niet blij dat hij werd tegengesproken. 'Anne is hier toch niet. Ik vraag het jou.'

'Als de foto's bestaan, weet Marten waar ze zijn. Dat is wat ze me verteld heeft. Anders zou ze niet nog steeds bij hem zijn.'

Wirth schakelde plotseling over op iets anders. 'Wat ging er mis op het vliegveld van Parijs, toen ze terugkwamen uit Malabo? Anne had hem in het vizier toen de anderen hem kwijtraakten. Daarna verloor ook zij hem uit het oog. En een paar uur later vindt ze hem hier in Berlijn terug.'

'Kennelijk heeft ze dat opzettelijk gedaan zodat ze zelf achter hem aan kon gaan.'

'Waarom zou ze dat doen?'

'Misschien vindt ze ons niet capabel. Misschien is het iets anders. Ik weet het ook niet.'

Sy Wirth nam een slok koffie en hield hem in zijn mond, alsof hij even na zat te denken. Toen zette hij het kopje neer. 'Wanneer heb je haar voor het laatst gesproken?'

'Vanmorgen.'

'Wat zei ze toen?'

'Min of meer hetzelfde als wat ze gisteren sms'te. Dat ze in Berlijn zat met Marten, dat ik niet naar haar toe moest komen en niet moest geloven wat er in de media verscheen. Voor zover ik weet is haar identiteit nog niet bekend gemaakt. Of wel?'

'Volgens mij niet. Nog niet.'

'Dan moet de politie ze allebei op het spoor zijn, anders had haar foto allang in alle Duitse kranten gestaan, net als die van Marten.' White hield zich opzettelijk in. Hij was nog steeds kwaad op zichzelf omdat hij had gezegd 'Dat moet u aan Anne vragen'. Hij had zijn diepgewortelde afkeer voor de Texaan laten blijken en daar was hij niet blij mee. Hij zou dezelfde fout niet nog een keer maken.

Wirth keek op zijn horloge en stond toen op. 'Ik moet gaan. Haal je mannen naar binnen en wacht op mijn telefoontje. Hopelijk weet ik binnenkort waar Anne uithangt en of Marten nog bij haar is.'

'Vast wel,' zei White afgemeten.

'Dat denk ik ook.'

Hij hield even zijn mond en stond toen ook op, met zijn lange lijf. 'Waar gaat u die informatie vandaan halen?'

'Laat dat maar aan mij over.'

'U hebt nog iemand ingehuurd.'

'Nee, White. Ik heb gewoon iets "geregeld".'

'Oké.'

Ze waren weer terug bij af: waar White het bangst voor was, was dat een té rijke, té machtige en té vastberaden man die altijd alles zelf wilde regelen, plotseling niemand meer vertrouwde en bij een ander te rade ging. Dat was tot daaraan toe in zaken, waarbij alleen geld te verliezen viel. Maar in een situatie als deze zou hij zich op erg glad ijs begeven en de touwtjes uit handen geven aan mensen met veel meer ervaring dan hij, mensen die veel meer uit eigenbelang handelden en meedogenlozer waren. Je kon erop wachten dat het fout ging. En hij zette er alles voor op het spel.

Wat ben jij een ongelooflijke sukkel, wilde White zeggen, maar hij deed het niet.

'Ik wacht uw telefoontje af, meneer Wirth,' zei hij beleefd.

Sy Wirth gaf een kort knikje en liep weg zonder iets te zeggen.

13.05 uur

47

Hartmann Erlanger haalde een laptop uit een kastje bij het raam en zette hem op zijn bureau. Hij keek naar Anne en Marten die voor hem zaten, klapte de laptop open, zette hem aan wachtte tot hij was opgestart. Hij toetste een paar codes in, draaide hem naar hen toe en keek Anne aan.

'Dit heb ik gisteren gedownload nadat je had gebeld. Het is twee dagen oud, dus ik weet niet of je er nog wat aan hebt, maar het is in ieder geval iets. Ik laat het aan jou en Marten over om in te schatten hoe belangrijk het is. Ik ga even de deur uit om te kijken of ik jullie probleem kan oplossen. Het wordt op z'n zachtst gezegd moeilijk om een bepaald toestel te vinden en iemand om het te vliegen. Helemaal gezien de omstandigheden en omdat het zo kort dag is.'

'Ik heb deze informatie helaas net pas gekregen, Hartmann.' Anne hoefde niet naar Marten te kijken, haar steek onder water was duidelijk genoeg. 'Je weet hoezeer ik waardeer wat je allemaal voor ons doet en gedaan hebt. En welke risico's je gelopen hebt.'

Erlanger keek haar op een bijzonder persoonlijke manier aan. 'Waar heb je anders vrienden en collega's voor? Zodra ik iets weet kom ik terug. Mijn vrouw is boven, mochten jullie iets nodig hebben.' Hij keek haar nog even aan en ging toen weg. Hij deed de deur achter zich dicht.

Anne bleef een tijdje roerloos zitten, zich volledig bewust van het feit dat Marten had gezien hoe hij naar haar had gekeken. Toen boog ze zonder iets te zeggen voorover en drukte op PLAY. Het volgende ogenblik kwam het scherm tot leven. Ze zagen een grafische voorstelling van de aardbol, daarna werd er ingezoomd op West-Afrika.

'Dit is een geheime regionale videobriefing van de CIA,' zei ze. 'Die verschijnen soms dagelijks. Soms minder vaak, afhankelijk van de urgentie of *need-to-know* voor de mensen of activiteiten in het veld. Wees gewaarschuwd; deze beelden krijg je niet op tv te zien.'

De video bracht een satellietfoto van Equatoriaal-Guinea in beeld, zowel het vasteland als Bioko. Er was een voice-over te horen: 'De situatie in Rio Muni, het vasteland en op het eiland Bioko, waar de hoofdstad gelegen is, is in toenemende staat van beroering. Rebellentroepen staan onder leiding van Alfonso Bitui Ada, beter bekend als Abba, onderwijzer en lid van de liberale partij, de PL. Bijna anderhalf jaar geleden werd hij vrijgelaten na tien jaar gevangenisstraf wegens lidmaatschap van de verboden partij, de partij voor het volk, de PPP. Sindsdien heeft hij openlijk geprobeerd om stammen met grote ondelinge verschillen te verenigen om te strijden tegen de armoede, politieke corruptie en lichamelijk geweld van de regering van president Tiombe.'

Er verschenen beelden die met een nachtkijker gemaakt waren, van een zelfverzekerde, knappe man van middelbare leeftijd met kort grijzend haar in camouflagekleding die een stuk of twintig rebellensoldaten toesprak op een open plek in de jungle.

'Dit is Abba in een clandestiene opname die drie dagen geleden is gemaakt op Bioko, toen zijn troepen naar de in het noorden gelegen hoofdstad Malabo trokken. Wat iets meer dan zes weken geleden begon als protest tegen de regering in Rio Muni, is uitgegroeid tot een opstand op grote schaal, voornamelijk gevoed door de wrede vergeldingsacties van het Equatoriaal-Guinese leger tegen de demonstranten. De belangrijkste stammen, waaronder de Fang, Bubi en Fernando, hebben zich bij Abba gevoegd. Hij wordt met het uur sterker. Het aantal slachtoffers wordt steeds groter omdat Tiombe de militaire activiteiten opvoert, die uitmonden in toenemende wrede represailles tegen zowel rebellen als burgers. Het dodental wordt momenteel geschat op meer dan vierduizend.'

De videoband liet nu gruwelijke beelden bij daglicht zien van uitgebrande dorpen en honderden dode burgers. Veelal onthoofd of gruwelijk verminkt. Mannen, vrouwen, kinderen en bejaarden. Zelfs dieren. Honden, geiten, koeien, een opgezadeld paard: afgeslacht en achtergelaten op straat.

'Mijn god,' mompelde Marten.

Meteen daarna ging het beeld terug naar de clandestiene nachtopnamen. Nu waren er soldaten te zien die huishielden in een dorp. Onbewerkte en verschrikkelijke taferelen van soldaten die burgers executeerden met machetes, pistolen en machinegeweren. Er was een gruwelijke opname van een gillende vrouw die door vijf soldaten werd verkracht, de een na de ander. Er rende een jongetje op af om de soldaten van haar af te trekken. Hij werd door een van de soldaten vastgegrepen, omgedraaid en gedwongen toe te kijken. De angstige worsteling en de reactie van de jongen waren tragisch, helemaal in contrast met de gezichten van de verkrachtende soldaten die klaar waren met de vrouw en lachend naar haar stonden te kijken. Het werd gevolgd door beelden van legertroepen die vlammenwerpers gebruikten om hutten in brand te steken. Er kwam plotseling een naakte man tevoorschijn, die hun met opgestoken handen smeekte te stoppen. Het volgende moment richtte een soldaat de vlammenwerper op hem en offerde hem aan de verschroeiende straal brandende benzine.

'Alsjeblieft, Anne, ik kan het niet meer aanzien! Zet uit!' flapte Marten eruit en hij wendde zijn blik al half af. Toen: 'Wacht!' Hij schreeuwde bijna toen de nachtkijker een oudere man in legerkleding in beeld bracht, die als een keizer met een groepje zwaar bewapende soldaten vanaf de zijlijn stond toe te kijken. Hij had een haviksgezicht, grijs haar en was duidelijk niet Afrikaans zoals de rest.

'Ik ken hem!' zei Marten. 'Hij was bij mijn verhoor in Malabo. Wie is hij?'

In een bijna volmaakte getimede reactie gaf de verteller antwoord op Martens vraag.

'Dit is Mariano Vargas Fuente, een oud-generaal uit Chili, beter bekend als Mariano. Hij was ooit een hooggeplaatst officier in het beruchte voormalige directoraat van Nationale Inlichtingen tijdens het dictatoriale bewind van Augusto Pinochet van 1973 tot 1990. Hij is een van 's werelds bekendste schenders van de mensenrechten, bij afwezigheid veroordeeld voor marteling en massamoord. Ontkwam aan vervolging en verdween in de oerwouden van Centraal-Amerika. Aangenomen wordt dat hij gerekruteerd is door president Tiombe om er persoonlijk op toe te zien dat de opstand in Rio Muni en Bioko wordt neergeslagen. Dit is de eerste bevestiging van zijn aanwezigheid in Equatoriaal-Guinea.'

Er kwam nu een kaart van Bioko in beeld die de troepenbeweging liet zien van Abba's manschappen naar het noorden, en steeds dichter bij Malabo kwamen.

'Er zijn aanwijzingen dat Tiombe zich erop voorbereidt om het land te ontvluchten als de troepen van Abba nog meer terrein winnen. Volgens analisten neemt Abba binnen tien tot veertien dagen de regering over. Met ingang van twaalf uur morgenmiddag plaatselijke tijd wordt de Amerikaanse ambassade tot nader orde gesloten. Iedereen die niet per se in het land hoeft te blijven wordt geëvacueerd. Het ministerie van Buitenlandse Zaken heeft een waarschuwing laten uitgaan naar alle Amerikaanse burgers om Equatoriaal-Guinea onmiddellijk te verlaten.'

Met die woorden ging het beeld op zwart en was de video afgelopen.

Marten keek Anne aan. 'Waarom heb je me dit laten zien?'

'Ik wilde het zelf ook zien. Zodat we afgevaardigde Ryder allebei hetzelfde kunnen vertellen. En zodat je me vanaf nu kunt vertrouwen. Geloof me nou maar gewoon als ik zeg dat ik net zo graag wil als jij dat het moorden stopt.'

Marten was lang stil en zocht toen haar blik. 'Betekent "alle Amerikaanse burgers" ook het personeel van Striker?'

'De mannen van Abba willen van Tiombe af, niet van ons. Ons personeel mag niet van het terrein af, dat zwaar bewaakt wordt door huurlingen van SimCo. Ze zijn veilig.'

'Denk je dat? Ik zal je eens wat vertellen. Generaal Mariano weet van de foto's. Die probeerden ze me te ontfutselen toen ze me verhoorden. Of wist je dat al?'

Anne schudde haar hoofd. 'Nee.'

'Doe maar een schietgebedje dat hij zijn moordenaars geen bevel geeft het terrein van Striker op te gaan om ze te zoeken. De huurlingen van White hebben geen schijn van kans. En als ze uit de weg zijn geruimd, moge God dan de boorploegen, technici, secretaresses, boekhouders en alle andere "onbeduidende" medewerkers van Striker en SimCo bijstaan die ik in de bar van het Malabohotel heb zien zitten. Helemaal als de moordenaars van Tiombe vlammenwerpers bij zich hebben.' Marten zweeg even, verteerd door woede en verontwaardiging. Wat hebben jullie er godverdomme allemaal voor over om winst te maken?'

Anne zei niets.

'Het is al goed, schat,' zei hij. 'Je hoeft geen antwoord te geven. Je hoeft ook niets te verzinnen. Er is namelijk geen antwoord.'

13.37 uur

48

Air Force One, nog steeds zaterdag 5 juni, 08.15 uur

President John Henry Harris zat met opgerolde mouwen te luisteren naar Lincoln Bright, zijn stafchef, die met hem een verkorte versie van zijn agenda van die dag doornam. Drie vergaderingen in het Witte Huis, waarvan een met de minister van Buitenlandse Zaken, die zojuist was teruggekeerd van besprekingen in India en China, daarna met de helikopter naar Camp David om met zijn financiële adviseurs over de aanhoudende economische crisis te praten.

Toen de briefing voorbij was, vertrok Bright en ging de president achterovergeleund uit het raampje zitten kijken hoe ze over het Ontariomeer het Amerikaanse luchtruim binnenvlogen. Hij had een vroege ontbijtafspraak gehad met de Canadese premier Campbell en de Mexicaanse president Mayora in het buitenhuis bij het Harringtonmeer. Daarna was hij meteen vertrokken. Over vier uur zou hij op Camp David de rest van het weekend verstrikt zitten in belangrijke begrotingsdetails en zich voorbereiden op een maandagochtendoverleg met de gouverneurs van een stuk of tien staten die allemaal zouden vragen, of liever gezegd smeken, om extra geld.

Toch, hoe belangrijk het verslag van de minister van Buitenlandse Zaken en de economische crisis ook waren, er waren andere zaken die ook zwaar wogen: het telefoontje uit Irak van Joe Ryder, die voor het ontbijt had gebeld, toen hij zich stond te scheren. Ryder vertelde dat zijn onderzoeksteam met een onverwachte wending te maken kreeg toen Loyal Truex van Hadrian onaangekondigd was langsgekomen en vrijpostig en gul had aangeboden de deuren en boekhouding van Striker en Hadrian wagenwijd voor hen open te gooien. Hij had Ryder en zijn collega's uitgenodigd om alles te bekijken wat ze wilden zien. Volgens Ryder leek het erop dat hij overhaast was ingevlogen om alles wat in het oog sprong te verbergen. Wat hij kennelijk ook gedaan had, want tot dusver hadden ze niets gevonden wat ze niet al wisten.

Daarnaast had hij in zijn veiligheidsbriefing van die ochtend gevraagd naar de toestand in Equatoriaal-Guinea. Hij had te horen gekregen dat het leger van president Tiombe hevig strijd leverde met de opstandelingen terwijl ze tegelijkertijd gruweldaden pleegden tegen de burgerbevolking, zogenaamd om rebellenleiders op te sporen. Los van de wrede acties van het leger, verwachtten analisten dat de regering van Tiombe binnen een paar dagen zou vallen en dat Tiombe, zijn familie en zijn personeel tegen die tijd het land wel uitgevlucht zouden zijn.

'Waarnaartoe?' had hij gevraagd.

Daar waren de meningen nog over verdeeld geweest. Tiombe had op verschillende plaatsen huizen, onder andere in Beverly Hills. Daar had de president alleen maar om moeten lachen. 'Ik mag toch hopen dat hij dat uit zijn hoofd laat.' Maar er was niets grappigs aan. Hij had meteen Lincoln Bright, zijn stafchef naar binnen geroepen en hem instructie gegeven contact op te nemen met Kim-Ho, secretaris-generaal van de Verenigde Naties, en hem gevraagd wat hij kon doen om de VN aan te sporen om in te grijpen in Equatoriaal-Guinea. Hij had Bright ook laten bellen met Pierre Kellen, directeur van het internationale Rode Kruis, om hem te vragen wat de Verenigde Staten op humanitair gebied konden betekenen.

Het probleem was dat hoe bezorgd hij ook was over de benarde toestand van de bevolking in Equatoriaal-Guinea, hij wist dat hij niet te veel persoonlijke belangstelling voor de oorlog kon tonen, omdat dan zowel de binnenlandse als de buitenlandse veiligheidsdiensten en de diploma-tengemeenschap hun oren zouden spitsen. Ze zouden erg graag willen weten waarom hij speciaal voor die regio zo veel belangstelling had, ter-wijl er talrijke andere gebieden in Afrika waren waar de toestand verge-lijkbaar was en waar hij ook wel mensen heen zou kunnen sturen. Dat kon hij zich niet veroorloven. Het laatste waar hij op zat te wachten was dat iemand zou gaan graven en mogelijk de foto's zou vinden voordat hij of Joe Ryder ze veilig in handen zou hebben.

Zoveel verstrekkende macht hebben en er om zo veel redenen toch niets mee kunnen doen was een van de vloeken van zijn functie en maak-te het probleem met Marten er alleen maar groter op. Als het zes weken eerder was gebeurd, zou hij Hap Daniels, zijn beste geheim agent belast met speciale opdrachten, naar Berlijn hebben gestuurd om orde op zaken te stellen. Hij was absoluut betrouwbaar en hij kende Marten goed. Da-niels was slim en ervaren genoeg om een manier te verzinnen om Marten te laten weten dat hij in de buurt was en hem te vinden zonder dat de po-litie of iemand anders daarachter zou komen, ook al zat hij nog zo diep ondergedoken. Als hij eenmaal contact gelegd had, zou Daniels hem als de wiedeweerga meenemen zodat ze samen achter de foto's aan zouden kunnen gaan. Maar in die zes weken had Daniels een bypassoperatie on-dergaan en hij zat thuis in de ziektewet, niet in staat om wat voor op-dracht dan ook uit te voeren. Zijn vervanger David Watson was een in-nemende, kundige man, maar Harris kende hem niet goed genoeg om hem op een missie te sturen die op zijn zachtst gezegd gevoelig lag. Bo-vendien kende Marten hem niet, dus hij zou niet zomaar uit zijn schuil-plaats komen, al zou Watson zich bekendmaken. Er was niemand anders tot wie hij zich kon wenden voor hulp.

'Verdomme,' vloekte Harris hardop en hij keek naar zijn jasje dat op de stoel voor hem lag. Hij had het daar zelf neergelegd zodat hij zeker wist dat het binnen handbereik was. In een binnenzak zat het voorwerp dat hij overal mee naartoe sleepte: het goedkope, grijze mobieltje dat zijn recht-streekse en enige verbinding vormde met Nicholas Marten. Als Marten hem belde tenminste; hij kon zelf de wegwerptelefoon die Marten zou ge-bruiken niet bereiken.

Hij hoopte de hele tijd al dat Marten contact met hem zou opnemen, maar dat had hij niet gedaan. Waarschijnlijk vanwege de politie, of omdat hij gewond was of zelfs – hij wilde er niet aan denken – dood. Of misschien zat hij in een situatie waarin hij gewoon niet kon bellen. Of had hij niets te melden. Wat had hij ook alweer gezegd toen ze elkaar voor het laatst spraken? 'Ik bel je als ik iets te melden heb.'

Wat de reden ook was, de grijze telefoon zweeg en die stilte bezorgde Harris buikpijn. Het ging niet alleen om de foto's, of het knagende besef dat híj degene was die Marten naar Equatoriaal-Guinea had gestuurd. Het punt was dat hij enorm gesteld was op Marten. Door wat ze samen nauwelijks een jaar eerder hadden meegemaakt in Spanje en de hechte vriendschap die ze daaraan hadden overhouden, waren ze als broers voor elkaar. Hij wilde niets liever dan hem veilig terug hebben. Hij bedacht dat ouders van wie een kind werd vermist zich zo moesten voelen. Dat ze zich de vreselijkste dingen in hun hoofd haalden en naast de telefoon zaten te hopen en bidden dat ze gebeld zouden worden door hun zoon of dochter, die dan opgewekt, alsof er niets aan de hand was 'hoi pap' of 'hoi mam' zou zeggen.

'Godverdomme,' gooide John Henry Harris er hardop uit tegen de ongeïnteresseerde muren van de presidentiële kamer in de Air Force One, en toen greep hij stoïcijns naar een statistische analyse van de rijksbegroting en ging aan het werk.

49

Potsdam, Duitsland, 18.20 uur

Marten, Anne en Hartmann Erlanger stonden in een weiland bij het busje van Erlanger met hun handen boven hun ogen, tegen de lage middagzon die uiteindelijk door de motregen en bewolking was gebroken. Hun aandacht was gericht op een tweemotorige Cessna 340 die door de bewolking daalde en toen op boomhoogte ging vliegen tot hij bij het begin van een particuliere landingsbaan was. Even later raakten de wielen de grond en reed hij brullend voorbij, waardoor ze een glimp opvingen van de registratie op de romp: D-VKRD. Het toestel remde af toen het aan het eind van de baan was, keerde om en kwam terugrijden.

'Propellers. Meer kon ik er niet van maken gezien de omstandigheden.' Erlanger trapte met zijn hak een peuk uit, raapte hem op en deed hem in zijn zak. 'Je komt er wel mee op de plaats van bestemming binnen de parameters die je me hebt gegeven. Misschien minder snel dan je zou willen, maar komen zul je er.'

'Het is prima, Hartmann, bedankt,' zei Anne.

Hij keek haar op dezelfde manier aan zoals hij in zijn werkkamer had gedaan eerder die dag. Ze hadden duidelijk veel meegemaakt waar ze Marten niet over wilden vertellen. Niet te veel althans. Hoe diep het ging of dat de vrouw van Erlanger ervan afwist, kon hij niet zeggen.

Het gebrul van de motoren van de Cessna was oorverdovend toen hij dichterbij kwam en stilhield. Toen zette de piloot ze uit en heel even was de stilte net zo erg. Vrijwel onmiddellijk kwam het gekwetter van de vogels en insecten weer terug. Overal om hen heen was donker bos. De enige openingen waren de landingsbaan en de grindweg ernaartoe. Erlanger had met geen woord gerept over wiens terrein het was, maar hij had er duidelijk wel toegang toe.

De cockpitdeur ging open en er klom een vrouw in pilotenkleding uit. Ze was blond, een jaar of vijfendertig en op een degelijke manier aantrekkelijk.

'Ze heet Brigitte,' zei Erlanger. 'Zeg haar waar je heen wilt en ze brengt je. Niet tegen mij zeggen, ik wil het niet weten. Jullie hebben mij allebei niet gezien. Dit is nooit gebeurd.' Hij wendde zich tot Anne en de hartelijkheid en tederheid van daarnet waren plotseling verdwenen en hadden plaatsgemaakt voor kille professionaliteit. 'Blijf uit de buurt van mensen van vroeger,' waarschuwde hij haar. 'Je komt er voor deze ene keer mee weg. Als je weet wat goed voor je is, doe je het niet nog een keer.' Hij keek haar nog even aan, keek toen naar Marten en liep naar het busje. Hij stapte in, gooide het portier dicht, startte de motor en reed weg.

Hij keek niet één keer om.

18.50 uur

Berlijn, hoofdbureau van politie, 19.05 uur

Hauptkommissar Franck nam zijn privételefoon op en liep meteen de kamer uit. De rechercheurs Bohlen en Prosser en de stuk of tien andere topspeurders die erbij waren, stopten met waar ze mee bezig waren toen hij naar buiten liep en keken zwijgend toe hoe de deur achter hem dichtging. Ze hadden de afgelopen acht uur samen met de Hauptkommissar in het met alle technische snufjes uitgeruste crisiscentrum gezeten, omgeven door rijen computers met monitoren die bergen informatie verwerkten, aangeleverd door agenten die rapporten verzamelden van de mensen die op straat aan het werk waren.

Franck had hen even na half elf die ochtend naar het crisiscentrum laten komen, toen de nagenoeg zekere inhechtenisneming van Nicholas Marten en Anne Tidrow in de buurt van de Friedrichstrasse en de Weidendammer Brücke was mislukt. De Hauptkommissar had hun kwaad en krachtig toegesproken, hun een uitbrander gegeven en hun in heldere, scherpe bewoordingen hun falen en dat van hem zelf aangehaald.

'Ik heb de leiding van dit onderzoek gekregen,' had hij gezegd. 'Ik ben verantwoordelijk voor de beslissingen die ik heb genomen die verkeerd zijn uitgepakt. De verdachten zijn nog steeds voortvluchtig. Nog een keer falen is onacceptabel. Voor mij, voor jullie, voor de bevolking van Berlijn en Duitsland. Ik hoop dat ik duidelijk geweest ben.'

Het effect was groot, beschamend en vernederend geweest. Iedereen was gespannen en het nieuws was binnen een paar minuten als een lopend vuurtje door het hele bureau gegaan. Daarom hielden ze hun adem in toen Franck zijn privételefoon had opgenomen en zo abrupt de kamer was uitgelopen. Misschien ging het over een belangrijke doorbraak, een tip van het onbekende aantal tipgevers die alleen de Hauptkommissar kende. Misschien zou hij, en daarna zij, nu te horen krijgen waar de verdachten zich bevonden en zouden ze zich bliksemsnel mobiliseren zodat deze hele beproeving binnen een uur voorbij zou zijn.

19.12 uur

'Het bevalt me niks dat er zo veel mensen bij betrokken zijn.' Franck stond buiten op de stoep voor het gebouw, op de Platz der Luftbrücke, met zijn rug naar de voorbijgangers, te bellen.

Het krijgt een soort sneeuwbaleffect en dat weet jij ook. Er raken steeds meer mensen bij betrokken en niemand weet waar het ophoudt. In het gunstigste geval is het onvoorspelbaar en onstabiel, maar hoe dan ook gevaarlijk.'

'Je bent op je best in zulke situaties,' antwoordde Elsa met haar hese stem. 'Geniet ervan, dat deed je vroeger ook. Bovendien wordt het van je verwacht. Ze hebben niet voor niets jou gebeld in plaats van iemand anders.'

'Dat is waar. Goed. Ik snap het,' zei hij uiteindelijk. 'Ja. Ja. Natuurlijk.' Met die woorden verbrak hij de verbinding.

Hauptkommissar Emil Francks rol binnen het korps was jaren geleden gevormd; hij was iemand die het beste functioneerde als hij alleen werkte. Tussen zijn vierentwintigste en zevenentwintigste had hij in z'n eentje de criminele loopbaan van negentien publieke vijanden een halt toegeroepen. Tien van hen zaten in de gevangenis, de rest was dood. In de media en zelfs door zijn collega's werd hij nog steeds 'de cowboy van Berlijn', of 'de Dirty Harry van Berlijn' genoemd. En dat was ook de rol die hij zou spelen tegenover rechercheur Bohlen en rechercheur Prosser en de anderen in het crisiscentrum als hij terugging. Er was iets tussengekomen, zou hij zeggen. Iets wat hij zelf zou oplossen. Hij zou hen instrueren om verder te gaan op de door hem die ochtend uitgestippelde weg: doorgaan met de intensieve en publieke jacht op de moordenaar van Theo Haas. Er zou niet worden bekendgemaakt dat hij was weggegaan. De media zouden alleen te horen krijgen hij dat de operatie vanaf het hoofdkantoor zou leiden en niet bereikbaar was voor commentaar. Er zouden geen details verstrekt worden. Zo eenvoudig was het.

50

Ritz-Carlton Berlijn, suite 1422, 20.08 uur

Sy Wirth verbrak de verbinding op een van de twee BlackBerry's die hij sinds zijn vertrek uit Houston bij zich had en pakte een versgeslepen Ticonderoga 1388-potlood nummer 2. Hij maakte een korte aantekening in de laatste van de zes gele schrijfblokken die voor hem op tafel lagen, waarop hij een stuk of twintig memo's had geschreven. Het resultaat van een paar uur zakelijke telefoontjes plegen. Toen hij klaar was, keek hij op zijn horloge, pakte de BlackBerry die hij net had gebruikt, die hij zijn dagelijkse telefoon noemde en gebruikte voor zakelijke en privégesprekken. Hij wilde net een nummer intoetsen, toen er op de deur werd geklopt.

'Ja,' zei hij ongeduldig.

'Roomservice, meneer Wirth.'

Wirth stond op en deed open. Een ober in uniform duwde een tafeltje op wielen met een afgedekt bord, een pot koffie en een fles bronwater erop naar binnen. Hij wilde net alles gaan klaarzetten toen Wirth zei: 'Ik doe het zelf wel' en hem een briefje van twintig euro gaf.

'Dank u wel, meneer Wirth. Guten Abend,' zei de man knikkend en sloot de deur achter zich.

Wirth haalde het zilveren deksel van het bord en bekeek de clubsandwich die eronder lag. Hij liet hem liggen, liep terug naar zijn bureau, pakte zijn dagelijkse telefoon, toetste een nummer in en wachtte tot er werd opgenomen.

'Ja?' kwam de stem van Dimitri Korostin door zijn oortje.

'En?'

'Je klinkt een beetje nerveus, Sy.'

'Hoe lang wilde je me nog laten wachten? Hoe is de status van ons projectje?'

Korostin lachte. 'Jouw status is dat je bezorgd en gespannen bent, mijn status is dat ik gepijpt word en daarna met vrienden uit eten ga. Mijn leven is leuker dan dat van jou, Sy. Wacht even.' Plotseling was er alleen stilte, alsof de verbinding werd verbroken. Twee volle minuten later kwam hij weer aan de telefoon. 'Ben je er nog, Sy?'

'Val dood met je pijpbeurt.'

'Rustig maar, Sy. Je bestelling is in behandeling genomen, zoals dat heet. Voor twaalf uur vanavond weet ik meer. Kun je daarmee leven? Ik wil je niet teleurstellen en het risico lopen dat ik naar het veld van Magellan, Santa Cruz-Tarjia kan fluiten, toch?'

Met die woorden hing Korostin op, Sy Wirth alleen achterlatend met zijn twee BlackBerry's, zes schrijfblokken, koffie, bronwater, clubsandwich en een ongemakkelijk gevoel.

20.20 uur

Hauptkommissar Emil Franck draaide zijn Audi in de laatste stralen van de warme avondzon de ventweg op bij het vliegveld Tegel. Zon waarvan hij op zijn minst een beetje zou moeten opvrolijken na de grijze lucht en motregen van die ochtend. Maar hij was niet in de stemming om op te vrolijken. Marten arresteren voor de moord op Theo Haas was één ding, maar nu de foto's en de rebellie in Equatoriaal-Guinea erbij betrokken waren, was het duidelijk dat het veel complexer was dan alleen de moord op een Nobelprijswinnaar. Zoals hij aan de telefoon had gezegd, kreeg het geheel een sneeuwbaleffect. Kovalenko was er ook al bij betrokken. Moskou zat toe te kijken. God wist wat er nog meer zou gebeuren.

Verderop zag hij een kastanjebruine Opel bij een hek langs de weg geparkeerd staan. Overal om zich heen hoorde hij het geraas en gegier van straalvliegtuigen die kwamen aanvliegen of vertrokken van de luchthaven. Hij ging langzamer rijden en parkeerde achter de Opel. Er zaten twee mannen in: Kovalenko en een chauffeur. Hij zag de Rus iets zeggen, het portier openen, uitstappen en naar de Audi lopen.

'Zo. Onze vriend hangt dus in de lucht in een propelleraangedreven Cessna,' zei Kovalenko terwijl hij naast Franck ging zitten.

'Registratie is D-VKRD,' antwoordde Franck. 'Het ingediende vluchtplan is voor Málaga. Ze moeten minstens één keer een tussenlanding maken om te tanken.'

'Goed werk, Hauptkommissar. Ik weet hoe waardevol informanten kunnen zijn. Ik neem aan dat hij of zij rijkelijk wordt beloond?'

'Meestal lossen zulke dingen zichzelf wel op.'

Kovalenko glimlachte. 'Helemaal waar, Hauptkommissar. Kunt u…' Zijn stem werd overschreeuwd door een opstijgende Airbus van Lufthansa. Hij wachtte tot het geluid wegebde en ging toen verder. 'Kunt u uw auto hier veilig laten staan?'

'Hoezo?'

Kovalenko glimlachte weer. 'Ik heb niets tegen de Berlijnse politie, maar ik heb een chauffeur. We gaan met mijn auto.'

'Waarnaartoe? We vertrekken toch hiervandaan? Van Tegel?'

'Nee, van Schönefeld.'

'Dat begrijp ik niet.'

'Ik kan de gedachtengang van Moskou ook niet volgen,' zei Kovalenko schouderophalend. 'Wat zal ik zeggen? U zou de hotels eens moeten zien die ze me in de maag splitsen.'

Franck keek hem heel even aan. Deze onverwachte wijziging van de plannen beviel hem niks. Kovalenko zou een privévliegtuig gecharterd moeten hebben dat vanaf hier, Tegel, zou vertrekken. Nu vertrokken ze opeens vanaf Schönefeld in Brandenburg, ten zuiden van de stad. Vragen naar het waarom zou tijdsverspilling zijn. Hij had dit soort dingen in het verleden vaak genoeg meegemaakt. In de goeie ouwe tijd, toen de muur er nog stond. Je stelde geen vragen maar deed gewoon wat Moskou beval.

'Oké dan,' zei hij ten slotte. Ze stapten uit de Audi en Franck haalde een kleine weekendtas van de achterbank, gooide het portier dicht en deed de auto op slot. Een halve minuut later zaten ze in de Opel, op weg naar het zuidelijk gelegen Schönefeld.

20.32 uur

51

Cessna 340, D-VKRD, ergens boven Zuid-Duitsland. Snelheid: 310 kilometer per uur. Hoogte: 26.170 voet. 20.35 uur

Ze waren bijna tweeënhalf uur onderweg. Anne en Marten zaten onderuitgezakt in luxueuze leren stoelen achter de piloot, de blonde, knappe Brigitte. Voor vertrek had ze hun haar volledige naam – Brigitte Marie Reier – en wat over haar verleden verteld. Ze was zevenendertig en had bij de Duitse luchtmacht gezeten. Ze was alleenstaande moeder van een tweeling van twaalf, die 'tijdelijk' bij haar broer, zijn vrouw en hun twee kinderen woonde en dat ging naar omstandigheden redelijk goed. Daar had ze het bij gelaten. Daarna had ze hun uitgelegd dat er flessen water, broodjes en een kan koffie in de lade onder hun stoelen lagen, dat er een piepklein toiletje was tussen het compartiment van de piloot en de passagiers, maar dat ze beter konden wachten tot ze een tankstop maakten, of één of meer tussenlandingen vanwege de zijwind; dan konden ze plassen of wat dan ook. Daarmee was voor haar de kous af. Meteen daarna had ze hen aan boord geholpen, was in de cockpit geklommen, had de motoren gestart en was vertrokken. Daarna werd er nauwelijks gesproken.

Dat lag niet alleen aan Brigitte maar ook aan Anne. Ze zat achterovergeleund met haar handen op schoot uit het raampje te staren. Toen Marten vroeg of ze iets wilde eten of drinken, had ze hem niet eens aangekeken, maar had alleen met haar hoofd geschud. Het eerste waar hij aan dacht nu ze eindelijk weg waren uit de onmiddellijke nabijheid van de politie, was dat ze zich zorgen maakte over haar belofte om naar Joe Ryder te gaan, hem de foto's te laten zien – vooropgesteld dat ze die vonden – en hem te vertellen over de clandestiene werkwijze van Striker Oil, Hadrian en SimCo. Dat ze het had beloofd was één ding, maar het was niet meer dan een belofte. Om het ook daadwerkelijk te doen was een heel ander verhaal, omdat ze er niet alleen mee riskeerde dat haar vaders reputatie publiekelijk werd geschaad, maar zelf ook het risico liep door de overheid te worden aangeklaagd. Reden genoeg om zich in haar eigen wereld terug te trekken terwijl ze probeerde iets te bedenken om onder haar afspraak uit te komen, maar toch dacht hij niet dat dit het was waar ze zich zorgen om maakte. Het was iets totaal anders.

Opeens wist hij het. De kille waarschuwing van Erlanger voor ze aan boord van het vliegtuig gingen en de manier waarop hij in stilte en ijzig naar zijn auto was gelopen en was weggereden.

'Blijf uit de buurt van mensen van vroeger,' had hij gezegd. 'Je komt er voor deze ene keer mee weg. Als je weet wat goed voor je is, doe je het niet nog een keer.'

Marten kon moeilijk inschatten wat het met haar gedaan had. Misschien was ze ooit verliefd op hem geweest, of was ze dat nog steeds, en had ze een of ander romantisch afscheid verwacht. Een kus wellicht, of een liefdevolle knuffel, of iets daar tussenin, een lichamelijk gebaar waaruit bleek dat hij nog steeds om haar gaf. Aan de andere kant zou er meer aan de hand kunnen zijn, iets wat niet was uitgesproken en wat Marten niet begreep, iets waarvan ze eerder bang dan overstuur was. Nu hij erover nadacht was dat waarschijnlijker, omdat ze eerder bang had gekeken dan gekwetst.

'Mag ik je een persoonlijke vraag stellen?' vroeg hij lief glimlachend.

Ze keek hem voor de eerste keer aan. 'Dat ligt eraan.'

'Wat Erlanger zei op het vliegveld, vlak voor we vertrokken. Dat heeft je behoorlijk geraakt.'

'Erlanger is verleden tijd,' antwoordde ze kil. 'Ik wil het er niet meer over hebben.'

Marten keek haar aan. Erlanger was helemaal geen verleden tijd. Sterker nog, de abrupte manier waarop ze antwoord had gegeven en de blik in haar ogen toen ze dat deed, zei hem dat hij een gevoelige snaar had geraakt en dat beviel haar niet. En hij had het bij het rechte eind gehad: wat er ook aan de hand mocht zijn, er lag angst aan ten grondslag. Angst waarvoor wist hij niet, maar het was duidelijk iets belangrijks. Het verbaasde hem niet dat ze er niet over wilde praten, maar misschien kon hij er op een andere manier achterkomen, zeker als hij haar beter zou leren kennen.

'Zullen we het over iets anders hebben?'

'Waarom?'

Marten grinnikte. 'Nou, we hebben een lange nacht voor de boeg en ik denk niet dat Brigitte een stapel tijdschriften bij zich heeft.'

Anne leunde achterover in haar stoel en bekeek hem aandachtig. 'Waar wil je het over hebben?'

'Weet ik veel,' antwoordde hij schouderophalend. 'Je zei dat je getrouwd bent geweest. Zullen we daarmee beginnen?'

'Twee keer,' zei ze.

'Twéé keer?'

'Je hoeft niet zo geschokt te kijken. Ik heb genoeg vriendinnen die dat als opwarmertje beschouwen.'

'Ik ben niet geschokt maar gewoon verbaasd.'

'Waarover?'

'In jouw manier van leven lijkt geen huisje-boompje-beestje te passen. Laat staan twee keer.'

'Als je wilt weten of ik een huis heb: ja. En nee, ik heb geen kinderen. Beide echtgenoten waren niet geschikt als vader en ik denk niet dat ik een goede moeder zou zijn. Niet dat ik ze kon krijgen, trouwens.'

'Dat is meer dan ik wilde weten.'

'Maar nu weet je het. En nu ben jij aan de beurt. Hoe vaak ben jij getrouwd geweest?'

'Nog nooit.'

'Waarom niet? Je ziet er niet slecht uit.'

'Dank je.'

'Dat was geen compliment maar een vraag.'

'De enige twee vrouwen om wie ik ooit genoeg heb gegeven om er mee te trouwen besloten iets anders te gaan doen.'

'Zoals?'

'Eentje had ik in Engeland ontmoet. Ze ging opeens bij me weg en trouwde met de Engelse ambassadeur in Japan.'

'En die andere?'

Marten aarzelde, en staarde naar iets wat alleen hij kon zien.

'Nou,' drong Anne aan, in de hoop een kleurrijke, smeuïge roddel te horen te krijgen. Ze kreeg iets totaal anders voor haar kiezen.

'Ze is ruim een jaar geleden overleden. Ze was jong en getrouwd. Haar echtgenoot en zoon waren een paar weken eerder bij een vliegtuigongeluk omgekomen. We waren elkaars jeugdliefde. Ik hield verschrikkelijk veel van haar.'

'Wat erg voor je,' zei Anne uit het veld geslagen, gegeneerd door haar vasthoudendheid. 'Sorry dat ik zo doorvroeg'. Ze was opeens veel vriendelijker en menselijker. Het was een kant van haar die hij nog niet eerder had gezien.

'Dat kon je toch niet weten?'

'Mag ik vragen wat er gebeurd is?'

'Ze…' Martens blik dwaalde weer af, nog steeds vol pijn en woede. 'Ze is vermoord.'

'Vermóórd?'

'Ze kreeg opzettelijk een dodelijke infectie stafylokokken toegediend. Een lang, ingewikkeld verhaal. Gelukkig voor haar is het voorbij.'

'Maar niet voor jou.'

'Nee.'

Anne zweeg een tijdje en liet hem alleen met zijn gedachten. Ze zag dat hij lichtjaren bij haar vandaan was. Het enige geluid kwam van het gebrom van de motoren van de Cessna.

'Hoe heette ze?' vroeg ze uiteindelijk.

'Caroline.'

'Het was vast een mooie vrouw.'

'Inderdaad.'

22.02 uur

52

Berlijn, het appartement in de Giesebrechtstrasse 11, 22.47 uur

'We vertrekken nu, meneer Wirth. Ik laat het u weten als we in de lucht zijn.' Conor White hing op en toetste meteen een nieuw nummer in op zijn BlackBerry.

Tegenover hem waren Patrice en Irish Jack al gaan staan. Ze borgen de speelkaarten op, pakten hun spullen en maakten zich klaar om te gaan.

'Met White,' sprak hij in zijn BlackBerry. 'Dien een vluchtplan in voor Málaga, Spanje, en zorg dat je toestemming krijgt van de verkeersleiding om te vertrekken. Ik wil over veertig minuten in de lucht hangen.'

'Málaga?' vroeg Sennac met opgetrokken wenkbrauwen en met zijn vertrouwde Québecaanse accent.

'Oui,' antwoordde Conor White met een knikje en hing op.

Irish Jack grijnsde. 'Goeie kroegen, lekkere wijven, mooie stranden. We gaan vrolijk verder.'

'Jack,' zei White op waarschuwende toon. 'we zijn niet op vakantie.'

'Verpest het nou niet, kolonel,' zei hij terwijl hij naar Patrice knipoogde. 'Wat we daar gaan doen duurt toch niet langer dan een paar minuten?'

'Dat denk ik niet,' antwoordde White nadrukkelijk, zonder ook maar een spoortje van de humor van de Ier. 'En dat is ook niet zo.'

'U hebt gelijk kolonel, dat is niet zo.' Patrice keek naar Irish Jack als waarschuwing niet zo oneerbiedig te doen. Ze wisten dat White van begin af aan al geobsedeerd was door het terugkrijgen van de foto's. Als ze daar nog eens aan herinnerd moesten worden, hoefden ze alleen maar terug te denken aan wat er in die boerderij buiten Madrid was gebeurd. Het verhoor van de jonge Spaanse arts en haar studenten had het punt bereikt waarop White er genoeg van had gehad. Zijn bivakmuts afdoen en hun opdragen hetzelfde te doen, was een signaal geweest dat ze nog één laatste kans kregen om mee te werken. Een van de gevangenen vermoorden voor de ogen van de anderen, was een eeuwenoud middel om te proberen de rest dusdanig bang te maken dat ze informatie zouden geven die ze tot dan toe geweigerd hadden los te laten. Het had niet gewerkt en White had er ter plekke een eind aan gemaakt. Naderhand had hij uitgebreid zijn excuses aangeboden aan de drie met afschuw vervulde studenten die overgebleven waren, gezegd dat hij ze veel te lang had opgehouden en tegen chauffeur opgedragen hen bij hun ouders in Madrid af te zetten. Hij wist donders goed dat Patrice een bom in de limousine had gemonteerd, die twaalf minuten nadat de motor was gestart zou afgaan. Toen ze weg waren was White de schuur in gelopen waar de Spaanse huurmoordenaar die hen naar de boerderij had gebracht bij de auto stond te wachten, en had hem neergeschoten.

Voor een beroepssoldaat als Conor White was het normaal om gefixeerd te zijn op het volbrengen van een missie. Maar zijn passie was een compleet ander verhaal. White wist kort na het begin van het verhoor van de Spaanse arts en haar studenten al dat ze geen idee hadden waar de foto's waren of zelfs maar wisten waar hij het over had. Maar hij was toch doorgegaan met ondervragen. En had er vervolgens persoonlijk op toegezien dat ze de dood vonden.

In de loop der jaren hadden hij en Irish Jack samengeleefd en gevochten met extreem wrede en vaak fanatieke mannen, maar niets kwam in de buurt van wat Conor White in Spanje had gedaan. Hij was overduidelijk gek, op een manier die geen van beiden ooit eerder had gezien, zelfs niet op het slagveld. Toch zouden ze hem tot in de hel volgen, gewoonweg omdat ze wisten dat er iets groots aan de hand was. Iets waar zij als voetvolk niets van wisten en ook nooit iets van te weten zouden komen. Wat het ook mocht zijn, het was duidelijk belangrijk genoeg voor White om vol overgave mensen te executeren. Van zulke mannen kreeg je orders, daar vocht je mee en je stelde ze geen vragen. Dat was waar hij en Irish Jack voor getekend hadden; ze waren er professioneel genoeg voor.

Ritz-Carlton Berlijn, suite 1422, 22.55 uur

'Málaga.' Het telefoontje van Dimitri Korostin was tien minuten eerder binnengekomen. Zij boodschap liet niets aan duidelijkheid te wensen over en was erg kort. 'Ze komen waarschijnlijk rond een uur of vier vannacht aan, misschien later. Het vliegtuig is een propelleraangedreven Cessna 340. De registratie is D-VKRD. Als er iets verandert laat ik het je weten. Slaap lekker, laat je ook eens lekker pijpen en maak je niet zo druk.' Met die woorden had hij opgehangen.

Sy Wirth zat aan zijn bureau met zijn handen onder zijn kin, zijn gele schrijfblokken op een stapel naast hem, de rest van zijn clubsandwich op een bijzettafeltje.

'Een Cessna 340. Registratie op de romp D-VKRD. Vluchtplan van Berlijn naar Málaga. Verwachte aankomsttijd ergens na vieren vannacht.'

Dat was de informatie die hij aan Conor White had gegeven, in de wetenschap dat als de Cessna van koers zou veranderen, Dimitri hem dat binnen een paar minuten zou doorgeven, en hij op zijn beurt weer aan White. Maar tot die tijd moest White op veilige afstand blijven en de Cessna van Marten naar Málaga volgen. Iets wat hij zonder vragen zou doen omdat het een bevel was dat Wirth hem met nadrukkelijk gegeven had.

Laat hem maar eerst vertrekken. Geef hem de tijd om er te komen, dacht Wirth. Het moet er uitzien alsof hij dit alleen doet, dat hij zijn eigen hachje aan het redden is en dat SimCo, Hadrian en Striker geen idee hebben waar hij bezig is.

Wirth keek naar de twee BlackBerry's die op de tafel naast hem lagen. Een ervan was zijn telefoon voor dagelijks gebruik. De andere had een stukje blauw plakband aan de onderkant om hem van de andere te onderscheiden. Telefoontjes die ermee gepleegd werden, werden omgeleid via het hoofdkantoor van Hadrian Protective Sevices Company in Manassas in Virginia zodat het leek alsof er vandaaruit werd gebeld.

Hij gebruikte dat apparaat om contact op te nemen met Conor White sinds het overleg met Loyal Truex van Hadrian en Arnold Moss, zijn juridisch adviseur, waarin beide bedrijven besloten hadden om zich te distantiëren van SimCo. Hetzelfde overleg waarin hij, toen Truex vertrokken was, tegen Moss had gezegd dat ze zich ook van Hadrian moesten distantiëren. Vandaar dat alle telefoontjes met Conor White geregistreerd zouden worden bij de telefoonmaatschappij als zijnde rechtstreeks afkomstig van Hadrian. Hij had dat concept zelf uitgedacht, in het geheim ontwikkeld en laten uitvoeren door een vriendje bij de FBI in Houston.

23.07 uur

Wirth keek op zijn horloge, pakte zijn algemene BlackBerry en waarschuwde de piloten van de Gulfstream van Striker dat ze klaar moesten staan op Tegel zodat ze binnen twee uur konden vertrekken. Toen hij dat gedaan had, zette hij het alarm van zijn horloge op middernacht, stond op, liep naar het bed, ging liggen en sloot zijn ogen, vastbesloten om even te slapen, al was het maar een paar minuten. Hij vatte de slaap niet makkelijk. Zijn geest en zijn verstand overheersten.

Los van het normale vliegverkeer zouden er tegen half twee 's nachts nóg vier vliegtuigen in de lucht hangen, allemaal op weg naar Málaga, te weten Martens propelleraangedreven Cessna en drie gecharterde jets: de Falcon 50 van Conor White, zo'n zelfde toestel met werknemers van Dimitri en zijn eigen Gulfstream van Striker. Een heleboel geld, een heleboel mensen en een heleboel vliegtuigen, en dat allemaal voor een stapeltje foto's.

53

Een Learjet 55, ergens boven Zuid-Frankrijk. Registratie: LX-C88T7. Snelheid: 435 kilometer per uur. Hoogte: 39.000 voet. Aantal piloten: 2. Maximum aantal passagiers: 7. Werkelijke aantal: 2.
Zondag 6 juni, 01.25 uur

Emil Franck zag Kovalenko in de donkere voorcabine voorovergebogen zitten bellen met zijn mobieltje. Hij knikte af en toe en gebaarde met zijn vrije hand. Hij had aanvankelijk gedacht dat hij met iemand in Moskou zat te bellen; zijn vrouw, kinderen of misschien zijn maîtresse. Maar dat

het een gesprek met het thuisfront was daar twijfelde hij nu toch aan, omdat het in Moskou bijna half vier 's nachts was. Een aannemelijker scenario was dat hij in gesprek was met een leidinggevende om de ophanden
zijnde missie door te nemen en de details te bespreken van wat er zou gebeuren wanneer de gezochte spullen waren gevonden.

Ze waren even na half tien 's avonds van Berlijn Schönefeld opgestegen
en vlogen in een grote cirkel boven het zuidelijk gelegen Toulouse. Een
cirkel zó groot dat hij tot aan de Pyreneeën aan de Frans-Spaanse grens
reikte. Ze moesten wachten op de langzamer vliegende Cessna van
Nicholas Marten en Anne Tidrow zodat ze hen daarna weer konden volgen naar Málaga of waar ze ook zouden landen. Dat kon gemakkelijk ergens anders zijn, want ze wisten dat Marten niet zo stom was om een
vluchtplan in te dienen dat exact aangaf waar hij naartoe zou gaan.

Franck zat op de laptop te kijken waarop hij sinds hun vertrek uit Berlijn af en toe een blik had geworpen. Op het scherm was een groen stipje
te zien dat de Cessna van Marten voorstelde die over een kaart van West-
Europa vloog. De informatie was afkomstig van een sterke, duimgrote
zender die in het vliegtuig was verborgen.

Het was een onderdeel van een complexe operatie die hij die ochtend
snel en efficiënt had uitgezet na zijn bespreking met Kovalenko bij het
Neuermeer. Hij had in zijn enorme netwerkrolodex van ondergrondse
informanten zitten zoeken en was er een paar uur later achtergekomen
dat er enkele uren eerder een dringend verzoek was gedaan voor het char-
teren van een snel vliegtuig, liefst een jet of een turboprop om diezelfde
avond twee mensen van Potsdam naar Málaga te vliegen. Hij had bliksemsnel het verzoek veranderd in een langzamer toestel, de propelleraangedreven Cessna 340, en had de zender laten installeren nadat het toestel
gecheckt en getankt was.

Volgens zijn huidige berekening vloog de Cessna op zo'n vierhonderd
kilometer achter hem naar het zuid-westen, met driehonderd kilometer
per uur. Het vloog al op die snelheid sinds hij zijn laptop had aangezet en
de locatie van het vliegtuig had opgepikt. Ze waren dus nog steeds op weg
naar Málaga. Er was niets veranderd.

01.30 uur

Franck legde de laptop weg en leunde achterover, in de hoop dat hij een
uurtje zou kunnen slapen. Hij wist dat die kans onwaarschijnlijk was. Sla-

pen in dergelijke situaties hoorde er niet bij. Hij keek naar de weekendtas op de stoel tegenover hem. Er zaten een schoon overhemd, sokken, ondergoed, een tandenborstel en een scheerapparaat in. Keurig ingepakt naast een Heckler & Koch MP5K, een compacte lichte mitrailleur die – samen met een 9mm automatische Glock die Kovalenko nu in een holster aan zijn tailleband droeg – in een bagagebak van het vliegtuig had gezeten toen ze aan boord kwamen.

Wie was die Kovalenko trouwens? Een man die werkte voor de veiligheidsdienst van het ministerie van Binnenlandse Zaken, met referenties die als bij toverslag in Berlijn op tafel waren gekomen, letterlijk een paar uur nadat hij zo vroeg in de ochtend een bespreking met Elsa had gehad in de kroeg bij het Gendarmenmarktplein, alsof hij toen al in de stad was geweest om naar Marten te zoeken. En misschien was dat ook wel zo. Franck mocht dan een supersmeris zijn in Berlijn, de Hauptkommissar der Hauptkommissarissen, dat wilde nog niet zeggen dat hij alles of iedereen kende. Bovendien had hij al eeuwen niets van Elsa gehoord. Misschien werkte ze al jaren samen met Kovalenko. Dat de Rus Marten al kende van vroeger, toen hij nog rechercheur bij moordzaken in Los Angeles was, was wel opmerkelijk. Wat nog vreemder was, was dat ze hier nu samen rondjes vlogen boven Frankrijk wachtend op een bevel uit Moskou tot Marten de foto's gevonden had waarvan werd aangenomen dat ze extreem belangrijk waren. Wat had Elsa ook alweer gezegd toen ze hem eraan herinnerde dat Marten werd gezocht voor de moord op Theo Haas?

'… is reden genoeg om hem te vermoorden als je de foto's in handen hebt.'

Daarom zat hij nu hier. En vanwege zijn functie van Duitse hoofdspeurder belast met het arresteren van Marten voor de moord op Haas, en zijn connecties met de internationale politie die van pas zouden kunnen komen als Marten hem op de grond zou ontkomen. De foto's zien te vinden voor Moskou was er maar een onderdeel van. Als dat achter de rug was – vooropgesteld dat het lukte – zou Kovalenko verdwijnen met de foto's en zou hij achterblijven om de boel op te ruimen. Marten en de zijnen elimineren, in het bijzonder die Texaanse olievrouw, Anne Tidrow, en iedereen die hem voor de voeten zou lopen. Op die manier was het spoor niet terug te volgen naar Moskou en zou niemand te weten komen dat Rusland erbij betrokken was.

Franck keek naar het scherm van de laptop. De Cessna bewoog niet meer. Het stipje stond stil op het scherm, ergens landinwaarts, maar wel in de buurt van de zee bij de Franse stad Bordeaux. Hij ging snel rechtop zitten. Toen hij dat deed zag hij Kovalenko op hem af lopen.

'De Cessna staat stil,' zei hij snel. 'Is de zender kapot? Zijn ze neergestort?'

Kovalenko grijnsde. 'Geen van beide, Hauptkommissar. Ze zijn geland op Merignac, het vliegveld van Bordeaux. Waarschijnlijk om te tanken. Een begrijpelijke vertraging. Er is niets veranderd.'

'Hoe zit het met onze kerosine?' vroeg Franck met rustige stem, omdat hij niet blij was met zijn eigen paniekreactie en het betuttelende antwoord van Kovalenko.

'Voorlopig hebben we nog meer dan genoeg, Hauptkommissar.'

Franck kneep met zijn ogen in een poging om de Rus beter te kunnen zien in de schaars verlichte cabine. Hij veranderde opzettelijk van onderwerp. 'Je zei dat je Marten nog van vroeger kende, toen hij rechercheur was bij moordzaken in Los Angeles.'

'Ik was daar ooit voor een zaak van vermoorde Russen. We hadden toen met elkaar te maken. Hij heette destijds anders.'

'Waarom heeft hij zijn naam veranderd en is hij naar een ander land verhuisd en van beroep veranderd? Was hij corrupt?'

'Hij is geen agent in hart en nieren, Hauptkommissar. Ik denk dat hij niets meer met dat wereldje te maken wilde hebben. Hij wilde liever naar een mooie wereld kijken dan naar de gruwelijkheden die de mensen zichzelf iedere dag aandoen.'

'Toch gaat hij diezelfde gruwelijkheden nu weer aanschouwen.'

'Dat is zijn lotsbestemming, Hauptkommissar,' zei Kovalenko en hij wees met zijn vinger omhoog. 'Het staat in de sterren geschreven. Hij heeft in ieder geval een paar vredige jaren en, hopelijk, geluk gekend.'

'Geloof je in het noodlot, Kovalenko?'

Kovalenko lachte. 'Als ik dat niet zou doen, zou ik nu ook bloemen planten. En wie niet? Zonder noodlot zou de hele wereld bloemen planten. Geen verkeerde tijdsbesteding, zou ik zeggen. Slechts een enkeling als Marten ziet wat er gebeurt en grijpt in. De rest accepteert zijn lot en gaat verder met zijn leven.' De humor verdween uit Kovalenko's ogen. 'Net zo lang, zoals Marten snel genoeg zal ontdekken, tot je door je eigen lotsbestemming ingehaald wordt.'

'En dan?'
'En dan is het afgelopen.'

54

Frankrijk, vliegveld Merignac in Bordeaux, 01.50 uur

Marten liep over het verlichte stuk vliegveld dat voor de burgerluchtvaart bestemd was. Een stuk of tien vliegtuigen stonden op gelijke afstand van elkaar geparkeerd. Allemaal onverlicht. Het laatste toestel, de Cessna D-VKRD, stond het verste weg. De cabineverlichting brandde. De machine zou nu inmiddels getankt zijn en klaar voor vertrek. Anne en hun piloot Brigitte Marie Reier, die gebruik hadden gemaakt van de toiletten in het luchthavengebouw en iets te eten hadden gehaald, zaten als het goed was in het toestel op hem te wachten.

Eerder was hij achtergebleven bij het vliegtuig en had hij de vrouwen eerst naar binnen laten gaan. Hij had daar niet echt een reden voor gehad behalve beleefdheid, en de behoefte zijn benen te strekken en even alleen te kunnen zijn om na te denken. Dat had hij gedaan en daarbij had hij teruggedacht aan zijn gesprek met Anne.

Hij was hevig ontroerd door de herinnering aan zijn overleden, innig geliefde Caroline en aan de gruwelijkheden in Equatoriaal-Guinea. De doden die daar gevallen waren schreeuwden het uit, en lieten niets dan een onmetelijke woede en vernietigende haat na jegens het hele circus aan daders. Dit alles werd nog bemoeilijkt door zijn eigen geestelijke en lichamelijke vermoeidheid.

Feit was dat hij begon in te storten. Hij had gedacht dat hij de wreedheid van gewelddadige moorden achter zich had gelaten toen hij zijn nieuwe leven in Engeland was begonnen. Toen was hij volslagen onverwacht aan zijn haren een wereld ingetrokken die veel obscuurder en gruwelijker was dan alles wat hij in de straten van Los Angeles had gezien. Hij was ineens bang dat hij het niet meer aan zou kunnen, dat het staalharde zelfbeschermingsmechanisme dat iedere agent had om te kunnen omgaan met de dagelijkse moordpartijen hem in de steek had gelaten. Om hiermee door te kunnen gaan, moest hij zijn oude instelling en vaardigheden terug zien te krijgen. Want anders was de kans groot dat hij en Anne werden vermoord. Zeker als hij het moest opnemen tegen Conor White en zijn huurlingen, wie dat ook mochten zijn.

Zijn instinct zei hem dat hij er nu mee moest stoppen. Anne, de foto's, Joe Ryder, zelfs de president: laat ze maar verrekken. Laat de Cessna voor wat hij is en verdwijn zonder iets te zeggen. Gewoon teruggaan naar Manchester, naar de serene schoonheid en emotionele veiligheid. Zichzelf wijsmaken dat dit allemaal nooit was gebeurd.

Hij zou het misschien nog wel hebben gedaan of geprobeerd als hij niet opeens was opgeschrikt door een privévliegtuig dat met brullende motoren op nog geen tweehonderd meter afstand opsteeg. Hij keek hoe het in de donkere nacht verdween; de navigatielampen aan de buitenkant van het toestel werden steeds zwakker. Op dat moment hoorde hij Erlanger weer spreken.

'Blijf uit de buurt van mensen van vroeger. Je komt er voor deze ene keer mee weg. Als je weet wat goed voor je is, doe je het niet nog een keer.'

Misschien waren ze ermee weggekomen en misschien ook niet. Hij dacht meteen aan het straalvliegtuig waar hij om gevraagd had en aan de langzame oldtimer van een Cessna die hij had gekregen. Was dat het enige beschikbare toestel geweest of was er iets anders aan de hand?

Hij was direct om het vliegtuig heen gelopen, had de motoren en de onderkant van de vleugels bekeken en de staart en onderkant van de romp zo goed onderzocht als hij in het zwakke licht kon. Daarna was hij ingestapt en had het interieur op dezelfde manier bekeken. Hij had onder de stoelen, het instrumentenpaneel en in het kleine bagageruim gekeken, op zoek naar iets van een zender die ergens verstopt zou kunnen zitten. Toen hoorde hij de vrouwen terugkomen en maakte het snel af; hij stapte nog net op tijd uit voor ze terug waren.

Ze wisselden wat triviale zaken uit en toen liep hij naar het luchthavengebouw. Hij ging naar het toilet, zocht een zelfbedieningsrestaurant op met draadloos internet en gaf een alleenreizende jongen twintig euro om zijn laptop te mogen lenen. 'Gewoon om even mijn mail te checken en zo.' Hij gebruikte die tijd om op Google Maps te kijken waar het dorpje lag waar Theo Haas hem naartoe stuurde, Praia da Rocha, in de Algarve aan de zuidkust. Daar had hij sinds de moord op Haas nog geen gelegenheid voor gehad. Het lag in de buurt van Portimão, verscholen tussen ontelbare kustdorpjes. Het dichtstbijzijnde grote vliegveld was Faro, dat dicht bij de Spaanse grens lag, zo te zien niet verder dan een kilometer of driehonderd van Málaga. Wat ook belangrijk was: je kon op het vliegveld een auto huren en de meeste verhuurbedrijven gingen om zes uur 's ochtends open.

Faro lag dicht genoeg in de buurt van Málaga om Brigitte op het laatste moment een aangepast vliegplan door te kunnen laten geven aan de luchtverkeersleiding van Málaga. Ze kon als reden opgeven dat haar passagiers langs de kust wilden vliegen en ze na afloop hun oorspronkelijke vliegplan weer zouden oppakken. Geen ongewoon verzoek in de burgerluchtvaart. Dus als hij ervoor koos om Málaga links te laten liggen, zou Faro een goed alternatief zijn. Anne zou een auto kunnen huren en ze zouden volgens Google Maps in een half uur naar Praia da Rocha kunnen rijden. Dit was dus een goed alternatief, maar hij zou tot vlak voor Málaga wachten tot hij definitief een besluit nam.

55

'Hebben we toestemming om op te stijgen?' vroeg Marten aan Brigitte toen hij de Cessna inklom. Ze zat achter de instrumenten navigatiekaarten te bestuderen in het felle schijnsel van de cockpitverlichting. Achter hem zag hij hoe Anne in de donkere cabine naar haar zat te kijken.

'Ja,' zei Brigitte.

'Nou, laten we dan maar gaan.'

'Dat is goed.'

Marten liep langs haar op weg naar zijn stoel. Hij zag hoe de twee vrouwen elkaar aankeken.

'Waar ging dat over?' vroeg hij toen hij zijn riem vastmaakte.

Anne trok een wenkbrauw op. 'Hoe lang duurt het om even te gaan plassen?'

Marten grinnikte. 'Soms kun je meteen en soms heb je wat overredingskracht nodig.'

Brigitte deed het licht in de cockpit uit en het licht op het instrumentenpaneel voor haar ging aan. Er klonk een scherp gierend geluid toen ze de motoren startte. Even later ging de linkermotor aan, daarna de rechter, en met veel propellergebrul taxiede de Cessna weg.

Marten wachtte even, keek Anne toen aan en zei met gedempte stem waar de luchtigheid van daarnet uit verdwenen was: 'Ik heb heel specifiek om een sneller vliegtuig gevraagd. Dat hebben we niet gekregen. Wiens idee was dat? Van jou of van Erlanger? Of van iemand anders?'

'Waar heb je het over?'

'Ik heb je al eerder gevraagd wat Erlanger bedoelde toen we uit Potsdam vertrokken. Je wilde er toen niet over praten. Met al jouw connecties in Berlijn zou hij, of wie het toestel dan ook geregeld heeft, makkelijk het vliegtuig hebben kunnen regelen waar ik om gevraagd had. Dat is niet gebeurd. Met een reden. Ze hebben ons een Cessna in de maag gesplitst die driehonderd kilometer per uur kan, zodat ze ons konden laten volgen door een jet die achthonderd kilometer haalt. Zodat we niet aan hen zouden kunnen ontkomen als we van koers zouden veranderen. Ze weten in welk vliegtuig we zitten, kennen de registratie, weten wie de piloot is, ons vliegplan, alles. Om hierover nog maar te zwijgen.'

Marten haalde een zwart doosje uit zijn jaszak en liet het haar zien. 'Ziet eruit als een doosje waar je een sleutel in verstopt, vind je ook niet?' Hij maakte het open en haalde er een dun, plat voorwerp uit van ongeveer tien bij tweeënhalve centimeter. In het midden knipperde een rood lampje. 'Het zat verstopt onder de stoel van de piloot. Het zat vastgeklemd, alsof degene die het er neerlegde weinig tijd had.'

Ze keek eerst naar het voorwerp en toen naar Marten. 'Het is een afluisterapparaatje, een zendertje.'

'En ik neem aan dat jij er niets van afwist?'

'Dat klopt.'

'Dat dacht ik wel,' zei Marten cynisch. 'Ik weet zeker dat degene die het er heeft neergelegd dat alleen maar heeft gedaan zodat we niet zouden verdwalen.' Zijn houding werd harder. 'Wat heeft de cia hier mee te maken? En ga nou niet zeggen dat je dat niet weet. Ik zag het aan de lichaamstaal tussen jou en Erlanger en die manier waarop je naar hem keek toen hij tegen je sprak. Hij waarschuwde je ergens voor en daar raakte je behoorlijk door van slag. Wat zei hij?'

Brigitte draaide de Cessna met een scherpe bocht naar rechts de startbaan op. Ze gaf gas om te kunnen opstijgen, het geluid van de motoren was oorverdovend. Tien, twintig, dertig seconden en ze waren los van de grond. Het licht van de luchthaven Merignac in Bordeaux verdween onder hen.

Anne keek naar Brigitte en daarna weer naar Marten. Ze ging zachter praten. 'Ik weet niet hoeveel Erlanger al wist of wat hij net pas ontdekt had. Maar ik heb dat gekoppeld aan iets wat ik die laatste avond in Malabo heb gezien. Toen ik naar het vliegveld wilde vertrekken, zag ik Conor White praten met iemand in camouflagekleding. Hij was gewapend en ongeschoren en zag eruit alsof hij een paar dagen, zo niet langer in het regenwoud had doorgebracht. Ze spraken kort met elkaar en gingen toen samen weg. Ik ging ervan uit dat hij voor SimCo werkte, maar ik had hem daar nog nooit gezien.'

'Wat bedoel je met "daar"? Malabo?'

'Ja. Nergens waar SimCo mensen had zitten. Malabo of ergens anders op Bioko. Ook niet op het vasteland van Rio Muni.'

'Maar je kende hem wel ergens van.'

'Ik kende hem niet alleen ergens van, ik ken hem van toen ik voor de CIA werkte in El Salvador. Hij heet Patrice Sennac en is Frans-Canadees. Hij was destijds een tophuurling. Een eersteklas oerwoudspecialist met als specialiteit opstanden en het onderdrukken ervan. Hij vocht 's ochtends voor de ene partij en 's middags voor de andere; hij speelde partijen tegen elkaar uit zonder dat ze het wisten.'

'Oerwoudspecialist?'

'Ja, hoezo?'

'Hij is lang en heel dun. Pezig.'

'Hoe weet je dat?'

'Hij staat op een aantal van de foto's.

Anne zei niets, maar keek hem alleen aan met dezelfde angstige blik als toen Erlanger tegen haar had gesproken op het vliegveld.

'Denk je dat White hem specifiek naar Equatoriaal-Guinea heeft gehaald om te helpen met het bewapenen van Abba's rebellen, maar dat hij hem bij jou uit de buurt heeft gehouden tot je vertrok, omdat hij wist dat jij hem zou herkennen en hem zou vragen waarom hij er was?'

Ze zei nog steeds niets.

'Is dat wat je denkt dat er aan de hand was?'

'Ja,' zei ze uiteindelijk.

'Dus je weet niet of hij voor SimCo werkt of nog steeds voor de CIA? En of, als dat zo is, Conor White misschien ook wel op contractbasis voor de CIA werkt, en hij verregaande bevoegdheden heeft op het gebied van beveiliging en op zijn dooie gemak bij Hadrian en Striker is geïnfiltreerd zonder dat zij dat weten, zoals destijds met de twee kampen in El Salvador?'

Anne knikte bevestigend.

'Ik snap het niet. Striker en Hadrian zijn een aangelegenheid van Buitenlandse Zaken en niet van de binnenlandse veiligheidsdienst. Als dat wel zo zou zijn, zouden de CIA of FBI en niet Ryder een onderzoekscommissie hebben. Jij hebt voor de CIA gewerkt. Waarom zou die er überhaupt bij betrokken zijn, laat staan op dat niveau?'

Ze schudde haar hoofd. 'Dat weet ik niet. Maar als het zo is en als Erlanger daar is achtergekomen, misschien omdat hij zelf heeft lopen snuffelen, wat in zijn aard zit... snap je? Hij deed wat hem werd opgedragen en huurde een Cessna in plaats van een jet, en probeert me af te schrikken. Ik denk niet dat hij iets van dat zendertje afweet.'

Marten keek haar aan. 'Volgens mij weet je dat best.'

Heel even gebeurde er niets. Toen keek ze Brigitte aan en daarna weer naar Marten. Ze keek hem doordringend aan en zei: 'Als ik zeg dat ik het niet weet, dan weet ik het ook niet. Ik heb je alles verteld. Meer is er niet, oké?'

Marten reageerde niet. Ze kon zo kwaad worden als ze wilde, hij was niet van plan erover op te houden. 'Stel dat je niet loog en laten we het dan eens over de foto's hebben. Jij en je vriendjes van Striker willen ze hebben. Misschien niet met dezelfde reden, maar jullie willen ze allemaal hebben. De mensen van Hadrian ongetwijfeld ook. En het leger van Equatoriaal-Guinea, Conor White en zijn makkers bij SimCo en nu dus ook de CIA. Het begint steeds meer op een klucht te lijken waarin iedereen achter hetzelfde aan loopt te rennen. Of op iets obscuurders, als het dezelfde kippen zonder kop zijn, maar er niet bij lachen. Het zou vermakelijk moeten zijn, maar dat is het niet. Er is een burgeroorlog aan de gang. Er worden aan de lopende band mensen afgeslacht. Wat ik met eigen ogen heb gezien was al erg genoeg. De video van de CIA deed er nog een schepje bovenop.'

Anne keek weer naar de cockpit. Als Brigitte iets gehoord had boven het geluid van de motoren uit, dan liet ze dat niet merken. Anne keek weer naar Marten en werd milder. 'De dingen die we op die video hebben gezien staan net zo in mijn geheugen gegrift als in dat van jou en ik raak ze niet kwijt. Met dat doorvragen van je alsof ik iets te verbergen heb bereik je alleen maar dat ik kwaad word en daar komen we niks verder mee. Ik heb je de hele tijd al de waarheid verteld en als je dat niet gelooft dan houdt het hier op. Als we geland zijn stap ik op. Zoek het dan zelf maar uit. Jouw probleem.'

Marten zweeg en keek haar alleen maar onderzoekend aan. Hij wist niet wat hij moest geloven. Hij wist alleen dat hij een tijdje geleden erg blij zou zijn geweest als ze weg was gegaan, maar dat dit nu anders was. Dat met Erlanger was te belangrijk om te laten schieten.

'En als ik je nou eens zeg dat ik je geloof? De hele tijd al?'

'Dan zou ik antwoorden dat ik niet weet of ik dat moet geloven.'

'Dan zitten we dus in hetzelfde schuitje. We weten allebei niet wat we moeten geloven.' Marten keek naar de afluisterapparatuur met het knipperende rode lampje in het midden dat hij in zijn hand had. 'Weet je hoe je zo'n ding uit moet zetten?'

'Ja.'

'Mooi,' zei hij glimlachend. 'Ik zeg wel wanneer.'

02.37 uur

56

Learjet 55, rondcirkelend boven de Golf van Biscaje in de buurt van Bilbao in Spanje. Snelheid: vijfhonderd kilometer per uur. Hoogte: 27.200 voet.
02.52 uur

Emil Franck hing half slapend in zijn stoel en dacht aan zijn kinderen die op ver weg gelegen continenten woonden. Tegelijkertijd keek hij naar het groene lampje op de laptop dat de voortgang van de Cessna liet zien. Ergens in de donkere cabine achter hem hoorde hij Kovalenko Russisch praten, waarschijnlijk in zijn mobieltje. Het was een kort gesprek. Hij hoorde hem ophangen en even later naar voren lopen. Hij kwam tegenover hem zitten.

'Ik heb zojuist van Moskou gehoord er nog twee andere toestellen zijn die de Cessna volgen,' zei hij.

'Wát zeg je?' zei Franck, die meteen rechtop ging zitten. 'Wat voor vliegtuigen? Wie zitten daarachter?'

'In het ene zit de directeur van Striker Oil & Energy Company. Het andere is gecharterd door het hoofd van het particuliere beveiligingsbedrijf dat is ingehuurd om de belangen van Striker te behartigen in Equatoriaal-Guinea. Zijn naam is Conor White. Een Brit, oud sas-kolonel.'

'Striker zit dus ook achter de foto's aan.'

'Daar lijkt het wel op, ja.'

'Als er huurlingen bij betrokken zijn, zijn ze bewapend.'

'Waarschijnlijk wel.'

'Waarom twéé vliegtuigen? Waarom reizen ze niet samen?'

'Dat weet ik ook niet.'

'Wat is de bron van deze informatie? Hoe is Moskou eraan gekomen?'

'Dat hebben ze niet gezegd.'

Franck keek hem aan. Het was lang geleden dat Moskou zich zijn leven had binnengewurmd. Het beviel hem helemaal niet.

'Wat hebben ze je dan wél verteld?'

'Dat we hen op de hoogte moeten houden waar Marten uithangt.'

'Zodat ze die info weer kunnen doorgeven aan een naamloze medewerker die het weer aan Striker en Hadrian vertelt.'

Kovalenko knikte.

Franck keek naar het zich langzaam voortbewegende groene stipje op zijn laptop, stond op en liep een stukje tussen de stoelen. Hij stopte en kwam terug. 'Moskou probeert zijn eigen belangen te behartigen zonder iemand tegen de haren in te strijken. Dus geven ze jou deze informatie, om er zeker van te zijn dat twee onzekere factoren de foto's niet eerder in handen krijgen dan wij.'

'Klopt.'

'En hoe gaan we dat doen?'

'Dat laat Moskou aan ons over. En ik aan jou. Jij staat bekend om je creatieve oplossingen, Hauptkommissar. Trouwens, we zitten in Europa, niet in Rusland. Het gaat er hier anders aan toe.'

Franck keek hem aan. Hij had een hekel aan die lui uit Moskou.

'Nou?' drong Kovalenko aan.

'We laten ze de Cessna naar Málaga volgen en wachten Martens reactie af. Ik geef je op een briefje dat het niet zijn eindbestemming is. Maar jij kent hem beter dan ik. Wat gaat er door zijn hoofd?'

'We kunnen er wel van uitgaan dat hij weet of tenminste vermoedt dat hij wordt gevolgd. Dat houdt in dat hij er wel iets op verzint om te komen waar hij naartoe wil, ondanks zijn handicap. Hij heeft een behoorlijk vastberaden persoonlijkheid en weet die handig te gebruiken.'

'Dus?'

'Ik betwijfel of hij ooit in Málaga zal landen. Hij dient echt geen vliegplan in dat wij allemaal kunnen inzien om zich er vervolgens aan te houden. Tenzij hij ergens vlakbij naartoe gaat, wat ik ook niet denk omdat dat veel te voor de hand liggend is. Aan de andere kant: als hij ver van zijn doel zou landen zou vervoer over land hem makkelijk te volgen maken.'

'Dus jij denkt dat hij in de lucht blijft tot hij zijn bestemming dicht genoeg genaderd is om er op een geschikte manier over land te komen. Redelijk dichtbij. Een uurtje rijden of minder. In een gereedstaande of gehuurde auto.'

'Ja.' Kovalenko knikte.

'Dan gaan we er dus vanuit dat hij ergens onderweg uitwijkt. Aangezien die andere twee kisten op ons vertrouwen voor zijn positie, is het niet waarschijnlijk dat ze hem in hun vizier hebben. Als hij van koers verandert, hoeven we hun slechts die informatie te geven die wij noodzakelijk achten.'

Kovalenko lachte zuinig. 'We geven ze een klein beetje. Een evenwichtsoefening, hauptkommissar. Om Moskou een plezier te doen.'

'En onszelf.'

03.07 uur

57

Cessna 340, net ten noorden van Madrid. Snelheid: 390 kilometer per uur. Hoogte: 25.600 voet. 03.30 uur

Anne sliep of deed alsof. Ze zat opgerold in haar stoel en ademde rustig, haar riem losjes vastgemaakt over haar middel. Marten zat naast haar en deed niet alsof. Hij was klaarwakker en gespannen. Iedere vezel in zijn lijf overwoog wat hij met hun achtervolgers en met Anne aanmoest. Ze kon nog zo hard schreeuwen dat ze hem de waarheid had verteld – dat ze ook wilde dat er een eind kwam aan de oorlog, de waarde die ze hechtte aan de nagedachtenis van haar vader, zelfs haar belofte om mee te gaan naar Joe Ryder als ze de foto's eenmaal in handen hadden – de rest van haar verhaal was gewoon net iets te dubieus. Haar connecties met de CIA, Erlanger en wie hen nog meer geholpen hadden in Berlijn, het plotselinge opduiken van Patrice, de voormalige oerwoudspecialist van de CIA, de verborgen zender in het vliegtuig, haar eigen verleden als geheim agent; Joost mocht weten wat ze zelf allemaal geloofde en waar haar loyaliteit lag. Er stond te veel op het spel om haar te kunnen blijven vertrouwen.

Dit hield in dat hij eigenlijk zou moeten doen waarmee hij al eerder had gedreigd: haar kwijt zien te raken en alleen verdergaan. Brigitte zoals gepland in Málaga laten landen. Het luchthavengebouw in lopen met Anne, tegen haar zeggen dat hij naar de wc moest, vervolgens gewoon verdwijnen en uitvogelen hoe hij het beste de driehonderd kilometer naar Praia da Rocha kon afleggen. Met de bus, de trein, misschien zelfs liftend.

Na het verdrag van Schengen uit 1985 waren de meeste grenzen op het Europese vasteland opengegaan. De officiële foto die ze in Berlijn van hem hadden gebruikt was op z'n zachtst gezegd wazig en hij had inmiddels een baard van bijna twee dagen. Dit alles zou hem helpen als zijn foto nog steeds door de media werd verspreid of als de Spaanse of Portugese politie op de uitkijk stond.

En hij zou het ook gedaan hebben, ware het niet dat Anne had geweigerd te vertellen waarvoor Erlanger haar had gewaarschuwd en waardoor ze emotioneler, bezorgder en vastberadener was dan ooit sinds hij haar had ontmoet. Wat het ook geweest mocht zijn, het was iets ondefinieerbaars en had zeker te maken met het hele verhaal rond Striker, Hadrian en hun werkzaamheden in Equatoriaal-Guinea. Dus wilde hij niet bij haar weggaan, omdat hij bang was dat hem anders iets heel belangrijks zou ontglippen. Dat was althans wat hij nu zelf wilde geloven. Hij zou kunnen teruggrijpen op zijn originele plan en naar Faro vliegen, daar Anne een auto laten huren en samen het korte ritje naar Praia da Rocha maken. Daar kwamen uiteraard weer andere problemen bij om de hoek kijken, zeker als het klopte wat hij dacht en de luchthavens extra alert zouden zijn en de autoriteiten niet alleen naar hem, maar ook naar Anne op zoek zouden zijn. En dan werd het ook weer cruciaal wat hij met zijn achtervolgers moest doen.

Hij dacht hier nog even over na, maakte toen zijn riem los en ging naast Birgitte in de lege stoel van de copiloot zitten.

'Zijn we op tijd en liggen we nog op schema?'

'Ja, meneer Marten. Ik schat dat we om een paar minuten over vijf in Málaga op de grond staan.'

'Hoe is het weer?'

'Laaghangende bewolking.'

'Hoe dik?'

'Driehonderd meter.'

'Hebben we daar last van bij de landing?'

'Het is een dik wolkendek, maar nee, ik verwacht geen problemen.'

'Dank je,' zei hij met een glimlach.

03.57 uur

58

Falcon van SimCo, in de nadering op Málaga. Hoogte: 27.700 voet. Snelheid:
570 kilometer per uur. 04.49 uur

Conor White zat voorovergebogen in zijn stoel. Hij zat met een koptelefoon op en luisterde naar de luchtverkeersleiding van Málaga, een plattegrond van Málaga op zijn laptop op schoot. Achter hem hadden Patrice en Irish Jack de wapens van hun keuze klaargelegd: twee messen met een gedeeltelijk gekarteld lemmet van vierentwintig centimeter, toegespitst op gebruik in het oerwoud, met bijbehorende nylon schedes, twee compacte lichtgewicht, zwaar aangepaste m4 Colt Commando semi-automatische machinegeweren met geluid- en vlammendempers die 750 kogels per minuut konden afvuren, voor beide geweren zes magazijnen van dertig stuks 45mm-kogels, en twee Beretta 93R 9mm automatische pistolen met per stuk zes magazijnen van 20 kogels. Het wapentuig van Conor White bestond uit eenzelfde soort mes dat in het oerwoud werd gebruikt, twee aangepaste Heckler & Koch 9mm MP5 semi-automatische geweren met geluid- en vlammendemper, een vuurkracht van 800 kogels per minuut en acht magazijnen met dertig kogels, en een korteloops Sig Sauer 9mm semi-automatisch pistool met vier magazijnen met tien kogels dat hij achter de hand hield om als verborgen wapen te kunnen gebruiken. De Sig Sauer zat onder zijn jas in een holster van polymeer achter aan zijn riem. Hetzelfde pistool dat hij had gebruikt om de jonge Spaanse arts om te brengen in de boerderij buiten Madrid, en waarmee hij kort daarna de chauffeur van de huurauto van dichtbij had neergeschoten in de vervallen schuur.

04.52 uur

Ze waren negentig kilometer van Málaga. Martens Cessna D-VKRD had al toestemming gekregen om aan te sluiten in de wachtrij. Volgens de berekeningen van White zou de Cessna over een kwartier op de grond staan, om ongeveer zeven minuten over vijf 's morgens.

Hij had één man in de verkeerstoren en twee in het luchthavengebouw, één bij de ingang van het platform, de andere bij de uitgang. Een vierde en vijfde man zaten te wachten in auto's voor de luchthaven, een bij de taxi's, de andere bij de autoverhuurbedrijven.

Als Marten eenmaal geland was, zou het toestel naar het luchthavengebouw taxiën, waar hij en Anne zouden uitstappen. Ervan uitgaande dat de politie geen Europees opsporingsbevel voor Marten had doen uitgaan, zouden zij tweeën gewoon het luchthavengebouw inlopen, het 'niets aan te geven'-poortje bij de douane doorlopen en het aangrenzende gebouw binnengaan. Ze zouden of een taxi nemen, een auto huren bij een verhuurbedrijf op het vliegveld of een nader te bepalen vervoermiddel nemen. Misschien stond er wel iemand op Anne te wachten. Hoe dan ook, eenmaal uit het luchthavengebouw zouden ze gevolgd worden door een van de mannen buiten. En even later ook door hem, Patrice en Irish Jack. Ze hadden een donkergroene terreinwagen die voor hen klaarstond aan de rand van het platform. De auto was beschikbaar gesteld door Spitfire Ltd., een in Madrid gevestigd particulier beveiligingsbedrijf dat op bijna het hele Iberische Schiereiland actief was – in Spanje, Portugal, Andorra, Gibraltar en een klein stukje Frankrijk in de Pyreneeën. Het bedrijf was in handen van een voormalig sas-majoor, tevens een van zijn beste vrienden.

White dacht zomaar aan zijn vader, Sir Edward Raines. Hoeveel hij ook bereikt mocht hebben in het leven – hij had geld, politiek en militair aanzien, een wettig gezin bestaande uit vrouw, dochter, twee andere zoons en drie kleinkinderen – hij had nooit het Victoriakruis ontvangen, de onderscheiding die White het meest koesterde. Het was niet alleen een enorm prestigieuze onderscheiding, hij was er zijn vader mee voorbijgestreefd in de Britse militaire geschiedenis. Maar hadden koningin en vaderland hem er trots en publiekelijk voor geprezen, zijn vader had dat niet gedaan. Hij was uitgenodigd voor de ceremonie, maar was niet gekomen. Hij had ook niet gebeld, gefaxt, gemaild of geschreven. Het was een uitgelezen kans voor hem geweest om zijn buitenechtelijke zoon te erkennen zonder dit ooit te hoeven uitspreken. Het simpelste gebaar dat je maar kon verzinnen. Hem de hand schudden, aankijken, feliciteren; dat zou genoeg geweest zijn. Dat was de beloning die hij het allerliefst had gehad, maar hij had hem niet gekregen.

En nu, op dit moment en om redenen die hij zelf niet begreep, deed dit gebrek aan erkenning hem meer pijn dan wat dan ook. Die pijn was tijdens gevechten meer dan honderd keer gestild, wanneer de vijand ineens het gezicht van zijn vader had gekregen en hij er met alle kracht die hij in zich had op afgegaan was. Daarom was hij zo succesvol geweest in gevechten. Daarom had hij het Victoriakruis ontvangen en de talloze medailles voor buitengewone verdiensten. Daarom zou hij ook de komende uren en minuten succesvol zijn. De vijand met het gezicht van Edward Raines zou deze keer degene zijn die tussen hem en zijn ondergang in stond. Nicholas Marten.

'Cessna D-VKRD, u staat in de wachtrij, stel de frequentie in op 267,5,' kwam de luchtverkeersleider opeens met krakend geluid door zijn koptelefoon.

'D-VKRD. Ik ga over op frequentie 267,5,' hoorde hij de pilote van de Cessna antwoorden.

'Ik bevestig: 267,5 D-VKRD.'

Toen de frequentie werd veranderd, ontving hij alleen nog maar ruis. Hij zette de koptelefoon af en keek over zijn schouder naar Patrice en Iris Jack die achter hem zaten.

'Ze hebben de daling ingezet, heren. Onze werkdag gaat zo beginnen,' zei hij streng. 'Zorg dat je klaar bent.'

04.55 uur

59

Cessna D-VKRD, in de nadering voor Málaga International Airport. 05.02 uur

Marten keek op zijn horloge en zat te rekenen hoe lang ze nog moesten. Anne was inmiddels wakker en zat naar hem te kijken in de schaars verlichte cabine.

'Wat gaat er nu gebeuren?' vroeg ze met zachte stem.

'Dat hangt van Brigitte af,' antwoordde hij. Hij maakte zijn stoelriem los en ging naast haar in de stoel van de copiloot zitten, net als een uur daarvoor. Onder zich zag hij het wolkendek in het schijnsel van de landingslichten van het vliegtuig. Het was grijs en zag er weinig toegankelijk uit, uitgestrekt als een enorme gletsjer.

'Hoe lang nog voordat we de wolken in gaan?'

'Ongeveer acht seconden.'

Marten keek achterom naar Anne en daarna weer uit het raampje. Hij hield zijn adem in en telde af. Vijf, vier, drie, twee, een – en ze zaten in de wolken. Die wervelden om hen heen. Hij wendde zich tot Brigitte.

'Ik wil graag dat je het volgende doet.'

05.05 uur

Conor White voelde dat het landingsgestel de grond raakte, het toestel overhelde en het neuswiel de landingsbaan raakte. Hij zag het verlichte luchthavengebouw voorbijflitsen en hoorde het geloei toen de piloot op de motoren afremde. Het toestel minderde snel vaart. Nog een paar seconden en ze stonden aan het eind van de baan en draaiden terug. Hij stond onmiddellijk op uit zijn stoel om uit het raampje naar de Cessna te zoeken toen ze naar het luchthavengebouw taxieden. Patrice en Irish Jack waren ook opgestaan, hun wapens in een donkergroen-met-gele sporttas. Ze tuurden naar buiten, klaar voor actie. Het enige wat ze zagen was duisternis en geparkeerde vliegtuigen.

'Waar is-ie godverdomme?' zei Irish Jack geïrriteerd. 'Waar is-ie verdomme gebleven?'

White zat al op zijn mobieltje met de man in de toren te praten. 'Waar is die Cessna die zojuist geland is?'

'De landing is op het laatste moment afgebroken.'

'Wát?'

'De piloot meldde dat er een probleem met de radio was. Ze zei dat ze opnieuw toestemming zou vragen om te landen.'

'Waar is ze naartoe?'

'Geen idee. Haar radio doet het nog steeds niet.'

White keek naar Patrice en Irish Jack. 'Die godverdomde klootzak heeft de wolken gebruikt om ertussenuit te naaien. Hij weet dat hij wordt gevolgd.' Hij hield zijn telefoon weer aan zijn oor. 'Geef ons zo snel mogelijk toestemming om weer op te stijgen. Geef me daarna de transpondercode van de Cessna. Ik wil een locatie hebben.'

'Het kan wel even duren voordat we die hebben, meneer. Er is hier veel luchtverkeer. Die Cessna is niet het enige toestel dat hier in de buurt vliegt.'

'Goed luisteren, makker,' zei Conor White met een stem vol woede. 'Ik kan geen vliegtuig volgen als ik verdomme niet weet waar het is! Vind het. Snel! Nu!' Conor White verbrak de verbinding en keek Patrice en Irish Jack aan. 'Shit!' zei hij.

Learjet 55, zestig kilometer voor Málaga. Snelheid: vijfhonderd kilometer per uur. Hoogte: 14.200 voet. Zelfde tijdstip.

Emil Franck zette zijn laptop uit en meteen weer aan. Hij wachtte tot die weer was opgestart, net zoals even daarvoor. Het groene stipje dat de positie van de Cessna weergaf, was plotseling van het scherm verdwenen en hij hield zijn adem in. Hij hoopte dat het aan de software van de laptop lag. Hij zag hoe Kovalenko voorin geagiteerd met de piloten zat te praten en wist dat de software er niets mee te maken had. Zij hadden de Cessna ook op hun scherm gehad en hadden Kovalenko op hetzelfde moment geroepen dat het toestel van Francks beeldscherm verdween. Er was duidelijk iets heftigs gebeurd. Kovalenko kwam teruggelopen.

'Marten weet dat hij wordt gevolgd,' zei hij. 'De Cessna zat in de nadering toen hij plotseling optrok in de wolken en meldde dat ze problemen hadden met de radio. In de verkeerstoren in Málaga zijn ze compleet de kluts kwijt. De zender was nieuw. Werkte als een zonnetje.

'En toen ineens niet meer. Op bijna precies hetzelfde moment dat de piloot de landing afbrak. Of hij is gevonden en uitgezet, of hij hield er op een heel geschikt moment mee op. Maar het maakt niet uit wat er is gebeurd. De Cessna is weg. De toren in Málaga probeert nu het toestel te traceren aan de hand van zijn transponder, maar dat kan even gaan duren. Een paar minuten, misschien een paar uur. Wie zal het zeggen?'

Kovalenko boog zich plotseling voorover en bracht, zijn gezicht op een paar centimeter afstand van dat van de Duitse rechercheur. Zijn ogen leken zich op verontrustende manier terug te trekken in zijn schedel. 'Hauptkommissar, dat kleine zendertje, niet groter dan je pink – de staat waarin het verkeert en de plek waar het geplaatst werd in het toestel, dat was jouw verantwoordelijkheid.'

'Ik heb het niet uitgezocht, noch geplaatst. Ik heb er alleen opdracht toe gegeven, en die is uitgevoerd.'

'Het was jóúw verantwoordelijkheid, Hauptkommissar. En nu is de Cessna verdwenen. Net als Marten.'

'Dan ga ik hem zoeken.'

'Als hij niet al op de grond staat en verdwenen is. En dan, Hauptkommissar? Wat doen we dan? Jij en ik? Wat doen we met Moskou?'

De donkere ogen van Franck lichtten kwaad op omdat Kovalenko hem de schuld in zijn schoenen wilde schuiven. Hij hield wijselijk zijn mond. Hij stond op, haalde een mobiele telefoon uit zijn jaszak en toetste een nummer in.

'Ze kunnen nooit veel brandstof meer hebben,' zei hij op rustige toon, en hij richtte zijn aandacht op zijn telefoon toen een mannenstem antwoord gaf. 'Met Franck. Ik wil onmiddellijk een Europees luchtvaartopsporingsbevel voor een Cessna 340 met registratie D-VKRD. Voor het laatst gesignaleerd tijdens de nadering voor de luchthaven van Málaga in Spanje. Neem meteen contact met me op zodra het transpondersignaal van de kist is gelokaliseerd of als de piloot toestemming vraagt om te landen, een van de twee. Ik wil alleen informatie. Ik wil niet dat er contact wordt gezocht met het toestel zelf. Iedereen graag stand-by voor verdere instructies. Zonder mijn toestemming gebeurt er niks. Bevestigen.'

'Over. Ontvangen. Bevestigd.'

Franck verbrak de verbinding zonder verder iets te zeggen en keek toen de Rus aan. 'Als Marten, zoals jij veronderstelt, ergens landt zonder dat wij het weten, de foto's vindt en vervolgens met de noorderzon verdwijnt, krijgen we met de lotsbestemming te maken waar we het eerder over hadden. Vooral jouw en mijn lot, wat Moskou betreft. Om met jouw woorden te spreken, Kovalenko: we gaan door met waar we mee bezig zijn tot we ons ware lot tegenkomen en dan – dat was het dan. Of beter gezegd: tenzij er binnen heel korte tijd iets gebeurt, zijn we allebei dood.'

05.31 uur

60

Cessna D-VKRD. *Snelheid: 300 kilometer per uur. Hoogte: 12.192 voet.*
05.45 uur

'Waar zitten we?' vroeg Marten aan Brigitte zonder haar aan te kijken, zijn blik gericht op de glinsterende verlichting van een stad onder hen.

'We vliegen langs Gibraltar. We volgen de kust in westelijke richting, zoals u me verzocht hebt.'

'Mooi.'

'Het zou erg fijn zijn als u me vertelde waar ik moet landen.'

'Dat zeg ik wel als we er zijn, zoals ik dat tot nu toe heb gedaan.'

'Uitstekend.'

Het zou nog bijna een uur duren voor de zon opkwam. Marten bedacht dat Faro in Portugal lag en niet in Spanje en dat het daar een uur vroeger was. Het was er nu dus bijna vijf uur 's ochtends, Portugese tijd. Als hij het zich goed herinnerde van Google Maps, lag Gibraltar hemelsbreed een dikke 240 kilometer van Faro. Door de kustlijn te volgen zou hun trip best eens een kilometer of zeventig langer kunnen zijn. Dat hield in dat ze om even na zessen in Faro zouden aankomen en dat was van belang: als ze er te vroeg zouden landen, zou het nog relatief rustig zijn op de luchthaven, waardoor het lastig werd voor twee mensen die in een privévliegtuig aankwamen om ongemerkt over het platform te lopen. Faro was het grootste vliegveld in de populaire Algarve in het zuiden van Portugal, en hoe later ze daar zouden landen, hoe groter de kans was dat ze zich konden mengen onder de toeristen en zakenmensen die op vroege vluchten zouden aankomen of vertrekken. Het probleem echter was dat ze door om te vliegen brandstof verbruikten en ze hadden al niet veel.

Marten keek naar het kerosinepeil op het instrumentenpaneel. De meter gaf zo goed als leeg aan.

Het laatste wat hij wilde, was ergens landen tussen Faro en de plek waar ze nu vlogen, want zodra hij Brigitte opdracht zou geven de kist aan de grond te zetten, zou ze contact moeten opnemen met de verkeerstoren en dan waren ze kwetsbaar. Het maakte niet uit dat de mensen van wie hij dacht dat ze hen in twee vliegtuigen naar Málaga volgden nog achter hen aan zouden zitten; als Brigitte voor de CIA werkte en ze door Erlanger in Berlijn was ingehuurd, zou ze zonder dat hij het merkte iemand op de grond kunnen inseinen en zou er een achtervolgingsoperatie van kracht zijn zodra ze geland waren. Dat risico zou hij in Faro wel durven nemen, omdat hij precies wist waar ze daarna naartoe gingen. Ze moesten alleen zorgen dat ze snel en ongezien van het vliegveld kwamen. Maar ergens op de route op een onbekend vliegveld landen was geen goed idee. Hij wendde zich tot Brigitte.

'Wanneer moeten we tanken?'

'Binnen een uur. Iets later als ik gas terugneem en langzamer ga vliegen.'

'Doe dat dan maar,' zei hij zonder te aarzelen. Als ze het tot Faro zouden redden, zou dat op het laatste restje kerosine zijn, maar dat risico wilde hij wel nemen.

'Ik hoop dat je weet waar je mee bezig bent,' hoorde hij Anne's stem achter hem zeggen.

Hij draaide zich naar haar om. Ze leunde achterover, haar armen over elkaar geslagen. 'Ik ben niet in de stemming om in de Atlantische Oceaan terecht te komen.' Ze lachte bedenkelijk.

'Ik ook niet.'
'Wat een geruststelling.' Weer lachte ze naar hem.
'Ja, toch?'

61

Gulfstream g550 van striker oil. Ergens boven Noord-Spanje. Kruishoogte: 31.300 voet. Kruissnelheid: 820 kilometer per uur. 06.14 uur, Spaanse tijd

'Ik begrijp het Conor, je kon niets doen,' zei Sy Wirth ongewoon kalm voor zijn doen, aan zijn oor de alleen voor Conor White bestemde BlackBerry met het blauwe plakband. 'Ik neem aan dat je nog steeds in Málaga staat?'

'Klopt, meneer Wirth,' antwoordde White. 'Er is veel luchtverkeer. Het lukt de toren niet om het signaal van de transponder in de Cessna op te pikken. Het is een ingewikkelde procedure die buiten mijn bereik ligt. Zelfs mijn mannetje bij de luchtverkeersleiding kan het niet forceren en ik heb hem echt onder druk gezet. Zodra we het signaal kunnen isoleren, mogen we hier opstijgen.'

'Ik bel straks terug,' zei Wirth en hij verbrak de verbinding. Hij legde de BlackBerry met het blauwe plakband weg en pakte zijn andere. Hij toetste onmiddellijk een nummer in en wachtte tot hij verbinding kreeg.

'Ik weet ervan, Josiah, ze zijn het signaal kwijt. Mijn mensen zitten er bovenop.' Ondanks het tijdstip had Dimitri Korostin duidelijk op zijn telefoontje zitten wachten. 'Het is nog veel te vroeg om me al met jouw problemen op te zadelen. Ik begin me af te vragen of dat olieveld in Andean het wel waard is.'

'Een veld zo groot als dat in Santa Cruz-Tarjia is alle probemen in de wereld waard. Als je tenminste nog van plan bent om over de brug te komen zoals we hebben afgesproken. Dus krijg de tering en zoek uit waar die kist van Marten uithangt.'

'Van hetzelfde. Ik hou je op de hoogte.' Met die woorden hing de oliemagnaat op.

Sy Wirth legde de BlackBerry weg en schonk voor zichzelf een kop koffie in uit de thermoskan die de stewardess had klaargezet. Toen hij die op had, leunde hij achterover en probeerde zich te ontspannen. Het had geen zin om zich druk te maken. Dimitri's mensen zaten in de lucht en zaten Marten op de hielen. Tot nu toe hadden ze hem ondanks Martens slimme manoeuvres nog niet uit het oog verloren, dus hij had geen reden om aan te nemen dat ze hem niet snel weer zouden vinden. Het leed geen twijfel dat Conor White en zijn team hem uiteindelijk óók zouden vinden, maar Dimitri's mannen waren sneller en een stuk discreter.

Ook al was het nog zo vervelend dat ze het signaal van de Cessna kwijt waren, het werkte wel in zijn voordeel. Daarom was hij ook niet uitgevallen tegen White. Waarom zou je iemand tegen je in het harnas willen jagen als die jou zonder het zelf te weten hielp? Door de man in de verkeerstoren onder druk te zetten, had White onbewust een enorme vingerafdruk achtergelaten, waar de autoriteiten veel mee zouden kunnen als die toestand met Marten eenmaal achter de rug was. Net zo'n enorme afdruk als die in Madrid, toen hij een limousine huurde om de Spaanse arts en haar studenten van het vliegveld op te halen en naar de afgelegen boerderij te brengen. En nog een toen hij met een gecharterde Falcon van Madrid naar Berlijn was gevlogen en nu naar Spanje.

Als alles voorbij was – als Dimitri en zijn mensen de foto's hadden afgeleverd en vertrokken waren, en gezien zijn reputatie en zijn activiteiten tot nu toe was er weinig reden om aan te nemen dat dat hem niet zou lukken; Marten en Anne zouden het niet overleven – zou Conor White degene zijn op wie alles was terug te voeren. En hij kon niets aanvoeren zonder zichzelf nog verder te belasten. Zelfs als hij Wirth zou beschuldigen dat die het brein achter de operatie was, dat hij degene was die de rebellen bewapende en de zoektocht naar de foto's leidde, dan nog had hij geen poot om op te staan. Hij had geen foto's en geen enkel bewijs dat ze rechtstreeks met elkaar communiceerden. Zijn telefoontjes waren allemaal terug te voeren naar een algemeen nummer op het hoofdkantoor van Hadrian in Virginia. Beweren dat ze elkaar in het geheim ontmoet hadden in een voormalig Berlijns bordeel had ook geen zin. Het appartement was telefonisch gehuurd en betaald via een Engelse rekening van SimCo op naam van Conor White. De ochtend van de ontmoeting had Josiah Wirth een bespreking met Dimitri Korostin gehad in het Londense Dorchesterhotel. Hij was weliswaar later die dag doorgevlogen naar Berlijn en had een suite in het Ritz-Carlton geboekt, maar de reden daarvoor was dat hij een bespreking zou hebben met een zakenpartner van Korostin, die op het laatst had afgezegd. Hij had niet eens geweten dat White ook in de stad was geweest. Rond enen de volgende nacht was hij met de Gulfstream van de zaak naar Barcelona gevlogen voor een aantal besprekingen.

Op weg daarnaartoe zou hij te horen krijgen welk drama zich had afgespeeld in de plaats waar Dimitri's mannen Anne en Marten te pakken hadden gekregen en waar White en zijn schutters door de plaatselijke autoriteiten ingerekend zouden worden op beschuldiging van moord. De autoriteiten zouden gehandeld hebben naar aanleiding van een tip van de Spaanse politie, die door een anonieme partij was gewezen op het feit dat White waarschijnlijk medeplichtig was aan de moorden in de boerderij en was getipt dat hij nu onderweg was naar Joost-mag-weten-waar om een persoonlijke rekening te vereffenen met Anne Tidrow, die in de raad van bestuur van Striker zat.

Afhankelijk van de timing zou Wirth doorvliegen vanuit Barcelona of onderweg al uitwijken, hevig geschrokken en woedend over de betrokkenheid van White bij de gebeurtenissen aldaar en in Madrid, en om te rouwen om de dood van een gewaardeerde collega, de dochter van de overleden, zeer geliefde oprichter van Striker.

Wirth nam nog een slok koffie en ging uit het raampje zitten kijken hoe het eerste daglicht de lucht in het oosten begon te kleuren. Hij was plotseling uitgeput, alsof alle opwinding en de intensiteit en het vele reizen van de afgelopen dagen hem nu inhaalden. Hij had weinig geslapen en hij wist dat hij helder moest zijn als het allemaal zou losbarsten. Als hij nu even zou kunnen slapen, al was het maar een minuut of twintig, zou dat een godsgeschenk zijn. Hij zette zijn kopje weg en zakte met gesloten ogen onderuit. Ontspan je nou maar gewoon, zei hij tegen zichzelf. Nergens aan denken. Helemaal nergens aan denken.

06.28 uur, Spaanse tijd

62

Cessna D-VKRD. *Snelheid: tweehonderd kilometer per uur. Hoogte: 4500 voet. 06.15 uur, Portugese tijd*

Marten keek naar Brigitte en daarna weer naar Anne. Ze zat uitdrukkingsloos naar hem te kijken, alsof ze genoeg had van zijn fratsen en zich serieus afvroeg of hij wel wist waar hij mee bezig was. Hij draaide zich om, zonder iets te zeggen. Het was niet het juiste moment om er weer over te beginnen. Niet na alles wat ze hadden meegemaakt, nu ze zo dicht bij hun doel waren. Tenminste, dat hoopte hij.

Even daarvoor waren ze het Portugese luchtruim binnengevlogen en langs de kust gaan vliegen. De opkomende zon bood een schitterend uitzicht op de talrijke kustplaatsjes die verspreid lagen over de Algarve. Faro was er één van. Volgens zijn berekeningen was het nog hooguit tien tot vijftien minuten vliegen.

'Meneer Marten?' zei Brigitte boven het gebrom van de motoren uit.

'Ik weet het, de brandstof.'

'We zullen zo moeten landen.'

'Ik snap het,' antwoordde hij, en hij besefte dat ze van geluk mochten spreken dat ze zo ver gekomen waren. Hij wilde nog steeds niet te vroeg tegen Brigitte zeggen wat hun bestemming was, omdat hij bang was dat ze die aan iemand zou doorgeven en ze opgewacht zouden worden als ze aankwamen. Maar tenzij hij op een van de stranden die ze onderweg tegenkwamen wilde landen, had hij geen andere keus dan het haar te vertellen. 'Denk je dat we Faro kunnen halen?'

'Dat denk ik wel, ja.'

'Ga daar dan maar heen.'

'Faro?' hoorde hij Anne achter hem zeggen.

Hij draaide zich naar haar om. 'Ja, schat, Faro,' zei hij met een warme glimlach. 'Verder nog iets?'

'Op het moment niet.'

'Mooi zo.'

Er klonk motorgebrul toen Brigitte de Cessna naar de zee draaide en ondertussen de verkeerstoren van Faro toestemming vroeg om te landen. Even later wendde ze zich tot Marten. 'Portugal kent geen paspoortcontrole voor vluchten binnen de Europese Unie.'

'Dat weet ik, ja.'

'Als we eenmaal bij het luchthavengebouw zijn, moeten jullie meteen naar binnen gaan en via het 'niets aan te geven'-poortje naar de aankomsthal lopen. Daarna kunnen jullie verdwijnen, ik tank en vlieg vervolgens terug naar Duitsland. Zo simpel is het.'

Brigitte wist dus wel iets van hun situatie. In ieder geval genoeg om te weten dat Marten zich zorgen maakte over het laten zien van een paspoort als ze waren geland en hij zich afvroeg wat hij moest doen als dat gebeurde. De vraag was alleen of ze hem inderdaad hielp, of dat ze hem opzettelijk wilde wijsmaken dat hij zich nergens druk over hoefde te maken als ze geland waren, zodat hij minder aandacht zou hebben voor eventuele achtervolgers.

'Ik hoop dat het inderdaad zo simpel is,' zei Anne.

Marten keek over zijn schouder. 'Ik ook.'

06.22 uur, Portugese tijd

63

Striker Oil Gulfstream G550, in de buurt van Málaga. Snelheid: 750 kilometer per uur. Hoogte: 28.300 voet. 07.35 uur, Spaanse tijd

Sy Wirth werd abrupt wakker, na een uur als een roos geslapen te hebben. Hij greep onmiddellijk naar zijn BlackBerry en probeerde Korostin te bereiken. Hij kreeg slechts de voicemail van de Rus. Hij wilde al kwaad Conor White bellen, maar besloot dat toch maar niet te doen. Waarom zou hij? Als Korostin had geweten waar de Cessna was, zou hij hem gewaarschuwd hebben. Als hij het niet wist, was de kans klein dat White het wél zou weten. Anders had hij dat allang laten weten. Hij kon dus alleen maar afwachten, en daar had hij nou juist zo'n hekel aan.

Uiteindelijk stond hij op en ging naar het toilet. Daarna kwam hij terug, ging weer zitten, haalde een geel schrijfblok uit zijn aktetas, pakte een pasgeslepen Ticonderoga 1388-potlood nummer 2 en krabbelde een kort, aan zichzelf gericht memo neer voor een gesprek dat hij later zou voeren met het hoofd juridische zaken van Striker, Arnold Moss.

1: Bereid je voor op een snelle en publieke ontkenning van iedere connectie met Conor White, Marten en Anne wanneer de foto's eenmaal boven water zijn. Wat er ook gebeurt: White heeft alles op eigen houtje gedaan, of had (aan Arnie vragen), zoals we eerder besproken hebben, een aparte, clandestiene overeenkomst met Hadrian, waar Striker op geen enkele manier bij betrokken was. White moet onmiddellijk en zeer publiekelijk worden ontslagen (hij gaat toch al naar de gevangenis). SimCo's activiteiten in Equatoriaal-Guinea dienen gereorganiseerd te worden. (Kanttekening: SimCo doet het erg goed, en draait al in Equatoriaal-Guinea. De boel helemaal opdoeken is niet nodig.)

2: Zie boven. Bereid een snelle, slimme, doelgerichte campagne voor, zeker in DC, waardoor het lijkt alsof Striker slachtoffer geworden is van het White/Hadrian debacle.

3: Bereid een ontmanteling voor van alle activiteiten in Irak. Roep een juridisch team bij elkaar om alles dat voortvloeit uit de activiteiten van White, Loyal Truex/Hadrian en de commissie Ryder aan te pakken.

4: Analyseer de activiteiten van Striker wereldwijd en tref voorbereidingen om Equatoriaal-Guinea en het veld op Bioko binnen een half jaar tot een jaar tot kernactiviteit te maken.

5: Bereid –

Zijn BlackBerry voor dagelijks gebruik ging. Hij nam meteen op.

'Ja.'

'Faro. Portugal,' beet Dimitri Korostin hem toe. 'Ze zijn een minuut of vijf geleden geland.'

'En jouw mensen zijn er ook?'

'We hebben een afspraak, Josiah. Ik hou me aan de afspraak, ook al vind je dat nog zo moeilijk om te geloven.

'Dank je, mijn beste.'

'Val zelf dood!'

Dimitri hing op, net als Wirth. Even later pakte die laatste zijn Black-Berry met het stukje blauwe plakband en gebruikte de sneltoetsen om het nummer van Conor White te bellen.

'Wat kan ik voor u doen, meneer Wirth?' zei White. 'Ik sta nog steeds in Málaga. Geen nieuws over Marten.'

'Bel me terug. De verbinding is erg slecht.'

'Da's goed.'

Acht tellen later ging de BlackBerry voor dagelijks gebruik en hij nam op. Het toestel met het blauwe plakband lag zwijgend bij zijn elleboog op tafel.

'Conor, ze zijn geland in Faro,' zei Wirth kortaf en gehaast. 'Als je nu opstijgt, ben je er binnen een uur. Bel me als je bent geland. Tegen die tijd kan ik je waarschijnlijk meer vertellen.'

'Faro. Dat is goed, meneer Wirth.'

Wirth verbrak de verbinding en er gleed een glimlach over zijn gezicht. Eindelijk: het spel was bijna uit.

07.47 uur, Spaanse tijd

SimCo Falcon, internationale luchthaven van Málaga. Zelfde tijdstip

'Faro,' zei White in de deuropening van de cockpit met de BlackBerry nog in zijn hand. 'Zo snel je kunt. Geef me zo vlug mogelijk door hoe laat we daar op de grond staan.'

Hij draaide zich om en liep de cabine weer in. Patrice en Irish Jack zaten op hem te wachten.

'Faro,' zei hij nog een keer in het voorbijgaan. Hij ging zitten en maakte zijn riem vast. Even later startte de eerste, toen de tweede en daarna de derde turbofanmotor van de Falcon. Bijna onmiddellijk kwam het vliegtuig in beweging.

White zette zijn koptelefoon op en luisterde naar het gesprek tussen zijn piloot en de toren en keek toen naar Patrice. 'Bel Spitfire in Madrid. Zeg dat er een terreinwagen klaar moet staan op het platform als we daar aankomen.'

'Da's goed, meneer White,' zei Patrice met een knikje en haalde een telefoon uit zijn zak.

'Hoe komt u aan die informatie, kolonel?' vroeg Irish Jack grijnzend. Hij werd altijd enthousiast als hij wist dat hij bijna in actie mocht komen. ' Van dezelfde kaboutertjes die ons al de hele tijd op de hoogte houden?'

'Precies dezelfde, Jack. Precies dezelfde.' White leunde achterover terwijl de Falcon hobbelend naar de startbaan reed. Irish Jack gebruikte speelse, bijna kinderlijke woorden om mensen of dingen te beschrijven. Waar dat vandaan kwam wist White niet. Waarschijnlijk uit zijn jeugd. Maar hij wist dat zowel Jack als Patrice verdomd goed in de gaten hadden dat hij steeds contact had met Sy Wirth.

Allemaal leuk en aardig, maar White zelf vroeg zich af waar Wirth zijn informatie vandaan haalde. Wie was die derde partij die hij erbij had gehaald, en hoe kon hij zo snel en precies weten waar Marten en Anne uithingen? Hij moest of over ongelooflijk geavanceerde apparatuur beschikken, of uitstekende connecties hebben. Of allebei. Dat beviel hem helemaal niet en het bracht hem weer terug bij het feit dat Wirth zich, met zijn blinde, zelfverzekerde arrogantie, dingen op de hals had gehaald waar hij helemaal geen controle over had. Als dat zo was, werd hij er zelf ook aan zijn haren in meegesleurd. Er was niets wat hij daar momenteel aan kon doen, omdat iemand anders alle troeven in handen had. Op dit moment sjokte hij maar een beetje achter de feiten aan.

07.53 uur, Spaanse tijd

64

Portugal, het internationale vliegveld van Faro, 7 uur 35

Marten en Anne liepen afzonderlijk het luchthavengebouw in en mengden zich onder de passagiers die op commerciële vluchten waren binnengekomen, zodat het niet leek alsof ze samen reisden. Marten keek achterom. Door de glazen deuren zag hij Brigitte naar de plek taxiën waar ze kon tanken voor de terugvlucht naar Duitsland. Hij had geen idee of ze iemand op de grond had ingeseind.

7 uur 37

Marten liep een paar passen achter Anne met reizigers tussen hen in op weg naar het 'Niets aan te geven'-poortje en de erachter gelegen deur naar de aankomsthal. Her en der verspreid stonden gewapende Portugese mannen van de luchthavenpolitie in tweetallen naar de stroom van reizigers te kijken. Marten bleef doorlopen zonder aandacht aan ze te besteden. Hij zag dat Anne vóór hem hetzelfde deed. Toen was ze bij de doorgang en liep de aankomsthal binnen. Even later deed hij hetzelfde, zonder dat er één keer werd gevraagd naar zijn identiteit. Net zo makkelijk als Brigitte had gezegd dat het zou gaan.

7 uur 40

Marten haalde Anne in toen ze vlakbij de uitgang waren. Ze liepen in de georganiseerde chaos van ochtendreizigers die in- en uitliepen. Ze hielden de politie die vlak bij de uitgang stond in de gaten. Een van hen had een zwarte labrador aan een riem bij zich. Drugshond, dacht Marten. Op zoek naar passagiers met verdovende middelen.

Ze hadden geen bagage bij zich. Alles wat ze bij zich hadden droegen ze op hun lijf, net als toen ze het Adlonhotel in Berlijn verlieten. Anne had haar spullen – toiletspullen, een onderbroek, T-shirt om in te slapen, paspoort, creditcards, geld, BlackBerry en telefoonoplader in haar schoudertas zitten. Het paspoort van Marten, zijn tandenborstel, wegwerptelefoon en zijn portemonnee met Brits rijbewijs, creditcards en cash waren keurig verdeeld over de zakken van zijn spijkerbroek en lichte tweedjasje.

'Waar gaan we nu naartoe?' vroeg Anne zacht met een heimelijke blik naar de politie en hun hond.

Marten leidde haar in de richting van de hoofduitgang. 'Door de voordeur naar buiten en dan op zoek naar bus die naar de stad gaat.'

'Een bús?'

Hij keek haar sardonisch aan. 'Ga me nou niet vertellen dat je je te goed voor voelt om met het openbaar vervoer te reizen.'

Ze keek hem gepikeerd aan. 'Mijn vader en ik zijn jarenlang met de bus gegaan toen we bezig waren het bedrijf op te bouwen. We hadden geen geld voor iets anders. Maar voor het geval je het vergeten mocht zijn, een bus is een kleine, bedompte ruimte vol mensen die misschien wel tv kijken, een krant lezen of internet gebruiken. Ik mag toch wel aannemen dat onze vriend de Hauptkommissar jouw naam en foto inmiddels over de hele Europese Unie heeft verspreid. En de mijne misschien ook wel.'

Marten negeerde haar bezwaren. 'En daarna hebben we een auto nodig.'

'Ga je er een huren of stelen?'

'Jij gaat er een huren.'

'Ik?'

Marten keek haar aan. 'Ik kan het niet riskeren om mijn creditcard te gebruiken waardoor mijn naam in een of andere commerciële database opduikt,' zei hij zacht. 'Ik ben dan eenvoudig te vinden als iemand me zoekt.'

'En iemand die naar mij op zoek is dan?'

'Dat risico zullen we moeten nemen.'

Ze keek hem nog een keer gepikeerd aan. 'Is dat zo?'

'Tenzij je liever gaat lopen. Waar we naartoe gaan is niet bepaald om de hoek.'

Ze liepen nog steeds tussen de mensen toen ze de politie en de drugshond passeerden, het felle zonlicht in. Er stonden twee politieauto's geparkeerd aan de andere kant van een parkeereiland direct aan de overkant. Er stonden drie geüniformeerde agenten bij te kletsen, ondertussen het luchthavengebouw in de gaten houdend.

'Hier op het vliegveld zijn ook autoverhuurbedrijven,' zei Anne, die voor Marten ging lopen. 'Het is maf om in een bus gezien te worden.'

'Klopt. Maar niet zo maf als je je bedenkt dat verhuur- en taxibedrijven op een vliegveld de eerste plekken zijn waar onze achtervolgers gaan zoeken,' zei Marten, die naar een stadsbus knikte die op een meter op twintig meter voor hen langs de stoep parkeerde. 'Ze kunnen zoeken wat ze willen; ze vinden niets. Tegen de tijd dat ze eraan denken om verhuurbedrijven in de stad te checken, zijn we al lang weg.' Hij keek naar de politie. 'Hoop ik.'

'Waarnaartoe?'

Marten schudde zijn hoofd. 'Nog niet, schatje.'

'Je vertrouwt me nog steeds niet, hè?'

'Nee.'

7 uur 48

65

Faro, het district Montenegro. Nog steeds zondag 6 juni, 8 uur 35

Nicholas Marten stopte zijn handen in zijn zakken en stak de straat over naar een klein, met bomen omrand park en ging op een bankje zitten. In de verte galmden kerkklokken voor de zondagsdienst. Ergens vlakbij rook hij de zwakke geur van gekweekte knoflook. Marten keek om zich heen om te zien waar deze decoratieve plant stond, nieuwsgierig naar de soort. Verderop zaten twee mannen op leeftijd te schaken onder een grote amandelboom die hij minstens veertig jaar oud schatte.

Heel even zat hij daar maar. Uiteindelijk wendde hij zijn hoofd af en keek naar de overkant van de smalle straat achter hem waar Anne nu al meer dan tien minuten binnen was bij het Auto Europeverhuurbedrijf. Hij hoopte gewoon een auto te huren en dat haar creditcard nog niet de aandacht van de politie had getrokken zoals ze gevreesd had. Hij keek weer terug, stond op en wandelde verder het park in. Hij had lang genoeg nonchalant gedaan. Hij keek hoe laat het was.

8 uur 41 in Faro
12 uur 41 in Washington DC

Camp David, Maryland. Aspen Lodge, de presidentiële blokhut. 12 uur 43

Een welluidende ringtone deed president John Henry Harris opschrikken uit zijn dutje. Hij zat in een schommelstoel in zijn slaapkamer gekleed in ochtendjas en pyjama, de analyse van de begroting nog op schoot. Het duurde even voor hij doorhad dat het geluid van de grijze telefoon kwam die op de tafel naast hem lag. De telefoon waarvan hij al zo lang wilde dat hij rinkelde. Hij keek er bijna ongelovig naar en griste hem toen snel op om op te nemen.

'Nicholas!' riep hij uit. 'Hoe gaat het? Waar zit je?'

'In Portugal. Faro.'

'Portugal?'

'Kunnen we praten? Ben je alleen?'

'Ja.'

'Ik heb niet veel tijd.'

'Ga je gang.'

'Weet je het van Theo Haas en de Berlijnse politie?'

'Natuurlijk.'

'Ik heb hem niet vermoord. Dat heeft een jonge man gedaan, ik ben hem achterna gerend. Hij ontsnapte in de menigte. Iedereen dacht dat ik wegrende van de plaats delict.'

'Ik geloof je. Echt waar.'

'Net voordat Haas werd vermoord gaf hij me een aanwijzing waar de foto's zouden kunnen zijn. Jacob Cádiz uit het Portugese kustplaatsje Praia da Rocha heeft ze. Er is een vrouw bij betrokken.'

'Dat weet ik. Anne Tidrow. Van Striker Oil. Haar vader heeft het bedrijf opgericht. Ze heeft een tijdje voor de CIA gewerkt.'

'Zo, jij hebt je huiswerk gedaan!'

'Ik doe mijn best.'

Faro

Marten draaide zich om toen er twee wielrenners in felgekleurde sportshirts voorbijreden naar een groepje van zes andere die aan de andere kant van het park stonden te wachten.

'Ze is ook hier. In een verhuurbedrijf aan de overkant van de straat, waar ze hopelijk een auto voor ons regelt. Maar luister even. Ik weet niet of ze nog steeds voor de CIA werkt. Haar oude connecties hebben ons uit Berlijn en Duitsland gekregen dankzij een oud-undercoveragent die een privévliegtuig heeft gehuurd. We zijn gevolgd en het zou zo maar kunnen dat de piloot onze achtervolgers heeft verteld waar we geland zijn. Het komt erop neer dat ik nu niet meer weet wie wie is en wat ze van plan zijn.'

'Weet mevrouw Tidrow van Jacob Cádiz en Praia da Rocha?'

'Nog niet.'

'Zie je kans haar te lozen? Om er alleen naartoe te gaan?'

'Dat is het hem nou juist. Ze zegt dat ze zich zorgen maakt om haar vaders reputatie en die van het bedrijf. Dat het haar helemaal niet bevalt wat de directeuren ermee gedaan hebben. Helemaal in Irak en door toedoen van Hadrian. De foto's en de laakbaarheid van het bedrijf ten aanzien van de burgeroorlog in Equatoriaal-Guinea hebben haar over de streep getrokken. In Berlijn heeft ze erin toegestemd om mee te gaan naar Joe Ryder als we de foto's gevonden hebben en hem te vertellen wat ze weet van de situatie van Striker en Hadrian in Irak en Equatoriaal-Guinea. Als we ze vinden tenminste. Als ze er zijn. Er is nog iets. Haar oud-collega van de CIA in Berlijn heeft haar iets verteld waar ze behoorlijk overstuur van was en waar ze niet over wil praten. Wat het ook is zou wel eens van groter belang kunnen zijn dan de foto's. Ik denk zelf dat de CIA stilletjes hun vrienden bij Striker en Hadrian probeert in te dekken en tegelijkertijd probeert te voorkomen dat het een megagroot internationaal incident wordt. Maar ik heb het gevoel dat er meer aan de hand is en dat zij weet wat het is. Reden genoeg om haar niet zomaar te laten gaan.

Aan de andere kant zou het ook een spelletje kunnen zijn van haar zodat ik haar bij me houd. Als dat het is en ze me naait... Begrijp je wat ik bedoel? We halen de foto's, de CIA grijpt in, ze smeert 'm met de foto's en ik hang voor de moord op Theo Haas.'

'Nicholas, ik wil niet dat je nog meer risico loopt dan je al doet. Laat haar gaan, haal de foto's op en ga daar weg.'

'Dat kan niet.'

'Waarom niet?'

'Dat gaat gewoon niet,' zei Marten vastberaden. Hij keek naar de schakende mannen en naar het Auto Europeverhuurbedrijf aan de overkant waar Anne binnen was.

'Weet ze dat ik erbij betrokken ben?'

'Nee.'

De deur van het Auto Europeagentschap ging open en Anne kwam naar buiten. Ze hield haar hand boven haar ogen tegen de zon en keek om zich heen, zich duidelijk afvragend waar hij was. Marten deed een stap naar achteren om in de schaduw van een rij grote coniferen te gaan staan die het midden van het park vormden.

'Wat gebeurt er?' vroeg Harris toen er een stilte viel.

'Niks.' Marten keek heel even naar haar en praatte toen verder. 'Bel Joe

Ryder en vertel hem wat er aan de hand is. Zodra ik de foto's heb, of niet, laat ik het je weten. Zoek in de tussentijd een onopvallende ontmoetingsplek voor Anne, Ryder en mij. Een redelijk grote stad ergens hier in de buurt zou ideaal zijn. Een stad waarin we kunnen verdwijnen als we door iemand gevolgd worden. Ik weet dat je er Ryder voor uit Irak moet halen, maar hij is nou eenmaal een stuk mobieler dan wij.'

'Ik heb even tijd nodig om dit allemaal te regelen. Deze keer bel ik jou. Ik vind het sowieso niks dat ik je niet kan bereiken. Geef me je nummer.'

Anne stak de straat over en liep het park in. Marten ging nog verder tussen de coniferen staan. Het laatste wat hij kon gebruiken was dat ze hem zag bellen en zou willen weten met wie en waarom. Hij richtte zijn aandacht meteen weer op de president.

'Het is beter als ik jou bel. Als ik in de problemen kom en iemand anders heeft mijn telefoon als jij belt... Als de CIA je aan de lijn krijgt kunnen ze waarschijnlijk zo zien dat jij het was, ook al hang je meteen weer op.'

'Ik heb een uur de tijd nodig.'

Anne liep voorbij de schakende mannen en kwam op de bomen af waar hij stond. Ze was zichtbaar ongerust en keek om zich heen alsof ze bang was dat hij haar in de steek had gelaten.

'Nog één ding,' zei Marten op scherpe toon. 'Heb je de laatste regionale briefing van de CIA over Equatoriaal-Guinea gezien?'

'Nee.'

'Probeer 'm te achterhalen zonder dat het lijkt alsof het verzoek van jou afkomstig is. Kijk er alleen naar. Dan zul je begrijpen waarom ik dit doe. Meer heb je niet nodig.'

Anne was nog hooguit tien meter bij hem vandaan.

'Ik moet ophangen, mijn vriend. Ik hou je op de hoogte.' Met die woorden verbrak Marten de verbinding, liet de telefoon in zijn zak glijden en liep achter de bomen vandaan, op weg naar Anne.

9 uur 11

66

'Ik neem aan dat het gelukt is met die auto?' Marten nam het initiatief zodra hij bij haar was aangekomen. Als ze hem had zien telefoneren of als ze hem de telefoon in zijn zak had zien stoppen, wilde hij niet dat ze vroeg met wie hij had staan bellen en waarom. Hij kon beter over haar en wat ze aan het doen was praten in de hoop dat ze niet over hem zou beginnen.

Ze knikte naar het verhuurbedrijf. 'Hij staat voor de deur.'

'Hebben ze niets gevraagd? Wie je bent, hoe lang je de auto wilt hebben, waar je heen wilt?' Hij liep in de richting van de straat waar het verhuurbedrijf was gevestigd.

'Ik heb gezegd dat ik toerist ben. Dat ik hem voor een dag of twee wil huren, misschien iets langer. Meer niet.' Plotseling schoten haar ogen vol vuur. Ze vroeg verhit: 'Waar was je verdomme? Ik heb overal gezocht. Je wilde zo snel mogelijk weg uit Faro en dan verdwijn je in het bos. Wat was je aan het doen? Bomen beklimmen?'

'Ik was iets aan het zoeken.' Marten keek om zich heen. De oude mannen zaten nog steeds te schaken. Verderop lag een verliefd stelletje in het gras, schijnbaar met niets anders aan hun hoofd dan elkaar. Een man van een jaar of veertig in spijkerbroek en trui was met een aangelijnd aapje aan het spelen bij de ingang van het park. Dat was alles wat hij kon zien.

'Wat zocht je dan?'

'Huh?' Hij vestigde zijn aandacht weer op haar.

'Je zei dat je naar iets op zoek was. Waarnaar?'

'Knoflook.'

'Knóflook?'

'Een sierplant. Tulbaghia Violecca. Die groeit hier ergens, ik ruik het. Ik kan hem alleen niet vinden.'

Anne keek hem sceptisch aan. 'We proberen hier weg te komen en jij gaat op zoek naar een plántje?'

'Misschien herinner je je nog dat ik erg geïnteresseerd ben in planten? Dat is mijn beroep. De reden dat ik op Bioko was. Een wereld waar ik graag zo snel mogelijk naar terugkeer. Dus ja: knoflook. Als je me niet gelooft, snuif dan maar eens diep en vertel me wat je ruikt.'

'Je meent het echt, hè?'

'Waarom zou ik het verzinnen? Kom op, ruik dan.'

'Doe me een lol, zeg.'

'Ruiken.'

'Idioot,' zei ze, en snoof toen.

'Wat ruik je?'

'Knoflook.'

Marten grijnsde. 'Dank je.'

09.30 uur

Het was een zilvergrijze Opel Astra, een automaat. Marten nam de N125 naar Portimão, dat een kilometer of vijfenzestig naar het westen lag. Als Hauptkommissar Franck een internationaal opsporingsbevel had uitgevaardigd voor de arrestatie van Anne, of als haar bankrekeningen elektronisch nagetrokken werden, was er nog niets gebeurd in de korte tijd sinds ze haar creditcard had gebruikt bij het autoverhuurbedrijf. En hun achtervolgers – de CIA, Conor White, misschien die 'Patrice' en god weet wie nog meer – hadden zich nog niet gemeld. Niet dat hij wist althans. Toch keek hij vaak in de achteruitkijkspiegel.

'Oké. We zijn maar met z'n tweeën, we hebben een auto en zijn onderweg,' zei Anne opeens. Haar plagerige gedrag van eerder was totaal verdwenen. 'Waar gaan we in godsnaam naartoe?'

Marten wist dat hij er niet langer omheen kon. 'Heeft het verhuurbedrijf je een wegenkaart gegeven?'

'Ja.'

'Vouw hem open en zoek op waar Praia da Rocha ligt, een kustplaatsje in de buurt van Portimão.'

'Praia da Rocha.'

'Ken je het?'

'Nee.'

'Ik ook niet.'

09.35 uur

67

Learjet 55. Nadering voor de internationale luchthaven van Faro. Snelheid: driehonderd kilometer per uur. Hoogte: 2420 voet. Zelfde tijdstip

In de dertig jaar dat Hauptkommissar Emil Franck bij de politie werkte had hij een uitgebreid Europees netwerk aan contacten opgebouwd. Sommige contactpersonen waren legaal, andere crimineel. Weer andere zaten daar ergens tussenin. Martens Cessna was nog niet geland in Faro of Franck werd al ingelicht door de *Policia Judiciária* op het vliegveld, die snel was gaan rondbellen. Het werkte perfect.

Een nichtje van inspecteur Catarina Melo Tavares Santos van de *Policia Judiciária* werkte achter de receptie van de vestiging van Auto Europe in de wijk Montenegro in Faro. De beschrijving die Santos van Anne had gegeven klopte precies met die van de vrouw die nog geen half uur geleden een zilvergrijze Opel Astra had gehuurd. Ze had nog een kwartier moeten wachten tot haar baas pauze had voor ze in de gegevens kon kijken om de identiteit van de huurder van de Opel te bevestigen. Ze had het kenteken van de auto genoteerd, was naar buiten gelopen, had haar mobiele telefoon aangezet en rechtstreeks haar nicht gebeld. Inspecteur Santos was nu zelf aan de telefoon met Hauptkommisar Franck.

'Een nieuwe zilverkleurige Opel Astra, vierdeurs, kenteken 93-AA-71,' zei Santos. 'In Montenegro gehuurd om drie minuten voor negen door ene Anne Tidrow uit Houston in Texas. Gehuurd voor een onbekend aantal dagen. Ze denkt een tot twee dagen.'

'Bestemming?'

'Dat heeft ze niet gezegd.'

'*Obrigado*, inspecteur,' zei hij. '*Obrigado*.' Bedankt.

Franck verbrak de verbinding en keek Kovalenko aan. 'Ze hebben een half uur voorsprong,' zei hij met aan neerbuigendheid grenzend zelfvertrouwen. 'Er staat een auto voor ons klaar als we geland zijn. Ik stel voor dat als je nog mensen moet bellen, je dat nu doet. Moskou zal wel op je zitten te wachten.'

'Ja, Hauptkommissar, dat denk ik ook,' zei Kovalenko, die Franck aankeek. 'Ademloos.'

09.43 uur

Marten stuurde de Opel zuidwaarts, om de stad heen. Hij had voorzichtig heel vaak in de achteruitkijkspiegel gekeken tijdens hele tocht. Als ze werden gevolgd, dan merkte hij daar nog niks van. Hij had ook geen laag overvliegende helikopters of vliegtuigen gezien die ze vanuit de lucht in de gaten hielden. Ze konden ook nog via satelliet en het navigatiesysteem van de auto gevolgd worden, maar daarvoor zouden satellietmedewerkers ingeseind moeten worden en dat duurde lang; het daarvoor toestemming verlenen liep over meerdere autoriteitslagen. Het zag ernaar uit dat ze nu een voorsprong hadden op hun achtervolgers en dus deden eventuele complicaties er nog even niet veel toe. Hij was veel te dicht bij zijn doel om nog iets anders te kunnen doen dan hopen dat het goed zou aflopen. Toch was hij nog steeds op zijn hoede voor Anne en moest hij in zijn achterhoofd houden wat er allemaal op het spel stond. Als hij nu een wens zou mogen doen, zou hij wensen dat hij een pistool had. Hoe zwaarder het kaliber, hoe beter.

10.20 uur

Portimão en Praia da Rocha lagen dicht bij elkaar, er zat hooguit drie kilometer tussen. Ze reden zuidwaarts onder de brandende zon. De mist die vanaf zee kwam rollen versterkte het heldere licht alleen maar. Alles schitterde verraderlijk, waardoor je bijna niets zag zonder je ogen tot spleetjes te knijpen. Aan hun linkerhand was de brede riviermond van de Rio Arade, die vanuit de bergen naar Portimão liep en daar de Atlantische Oceaan in stroomde, tussen Praia da Rocha op de westelijke oever en Ferragudo op de oostelijke oever. Ze waren er bijna en Marten voelde hoe zijn hart vol verwachting sneller begon te kloppen. Ze hoefden alleen nog maar de stad in te rijden, met een beetje geluk de Avenida Tomás Cabreira te vinden en naar Jacob Cádiz te vragen bij 'livros usados', dat Marten losjes vertaald had als tweedehands boekwinkel.

10.32 uur

Avenida Tomás Cabreira bleek de hoofdstraat van Praia da Rocha te zijn. Hij stond volgepakt met hotels, winkeltjes en restaurants en keek uit over rotsachtige zeekliffen en een veel lager gelegen strand dat bezaaid was met rijen parasols en ontelbare halfblote strandgangers.

10.50 uur

Ze waren al twee keer over de brede laan gereden reden, en nu weer. Ze zagen hetzelfde als wat ze de andere keren hadden gezien. Verkeer, toeristen, Hotel da Rocha, Hotel Jupiter, restaurant La Dolce Vita, restaurant A Portuguesa, restaurant Esplanada Oriental, café's, terrassen, souvenirwinkels, een bank, een apotheek en een paar bakkerijen. Maar geen boekwinkels met nieuwe of gebruikte boeken.

'Tweedehands boeken. Dat weet je zeker?' vroeg Anne.

'Dat is wat Theo Haas tegen me zei.'

'Hij heeft geen naam genoemd?'

'Hij zei alleen "livros usados, Avenida Tomás Carbreira".'

Marten wist dat hij niet zomaar had mogen verwachten dat hij er zo naartoe zou rijden. Toch zou het makkelijk te vinden moeten zijn in zo'n drukke straat als Tomás Cabreira. Maar het was duidelijk dat de winkel hier niet zat. Maar waar dan wel? Gesloten? Verhuisd? Of had hij nooit bestaan? Had Haas hem niet vertrouwd en hem met een kluitje in het riet gestuurd? Waren ze voor niets helemaal hiernaartoe gekomen en lagen de foto's nog ergens in Berlijn?

'Shit,' zei Marten. Hij keek om zich heen. Ze werden enthousiast toegezwaaid door een groepje tieners dat het duidelijk erg amusant vond dat ze waren verdwaald en voor de derde keer de straat op en neer tuften. De bestuurder van een auto achter hen toeterde ongeduldig, trok ineens op, haalde hen in ging voor hen rijden. Nog steeds geen spoor van een tweedehands boekwinkel. Marten keek hoe laat het was: vijf voor elf.

Hoe langer het duurde om het raadsel te ontcijferen, hoe meer de tijd begon te dringen. Nu ze zo werden opgehouden en het doel niet meer in zicht was, gaven ze hun achtervolgers alle gelegenheid om erachter te komen waar ze waren geland en hun spoor op te pakken. Als het de CIA was, zouden ze een voordeel hebben dat al op de grond begon. Ze konden eenvoudig gegevens natrekken van autoverhuurbedrijven, de naam van Anne eruit vissen en zien welke auto ze had gehuurd en welk kenteken die had. Met die informatie zouden Marten en Anne relatief eenvoudig te vinden zijn en hoefden ze alleen maar op hun gemak toe te kijken hoe ze de foto's vonden. En dan? Als een van hen Conor White was, stond Marten en Anne hetzelfde lot te wachten als Marita en haar studenten in Spanje. Hij wenste meer dan ooit dat hij een pistool had.

'Stop eens,' zei ze opeens.

'Waarom?'

'Doe het nou maar.'

Marten remde en kwam slippend tot stilstand bij een bushalte. Anne stapte uit zonder iets te zeggen en liep op twee oude mannen af die voor een café zaten te praten. Ze keken eerst haar aan, daarna elkaar en toen haar weer. De eerste, een mollig mannetje met een gedeukt hoedje op en een gekreukeld pak aan, lachte naar haar. Toen stak hij een vinger op en wees achter hem naar een smalle steeg. Anne grijnsde en knikte, gaf hem een lief klopje op zijn wang en liep terug naar de auto.

'Het heet "Granada", en is in het steegje hierachter.'

'Hoe heb je dat in godsnaam voor elkaar gekregen?'

'Zoals je misschien nog weet heb ik in El Salvador gezeten, schat,' zei ze terwijl ze naast hem ging zitten. 'Met een beetje Spaans kom je een heel eind, zelfs in Portugal. Bovendien kan een goede CIA-agent, uit dienst of niet, iedereen alles wijsmaken, dat zit in ons bloed.'

'Wat heb je gezegd dan?'

'Ik heb lief gelachen. Een lieve lach van een tweeënveertig jarige niet onaantrekkelijke vrouw doet wonderen.'

10.59 uur

68

Hotel Largo, Faro, Portugal, 11.02 uur

Sy Wirth was tien minuten geleden ingecheckt, naar zijn kamer gegaan en had onmiddellijk Dimitri Korostin gebeld. Hij kreeg de voicemail. Het was de vierde keer dat hij hem belde sinds hij ruim een half uur geleden was geland op Faro. Hij had iedere keer ingesproken dat Korostin hem meteen moest terugbellen. Dat had hij tot nu toe niet gedaan.

Hij belde nog een keer. Weer kreeg hij de voicemail. Nu sprak hij niets in, maar hing gewoon op. Dit was belachelijk. Ze hadden steeds contact gehad sinds hij uit Berlijn was vertrokken. Nu, op zo'n cruciaal moment, hoorde hij niets.

De Falcon van Conor White was geland en hij stond met de rest te wachten op het teken dat hij kon vertrekken. Maar waarnaartoe? De mannen van Korostin hadden allang geland moeten zijn. Theoretisch gezien moesten ze allang weten waar Marten naartoe gegaan was. Theoretisch. Hij kon White niet achter Marten aan sturen als hij niet wist waar Marten was. En daar zou hij alleen maar achter komen als Korostin hem dat vertelde. Het begon op een herhaling te lijken van wat er op het vliegveld van Málaga was gebeurd, toen Marten hen te slim af was geweest door de zender uit te schakelen en met de noorderzon te vertrekken. Nu wisten ze niet waar hij zat en kon hij alle kanten op. Als ze hem deze keer zouden kwijtraken, was de kans groot dat hij de foto's zou vinden en op het platteland zou verdwijnen. En dan? Afwachten tot de foto's openbaar gemaakt zouden worden?

Dan had je Korostin nog. Hij verontrustte Wirth misschien nog wel meer. Korostin wist hoe belangrijk de foto's waren. Hadden zijn mannen Marten al te pakken? Als ze de foto's vonden en ze ze puur uit geile nieuwsgierigheid zouden bekijken in de verwachting onthullende seksfoto's te zien, zou het niet lang duren voor ze in de gaten kregen wat ze in handen hadden en daar zou Wirth pas achterkomen als het te laat was. Tegen die tijd zou Korostin niet alleen de foto's, maar ook het gasveld van Santa Cruz-Tarjia in zijn bezit hebben. Afhankelijk van wat hij er mee zou doen – in het slechtste geval zou hij ze overdragen aan de Russische regering – kon hij ook het veld op Bioko kwijtraken.

Hij liep naar de badkamer, waste zijn handen en zijn gezicht en keek in de spiegel naar zichzelf. Wat had hij gedaan? Hij had er nooit bij stilgestaan dat Korostin hem zou kunnen oplichten. Het was zijn eigen schuld, en van niemand anders. Zelfs zijn juridische man, Arnold Moss, had er geen idee van dat hij een deal met Korostin had gesloten. Alleen Conor White wist dat er nog iemand bij betrokken was, maar hij had geen idee wie.

Wirth vervloekte zichzelf hartgrondig. Waarom had hij die Rus blindelings vertrouwd? Het was gekkenwerk geweest om hem deelgenoot maken van de grootste overwinning van zijn leven. Dat was hetzelfde als een minnares nemen en haar allerlei intieme geheimen toevertrouwen, waarna ze zijn huwelijk kapot zou maken en er dan met zijn bedrijf vandoor zou gaan.

Half in paniek en woest liep hij terug naar de andere kamer en pakte zijn BlackBerry, vastbesloten om Korostin weer te bellen. Hij had het toestel nog niet vast of het begon te rinkelen.

'Ja?' zei hij bits.

'Josiah, je belt me om de vijf minuten. Ik krijg hoofdpijn van je. Waar hang je uit?' ratelde de stem van Korostin.

'In Faro. Waar zijn jouw mannen godverdomme?'

'Ze waren in Faro, maar zijn vertrokken.'

'Waarheen? Weten ze waar Marten is?'

'Ze hebben een auto gehuurd en zijn de stad uitgereden. Meer weet ik niet. Als ik wat weet, laat ik het je horen.'

'Ik kan hier niets mee.'

'Josiah, meer weet ik niet. Geloof me nou maar.'

'Jóú geloven?'

'Ja, mij' zei Korostin en zweeg even. 'Volgens mij word je weer een beetje nerveus. Niet doen, is nergens voor nodig.'

'De voorwaarden in ons contract, Dimitri. Ik moet erbij zijn als de foto's gevonden worden. Ze moeten direct ongeopend aan mij overhandigd worden.'

'Ik denk dat ik gelijk had wat die foto's betreft. Dat ze je in opspraak brengen. Ze zijn erg persoonlijk, toch? Jij met een vrouw. Of meerdere vrouwen. Of mannen? Wat voer je met ze uit, Josiah? We zijn maar mensen. We doen wel eens wat. We zijn niet volmaakt. Waarom zijn die foto's zo bijzonder dat je niet nog een uurtje zonder ze kunt?'

'Dat gaat je niets aan.'

'Josiah, als de foto's worden gevonden, ben jij daar bij. Ze worden je meteen overhandigd. Zoals in de voorwaarden van ons contract staat. Erewoord.'

Hij hoorde een klik en de verbinding was verbroken.

11.15 uur

Sy Wirth zat aan een hoektafeltje in Santo António, het hotelrestaurant, naar de haven te staren. De twee BlackBerry's lagen voor hem op tafel, die met het blauwe plakband het dichtst bij. Er kwam een ober om zijn bestelling op te nemen – koffie en vers fruit. Misschien haalde hij zich dingen in zijn hoofd. Misschien had Dimitri gelijk gehad toen hij zei dat hij rustig moest blijven. Hij zou een grote beloning krijgen, dus waarom zou hij hem oplichten? Helemaal, zoals hij tijdens hun bespreking in Londen had gezegd, als het gasveld van Santa Cruz-Tarjia wel eens het eerste van een reeks deals zou kunnen zijn die ze zouden sluiten. Waarom zou hij iets stoms doen en de toekomst in gevaar brengen? Bovendien zouden de foto's op een of andere manier verpakt zijn en zouden Dimitri en zijn mannen ze waarschijnlijk niet te zien krijgen. Ze zouden ze gewoon volgens afspraak overhandigen. Ze zouden weten dat het de foto's waren omdat ze van Marten afkomstig waren.

Dus doe even kalm, zei hij tegen zichzelf. Rustig blijven. Tot nu toe was alles gelukt wat ze van Berlijn tot hier hadden bekokstoofd, zelfs wanneer er oponthoud was geweest. Nu begon het wachten. Dat hoorde bij alle zakelijke transacties en hoe zenuwslopend het ook was, het was niet ongewoon.

Hij keek naar de BlackBerry met het blauwe plakband. Conor White was in de buurt en zat al uren te wachten. Daar konden best nog vijf minuten bij.

Wirth pakte de andere BlackBerry en belde met de sneltoetsen naar Arnold Moss' privémobieltje. Het was bijna tien voor half zes 's morgens in Houston. Het maakte niet uit of Moss al wakker was of niet. Als alles volgens plan verliep zou White binnenkort in actie komen en moest Moss officieel de stand van zaken bijhouden. Zijn hoofd juridische zaken zou dit meteen begrijpen en het gesprek achteraf in de Striker bedrijfsgegevens laten opnemen als 'notulen van de dag'.

'Goedemorgen Sy.' Moss nam meteen op. Als hij wakker gebeld was, liet hij dat niet merken. 'Waar zit je?'

'In Portugal. Faro.'

'Ik dacht dat je op weg was naar Barcelona?'

'Dat was ik ook. Conor White belde een paar uur geleden om te zeggen dat hij hiernaartoe onderweg was en vroeg of ik ook kon komen. Ik ben er net. Hij zei dat het belangrijk was, maar heeft niet gezegd waarom of waar het over ging. Aan zijn stem te horen was het méér dan belangrijk; eerder cruciaal. Ik durf hem eerlijk gezegd niet goed te bellen, want ik weet niet wat er aan de hand is. Ik heb liever dat hij naar mij toe komt om het uit te leggen.'

'Denk je dat we Hadrian hiervan op de hoogte moeten brengen?'

'Waarschijnlijk wel. Maar ook dat weet ik niet zeker. Hadrian en Sim-Co hebben daar onderlinge afspraken over. Als wat hier gebeurt iets met Striker te maken heeft, weet ik er niets van.'

'Heeft hij al iets van zich laten horen sinds je aangekomen bent?'

'Nee, nog niet.'

'Als hij je op deze manier wil ontmoeten, stel ik voor dat je Hadrian meteen inlicht. Laten zij zich er maar mee bemoeien, of ons op z'n minst adviseren over wat er aan de hand is. Zal ik Loyal Truex bellen?'

'Nee, dat doe ik zelf wel. Zit hij nog in Irak met Joe Ryder?'

'Ja.'

'Ga maar verder met waar je mee bezig was, Arnie. Ik spreek je later.'

'Succes.'

'Dat zal ik nodig hebben.'

Wirth hing net op toen zijn ontbijt werd gebracht.

'Verder nog iets van uw dienst, meneer?' vroeg de ober.

Wirth keek op. 'Op het moment niet, bedankt.'

'Uitstekend, meneer.'

Wirth keek hem na en pakte toen de BlackBerry op, bekeek hem en legde hem weer weg. Loyal Truex zat in Irak. Wirth zou zeggen dat hij geprobeerd had hem te bereiken maar dat hij er niet doorheen was gekomen en het dus later nog een keer zou proberen. Dit hield in dat Truex pas gebeld zou worden als de foto's boven water waren, Marten en Anne dood waren en Conor White en de zijnen opgepakt waren door de Portugese autoriteiten op verdenking van betrokkenheid bij de moorden op de boerderij bij Madrid. Wirth zou er nog een schepje bovenop doen door tegen Truex te zeggen dat hij het beklemmende gevoel had dat White, door hem naar Portugal te laten komen en door wat hij Anne had aangedaan, ook hém had willen ombrengen. Op die manier zou hij Truex glashelder laten weten hoe gek Conor White nou eigenlijk was.

11.09 uur

69

Praia da Rocha, Livros Usados Granada. 11.12 uur, Portugese tijd

Zo helder en broeierig warm als het buiten was, zo donker en koel was het in Granada, de tweedehands boekwinkel. Er klonk zachte klassieke muziek op de achtergrond. De winkel bestond uit vijf kleine, onderling verbonden kamers, allemaal met boekenkasten die van de vloer tot het plafond reikten en er stonden overal grote bakken. Het was afgeladen met duizenden tweedehands boeken in minstens twaalf talen.

Een vrouw van een jaar of vijfendertig in een luchtig jurkje en met kort, donker haar stond achter de kassa toen Marten en Anne binnenkwamen. Buiten haar telde Marten nog acht mensen die verspreid over de kamers stonden te bladeren of te lezen. Als er nog meer waren, kon hij hen niet zien.

Hij pakte achteloos een visitekaartje van Livros Usados Granada uit een houten rekje bij de deur en wilde net naar de vrouw lopen toen er een klein dik mannetje met een bril met dikke glazen en een wilde bos grijs haar uit een achterkamertje kwam. Hij was waarschijnlijk eind vijftig en droeg een zwart poloshirt met korte mouwen waarop boven het linkerborstzakje in witte letters LIVROS USADOS GRANADA gedrukt stond. Marten zag dat hij twee beduimelde boeken onder zijn arm klemde. Hij liep door de verschillende vertrekken op hen af. Toen hij in de aangrenzende kamer was, stond hij stil om met een slanke, blonde vrouw in een witte spijkerbroek te praten.

Anne knikte in zijn richting en zei geluidloos: 'Cádiz?'

'Misschien,' zei Marten zachtjes. 'Hou de deur in de gaten,' waarschuwde hij haar, en hij liep naar de andere kamer.

Hij keek achteloos om zich heen toen hij binnenkwam en begon in een bak te graaien die in het midden van de ruimte stond. Ondertussen stonden de blondine en de man nog steeds in het Portugees met elkaar te praten. Uiteindelijk besloot de vrouw dat ze geen van beide boeken wilde hebben, bedankte de man van wie het inmiddels overduidelijk was dat hij de eigenaar was en ging meteen de winkel uit. Hij keek haar na en draaide zich toen om om de boeken terug te zetten waar hij ze vandaan had gehaald. Terwijl hij daarmee bezig was, liep Marten op hem af. 'Sorry, spreekt u Engels?'

De man draaide zich naar hem om. 'Wat wilt u weten?' Hij sprak zacht in, zo te horen, alledaags Amerikaans.

'Bent u Jacob Cádiz?'

'Hoezo?' Hij keek Marten behoedzaam aan.

'Een vriend van me wil dat ik hem ontmoet.'

'Een man of een vrouw?'

'Een man.'

'Ik heet Stump Logan. Ik kom oorspronkelijk uit Chicago. Wat wilt u van Jacob Cádiz?'

'Zoals ik al zei, een vriend...'

'Wie?' onderbrak Logan hem. 'Hoe heet hij?'

'Werkt Cádiz hier?'

'Hoe heet uw vriend? Waarom komt u in mijn winkel naar Cádiz zoeken?'

Marten keek naar Anne die in de voorste kamer bij de kassa stond. Hij mocht dan klein en dik zijn en een bril dragen, Stump Logan liet zich niet zomaar inpalmen. En hij was ook niet iemand die zomaar hiernaartoe was verhuisd uit de Windy City. Door zijn houding en de manier waarop hij naar je keek, leek hij op een niet alledaagse sociaal werker, een oud-agent uit Chicago of iets wat het midden hield tussen die twee. Wat het ook was, Marten had het gevoel dat hij het risico moest nemen en hem de waarheid moest vertellen. Hij keek eerst om zich heen en daarna naar Logan.

'Ik heet Nicholas Marten. Theo Haas heeft me Cádiz' naam en het adres van uw winkel gegeven. Ik was bij hem in Berlijn vlak voordat hij werd vermoord. De politie verdenkt mij ervan, maar ik heb het niet gedaan. Ik heb zijn broer ook gekend, pater Willy Dorhn. Ik ontmoette hem een paar dagen geleden op Bioko. Ik was erbij toen hij door een legerpatrouille werd vermoord. Theo heeft me hierheen gestuurd voor Jacob Cádiz. Hij zei dat hij iets voor me had wat ik goed kon gebruiken. Iets wat te maken heeft met de burgeroorlog in Equatoriaal-Guinea.'

Stump Logan keek een tijdje alleen maar aandachtig naar Marten. Plotseling maakte hij een hoofdbeweging naar Anne. 'Hoort zij bij u?'

'Ja.'

'Ga haar halen en kom mee.'

Het kantoortje van Stump Logan stond net zo vol met boeken als de rest van de winkel; opgestapeld in boekenkasten, op de vloer, overal waar plek was. Toch had hij er nog een oud metalen bureau, een bureaustoel en twee klapstoelen bij kunnen proppen. Logan liet Anne en Marten op de klapstoelen plaatsnemen en bekeek eerst de een daarna de ander toen ze gingen zitten.

'Ik heb Theo dertig jaar gekend,' zei hij uiteindelijk. 'Hij zou niet zomaar gezegd hebben dat je Cádiz moest opzoeken. Ik weet niet waar hij jullie naar laat zoeken.' Logan pakte een schrijfblok van zijn bureau, krabbelde er een adres op en gaf het aan Marten. 'Avenida João Paulo II. Helemaal uitrijden tot je een een oude houten poort ziet met een grindpad naar het strand. Daar staat het huis van Cádiz. Hij is er niet. Hoe je binnenkomt moet je zelf maar uitzoeken.'

'Dank u, meneer Logan. Heel erg bedankt.' Marten en Anne gingen staan. 'Als iemand naar ons vraagt, zijn we hier niet geweest.'

'Meneer Marten,' zei Logan en hij tuurde door zijn dikke glazen. 'Ik kende pater Willy erg goed. Ik ben meer dan eens bij hem op bezoek geweest op Bioko. Zijn dierbaarste bezit waren zijn broer en de mensen voor wie hij werkte in Equatoriaal-Guinea.'

'Dat heb ik met eigen ogen kunnen zien. Ik snap wat u bedoelt,' antwoordde Marten.

'Mooi. Theo Haas heeft u niet zomaar hierheen gestuurd.'

70

Hotel Largo, 11.37 uur

Wirth was terug op zijn kamer en had net zijn tanden gepoetst toen hij zijn BlackBerry hoorde. Hij veegde zijn mond af en nam op.

'Ja?'

'Praia da Rocha. Een vierdeurs zilvergrijze Opel Astra, kenteken 93-AA-71,' zei Korostin kortaf. 'Tegen de tijd dat je er bent hebben mijn mensen Marten al gevonden. Volgens afspraak vertel ik je dan pas waar je moet zijn.'

'Bedankt,' zei Wirth en hij hing op.

Tijd voor actie.

Hij liep de slaapkamer in en pakte de BlackBerry met het blauwe plakband. Die zou twee keer worden gebruikt. De eerste keer om Conor White te bellen om hem door te geven waar Marten naartoe was gegaan, een beschrijving van de auto te geven en te zeggen dat hij de exacte locatie in Praia da Rocha zou krijgen zodra die bekend was. De tweede keer om een sms'je te sturen naar een informant van de FBI in Spanje die door zijn vriendje van de FBI in Houston was ingeseind. Hetzelfde vriendje dat ook het belsysteem voor de blauwe BlackBerry had geregeld. Hij zou alleen 'oké' sms'en. De Spaanse informant zou dan de autoriteiten in Spanje waarschuwen, Conor White in verband brengen met de moorden in de boerderij bij Madrid en doorgeven dat hij gewapend en gevaarlijk was en waarschijnlijk in Praia da Rocha in Portugal zat.

Wirth keek door het raam naar de vele bootjes die door de haven van Faro laveerden. Hij pakte de BlackBerry met het blauwe plakband en toetste het nummer van Conor White in.

'Hallo, meneer Wirth.' Whites stem klonk krachtig.

'Het stadje Praia da Rocha. Aan zee, in de buurt van Portimão. Ik ben ook onderweg.'

'Ik moet weten waar ik moet zijn.'
'Die informatie heb ik voor je als je er bent.'
'Goed, meneer Wirth.'

11.45 uur

Het huis op Avenida João Paulo 11, 11.50 uur

Ze vonden het huis op Stump Logans aanwijzingen: door een oude houten poort, aan het eind van een grindpad. Marten maakte het hek open, reed de Opel naar binnen en sloot het weer achter zich. Ze konden het huis zien liggen aan het eind van het pad. Het had één verdieping, was uit steen opgetrokken en witgepleisterd met een rood pannendak. Het lag bijna op het strand, op nog geen dertig meter van de vloedlijn. Spitse rotsen die recht omhoog staken uit het zand omsloten het bijna helemaal, waardoor het een erg geïsoleerde indruk maakte en veel privacy had. Vergeleken met de stranden van nabijgelegen stadjes was hier, op zeemeeuwen en rustig kabbelende golfjes na, helemaal niets.

Marten parkeerde de Opel aan het eind van de oprit en ze stapten uit. Ze bleven even staan om naar het huis te kijken en de omgeving in zich op te nemen. Er was verder niemand. Ook niet op het strand of op de oprit achter hen.

'Laten we vlug actie ondernemen,' zei Marten en hij liep naar het huis. Op het pad ernaartoe waren wat hoopjes zand opgewaaid en aan de voorkant bungelde een luik aan een scharnier, kennelijk losgeslagen door de wind. Stump Logan had gelijk gehad: wie Jacob Cádiz ook mocht zijn, hij was er niet en het was even geleden dat hij hier voor het laatst was geweest. Ook niemand anders, zo te zien, in ieder geval niet sinds de wind het zand het pad op had geblazen en het luik had losgetrokken.

Marten liep al naar de voordeur, maar besloot toen om eerst om het huis heen te lopen. Hij nam Anne mee. De meesten ramen hadden luiken die gesloten waren tegen de zon. Het leek erop dat dit een soort vakantiehuis was en dat Cádiz ze bij zijn vertrek had dichtgedaan.

Ze liepen terug naar de voordeur toen Marten een raam zonder luik zag. Toen ze erdoorheen gluurden, zagen ze een smalle gang die zo te zien in het verlengde lag van de hal. Halverwege stond een kleine houten tafel waar een stapel post op lag. Zo te zien had iemand die daar neergelegd voor wanneer Cádiz terug zou komen. Een van de buren of de huisbewaarder of zo.

Post.

Ineens herinnerde Marten zich waar hij tijdens de vlucht naar Parijs aan had zitten denken – dat de reden waarom het leger de foto's niet had gevonden op Bioko was dat pater Willy ze naar een veilige plek weg van het eiland had gestuurd, misschien wel met de gewone post.

'Voordeur,' zei Marten gehaast. Ze liepen erheen en belden aan. Geen reactie. Hij belde nog een keer. En nog eens. Zelfde resultaat. Hij keek Anne aan. 'Hebben ze je bij de CIA geleerd hoe je moet inbreken?'

'Ja, maar het meeste heb ik mezelf geleerd,' zei Anne, terwijl ze bukte om een vuistgrote steen op te pakken. Ze liepen snel terug naar het raam. Ze keek hem aan. 'Ik hoop van ganser harte dat er geen alarm op zit.'

'Gooi nou maar gewoon dat raam in.'

Het glas brak nadat ze er drie keer met een steen tegenaan had geslagen. Ze wachtte even om te luisteren. Geen alarm. Marten knikte naar Anne en ze sloeg nog een keer tegen het glas. Het gat was nu groot genoeg om Marten er zijn hand doorheen te kunnen laten steken, om de resterende scherven weg te halen. Even later klommen ze naar binnen.

'Is er iemand?' echode Martens stem door de kamer. Er kwam geen antwoord en ze liepen naar de hal. Aan de linkerkant was een studeerkamer vol met boekenkasten. In het midden stond een rond bureau met een ergonomische stoel. Er stonden een pc en een printer op. Achter de studeerkamer lagen de keuken en de eetkamer die op zee uitkeken.

'Is daar iemand?' riep Marten nog een keer, en ze liepen de hal in. Ze bleven staan bij het houten tafeltje en de uitpuilende stapel post die ze van buitenaf hadden zien liggen.

Het waren vooral rekeningen, kranten, tijdschriften en reclamefolders. Aan de stempels te zien werd het er al vier tot vijf weken neergelegd.

Marten vloekte binnensmonds terwijl hij erdoorheen ging. 'Niks. Helemaal niks.'

Hij doorzocht de rest en kreeg steeds meer het gevoel dat, ondanks Stump Logans opmerking dat Theo Haas hem niet zomaar naar Cádiz had gestuurd, Haas hem voor de gek had gehouden en dat ze hier voor niets naartoe waren gekomen.

'Wacht eens even,' zei Anne opeens. Er lag nog wat post op de grond achter de tafel, verstopt achter het ingeklapte tafelblad. Het waren grote stukken, drie dozen en vier grote enveloppen. Ze bekeek ze snel. Onderop lag een dikke, bubbeltjesenvelop, gericht aan Jacob Cádiz. Er zaten postzegels op uit Riaba, Equatoriaal-Guinea, en hij was eind mei verzonden. De precieze datum was moeilijk te lezen.

'Zou dit het zijn?' zei ze, en gaf hem de envelop.

Marten bekeek de postzegel. 'Shit,' zei hij, en hij scheurde hem ongeduldig open.

'Yes! Yes!' Hij schreeuwde het bijna uit toen hij een stapel in plastic verpakte afdrukken van de foto's van pater Willy uit de envelop liet glijden. Het waren kleurenprints, dezelfde als die de priester hem in het regenwoud had laten zien. Het waren er in totaal zesentwintig, allemaal belastend voor SimCo op Bioko.

De eerste had hij al eerder gezien. De helikopter op de open plek in het oerwoud, met mannen die kisten met wapens aan het uitladen waren, die vervolgens door de plaatselijke bevolking op een vrachtwagen met open laadklep werden gezet. Er stond een zeer bekende blanke tussen, in een zwart T-shirt en een camouflagebroek.

'Herken je onze vriend Conor White?' vroeg Marten. Hij bladerde door naar de volgende foto, waar twee andere blanken op stonden. Ze hadden kort zwart haar, droegen eenzelfde zwart T-shirt en camouflagekleding en stonden in de deuropening van de helikopter.

'Dat is Patrice,' zei Anne. Ze wees naar de man links op de foto. 'Die andere is Jack Hanahan, een voormalig commando uit het Ierse leger. Conor heeft hem altijd bij zich. Noemt hem "Irish Jack".'

Marten bekeek de foto om de gezichten van de mannen goed te kunnen onthouden. 'Je kent deze mensen, maar je had geen idee van wat er zich allemaal afspeelde,' zei hij zacht, maar met een duidelijk beschuldigende ondertoon.

Anne reageerde fel. 'Natuurlijk wist ik wat er aan de hand was. Het was allemaal mijn idee. Ik vind het heerlijk om te zien hoe duizenden mensen elkaar afslachten. Dat is toch veel leuker dan American football! Maar zullen we het daar stráks over hebben? Laten we nu die spullen meenemen en er als de sodemieter vandoor gaan.'

Marten keek haar aan, in de hoop dat ze iets zou verraden waaruit bleek dat ze er wel degelijk van afgeweten had, of anders dat haar houding minder fel zou worden. Dat gebeurde geen van beide.

'Oké,' zei hij toen. 'Dat neem ik terug.'

'Dat hoop ik wel, ja.'

'Echt.' Hij pakte de foto's en wilde ze terugstoppen in de envelop, toen er een witte correspondentie-envelop uitviel. Hij was een paar keer dubbelgevouwen en er zat een elastiekje strak omheen. Hij haalde het eraf, vouwde de envelop open en hield hem ondersteboven. Er viel een klein, rechthoekig voorwerp in zijn hand.

Anne en Marten keken elkaar aan.

De geheugenkaart van de camera.

'Zoals ik al zei: laten we die spullen meenemen en er als de sodemieter vandoor gaan,' zei Anne, die naar de deur liep.

'Nee,' zei Marten. 'Pater Willy heeft niet alle foto's geprint. Ik wil ze allemaal zien.'

'Nu?'

'Nu, ja.'

'Waarom?'

'Omdat er hiernaast een computer staat en het er later misschien niet meer van komt. En omdat ik wil dat een van ons kan vertellen wat erop staat als we Joe Ryder bellen.'

'Hoe bedoel je, "een van ons"?'

'Voor het geval dat jouw Meneer White en zijn vrienden komen opdagen en "een van ons" wordt vermoord.'

12.16 uur

71

12.17 uur

Marten ging achter het ronde bureau in Cadiz' studeerkamer zitten, zette de computer aan en keek waar hij het kaartje in moest stoppen.

'Hier,' zei Anne die een externe kaartlezer achter een stapel boeken bij de computerkast vandaan haalde en het op de computer legde. Toen Marten de geheugenkaart erin wilde stoppen, zag hij dat er al een in zat. Hij wilde hem er uithalen toen Anne hem tegenhield.

'Kijk eerst eens wat hierop staat. Misschien zijn het wel meer foto's, die pater Willy eerder heeft opgestuurd.'

Ze kwam achter hem staan. Marten klikte op het icoontje van de foto's. Het waren huis-tuin-en-keukenopnamen. Het strand voor het huis, zeemeeuwen, het huis zelf van binnen en van buiten en een groot aantal naakte of zo goed als naakte vrouwen van in de twintig die op het strand lagen te zonnen en stiekem gefotografeerd waren.

'Jacob Cádiz heeft er wel kijk op,' grinnikte Marten.

'Hou op met kwijlen, schat. We hebben nogal haast. Haal die kaart eruit en stop die andere erin.'

Marten haalde de kaart die erin zat eruit, pakte de andere uit de envelop en stopte hem in het gleufje. Het werd al snel duidelijk dat het dezelfde kaart was van de foto's die pater Willy had geprint. Ze gingen dichter bij het scherm zitten toen Marten door de foto's begon te bladeren. Toen hoorden ze buiten een auto tot stilstand komen op het grind.

'Cádiz,' zei Anne.

'Of een vriend, of de werkster. Of...'

'Conor White zou nooit op deze manier aankomen. De rest ook niet.'

Marten zette meteen de computer uit en stopte de geheugenkaart terug in de envelop bij de foto's. 'Ga door de voordeur naar buiten. Zeg dat we kwamen kijken of Cádiz er was en dat de deur openstond en er een raam was ingegooid.'

12.23 uur

De middagzon was verblindend toen ze met knipperende ogen naar buiten liepen. De auto die was komen aanrijden stond achter die van hen. Het was een donkergrijze vierdeurs Peugeot. Er zaten twee mensen voorin. Het portier van de bestuurder ging open en er stapte een lange man uit met een compact Heckler & Koch semi-automatisch machinegeweer in zijn hand.

Hauptkommissar Emil Franck.

'Wel verdomme,' zei Marten. Hij keek om zich heen in de verwachting nog meer politie aan te treffen. Hij zag niemand. Toen ging het andere portier open, en tot Martens stomme verbazing stapte er een iets te dikke, en erg bekende man met een baard uit, de Portugese zon in.

'Goedemiddag, *tovarich*. Dat is lang geleden.'

'Zeg dat wel,' zei Marten.

'Wie is dat?' vroeg Anne snel.

Marten bleef naar beide mannen kijken. 'Yuri Kovalenko. Een oude bekende uit Moskou.' Wat was er in vredesnaam aan de hand? Wat moest Kovalenko hier? 'Wat doe jij hier?' vroeg hij. 'Wat moet je?'

'Dat kun je beter aan de Hauptkommissar vragen.'

Emil Franck antwoordde sneller dan Marten iets kon vragen. 'De foto's.'

'Welke foto's?'

'Die je onder je arm hebt. De bedrijfsleider van het postkantoor bevestigde dat hij hier regelmatig persoonlijk de post bezorgt. Onder andere een grote envelop uit Equatoriaal-Guinea. Dat wist hij nog vanwege de postzegels,' zei Franck met een geforceerd lachje. 'Hij deed vaak klusjes voor Jacob Cádiz. Hij mocht hem graag.'

Marten was nog meer op zijn hoede dan hij al was geweest. 'Waarom is er niet meer politie?'

'Ze weten dat ik bij voorkeur alleen werk. Dat geeft minder troep.'

'En hij dan?' Marten wees naar Kovalenko en keek toen weer naar Franck. 'Voor wie werkt ons Hauptkommissarisje nog meer? Moedertje Rusland? Hadrian? SimCo? Of toch Striker Oil?'

'De foto's graag,' zei Franck die met de Heckler & Koch op hem gericht op Marten afkwam.

'De Hauptkommissar en ik hebben elkaar in Berlijn ontmoet,' zei Kovalenko, die ook naar voren liep. 'Vlak daarna hadden we een gesprekje met een oude bekende van mevrouw Tidrow. Jullie hebben kennelijk onze zender gevonden. Door die uit te schakelen zijn jullie erin geslaagd je andere achtervolgers af te schudden. Er zijn er namelijk nog meer, moet je weten. Ze zijn misschien wel onderweg hiernaartoe.' Kovalenko keek naar Franck en toen weer naar Marten. Hij bleef doorlopen, langzaam en behoedzaam, en ging gelijk op met de Duitser.

'Die foto's zijn geloof ik nogal populair. De reden dat wij hier zijn en de rest niet, is dat de Hauptkommissar hoog staat aangeschreven in de Europese Unie, zeker waar het de politie betreft. We wisten al geruime tijd voor dat jullie er landden, dat jullie op weg waren naar Faro. We wisten dat jullie een auto hadden gehuurd in de stad. Het merk, de kleur, het kenteken.' Kovalenko keek naar Franck. Hij was degene die het voor het zeggen had en hij bepaalde wie waar naartoe ging. Hij keek Marten weer aan. 'Je had niet zo vaak over de Avenida Tomás Cabreira moeten rijden. Of bij die bushalte moeten parkeren. De politie daar heeft zoiets meteen in de gaten. Ze hebben ons verteld waar jullie heen zijn gegaan. De postbode deed de rest.'

Anne snapte ineens waarom er geen politie was. 'Nicholas,' zei ze. 'De Hauptkommissar werkt voor de CIA.'

Kovalenko lachte halfslachtig. 'Is dat zo, Emil? Heb je nóg een andere werkgever?'

'Nee, alleen degenen die jij ook kent.' Franck richtte het machinegeweer op Anne. 'Ga uit de buurt van Marten staan, alsjeblieft.'

Marten wilde tussen de Duitser en Anne in gaan staan.

'Niet doen, tovarich,' waarschuwde Kovalenko. Hij trok opeens een automatische Glock uit zijn tailleband.

Marten stond meteen stil.

'De foto's, alsjeblieft.' Franck stond pal voor zijn neus, het machinegeweer op borsthoogte. 'Je wordt gezocht voor de moord op Theo Haas. We troffen je hier aan en je weigerde je over te geven. Het zal niemand verbazen dat je een grote inschattingsfout hebt gemaakt en daarom bent neergeschoten.'

'Geef hem die foto's nou maar, tovarich,' zei Kovalenko zacht. 'Kom op.'

Franck zag dat de Rus opeens achter hem kwam staan. In een milliseconde zag hij alles wat er sinds Berlijn was gebeurd voorbijflitsen. Iedere beweging, ieder gebaar, zelfs zijn houding; alles aan Kovalenko was ingestudeerd. Zijn arrogantie, zijn berekenende antagonisme, zijn egotisme en de drang te willen winnen die ogenschijnlijk bij zijn werk hoorden, zijn constante verwijzingen naar Moskou, en het steeds maar uitstellen om er contact mee op te nemen, de angst voor represailles, zijn eigenwaan. Het paste allemaal bij hem en was bedoeld om hem op het verkeerde been te zetten. Ze wisten dat hij een dubbelspion was. Dat wisten ze waarschijnlijk al eeuwen, nog van voor de Berlijnse Muur viel.

Een halve seconde later voelde hij de Glock van Kovalenko achter zijn oor. Het staal voelde koud aan. Hij wilde dat hij nog iets had kunnen doen, maar hij wist dat het te laat was. 'Net zo lang tot je door je eigen lotsbestemming wordt ingehaald, en dan – dat was het dan'. Hij dacht aan zijn vrouw en kinderen. Bad dat ze het zonder hem zouden redden. Toen hoorde hij een ploppend geluid, gevolgd door een verzengend wit licht.

Het lichaam van Hauptkommissar Franck viel op de grond alsof het overmand werd door een afschuwelijke zwaartekracht. Marten en Anne schrokken ervan, omdat het zo onverwacht kwam.

'Mevrouw Tidrow had gelijk, tovarich. De Hauptkommissar werkte voor de cia.' Kovalenko had de Glock nog steeds in zijn hand. Hij was beheerst, nuchter zelfs, alsof er niets vreemds was voorgevallen. Zijn intonatie en zijn gedrag waren precies hetzelfde als toen hij jaren geleden vrijwel hetzelfde had gedaan in St. Petersburg. Hij had van dichtbij geschoten en Marten was daarbij geweest.

Hij raapte het machinegeweer van Franck op, maakte de band los en hing het over zijn schouder. Toen keek hij Marten aan.

'Als je zo vriendelijk zou willen zijn, tovarich.' Hij wees met de Glock naar Franck. 'Ik ben bang dat je hem zelf zult moeten dragen.'

Marten staarde hem aan en gaf toen de foto's aan Anne. Hij tilde Francks lijk op en droeg het naar de Peugeot.

Kovalenko deed de kofferbak open en Marten legde Franck erin. Hij keek naar hem toen Kovalenko de klep dichtgooide. De eens zo gevreesde supersmeris met zijn kale kop, leren jas en immense reputatie was nu morsdood, zijn halve schedel was weggeblazen. Een verminkt lijk, meer niet. Zomaar vermoord. Hoe vaak had hij dat als rechercheur bij moordzaken in LA niet aanschouwd? Het ene moment leefde iemand, het volgende moment was hij dood. Toch was dit anders. Franck was geen willekeurig slachtoffer of bendelid. Hij was niet vermoord vanwege drugs of een vrouw, maar voor iets veel omvangrijkers. Hetzelfde waarvoor pater Willy, Marita en haar studenten en god weet hoeveel honderden of duizenden Equatoriaal-Guinezen vermoord waren. Misschien Theo Haas ook, maar dat wist hij nog steeds niet zeker. Hij wist alleen absoluut niet wat dat 'omvangrijke' was.

Olie?

Misschien.

Momenteel regeerde olie de wereld. Maar er klopte iets niet. SimCo bewapende de rebellen, maar deed niets om het personeel van Striker tegen hen te beschermen.

'De foto's, tovarich.' Kovalenko richtte de automatische Glock op Anne en de envelop die ze vasthield. 'Alle geïnteresseerde partijen dachten dat hij ze wel eens verstuurd kon hebben. Ze hadden gelijk. Laten we uit de zon gaan en kijken wat erop staat.'

Marten keek naar hem en zijn Glock.

'Nou kennen we elkaar al zó lang en toch denk je dat je dat ding nog nodig hebt?'

Kovalenko lachte. 'Dat lijkt me in dit geval wel het beste, tovarich.'

12.35 uur

72

Anderhalve minuut later stonden ze in de hal en was de voordeur gesloten. Het semi-automatische machinegeweer hing aan Kovalenko's schouder; hij had de Glock nog in zijn hand. Anne en Marten stonden voor hem, de envelop open, de foto's uitgespreid op de houten tafel. Marten liet ze een voor een zien.

'Dit is Conor White,' zei Kovalenko opeens, wijzend naar een van de foto's.

'Dat weet ik,' zei Marten.

'Hij is een van de mensen die jullie achtervolgen.'

'Dat dacht ik al.'

'Ken je hem dan?'

'Ik heb hem in het voorbijgaan wel eens gezien,' zei Marten met een schuine blik op Anne.

'Je moet goed uitkijken, tovarich. Hij is een veelvuldig onderscheiden oud-marinier uit het Britse leger die een heleboel te verliezen heeft als deze,' hij wees op de stapel foto's, 'gepubliceerd worden.'

'Dat wist ik ook al.'

Anne staarde Kovalenko aan. 'Wie volgt ons nog meer?'

'Twee van zijn strijders,' zei Kovalenko die een vinger uitstak en foto's opzij schoof tot hij de afdruk had gevonden die hij zocht. De foto van Patrice en Irish Jack in de deuropening van de helikopter. 'Deze twee.'

Kovalenko hield iets achter. 'Je had het over "anderen". Wie zijn dat? Jouw mensen? Wie zijn het en hoeveel zijn het er?'

'Voor zover ik weet is het er maar één, mevrouw Tidrow. De directeur van het bedrijf waarvoor u werkt.'

'Sy Wírth?'

Kovalenko knikte. 'Hij reist, of reisde, alleen en voorziet White en zijn mannen van informatie over jullie verblijfplaats. Waar ze momenteel allemaal zijn weet ik niet.'

'Waar haalt Wirth zijn informatie dan steeds zo mooi op tijd vandaan?' vroeg Marten, die nadrukkelijk naar Anne keek.

'Waag het niet,' beet ze hem toe. 'Ik heb hem sinds Malabo niet meer gesproken.' Ze knikte naar Kovalenko. 'Je kunt beter beter aan hem vragen hoe híj aan zijn informatie komt.'

Kovalenko lachte ontspannen. 'Moskou.'

Marten lachte niet terug. 'Waarom verbaast me dat niet? Ik neem aan dat Moskou ook van Cádiz afweet?'

'Heeft ze wel wat tijd gekost, maar inderdaad.'

'Waarom zou pater Willy de foto's naar hem sturen in plaats van naar zijn broer? Waren ze zo dik bevriend?'

Kovalenko hield zijn hoofd schuin en grijnsde. 'Je weet het écht niet, hè?'

'Wat weet ik niet?'

Kovalenko gebaarde met zijn vrije hand door de kamer. 'Hier kwam Theo Haas naartoe om te ontsnappen aan de Berlijnse kou en de schijnwerpers waar hij als Nobelprijswinnaar constant in stond. Hij wilde hier niet ook worden lastiggevallen dus gebruikte hij de naam Jacob Cádiz. Hij sprak een aardig mondje Portugees, dat wist bijna niemand.' Zijn uitdrukking veranderde. Hij schoof de foto's opzij en raapte de gevouwen witte envelop met de geheugenkaart op. 'Wat zit hierin?'

Marten gaf geen antwoord.

Kovalenko vouwde de envelop open en haalde het kaartje eruit. 'Aha,' zei hij. 'De hoofdprijs.' Zijn ogen zochten Martens blik. 'Je hebt zeker al gezien wat er opstaat?'

'Niet alles.'

'Waar staat de computer die je gebruikt hebt om te kijken?'

'In de studeerkamer,' zei Marten zacht. Hij probeerde nog steeds te begrijpen wat Kovalenko hier deed en wat de rol van Moskou was.

'Ik zat al op deze zaak voordat ik wist dat jij erbij was betrokken,' zei hij alsof hij Martens gedachten kon lezen. 'Moskou houdt de ontwikkelingen in Equatoriaal-Guinea nauwlettend in de gaten. Ze zijn reuze geïnteresseerd in Westerse oliemaatschappijen die een ongewone belangstelling aan de dag leggen voor een bepaald gebied en daar gaan ontginnen. Helemaal als het om West-Afrika gaat, waarvan wordt aangenomen dat daar enorme reserves liggen. Mocht dat ook inderdaad zo zijn, dan zou het vanuit strategisch oogpunt een beetje jammer zijn als bijvoorbeeld de Chinezen het eerder zouden weten. Ik weet zeker dat je dat wel zult begrijpen. Het is gewoon goede handel.'

'Dat lijkt mij ook, ja.'

73

Marten startte de computer van Jacob Cádiz op en stopte de geheugenkaart in het gleufje. Anne zat rechts van hem. Kovalenko zat op een stoel achter hen met de Glock in zijn hand. Francks Heckler & Koch hing nog aan zijn schouder.

'Ik ben benieuwd, tovarich,' zei hij toen het scherm tot leven kwam. Marten klikte met de muis en er verscheen een foto op de monitor. Hij was genomen met een groothoeklens, zo te zien vanuit een schuilplaats in de bosjes. Het was een afbeelding van een bizarre junglepicknick. Er stonden zes witte rieten stoelen rond een lange tafel met een wit tafelkleed. De tafel was gedekt met mooi servies, bestek en dure wijnglazen. Er stonden soldaten van het Equatoriaal-Guinese leger in groot tenue met witte handschoenen aan die als obers werkten. Een andere soldaat stond een stukje verderop een groot gebraad aan te snijden. Nog twee anderen, kennelijk hoog in rang want in vol ornaat, zaten aan de tafel. Tegenover hen zaten de luitenants van Conor White, Patrice en Irish Jack, gekleed in de kenmerkende zwarte t-shirts met camouflagebroeken. Op de achtergrond stonden verscheidene andere kortgeknipte huurlingen van SimCo met hun handen over elkaar geslagen toe te kijken. Ze hadden allemaal een zonnebril op en automatische pistolen aan hun riem.

Conor White droeg een gedistingeerd wit pak en een gesteven wit overhemd waarvan de bovenste knopen open waren. Hij zat aan het hoofd van de tafel. Aan het andere eind zat een man met zijn rug naar de camera.

'Volgende,' zei Kovalenko.

Marten klikte met de muis en de volgende foto verscheen. Hierop was de andere man te zien. Hij was ouder dan de rest, had gitzwarte ogen en was gekleed in het uitgaanstenue van een Equatoriaal-Guinese generaal.

'Mariano,' riep Marten verbaasd.

'Generalissimo Mariano Vargas Fuente. Ken je hem?' vroeg Kovalenko verwonderd.

'Ik heb het genoegen gehad ondervraagd te worden door een eenheid van het Equatoriaal-Guinese leger. Hij was bij een deel van de feestelijkheden.'

'Dan heb je geluk gehad dat je niet ter plekke bent afgeslacht. Hij komt uit Chili. Was ooit officier bij de veiligheidsdienst van Augusto Pinochet. Hij was persoonlijk verantwoordelijk voor de gruwelijke doodseskaders. Onder zijn leiding zijn duizenden mensen verdwenen, tot hij...'

'Plotseling in de jungle van Centraal-Amerika verdween,' maakte Marten zijn zin af. 'Dat is mij tenminste verteld. Hoe en wanneer is hij in Equatoriaal-Guinea terechtgekomen?'

'Hij woonde onder een valse naam in het zuiden van Spanje. Tot jullie vriend Conor White hem rekruteerde voor het Equatoriaal-Guinese leger.'

'White?'

'Ja, maar in het geheim. President Tiombe denkt dat hij dat helemaal zelf heeft gedaan. Hij betaalde Mariano een vermogen om de Equatoriaal-Guinese tegenopstand te leiden.'

'Hoezo?' vroeg Marten verbijsterd.

'Zodat de heer Tiombe zijn volk kon laten zien wat hij met lastpakken doet.'

'En hij weet niet dat White dit allemaal geregeld heeft?'

'Waarschijnlijk niet, nee.'

Marten keek Anne aan. 'Heeft Striker White opdracht gegeven Mariano in te lijven?'

'Ik heb geen flauw idee. Misschien heeft Sy Wirth dat gedaan op aandringen van Loyal Truex. Of White heeft het zelf gedaan. Ik wist er in ieder geval niets van.'

'Je weet wel heel veel dingen van je eigen bedrijf niet, hè?'

'Daarom zit ik hier met jou, schat. Om erachter te komen.' Als blikken konden doden, was Marten er nu niet meer geweest.

'Tovarich,' zei Kovalenko, lichtelijk geamuseerd door hun aanvaring. 'Het maakt toch geen reet uit wie het gedaan heeft. Het was een tactische zet. Stook het vuur onder de tegenopstand flink op door het leger hem bruut te laten onderdrukken. Zaai op een opvallende manier moord en doodslag. Mannen, vrouwen, kinderen, bejaarden, zelfs beesten: verbrand ze levend als je de kans krijgt. Daardoor mobiliseren de rebellen zich met verbazingwekkende felheid. En hierdoor krijgen ze steun van buitenaf. Als de wereld zou...'

'Verbrand ze levend?' Jij hebt de briefing van de CIA dus ook gezien?'

'Klopt,' zei Kovalenko. 'Hauptkommissar Franck werkte zowel voor de CIA als voor ons. Dat wisten we uiteraard. Dus terwijl hij ons in de gaten hield, hielden wij een oogje op hem. Zodra hij hoorde dat de priester die in Equatoriaal-Guinea is vermoord de broer van Theo Haas was, vroeg hij de banden op en bekeek ze. Ze waren eenvoudig te onderscheppen. Ik moet je eerlijk zeggen dat wij ook met afgrijzen hebben gekeken naar wat generaal Mariano zo efficiënt aanrichtte. Natuurlijk hadden we die beelden kunnen laten uitlekken, maar voor hetzelfde geld heeft iemand anders ze al op zijn blog staan. Laat hem of haar maar met de eer gaan strijken, dan blijven wij buiten schot. Trouwens, zelfs als de video nooit wordt vrijgegeven, zijn de dagen van Tiombe geteld. De rebellen van Abba zijn veel te sterk en te gedreven. Dat redt hij nooit.'

Marten keek Kovalenko aan. Wat was er in godsnaam zo belangrijk in Equatoriaal-Guinea dat White iemand als generaal Mariano rekruteerde, waardoor de interesse van zowel de CIA als de Russische veiligheidsdienst werd gewekt? Als Kovalenko daar tenminste voor werkte; Marten had nooit kunnen achterhalen door wie hij nou eigenlijk werd betaald, ook niet toen ze jaren geleden zo veel met elkaar te maken hadden gehad.

Olie, zoals hij eerder al had gedacht?

Misschien. Maar in West-Afrika werd overal olie gevonden, dus op zich was dat niet genoeg om zo veel aandacht te trekken. Er moest meer aan de hand zijn. Iets anders.

'Waar zit je aan te denken, tovarich?' vroeg Kovalenko. 'Je wilt zeker weten waar dit nou allemaal precies om draait?'

'Ja.'

Kovalenko gebaarde met de Glock. 'Ik denk dat mevrouw Tidrow je dat wel kan vertellen. Ik zou voor deze keer maar geloven wat ze zegt.' Hij keek Anne vriendelijk lachend aan. 'Toe maar, vertel het hem maar. Wij weten ervan.'

Anne keek Kovalenko strak aan. Het was overduidelijk wat hij en Moskou allemaal wisten, dus kon ze het Marten net zo goed ook vertellen.

'In dat geval zal ik dat maar doen,' zei ze, en wendde zich tot Marten. 'Iets meer dan een jaar geleden hebben ingenieurs van Striker een gigantische olievoorraad ontdekt onder het veld waarin ze aan het boren waren. Het is gigantisch, waarschijnlijk vijftig keer zo groot als het complete olieveld in Saudi-Arabië en in omvang te vergelijken met de Grote Meren in Noord-Amerika. De capaciteit is meer dan zes miljoen vaten per dag, vier keer zo veel als die van de Saudi's. Het is groot genoeg om driekwart van de wereld de komende honderd jaar van olie te voorzien.

Meteen toen de vondst bekend werd, belegde Sy Wirth een vergadering op het hoofdkantoor van Striker in Houston. Loyal Truex was daarbij aanwezig als afgevaardigde van Hadrian, het beveiligingsbedrijf dat voor Striker werkt. Verder was er een handjevol mensen bij, onder wie ikzelf en Arnold Moss, het hoofd juridische zaken. Iedereen was het erover eens dat de vondst miljarden, zo niet biljoenen waard was. Maar dat was nog niet alles: het zou een strategisch zeer waardevol veld kunnen zijn voor de Verenigde Staten, omdat we onafhankelijk zouden worden van de OPEC. Truex waarschuwde ervoor dat de CIA binnen afzienbare tijd zou weten wat we gevonden hadden en zijn diensten als beveiliger zou aanbieden.' Anne keek naar Kovalenko alsof ze wilde zeggen: 'Je weet vast wel waar ik het over heb.' Meteen daarna keek ze weer naar Marten.

'Hij bedoelde hiermee te zeggen dat we zelf de eerste stap moesten zetten en hen meteen erbij moesten halen. Sy vond dat maar niks. Hij wilde geen overheidsbemoeienis en vond dat de beveiliging van het veld de verantwoordelijkheid was van Truex en niet van de CIA. Daarmee sloot hij de vergadering. Als directeur en voorzitter van de raad van bestuur heeft hij alle touwtjes in handen. Dus als hij de vondst binnen vier muren wilde houden, gebeurde dat ook. Maar nu blijkt dus dat de CIA het allang weet. Misschien heeft Sy ze alsnog zelf ingelicht. Of Truex. Maar wie het gedaan heeft en waarom maakt niet uit; feit is dat de CIA er alles aan blijkt te doen om de leiding te nemen, en dat ze daarom de foto's willen hebben.' Anne keek weer naar Kovalenko. 'Ik heb geen idee hoe Moskou erachter gekomen is.'

Marten was met stomheid geslagen. Het was dus toch olie, en niet zo'n beetje ook.

'Daarom ben ik niet door het Equatoriaal-Guinese leger gevolgd vanuit Malabo,' dacht hij hardop. 'Ze staan onder leiding van Mariano en dus aan dezelfde kant als SimCo. Laat Conor White het dus maar opknappen.' Hij stond plotseling op. Hij keek beurtelings Anne en Kovalenko aan in een poging het te begrijpen, er een samenhangend geheel van te maken. Uiteindelijk liep hij het vertrek door en ging hij met zijn rug naar hen toe staan.

'Tiombe heeft de touwtjes jarenlang in handen gehad,' dacht hij hardop. 'Streek de winst van de ruwe olie op en werd er, samen met zijn familie, fors beter van, terwijl zijn volk wegkwijnde in armoe. Uiteindelijk pikten ze het niet langer en begonnen hun aandeel op te eisen, met Abba als hun leider. Tiombe was daar niet blij mee, stuurde zijn troepen eropaf en zo begon de oorlog. Net toen Striker, die al actief was in de regio, die enorme ontdekking deed.' Hij draaide zich naar hen om.

'Waarom zouden ze het risico lopen dat olieveld kwijt te raken aan Tiombe, die hun contracten zou opzeggen en hen het land uit zou gooien, om op zoek te gaan naar een betere deal met iemand anders?' Hij keek nadrukkelijk naar Kovalenko. 'Een land als China, in plaats van een middelgrote Amerikaanse oliemaatschappij. Dan kun je beter de CIA op je hand hebben en Abba helpen. Stuur Conor White en zijn huurlingen er met zijn strijdmacht op af, word zijn bondgenoot en belazer hem tegelijkertijd door Mariano stiekem het leger bruut te laten tegenwerken, waardoor de rebellen met nog meer troepen terugvechten.'

Marten liep weer de kamer door. Zijn stem en houding waren kil en cynisch. 'Binnen een maand of twee, drie, vier heeft Tiombe het veld geruimd en is Abba, als nieuw staatshoofd, veel dank verschuldigd aan SimCo en AG Striker. White zal voorstellen dat het leger ontmanteld wordt, Abba stemt daarmee in, Whites huurlingen nemen het over en maken van de ruige vechtersbazen van Abba een geoliede politiemacht. Na nog een paar maanden gaat de bevolking mee delen in de verkregen olierijkdommen die hun zo lang ontzegd zijn. Het zal niet veel zijn, maar wel veel meer dan ze ooit van Tiombe gekregen zouden hebben. Er komt schoon drinkwater. Er worden wegen aangelegd, er worden ziekenhuizen en fatsoenlijke huizen gebouwd, er komt goed onderwijs. Weer wat later wordt met de bouw gestart. Dan wordt de grote vondst openbaar gemaakt en worden er geologische details vrijgegeven als bewijs. De gevolgen hiervan zullen als een schokgolf over de wereld gaan, politiek, economisch en emotioneel, en zeker de Westerse landen zullen opgelucht ademhalen. Heb ik gelijk of niet?'

Kovalenko knikte. 'En buitenstaanders kunnen er niet aankomen. Shell, ExxonMobil, Rusland, China: niemand kan iets doen omdat Equatoriaal-Guinea een soevereine staat is en omdat de olie zo veel macht met zich meebrengt dat niemand daar tegenop kan. Van de ene op de andere dag wordt het kleine, arme Equatoriaal-Guinea een schoolvoorbeeld van een modern, vreedzaam, uitermate succesvol derdewereldland.

Maar eigenlijk maakt het niet uit wat iedereen ervan vindt. Er zit een addertje onder het gras: in essentie zijn het land, de regering, het leger, de dankbare bevolking en die olievoorraad met Bijbelse afmetingen, niet van de bevolking maar van Striker Oil, en dat zal de komende eeuw zeker niet veranderen.'

Marten keek naar Anne. 'Is dat hoe je vader zich de toekomst van zijn bedrijf had voorgesteld? Fiscale groei door mensen af te slachten? Uitbreiding met behulp van een vlammenwerper?'

De woede spatte uit Anne's ogen. 'Gore klootzak,' beet ze hem toe.

'Het was maar een vraag, hoor.'

'Nee,' brieste ze. 'Dat was niet wat hij voor ogen had.'

'De wereld verandert, tovarich,' onderbrak Kovalenko hen. 'En niet altijd ten goede.' Hij stond op. 'De tijd dringt. Ik moet gaan. Het heeft jullie veel pijn en moeite gekost om de foto's in handen te krijgen, dus jullie mogen ze houden. Ik hoef alleen de geheugenkaart maar te hebben.' Hij gebaarde weer met de Glock. 'Zou je hem alsjeblieft uit de computer willen halen en hem aan mij willen geven?'

Marten keek naar het pistool. 'Als je het zo wilt spelen, prima,' zei hij met vlakke stem. Hij liep naar het bureau van Jacob Cádiz, boog zich voorover en haalde het kaartje uit het apparaatje dat op de kast van de computer stond. Hij keek eerst Anne en daarna Kovalenko aan.

'Misschien vind je het fijn als ik het terugstop in de envelop?' zei Marten zuur, bijna sardonisch. 'Netjes opgeborgen en makkelijk mee te nemen, zodat je het niet verliest.'

'Dank je, tovarich. Wat attent van je.'

Marten rommelde door de foto's tot hij de kleine envelop had gevonden waar de geheugenkaart had ingezeten en stopte hem erin. Hij vouwde hem op, deed het elastiekje eromheen en gaf de envelop aan de Rus. 'Met een zoen van de juffrouw,' zei hij.

Breed lachend stopte Kovalenko de envelop in zijn zak. 'Het was me weer een waar genoegen, tovarich. Het was veel te lang geleden. Hoe gaat het met je zus Rebecca? Woont ze nog steeds in Zwitserland?'

'Ja.'

'Doe haar de groeten. Laten we een keer met z'n allen op vakantie gaan.' Met een knikje naar Anne liep Kovalenko naar de deur.

'Nog één ding, tovarich,' riep Marten hem na. 'Waarom heb je de Hauptkommissar vermoord als je nog jaren van zijn diensten gebruik had kunnen maken?' Kovalenko draaide zich om, de Glock nog steeds in zijn hand. 'Jullie hadden een onwetende mol bij zowel de CIA als de Berlijnse politie,' zei Marten. 'Hij was nog heel erg waardevol.'

'Zijn opdracht was om jou en Anne te vermoorden als we de foto's eenmaal hadden,' zei Kovalenko zacht. 'Het zou toch niet getuigen van goede manieren als ik dat liet gebeuren, vind je ook niet?'

Hij stak de Glock onder zijn riem, haalde het Heckler & Kochmachinegeweer van zijn schouder en richtte het op hen. Ze keken er allebei naar.

'Dus doe je het zelf maar,' zei Marten kil. 'Opgeruimd staat netjes.'

'Na alles wat we samen hebben meegemaakt, tovarich? Ik vind het jammer dat je zo weinig vertrouwen in me hebt,' zei de dikke Rus met de baard en hij schonk hem een teddyberengrijns. 'Ik denk dat je nog niet uit de ellende bent. Je kunt nog meer verwachten van Conor White. Zeker nu je de foto's in je bezit hebt.' Zijn vrije hand ging naar zijn riem. Hij trok de Glock los en gooide hem naar Marten, haalde een magazijn uit zijn zak en gooide dat er achteraan. 'Vijftien patronen. Zo'n zelfde magazijn zit ook in het pistool. Er is één patroon van gebruikt. Je hebt er dus nog negenentwintig over.' Hij zweeg even en keek Anne en Marten beurtelings aan.

'Jullie huurauto – een zilvergrijze vierdeurs Opel Astra, kenteken 93-AA-71 – daar weet de Portugese politie van.'

'Dat zei wijlen de Hauptkommissar ook al.'

'Ze zijn nu niet naar jullie op zoek, omdat hij dat afgeblazen heeft. Maar plan je volgende stap zorgvuldig, tovarich,' zei Kovalenko met een nauwelijks waarneembaar lachje. 'Ik vertrouw erop dat we goede vrienden blijven en dat je me niet met mijn eigen wapen neerschiet. Dan heb je twee lijken die je moet verantwoorden.' Hij gaf Anne een knikje, draaide zich zonder verdere plichtsplegingen om en was weg.

Marten zag door het raam hoe hij aan het eind van de oprit uit het zicht verdween. Hij verwachtte min of meer dat er ieder moment een slagorde politieagenten op hen af zou komen. Dat gebeurde niet, waarschijnlijk omdat Franck het inderdaad had afgeblazen. Hij wachtte nog een halve minuut en liep toen naar de hal om de foto's bij elkaar te zoeken.

Anne hield de oprit in de gaten. 'Conor en zijn mannen kunnen nooit ver weg zijn.'

'White is niet ons enige probleem.' Marten stopte de foto's in de plastic verpakking en daarna in de envelop. 'Kovalenko moet zijn auto ergens lozen. Als het lichaam van Franck eenmaal gevonden is, zal iedere agent in Europa naar ons op zoek gaan omdat ze denken dat wij hem vermoord hebben. En ze zullen niet lang hoeven nadenken waar ze zullen beginnen met zoeken. Hier.'

13.21 uur

74

Nog steeds Praia da Rocha, het fort Santa Catarina. Zelfde tijdstip

Het oude fort stond aan de oostkant van de Avenida Tomás Cabreira, aan de oever van de Rio Arade, op de plaats waar deze in zee uitmondde. Het was in 1691 gebouwd om de steden Silves en Portimão te beschermen tegen Moorse en Spaanse piraten. Het was nu nog slechts een toeristische attractie; een reeks eeuwenoude stenen gebouwen en een kleine kapel, gewijd aan de heilige Catharina van Alexandrië. De galerij bood een schitterend uitzicht over de Atlantische Oceaan, de rivier, de stranden van Praia da Rocha en de zandstenen rotsen. Het was ook de plek waar Josiah Wirth en Conor White hadden afgesproken om te proberen te achterhalen wat er verkeerd was gegaan en of ze dat nog konden herstellen.

Een meter of vijftig verderop zaten Patrice en Irish Jack in een zwarte Toyota Land Cruiser op het parkeerterrein van het fort naar hen te kijken. Ze zagen Wirth driftig heen en weer lopen over de galerij, druk in de weer met zijn BlackBerry. White stond geduldig op een afstandje te wachten, het heldere zonlicht weerspiegelde als een glinsterende muur in de zee.

Irish Jack pakte een verrekijker en richtte die op hen. Beide mannen verschenen in beeld. Even later stopte Wirth zijn BlackBerry weg en keek vol walging voor zich uit.

'Misschien heeft uw vriend nog geen nieuws en heeft hij daarom nog niks van zich laten horen, meneer Wirth.' Conor White hield zich bewust in en deed meegaand, in een wanhopige poging beleefd te blijven tegen de man aan wie hij zo'n gruwelijke hekel had. 'Misschien zaten zijn mannen er wel bovenop maar is Marten ze te slim af geweest, net zoals hij ons allemaal te slim af was in Málaga. Misschien zit hij nog ergens hier in Praia da Rocha. Probeer uw vriend nog eens te bellen, hij had waarschijnlijk net geen bereik toen u hem belde, of zijn telefoon is kapot. Misschien doet die het nu wel weer en weet hij iets meer.'

'Hij zit niet zomaar een uur zonder bereik. Er is ook niks mis met zijn telefoon. Hij neemt gewoon niet op omdat hij daar geen zin in heeft.'

'Dan is er iets misgegaan bij Anne en Marten.'

'Er is helemaal niks misgegaan,' beet Wirth hem toe. Hij haalde zijn BlackBerry weer tevoorschijn en ging een stuk verderop naar de zee staan kijken, waar een stuk of vijftien zeilboten met een wedstrijd bezig waren.

White zag hoe hij een nummer intoetste en op verbinding wachtte. Even later hing hij op en probeerde kennelijk een ander nummer.

Ze wisten niet wat er was gebeurd tussen het moment dat Wirth hem Praia da Rocha als Martens bestemming had gegeven en het moment dat ze daar waren aangekomen om met hem af te rekenen. Maar inmiddels verkeerde Wirth in een toestand die White 'beheerst emotionele beroering' zou noemen. Zo gedroeg Wirth zich eigenlijk al sinds hij hem een paar maanden geleden had leren kennen, maar zo erg als nu was het nog niet eerder geweest en hij begon de controle over zichzelf te verliezen. Het was duidelijk dat hij zich bedrogen voelde omdat hij op het laatste moment was buitengesloten. Hij was daar niet alleen woest over, hij wist ook niet wat hij eraan moest doen.

Eerder, toen ze Marten nog op de hielen zaten en ze eindelijk wisten waar hij was geland en waar hij vervolgens naartoe was gegaan, hadden ze in de veronderstelling verkeerd dat het niet lang meer zou duren voor ze de foto's in handen zouden hebben en dat er een eind zou komen aan hun problemen. Dat was helaas niet meer zo. Als de derde partij die door Wirth was ingehuurd om Marten op te sporen en de foto's terug te krijgen ze ergens onderschept had, moest hij of zij allang weten wat er op die foto's stond. Dat ze, met andere woorden, de foto's al die tijd al voor zich zelf terug wilden hebben. En dat zijn vrees dat de directeur van Striker er tot over zijn oren in zat, opeens een gruwelijke werkelijkheid werd. Er was niemand aan wie hij een grotere hekel aan had dan Josiah Wirth. Zelfs zijn vader niet.

'Conor,' riep Wirth kortaf. Hij draaide zich om en liep naar hem toe. 'Er is een envelop naar mijn hotel in Faro gestuurd.'

'Met de foto's?' White voelde hoop opwellen, alsof de zon plotseling toch weer ging schijnen. Alles was nog niet verloren. Misschien had hij zich vergist en was Wirth niet zo stom als hij eruitzag.

'Ik weet alleen dat er een envelop is bezorgd in het hotel,' zei Wirth. Hij liep naar de zwarte Land Cruiser op het parkeerterrein. 'We weten pas wat erin zit als we in het hotel zijn.'

13.42 uur

75

Livros Usados Granada, 13.47 uur

Stump Logan stond achter de toonbank toen ze binnenkwamen. Ze hadden het warm en waren bezweet en zagen eruit alsof ze in deze hitte zojuist in korte tijd een heel eind gelopen hadden.

'Zouden we heel even van uw kantoor gebruik mogen maken?' vroeg Marten. Hij kneep een beetje met zijn ogen toen die zich aanpasten aan de duisternis van de winkel. Anne liep vlak achter hem.

'Mijn kantoor,' antwoordde Logan uitdrukkingsloos. Door zijn dikke brillenglazen bekeek hij eerst Marten, toen Anne en daarna Marten weer. Marten had een grote bubbeltjesenvelop onder zijn arm. Die hadden ze bij hun eerste bezoek niet bij zich gehad.

'Ik denk eigenlijk dat Anne eerst van het toilet gebruik zou willen maken,' zei Marten. 'Als u er een hebt althans.'

Logan bekeek hem nog wat langer en wendde zich toen tot Anne. 'Helemaal achterin de trap af naar de kelder. Het is niet veel soeps, maar het werkt.'

'Bedankt,' zei Anne. Ze liep weg in de aangegeven richting.

Logan deed zijn bril af en keek Marten strak aan. 'Je zit in moeilijkheden.'

'En niet zo'n beetje ook. Ik ben bang dat we uw hulp hard nodig hebben.'

Op dat moment kwam er een echtpaar van middelbare leeftijd binnen en begon vooraan in de winkel door de boeken te snuffelen. 'Ga ze maar helpen,' zei Marten. 'Ik wacht in uw kantoor, als het mag.'

Logan gebaarde met een knikje naar achteren. 'Je weet waar het is.'

'Bedankt.'

Marten liep weg.

Op de twee mensen na die net waren binnengekomen was er niemand in de winkel. Het enige andere personeel was de vrouw van in de dertig met het korte, donkere haar in het luchtige jurkje die er de eerste keer ook al was. Ze stond aan de andere kant van het vertrek met haar rug naar hem toe een display te veranderen.

Ze hadden het zo gepland. De Opel hadden ze achtergelaten op het parkeerterrein bij het strand, en ze waren naar de enige schuilplaats gelopen die ze kenden: de boekwinkel van Logan. Onderweg hadden ze steeds uitgekeken naar de politie en Conor White, die hen wel op de hielen moest zitten. Ze wilden naar de winkel van Logan, hem apart nemen, hem datgene vertellen wat hij moest weten en hem om hulp vragen. Ze namen hiermee wel een risico, maar ze konden nergens anders heen en hij had hen al een keer geholpen. Ze hoopten dat hij dat nog een keer zou doen, uit vriendschap voor Theo Haas en pater Willy. Toen ze binnen-kwamen, had Marten bedacht dat Anne eerst naar de wc zou moeten, zo-dat hij de kans kreeg om onder vier ogen met Logan te praten. Tenminste, dat was wat hij haar had wijsgemaakt. Hij wilde gewoon een paar minu-ten alleen zijn om president Harris te kunnen bellen, zodat hij hem kon vertellen waar hij zat en wat er was gebeurd. Hij had geen idee gehad hoe hij dat moest aanpakken, tot het echtpaar was komen binnenlopen en het probleem opgelost was. In ieder geval tijdelijk.

Hij liep het kantoor binnen.

13.59 uur in Praia da Rocha

08.59 uur in Camp David, Maryland

President Harris zat al twee uur afgezonderd in een klein kantoortje naast zijn slaapkamer. Hij deed met pen en papier bij de hand verwoede pogin-gen om nog wat van de begroting af te krijgen, toen de grijze telefoon ging die naast hem lag. Hij schrok ervan en reageerde aanvankelijk niet. Het toestel rinkelde weer. Opeens bsefte hij wie het was en nam op.

'Waar zit je? Wat is er gebeurd? Hoe gaat het? vroeg hij geëmotioneerd. Het kwam er als één zin uit.

'In Praia da Rocha in Portugal. In het kantoortje van een tweedehands boekwinkel.'

Marten bracht hem vlug op de hoogte. Hoe ze de foto's hadden gevonden, de gigantische olievondst van Striker op Bioko en het feit dat Moskou ervan wist. Dat Anne nog steeds bij hem was. Dat Kovalenko samen met Franck was komen aanzetten en dat die eerste Franck had doodgeschoten. Dat Franck voor de CIA werkte. Zijn vrees dat er een klopjacht op hem zou worden geopend als het lijk van Franck werd gevonden. Hij vertelde alles, behalve over Kovalenko en de geheugenkaart. Dat kon wel wachten.

'Hoe zit het met Joe Ryder?' had hij als laatste gevraagd.

'Hij is vertrokken uit Irak en vliegt via Rome naar Lissabon, waar hij jullie zal ontmoeten,' antwoordde de president. 'Hij arriveert op zijn vroegst morgenochtend in het Four Seasons Ritzhotel. Hij dineert morgenavond met de burgemeester van Lissabon. Het is gearrangeerd als beleefdheidsbezoek op weg naar Washington. De echtgenotes van Ryder en de burgemeester zetten zich in voor hetzelfde goede doel, dus het is een aannemelijke dekmantel. Het is een heel eind van Irak naar Portugal, dus jullie zouden tijd genoeg moeten hebben om naar Lissabon te gaan, zelfs als jullie het rustig aan moeten doen. De vraag is alleen of het gaat lukken? Zien jullie kans om in Lissabon te komen?'

'Kunnen we daar over een onderduikadres beschikken?'

'Ja, dat is al geregeld. Een appartementje in Bairro Alto, het oude deel van het centrum.' Harris bladerde door zijn schrijfblok. 'Rua do Almada nummer 17. Vraag naar mevrouw Raisa Amaro; ze woont op de begane grond. Ze weet dat jullie komen. Het stelt niet heel veel voor, maar het volstaat. Ga ernaartoe en blijf daar. Ryder weet waar jullie zijn en hoe hij contact kan opnemen. Dus nogmaals: zie je kans om naar Lissabon te gaan? Anders moet ik iets anders regelen.'

'Dat lukt wel.'

'Mooi. Bel me zodra je daar veilig bent aangekomen. Ik ga aan de slag met deze nieuwe informatie. Als het waar is van die olie, is dat van reusachtig strategisch belang. Je kunt veel van Striker zeggen, maar het is knap dat ze het stil hebben weten te houden. We moeten vanaf nu uiterst voorzichtig zijn. Er mag absoluut niets uitlekken.'

'Denk erom, neef van me,' waarschuwde Marten, 'blijf uit de buurt van de CIA. Het hele verhaal klopt nog steeds niet.'

'Het hoofd van de CIA in Lissabon is al van Ryders komst op de hoogte. Ryder wordt bijgestaan door de veiligheidsdienst van het ministerie van Buitenlandse Zaken. Ze zorgen voor zijn veiligheid, maar ze weten niets van jou en mevrouw Tidrow. Joe is behoorlijk vindingrijk. Hij verzint wel iets om jullie ergens alleen te treffen.'

'Bedankt kerel,' zei Marten dankbaar.

'Ik zou jou moeten bedanken, neef van me. Doe je voorzichtig? Veel succes en goede reis.'

14.06 uur

Net toen Marten ophing kwam Anne binnen, gevolgd door Stump Logan.

Anne keek naar de mobiele telefoon die Marten in zijn hand had. 'Storen we?'

'Een ex-vriendin.'

'Een ex-vriendin? Nu?'

'Nou, eh...'

'Van wanneer?'

'Laten we het erop houden dat het lang geleden is.'

'En ze heeft je nummer nog?'

'Nou en of,' zei Marten grinnikend en hij stopte de telefoon in zijn jaszak. De grijns verdween meteen weer. Hij vroeg aan Logan of hij de deur dicht wilde doen. Daarna keek hij hem aan. 'Ik ben gevolgd door een Berlijnse politieagent die de moord op Theo Haas onderzoekt. Hij is in het huis van Cádiz vermoord door degene die bij hem was, en die is vervolgens met het lijk van Franck in de kofferbak vertrokken. Als Franck wordt gevonden, zal de politie dit hele gebied uitkammen in de veronderstelling dat ik de dader ben. Zoals ik al eerder zei, heeft het allemaal te maken met de burgeroorlog in Equatoriaal-Guinea. Mevrouw Tidrow en ik hebben morgen een bespreking in Lissabon die hopelijk...'

'O ja?' onderbrak Anne hem verrast. Haar blik sprak boekdelen. Ze wist dat hij had zitten bellen om iets met Joe Ryder af te spreken. Het was duidelijk dat ze besefte dat ze haar belofte om hem te treffen moest nakomen. Voorlopig althans.

'Ja, inderdaad,' antwoordde hij nadrukkelijk. Hij ging verder. 'Die bespreking zou het verloop van de oorlog wel eens kunnen veranderen. Maar dat kan alleen als we uit handen van de politie blijven.'

'Je wilt dus dat ik jullie help om in Lissabon te komen.'

'Ja.'

'Stel dat jij die agent wél hebt vermoord. En ook Theo Haas. Misschien zelfs pater Willy. Stel dat je alles gelogen hebt en dat de politie erachter komt dat ik jullie heb geholpen. Wat dan?'

'Die afweging kan ik niet voor je maken. Theo Haas is degene die dit allemaal veroorzaakt heeft omdat hij bezorgd was om het welzijn van zijn broer en om zijn ontdekking van wat er op Bioko aan de hand is. Dankzij hem ben ik daarheen gegaan om pater Willy te ontmoeten en zocht ik hier naar Jacob Cádiz. Daarom ben ik gevolgd door die Duitse agent en de man die hem uiteindelijk vermoord heeft, een hoge pief van de Russische veiligheidsdienst. Ze werden verondersteld samen te werken, maar dat deden ze dus niet.' Marten ging nog even door. 'Ik heb je de waarheid verteld. Anders waren mevrouw Tidrow en ik wel op eigen gelegenheid naar Lissabon gegaan. We zijn naar jou gekomen omdat je Theo Haas en pater Willy hebt gekend en wist hoe ze waren. Je woont hier al geruime tijd, je weet hoe het hier werkt. We moeten maken dat we wegkomen voor we worden ingesloten door de politie, en alles wat we gedaan hebben en waarvoor pater Willy gestorven is, voor niets is geweest. Ik ga voor je op mijn knieën. Kun je ons alsjeblieft helpen? Wíl je ons helpen?'

Stump Logan zette zijn bril af en wreef in zijn ogen. Daarna zette hij zijn bril weer op. 'Misschien bega ik wel een heel grote vergissing, meneer Marten,' zei hij ten slotte. 'Maar oké, ik zal jullie helpen.'

14.13 uur

76

Faro, Hotel Largo, 14.30 uur

Sy Wirth en Conor White liepen via de hoofdingang meteen door naar de receptie. Ze lieten Patrice en Irish Jack wachten in de zwarte Toyota suv. Wirth had zijn voornemen om White op afstand te houden helemaal laten varen. Er stond veel te veel op het spel. Zowel geestelijk als lichamelijk. Als het pakje inderdaad zoals Korostin had beloofd de foto's en de geheugenkaart bevatte tenminste, zoals de Rus had aangegeven toen hij hem tot zijn verrassing eindelijk aan de telefoon had gekregen, daar met White in het fort van Santa Catarina in Praia da Rocha.

'Ik heb aan alle voorwaarden in het contract voldaan, Josiah,' had hij zelfverzekerd gezegd. 'Alles zit in een grote envelop, die momenteel door een koerier naar je hotel in Faro wordt gebracht. Het is allemaal iets anders gelopen dan ik dacht, mijn excuses hiervoor. Dat zal niet meer gebeuren.' Dat hij had opgehangen zonder één woord te zeggen over Marten of Anne maakte niet uit. Als aan alle voorwaarden in het contract was voldaan, was alles hoe dan ook achter de rug. Wat er verder zou gebeuren was niet belangrijk. Hij zou de foto's en de geheugenkaart zo snel mogelijk vernietigen en dan kon iedereen opgelucht ademhalen. Daarna zouden White en zijn mannen terugvliegen naar Malabo en hij zou teruggaan naar Houston.

'Mijn naam is Wirth, kamer 403. Er is een pakje voor me,' zei hij tegen de lange roodharige receptioniste.

'Dat klopt, meneer Wirth.' Ze draaide zich om en liep weg om het te halen.

Wirth keek naar Conor White. De vrouw kwam terug met een grote bubbeltjesenvelop.

'Wie heeft hem bezorgd?' vroeg hij.

'Ik geloof dat het een taxichauffeur was, meneer Wirth. Ik had toen pauze. Ik kan het wel voor u navragen.'

'Laat maar,' zei hij. Hij knikte naar White en ze liepen naar de lift.

Wirth drukte op het knopje, de liftdeur gleed open en hij liep samen met White naar binnen. Direct daarna drukte hij op het knopje voor de vierde verdieping en de deur ging dicht. Opeens schoof de deur weer open en er stapte een jong stel in. De man hield een jongetje aan de hand. Zijn vrouw, of in ieder geval de vrouw die bij hem was, was zichtbaar zwanger. Ze glimlachten en knikten beleefd bij het binnenkomen. Geen van beide mannen reageerde.

Er werd niet gesproken. Eerste verdieping. Tweede. Derde. De lift stopte op de vierde verdieping en iedereen stapte uit. Wirth liet hen eerst de gang inlopen. Hij liep met White achter hen aan. Aangekomen bij kamer 403 stond Wirth stil en stak zijn keycard in de gleuf. Er knipperde een groen lichtje en de mannen gingen naar binnen.

'Doe 'm op slot,' zei Wirth, die haastig naar een bureau liep dat voor het raam stond. Zodra hij daar was, scheurde hij de envelop open en schudde de inhoud op het bureau.

'Wat zullen we godverdomme nou krijgen?'

Er lagen twaalf foto's. Elf ervan waren pin-upplaatjes van vrouwen in verschillende verleidelijke standjes. Op de twaalfde stond Sy Wirth. Het was een officiële foto van hem als directeur van Striker; hij stond naast het logo in de lobby van het hoofdkantoor in Houston.

Behalve de foto's zaten er ook twee kleinere enveloppen in. Wirth haalde er een rechthoekig kaartje uit dat het formaat had van een geheugenkaart, maar dat alleen niet was. Het was een souvenir in de vorm van een koelkastmagneet. Er stond in felrode, vrolijke letters VEEL LIEFS UIT FARO opgeschreven.

'Die godverdomde Russische hufter,' brieste Wirth. Zijn hoofd was net zo vuurrood als de letters op de magneet. Hij pakte de tweede envelop en White zag hem wit wegtrekken toen hij de inhoud bekeek.

Tergend langzaam hield Wirth de envelop op z'n kop. Er viel een handjevol papiersnippers op tafel tussen de pin-upfoto's, zijn officiële Strikerfoto en de koelkastmagneet. White had geen idee wat voor snippers het waren. Sy Wirth daarentegen wist het meteen. Het was de overeenkomst voor het grote gasveld van Santa Cruz-Tarjia, dat hij in het Londense Dorchester Hotel aan Dimitri had beloofd in ruil voor het vinden van de foto's en de geheugenkaart.

'Wat is dat?' vroeg White.

Wirth keek op. 'Ik dacht dat ik zakendeed met een vriend. Ik heb me vergist.'

'Je had het over een Rus. Wie bedoelde je daarmee?'

Wirth keek hem dreigend aan. 'Ik heb met geen woord over een Rus gerept. Met geen woord.'

'Zijn de Russen erbij betrokken?' White hield zich niet langer in. 'Bedoel je dat te zeggen?'

Wirth gaf geen antwoord.

'Hebben zij de foto's in handen?'

'Dat weet ik niet.'

Opeens kwamen zijn enorme ervaring en scholing – op Eton, Oxford, de Koninklijke Militaire Academie van Sandhurst, zijn lange carrière als officier aan het front en nu huurling op hoog niveau – heel goed van pas. Door het geblunder van Wirth besefte hij ineens dat de inzet van deze hele toestand veel groter was dan hij ooit had vermoed.

'Meneer Wirth,' zei hij met klem, 'ik stel voor dat u nu Anne belt en vraagt waar ze uithangt. Of ze nog steeds bij Marten is. Misschien neemt ze op, misschien ook niet. Maar als we de ware toedracht kunnen achterhalen, weten we eventueel ook wat er nog meer gaat gebeuren. Ondertussen moet een van ons Loyal Truex bellen om hem op de hoogte te brengen. We zijn echt in de aap gelogeerd als de Russen de foto's hebben, want dan hebben ze al het bewijs in handen dat ze nodig hebben om aan te tonen wat ze al vermoedden dat er aan de hand was op Bioko.

Het gaat om grote hoeveelheden olie, meneer Wirth. Gigantisch grote hoeveelheden. Die willen ze allemaal hebben, al was het alleen maar om ze uit handen van het Westen te houden. Als ze eenmaal onderling hun plannen op tafel leggen, komen de Chinezen erachter. En zij willen die olie óók hebben. Een van beide landen, of zelfs allebei, zullen met een smoesje een inval doen om de opstand neer te slaan, zodat ze het land zelf in handen krijgen. Als ze dat doen, zullen de Amerikaanse veiligheidsdienst en Washington dat opvatten als een regelrechte bedreiging van de nationale veiligheid en zullen ze wel moeten ingrijpen.' White onderbrak zijn verhaal even omdat er een ijzingwekkend onheilspellende woede in hem oplaaide. 'U zou wel eens een wereldoorlog ontketend kunnen hebben, meneer Wirth.'

15.08 uur

77

15.34 uur

Stump Logan draaide het gedeukte groen-witte Volkswagenbusje uit 1978 de A2 op, de Auto-estrada do Sul, naar Lissabon, dat nog maar een kilometer of honderdvijftig naar het noorden lag. Logan had geredeneerd dat het beter was om uit Praia da Rocha en zelfs de hele Algarve te vertrekken vóór het stoffelijk overschot van Hauptkommissar Franck werd gevonden. Gelukkig voor hen was het zondagmiddag en zouden honderden mensen vanuit de kustplaatsjes terugrijden naar de stad, met name naar Lissabon. Hij liet de winkel dus aan zijn personeel over, propte iedereen in het busje en voegde in in de exodus naar het noorden, de Algarve uit.

'Iedereen' was een ruim begrip. Het omvatte, naast Anne, Marten en Logan zelf, ook vijf honden, die hij als familie beschouwde. Er zaten er twee op de voorstoel naast hem; een witte westie en een kruising tussen een golden retriever en een poedel. Achterin, op de grond tussen Anne en Marten en de envelop die Marten met zijn leven bewaakte in, zat Bruno, een gitzwarte twee jaar oude newfoundlander van bijna zeventig kilo die lief met zijn niet-onaanzienlijke kop op Martens schoot lag. De andere twee waren een oude bobtail die Bowler heette en achter de bank van Anne en Marten zat Leo, een jonge bouvier van ruim vijfendertig kilo, die zichzelf kennelijk had opgedragen om constant te patrouilleren tussen Anne, Marten, Bruno en Bowler.

15.40 uur

Anne hoorde voor de vierde keer in een half uur haar BlackBerry gaan. De vorige drie keer was ze steeds door Sy Wirth gebeld en had ze eenvoudigweg niet opgenomen. Marten had haar iedere keer aangekeken maar hij had er niets van gezegd. Deze keer was het een sms'je van Wirth.

ANNE. SY. MAAK ME ZORGEN. BELLEN LUKT NIET. WAAR ZIT JE? HOE GAAT HET? MOET JE ZEER DRINGEND SPREKEN. BEL ME ZSM.

Ze liet Marten de tekst lezen. 'Hij heeft ook steeds gebeld. Ik heb niet opgenomen omdat ik wist dat hij het was. Hij is wel de laatste die ik nu wil spreken.'

'Maar nu heb je 'm wel geopend.'

'Omdat ik wist dat het een sms'je was. Ik was benieuwd wat hij moest.'

'Kan hij je nu traceren?'

'Nee. Ik heb de gps-functie uitgezet toen ik uit Parijs vertrok. Als ik wilde dat ze wisten waar ik was, wilde ik dat zelf laten weten.'

'Weet je waar Wirth nu zit?'

Ze schudde van nee. 'Ik heb mijn gps eerder heel even aangezet, maar het lukte niet. Ik denk dat hij hetzelfde heeft gedaan.'

Op dat moment duwde Leo met zijn kop tegen die van Bruno, die nog steeds op Martens schoot lag. Zo te zien wilde hij weten wat er aan de hand was.

'Jongens, het wordt een beetje druk hier. Ga maar ergens anders spelen, oké?' zei Marten terwijl hij de honden wegduwde. Hij voelde de automatische Glock die hij van Kovalenko had gekregen en die hij in zijn broekband had gestoken voor ze bij Cádiz weggingen. Hij zei zachtjes: 'Wirth weet ongetwijfeld dat we in Faro zijn geland. Hij zal zo langzamerhand wel wanhopig zijn omdat hij niet weet wat er verder is gebeurd. Daarom belt hij, in de hoop dat je je verspreekt. We kunnen er wel van uitgaan dat White, Patrice en Irish Jack bij hem zijn.'

'Politie!' riep Stump Logan opeens. Marten keek op en zag de boekverkoper strak in de achteruitkijkspiegel kijken. Anne en hij draaiden zich om en zagen twee motoragenten die snel dichterbij kwamen.

'Rustig blijven en je snelheid in de gaten houden,' zei Marten kalm. Hij ging Bruno onschuldig over zijn kop zitten aaien; een hondenliefhebber die zijn vriend kroelt. Anne zat op haar gemak te kijken en het leek of ze ervan genoot hem met de hond te zien spelen.

Even later was de politie aan weerszijden naast hen komen rijden. Ze keken in het voorbijgaan beiden naar binnen. Het leek een eeuwigheid te duren. Uiteindelijk keek Marten opzij en knikte vriendelijk naar de rechteragent. Meteen daarna reden ze vrijwel tegelijkertijd door en verdwenen in het verkeer voor hen.

Logan keek in de spiegel. 'Mazzel,' zei hij. 'Wat een mazzel.' Hij zette de iPod aan die naast hem lag, en ging ergens naar zitten luisteren terwijl hij verder reed.

Anne en Marten wisselden een blik zonder iets te zeggen. De politie mocht dan doorgereden zijn, ze waren er niet gerust op. Ze wisten niet of het lijk van Franck al was gevonden en of politie al naar hen op zoek was. Misschien maakten de motoragenten wel deel uit van een grote zoektocht. Zelfs als dat niet zo was, zou het niet lang meer duren voor dat alsnog gebeurde. Wat het er allemaal niet beter op maakte, was dat Kovalenko de Glock had gebruikt om de Hauptkommissar mee neer te schieten. En hij had dat wapen niet alleen bij zich, er was één kogel uit het magazijn en het zat ook nog eens vol met zijn vingerafdrukken.

Dan had je Sy Wirth nog. Of hij nou in Faro of Praia da Rocha had gezeten toen hij Anne probeerde te bereiken, hij was dicht in de buurt. Te dicht. Het feit dat Conor White en de huurlingen bij hem waren maakte hun toch al niet rooskleurige situatie er niet beter op; die hadden een groot netwerk en waren zeer bedreven. Hij hoefde alleen maar te denken aan wat ze buiten Madrid met Marita en haar studenten hadden gedaan om eraan herinnerd te worden wat voor types het waren.

Wat had president Harris ook alweer gezegd over het hoofd van de CIA in Lissabon? Dat die wist dat Ryder onderweg was –

'*Maar meer weet hij niet. Ryder wordt beveiligd door het ministerie van Buitenlandse Zaken. Ze zorgen voor zijn veiligheid, maar weten niets van jou en mevrouw Tidrow.*'

Tenzij White voor de CIA werkte. Als dat zo was, zou het niet lang duren voor hij ontdekte dat Ryder halsoverkop naar Lissabon was vertrokken, in welk hotel hij zou zitten en waarom hij daar was. In dat geval werd de situatie er in rap tempo niet beter op.

Het volgende moment zat hij in een misselijkmakende walm van warme hondenadem. Bruno was opgesprongen en had zijn voorpoten op Martens borstkas gezet en hem achterover in zijn stoel gedrukt. Zijn grote, kwijlende kop een paar centimeter van Martens gezicht, en hij keek

Marten erg bezorgd aan, alsof hij aanvoelde dat Marten bang en onrustig was en hij even wilde laten weten dat hij zich ook zorgen maakte. 'Da's lief van je, rakker,' zei Marten dankbaar. Hij pakte de newfoundlander bij zijn poten en zette hem op de grond. Daarna aaide hij hem over zijn kop. 'Als ik naar huis zou gaan, zou ik aan Stump vragen of je met me mee mocht. Ik moet alleen helaas eerst iets anders doen.'

15.48 uur

78

Lissabon, 15.12 uur. Nog steeds zondag 6 juni

Ze reden de stad binnen over de A2 auto-estrada via Palmela, Fernão Ferro en Almada langs de linkeroever van de Taag. Het was nog steeds druk toen ze over de Brug van 25 April reden, een bouwwerk dat wel een replica leek van San Francisco's Golden Gate Bridge en dat overging in de belangrijkste snelweg van de stad, de Avenida da Ponte.

Marten boog zich voorover om iets tegen Stump Logan te zeggen. 'We moeten naar Bairro Alto. Rua...'

Logan stak onmiddellijk zijn hand op in een gebaar dat hij zijn mond moest houden. Hij rukte de koptelefoon van zijn hoofd. 'Niet doen,' zei hij terwijl hij Marten in de spiegel aankeek. 'Ik wil het niet weten. Punt. Wijk, straat, met wie jullie hebben afgesproken. Niet zeggen.' Hij zette de koptelefoon weer op en reed zwijgend verder.

Een paar kilometer verder nam hij de afslag naar de dierentuin en sloeg links af Rua Professor Lima Bastos op. Na een meter of twintig parkeerde hij langs de stoep.

'Die kant op, de hoek om, is Terminal Rodoviário de Lisboa: een busstation waar de bussen uit de Algarve aankomen. Stap uit en loop erheen, ga naar binnen via de ingang waar de bussen binnenrijden en loop naar buiten door de hoofduitgang. Niemand zal jullie tegenhouden, tenzij de politie het lijk van die Duitse agent al heeft gevonden en jullie foto overal heeft opgehangen. Als dat zo is, heb je sowieso geen schijn van kans. Maar als het niet zo is, en jullie worden achteraf door iemand herkend, zullen ze denken dat jullie met de bus zijn gekomen. Als de politie later vraagt of ik in Lissabon ben geweest vertel ik ze dat ik wat boeken moest ophalen bij een collega. Dat ga ik ook doen voor ik terugrijd. Tenzij we gewoon pech hebben met die motoragenten kan niemand bewijzen dat ik jullie gebracht heb. Ik hoef ze alleen maar te vertellen dat jullie mij in mijn winkel gevraagd hebben of ik wist waar Jacob Cádiz woonde en even later terugkwamen om te vragen of ik jullie wilde helpen de stad uit te komen. Waarnaartoe hebben jullie er niet bij gezegd. Ik heb gezegd dat ik niets wist. Jullie zijn weggegaan en ik heb jullie nooit meer gezien.'

'Klinkt aannemelijk,' zei Marten.

'Mooi. Als jullie het niet erg vinden: ik moet nog wat boeken ophalen voor ik weer terugrijd.'

Stump Logan wenste hun veel succes, zei dat hij blij was dat hij hen had kunnen helpen en reed samen met zijn honden weg in zijn dertig jaar oude busje. Hij liet Anne en Marten op de stoep achter.

Marten keek om zich heen en liep naar het busstation.

'Dat Bairro Alto waar je Logan naar vroeg, weet je waar dat is?' vroeg Anne.

'Nee, dat zullen we moeten zoeken. We moeten ergens een plattegrond of zo zien te vinden.'

'Wat gaan we daar doen?'

'We hebben er een onderduikadres.'

'Een ónderduikadres?'

'Ja.'

'En morgen gaan we naar Joe Ryder?'

'Ja.'

'Dat heeft die "ex-vriendin" die je aan de telefoon had zeker geregeld?'

Marten knikte.

'Wie is ze in godsnaam als ze dit allemaal kan regelen?'

'Gewoon een vriendin.'

'Nou, dat denk ik niet. Het is iemand met connecties op heel hoog niveau. Je krijgt dit niet zomaar voor elkaar.'

Marten keek nog eens om zich heen. Hij zocht in het verkeer naar politie.

'Wie ben je nou eigenlijk écht, Nicholas Marten? Voor wie werk je?'

'Voor Fitzsimmons and Justice. Tuinarchitecten. In Manchester, Engeland.'

'Daar neem ik geen genoegen mee.'

'Je zult wel moeten.'

15. 20 uur

79

Het Four Seasons Ritz hotel, Lissabon. Rua Rodrigo da Fonseca. Zelfde tijdstip

Het hoofd van de CIA in Lissabon, Jeremy Moyer, werkte op zondag als het nodig was. Vandaag was het nodig. Vierenhalf uur eerder had hij thuis een telefoontje gehad van Newhan Black, adjunct-directeur van de CIA. Die hem had gevraagd om op de ambassade in het dossier van agent Fernando Coelho te kijken en hem daarna meteen terug te bellen.

Dit betekende eigenlijk: 'Ga nu meteen naar kantoor en bel me op een beveiligde lijn terug.' Het was duidelijk dat Black iets dringends te bespreken had op deze zomerzondagmiddag. Het was één uur 's middags in Lissabon, zes uur 's avonds op het hoofdkantoor in Langley, Virginia.

Twintig minuten later zat Moyer in zijn kantoor met de deur op slot te bellen. Toen hij hem aan de lijn kreeg, zei Newhan Black: 'Ik ga je niet alles vertellen, want ik denk dat het beter is dat je het niet weet. Maar ik wil dat je het volgende voor me doet.'

Het was nu half zes en Moyer zat aan een tafeltje in de bar van het Ritz te kletsen en Dubonnet met ijs te drinken met de veertig jaar oude Debra Wynn. Wynn was het regionale hoofd beveiliging van het ministerie van Buitenlandse Zaken en was gestationeerd op de ambassade van de Verenigde Staten in Portugal. Ze was verantwoordelijk voor het coördineren van alle veiligheidszaken die met de ambassade, bezoekers en hoogwaardigheidsbekleders te maken hadden. Nu ging het om een zogenaamde CODEL, een delegatie van het Amerikaanse Congres in de persoon van Joe Ryder uit New York, voorzitter van de onderzoekscommissie van het Huis van Afgevaardigden.

'Ik wil graag de zaak-Ryder met je doornemen, Debra,' zei de eenenvijftigjarige Moyer, die perfect in het chique hotel paste. Hij had grijs, keurig geknipt haar, droeg een donkerblauwe blazer, een gestreept overhemd zonder das, een kaki broek, en bordeauxrode mocassins. Hij zag er in alle opzichten uit als iemand van de ambassade die voor zijn werk een borrel zit te drinken in het hotel waar de volgende dag een hooggeplaatste Amerikaanse politicus zou verblijven. 'Dit congreslid vormt een belangrijk doelwit. Het maakt niet uit dat hij slechts op doorreis is. Zoals je weet, had ik liever gezien dat hij op de ambassade zou slapen.'

Wynn keek Moyer strak aan. Ze was knap, atletisch gebouwd en werkte al twintig jaar voor Buitenlandse Zaken. Ze had zich opgewerkt, net als Moyer. Het verschil tussen hen was dat ze veel terughoudender was. In plaats van Dubonnet dronk ze ijsthee. 'Hij heeft zelf bepaald waar hij wilde slapen,' zei ze.

'Dat weet ik. Daarom ben ik ook hier, om zelf even poolshoogte te nemen en je mijn hulp aan te bieden.'

'Denk je dat het nodig zal zijn?'

Moyer nam nog een slok van zijn Dubonnet en sprak de overheidstaal die iemand gebruikt tegen een mindere in rang. 'Ik moet er niet aan denken wat er zou gebeuren als er "iets mis zou gaan".'

Met andere woorden: wat er van haar carrière zou overblijven als ze de hulp van de CIA bij het beveiligen van Ryder zou weigeren en er dan 'iets mis zou gaan'.

Wynn zat naar haar glas ijsthee te kijken dat naast haar op tafel stond. Ze pakte het op en hield het zonder ervan te drinken in haar hand. 'Hoeveel mensen kan ik verwachten?'

'Een.'

'Een?'

'Soms doet één man het werk van tien,' zei Moyer met een glimlach. 'Wanneer wordt er begonnen met het beveiligen van de kamer van het congreslid?'

'Morgenvroeg om zeven uur.'

'Mijn mannetje is er om half zeven. Er mag hem geen strobreed in de weg worden gelegd. Dat moeten jouw mensen weten.'

'Je bedoelt dat we hem geen opdrachten mogen geven.'

Moyer knikte bevestigend.

Debra Wynn glimlachte beleefd. 'Heeft hij ook een naam?'

'Carlos Branco. Maar die gebruikt hij morgen niet.'

'Dat is een Portugees.'

'Ja. Ken je hem?'

'Alleen van naam.'

'Hij doet dit werk al heel lang. Hij kent de stad en weet hier beter de weg dan wij. Het congreslid treft nog een paar andere mensen voor hij met de burgemeester uit eten gaat.' Moyer nam nog een slok Dubonnet, zette het glas weg en stond op. 'Nog één ding. Ryder is gewend aan veiligheidsmensen van Buitenlandse Zaken. Laat hem in de waan dat mijn mannetje bij jullie hoort. Hij hoeft zich niet onnodig ongerust te maken.'

'Is daar aanleiding voor dan?'

'Ik zeg het uit voorzorg.'

Debra Wynn knikte en lachte weer beleefd. 'Dank je wel dan maar.'

'We doen wat we kunnen.' Moyer knikte en liep weg.

Ze keek hem na. Hij liep vanuit de bar de lobby in waar zijn chauffeur op hem zat te wachten. Ze vertrokken samen.

Moyer had gezegd dat hij 'een kijkje kwam nemen' en 'zijn hulp kwam aanbieden'. Een kijkje nemen? Hij zat al meer dan drie jaar in Lissabon. Het Ritz was een internationale ontmoetingsplek; hij was hier ontelbare keren geweest. Hij had makkelijk telefonisch zijn hulp kunnen aanbieden. De echte reden waarom hij hiernaartoe was gekomen was dat hij op zoek was naar informatie. Hij wilde vooral 'een kijkje nemen' in haar ogen als hij tegen haar zou zeggen dat er iemand van zijn mensen bij betrokken zou zijn. Het leed geen twijfel dat ze zijn hulp zou aannemen, maar hij had willen weten of ze meer wist van het bezoek van Ryder dan ze hem vertelde. Het was duidelijk dat er iets aan de hand was en dat de CIA erbij betrokken was. Wat het ook was, het gebeurde een paar niveaus hoger dan het hare. Dus hij had in haar ogen gezien waar hij op had gehoopt. Niets. Ze wist niet wat de werkelijke reden was van Ryders bezoek en dat wilde ze ook niet weten.

15.52 uur

80

SimCo Falcon 50, 17.57 uur

Conor White zat naar Patrice en Irish Jack in de stoelen tegenover hem te kijken. Ze waren ontspannen en zaten geduldig te wachten tot het vliegtuig geland was en ze weer in actie konden komen. White was zelf op geen stukken na zo op zijn gemak en beheerst. Hij ging verzitten toen het toestel de daling voor Lissabon inzette, een stad waar hij vaak geweest was, maar nog nooit onder dergelijke omstandigheden, waarin zijn hele toekomst van puur geluk afhing. Hij wist zeker dat het een kwestie van uren was voor de foto's gepubliceerd zouden worden en, omdat de Russen ze hadden, op niet zo'n prettige manier. Niet alleen zouden alle grootmachten zich met Equatoriaal-Guinea gaan bemoeien, het zou er ook nog eens op neerkomen dat zijn carrière en dus ook zijn leven voorbij waren. Sy Wirth, met zijn kolossale geblunder, was hier debet aan. Als het aan hem had gelegen, zou hij hem in dat hotel in Faro hebben neergeschoten. Maar dat had geen zin gehad. De situatie was al te veel uit de hand gelopen en ze hadden er beiden geen controle meer over. Dus had hij staan toekijken hoe Wirth als verdoofd een van de twee BlackBerry's die op het bureau lagen had gepakt en Loyal Truex in Irak had gebeld om te vertellen wat er was gebeurd. Tegelijkertijd was de andere BlackBerry gegaan. Wirth had naar de telefoon in zijn hand gekeken – er zat een stukje blauw plakband op – en zich kennelijk gerealiseerd dat het niet het toestel was dat hij had willen gebruiken. Hij had het snel in zijn zak gestopt en had de andere telefoon opgenomen. Het was Truex. Hij was opgewonden. Toen was alles in een stroomversnelling geraakt.

Aanvankelijk was er informatie uitgewisseld, waarvan het meeste van Truex afkomstig was.

Joe Ryder was plotseling weggeroepen van een grondige inspectie van het Hadriankantoor in Bagdad waar hun gegevens lagen opgeslagen. Nog geen half uur later had hij in het vliegtuig naar Rome gezeten, zijn eerste stop op weg naar Washington. Maar Rome was niet zijn eindbestemming in Europa. Dat was Lissabon. De reden van zijn bezoek? Een 'beleefdheidsbezoekje' aan de burgemeester. Grote onzin. Iemand als Ryder, die zelf naar Irak gaat om Striker en Hadrian te inspecteren en vergezeld wordt door meerdere leden van de onderzoekscommissie, een aantal accountants en hun assistenten, die vervolgens alles uit zijn handen laat vallen om overhaast terug te gaan naar Washington zonder dat iemand weet waarom, gaat niet naar Lissabon voor een 'beleefdheidsbezoek' aan de burgemeester. Hij ging duidelijk met een andere, belangrijke reden naar de Portugese hoofdstad. En aangezien Marten en Anne ook in Portugal zaten, kon je gerust aannemen dat ze elkaar ergens zouden treffen. Dan was het dus ook aannemelijk, zeker gezien Ryders overhaaste vertrek uit Bagdad, dat ze erin geslaagd waren de foto's te pakken te krijgen en dat ze deze aan Ryder wilden overdragen. Het was net zo waarschijnlijk dat Anne erin toegestemd had om Ryder de afspraken tussen Striker, Hadrian en SimCo in Equatoriaal-Guinea en Irak uit de doeken te doen. Striker en Hadrian moesten dus koste wat kost zien te voorkomen dat die ontmoeting plaats zou vinden.

Voor Conor White hing hier alles van af. Voor de tweede keer in een paar uur kreeg hij weer flink wat hoop dat hij de foto's toch terug zou kunnen krijgen. Hij had eindelijk weer het gevoel dat er een einde zou komen aan zijn kwelling en dat alles weer goed zou komen. Hetzelfde gevoel dat hij als kind zo vaak had gehad. Dat zijn vader er voor hem zou zijn, wat er ook was gebeurd, dat hij zijn arm om hem heen zou slaan en zou zeggen dat het allemaal goed zou komen. Dat hij er altijd zou zijn. Zelfs al was het een leugen. Hem één keer te zien en het hem te horen zeggen, zou al zo onvoorstelbaar fijn zijn geweest.

Nog geen uur na het telefoontje van Truex waren ze in Faro opgestegen, op weg naar Lissabon. Wirth was weer met de Gulfstream van Striker vertrokken en White en zijn mannen zaten in de driemotorige Falcon 50. Wirth had beloofd hem te bellen zodra hij meer wist. Tien minuten nadat ze waren opgestegen was de BlackBerry van White gegaan. Wirth was snel.

'Ryder slaapt in het Four Seasons Ritz Hotel,' had hij gezegd. 'Hij komt daar morgenochtend aan. Hij dineert om acht uur 's avonds met de burgemeester. Ik weet nog niet waar. Carlos Branco wacht jullie op bij terminal 2 en brengt jullie naar een appartement in Rua de São Felipe Néri. Dat is vlak bij het Four Seasons. Ga daarnaartoe en wacht tot ik contact opneem. Branco is freelancer en zeer professioneel. Jullie werken met hem samen. Truex heeft dat zo geregeld, niet ik, dus vertrouw erop dat hij weet wat hij doet. Het gaat ons lukken, Conor. We zullen hier lachend op terugkijken.'

'Vast wel, meneer Wirth,' had hij met vlakke stem geantwoord. 'We kijken hier lachend op terug.'

18.05 uur

White hoorde het landingsgestel van de Falcon uitgaan. Het toestel maakte een bocht en zette de nadering in. Hij zag de stad liggen en daarna het platform en de gebouwen van de luchthaven Portela. Ergens daar beneden, tussen de met bomen omzoomde lanen en pleinen, onder de kilometers rode dakpannen, liepen Marten en Anne rond. Zij en de foto's waren er al, of zouden er anders morgenochtend zéker zijn wanneer Ryder arriveerde. Hij hoefde ze alleen maar te zoeken.

Internationale luchthaven Portela. Terminal 2, 18.19 uur

'Conor White?' vroeg een slanke man met donker haar van een jaar of veertig in een hawaïhemd en spijkerbroek die hen tegemoet kwam lopen toen ze de trap van de Falcon afliepen.

'Ja,' antwoordde White op zijn hoede.

'Ik ben Carlos Branco. Er staat een auto op ons te wachten.'
'Mooi.'

18.30 uur

Een metallicgrijze BMW 520 reed weg bij het luchthavengebouw en langs de beveiligingspost. Even later reed hij over de Avenida Cidade do Porto in de richting van de stad.

White zat rechts achterin, Patrice zat tussen hem en Irish Jack in. Branco zat voorin naast de bestuurder. Die had hen direct naar de auto gebracht en had toegekeken toen ze hun twee donkergroen met gele sporttassen in de kofferbak deden. Toen ze wegreden had hij nog iets gezegd over het weer, en dat er voor de komende dagen regen werd voorspeld. Daarna werd er niet meer gesproken.

18.38 uur

White voelde zijn energiepeil weer stijgen toen ze door de chauffeur van Branco het drukke verkeer de stad in werden gereden. Hij dacht aan van alles tegelijk en vroeg zich af waar Anne, Marten en Joe Ryder elkaar zouden zien en hoe en wanneer hij moest ingrijpen.

18.52 uur

De BMW reed over de Marques de Pombalrotonde aan het begin van de weelderige, met bomen omzoomde Avenida da Liberdade. Meteen daarna reed de bestuurder de heuvel op, langs het uitgestrekte Eduardo VII park.

'Daar,' zei Branco. Hij wees met een lange, dunne vinger naar rechts.

Het Four Seasons Ritzhotel torende als een moderne, blokkerige schildwacht boven de stad uit.

18.54 uur

81

Bairro Alto, de bovenstad. 19.12 uur. Nog bijna drie volle uren tot zonsondergang

Nicholas Marten stond in een baan zonlicht aan het eind van een klein, groen park, met één voet op een stenen bankje, de envelop met foto's van pater Willy onder zijn linkerarm geklemd, de automatische 9mm Glock in de band van zijn broek, onder zijn jas. Anne zat een meter of tien verderop nonchalant de duiven te voeren met een pakje crackers die ze een kwartier eerder in een bazaar in de drukke, lager gelegen oude toeristenbuurt Baixa had gekocht. Er zat een man of tien om hen heen. Ze zaten te kaarten, kletsen of lezen en genoten van de lange zomeravond. Het was moeilijk te zien of het toeristen waren of mensen die hier woonden, maar wie het ook waren, ze hadden geen oog voor Anne en Marten.

Recht tegenover het park lag Rua do Almada, een smal straatje met kinderkopjes en een blok appartementengebouwen van drie en vier verdiepingen. Nummer 17 was het derde gebouw in de straat. De eerste, tweede en derde verdieping hadden ramen van de vloer tot het plafond en smalle balkons met ijzeren sierhekwerkjes. De vierde, bovenste verdieping had geen balkons of hekwerken, maar wel net zulke grote ramen als de andere verdiepingen, die uitkeken op het park en de straat.

19.16 uur

Marten keek naar Anne en knikte naar nummer 17. Ze antwoordde door kort haar hoofd te schudden en ging verder met het voeren van de duiven. Ze hadden het warm en waren moe van de bijna anderhalf uur durende tocht door de stad vanaf de plek waar Stump Logan hen had afgezet. Hun eindbestemming lag hopelijk voor hen een paar meter verder, aan de andere kant van de kinderkopjes. Maar eigenlijk hadden ze er niets aan: ze hadden net zo goed nog in Praia da Rocha kunnen zitten. Hoe gevaarlijk het buiten ook voor hen was, volgens Anne was het gekkenwerk om gewoon aan te bellen zonder eerst het gebouw en de omgeving te bestuderen.

'We moeten kijken wie er allemaal langsrijden,' had ze gezegd toen ze er bijna waren. 'En of ze terugkomen.' Wie er naar binnen gaan en naar buiten komen. Of er iemand uit het raam staat te kijken. Of bij de buren of verderop in de straat. Of er voetgangers of fietsers met speciale belang-stelling voor het gebouw langskomen. Bestudeer de mensen in het park aandachtig, om te zien of een van hen het gebouw in de gaten houdt.'

'Anne,' had Marten ongeduldig en met nadruk geantwoord, 'er is maar één iemand die weet dat we komen en dat is Raisa Amaro. Ze is thuis. We moeten maken dat we binnenkomen.'

'Nog niet, schat,' had ze beslist gezegd, en ze was het park in gelopen om de duiven te voeren en het gebouw in de gaten te houden. Ze had niet gezegd hoe lang ze van plan was daarmee door te gaan.

Gefrustreerd, verontwaardigd, maar in het besef dat hij haar moeilijk aan haar haren mee kon sleuren, was Marten haar gevolgd en op het bankje gaan zitten.

Hun tocht naar Rua do Almada was begonnen zodra Stump Logan was weggereden. Op zijn aanraden waren ze naar het nabijgelegen busstation gelopen, de Terminal Rodoviário de Lisboa, en via de aankomst- en ver-trekhal naar de deur gelopen waardoor de passagiers naar buiten kwamen. Daar hadden volop taxi's en bussen gestaan, maar Marten was huiverig ge-weest om een spoor achter te laten dat gevolgd kon worden. Hij had een plattegrond gekocht uit een automaat en ze waren te voet vertrokken.

Als altijd op hun hoede voor de politie en om te voorkomen dat ze een makkelijk te onthouden stel zouden vormen, waren ze allebei aan een an-dere kant van de straat gaan lopen, steeds verder de stad in. Door het ge-brek aan slaap en eten leek er geen eind te komen aan de wandeling. Voor-al de laatste twintig minuten waren een lange, slepende zwerftocht door de drukke wijk Baixa geweest. Anne had zich aan de overkant meer als een toerist gedragen – door volop de etalages te bekijken – dan als iemand die op weg was naar een schuiladres in Rua do Almada.

Uiteindelijk had Marten zijn voorzichtigheid overboord gegooid, was de straat overgestoken en had zijn arm door die van haar gestoken. Als echte vakantiegangers waren ze, gewapend met de plattegrond, een steile trap van kinderkopjes opgelopen naar de hippe wijk Chiado, met zijn grote verscheidenheid aan cafeetjes, antiekwinkels en modezaken. Als Anne daar al had willen blijven rondhangen had Marten haar daar geen gelegenheid toe gegeven. Hij had alleen toegestaan dat ze even ging plas-sen in een klein, chic vijfsterrenhotel in Rua Garret.

Tien minuten later liepen ze via een steile straat de Bairro Alto in, de bovenstad, waar ook Rua do Almada was. Na nog vijf minuten betraden ze het park tegenover nummer 17, waar ze nu nog steeds waren en al een kwartier zaten te wachten en te kijken.

Marten keek weer naar Anne. Ze negeerde hem. Hij had er nu genoeg van. Hij liep op haar af en boog zich naar haar toe. 'Er gaat niemand naar binnen of naar buiten. Er is niemand langsgelopen. Er is niemand meer dan één keer langsgereden. Ook niet op de fiets. We gaan. Nu.'

Ze stond en ging een paar meter verderop staan. Gevolgd door de duiven en Marten. Hij wilde wat gaan zeggen, maar ze hield hem tegen.

'Afgevaardigde Ryder komt naar Lissabon,' zei ze zacht, zonder hem aan te kijken. 'De ambassade van de Verenigde Staten is erover ingelicht. Waardoor de CIA in Lissabon het dus ook weet.'

'Ze weten dan misschien wel dat hij komt, maar niet wat hij komt doen.'

Ze draaide zich abrupt naar hem om. 'Denk je niet dat ze zo langzamerhand wel weten dat we in Praia da Rocha zijn geweest en vermoeden dat we hier niet naartoe gekomen zijn voor de bezienswaardigheden?' Ze staarde hem heel even aan en ging toen verder met het voeren van de duiven.

'Erlanger in Berlijn,' zei ze, nog steeds zonder hem aan te kijken, 'zat bij de CIA. Je vroeg je toch af waarom hij zo vreemd deed op het vliegveld in Potsdam? Hij wilde me voor hen waarschuwen. Ze zijn hier actief bij betrokken en hij wilde duidelijk maken dat ik me hieruit terug moest trekken. En toen ontdekten we dat Hauptkommissar Franck ook een CIA-agent was. De makker van Conor White, Patrice, ook. Waarschijnlijk nog steeds.'

'Ja, en misschien White ook wel. Daar hebben we het al over gehad.'

'Nicholas...' Ze werd ergens door afgeleid. Er zat een ouder, goed gekleed stelletje aandachtig naar hen te kijken. Anne lachte vriendelijk naar hen, wendde zich langzaam van hen af en keek toen weer naar Marten.

'Het houdt allemaal verband met de foto's,' zei ze zachtjes, bijna terloops, alsof ze het over het weer had of wilde weten waar ze zouden gaan eten. 'Ik weet niet of Erlanger ook van de foto's afwist. Maar Franck duidelijk wel. Hij had Kovalenko bij zich omdat het niet anders kon, maar hij zou hem ook vermoord hebben, net als hij met ons van plan was.'

'Je wilt zeggen dat de CIA alles in het werk stelt om ze uit handen van Ryder te houden?'

'Ja.'

'Maar waarom dan?'

'Ik denk niet dat ze vrolijk worden van het idee dat iemand – een van hun eigen oud-agenten, een Britse expat die tuinarchitect is, of zelfs een gerespecteerd congreslid uit de Verenigde Staten – bewijs in handen krijgt dat een particulier beveiligingsbedrijf samenzweert met een Amerikaanse oliemaatschappij door een revolutie uit te lokken in een derdewereldland. Een revolutie waarbij duizenden burgerslachtoffers vallen. Franck had de opdracht ons te vermoorden zodra hij de foto's in handen had. Wie zegt dat die opdracht niet nog steeds uitstaat? De CIA zit overal, Nicholas. Ze weten alles.' Ze knikte naar nummer 17 aan de overkant. 'Wie weet zitten ze ons daar al op te wachten. Of krijgen ze te horen waar we zijn zodra we naar binnen gaan. Wie is die Raisa Amaro eigenlijk?'

Op dat moment liep het oudere echtpaar langzaam voorbij. De man liep met een stok en tikte in het voorbij gaan tegen de rand van zijn hoed. Zijn vrouw had haar arm door de zijne gestoken.

Marten wachtte tot ze buiten gehoorsafstand waren en wendde zich toen weer tot Anne. 'Joe Ryder verwacht dat we contact met hem opnemen met de middelen die mevrouw Amaro voor ons heeft geregeld. Als we hem nu proberen te bereiken – als dat al lukt – en hem vertellen wat we denken dat er aan de hand is, zal hij iets anders willen afspreken. Als hij dat doet, zullen zijn mensen willen weten waarom en moet hij iets verzinnen, waardoor het voor hem alleen maar moeilijker wordt om ons te bereiken. We moeten erop gokken dat de CIA in Lissabon en Sy Wirth met zijn vriendjes nog niet weten dat we hier zijn, of als ze dat wel weten, waar we verblijven.'

Anne keek hem niet aan. Ze vond het maar niks.

Meteen daarna reed er langzaam een opvallende wit-blauwe auto voorbij, met over de hele lengte een dunne rode streep. Er stond slechts één woord op: POLOCIA. Meteen erachteraan kwamen twee motoragenten, die in het voorbijgaan zorgvuldig het park bestudeerden. Er gebeurde even niets en toen reden er nóg twee motoragenten voorbij, deze keer aan de andere kant van het park.

'Weet je wat er ook nog aan de hand zou kunnen zijn?' zei Marten zachtjes. 'Het is zeer aannemelijk dat het lichaam van Franck is gevonden en dat de autoriteiten dat stil houden tot de Portugese politie en hun collega's uit Spanje, Frankrijk en Italië op de hoogte zijn gebracht en het bevel hebben gekregen de twee personen op te pakken die door Hauptkommissar Franck werden gezocht in verband met de moord op Theo Haas en hen te verhoren. Dezelfde twee van wie de politie weet dat Franck hen volgde naar een strandhuis in Praia da Rocha dat eigendom was van een zekere Jacob Cádiz.'

Anne lachte zuinig. 'Je bedoelt dat we de sprong moeten wagen en ons zo snel mogelijk aan Raisa Amaro moeten voorstellen?'

'Liever gisteren dan vandaag, schat.'

19.34 uur

82

'Jullie zijn maar met z'n drieën?'

'Ja.'

'Er staat een auto met chauffeur tot jullie beschikking. Aanvullend vervoer kan binnen tien minuten worden geregeld.'

'Mooi.'

'Ik weet dat jullie gewapend zijn. Hebben jullie nog meer wapens nodig?'

'Waarschijnlijk niet, maar dat hangt van de situatie af.'

Conor White en Carlos Branco stonden op het balkon van een bescheiden appartement op de vierde verdieping in Rua de São Felipe Néri. In de verte werden de brede Taag en het bootverkeer geaccentueerd door lange schaduwen van de ondergaande zon. De op de Golden Gate Bridge lijkende Brug van 25 April en het verkeer van en naar het zuiden – en dus ook de Algarve – dat eroverheen reed, werden ook verlicht door het heldere, gele licht.

Door het glas van de schuifdeur zagen ze Patrice en Irish Jack in de huiskamer. Ze zaten, gekleed in een makkelijke spijkerbroek en een strak, zwart T-shirt koffie te drinken en te kaarten. Aan de andere kant van het gebouw stak het Four Seasonshotel boven de daken uit. Afgevaardigde Ryder zou hier zijn intrek nemen. Het was hooguit vier minuten als je ging lopen, een halve minuut als je de auto nam.

White bekeek Branco aandachtig, alsof hij hem helemaal wilde doorgronden. Hoeveel ervaring hij had, hoe hij dacht, en hoe hij liep. Of hij te vertrouwen was. Het was duidelijk dat wat Sy Wirth had gezegd – dat Loyal Truex en niet hij dit had geregeld – klopte. Hij zag er op het eerste gezicht uit als een echte professional. Het was een van de weinige dingen die Wirth niet had verknald. De snelheid waarmee het geregeld was betekende dat Truex rechtstreeks contact had gehad met Washington en dat Branco ingehuurd was door de CIA in Lissabon. Het was een omweg, maar het getuigde van een slimme manier om White buiten direct contact met Washington te houden. Op die manier was iedereen ingedekt, wat ook de bedoeling was.

'Wat zie je?' vroeg Branco kalm.

'Een zeer "vindingrijk persoon" wiens naam niet voorkomt op de loonlijst van de CIA of daar anderszins geregistreerd staat. Een freelancer die door de baas uit eigen zak is betaald en dat ook zo gewend is.'

'Klopt,' zei Branco lachend.

'Hoeveel weet je van de hele toestand?'

'Weinig tot niets. Ik ben slechts een stroman die opdracht heeft gekregen om afgevaardigde Ryder te beveiligen tijdens zijn verblijf in Lissabon. Het is mijn taak om zijn kamer in orde te maken voor hij arriveert en vervolgens de rest van zijn verblijf bij hem in de buurt te blijven.'

'Een stroman?'

'Ik moet ervoor zorgen dat hij afluisterapparatuur op zijn lijf draagt, dat zijn telefoons worden afgeluisterd en dat hij bewaakt wordt. Zowel visueel als elektronisch, waar hij ook gaat of staat, dus ook als hij kans ziet ons af te schudden.'

'Je weet dat er nog twee mensen bij betrokken zijn?'

'Ene Nicholas Marten en een zekere Anne Tidrow. Ze zullen het congreslid ergens willen ontmoeten. Als dat gebeurt, trekken de CIA en ik ons terug en mogen jij en je kaartende vriendjes doen wat er moet gebeuren.'

Conor White bekeek hem nog een keer aandachtig. 'Jij kent Lissabon als je broekzak.'

'Je bedoelt of ik weet hoe ik ons trio kan afzonderen zonder dat ze het zelf in de gaten hebben. Op zo'n manier dat de politie er niet tussenkomt en er geen getuigen zijn?'

White knikte.

'In een stad als deze stikt het van de valkuilen. Je hoeft alleen maar te weten wanneer je ze nodig hebt en hoe ze werken.'

'Jij weet dit soort dingen.'

'Ik ben, zoals je al opmerkte, een zeer "vindingrijk persoon". Een goede voorbereiding is essentieel. En daar ben ik erg goed in.'

White ging naar de rivier staan kijken. Zijn gedachten dwaalden even af. Ten slotte wendde hij zich weer tot Branco. 'Weet je hoe Marten en Anne Tidrow eruitzien?'

'Ik heb de paspoortfoto van Marten en de officiële bedrijfsfoto van Anne Tidrow. Ze zullen er vandaag de dag inmiddels wel anders uitzien, omdat ze ouder geworden zijn of omdat ze zich hebben vermomd, of allebei. Daar zullen we rekening mee moeten houden.'

'Ze komen over die brug daar.' White knikte naar de Brug van 25 April. 'Vanuit de Algarve. Misschien zijn ze hier al, misschien ook niet. Als ze hier aankomen, nu of later, kun jij ze dan vinden?'

'Het congreslid weet ongetwijfeld hoe hij met hen in contact kan komen en zal dat ook zeker doen als hij hier is aangekomen. Zijn kamer wordt afgeluisterd, net als zijn mobiele telefoon. Zodra hij contact zoekt, kunnen we in actie komen.'

'Carlos,' zei White en pakte hem bij zijn arm, 'zo lang wil ik niet wachten. Marten en Anne zijn het belangrijkste doelwit. Als we ze kunnen vinden vóór het congreslid hier is, hoeven we hem er helemaal niet bij te betrekken. Dat zou veel minder troep geven.' Hij stopte even en lachte nadrukkelijk. 'Dat zou voor jou ook wel eens heel goed kunnen uitpakken.'

'Je hebt het over een bonus?'

'Ja.'

'Van wie?'

'Van mij. Aan jou. Vijftigduizend euro cash, binnen drie dagen na het klaren van de klus. Niemand hoeft het te weten. Jouw baas niet en zelfs die van mij ook niet.'

'Hoe weet ik dat je woord houdt?'

'Je kent me inmiddels toch wel? Je hebt me ongetwijfeld nagetrokken voordat je deze opdracht aannam. Als je in deze business je woord niet houdt, hou je het niet lang vol, en ik loop al behoorlijk lang mee.'

'Ik kan niet beloven dat het lukt.'

'We kunnen altijd nog terug naar het oorspronkelijke plan. Maar je snapt dat je dat een hoop geld zou kosten, toch?'

'Ik zal mijn best doen.'

Conor White lachte nog een keer naar hem. 'Daar ben ik van overtuigd.'

20.02 uur

83

Rua do Almada 17. Zelfde tijdstip

Ze hadden geen idee wie Raisa Amaro was of voor wie ze werkte, en waarschijnlijk zouden ze daar ook wel nooit achter komen, dacht Marten. Ze speelde de rol van discrete gastvrouw echter bijzonder overtuigend. Zo waren ze ook ontvangen. Ze droeg een elegant donkerblauw pakje en had een dikke bos rood haar. Ze had zich aan hen voorgesteld, gevraagd hoe hun reis was verlopen en ze met een lift naar de sensuele luxe van een appartement op de bovenste verdieping gebracht. Ze deed daarbij alsof

Anne en Marten gekomen waren vanwege een buitenechtelijke affaire.

Ze was Française, ergens in de zestig en krap een meter vijftig. Het leek erop dat ze haar brood verdiende met het zorgvuldig runnen van dit ene pand, het was weinig meer dan een zeer besloten stulpje, bedoeld voor seksuele handelingen. Om dat te onderstrepen gaf ze ook nog aan dat ze met alle plezier en binnen korte tijd een derde persoon kon regelen – man of vrouw. Het kwam erop neer dat Raisa Amaro een dikbetaalde hoerenmadam was die het appartement én de ingang van het gebouw zelf bewaakte. Het gebouw was van haar, legde ze uit. Als de andere bewoners van het gebouw überhaupt al wisten wat er op de bovenste verdieping gebeurde, dan zeiden ze er niets van, omdat ze donders goed wisten dat de eigenares – die graag Raisa werd genoemd – hen zonder pardon op straat zou gooien, ook al stonden plaatselijke verordeningen dat niet toe.

'Alles wat jullie nodig zouden kunnen hebben is aanwezig. Of dat nu een dag of een week is, wat jullie willen,' had ze met een Frans accent in het Engels gezegd toen ze hun beleefd het ruime tweekamerappartement liet zien. 'Een marmeren badkamer met jacuzzi, bidet, dubbele douchekoppen, geïmporteerde zeep en parfums, extra dikke handdoeken – er liggen er nog veel meer in de kast – en fijnere badjassen dan in welk hotel in Europa dan ook. Het bed is extra groot, de lakens zijn van zijde, de kussens en het dekbed van ganzendons. In het nachtkastje ligt een groot assortiment condooms.'

Bij die woorden hadden Anne en Marten elkaar aangekeken. Het begrip 'veilige plek' kreeg opeens een geheel nieuwe betekenis.

'In de kledingkast staat een kluisje dat ook in hotels wordt gebruikt. De gebruiksaanwijzing hangt aan de binnenkant van de deur. De tv in de woonkamer heeft honderdtwintig kanalen in een groot aantal talen. Het ontbijt wordt geserveerd wanneer u maar wilt. Als u iets wenst wat er niet is, bel dan 1-1. Het is een rechtstreekse lijn naar mijn appartement op de begane grond.' Ze waren bij de keuken aangekomen.

'In de koelkast vindt u paté, vleeswaren, een aantal soorten kaas, melk, champagne en bronwater. Op de tafel tegen de muur staan vers fruit en desserts. De koffie wordt met één druk op de knop gezet. De telefoon hangt naast de koelkast. In de slaapkamer staat er nog een. Het is een geheim nummer dat regelmatig wordt veranderd. Gebruik hem om privégesprekken mee te voeren. De lijn loopt via een wasserij die van mij is en waarvan ik de boekhouding doe. Er worden hier dus geen gesprekken geregistreerd.'

'Ik verwacht een telefoontje van een vriend. Heeft hij misschien al gebeld?' vroeg Marten voorzichtig, met een blik op Anne. Hij hoopte dat ze niet meer twijfelde aan Raisa. Zo te zien aan de manier waarop ze zijn blik beantwoordde, was ze gerustgesteld. Nu in ieder geval wel. Toch wist hij het nog niet zeker. Raisa en het appartement waren allebei totaal anders dan hij had verwacht, vooral doordat de president had gezegd dat 'het niet veel voorstelt maar het voldoet tot Ryder er is'.

'Daar staat een ouderwets antwoordapparaat.' Raisa wees naar een rechthoekig apparaat dat naast de keukentelefoon stond. 'Er gaat een lichtje knipperen met een cijfer als er wordt gebeld.' Ze liep erheen om er op te kijken. 'Nu knippert er een nul. Er zijn dus geen berichten.'

'Hebt u ook een sleutel voor ons?' vroeg Marten.

'Op het tafeltje in de hal. Het is een sleutel van zowel de voordeur hier als de benedendeur. Zorg dat u ze allebei afsluit als u ergens naartoe gaat of terugkomt. Er liggen er twee,' zei ze lachend, 'voor als een van u behoefte heeft aan frisse lucht. Ruzie en misverstanden komen in de beste families voor.'

'Dank u,' zei Marten terwijl ze van de keuken naar de voordeur liepen.

'Nog één ding,' zei Anne alsof ze er nu pas aan dacht. 'Een computer of laptop met internet. Ik moet af en toe wat werken.'

'Dit is een oud gebouw en internet hebben we nog niet. Binnenkort wel, hoop ik.' Ze bekeek Marten van top tot teen en keek toen weer naar Anne. 'Als ik u was, zou ik mijn werk thuis gelaten hebben.'

Ze wenste Anne en Marten een fijne avond en deed de deur achter zich dicht toen ze wegging.

Anne bekeek de sensuele weelderigheid om hen heen. 'Ik zou die ex van jou wel eens willen ontmoeten. Degene die dit allemaal geregeld heeft. Dat moet me er eentje zijn.'

Marten zei grinnikend: 'Nou en of.'

'Dat geloof ik graag.' Ze keek de slaapkamer in en wendde zich toen weer tot Marten. 'Ik ben moe en ik heb honger. Ik heb zin in champagne, iets te eten en een douche. En als je het niet erg vindt, ga ik daarna slapen. Alleen.'

'Je denkt toch niet dat ik dit allemaal zo gepland heb?' vroeg Marten met een opgetrokken wenkbrauw. 'Ik kan namelijk wel minder gevaarlijke manieren verzinnen om een vrouw in bed te krijgen.'

'Neem dit van me aan, schat. Als een vrouw met je naar bed wil, laat ze je dat wel weten,' zei ze terwijl ze hem strak aankeek. 'Wees eens lief en zet de tv aan, net zoals je in Berlijn hebt gedaan. Op een van die honderdtwintig kanalen is vast wel iets te vinden dat ons op de hoogte brengt van wat er zich allemaal afspeelt in de wereld. In Equatoriaal-Guinea, bijvoorbeeld. Of de trip naar Lissabon van Joe Ryder. Misschien zelfs wel van wat er met Hauptkommissar Franck is gebeurd.'

Ze liep naar de keuken. Even later hoorde Marten de koelkastdeur opengaan. Weer even later hoorde hij het karakteristieke 'plop' van een champagnekurk. Gevolgd door stilte. Minstens twee minuten.

'Wat ben je aan het doen?' riep hij ten slotte.

'Aan het drinken,' antwoordde ze.

'Doe je dat ook al alleen?'

'Nu wel, ja.'

'Ik zou maar uitkijken als ik jou was. Het kan de eerste van een reeks slechte gewoontes zijn.'

Anne gaf geen antwoord en Marten drong niet verder aan. Hij pakte de afstandsbediening van de tv en ging in een comfortabele stoel zitten.

KLIK. Hij zette de tv aan. Zevenenveertig kanalen verder vond hij een Portugese nieuwszender. Een man en een vrouw achter een desk. Er kwam bijna meteen reclame. Na zes boodschappen kwam de mannelijke nieuwslezer in beeld en daarna een foto van Hauptkommissar Emil Franck. Gevolgd door een reeks foto's van een uitgebrande auto op een schijnbaar verlaten strand, met overal politie-, brandweer- en ziekenauto's. Een vrouwelijke verslaggeefster in een windjack deed haar verslag. Het deed allemaal sterk denken aan de verslaggeving en de videobeelden van de uitgebrande limousine in Spanje, die had geleid tot de ontdekking van de lijken van Marita en haar studenten.

'Anne,' riep hij snel over zijn schouder.

'Ik weet het. De Hauptkommissar.' Haar antwoord was scherp en kwam van dichtbij.

Marten draaide zich om en zag haar bij de deur staan, haar tas over haar schouder en een van de sleutels in haar hand. Geschrokken en verbaasd stond hij op. 'Wat ga je doen?'

'Ik heb het telefoonnummer van hier opgeschreven. Ik bel je straks.' Ze deed de deur van het slot, trok hem open en was verdwenen.

'Jezus christus!' riep Marten en hij ging achter haar aan.

84

Hij rende de gang op in de verwachting het gezoem van de lift te horen. Hij hoorde niets. Het was stil. Toen hoorde hij iets in het trappenhuis. Hij keek over de balustrade. Ze was al twee verdiepingen lager en liep snel.

Hij ging met twee treden tegelijk de trap af. Drie verdiepingen, toen vier. Hij haalde haar in op de begane grond, bij de deur van het appartement van Raisa. Hij pakte haar vast en trok haar terug.

'Wat ga jij verdomme doen?'

'Weg,' zei ze, zich los wringend.

'Waarnaartoe?'

'Ik wil rustig nadenken. Alleen zijn.'

'Dat kun je hier ook doen. In de slaapkamer. Met de deur dicht. Ik zal je niet lastigvallen.'

Ze zei niets. Ze stond hem alleen maar hijgend aan te kijken. Hij zag woede, angst en onzekerheid in haar ogen. Tegelijkertijd zag hij een felle, haast dierlijke vastberadenheid. Ze ging doen wat ze van plan was en het zou zo goed als onmogelijk zijn om haar daarvan te weerhouden. Toch vond hij dat hij het moest proberen. Hij kon haar nu niet de deur uit laten gaan. Niet nu het lijk van Franck was gevonden.

'Wil je erover praten?' vroeg hij zachtjes.

'Je snapt het toch niet,' antwoordde ze.

'Je geeft me de kans niet.'

Ze keek hem aan. Alle emoties waren er nog. 'Ik moet iets doen. Dat je me probeert tegen te houden maakt het alleen maar lastiger.'

'Als je opgepakt wordt, zijn we allebei de klos. Joe Ryder zal niets voor ons doen. Hij zal niet eens durven zeggen dat hij ons kent. Als Conor White en zijn vriendjes je te pakken krijgen, ben je binnen een uur dood.'

'Dan kan ik er maar beter voor zorgen dat ik niet gepakt word,' zei ze kil. Even later stond ze buiten in de schemering. Marten zag hoe ze snel overstak en in het park aan de overkant door de schaduw werd verzwolgen.

'Ruzies en misverstanden,' hoorde hij een bekende stem achter hem zeggen. Geschrokken draaide hij zich om.

Raisa stond met haar armen over elkaar geslagen in de deuropening van haar appartement. Ze had het donkerblauwe pakje uitgetrokken en verwisseld voor een roze zijden ochtendjas en rode slippers in bijna dezelfde kleur als haar haar. 'Ik had u daarstraks al gewaarschuwd. Ze komt wel weer terug. En als ze terugkomt, wil ze met u neuken. Daar kunt u op rekenen.'

Marten hield zijn hoofd schuin. 'Wát zei u?'

'Je hebt me wel gehoord, lieverd.'

Natuurlijk had hij haar gehoord, maar hij was niettemin verbaasd. Wat ze zei en de manier waarop – losjes en zonder de minste gêne – alsof ze een van die mensen was die zulke dingen gewoon wisten. Plotseling zag hij haar niet zozeer als iemand die hun veilig onderdak verschafte, of als de madam die ze was, maar meer als een kleine, Franse oermoeder. Iemand die misschien wel meer dan een beetje gestoord was, maar die snapte hoe het leven en de mens in elkaar zaten en die zich niet te goed voelde om dat uit te spreken.

'Ik zag haar gezichtsuitdrukking,' ging Raisa verder. 'Haar ogen, haar houding. Ze maakt zich ergens grote zorgen over. Daarom is ze weggegaan. Ze wil het graag oplossen. Als dat gelukt, is en zelfs als het niet gelukt is, komt ze terug, volledig uitgeput door wat er is gebeurd, en dan wil ze een uitlaatklep. Ik weet uit ervaring dat dan niets beter helpt dan een flinke neukpartij, zeker met iemand die je leuk vindt en vertrouwt.' Raisa glimlachte liefjes. 'Wees lief voor haar. Maar niet té lief. Ze zal even alles willen vergeten, in ieder geval tijdelijk. Welterusten, meneer Marten.'

Ze tilde de zoom van haar ochtendjas op, liep terug naar binnen en deed de deur achter zich dicht.

Marten stond als aan de grond genageld. Wat Raisa zojuist had gezegd over wat er zou gebeuren als Anne terug zou komen, drong niet eens echt tot hem door. Waarom ze was weggegaan ook niet. Het enige dat hem bezighield was het gevaar dat buiten op de loer lag. Hij kon zichzelf wel voor zijn kop slaan dat hij haar had laten weggaan. Zijn instinct zei hem dat hij achter haar aan moest gaan. Haar snel moest zien te vinden. Desnoods ruzie moest maken, maar hij moest haar terughalen voordat de politie of Conor White en de zijnen haar hadden gevonden. Als White en Wirth hen waren gevolgd naar Faro en waarschijnlijk ook naar Praia da Rocha, zoals Kovalenko beweerde, leed het geen twijfel dat ze hen ook naar Lissabon waren gevolgd en naar hen op zoek waren. Het probleem was alleen dat als hij achter haar aan ging, hij moest gokken waar ze heen was gegaan en hij aan vreemdelingen moest vragen of zij haar misschien gezien hadden. Iets wat het risico dat hij zelf liep vertienvoudigde. Het was een gok die hij niet durfde te wagen. Joe Ryder rekende erop dat hij hem de foto's zou bezorgen, net als de president.

Hij liep naar de deur en keek naar het park. De straatverlichting was aangegaan en hij zag er nog een paar mensen lopen. Anne liep er niet tussen. Hij keek nog heel even, draaide zich uiteindelijk om en ging terug naar boven.

85

Het Four Seasons Ritz hotel. De Ritz bar, 21. 20 uur

Sy Wirth zat in zijn eentje zijn tweede Johnny Walker Blue met ijs te drinken. Een aantrekkelijke vrouw in een groen jurkje liep naar de bar, bestelde een black russian en lachtte verleidelijk naar hem. Hij lachte niet terug maar betaalde de rekening, stond op en liep door het drukke zitgedeelte naar de liften in de lobby. Het was bijna half tien 's avonds, en bijna half vier 's middags in Houston.

21.24 uur

Toen de liftdeur op de negende verdieping openging, stapte Wirth uit en liep naar zijn kamer. Hij maakte de deur open met zijn keycard en liep naar binnen. Het licht in de gang brandde, net als de lamp op zijn nachtkastje naast het bed, waarvan het kamermeisje de lakens had opengeslagen. Er stond een bureautje voor de glazen schuifdeuren die uitkwamen op een groot terras dat uitkeek over het donkere, uitgestrekte Eduardo VII park.

Hij ging aan het bureau zitten en deed het licht aan, haalde de twee BlackBerry's uit zijn jaszak, legde de telefoon met het blauwe plakband weg en pakte de andere. Hij ademde een keer diep in en toetste een nummer in Engeland in dat het telefoontje automatisch doorschakelde naar de BlackBerry van Arnold Moss, het hoofd juridische zaken van Striker in Houston. Toen de de telefoon drie keer was overgegaan, nam Moss op.

'Ik zat al op je telefoontje te wachten,' hij.

'Waar zit je?'

'Op kantoor. Waar anders?'

'Ben je alleen?

'Ja.'

Wirth haalde een hand door zijn haar. 'Truex heeft Washington erbij betrokken. Ik zit in Lissabon, Conor White ook. Anne en Nicholas Marten zijn óf onderweg hiernaartoe óf ze zijn er al. Ze hebben morgen ergens een afspraak met Joe Ryder. Waarschijnlijk geven ze hem de foto's en gaat Anne hem vertellen wat ze weet over het reilen en zeilen van Striker. White heeft inmiddels hulp gekregen van een freelancer van de CIA om hen tegen te houden.'

'Carlos Branco.'

'Hoe weet jij dat nou weer?' vroeg Wirth stomverbaasd. 'Heeft Truex je dat verteld?'

'Newhan Black.'

'Heeft Bláck je gebeld?'

'Hij wil dat we ons terugtrekken, Sy. Hij wilde jou niet spreken. Het leek hem beter dat ik het je zou vertellen. Ik weet het zelf ook nog maar net. Daarom heb ik je niet eerder gebeld. Ik moest eerst even nadenken.'

'Stop daar maar mee,' zei Wirth, die zijn zijn stoel achteruit schoof en ging staan. 'We gaan het volgende doen.'

'Je hebt me nooit verteld dat de Russen er ook bij betrokken zijn.'

'Inmiddels niet meer.'

'Hoe ben ik hier in godsnaam in verzeild ge…'

'Ik heb geprobeerd om het zelf op te lossen, maar dat is niet gelukt.' Wirth liep de kamer door, bereikte de andere kant en draaide toen weer om. Hij was kwaad. Op iedereen.

'Niet alles verloopt zoals je dat graag zou willen, Arnie. Je kunt alleen maar hopen dat je ze een stap voorblijft of gelijke tred houdt.'

'Laat het los, Sy. We moeten de schade beperken nu het nog kan. De hele handel opdoeken. Ons terugtrekken uit Equatoriaal-Guinea.'

'Wat is er aan de hand?' brieste Wirth. 'Het zit even tegen en jij begint meteen te janken? Aan wiens kant sta je eigenlijk? Ik heb je al eerder gezegd dat ik het veld op Bioko niet op wil geven. Ik ben nog niet van gedachten veranderd.'

'Jezus, Sy, het begint uit de hand te lopen. De boel staat op instorten. Black geeft ons nu de mogelijkheid om eruit te stappen. Hij houdt ons de hand boven het hoofd. Ik vind dat we het moeten doen.'

'Arnie, luister,' zei Wirth nadrukkelijk. 'We gaan gewoon uitvoeren wat we besproken hebben in Houston. Joe Ryder wordt hier morgenochtend verwacht. Ik zit in hetzelfde hotel als hij en ga een bespreking met hem proberen te regelen. Onder vier ogen. Alleen al vanwege Irak zal hij hierin toestemmen. Ik ga hem haarfijn uitleggen wat er gebeurt als hij die foto's in handen krijgt. Ik leg de verantwoording bij Truex. Ik zal zeggen dat het zijn pakkie-an was. En dat van Conor White. Dat wij er niets van afwisten. We hadden geen idee dat zij de revolutie van wapens voorzagen, tot we van die foto's hoorden.

Ze waren kennelijk allang van plan hun invloed in West-Afrika uit te breiden, met ons als dekmantel. Ze steunden Abba en zijn mensen door hem te voorzien van middelen om Tiombe van zijn troon te stoten. Iets wat Abba zeker zou lukken als hij de middelen daartoe had. Toen kwamen die foto's opeens in het spel en ging er een heel ander balletje rollen. Een balletje van honderden miljoenen, zo niet miljarden dollars.'

Wirth ijsbeerde nog een keer door de kamer. 'Ze hoefden alleen maar die foto's in hun bezit te krijgen en ze uit te buiten. Striker de schuld in de schoenen te schuiven. Het erop laten lijken dat wij de revolutie steunden om er zelf beter van te worden. Als ze het slim zouden aanpakken, zou Striker publiekelijk en politiek afgemaakt worden en zouden we ons moeten terugtrekken en onze contracten moeten verbeuren.' Hij ijsbeerde verder.

'In de chaos die daarop zou volgen zou Truex Abba ervan overtuigen dat hij geen ervaring had in het vinden en exploiteren van olie. Hij zou met goedkeuring van Abba de contracten op naam van Hadrian zetten met de belofte dat hij iemand zou zoeken die die ervaring wél had. De Russen, die er toch al de hele tijd op zaten te azen. Hij zou de contracten voor een enorm bedrag aan hen verkopen en brandschoon uit de hele toestand komen.'

Het enige probleem was dat ze die foto's niet hadden. Ze wisten echter wie ze wél had en daarom kwamen ze naar Lissabon. Om de foto's koste wat kost in handen te krijgen. Ze huurden Carlos Branco in, een freelancer. Hij moest Anne en Marten uit de weg ruimen als ze naar Ryder zouden gaan en, indien nodig, Ryder ook ombrengen. Ik ontdekte wat er aan de hand was en confronteerde White daarmee in een poging hem tegen te houden. Hij weigerde en dreigde me te zullen doden als ik mijn mond opendeed of hem in de weg zou lopen. Op dat moment wist ik dat ik zelf met Ryder moest gaan praten. Hij hoeft niets te weten te komen over de betrokkenheid van Black of de CIA. Ze zouden het trouwens toch ontkennen, mocht het ooit ter sprake komen.'

'Sy, doe alsjeblieft niet zo stom. Brand je handen er niet aan! Blijf in godsnaam uit de buurt van Joe Ryder!' waarschuwde Moss hem kwaad en geschrokken. 'Black heeft ons groen licht gegeven om ons netjes en stilletjes terug te trekken. Hij geeft SimCo en zelfs Hadrian de schuld en laat een andere Amerikaanse oliemaatschappij de rotzooi opruimen. Hij is niet zo gek dat hij het veld op Bioko zomaar opgeeft, daar is het veel te belangrijk voor. Zet Joe Ryder nou maar uit je hoofd en maak dat je wegkomt. Vanavond nog. Laat het zitten. Laat het nou gewoon zitten.'

'Arnie,' zei Wirth, die onbewust nog steeds liep te ijsberen. In gedachten zat hij in Houston met zijn juridisch adviseur, die in zijn ogen slechts een gewone werknemer was. 'Ik sta aan het hoofd van Striker, niet jij. Ik heb het bedrijf gemaakt tot wat het nu is. Ik ben degene die besloten heeft het risico te nemen om Equatoriaal-Guinea te exploiteren en die de voorwaarden voor de langlopende contracten heeft uitonderhandeld met de mensen van Tiombe. Ik was verdomme ook degene die jou meteen heeft gezegd dat hij het veld op Bioko niet zomaar zou kwijtraken. Niet aan de CIA, niet aan de Russen, aan niemand. Als Newham Black niet met me wil praten, prima. Hij kan doodvallen. Bel hem maar en vertel hem wat ik nu aan jou zit te vertellen en wat ik ook tegen Joe Ryder ga zeggen.

Je hebt gelijk als je zegt dat Black niet achterlijk is en dat de vondst strategisch gezien voor hem te belangrijk is om op te geven. Toch kan hij het risico niet nemen dat de foto's opdagen en dus laat hij Branco en White met zijn mannen Anne en Marten vermoorden, de foto's meenemen en met stille trom vertrekken. Niet lang daarna zal er iemand die ze allemaal kennen en vertrouwen op het toneel verschijnen en zullen zij uit beeld verdwijnen. Zo simpel is het. White, zijn beroepsmoordenaars, Branco, de foto's. Diezelfde dag of misschien een dag later verdwijnt Truex ook. Hij krijgt een of ander ongeluk en het veld op Bioko blijft in handen van AG Striker Company. Dat is veel eenvoudiger voor de CIA. Wij zijn per slot van rekening het bedrijf dat de langlopende contracten heeft. Alle anderen waren slechts ingehuurde stromannen. Moordenaars zijn te vervangen, langlopende contracten voor een oceaan vol met olie niet.'

'Sy, dit lukt je nooit. Je speelt met vuur.'

'Ik bén het vuur, Arnie. Ik bel je als ik Joe Ryder heb gesproken.'

21.46 uur

86

21.52 uur

Het regende alleen maar. Er waren voor de komende dagen buien voorspeld, die na middernacht zouden beginnen. Maar even later al was er een stormfront binnengedreven en begon het continu te regenen. Marten zag het als een voorteken en gebruikte het als excuus om Anne te gaan zoeken. Hij had in een kastje bij de voordeur een paraplubak gevonden met drie grote paraplu's erin. In de kast ernaast lagen diverse hoeden en petjes. Raisa Amaro zorgde op alle fronten goed voor haar gasten. Ze beschermde hen zelfs tegen weersinvloeden. Met de Glock in zijn broeksband gestoken en met de duisternis en het weer als dekmantel, ging hij op weg.

Met de paraplu opgestoken boven zijn hoofd, de kraag van zijn jas omhoog, een geleend regenhoedje over zijn oren getrokken en een baard van een paar dagen, stak hij Rua do Almada over, het nu verlaten park in. Hij liet Raisa's voordeur achter zich dichtvallen, en deed een schietgebedje dat een voorbijrijdende politieauto of White en zijn mannen hem niet zouden herkennen, in ieder geval niet meteen.

Zes minuten later stak hij Rua da Flores over, waardoor hij de Bairro Alto verliet en de wijk Chiado inliep. Hij liep dezelfde route terug die hij en Anne op de heenweg hadden gelopen. Het was het enige wat hij kon verzinnen, aangezien ze beiden nooit eerder in Lissabon waren geweest en hij dacht dat ze in het voorbijgaan iets had gezien waar ze later terug naartoe zou kunnen gaan. Hij had geen flauw idee welk doel ze daarbij voor ogen had.

Haar vrees voor de CIA scheen overal aan ten grondslag te liggen. Maar wat ze daaraan dacht te gaan doen op een regenachtige zondagavond in een stad die ze nauwelijks kende, was hem een raadsel. En zoals hij tegen haar had gezegd: het zou niets uitmaken wat ze wilde gaan doen als ze in hechtenis genomen werd door de politie of gedood werd door Conor White. Toch zou hij haar normaal gesproken haar gang hebben laten gaan, hoe kwaad en bezorgd hij ook was. Onder andere omstandigheden zou hij bij de foto's in het appartement zijn gebleven en zelf uit het zicht zijn gebleven. Maar dat kon hij zich niet meer veroorloven nu president Harris zich er zo dringend mee had bemoeid.

Twintig minuten eerder, toen hij nog in het appartement zat, had hij zijn blauwe wegwerptelefoon gebruikt om Harris op zíjn wegwerpmobieltje te bellen – in Camp David, het Witte Huis of waar hij ook mocht zitten. Er werd niet opgenomen. Hij had het nog een keer tevergeefs geprobeerd. Toen, een paar seconden later, was de vaste telefoon in het appartement gegaan. Hij was geschrokken en had getwijfeld wat hij moest doen. Uiteindelijk had hij opgenomen; het moest Anne of Joe Ryder zijn.

'Met mij,' zei een onbekende stem.

'Met wie?' had hij op zijn hoede gevraagd.

'Neef Jack. Ik zat in vergadering toen je belde. Ik zit nu ergens anders te bellen met een laptop die is uitgerust met een stemvervormer die erg moeilijk is te onderscheppen.'

Marten slaakte een zucht van verlichting. 'Je vroeg me of ik het je wilde laten weten als ik hier was. Ik zat op een telefoontje van Ryder te wachten. Ik dacht dat hij het was.' Hij zei niets over Anne en liet de president in de waan dat ze bij hem was.

'Hij zit nog in Rome. Hij belt waarschijnlijk morgenochtend pas.' De president klonk onmiddellijk serieuzer. 'De Portugese politie heeft het lijk gevonden van die Duitse agent, Emil Franck.'

'Dat wist ik al.'

'Ik heb om een uitgebreid verslag gevraagd. Hij is één keer achter in zijn hoofd geschoten, daarna is zijn lijk in een auto gelegd en naar een strand ergens in de buurt van Portimão gereden, waar de auto in brand is gestoken. Er wordt met geen woord gesproken over die Rus Kovalenko, over wie jij het had.'

'Dat had ik ook niet verwacht. Hij is erg goed.'

'Toen je me belde vanuit die boekwinkel vertelde je me dat Moskou weet van het veld op Bioko. Als ze het al wisten, waarom was hij dan bij die Duitser?'

'Vanwege de foto's. Franck wilde ze hebben voor de CIA. De Russen wisten van de foto's, maar wisten niet waar ze waren. Ze hoopten dat hij hen erheen zou leiden. Franck was dubbelspion, hij kon niet anders dan Kovalenko laten meegaan.'

Marten hoorde dat de president aarzelde, alsof hij ineens dacht aan iets wat nog erger was. 'Jij hebt die foto's, toch?'

'Ja. Hij heeft me ze laten houden, waarschijnlijk in de hoop dat de politie me zou vinden en zou denken dat ik daarom Theo Haas heb vermoord.'

'Heeft hij al die moeite gedaan voor die foto's, er een agent voor vermoord, om ze jou vervolgens te laten houden?' vroeg hij ongelovig.

'Het zat even iets anders.'

'Wat bedoel je daar nou weer mee?' vroeg de president.

'Kovalenko heeft de geheugenkaart uit de camera meegenomen die is gebruikt voor de foto's. Er staat veel meer belastend materiaal op dan de foto's die zijn geprint. Veel meer.'

'Dus het komt er eigenlijk op neer dat hij ze wél heeft?'

'Dat denkt hij. Maar als hij straks het kaartje bekijkt zal hij een heleboel foto's te zien krijgen van een stel halfnaakte vrouwen die liggen te zonnen in de buurt van het huis van Haas, die Haas stiekem heeft gefotografeerd. Ik heb die kaartjes verwisseld. Ik heb het origineel. Niemand weet hiervan, zelfs Anne niet. De foto's en het kaartje liggen hier in de kluis.'

Marten kon de president bijna zien grijnzen. Toen begon hij plotseling weer te spreken, nog serieuzer dan daarvoor.

'Wat de politie niet openbaar heeft gemaakt is dat jij en mevrouw Tidrow de hoofdverdachten zijn van de moord op Franck.'

'Dat verbaast me niets. Ze weten dat we in Praia da Rocha zaten die ochtend. Ze maken het niet openbaar en jagen in stilte op ons, zoals in Berlijn.'

'De situatie is nu anders dan in Berlijn, Nick. Jullie zijn geen gewone moordenaars meer, maar jullie hebben nu een agent vermoord. Raisa Amaro is een slimme, talentvolle en betrouwbare vrouw. Ze houdt iedereen bij jullie uit de buurt. Dus blijf zitten waar je zit en doe vooral helemaal niets tot je iets van Ryder hebt gehoord.'

'Prima.' Marten verzweeg nog steeds dat Anne was weggegaan.

'Niks "prima", het is cruciaal. Ik heb eindelijk die CIA-film over Equatoriaal-Guinea gezien. Ik was er net zo ziek van als jij. Morgen heb ik een bespreking met de secretaris-generaal van de Verenigde Naties om te kijken hoe we kunnen ingrijpen of in ieder geval iets op humanitair vlak kunnen betekenen. Maar er is nog iets. Het is de reden waarom we jullie zo snel mogelijk daar weg moeten halen, voordat de politie of iemand anders jullie vindt.

We hebben die foto's en alles wat er nog meer op die geheugenkaart staat als bewijs nodig. Maar we moeten ook een onder ede afgenomen verklaring van Anne Tidrow hebben om definitief uitsluitsel te krijgen dat Striker Oil, Hadrian en SimCo met de opstandelingen hebben samengezworen uit eigenbelang, niet het belang van Equatoriaal-Guinea of de Verenigde Staten.'

'Ik weet niet of ze dat destijds al wist.'

'Misschien niet, maar ze weet in ieder geval genoeg over het functioneren van Striker en Strikers relatie met Hadrian om de hoofdofficier van

Justitie een goede zaak in handen te geven. Ze weet meer dan wij.

Nog één ding: je zei dat Franck dubbelspion was en dat de Russen hier vanaf wisten.'

'Klopt.'

'Weet je of zij de CIA-film ook hebben gezien?'

'Ja. Kovalenko heeft me verteld dat ze hem onderschept en gekopieerd hebben.'

Marten hoorde de president wanhopig zuchten. 'Dat maakt de situatie aanzienlijk erger. Als de foto's worden gepubliceerd en de Russen de film laten zien, geef ik je op een briefje dat er maar weinig mensen zullen zijn, de Amerikanen incluis, die ons níét zullen zien als een stelletje moordzuchtige uitbuiters die met behulp van huurlingen van een Amerikaanse oliemaatschappij hun politieke positie willen versterken. We moeten dan aan een woedende wereld aantonen dat we onschuldig zijn. Dat wordt erg delicaat en moeilijk. Zonder de verklaring van mevrouw Tidrow is dat zo goed als onmogelijk.

En dan nog iets. De kans is groot dat Kovalenko of een van zijn agenten achter je aan komen als ze ontdekken dat je de geheugenkaarten hebt verwisseld. Ze zullen de echte willen hebben. Dus ik zeg het nog maar een keer: blijf zitten waar je zit en wacht op het telefoontje van Ryder. Hij wordt beveiligd door een onderafdeling van de CIA en dat blijft zo. Zij zullen ervoor zorgen dat jullie met zijn vliegtuig kunnen vertrekken. Dan nemen wij het over.' De president aarzelde even en ging toen verder: 'Ik heb je in de nesten gewerkt, Nick, en ik zal er alles aan doen om je er weer uit te krijgen. Ik kan alleen helaas niets beloven. De bal ligt grotendeels bij jou en bij Joe Ryder en zijn mensen.'

'Dat realiseer ik me.'

'Dan wens ik je veel succes met alles. En hou mevrouw Tidrow in de gaten.'

'Zal ik zeker doen,' antwoordde Marten. De president hing op. Marten ook.

Hij slaakte een diepe zucht.

En keek.

Naar een lege kamer.

In gedachten verzonken, nog steeds van slag door de instructies van de president en zijn eigen schuldgevoel omdat hij de indruk had gewekt dat Anne veilig bij hem was, stapte Marten zonder te kijken de straat op. Hij sprong meteen terug op de stoep toen er een bus met knipperende lichten toeterend op een paar centimeter van hem vandaan voorbijreed. Hij vloekte hardop, dook onder zijn paraplu en stak de straat over, verder de wijk Chiado in. Hij keek of hij Anne ergens zag lopen.

Hoewel het regende, donker was en het zondagavond was, was het wel zomer, dus ook al waren de meeste winkels dicht, er was hier en daar nog wel een café, een restaurant of een souvenirwinkel open waar t-shirts, bekers, sleutelhangers en goedkope camera's en dergelijke werden verkocht. Anne moest hier ergens zijn, want er was verder niets. Maar waar? En hoe ver was ze teruggelopen voor ze gevonden had wat ze zocht? Wat dat ook mocht zijn.

22.13 uur

87

22.18 uur

Het sms'je was afkomstig van het hoofd van de cia in Lissabon, Jeremy Moyer. Het was gericht aan Carlos Branco's BlackBerry.

striker oil american express creditcard gebruikt in hotel lisboa chiado, rua garrett, om 21.57 uur

22.19 uur

Branco stuurde het bericht door naar Conor White. Die het, na een kleine aarzeling, doorstuurde naar Sy Wirth.

Wirth stuurde slechts twee woorden terug: DOE IETS!

Nicholas Marten liep Casanova uit, een klein restaurant met blauwe en witte tegels, doordrongen van de geur van zorgvuldig gekruid varkensvlees. Hij stak zijn paraplu weer op en liep verder, ondertussen kijkend of hij haar ergens zag lopen. Hij had twintig tafels geteld in het restaurant, waarvan er zes bezet waren. Niet door Anne. Hij had haar zonder succes beschreven aan de Engelssprekende ober. Er was die hele avond niemand geweest die op haar leek, laat staan het afgelopen uur. Hij was snel naar de wc's bij de keuken gegaan om te zien of er nog een tweede eetgedeelte of een besloten ruimte was, maar ook dat had niets opgeleverd. Het was een klein restaurant. Er was niet meer dan wat je zag als je binnenkwam.

Een bezoek aan twee café's, een bar en een souvenirwinkel hadden hem ook niet verder gebracht. Geen Anne, en het afgelopen uur was er ook niemand geweest die op haar leek.

Hij liep verder, en de natte straten weerspiegelden de levendige kleuren van de uithangborden van de winkels en de koplampen van de auto's die langsreden. Hij liep door Rua Garrett en was de wijk Chiado bijna weer uit. Verderop, onder aan de steile trap van kinderkopjes, begon – na een scherpe bocht naar links, herinnerde hij zich nog van daarstraks – de nog drukkere wijk Baixa. Hij wilde net de hoek om lopen, de trap af, toen hem vrijwel tegelijkertijd twee dingen te binnen schoten.

Het eerste was iets wat Anne aan Raisa had gevraagd toen ze hun het appartement liet zien.

'Nog één ding. Een laptop met internet. Ik moet af en toe wat werken.'

Raisa had geantwoord dat er nog geen internetaansluiting was in het gebouw. Anne had dat met een kort knikje aangehoord.

Het tweede was iets wat eerder was gebeurd, toen ze de trap op liepen naar de wijk Chiado, Rua Garrett in, waar hij nu stond. Anne was ineens een klein, chic vijfsterrenhotel binnengelopen om te plassen. Dat leek hem toen heel normaal, maar nu hij erover nadacht vroeg hij zich af of ze er niet iets heel anders had gedaan. Misschien was ze het hotel wel ingelopen om te kijken of ze er geen internet hadden, iets wat een vijfsterrenhotel waarschijnlijk wel zou hebben, ook al hadden de omliggende hotels het niet. Maar waarom? Ze had internet op haar BlackBerry.

En toch...

Marten draaide zich abrupt om en liep Rua Garrett weer in. Het was een klein, chic hotel geweest aan de linkerkant van de straat. Waar was het? Hoe heette het ook alweer? Hij liep verder. Het werd menens met de regen. Hij kroop nog dichter onder de paraplu. Even later stond hij stil. Op nog geen vijftig passen zag hij het:

Hotel Lisboa Chiado.

Zijn bloed begon sneller te stromen toen hij eropaf liep.

22.46 uur

88

Hotel Lisboa Chiado, 22.48 uur

Marten werd begroet door de klanken van een piano toen hij de kleine lobby binnenliep. Het leek uit de bar te komen, ergens halverwege de gang met mooie lambrisering die uitkwam bij de achteraan gelegen receptie. De lift was aan zijn linkerkant. Een stukje verder was het trappenhuis. Geen architectonisch hoogstandje voor een hotel, maar kennelijk waren de mogelijkheden beperkt geweest. Het gebouw zag eruit alsof het minstens tachtig jaar oud was en ooit een gewoon woonhuis was geweest.

Marten deed de paraplu dicht en liep de hal door in de richting van de bar. Een jonge zwarte man in een wit pak zat ogenschijnlijk moeiteloos een medley van musicalnummers te spelen voor de ongeveer tien mensen die zich in de bar verzameld hadden. Net als de andere plekken waar hij was geweest, zat Anne er ook nu weer niet bij.

Hij draaide zich om en keek in de richting van de receptie. Hij liep erheen. Ondertussen ging de liftdeur open; er stapten drie mensen uit. Ze liepen met hun rug naar hem toe dezelfde kant op als hij, naar de receptie. Twee van hen werkten duidelijk in het hotel. Ze droegen zwarte pakken en de een was ouder dan de ander. De portier waarschijnlijk. De derde was een slanke man van een jaar of veertig in een spijkerbroek en hawaïhemd.

'Dus als ik het goed begrijp is ze ingecheckt. Maar waar is ze nu dan?' vroeg het hawaïhemd nadrukkelijk.

'Het spijt me, meneer, maar ik weet het niet,' zei de oudere man oprecht verontschuldigend. 'Misschien is ze nog iets gaan kopen wat ze nodig had. Ze had geen bagage bij zich. Ze zei dat die was zoekgeraakt op het vliegveld en nabezorgd zou worden. Dat is tot nu toe niet gebeurd.'

'Maar ze is wel naar haar kamer gegaan?'

'Ja, meneer. De nachtportier heeft haar ernaartoe gebracht. Dat hebt u zelf gezien.'

'Ik heb alleen gezien dat iemand een handdoek heeft gebruikt in de badkamer. Dat kan iedereen zijn geweest.'

'Het spijt me, meneer Tidrow. Ik kan u ook niet meer vertellen.'

'Ze is mijn zus, weet u. Het gaat niet zo goed met haar. Ze zou me bellen zodra ze hier was aangekomen.'

'Ik heb begrip voor de situatie, meneer. Zodra ze terugkomt, laten we het u weten.'

Bij het horen van de naam Tidrow bleef Marten stilstaan. Ze waren haar nu al aan het zoeken. Hoe konden ze nou weten waar ze was? Dat kon alleen als ze haar creditcard had gebruikt en ze haar rekeningen elektronisch natrokken. Maar ze had waarschijnlijk alleen een creditcard en niet genoeg contant geld om in een dergelijk hotel een kamer van minstens vierhonderd euro per nacht, waarschijnlijk meer, mee te kunnen betalen. Bovendien zou ze toch moeten weten dat haar betalingen in de gaten werd gehouden en dat als ze een van haar creditcards gebruikte, hun achtervolgers meteen zouden weten wanneer en waar ze dat gedaan had. Het betekende dat ze naar het hotel was gegaan, had gedaan wat ze moest doen en toen weer was weggegaan voor ze haar hadden gevonden. Maar waarom? Wat was zo'n enorm risico waard?

Internet?

Misschien vergiste hij zich. Misschien had ze wel een heel andere reden gehad om hiernaartoe te komen. Hij keek om zich heen. Op een tafeltje tegen de muur vlak bij de bar stond een bak met folders van het hotel. Hij liep ernaartoe, pakte een folder en sloeg hem open. In het lijstje van faciliteiten stond: high-speed internet op alle kamers.

Hij zag de woede, angst en onzekerheid weer voor zich vlak voordat ze het appartement van Raisa was uitgelopen en was verdwenen. Ze was dus waarschijnlijk op zoek geweest naar een plek met internet. Maar wat had ze willen weten dat ze niet ook op haar BlackBerry had kunnen opzoeken?

Hij zette de folder terug en keek de hal door. De man in het hawaïhemd was bij de anderen weggelopen en stond te bellen.

Wegwezen! dacht Marten.

Met gebogen hoofd liep hij naar de deur. Er kwamen net twee mannen in trenchcoats naar binnen gelopen. Eentje was gespierd en langer dan een meter tachtig, de ander lang en erg slank. Marten bekeek hen nauwelijks in het voorbijgaan maar toch werd de lucht uit zijn longen geslagen. De grote man was Conor White, de andere de Frans-Canadese oerwoudspecialist Patrice Sennac.

Snakkend naar adem, met de paraplu in zijn hand, liep Marten naar buiten, de regen in. Er stond een metallicgrijze BMW op de stoep voor het hotel, met een man achter het stuur. Aan de overkant stond een donkerblauwe vierdeurs Jaguar dubbelgeparkeerd. De parkeerlichten waren aan, en hij zag twee gestalten voorin zitten. Ze keken allebei zijn kant uit. Hij ging rechtsaf en liep snel weg, Rua Garrett door, in de richting van de wijk Baixa. Even later hoorde hij de deur van het hotel opengaan, gevolgd door haastige voetstappen. Ondanks zijn baard, opgeslagen kraag en het over zijn oren getrokken hoedje was hij herkend.

Hij begon te rennen alsof zijn leven ervan afhing.

22.57 uur

89

Marten rende Rua Garrett uit en holde vanuit een smal zijstraatje de steile trap van kinderkopjes af, die door de regen glad waren geworden.

'Marten!'

Iemand achter hem riep zijn naam. Conor White? Misschien wel.

'Marten!' werd er nog een keer geroepen.

Hij keek achterom en zag twee mannen op de heuvel staan. De BMW verscheen ook in beeld. Hij kwam tot stilstand naast de mannen. Ze sprongen erin en de auto kwam met piepende banden achter hem aan.

Hij draaide zich weer om en bleef rennen, op zoek naar een ontsnappingsmogelijkheid. Toen zag hij aan zijn rechterkant een donker steegje, dat volgens hem de wijk Baixa inliep. Aan het eind ervan sloeg hij links af en bleef rennen. Slechts een paar tellen later zag hij de donkerblauwe Jaguar in een zijstraat door het licht van de lantaarns flitsen. Hij sloeg weer links af, rende een heuvel op en ging de eerste straat rechts in. Het was heel even stil, toen hoorde hij gierende banden achter hem en hij zag de Jaguar de hoek om komen. Hij knalde bijna tegen een geparkeerde auto, maar herstelde zich net op tijd en kwam op hem af geracet. Marten wist niet waar de BMW was gebleven.

Hij herinnerde zich opeens dat hij de Glock van Kovalenko in zijn broeksband had zitten. Hij trok hem eruit onder het rennen. Een paar honderd meter verder was hij onder aan de heuvel. Daar werd de weg vlakker en liep recht het centrum van Baixa in. Als hij daar kon komen, maakte hij nog een kans met al het verkeer en de ontelbare straatjes en dwarsstraten.

Toen reed de Jaguar naast hem. Hij haalde hem in en toen stond toen plotseling stil. De portier aan de passagierskant ging open en er stapte een man uit met een machinegeweer in zijn hand.

'Staan blijven!' beval hij in het Engels.

'Blijf zelf maar staan!' riep Marten en hij richtte de Glock.

BOEM! BOEM!

Hij loste snel achter elkaar twee schoten. De man werd achterover geblazen, veerde terug tegen het portier en viel als een blok beton op de stoep. Het volgende ogenblik vloog het portier van de bestuurder open. Marten dook achter een geparkeerde auto toen er een salvo van schoten op hem werd afgevuurd. Hij werd bedolven onder metaal- en glasscherven. Het leek oneindig lang stil. Toen kwam de bestuurder met het machinegeweer door het donker en de regen op hem af gelopen.

Marten liet hem dichterbij komen. Dertig passen. Twintig. Hij kon hem zien in het licht van de straatlantaarns. Kort haar, gemiddelde lengte, slank. Het bleef maar regenen. Tien passen. Vijf. Twee. Marten ging rustig staan, vlak bij de man. 'Hier ben ik,' zei hij. De bestuurder slaakte een verraste kreet en wilde het machinegeweer op Marten richten.

BOEM!

Marten had hem recht tussen zijn ogen geraakt. Zijn hoofd sloeg naar achteren, en nam zijn lichaam mee. Hij weerstond de zwaartekracht nog even wankelend, en zakte toen op de stoep in elkaar.

Marten keek of hij de BMW ergens zag staan. Hij zag hem niet. Opeens ging aan weerszijden van de straat in verschillende appartementen het licht aan en hoorde hij mensen praten. Hij overwoog om het machinegeweer van de chauffeur mee te nemen, bedacht zich en liep snel weg. Heuvelafwaarts. Door de regen. Naar het hart van Baixa.

23.11 uur

90

23.17 uur

Irish Jack deed het linker achterportier van de grijze BMW open en ging naast Conor White zitten. Carlos Branco zat achter het stuur, Patrice zat naast hem.

'We hebben niet met een gewone tuinarchitect te maken,' zei Irish Jack, die doorweekt was. Vooral zijn haar en zijn jas waren drijfnat. Branco had de auto boven op de heuvel geparkeerd en de Ier was naar de gestopte Jaguar gelopen om te kijken wat er was gebeurd, terwijl de bewoners hun huizen al uitkwamen en ze in de verte sirenes aan hoorden komen.

'Volgens mij heeft hij drie schoten gelost en waren ze allemaal raak. Hij heeft de bestuurder verdomme recht tussen zijn ogen geraakt. Hij weet echt wel waar hij mee bezig is.'

Carlos Branco keek via de achteruitkijkspiegel naar Conor White.

'Wie is hij?'

White keek hem aan. Hij was niet bepaald blij. 'Je kunt je beter afvragen wie jij bent, meneertje de "zeer vindingrijke persoon". We wisten waar Anne was en ze is ontkomen. We hadden Marten en hij is ontkomen. Twee van jouw mensen zijn dood. Heel toevallig, als ik me niet vergis, heeft hij je goed kunnen bekijken in het hotel. Jij wordt verondersteld de beveiliger van Joe Ryder te zijn en deel uit te maken van het team dat hen morgen in de val laat lopen. Hoe denk je dat nu nog te gaan doen?'

'Ik zie er morgen totaal anders uit. Dat verband legt hij nooit.'

White keek hoe laat het was: 23.22 uur.

'Je hebt alles verneukt. Geef me één goede reden waarom ik je nog zou moeten aanhouden.'

Het geluid van de sirenes kwam dichterbij.

'Omdat je een grote vergissing begaat als je dat niet doet.'

Op dat moment kwamen er onder aan de heuvel twee politieauto's met zwaailichten de hoek om. Ze bleven vlak voor de BMW stilstaan.

'Tot hoe laat is de Ritz-bar open?' vroeg White zachtjes.

'Tot één uur,' antwoordde Branco.

'Mooi.'

Four Seasons Ritz hotel, de Ritz-bar. 23.52 uur

Sy Wirth kwam binnen en keek om zich heen. De bar waar hij daarstraks al had gezeten zat nog bijna net zo vol, maar het hippe zitgedeelte met pluchen stoelen en banken die knus dicht bij elkaar stonden niet. In een hoekje stak een man zijn hand op. Wirth liep naar hem toe en ging zitten. Hij droeg een donkere overjas en een haastig aangetrokken wit overhemd en spijkerbroek.

'Jij bent Patrice neem ik aan,' zei Wirth kortaf.

'Klopt.'

'Waar is Conor White?'

'Hij is iets vertraagd. Hij biedt u zijn verontschuldigingen aan. Hij komt zo,' zei Patrice ontspannen.

'Dat zei hij al toen hij me belde en vroeg of ik hiernaartoe wilde komen. Waar hangt-ie verdomme uit? En wat is er met Anne Tidrow gebeurd?'

Patrice wenkte een serveerster. 'Mevrouw Tidrow is kennelijk heel even in het hotel geweest en is toen ongezien vertrokken. Nicholas Marten was er ongeveer tegelijkertijd met ons.'

'Marten?'

'Hij zag ons en sloeg op de vlucht. We zijn achter hem aan gegaan. Hij heeft twee van onze mensen doodgeschoten.'

'Wát zeg je?'

'Hij is daarna ontkomen.' Patrice keek op toen de serveerster naast hem stond. 'Ik wil graag mineraalwater.' Hij keek Wirth aan. 'En u?'

'Niks.'

'Kom op, meneer Wirth, we hebben allemaal een lange dag gehad en hij is nog niet voorbij. Wat wilt u drinken?'

'Walker Blue,' antwoordde Wirth geïrriteerd.

De serveerster liep weg en Wirth boog zich naar Patrice toe. 'Wat is er godverdomme aan de hand?'

'Er heeft zich een nieuwe ontwikkeling voorgedaan. Het heeft met mevrouw Tidrow te maken. Kent u Carlos Branco?'

'Hoezo?'

'Hij heeft contact met Conor. Daarom is hij te laat en heeft hij gevraagd of ik u vast wilde vertellen wat er is gebeurd terwijl u op hem wacht.'

'Uw drankjes, heren,' zei de serveerster lachend. Ze legde servetjes neer en zette de drankjes van de mannen erop.

'Proost,' zei Patrice en hij hield zijn glas omhoog. Wirth dronk zijn glas in één slok leeg.

Patrice keek de serveerster aan en zei met een grijns: 'Ik denk dat hij er nog een wil.'

'Uitstekend, meneer,' zei ze en liep weg.

Wirth keek hem aan. 'Pak je mobieltje en bel Conor White. Zeg dat ik hem nu wil spreken. Hier.'

'Niet nodig, meneer Wirth,' zei Conor. Hij ging in de stoel naast hem zitten.

00.08 uur. Maandag, 7 juni

91

00.12 uur

Banco Esperito Santo. Marten liep er voor de tweede keer in twintig minuten langs en realiseerde zich dat het niet opschoot. Hij was door Baixa gelopen, door Rua do Áurea, Rua Augusta, in Rua dos Correeiros, Rua dos Fanqueiros en alles wat daartussen lag. Zonder resultaat. Hij had alleen een paar taxi's gezien, hier en daar een voetganger en donkere winkeltjes. Anne was de enige die wist waar ze naartoe was gegaan nadat ze het Lisboa Chiadohotel had verlaten. Hij sloot uit dat ze een van de andere hotels die hij passeerde was ingegaan. Het waren de enige openbare gebouwen die nog open waren, maar ze kon haar creditcard niet meer gebruiken en ook niet het risico lopen dat ze gezien werd.

Er was bovendien veel politie op de been. Hij had ook niet anders verwacht na de schietpartij. Hij was meer dan eens een portiek ingedoken als er een politieauto voorbijreed. Gelukkig waren er door de regen maar weinig motoragenten, en geen agenten te voet, tenminste niet dat hij had gezien. Hij had dus geluk gehad, maar hoe lang dat nog zou duren, lag vooral aan hem zelf, wist hij.

Uiteindelijk besloot hij dat hij niets meer kon doen aan Anne. Ze had haar lot in eigen handen. Hij moest teruggaan naar Raisa's appartement om het telefoontje van Joe Ryder af te wachten. Een wandeling van een half uur door de wijken Baixa, Chiado en Bairro Alto. Een half uur als hij niet zou verdwalen. Anders zou hij er veel langer over doen. Hoe langer hij rond bleef lopen, hoe groter het risico werd dat hij aangehouden zou worden door de politie. Als dat zou gebeuren was het afgelopen. Helemaal omdat hij nog steeds de Glock bij zich droeg waarmee Hauptkommissar Franck en de twee mannen in de Jaguar waren doodgeschoten. Hij zou het wapen ergens in een afvoerput kunnen gooien, maar dat durfde hij niet voor het geval hij zou worden ingehaald door Conor White en zijn mannen.

Het regende nog steeds en hij hield de paraplu dicht boven zijn hoofd. Op de volgende hoek sloeg hij rechts af. Hij realiseerde zich dat hij in de richting liep van de plek waar de schietpartij had plaatsgevonden. Je moest er ongetwijfeld omheen kunnen lopen, maar hij wist niet hoe. Dus liep hij verder, zo veel mogelijk in de schaduwen.

Hij was drijfnat en uitgeput. Hij moest er niet aan denken dat hij het hele eind terug moest lopen, maar dat kon niet anders. Dus liep hij verder. Straat voor straat. Hij dacht terug aan de schietpartij. In het appartement in Berlijn was hij bijna doorgedraaid van het geluid van de sirenes. De volgende ochtend, toen hij het tv-verslag zag van de moord op Marita en haar studenten, had hij een paniekaanval gehad. Hij was zijn zelfbeheersing verloren, had Anne aangevallen en haar de schuld gegeven van de moorden. Dat was bijna nog een keer gebeurd op het vliegveld van Bordeaux-Merignac toen hij er opeens van overtuigd was dat hij door zou draaien en hij zeker wist dat hij het niet meer zou redden in een wereld van bloedvergieten en moordpartijen. Tot de mannen in de Jaguar opdoken. Alle afweermechanismen die hij bij de politie van Los Angeles had geleerd waren er nog. De schutters waren bij de auto vandaan gelopen en hij had gedaan waarvoor hij was opgeleid: schieten uit zelfverdediging. Beheerst en nauwkeurig. Daarna was hij weggelopen. Zijn hart klopte niet sneller, zijn handen trilden niet, hij was niet besluiteloos geweest. Hij had in slechts een fractie van een seconde gereageerd. Zonder daar achteraf spijt van te hebben. Dat verontrustte hem meer dan wanneer hij in paniek zou zijn weggerend. Wat had Marita ook alweer gezegd op het vliegveld in Parijs? 'Ik denk dat je zo iemand bent die door problemen wordt achtervolgd.'

Hoe graag hij er ook aan wilde ontsnappen, bloedvergieten en moordpartijen schenen zijn lot te zijn. Hoe lang zou het nog duren voor hij het punt bereikte dat hij volledig zou doordraaien en hij zou veranderen in een waanzinnige, koelbloedige moordenaar, net als daarstraks bij de mannen in de Jaguar? Hoe lang zou het nog duren voordat het zijn einde zou betekenen?

Zes minuten later liep hij Rua do Carmo in, in de richting van Rua Garrett. Verderop hoorde hij iemand accordeon spelen. Het geluid kwam dichterbij naarmate hij verder liep. Uiteindelijk zag hij een man die in het licht van een lantaarn zat te spelen. Hij was alleen en zat op een vouwstoeltje in een portiek, uit de regen. Hij droeg een oude jas en een te kleine baret. Hij leek zich totaal onbewust te zijn van de wereld om hem heen. Het was onmogelijk om in te schatten hoe oud hij was, zelfs wat voor huidskleur hij had. Maar dat maakte allemaal niets uit. Zijn ziel was ergens anders, op een ander bewustzijnsniveau, en maakte een andere reis dan de rest van de wereld. Hij speelde een onbeschrijflijk treurig liedje dat tegelijkertijd ongelooflijk prachtig was. Marten wilde dat hij naast hem kon gaan zitten om voor altijd naar hem te luisteren.

Maar dat ging niet.

Dus liep hij hem voorbij door het donker en de regen.

En liep verder.

00.25 uur

92

00.30 uur

De grijze BMW scheurde via de Avenida Álvares Cabral, het stadspark Jardim da Estrela ofwel de Sterrentuin, en de Avenida Infante Santo naar de haven. Niet gehinderd door ander verkeer bleef Irish Jack plankgas rijden. Hij keek in de achteruitkijkspiegel of er politie achter hen aan kwam. Patrice zat zwijgend naast hem, Conor White en Sy Wirth zaten achterin.

'Branco heeft Anne gevonden,' had White gezegd toen hij zich bij de anderen voegde in de bar van het Ritz.

'Waar?' had Wirth opgetogen gevraagd.

'In een goedkoop hotelletje in Alamada, tegenover de Brug van 25 April, aan de overkant van de Taag. Volgens Branco zit ze daar op iemand te wachten.'

'Ryder?'

'Misschien wel. Waarschijnlijk is ze daarom naar dat hotel gegaan. Om contact met hem op te nemen.'

'En Marten?'

'Ze zijn niet samen. Hij is verdwenen na de schietpartij. Ze weet vast waar hij is, of in ieder geval waar ze zaten voor ze er in haar eentje vandoor ging.'

'Waarom zou ze zonder Marten naar Ryder willen?'

'U kent haar beter dan ik,' zei White. 'Zegt u het maar.'

'Er is maar één manier om erachter te komen.'

Met die woorden had Wirth zijn glas leeggedronken en waren ze uit de bar vertrokken, naar buiten, de duisternis en de regen in naar de BMW waarin Irish jack op hen zat te wachten.

Straatlantaarns en zo nu en dan een passerende auto veranderden de schaduwen in de auto voortdurend. Van zwart naar helder, naar wit, naar een silhouet, naar iets daar tussenin.

Conor White wendde zich tot Wirth. 'Waar denkt u aan?' vroeg hij.

Wirth bleef strak voor zich uit kijken. 'Ik probeer juist níét te denken.'

00.35 uur

Irish Jack reed vanaf de Avenida Infante Santo de snelweg op boven de werven van de haven van Lissabon. Even later draaide hij de BMW Rua Vieira da Silva op, een sluiproute naar het klaverblad van de Avenida da Ponte en de Brug van 25 April. Hij reed naar de andere kant van de Taag, naar het hotel in Alamada waar Anne zat. Wirth was op zijn hoede, opgewonden. Conor White hoorde zijn hersenen bijna kraken.

Even later zag hij dat Irish Jack hem in de achteruitkijkspiegel zat aan te kijken. Hij gaf een nauwelijks zichtbaar knikje. Zonder aanwijsbare reden ging de BMW langzamer rijden. Uiteindelijk stopte de auto langs de kant van de weg. Ze waren in een donkere buurt met een mengeling van kantoren en gesloten winkels.

'Wat doe je nou?' zei Wirth vinnig.

'We moeten eerst wat zaken regelen voor we naar Anne gaan,' antwoordde White rustig.

'Zaken regelen? Hoezo? Waar heb je het verdomme over?'

'U hebt ons op de Spaanse arts afgestuurd en op die studenten die ze onder haar hoede had, meneer Wirth. Dat was een onvergeeflijke fout. Ze wisten helemaal niets van die foto's. Nog veel erger is dat u de Russen erbij betrokken hebt.'

'Wat bedoel je?'

'We hebben nog één kans om die foto's in handen te krijgen. Ik wil u daar niet bij hebben.'

Wirth was woest. 'Wie denk je wel dat je bent? Ik heb je rijk gemaakt. Heb je macht en aanzien gegeven en je op de kaart gezet. Dat zou je in je eentje godverdomme nooit voor elkaar hebben gekregen. Hij wees met een priemende vinger naar White. En ik zal je eens wat zeggen: ik kan het je ook zo weer afpakken. Alles. Dus laat je "zaken" maar zitten en rij verder. Naar Anne.'

'Neem wat te drinken, meneer Wirth. Dat zal u goeddoen.' Conor White haalde een fles Walker Blue uit de stoelzak en draaide hem open.

'Ik hoef niks te drinken.'

'O jawel,' zei Patrice die zich omdraaide in zijn stoel.

De rillingen liepen Wirth over zijn rug. Hij wendde zich langzaam tot Conor White. 'Wat wil je?'

'Ik wil dat u een slok neemt, tot bedaren komt en naar me luistert,' zei White met de fles in zijn hand. Wirth keek ernaar.

'Ik wil een glas,' zei hij.

'Helaas.'

Wirth keek hem aan en wilde plotseling het portier openen.

'Hij zit op slot, meneer Wirth,' zei Conor White emotieloos. 'Neem nou maar gewoon een slok.'

Wirth keek Patrice aan. Daarna keek hij in de spiegel naar Irish Jack, die hem aan zat te kijken. White hield hem de fles weer voor. Wirth pakte hem aan en dronk eruit, maar niet genoeg naar Whites zin. Hij keek White weer aan. 'Ik vraag het je nog maar een keer: wat wil je van me?'

'Misschien zou u dit even kunnen uitleggen,' zei White terwijl hij twee Ticonderoga-1388 nummer 2 potloden uit zijn binnenzak haalde.

'Ze zijn van u. Ik geloof dat dit erbij hoort.' White haalde een paar gele velletjes schrijfpapier uit dezelfde binnenzak. Hij vouwde ze open en legde ze tussen hen in. 'Misschien leest dit wat makkelijker,' zei hij, en knipte het licht aan. 'Uw handschrift, meneer Wirth.'

Wirth weifelde en keek toen naar de aantekeningen die hij had gemaakt in de Gulfstream toen hij boven Noord-Spanje vloog, Marten achterna. Aantekeningen voor een gesprek dat hij later die dag zou voeren met Arnold Moss.

1: Bereid je voor op een snelle en publieke ontkenning van iedere connectie met Conor White, Marten en Anne als de foto's eenmaal boven
water zijn. Wat er ook gebeurt: White heeft alles op eigen houtje gedaan, of (aan Arnie vragen) had, zoals we eerder bespraken, een aparte clandestiene overeenkomst met Hadrian, waar Striker op geen enkele manier bij betrokken was. White moet onmiddellijk en zeer
publiekelijk ontslagen worden (hij gaat toch al naar de gevangenis).
SimCo's activiteiten in Equatoriaal-Guinea moeten gereorganiseerd
worden. (Kanttekening: SimCo doet het erg goed, en draait al in
Equatoriaal-Guinea. De boel helemaal opdoeken is niet nodig.)
2: Zie boven. Bereid een snelle, slimme, doelgerichte campagne voor,
zeker in DC...

Wirth hoefde niet verder te lezen. Hij keek witheet naar White, zijn ogen
furieus samengeknepen. 'Je bent in mijn kamer geweest toen ik met jouw
mannetje in de bar zat.'

'Ik vind het fijn om te horen dat SimCo een gedegen bedrijf is, meneer
Wirth. Misschien is het leuk om me dat zelf even te vertellen.' Hij stak zijn
hand uit. Hij had de BlackBerry met het blauwe plakband vast. 'U hebt
hem in uw kamer laten liggen omdat u wist dat u mij zou zien en me dus
niet hoefde te bellen.'

'Ik weet niet waar je het over hebt.'

'U hebt twee BlackBerry's. Eentje die u gebruikt om mij te bellen en
eentje voor alle anderen. Op die voor mij hebt u blauw plakband geplakt
zodat u ze niet door elkaar haalt. Telefoontjes met de blauwe telefoon lopen via het hoofdkantoor van Hadrian in Manassas, waardoor het lijkt of
ze daarvandaan komen en niet van u. Ik doe mijn huiswerk, meneer
Wirth, zelfs als ik weinig tijd heb.'

Wirth keek hem lange tijd aan. 'Hoeveel wil je hebben?' vroeg hij ten
slotte.

'Neem nog een slok, meneer Wirth.'

00.47 uur

93

De BMW reed zuidwaarts over de zesbaans Brug van 25 April. Hij reed met gemiddelde snelheid, de ruitenwissers op de laagste stand. Het miezerde nu. Er kwam hun slechts één auto tegemoet. Ze werden door een andere auto ingehaald. Daarna was het donker op de weg. Achter hen was het schijnsel van de lichten van Lissabon. Voor hen, op de zuidelijke rivieroever, zagen ze de lichtjes van Alamada. Ruim zeventig meter onder hen liep de Taag als een zwart lint.

Het enige geluid in de auto kwam van de banden en de ruitenwissers. Josiah Wirth keek van Irish Jack naar Patrice en toen naar Conor White. Iedereen zweeg en keek strak voor zich uit, gewoon een paar mannen die in een auto zaten. 'Waar gaan we heen?' vroeg Wirth ten slotte angstig.

'Naar een begrafenis,' antwoordde White met zachte stem.

Wirth zag Irish Jack in de achteruitkijkspiegel kijken. Meteen daarna reed hij naar de meest rechtse baan. Hij keek nog een keer in de spiegel en remde toen. De auto stond stil. Irish Jack en Patrice stapten uit.

'Wat gebeurt er?' schreeuwde Wirth naar Conor White.

'Zoals je al zei: we komen er wel uit. We zullen er lachend op terugkijken.'

Het kwartje viel. 'Nee, alsjeblieft niet. NEE!'

'Niet smeken Wirth, daar zou je boven moeten staan.'

Het was te laat. Het portier ging open en hij werd door de sterkste handen die hij ooit had gevoeld de auto uitgesleurd. In een flits zag hij de gezichten van Irish Jack en Patrice. Ze hadden allebei de lege, ijskoude uitdrukking van een beroepsmoordenaar.

'Niet doen!' schreeuwde Wirth. 'NEE! NEE! NEE!'

Hij trapte wild om zich heen toen hij naar de reling werd getrokken. Hij probeerde te trappen, bijten, van zich af te slaan. Alles om los te komen. Niets hielp. Hij voelde hoe hij werd opgetild en zag Conor White uit de auto stappen en op hem afkomen. Toen stond hij naast hem, met de Ticonderoga-1388, nummer 2 potloden in zijn hand. Hij brak ze voor zijn neus in tweeën.

'Goed kijken,' zei hij en liet de stukken naar beneden vallen. Ze leken in superslow motion omlaag te vallen en verdwenen in de duisternis.

'Je hoort ze het water niet raken. Je hoort helemaal niets, Wirth.'

'O nee, alsjeblieft! Niet doen. Alsjeblieft! HELP! HELP! ALSTUBLIEFT GOD, HELP ME!' Voor het eerst in zijn leven riep hij de hulp van God in.

Er kwam gaan antwoord.

'Ik vroeg je of je niet wilde smeken, Wirth.'

Plotseling werd hij over de railing getild. De handen die hem vasthielden lieten los. Koude lucht stroomde langs hem heen en hij wist dat hij van grote hoogte omlaag viel. Hij hoorde zichzelf schreeuwen. Hij zag de lichten van de stad. Even had hij het gevoel dat hij vloog. Een majestueuze vogel in een wereld die hij niet eerder had gezien. Toen kwam de duisternis op hem af. Hij viel er met zijn hoofd naar beneden in.

00.57 uur

94

Het appartement in Rua do Almada 17, 01.00 uur

Nicholas Marten maakte de deur open en liet zichzelf binnen. Op een lichtje in de hal na was het donker. Hij zette de paraplu tegen de muur, draaide de deur op slot en liep naar de keuken. Er knipperde een grote, rode o op het antwoordapparaat. Ryder had niet gebeld.

Hij was bekaf, hij had zijn voeten stukgelopen en zijn sokken waren doorweekt van de regen. Hij had er geen half uur over gedaan zoals hij had gehoopt maar eerder vijftig minuten, omdat hij twee keer had moeten wegduiken voor langsrijdende politieauto's en twee keer had moeten omlopen omdat de weg was afgezet en de afzettingen zwaar bewaakt werden. Wat er met Anne was gebeurd en waar ze was gebleven interesseerde hem niet meer. Hij had gedaan wat hij kon om haar te vinden en haar terug te halen. Het was hem niet gelukt en andere opties waren er niet. Hij wilde alleen nog maar onder een warme douche en slapen.

Als in een droom liep hij de gang door, langs de donkere slaapkamer de badkamer in. Hij trok al lopend zijn kleren uit. Het enige wat hij bij zich hield was de Glock. Dat leek hem opeens wel een goed idee.

Hij liep de badkamer in en deed het licht aan. Het waren kleine halogeenlampjes in het plafond, een stuk of vijftig in totaal. Ze waren bedoeld om het kille gepolijste marmer van de muren, de badkuip, de douchecabine en de wastafel een warme gloed te geven. Een smaakvolle, zij het wat geforceerde poging om de ruimte seks te laten ademen.

De douchecabine lag voor hem. Rechts ervan was een grote jacuzzi, met een telefoon ernaast. Hij besloot om de douche te laten voor wat hij was en in het bad te gaan liggen. Misschien wel in bad in slaap te vallen. Als Ryder zou bellen, was de telefoon binnen handbereik. Als Anne zou bellen ook, maar dat betwijfelde hij. Je wist maar nooit, ze had zijn nummer. Dat had ze zelf gezegd voor ze wegging.

Hij draaide de kraan open, voelde of het water de juiste temperatuur had en vulde het bad.

01.07 uur

Marten legde de Glock op een marmeren richeltje boven het bad, pakte een handdoek en stapte in het water. Het was warmer dan hij had gedacht en het duurde even voordat het lekker aanvoelde. Toen liet hij zich achterover zakken en zuchtte diep. Even later legde hij de handdoek over zijn ogen om de wereld buiten te sluiten. Hij haalde een paar keer diep adem. Waar was hij in terechtgekomen? Hoe was het zover gekomen? Waarom had hij zich laten ompraten? Hij wilde alleen maar slapen.

'Ik zat op je te wachten. Ik was hartstikke ongerust.'

Hij schrok van Anne's stem. Hij trok de handdoek van zijn gezicht en ging rechtop zitten. Hij dacht dat hij droomde. Dat was niet zo. Ze stond naast hem in een van Raisa's dure badjassen. 'Ik ben in slaap gevallen terwijl ik op je wachtte. Ik heb je niet horen binnenkomen. Toen hoorde ik de kraan lopen en zag het licht branden. Waar was je? Al iets van Joe Ryder gehoord?'

Hij keek haar stomverbaasd aan. Het kwam geen seconde in hem op dat hij naakt was. 'Hoe lang ben je al terug?'

'Een uur of zo.'

'Wel godverdomme. Conor White en die Patrice van je wisten dat je naar het hotel was gegaan. Ze kwamen je daar halen.'

'Hoe weet jij dat nou?'

'Ik was erbij. Ze waren niet de enigen die naar je zochten. Daarom heb ik twee van Whites mannen neergeschoten.'

'Wát zeg je?'

Met Kovalenko's Glock. Ze kwamen achter me aan. Dus heb ik ze neergeschoten. Eerst de een, toen de ander. In een straatje vlak bij het hotel. Daarna ben ik jou weer gaan zoeken. Ik ben de Portugese politie al de hele tijd aan het ontlopen.' Hij werd nog kwader. 'Ik loop verdomme met de politie op mijn hielen door de regen en jij ligt hier lekker te slapen.' Hij pakte de handdoek, legde hem weer over zijn ogen en leunde achterover.

'Ik ben moe. Ga lekker terug naar bed of ga door met waar je mee bezig was. Ik wil even nadenken en de boel op een rijtje zetten voor zover dat al mogelijk is. Misschien heb je ooit het fatsoen om me te vertellen wat er nou zo verdomd belangrijk was dat je de deur uit moest en daarmee die ellende veroorzaakte. Misschien dat het helpt, hoewel ik het betwijfel.'

'Ik wil met je naar bed.'

Hij haalde de handdoek van zijn ogen en keek haar aan. 'Pardon?'

'Ik zei dat ik met je naar bed wilde,' zei ze nog een keer, en ze trok de badjas uit. Zonder iets te zeggen gleed ze naakt het water in en sloeg haar benen om hem heen om beter in de badkuip te passen.

'Hallo!' zei hij terwijl hij haar aankeek. 'Ik ben kwaad op je. Je bent hartstikke stom geweest door ervandoor te gaan. Het heeft me bijna mijn leven gekost. Denk je nou echt dat ik dat zomaar opzijschuif om met je te vrijen?'

'En ik ben nog kwaad op jou omdat je me in Berlijn bijna hebt gewurgd. Maar dat staat hier helemaal los van.' Ze streelde onder water met haar hand over zijn bovenbeen en boog zich toen voorover. 'Kus me,' zei ze. 'Zoals in Berlijn. Midden op straat, toen de politie stond toe te kijken. Vond ik lekker.'

'Je bent niet goed.'

'Kus me.'

'Jezus, Anne.'

Het was donker in de slaapkamer. Het bed was nat van hun lichamen omdat ze zonder zich af te drogen uit het water waren gekomen. Marten kreunde toen haar lippen zich om zijn penis sloten. Langzaam ging ze met haar hoofd op en neer over de volle lengte van zijn schacht. Behalve haar lippen gebruikte ze ook haar hand erbij. Hij keek even naar haar, liet zich toen achterover zakken en keek naar het plafond. Er scheen licht van een voorbijrijdende auto overheen. Toen die langsgereden was, werd het weer donker. Hij was helemaal warm vanbinnen.

'Jezus, Anne,' mompelde hij.

Ze ging door, langzaam. Ze draaide rondjes om zijn eikel met haar tong, sloot haar mond er weer omheen en liet zijn lul helemaal in haar mond verdwijnen. Hij kon ieder moment klaarkomen. Hij wilde haar van zich af duwen. Hij wilde nog niet klaarkomen. Ze duwde zijn hand weg en ging verder. Ze kwam een beetje overeind toen zijn heupen omhoog kwamen. Haar borsten gleden langs zijn dijbenen, haar tepels net zo hard en stijf als hij. Hij hoorde haar kreunen; een dierlijk geluid. Toen gebeurde alles tegelijk. Hij wilde het tegenhouden. Dat lukte niet en hij begon te spuiten. Ze ging gewoon verder. Al snel begon het pijn te doen en moest hij haar met geweld van zich af duwen.

'Je doet me pijn,' zei hij hijgend.

Ze stopte en keek hem verleidelijk aan. 'Maar pijn is fijn, toch?'

Hij keek haar na toen ze naar de badkamer liep. Hij hoorde de wc doortrekken en daarna een kraan lopen. Ze kwam terug met een warme handdoek om hem mee schoon te vegen. Daarna kroop ze in het donker in zijn armen en kuste hem. Ze bleven lang zo liggen. Hij hoorde alleen het geluid van hun ademhaling, die gelijk op ging. Na een tijdje bezorgde ze hem met haar hand weer een stijve en keek hem in zijn ogen.

'Nu jij,' zei ze fluisterend. Bef me en neuk me daarna. Keihard. En lang.'

95

Hoe lang waren ze bezig geweest? Marten kon zich niet herinneren wanneer hij voor het laatst zulke seks had gehad. Hoe vaak was hij klaargekomen? En zij? En er was nog iets: toen hij op haar had gezeten, had ze met haar handen door zijn haar gewoeld en hem vastgepakt terwijl ze hem aankeek. Zelfs in het halfdonker had hij gezien dat ze het fijn vond, dat het een ontsnapping was; hij meende zelfs liefde in haar ogen te zien, liefde die ze met hem wilde delen. Dat had hij een vrouw nog niet eerder zien doen. Zelfs zijn geliefde Caroline niet. Hij vroeg zich af hoe ze deze buitengewoon simpele emoties allemaal tegelijkertijd kon overbrengen zonder zichzelf erin te verliezen.

'Zullen we gaan slapen?' had hij ten slotte gezegd. 'We hebben morgen,' – hij keek op zijn horloge – 'of liever gezegd vandaag, een lange dag voor de boeg en het zou wel eens gevaarlijk kunnen worden.'

'Ik wil nog een keer,' fluisterde ze.

'Dat meen je niet.'

'Jawel.'

'Ik weet niet of ik nog…'

'Tuurlijk wel.'

Ze nam hem weer in haar hand tot hij stijf was. Toen draaide ze zich om en kwam op hem zitten. Ze was nog nat en liet hem bij haar naar binnen glijden alsof ze nooit gestopt waren. Ze begon weer ritmisch heen en weer te glijden, een constant tempo in haar heupen. Hij probeerde in haar ritme mee te gaan maar dat wilde ze niet. Deze keer was zij de enige die wat deed. Het waren haar bewegingen, haar timing, haar feestje. Zijn paal scheen haar toe te horen.

Langzaamaan ging ze sneller op en neer en werden haar bewegingen intenser. Haar borsten gleden over zijn borst. Haar gekreun werd langer en harder. Het klonk anders dan eerst, alsof het van een plek kwam die ze zelf ook niet kende. Wat had Raisa ook weer tegen hem gezegd?

'Ze maakt zich ergens grote zorgen over. Daarom is ze weggegaan. Ze wil het graag oplossen. Als dat gelukt is en zelfs als het niet gelukt is, komt ze volledig uitgeput terug door wat er is gebeurd en wil ze een uitlaatklep. Ik weet uit ervaring dat dan niets beter helpt dan een flinke neukpartij, zeker met iemand die je leuk vindt en vertrouwt. Wees lief voor haar. Maar niet té lief. Ze zal even alles willen vergeten.'

Opeens verhoogde Anne haar tempo en slaakte een aantal kreten, ze gilde bijna. Keer op keer. Ze kwam klaar op een manier die hij nog nooit eerder had gezien of had meegemaakt, ook de afgelopen uren niet. Ze benutte de volle lengte van zijn pik en bleef maar op en neer gaan. Haar ademhaling werd zwaarder, haar geschreeuw onaards. Uiteindelijk, met een laatste serie stoten, brulde ze een laatste keer en liet zich op hem vallen. Zo lag ze in het donker te hijgen, drijfnat van het zweet.

Hij lag lange tijd alleen maar naast haar, zijn arm om haar heen geslagen. Hij liet haar een beetje bijkomen. Ten slotte fluisterde hij: 'Gaat het weer?'

Ze gaf geen antwoord. Hij vroeg zich af of ze misschien in slaap was gevallen, toen ze opeens een snik probeerde te onderdrukken. Ze rolde van hem af en stond op. Ze liep weg in het donker.

'Wat is er?' vroeg hij bezorgd en geschrokken.

Stilte.

Hij ging rechtop zitten. 'Wat is er?' vroeg hij nog een keer.

'Niet doen!'

Hij kon net de grimmige blik in haar ogen onderscheiden voor ze hoofdschuddend verder weg liep. Ze ging, als een zielig vogeltje en nog steeds naakt, in elkaar gedoken in een fauteuil in de hoek zitten. Toen begon ze te huilen. Eerst onderdrukt, maar het werd al snel een stortvloed van harde snikken en tranen.

Hij stapte uit bed en liep naar haar toe. 'Wat is er?' vroeg hij lief. Haar enige antwoord bestond uit een heleboel tranen, afgewisseld met smartelijk gesnotter.

Marten was wanhopig en bezorgd tegelijk. Dit was wel het laatste wat hij had verwacht. Zo'n sterke vrouw die opeens voor zijn ogen instortte. 'Wat is er nou?' drong hij zachtjes aan. 'Zeg het dan. Laat me je helpen.'

'Fuck you!'

Ze bleef snikken. Nog even en ze zou hysterisch zijn.

Hij liep naar de andere kant van de kamer, pakte haar badjas en liep terug. Hij legde hem zo goed en zo kwaad als het ging over haar heen. Ze scheen het niet te merken. Hij liep naar de kast, haalde er een badjas voor zichzelf uit en trok hem aan. Toen pakte hij een rechte stoel en ging bij haar zitten om haar in de gaten te houden. Hij wilde iets voor haar doen, haar helpen, maar hij wist dat het geen zin had. Er gingen tien minuten voorbij. Er veranderde niets. Hij wilde het licht aandoen maar hij was bang voor haar reactie.

Er verstreken twintig minuten. Er reed een auto voorbij; de koplampen beschenen kort het plafond waardoor hij haar beter kon zien. Ze zat nog steeds in elkaar gedoken met de badjas over zich heen geslagen in de stoel en was ontroostbaar.

'Het heeft te maken met waarom je bent weggegaan, hè?' vroeg hij. 'Waar was je heen? Wat is er gebeurd?'

Ze gaf geen antwoord. Er waren slechts tranen en heel veel emotie.

'Als ik het niet zou mogen weten, zou je toch niet teruggekomen zijn?'

Nog steeds geen antwoord.

Na nog een paar minuten werd het huilen minder, en uiteindelijk stopte het. 'Geef mijn tas eens aan,' zei ze mompelend. 'Hij staat op de stoel bij het bed.'

'Ik zie geen hand voor ogen. Mag ik het licht aandoen?'

'Ja.'

Marten liep naar een lamp die naast het bed stond en deed hem aan. De kamer vulde zich met een zwakke, warme gloed. Hij pakte de tas.

'Maak open,' zei ze. 'Er zit ergens bovenin een vakje met een rits.'

'Wat zit erin?'

'Dat zie je vanzelf wel.'

Marten maakte de tas open en zag de rits. Hij maakte hem open. Er zat één ding in. Een envelop met foto's.

'Is dit het?'

'Ja.'

Hij maakte de envelop open. Er zaten een paar ontwikkelde negatieven in. Hij keek haar verbaasd aan. Ze had rode ogen. Het beetje make-up dat ze op had gehad was uitgelopen door haar tranenvloed.

'Onder in de tas...' zei ze aarzelend, 'zit iets wat ik... altijd heb... gehouden... sinds ik weg ben... bij de CIA... Heb ik... uit gewoonte gehouden... Het is een 35mm... Minox camera... gebruikten alle spionnen... Toen we door de stad liepen... heb ik lopen zoeken... naar een winkel waar ze... foto's ontwikkelden. Uiteindelijk vond ik er een... in Baixa. Eén-uurservice... net als... thuis... Zeven dagen per... week... tot middernacht... open.'

'Maar hoezo dan?'

'Kijk maar.' Met de achterkant van haar hand veegde ze de tranen uit haar ogen. 'Hou de films... tegen het licht van de... badkamer. Het zijn geen... foto's. Het is... tekst.'

96

Marten liep naar de badkamer. De Glock lag nog steeds op de marmeren richel boven de jacuzzi. Hij liep naar de wastafel, deed het licht erboven aan, maakt de envelop open en hield de eerste film voorzichtig tegen het licht. Het was moeilijk te zien wat erop stond. Het leek wel een stuk tekst uit een document, maar hij kon het niet lezen zonder vergrootglas.

'Dit is de eerste van drie pagina's.' Anne stond in de deuropening. Ze had de badjas aangetrokken. In het fellere licht zag ze eruit alsof ze er helemaal doorheen zat.

'Kom eens even naast me zitten,' zei hij zachtjes en klopte op de rand van het bad.

'De eerste regel luidt: "Strikt geheim – XARAK protocol",' zei ze, nog steeds vanuit de deuropening. 'De rest staat eronder. CIA Washington DC. Onderwerp: Memorandum ter uitleg. Bestemd voor: directeur en juridisch adviseur Striker Oil & Energy Company en voor de directeur en juridisch adviseur van Hadrian Worldwide. Afkomstig van: de onderdirecteur van de CIA. Ook bestemd voor: de directeur van de CIA en de coördinator van de inlichtingendiensten en het hoofd juridische zaken van de CIA. Referentie: NSCID-19470; EO-13318; CIA uitvoerend orgaan 1A.

Het staat er allemaal in, Nicholas. Alles wat er in Equatoriaal-Guinea is gebeurd sinds de CIA zijn plannen met het olieveld heeft bekonkeld. Er is nog meer. Ik heb het zo ongeveer uit mijn hoofd geleerd toen ik het fotografeerde. Uit je hoofd leren, daar ben ik in getraind. Net zoals jij versjes en het volkslied uit je hoofd moest leren toen je nog op school zat.

Ten eerste: gebaseerd op zowel directe als indirecte taken van Nationale Veiligheid zoals deze zijn vastgelegd in de handboeken in overeenstemming met de begeleidende instructies die apart zijn uitgevaardigd door de onderdirecteur van de CIA heeft het hoofd juridische zaken een memorandum geschreven en verspreid onder de zogenoemde trilaterale deelnemers zoals genoemd in de derde paragraaf. Dit memorandum gaat over een ambitieus plan over het veiligstellen van onbelemmerde toegang tot de olievelden in het West-Afrikaanse Equatoriaal-Guinea door de Verenigde Staten. Dit initiatief maakt deel uit van een bredere nationale noodzaak om onafhankelijk te worden van andere landen als het om ruwe olie gaat.

Ten tweede: dit document zal, na te zijn ondertekend door de geautoriseerde personen (hieronder genoemd) en door veiligheidsmensen naar het hoofdkantoor van de CIA te zijn gebracht, deel uitmaken van een actief en wettelijk bindend akkoord tussen de deelnemende bedrijven, op straffe van nader te bepalen boetes, vastgesteld door de procureur-generaal, de fiscus en overige juridische hulpmiddelen, toe te passen naar goeddunken van de CIA.' Anne onderbrak haar verhaal. 'En dat is nog maar het eerste gedeelte. De rest is hetzelfde, beknopt en keurig weergegeven. Congreslid Ryder zal ervan smullen.'

Marten stopte de films terug in de envelop. 'Hoe kom je hier aan?' vroeg hij ongelovig.

'Daarom wilde ik internet. Ik had ook een groot scherm nodig. Dat ben ik onderweg bij dat hotel gaan vragen, toen ik zei dat ik moest plassen. Hetzelfde hotel waar jij zo slim bent geweest om terug naartoe te gaan. Waar Conor White me ongetwijfeld aan de hand van mijn creditcardgegevens heeft opgespoord. Ik wist dat ze dat zouden doen, maar ik moest wel.

Ik kon moeilijk foto's maken met mijn BlackBerry, dat is veel te klein. Ik kon het ook niet downloaden of er een elektronische kopie van maken, omdat ze dan meteen zouden weten dat er iemand op de site was geweest. De indringer zou meteen getraceerd worden. Maar ik kon wel op de ouderwetse manier bladzijde voor bladzijde met mijn Minox foto's maken van het beeldscherm en het daarna gewoon uitzetten, snap je?' Haar gedachten dwaalden af en even leek het of ze niet meer wist waar ze het over gehad had. Toen sprak ze verder. 'Ze zouden kunnen zien dat iemand de site had bekeken, maar daar geen bewijs van hebben en de hacker dus ook niet kunnen traceren.'

Marten was verbijsterd. 'Die site moet supergoed beveiligd zijn. Hoe ben je daar terechtgekomen? Je moet toch ontelbaar veel codes en wachtwoorden invoeren?'

'Ik heb lang voor de cia gewerkt, Nicholas. Ik weet wel het een en ander van hun procedures. Ik zit in de raad van bestuur van Striker. En tot voor kort ook in die van Hadrian.'

'De raad van bestuur van Hadrian?'

'Ja. Ik ken beide beide bedrijven erg goed. Ik ken hun codes en wachtwoorden. Ik moest er een paar omzeilen, maar uiteindelijk is het gelukt.'

'Sinds wanneer heeft iemand uit de raad van bestuur toegang tot vertrouwelijke codes en wachtwoorden?'

Anne glimlachte flauwtjes en haalde een hand door haar haar. 'Ik heb je toch verteld dat ik twee keer getrouwd ben geweest? Ik heb je alleen niet verteld met wie. Mijn eerste echtgenoot was Loyal Truex, oprichter en directeur van Hadrian. Mijn tweede echtgenoot was Sy Wirth, voorzitter van de raad van bestuur van Striker. We deelden een hoop samen, om uiteenlopende redenen. Net als de meeste stellen.'

'Jezus, Anne,' zei Marten.

'Toen Erlanger me waarschuwde op het vliegveld en later, toen Franck en die andere cia-mensen erbij betrokken raakten, wist ik dat er meer aan de hand moest zijn dan alleen die foto's. Dus ben ik gaan zoeken. En ik heb het gevonden.' Haar ogen liepen weer vol tranen. 'Ik heb iedereen verraden: de cia, mijn vaderland, mijn vader en mezelf. Striker Oil kan het wel schudden. Ik waarschijnlijk zelf ook...'

Ze veegde de tranen uit haar ogen met haar handpalmen. 'Weet je... dat memorandum moet bij Joe Ryder terechtkomen. Hij moet weten wat erin staat. Hij weet wat hij ermee moet doen, en langs welke kanalen hij moet handelen. Wat de cia verder ook allemaal doet, een eigen buitenlandse politiek creëren hoort daar niet bij. En al helemaal niet als het zo veel doden tot gevolg heeft.' Haar ogen zochten die van Marten en ze keek hem aan. 'Ik heb het gedaan omdat ik dacht dat ik er goed aan deed... Niet om je pijn te doen of bang te maken of om je te gebruiken... En nu... Ik ben zo moe... Ik wil graag... moet nu... slapen... Sorry.'

Marten zocht een stuk papier en schreef er iets op. Daarna stak hij het in zijn zak. Hij wachtte nog even om Anne de gelegenheid te geven om naar bed te gaan. Ten slotte pakte hij de Glock en de envelop met de negatieven en ging naar de slaapkamer.

Het licht was nog aan en hij zag haar aan de andere kant van het bed liggen. Ze lag met haar rug naar hem toe. Hij keek hoe laat het was:

03.32 uur

Hij liep onmiddellijk naar de kluis, toetste de cijfercode in, wachtte tot het slot openging, trok de deur open en legde de envelop naast de foto's en de geheugenkaart. Hij keek er heel even naar, deed de deur weer dicht en luisterde hoe het elektronische slot dichtging. Hij legde de Glock op het nachtkastje, deed het licht uit, trok de badjas uit en ging naast haar liggen. Hij boog zich voorzichtig naar haar toe, gaf haar een zoen en legde het dekbed over haar heen. Hij lag in het donker, doodmoe van alle gebeurtenissen van wat de langste dag uit zijn leven leek. Hij wilde alleen maar slapen.

Maar dat lukte niet. Hij lag maar te denken aan wat er allemaal aan de hand zou kunnen zijn. De ene gedachte stapelde zich op de andere. Anne, die opeens zo fragiel was geweest, met haar tranen en uit de hand gelopen emoties. Het deed hem denken aan de tragische inzinking van zijn zus Rebecca, jaren geleden. Ze waren nog kinderen toen hun adoptiefouders voor haar ogen werden doodgeschoten bij hun thuis in Californië. Tegen de tijd dat de buren en de politie er waren was ze compleet hysterisch. Niet lang daarna was ze in een diepe shock geraakt, en had ze zich teruggetrokken in een hartverscheurende wereld van stilte. Ze sprak niet meer en scheen niets te horen. Ze werd opgenomen en haar toestand verbeterde pas toen er een aantal jaren later weer iets vreselijk traumatisch gebeurde.

De levendige herinneringen aan wat ze had meegemaakt deed hem denken aan wat Anne hem had verteld in Berlijn: '*Mijn moeder werd ernstig ziek toen ik drie was. Ze heeft een maand in het ziekenhuis gelegen en herkende mijn vader en mij niet. Niemand wist wat er aan de hand was. Uiteindelijk knapte ze weer op. Die ervaring heeft me de stuipen op het lijf gejaagd. Mijn vader ook. Dat zag ik. Ik wilde hem zo graag helpen maar dat kon ik niet.*

Mijn moeder overleed toen ik dertien was. Aan een hersentumor. Ze heeft er niet lang mee geleefd, maar het was vreselijk voor mijn vader. Net als de eerste keer probeerde hij me ertegen te beschermen terwijl hij er zelf aan onderdoor ging. Hoe hij alles overeind gehouden heeft – mij, zichzelf, de zaak – ik zou het niet weten.'

Door wat Marten had meegemaakt met Rebecca had hij veel mensen uit de geestelijke gezondheidszorg leren kennen. Als hij wat hij toen te weten was gekomen toepaste op Annes gedrag van vanavond, dacht hij dat de basis van haar gedrag wel eens in haar jeugd gelegd zou kunnen zijn. Ze had geen broers of zussen gehad die haar konden troosten. De enige manier om te ontsnappen zou zijn door haar eigen emoties te onderdrukken en zich druk te maken om haar vader. Dat proces zou zich dan later nog een keer herhalen toen hij op sterven lag na een reeks herseninfarcten. Weer had ze haar eigen gevoelens opzij moeten zetten en zich nu moeten concentreren op haar vader. Het was tegen die tijd al normaal gedrag geworden voor haar. Naar buiten toe was ze een sterke, zelfverzekerde vrouw, die grote problemen oploste door er niets mee te doen, behalve ze heel diep wegstoppen. Nu de situatie compleet uit de hand dreigde te lopen, vertoonde ze hetzelfde gedrag. De olievondst op Bioko, de corruptie van Striker/Hadrian in Irak en de onderzoekscommissie van Ryder, Conor White en SimCo, het feit dat haar beide ex-mannen erbij betrokken waren, de video van de CIA, de waarschuwing van Erlanger, het groeiende vermoeden dat de CIA betrokken was bij Striker en Hadrian en het opstoken van de burgeroorlog, het besef dat Franck voor de CIA werkte toen hij met Kovalenko in Praia da Rocha voor hun neus stond, op zoek naar de foto's, onderstreepten dit alleen maar.

Ze was professioneel, dus wilde ze het eerst zeker weten. Daarom was ze naar het hotel gegaan en had datgene gedaan waarvoor ze was opgeleid: bewijs verzamelen. Toen ze eenmaal de site van de CIA had gekraakt en het memorandum had gevonden, had ze ineens beseft dat ze voor een moreel dilemma stond: doen alsof er niets aan de hand was of het bedrijf van haar vader, het veld op Bioko en misschien zelfs haar leven op het spel zetten door het memorandum te fotograferen, de foto's te ontwikkelen en ze aan Joe Ryder te geven. Dapper had ze voor het laatste gekozen, was naar het appartement teruggegaan en had de negatieven aan Marten in bewaring gegeven.

Toen was ze gaan twijfelen. Heel erg gaan twijfelen. Ze was uitgeput, zowel lichamelijk als geestelijk. Dus verviel ze automatisch in haar oude gedrag: ze schakelde haar gevoel uit en richtte zich op iets anders. In dit geval brute seks met hem, denkend, hopend en misschien zelfs wel biddend dat het een voldoende uitlaatklep zou zijn om weer helder te kunnen denken en de negatieven en misschien zelfs de foto's te vernietigen. Maar het had niet gewerkt. Ze had brullend en kokhalzend toegegeven aan haar lang opgekropte emoties. Ten slotte was ze zo uitgeput en kwetsbaar geweest dat ze eindelijk genoeg moed had gehad om hem de negatieven te geven en hem bijna woordelijk te vertellen wat er in het memorandum stond. Daarna had ze alleen nog maar willen slapen.

Hij wist niet of zijn analyse een beetje klopte, maar als hij alles bij elkaar optelde en het vergeleek met wat er met zijn zus was gebeurd, zat er wel wat in. Nu moesten ze wachten tot Joe Ryder in Lissabon was en contact zou opnemen. Dan zouden ze wel weer verder zien. In de tussentijd moesten ze binnen blijven.

Marten keek nog een keer hoe laat het was.

03.51 uur

Hij deed zijn ogen dicht en goddank viel hij eindelijk in slaap.

03.53 uur

Ze spraken Portugees.

'Welke verdieping?'

'De bovenste, denk ik. Ik ben achterom gelopen. Er brandde nergens anders licht. Het is een minuut of twintig geleden uitgedaan. De vrouw kwam om middernacht thuis, de man een uur later.'

'Weet je zeker dat zij het waren?' Carlos Branco stond in het donkere park aan de overkant van Rua do Almada 17. Hij droeg een visserspet en had zijn kraag opgeslagen tegen de motregen. De vrouw met wie hij stond te praten was hooguit twintig. Haar korte, bruine haar, anorak en spijkerbroek waren doorweekt. Ze was al uren buiten.

'Ik weet in ieder geval zeker dat zij het is,' zei ze. 'Ik ben haar gevolgd vanuit Baixa. Over de man twijfel ik. Ik heb hem alleen vanaf hier gezien, maar hij voldeed wel aan de beschrijving.'

'Mooi werk.'

'Vind ik ook.'

Branco stopte haar vijf briefjes van honderd euro in de hand. 'Ga lekker slapen. Je bent hier nooit geweest.'

Hij keek haar na toen ze wegliep in het donker, zag haar nog even in het licht van een lantaarnpaal en toen verdween ze weer. Hij draaide zich om, haalde een nachtkijker uit zijn jaszak en keek naar de bovenste verdieping. Zelfs in die groene gloed zag hij alleen maar duisternis.

03.58 uur

97

De grijze BMW kwam, met de koplampen uit, aan de andere kant van Rua do Almada in het park tot stilstand. Even later kwam er iemand uit het donker tevoorschijn, trok het achterportier open en ging naast Conor White zitten.

'Nummer 17, bovenste verdieping,' zei Carlos Branco.

'Weet je zeker dat ze het zijn?'

'Van haar wel, de man niet. Maar ik denk wel dat het Marten is. Er is een steegje achter het huis, met een achterdeur. Daar staat iemand te posten. Er is niemand naar buiten gekomen. Ik denk dat ze liggen te slapen. Het slot is eenvoudig te forceren. Als je naar binnen wilt gaan, moet je het nu doen.'

White keek naar Irish Jack achter het stuur en Patrice die naast hem zat. 'Jack, zet de auto achter het huis. Laat het licht uit.'

'Kolonel,' waarschuwde Branco hem, 'het moet erg snel gebeuren. Ga daarna meteen naar het vliegveld en vertrek uit Portugal. Meteen.'

'Hoezo, meteen?'

'De politie is een klopjacht begonnen op de moordenaars van mijn mannen.'

'En wat heb ik daarmee te maken?'

'Ze zijn ook op zoek naar jou en' – hij knikte naar Patrice en Irish Jack – 'die twee.'

'Waarom? Waar worden wij voor gezocht?'

'Voor de moord op een Spaanse arts en haar studenten op het platteland bij Madrid.'

'Wát?' Conor White was stomverbaasd. 'Hoe weet jij dat nou weer?'

'Ik heb een uitgebreid netwerk bij de politie. Of jullie het inderdaad gedaan hebben gaat mij niet aan. Jullie zijn gezien in de lobby van het Lisboa Chiadohotel en even later in de bar van het Ritz. Momenteel kamt de politie het gebied uit tussen Baixa, waar mijn mannen zijn omgebracht, en de Chiado. Ze gaan systematisch te werk. Dus als je Nicholas Marten en Anne koud wilt maken, moet je het nu doen, in stilte, en maken dat je wegkomt. Ga op dezelfde manier het vliegveld op als ik jullie eraf gekregen heb. De politie weet nog niet hoe jullie in Lissabon zijn gekomen, voorlopig houden ze alleen de luchthavengebouwen en stations in de gaten.' Branco lachte zuinig en deed het portier open. 'Veel succes, maatje. Ik neem aan dat je me betaalt als je daar gelegenheid toe hebt.'

'Bukken!' commandeerde Irish Jack opeens.

In een reflex doken ze alle vier tot onder het raam. Ze waren nog maar net uit het zicht verdwenen of er reed langzaam een politiewagen voorbij. In het voorbijgaan beschenen de koplampen de bmw. Na tien seconden gingen ze weer rechtop zitten.

Branco keek de auto na. 'Nu zijn ze dus ook hier in Bairro Alto. Goddank kwamen ze nu langs en niet pas over vijf minuten, als de auto in het steegje had gestaan en jullie op weg naar boven waren geweest. Maak dat je wegkomt nu het nog kan.'

'Nee,' zei White nors. 'Niet nu ik ze kan ruiken. Niet na wat er allemaal is gebeurd.'

'Kolonel,' zei Patrice, die zich naar hem omdraaide, 'het is de moeite toch niet.'

White keek Patrice vol minachting aan. 'Wat weet jij daar nou van?' Hij wendde zich tot Branco. 'Jouw mensen blijven hier. Ooit zullen Marten en Anne naar buiten komen voor hun bespreking met het congreslid. Dan worden ze gevolgd. Tegelijkertijd sta jij Ryder bij omdat je hem moet beveiligen namens de ambassade.'

'Je wilt toch niet zeggen dat je nu nog naar het oorspronkelijke plan terug wilt, hè?'

'Ik dacht het wel.'

'Ik heb me aan mijn woord gehouden.'

'Ja, en daar word je ook voor betaald.'

'Jullie kunnen niet buiten op straat blijven.'

'Volgens jou was de politie in Baixa en Chiado en nu zijn ze ook hier. Als ze zouden weten dat we in het Ritz zijn geweest, zou het gebied tussen hier en Baixa al uitgekamd zijn. Ja, toch?'

'Ja.'

'Dan zouden ze dus weten dat we daar niet meer zijn en hun zoekactie naar dit gebied hebben verlegd. Ze zouden nog wel patrouilleren, maar een patrouille is makkelijk te omzeilen, zeker als je weet dat ze achter je aanzitten. We zijn in een kat-en-muisspelletje verwikkeld. We hebben alle drie wel voor hetere vuren gestaan, op aanzienlijk gruwelijkere plekken dan de schilderachtige straten van Lissabon. Ik neem aan dat de mannen die voor jou surveilleren radio-ontvangers bij zich hebben?'

'Natuurlijk.'

'Ik heb de frequentie nodig.'

'171.925'

'Mooi. We luisteren mee. We gaan nu terug naar ons appartement. Als Marten en Tidrow actie ondernemen, geef je dat aan ons door en volg je ze. Leg in de tussentijd afgevaardigde Ryder in de watten, we willen natuurlijk niet dat hij in de gaten heeft dat er een mol actief is.'

Branco lachte vol bewondering. 'Nou snap ik waarom ze je het Victoriakruis hebben gegeven.' Met die woorden stapte hij uit en verdween in het donker.

04.37 uur

98

06.50 uur

Marten schrok wakker. Anne sliep nog. Ze lag er nog precies hetzelfde bij als toen ze was gaan slapen. Hij stond op, trok het overhemd en de spijkerbroek aan die hij al sinds Berlijn droeg en haalde de donkerblauwe wegwerptelefoon tevoorschijn. Hij keek nog een keer naar Anne, pakte de Glock van het nachtkastje en liep de kamer uit. Hij deed de deur zacht achter zich dicht.

Hij liep door de woonkamer naar de keuken toen zijn aandacht door iets werd getrokken. Hij bleef bij het raam staan. Het schemerde buiten en het ochtendlicht gaf de geheimen prijs van de schaduwen in het park aan de overkant. Er reed een vrachtwagen voorbij en even later fietste er iemand langs. Het park was zelfs verlaten.

Of niet?

Aan de andere kant van het park zag hij iemand bij de bankjes staan waar hij en Anne gisteren hadden gezeten. Hij was alleen en stond onder een boom. Marten dacht eerst dat hij naar het huis stond te kijken. Hij vroeg zich meteen af of het spoor van een van hen was opgepikt en ze gevolgd waren. Dan werden ze nu dus in de gaten gehouden en zou het worden doorgegeven als ze het huis verlieten.

Normaal gesproken zou hij dit idee hebben verworpen met de gedachte dat hij overdreef. Dat er geen reden tot paniek was als er een man alleen in een openbaar park stond. Een man alleen die misschien wel gewoon op iemand stond te wachten, bijvoorbeeld op een lift naar zijn werk. Maar hij moest voor ogen houden dat hij een paar uur eerder oog in oog had gestaan met Conor White en Patrice. Hij moest niet vergeten dat ze Anne wel heel erg snel getraceerd hadden in het Chiado Lisboahotel. De mannen in de blauwe Jaguar. White of anders waarschijnlijk de CIA hadden meteen mensen op de uitkijk gezet.

Hij keek nog een keer naar de man in het park en liep toen naar de keuken.

Het was bijna zeven uur 's ochtends in Lissabon en twee uur 's nachts in Washington, waar president Harris lag te slapen. Dat maakte niet uit, hij moest weten wat er aan de hand was. Bovendien was het belangrijk dat hij meteen contact opnam met Joe Ryder. Wie de man in het park ook mocht zijn, Conor White wist dat ze in de stad waren en waarschijnlijk niet al te ver van het hotel. Zodra Ryder landde, zou hij zwaar beveiligd worden. Er zou altijd iemand op zijn lip zitten. En als het appartement al in de gaten gehouden werd, konden Anne en hij nooit weg zonder gevolgd te worden. Bovendien: als ze naar Ryder gingen zouden ze het bewijsmateriaal bij zich hebben. De kopie van het memorandum, de foto's in haar tas en de geheugenkaart verstopt in zijn spijkerbroek. Als ze gepakt zouden worden, zou het niet lang duren voor alles werd gevonden.

Hij pakte het mobieltje en toetste het nummer in. Hij stopte halverwege. Als White of de CIA het appartement in de gaten hield, hadden ze waarschijnlijk ook geavanceerde afluisterapparatuur die alle telefoongesprekken die vanuit het huis werden gevoerd oppikte. Het zou dan ook niet lang meer duren voor ze een stemanalyse gemaakt hadden. Toch moest de president zo snel mogelijk weten wat er aan de hand was. Hij moest ervan uitgaan dat de mensen buiten er nog maar net stonden en nog niet over de benodigde afluisterapparatuur konden beschikken.

Hij toetste het nummer van de president in. De telefoon ging twee keer over.

'Wat is er? Is er iets mis? Heb je Ryder gesproken?' Het leek alsof de president op het telefoontje had zitten wachten.

'De CIA,' zei Marten. 'Anne heeft ingebroken op een beveiligde site en er een memorandum afgehaald dat door de onderdirecteur is geschreven. Hij heeft afspraken gemaakt met Striker Oil en Hadrian om de opstand in Equatoriaal-Guinea te steunen om zo de rebellen aan hun kant te krijgen en president Tiombe te verdrijven. Hun doel is om zo hun aanspraak op het veld voor jaren veilig te stellen.' Marten haalde het papiertje uit zijn zak waar hij eerder op had zitten krabbelen. 'Ik heb gedeeltes uit het memorandum opgeschreven die ik heb onthouden. Bijvoorbeeld: "Een plan om onvoorwaardelijke boorrechten te verkrijgen voor de Verenigde Staten in Equatoriaal-Guinea. Dit initiatief is onderdeel van een grotere nationale verplichting om onafhankelijk te worden van andere wereldmachten en hun ruwe olie".'

'Weet je heel zeker dat het om een bestaand memorandum gaat?'

'Anne heeft het helemaal vastgelegd op foto. Het staat op de negatieven van een 35mm film. De kwaliteit is misschien niet bijzonder, maar het staat er helemaal op, tot de laatste pagina. Je vroeg je af of de procureur-generaal wel genoeg had om er een zaak op te bouwen. Met het memorandum, de foto's en de verklaring van Anne kan hij uitgebreid aan de slag.

Maar laten we niet op de zaken vooruitlopen. Ik heb nog niets van Joe Ryder gehoord en weet niet hoe ik hem kan bereiken. Maar ik moet hem snel zien te spreken. Conor White en zijn mannen weten dat we hier zitten. Ze hebben me gezien en zijn me gevolgd. Ik heb twee achtervolgers moeten doden. White heeft uitstekende connecties. Hij zit waarschijnlijk zelf bij de CIA of hij heeft er nauwe banden mee, dat weet ik niet. De kans is groot dat ze weten waar we zitten en ons in de gaten houden.'

'Ze houden ons inderdaad in de gaten.'

Marten keek op. Anne stond in haar badjas in de deuropening, haar haar in een knot.

'Twee mannen, in het park.'

'Twee? Net was het er nog maar één.'

'Nu niet meer dus,' zei Anne kalm en nuchter. 'Voordat Ryder landt moet hij weten waar we met hem willen afspreken. Hij kan geen gebruik maken van het telefoonnetwerk in Lissabon. Al zijn mobiele gesprekken zullen worden afgeluisterd. Idem dito als hij op een vaste lijn belt.'

Marten sprak weer in de telefoon. 'Heb je dat gehoord?'

'Ik neem aan dat het mevrouw Tidrow was?'

'Laten we hopen dat Ryder onderweg is vanuit Rome. Probeer hem te bereiken en vraag of hij pas wil landen als ik hem heb kunnen doorgeven waar we afspreken. Mijn voorkeur gaat uit naar het vliegveld.'

'Dat gaat niet lukken, vrees ik. De ambassade heeft zijn agenda doorgekregen. Hij kan die niet zomaar veranderen zonder dat er diverse alarmbellen gaan rinkelen. Hij moet het spelletje voorlopig meespelen en naar zijn hotel gaan. Daarna kan hij pas actie ondernemen. Maar jullie kunnen niet zomaar ergens afspreken. Jullie moeten teruggaan naar het vliegveld, in zijn vliegtuig stappen en maken dat je Portugal uitkomt. We moeten mevrouw Tidrow en al het bewijsmateriaal veilig hier zien te krijgen. Waar jullie naartoe vliegen en wat er daarna gebeurt, regel ik allemaal nog wel. Het is jouw taak om jezelf, Anne en Ryder zo snel mogelijk aan boord van zijn vliegtuig en in de lucht te krijgen.'

'Dat lukt niet zonder hulp. Raisa Amaro moet ons helpen. Je zei dat ik haar volledig kon vertrouwen. Ik wil het je nog een keer horen zeggen, gewoon voor de zekerheid. Alles hangt nu van haar af.'

'Je kunt haar honderd procent vertrouwen, neef. Zoals ik al zei is ze erg slim en heeft ze vele talenten, en ze is ook nog eens uitermate efficiënt. Ik ken haar al jaren.'

'Ik ga met haar praten en bel je daarna terug, hopelijk met een tijd en een plaats waar we Ryder zullen ontmoeten. Dan kun je die info aan hem doorgeven voor hij landt. Als Raisa niets voor me kan doen, moeten we iets anders verzinnen. Met een beetje mazzel bel ik je zo terug.' Marten hing op.

'Je ex-vriendin,' zei Anne met een heel klein glimlachje om haar mond.

'Ja.' Hij liep langs haar heen en ging uit het raam staan kijken. De man die hij eerder had gezien was dichter bij de rand van het park gaan staan. Een stukje verder, bij een decoratieve fontein, stond een andere man naar het huis te kijken. Na korte tijd hield hij zijn vinger op zijn oor alsof hij ergens naar stond te luisteren. Meteen daarna bracht hij zijn hand naar zijn mond.

'Hij staat met iemand te praten,' zei Anne terwijl ze naast Marten kwam staan. 'Als er hier twee staan, staan ze ook achter het huis.'

'Is het politie, denk je?' vroeg hij toonloos.

'Nee, dat denk ik niet.'

Marten liep naar de telefoon en toetste 1-1 in, het nummer dat Raisa hem had gegeven. Ze nam vrijwel meteen op.

'Goedemorgen, meneer Marten.'

'Goedemorgen, Raisa. Ik weet dat het nog vroeg is, maar ik vroeg me af of je even zou willen komen. Nu meteen, ja. Het is belangrijk. Bedankt.' Marten keek Anne aan en hing op.

07.15 uur

99

Het appartement in Rua de San Felipe Neri, 07.17 uur

Aan ruim anderhalf uur slaap had hij genoeg gehad. Conor White was om kwart voor zeven opgestaan. Om zeven uur was hij gedoucht en geschoren en maakte hij de anderen wakker. Op blote voeten en met slechts een handdoek om zijn middel geslagen had hij zijn radio-ontvanger aangezet en afgestemd op frequentie 171.925, die Branco hem had gegeven. Hij had geluisterd naar het geklets van Branco's mannen dat met tussenpozen doorkwam. Daarna had hij koffie gezet. Om tien over zeven zat hij aantekeningen in te voeren in zijn laptop. Zes minuten later opende hij een plattegrond van Lissabon en zocht naar de Amerikaanse ambassade op de Avenida das Forças Armadas. Het was zo te zien een minuut of tien rijden vanaf de plek waar ze nu zaten.

07.20 uur

White pakte zijn BlackBerry en toetste het nummer van Carlos Branco in.
'Hallo?' Branco.
'Waar zit je?'
'Ik loop net het Ritz uit. De suite van Ryder is klaar. We gaan nu naar het vliegveld om hem op te halen.'
'Ik heb een auto en chauffeur nodig. Iemand die de stad goed kent en van de situatie Marten – Ryder op de hoogte is.'
'Wat voor wagen en wanneer wil je 'm hebben?'
'Iets van een limousine met nummerplaten van de Verenigde Naties. Hij moet voor de Amerikaanse ambassade geparkeerd staan. Snel. Hoe snel kun je dat regelen?'
'Dat wordt niet makkelijk. Ik moet er een paar mensen voor bellen.'
'Hoe snel, Branco?'
'Binnen een uur.'
Conor White keek op zijn horloge. 'We gaan hier om tien voor half negen weg en zijn dan om half negen bij de ambassade. Als er iets tussenkomt, bel me dan vóór die tijd.'
'Er komt niks tussen.'
'Mooi.'

White verbrak de verbinding en liep naar de slaapkamer die Irish Jack en Patrice deelden. De lakens van de twee bedden waren teruggeslagen. Irish Jack kwam net onder de douche vandaan en stond zijn haar af te drogen. Patrice kwam de badkamer uitgelopen en deed hetzelfde. Ze droegen allebei een boxershort en verder niets. Ondanks hun uiterlijke verschillen leken ze allebei opgetrokken uit staal, hun tatoeages en littekens verrieden hun jarenlange ervaring als gevechtsmachines.

'Jullie lijken verdomme wel een stelletje,' zei White uitdrukkingsloos.

Er verscheen een brede grijns op het gezicht van Irish Jack. 'Die handdoek doet ook wonderen voor u, kolonel. Zoals u hier nu staat ziet u eruit alsof u graag mee zou willen doen, maar niet bent uitgenodigd.'

Heel even verscheen er een jongensachtige twinkeling in White's ogen. 'Mijn pik is veel te groot voor jullie, mietjes. Jullie zouden je er geen raad mee weten.' Zijn speelse blik verdween meteen weer en hij kneep zijn ogen samen tot spleetjes. 'We gaan op chic vandaag. Jasje-dasje. Zorg dat je om tien voor half negen klaarstaat.'

White liep de andere kamer in en kleedde zich aan. Ondertussen kreeg hij een sms op zijn BlackBerry. Hij zag dat het van Loyal Truex afkomstig was, die nog steeds in Bagdad zat. Hij liep naar de keuken om het te lezen.

Hij las het. En nog een keer.

Dit bericht is vijf minuten geleden binnengekomen uit Washington. Het is ook naar Arnold Moss in Houston en Jeremy Moyer, hoofd van de cia in Lissabon gestuurd. Ik stuur het door naar jou en Anne, voor het geval ze het kan en wil lezen. Washington kan bewust nogal zakelijk en onduidelijk zijn dus ik weet niet of ze ons hiermee een standje willen geven of dat het een compliment is, of dat ze ons gewoon op de hoogte willen houden. Het lijkt op een combinatie van een krantenbericht en een lesje aardrijkskunde.

'De negenhonderdvijftig kilometer lange rivier de Taag ontspringt in de bergen ten oosten van Madrid en stroomt dan dwars door Spanje via de bergen naar het noordwesten, waar hij voor een deel een natuurlijke grens vormt met Portugal. Daarna loopt hij Portugal in en mondt bij Lissabon uit in de Atlantische Oceaan. Hier, tussen de stadjes Paço de Arcos en Carcavelos, waar de rivier in zee stroomt, is het stoffelijk overschot geborgen van Josiah Wirth, directeur van Striker Oil. Hij werd vanmorgen vlak na zonsopkomst gevonden door vissers. Hij zat verstrikt tussen het afval en zeewier.'

Ik stuur je nog een bericht door. Het is gecodeerd en is alleen naar Moss en mij gestuurd. Je kunt het op je laptop lezen. Het behoeft geen uitleg. Het is nogal verontrustend. Ik weet dat je er meteen actie op zult ondernemen. Ik vertrek binnen een uur naar Washington.

White ging aan tafel zitten en draaide zijn laptop naar zich toe. Toen die was opgestart drukte hij het hekje op het toetsenbord in. Er werd meteen om zijn persoonlijke toegangscode gevraagd. Die typte hij in. Er werd om een wachtwoord gevraagd en ook dat gaf hij. Er verscheen een aantal cijfers en symbolen in beeld, met daarnaast de datum en de tijd. Hij ging met de cursor naar het laatste bericht, dat amper twaalf minuten eerder was binnengekomen. Het was kort.

XARAK-protocol, laatste toegang tot bestand 4 juni, 17.17 uur tot 17.20 uur EDT. Toegangscode: ZA101P-22-0LX5-8.*.8.*2.

White sloot de laptop meteen weer af en klapte hem dicht. Het was de toegangscode van Loyal Truex. Zeventien tot twintig over vijf in Washington kwam overeen met zeventien tot twintig over tien in Lissabon. Precies de tijd dat Anne in de hotelkamer had gezeten. Het bestand was alleen geopend, niet gekopieerd of gedownload. Als iemand dat had geprobeerd te doen zou het programma automatisch zijn afgesloten en vergrendeld. De exacte tijd en locatie waar het was geprobeerd zouden worden geregistreerd. Allemaal dingen waarvan Anne wist dat ze zouden gebeuren. Ze had het document dus gelezen en het waarschijnlijk overgeschreven of gefotografeerd vanaf het scherm.

'Shit,' vloekte hij binnensmonds. Hij had zijn handen al vol aan Anne en de foto's, nu kwam dit er ook nog bij. Als Joe Ryder het document – dat hij, Sy Wirth, Truex en Arnold Moss het Hadrianus Memorandum noemden – ook nog in handen zou krijgen waren de rapen gaar. Het was het bewijs dat de CIA namens Striker Oil betrokken was bij de burgeroorlog in Equatoriaal-Guinea. Een operatie die door de onderdirecteur was goedgekeurd. Dat mocht onder geen beding uitlekken. Dat Truex had geschreven 'Ik weet dat je er meteen actie op zult ondernemen' was dus een bevel: haal al het materiaal terug en elimineer Marten, Anne en Ryder zo snel mogelijk. Voorheen was het alleen Marten en Anne en indien noodzakelijk Ryder geweest. Nu hadden ze alle drie de doodstraf gekregen. Die meteen uitgevoerd moest worden, en alle middelen waren daarbij toegestaan.

Hij vroeg zich opeens af waar hij mee bezig was. Zijn hele volwassen leven had hij maar één doel gehad: erkenning krijgen van zijn vader. Om dat doel te bereiken was hij een hoogopgeleide, nationale en zelfs internationale oorlogsheld geworden. Maar zijn carrière was voorbij toen de foto's werden genomen. Sindsdien had hij er alles aan gedaan om ze in handen te krijgen zodat zijn imago geen deuken opliep. Hij was er een moordenaar door geworden. Jonge mensen, een heerszuchtige oliebaron en binnen afzienbare tijd zouden daar nog drie mensen bij komen, onder meer iemand uit het Amerikaanse congres. En waarvoor? Zodat de man die hem nooit een blik waardig had gekeurd niet van zijn stuk gebracht zou zijn door wat hij zou zien als de foto's gepubliceerd zouden worden? Wat was dat eigenlijk voor waardeloze reden?

Het probleem was dat Anne door het memorandum te stelen een gigantisch sneeuwbaleffect had veroorzaakt. De wereldpolitiek werd er nu bij betrokken, en die prijs die betaald moest worden als het bleef misgaan was te hoog. Het was nu niet meer alleen zijn pakkie-an. De inhoud van het memorandum stond nu ook op het spel: een zee van olie voor het Westen. Hij had nooit kunnen bedenken dat het hier op uit zou draaien. Toch werd hij er op een vreemde manier door gerustgesteld, omdat hij vanaf nu niet meer zou doden als moordenaar, maar als soldaat die strijdt voor het vaderland.

07.48 uur

100

Het internationale vliegveld Portela, 08.42 uur

Carlos Branco stond onder aan de trap van de Gulfstream 200 te wachten tot afgevaardigde Ryder en zijn persoonlijke begeleiders van de CIA, Chuck Birns en Tim Grant, zouden uitstappen en voet zouden zetten op Portugese bodem. Branco wist dat Grant en Birns al bijna anderhalf jaar Ryders beveiligers waren als hij op reis was en dat hij hen volledig vertrouwde. Ze hadden dus zeer veel wederzijds respect voor elkaar, waardoor het wel eens lastig zou kunnen worden om hen van Ryder los te weken als de tijd daar was en hij alle CIA-mensen terug moest trekken om Conor White en zijn mannen de gelegenheid te geven te doen wat ze moesten doen.

'Anibal da Costa, CIA,' stelde Branco zich voor. 'Welkom in Lissabon, afgevaardigde Ryder. Als u mij zou willen volgen, heren?'

Hij draaide zich om en ging hun voor naar een zwarte Chevrolet Suburban SUV die een meter of zeven verderop op het platform stond. Er stonden nog twee CIA-agenten naast, afkomstig van de ambassade.

Even later passeerden ze de beveiligingshekken en reden ze naar de stad. Ze volgden dezelfde route die Branco nog geen twaalf uur eerder had gereden, toen hij White en zijn mannen van hetzelfde vliegveld had opgehaald.

Hij had gelijk gehad toen hij zei dat Marten hem bij hun volgende ontmoeting niet meer zou herkennen. De gladgeschoren, donkerharige man in hawaïhemd en spijkerbroek uit het Lisboa Chiadohotel droeg nu een zwart pak, wit overhemd en stropdas, had grijs haar en een keurig verzorgde baard in dezelfde kleur. Bovendien waren zijn groenbruine ogen met lenzen blauw gemaakt; een maatregel voor het geval Marten hem goed had bekeken. Iets wat erg waarschijnlijk was, in beschouwing genomen wat Irish Jack had gezegd toen hij terugkwam van de korte inspectie van de lijken van Branco's mannen in de Jaguar. '*We hebben hier niet te maken met zomaar een tuinarchitect. Volgens mij heeft hij drie schoten gelost en ze waren allemaal raak. Heeft de bestuurder verdomme recht tussen zijn ogen geraakt. Hij weet echt wel waar hij mee bezig is.*'

Die gedachte en het feit dat afgevaardigde Ryder naast hem zat in de auto, herinnerde hem weer aan de 'realpolitik' van de situatie en de harde realiteit waarom ze hem hadden ingehuurd voor het voorbereidende werk. Anne Tidrow, Ryder en Marten vormden allemaal op hun eigen manier een bedreiging voor de CIA en moesten ook als zodanig behandeld worden. Hij wist alleen niet waaróm dat zo was en vroeg zich of het hoofd van de CIA in Portugal, Jerry Moyer, het wel wist. De beveiligers van Ryder moesten ook als een bedreiging gezien worden. Daarom had hij vijf oud-commando's uit het Portugese leger aangetrokken. Ze hadden bij de anti-guerrilla-eenheid Batalhão de Comandos gezeten en zouden Anne en Marten schaduwen zodra ze het pand aan de Rua do Almada verlieten om naar Ryder toe te gaan. Iedereen was dus van begin tot eind gedekt zonder het van elkaar te weten. De kans om te ontsnappen was nihil. En als Birns en Grant zich op het moment suprême wilden bemoeien met het terugtrekken van alle CIA-mensen, zouden zijn commando's hen aan flarden schieten: toegewijde werknemers van het ministerie van Buitenlandse Zaken die tijdens hun werk in een vuurgevecht terechtgekomen waren tussen de CIA en onbekende aanvallers. Conor White en zijn mannen konden dan in de tussentijd afrekenen met Anne, Marten en Joe Ryder.

Branco hield de deur van Ryders suite op de zesde verdieping open voor Ryder en zijn gevolg. Birns en Grant gingen als eerste de elegant ingerichte suite binnen voor een zorgvuldige inspectie. Ze zouden niets ongewoons aantreffen. De ruimte was elektronisch doorgelicht en ruim twee uur geleden door de CIA in Lissabon vrijgegeven. Alles was schoon. Perfect. Op een paar piepkleine zenders na die Branco zelf geplaatst had toen hij om kwart over zes die ochtend naar de suite was gegaan. Hij had afluisterapparatuur geplaatst in de vaste telefoon en de internetverbinding. Hij had er toen voor gezorgd dat ze niet werden ontdekt en zou er nu voor zorgen dat Birns en Grant ze niet alsnog zouden vinden. De activiteit op de mobiele telefoons van Ryder en zijn veiligheidsagenten werd al sinds het vliegtuig van Ryder het ontvangstgebied van Lissabon was binnengevlogen zorgvuldig in de gaten gehouden door een particulier communicatiebedrijf dat Jerry Moyer had ingehuurd.

Toen ze klaar waren met hun inspectie gaf Birns een kort knikje naar Ryder die op zijn beurt naar Branco keek.

'Dank u wel. Ik stel dit alles erg op prijs.'

'We doen het graag, meneer,' zei Branco met een glimlach.

'Dat weet ik. Ik ga de vermoeidheid van me af zwemmen in het zwembad van het hotel en daarna kom ik terug naar de kamer toe om wat dingen te regelen. Ik wil graag om half twaalf een auto. Ik ga lunchen met een oude bekende.'

'Waar, als ik vragen mag?'

'Café Hitchcock. In de wijk Alfama. Kent u dat?'

'Ja zeker. Het is hier nog geen tien minuten vandaan.'

'Dank u, Da Costa.'

'Heel graag gedaan.'

Branco en zijn twee collega's vertrokken.

Ryder wachtte tot ze de deur achter zich hadden dichtgetrokken en zei toen tegen Birns en Grant, die in de kamer naast hem zaten, dat hij even ging zwemmen en dat ze naar het zwembad moesten komen als ze hun spullen hadden uitgepakt.

'U kunt beter even op ons wachten,' zei Grant. 'We lopen wel met u mee.'

'We zitten in het Ritz, jongens. Niet in een Irakese bunker. Maar oké, ik wacht wel even.'

'Een paar minuten.'

Ze liepen door de tussendeur naar de andere kamer. Ryder haalde een keer diep adem en liep naar het raam, dat uitkeek over het gemeentepark, het Eduardo VII, en de Marquês de Pombalrotonde aan het begin van de Avenida da Liberdade, die erlangs liep. Iedere boom en ieder blaadje schitterde in ochtendzon, waardoor de stad er, ondanks de vooruitzichten van wat er zou gaan komen, lekker fris en schoon uitzag door de regen die de avond daarvoor was gevallen.

President Harris had hem gebeld vlak voordat ze het Portugese luchtruim binnen vlogen. Het eerste wat hij had gevraagd was of hij zijn veiligheidsagenten voor honderd procent kon vertrouwen, waar Ryder bevestigend op had geantwoord. Het tweede was geen vraag maar een waarschuwing geweest: je kunt niemand vertrouwen op de ambassade in Lissabon. Ga ervan uit dat je wordt gevolgd en dat je kamer en je telefoons, ook de mobiele, worden afgeluisterd. Toen zei hij: 'Neem niet zelf contact op met Marten. Neem je eigen mensen in vertrouwen en bid op je blote knieën dat ze niet op een of andere manier, hetzij beroepsmatig, hetzij psychologisch of op wat voor manier dan ook, werken voor de CIA in Lissabon. Zorg dat je snel en ongemerkt het hotel verlaat. Daar moeten je agenten je bij kunnen helpen. Pak pen en papier en noteer het volgende.' Dat had Ryder gedaan.

'Ontmoetingsplaats met Marten en Anne Tidrow is het Hospital da Universidade, het Academisch ziekenhuis. Het ligt aan Rua Serpa Pinto 25. Elf uur lokale tijd. Ga via de achteringang naar binnen. Daar zit het hoofd van de beveiliging, Mário Gama, een lange, kalende man. Stel jezelf voor als John Ferguson van The American Insurance Company en zeg dat je een afspraak hebt met Catarina Silva, hoofd van de administratie. Hij zal je naar Marten en Anne brengen. Om kwart over elf worden jullie, samen met jouw veiligheidsagenten opgehaald door een bestelbusje van de wasserij. Bij dezelfde ingang. Rijd rechtstreeks naar het vliegveld, ga aan boord en maak dat je wegkomt.' Het verhaal van de president was duidelijk geweest. In zijn stem klonk door dat het gevaarlijk zou worden, maar dat het tegelijkertijd extreem belangrijk was dat hun missie zou slagen.

'Anne en Marten hebben erg belangrijke informatie bij zich, dus vanaf het moment dat jullie elkaar zien, moet alles snel-snel-snel. Mocht er onderweg iets gebeuren, dan wacht Marten tot half twaalf. Als je er dan nog niet bent, omdat alles tegenzit, probeer je het een dag later nog een keer. Op precies dezelfde manier. Zeg tegen de mensen van de CIA dat je met een oude bekende gaat lunchen en dat je om half twaalf een auto nodig hebt. Je hebt zogenaamd afgesproken in café Hitchcock in de wijk Alfama, en ligt totaal niet in de buurt van het ziekenhuis. Ze zullen denken dat je tot die tijd in je kamer zit en zullen niet eerder in actie komen. Hopelijk lang genoeg om jou de gelegenheid te geven ertussenuit te knijpen en naar Marten te gaan.'

Daarna had hij hem veel succes gewenst en had opgehangen. Hij had geklonken alsof hij vond dat hij te veel had gezegd en bang was dat er iemand van de beveiliging zijn kamer binnen zou komen om te kijken of alles goed met hem ging en zich zou afvragen wie hij 's nachts om drie uur aan de lijn had, en dat diegene daarover zou gaan roddelen.

'Bent u er klaar voor, meneer?' vroeg Grant in de deuropening van zijn kamer.

'Ik dacht het wel! Laten we meteen gaan.'

09.37 uur

101

Voorovergebogen, met een zaklamp in zijn hand die de grond voor hen bescheen en met de Glock in zijn tailleband gestoken, ging Marten Anne voor door een donkere, lage doorgang vol spinnenwebben, die de kelder van Rua do Almada 17 verbond met het pand ernaast. Het was een gangetje dat, in theorie althans, van gebouw naar gebouw liep, om uiteindelijk uit te komen op nummer 9, het laatste gebouw in de straat, het verst weg van het park en een meter of vijftig van de plek waar de surveillanten stonden.

Deze gang, die al lang niet meer in gebruik was, was in het begin van de Tweede Wereldoorlog gebouwd, toen het neutrale Portugal een tijdelijk toevluchtsoord werd voor Europese joden die Centraal-Europa ontvlucht waren. Lissabon was toen een belangrijke doorvoerhaven naar de Verenigde Staten. De wijken Baixa, Chiado en Bairro Alto waren vooral populair geweest omdat ze vlak bij de haven lagen. Niet alleen bij de vluchtelingen, maar ook bij de nazispionnen die moesten raporteren wie er aan boord van welk schip ging. Als gevolg daarvan bouwden veel eigenaren verborgen doorgangen in hun kelders. Zo werden mensen ongezien aan boord gebracht waardoor ze veilig konden blijven vertrekken zonder Portugal al te veel politieke problemen te bezorgen.

Anne en Marten probeerden nu hetzelfde te doen. Hun bestemming was alleen geen schip in de haven maar een bestelbusje van een elektricien dat aan het begin van de straat stond. Met een beetje geluk, als de doorgang na bijna zeventig jaar nog bruikbaar was en ze inderdaad bij nummer 9 naar buiten konden, de bestelwagen in die Raisa had geregeld, dan zouden ze na een kort ritje op tijd bij het Hospital da Universidade op Rua Serpa Pinto aankomen.

Het was een wonder dat Raisa deze hele reddingsoperatie zo snel in elkaar had gezet. Marten had haar om kwart over zeven gebeld. Om achttien over zeven had ze, gekleed in de roze badjas die ze de avond daarvoor ook gedragen had en met dezelfde slippers aan haar voeten, op de bovenste verdieping aandachtig naar Marten zitten luisteren. Ze wist ook dat Marten in het bijzijn van Anne het niet over Harris en zijn beroep kon hebben.

Marten had er dus omheen gepraat. Hij had haar verteld dat ze een ontmoeting zouden hebben met een Amerikaanse politicus die zojuist per privévliegtuig uit Irak was gekomen. Ze wilden hem zo snel mogelijk ergens spreken waar niemand anders bij zou zijn, op een onopvallende plek. Hij hoopte dat zij zo'n plek kende en dat ze hen daar veilig heen kon krijgen, zonder door iemand gezien te worden. Bovendien zouden ze vanaf die ontmoetingsplek ongezien op het vliegveld moeten zien te komen bij het vliegtuig van de politicus. Wat het bemoeilijkte was dat ze geen contact konden opnemen met afgevaardigde Ryder zonder dat iedereen om hem heen dat meteen te weten zou komen. Hij vroeg dus nogal wat, helemaal omdat het zo kort dag was. Hij had zijn verzoek afgesloten met: 'Ik denk dat u wel weet van wie dit verzoek afkomstig is.'

'Nou en of ik dat weet,' had Raisa glimlachend geantwoord. 'Oude liefde roest niet.'

Als Anne zich al afvroeg waar ze het in hemelsnaam over hadden, dan had ze dit niet laten merken. Ze had Raisa alleen maar gewaarschuwd. 'De mensen die daarbuiten staan, hebben erg geavanceerde afluisterapparatuur. Ze kunnen ieder in- of uitgaand gesprek afluisteren en opnemen. Ook die lijn die via de wasserij loopt.'

'Dan zullen we iets anders moeten verzinnen,' had Raisa gezegd terwijl ze wegliep en een BlackBerry uit de zak van haar badjas haalde. Ze zagen hoe ze door de opgeslagen nummers ging. Ze stopte de telefoon weer weg en kwam terug.

'Mijn wasserij heet "A Melhor Lavanderia, Lisboa", oftewel "De beste wasserij in Lissabon". Hij is hier vlakbij. Ik ga gewoon zoals iedere dag naar kantoor. Zodra ik iets weet, stuur ik een koerier. Een tiener, Otavio. Hij zal jullie een brief met instructies geven. Volg ze nauwkeurig op.'

'Raisa,' zei Marten, 'we kunnen toch niet zomaar de voor- of achterdeur uitlopen?'

Toen had ze hun verteld over de ondergrondse gang. Ze dacht dat hij ondanks het feit dat hij oud was en waarschijnlijk in niet al te beste staat verkeerde nog wel te gebruiken was. 'Kijk uit naar een blauw bestelbusje van een elektricien waarop in wit met gouden letters staat: "Serviço Elétrico de Sete Dias", ofwel: "Zeven dagen per week tot uw dienst". Het staat naast het huis op de hoek. Loop er zo snel mogelijk heen als je uit de kelder komt. De bestuurder staat tot jullie beschikking. Een van mijn bestelwagens zal jullie naar het vliegveld brengen.'

'Hoe weet onze afspraak waar en wanneer hij ons gaat ontmoeten?' vroeg Anne.

'Dat regel ik zelf,' zei ze glimlachend. 'Dat is iets tussen hem en mij, lieverd. Ik hoop dat je het begrijpt.'

'Natuurlijk,' zei Anne, die net zo lief teruglachte. 'Voor een ex-vriend of -vriendin heb je alles over.' Ze keek naar Marten. Hij reageerde niet.

9 uur 45

Marten scheen met de zaklamp over een in elkaar geflanste houten barricade dat de gang afsloot. Hij bekeek het even en keek toen om naar Anne.

'Ik moet kijken wat het is. Pak de zaklamp eens aan, wil je?' zei hij terwijl hij haar de lamp gaf. Ze waren nog geen twintig minuten in de ondergrondse gang op weg van het ene huis naar het andere. Er hing een doordringende geur van schimmel en ze schoten totaal niet op. Overal lag rotzooi van halfingestorte muren, er stonden afgedankte meubels, er liepen pijpen en leidingen waar ze omheen moesten lopen, overheen moesten klimmen of tussendoor moesten wurmen. Ze kwamen zelfs ergens het karkas tegen van een lang geleden gestorven hond.

De doorgang naar Rua do Almada 9 was volledig geblokkeerd, en de klok tikte verder. Marten had geen idee hoe lang hij erover zou doen om door de barricade heen te breken. Of het überhaupt kon. Hij had nog veel meer vraagtekens. Hoe lang kon je ergens de bestelwagen van een elektricien neerzetten zonder dat het de mannen die het huis op nummer 17 in de gaten hielden op begon te vallen? En Ryder? Was hij onderweg naar Rua Serpa Pinto, waar het academisch ziekenhuis lag? Had hij eigenlijk wel instructies ontvangen over waar hij naartoe moest? En als hij ze had ontvangen, was het hem dan gelukt om aan de aandacht van de CIA te ontsnappen? Wat zou hij doen als ze niet op tijd waren? En als hij nou eens niet kwam opdagen? En ze dus morgen nog een keer hetzelfde traject moesten afleggen? En stel dat hij er dan nog steeds niet was? En hoe zat het hier beneden eigenlijk? Wat moesten ze doen als hij de barricade niet omver kreeg en ze terug naar boven moesten?

'Shit,' vloekte hij hardop terwijl hij met zijn schouder tegen de zware plank duwde. Hij gaf niet mee. Hij duwde nog een keer. Nog steeds niks. Hij keek naar Anne. Ze zat net als hij onder een dikke laag vijftig jaar oud stof. Het zat op hun kleding, hun gezicht, in zijn haar, hun longen. Het enige wat het een klein beetje tegenhield was het regenhoedje dat hij de avond ervoor had gedragen en dat hij Anne had gevraagd op te zetten voor ze de deur uitgingen. In de hoop dat ze zo minder herkenbaar zou zijn voor degene die haar buiten in de gaten stond te houden als ze naar het bestelwagentje liepen.

Marten beukte nog een keer tegen de barricade. Er kwam een regen van stof en puin omlaag en de houten plank gaf een klein stukje mee.

'Hè hè,' zei hij en beukte er nog een keer tegen. Er kwam meer stof en puin naar beneden. Nog een keer en de plank gaf weer mee. Niet veel, maar meer dan daarnet. Hij bleef het proberen. Uiteindelijk hadden ze genoeg ruimte om tussendoor te kunnen glippen.

'Geef de zaklamp eens,' zei hij. Anne reikte hem aan en Marten wrong zijn hoofd en schouders door de opening. Er viel een rat ter grootte van een kleine kat naar beneden. Hij landde op Martens hoofd en bleef daar zitten.

Marten schreeuwde en schudde met zijn hoofd. In plaats van te vallen sloeg het doodsbange beest zijn nagels in Martens schedel en bleef zitten. 'Rot op,' schreeuwde Marten en sloeg met zijn hand naar de rat. Uiteinde-lijk liet het beest los, sprong op de grond en rende weg in het donker. Mar-ten zag nog net hoe er een stuk of tien andere ratten achter hem aan renden.

Hij ademde diep in, gaf de zaklamp terug aan Anne en hielp haar door de barricade te klimmen naar de doorgang die erachter lag. Hij verloor geen moment haar tas uit het oog, die ze schuin over haar schouder had gehangen. De tas met de waardevolle smokkelwaar: de foto's en de nega-tieven van het memorandum.

Voor hij verder liep, keek hij nog een keer naar haar om in te schatten hoe ze er aan toe was. Haar ogen stonden helder en vastbesloten. Zo had ze al gekeken sinds ze hem met de president had zien bellen. Met een beetje geluk had ze in haar slaap haar inzinking overwonnen en hoefde hij zich nergens anders druk over te maken dan om de klok die de seconden wegtikte. Op iedere dag schoon ondergoed na droeg ze nog steeds hetzelfde als wat ze bij Erlanger in Potsdam had aangetrokken. Het was afgedragen en vies en moest dringend gewassen worden, maar onder deze omstandigheden was dat het minst belangrijke van alles. Dat hij sinds Berlijn al dezelfde kleding droeg deed er ook niet toe. Dit had zich net zo goed decennia geleden kunnen afspelen; ze waren vluchtelingen, net als in de oorlog. Het enige verschil met toen was de vijand. Ze waren niet op de vlucht voor Hitlers dodelijke greep, maar voor hun eigen vaderland.

'Wat zit je te kijken?' vroeg ze uiteindelijk.

'Ik wilde weten of je bang bent voor ratten.'

'Alleen van de menselijke soort.'

'Ik ook,' zei hij terwijl hij met de zaklamp op de grond voor hen scheen.

'Nicholas?'

'Wat is er?' vroeg hij terwijl hij achterom keek.

'Bedankt voor gisteren. Ik was het even helemaal kwijt geloof ik.'

Hij lachte mild. 'Ik heb zitten janken in Berlijn. Jij in Lissabon. We staan weer quitte, dus laat maar zitten.'

'Nee, bedankt.'

'We moeten naar een afspraak met een congreslid.'

'Weet ik.'

Hij keek haar nog even aan. 'Kom,' zei hij. Hij scheen de lichtbundel naar voren en daar gingen ze.

09.52 uur

102

Het Four Seasons Ritz, dezelfde tijd

Joe Ryder zat met Tim Grant en Chuck Birns, zijn persoonlijke beveiligers, in de sauna van het hotel. Ze hadden een handdoek omgeslagen. Grant en Birns hadden vanaf de kant een paar minuten toe staan kijken hoe Ryder baantjes had getrokken. Daarna waren ze naar de herenkleedkamer gelopen om vervolgens in de sauna te gaan zitten. Hier had Ryder hen in vertrouwen genomen. Hij had verteld wat er allemaal speelde en wat ze gingen doen.

Door stom toeval had Grant bijna dezelfde bouw als Ryder. Maanden geleden had hij op voorstel van een collega bij de geheime dienst zijn haar in dezelfde kleur geverfd als dat van Ryder en hetzelfde kapsel genomen. Ook had hij dezelfde montuurloze bril gekocht als die het congreslid droeg. Als hij die opzette, leek hij sprekend op Ryder. Tenzij je hen allebei goed kende waren ze moeilijk uit elkaar te houden, zeker van een afstand. Grant had er totaal geen problemen mee om in de huid van Ryder te kruipen; hij had dat in Irak meerdere keren gedaan om Ryder uit mogelijk gevaarlijke situaties te redden.

Het plan was om het nu weer te doen. Grant zou, in de kleding van Ryder, de kleedkamer uitlopen en met de lift naar de lobby gaan, daar voor het oog van iedereen een krant van een tafel pakken en de lift nemen naar Ryders suite. Ondertussen zou Ryder in de kleding van Grant samen met Birns teruglopen naar het zwembad en via de glazen deuren de kleine geometrisch aangelegde tuin in lopen. Aan de andere kant van de tuin zouden ze het trapje af lopen en over een hekje klimmen, het Eduardo VII-park in. Daar zouden ze naar de dichtstbijzijnde straat lopen, een taxi aanhouden en naar café Hitchcock in de wijk Alfama rijden. Ryder had tegen de agenten uit Lissabon gezegd dat hij daar met het hoofd van de plaatselijke CIA zou lunchen.

Onderweg zouden ze tegen de chauffeur zeggen dat ze nog wat wilden winkelen en vragen of hij even wilde stoppen. Ze zouden uitstappen en zodra de taxi weggereden was een andere aanhouden, die hen naar Rua Serpa Pinto zou brengen. Ze zouden ruim voor ze bij het ziekenhuis waren uitstappen en verder gaan lopen. In de tussentijd zou Grant Ryders kleding verwisselen voor iets sportiefs, via dezelfde uitgang het park ingaan en met een taxi naar het ziekenhuis gaan. Hij zou het ziekenhuis slechts als referentiekader gebruiken en zeggen dat hij een vriend wilde bezoeken maar dat hij niet precies meer wist waar hij woonde. Als ze in de buurt van het ziekenhuis zouden zijn, zou hij in een willekeurige straat uitstappen en zeggen dat hij het huis wel zou herkennen als hij het zag en verder gaan lopen. Net als de andere twee zou hij wachten tot de taxi was weggereden voor hij te voet naar het ziekenhuis zou gaan, waar hij zich bij de achteringang weer bij Ryder en Birns zou voegen. Hopelijk precies om elf uur, zoals afgesproken was.

Ryder en Birns liepen via het zwembad naar buiten, liepen de tuin door, gingen het trapje af en klommen over het lage hekje. Twee minuten later liepen ze onder een dak van palmbomen en coniferen door het Eduardo vii-park. Ryder had de beige broek, lichtblauw overhemd en lichtblauwe blazer aan. Birns was gekleed in een pak van lichte stof en een wit overhemd zonder stropdas, het bovenste knoopje open. In zijn rechterhand had hij een attachékoffer met daarin een 9mm Heckler & Koch semi-machinepistool met dertig patronen in het magazijn en een laservizier. Tijdens een aanval hoefde hij alleen maar het koffertje op iemand te richten: een rode laser zou het doelwit nauwkeurig aanwijzen. Daarna hoefde hij alleen nog maar de trekker in het handvat van het koffertje over te halen. Het wapen deed de rest.

Het tweetal liep het park uit via Rua Marguês de Fronteira. Nog geen halve minuut later zagen ze een taxi komen aanrijden. Birns hield hem aan. De taxi reed gewoon verder en stopte een meter of twintig verderop opeens toch.
  'Kom mee,' zei Ryder.

'Spreekt u Engels?' vroeg Ryder bij het instappen. De chauffeur keek hem in de spiegel aan en zei opgewekt: 'Ja zeker, meneer.'
  'Mooi. Café Hitchcock, in Alfama, graag.'
  'Natuurlijk, meneer,' zei de chauffeur en reed weg.

103

10.05 uur

Het was een zwarte vierdeurs Mercedes s600 met getinte ramen en, zoals Conor White had gevraagd, met kentekenplaten van de Verenigde Naties. De chauffeur was een knappe zwarte jongeman die Moses heette. Hij was afkomstig uit Algerije, zei hij. Hij had een automatisch 9mm pistool onder een clip op het dashboard zitten. De auto had een 510 pk v12 motor. Hij trok binnen vierenhalve seconde op van nul tot honderd kilometer per uur. Hoe hard hij door de smalle straatjes kon rijden was niet bekend.

Irish Jack had de grijze BMW in een zijstraatje in de buurt van de Amerikaanse ambassade geparkeerd. Nog geen minuut later, zeven minuten over half negen, werden ze door Moses opgepikt met de Mercedes. Conor White droeg een krijtstreep pak met daaronder een lichtblauw overhemd met dubbele manchetten en een bruingestreepte stropdas met een Windsorknoop. Patrice en Irish Jack droegen een klassiek donkerblauw pak, allebei met een wit overhemd en een stropdas. Ieder had een hardschalen koffertje met het wapen van zijn keuze. Voor Patrice en Irish Jack was dat een zwaar aangepaste 45mm M4 Colt Commando semimachinepistool met geluid- en vlammendemper. Conor White had twee aangepaste MP5 semimachinepistolen, eveneens met dempers. Ze hadden alle drie ook nog een handwapen onder hun jasje zitten. Een 9mm automatische Baretta voor Patrice en Irish Jack en een korteloops 9mm semiautomatische Sig Sauer voor Conor White.

Ze hadden alle drie een TRU, een Team Radio Unit; handzame radioontvangers met kleine oortelefoons en een microfoon in hun mouw. Ze hielden de opmerkingen in de gaten die over en weer gingen tussen Branco's mannen die het huis in Rua do Almada in de gaten hielden. Tot nu toe hadden ze alleen nog maar een beetje heen en weer gekletst, kennelijk gebeurde er nog niets. Alleen daardoor al werd White steeds nerveuzer. Wat waren Anne en Marten aan het doen? Hij was er inmiddels van overtuigd dat het Marten was geweest die het huis tegen enen die nacht was binnengegaan. Zaten ze te wachten op bericht van Ryder? Hadden ze hun plannen gewijzigd? Hij had tot nu toe niet het idee dat dit zo was. Ryder stond onder constante bewaking van Branco. Het team dat alle in- en uitgaande gesprekken uit het huis afluisterde had nog niets gehoord dat aan Anne of Marten kon worden toegeschreven.

Om tien voor tien was Moses inmiddels twee keer door Rua do Almada gereden. Er was geen spoor van de politie, er waren alleen een paar voetgangers, een paar mensen in het park van wie er twee bij Branco hoorden en het normale verkeer op straat. Het was zó rustig dat White het liefst meteen naar binnen was gegaan om ze te vermoorden. De Mercedes met nummerplaten van de Verenigde Naties, de inzittenden net diplomaten; als er een politiepatrouille langskwam, zouden ze die gewoon laten passeren, dan naar binnen gaan, doen wat ze moesten doen en daarna rustig wegrijden. Maar dat zou Joe Ryder kunnen alarmeren, waardoor Branco zelf iemand zou moeten doden, waardoor het risico ontstond van een vuurgevecht met de bodyguards van Ryder. Dat zou een hoop lawaai en troep geven, en met welk resultaat? Het was dus geen redelijke optie om nu naar binnen te gaan. Hij kon alleen maar wachten tot ze in actie kwamen en naar Ryder gingen. Hij moest geduld hebben, zoals iedere soldaat in iedere oorlog die ooit was uitgevochten. Opschieten en afwachten, de ongeschreven kern van *les règles de guerre*, de regels van oorlogsvoering.

10.09 *uur*

Ze zaten nog maar net op het terras van een klein café in Rua Garrett en wilden koffie bestellen toen er alarm werd geslagen. Een van Branco's mannen maakte zich erg druk om twee mensen die opeens aan het eind van de straat uit een kelder kwamen en in een bestelwagen van een elektricien stapten die er al een half uur stond. Het was meteen daarna weggereden.

'Ik kon niet zien of het twee mannen of een man en een vrouw waren. Een van beiden had een regenhoedje op,' zei een man in het Portugees. 'Een lichtblauw bestelbusje met "Serviço Elétrico de Sete Dias" erop. In wit met gouden letters. Rijdt naar het noorden in de richting van Travessa do Sequeiro.'

Ze hoorden Branco er onmiddellijk doorheen schreeuwen: 'Bernardo. Erachteraan! Nu meteen!'

'Sorry, ik ben zo terug,' zei Conor White beleefd en hij stond op. Hij liep langs een aantal klanten naar Moses, die in de Mercedes zat te wachten. Buiten gehoorsafstand bracht hij zijn rechterhand naar zijn mond, drukte op het 'spreken'-knopje op de kleine microfoon in zijn mouw en sprak erin. 'Branco,' vroeg hij zacht, 'kun je praten?'

'Ja.'

'Waren ze dat?'

'Weet ik niet. Wacht even. Ik weet het zo.'

'Verlies die bestelwagen niet uit het oog.'

'Ik laat het volgen door een motor.'

'Waar is Ryder?'

'Hij is gaan zwemmen en is daarna teruggegaan naar zijn kamer. Hij heeft om half twaalf een auto nodig om naar een café in Alfama te gaan.'

'Waar is dat?'

'Vanuit jou gezien links naast Baixa.'

'Welke kant rijdt de bestelwagen op?'

'Ik – wacht even, wat?' Branco zweeg even. Hij leek naar iets te luisteren. 'Ze zijn zojuist de Calçada de Combro ingereden.'

'En dat is… ?'

'Niet dezelfde kant op als Alfama.'

'Blijf het volgen tot het z'n bestemming heeft bereikt. Doe verder niets, hou het alleen in de gaten. Kijk wie er uitstappen en waar ze heen gaan. Als het Anne en Marten zijn, wil ik dat meteen weten.'

Conor White zette het microfoontje uit, liep terug naar het tafeltje en ging naast Patrice en Irish Jack zitten. 'Hebben jullie het gehoord?'

Patrice knikte.

'En?'

'Ze weten dat ze door ons in de gaten worden gehouden,' zei hij met zijn duidelijke Frans-Canadese accent, 'en ze zijn ons te slim afgeweest.'

'Dat denk ik ook,' zei White. Hij keek om zich heen en tilde zijn arm weer op. Hij sprak zachtjes in de microfoon. 'Waar is de bestelwagen momenteel?'

'In Rua António Maria Cardosa.'

'Welke kant gaat het op?'

'De stad door. Geen flauw idee. Maar zoals ik al zei: nog even geduld. Ik heb er een goeie man op gezet.'

10.13 uur

104

10.14 uur

'Senhor, we worden al een tijdje gevolgd door iemand op een motor,' zei de zwaargebouwde elektricien van middelbare leeftijd over zijn schouder terwijl hij in zijn bestelwagen door een reeks smalle straatjes met kinderkopjes reed. Hij droeg een witte overall en een pet met 'Serviço Elétrico de Sete Dias' erop. Hij was overduidelijk zenuwachtig.

Marten, die met Anne achterin op zijn hurken had gezeten, baande zich een weg door alle spullen naar voren om in de zijspiegel te kunnen kijken. De motor reed op een meter of zestig afstand, met één auto tussen hem en de bestelwagen in. Het leek op een Japanse motor, een Suzuki of zo. Een snelle machine, die ontzettend hard kon optrekken. Er zat zo te zien een man op. Hij droeg een spijkerbroek, een donkere jas en een integraalhelm met gesloten vizier, waardoor zijn gezicht niet te zien was.

'Zijn we nog ver van het ziekenhuis?'

'Een minuut of vijf.'

'Als hij bij de volgende afslag nog steeds achter ons rijdt, parkeer dan en laat hem ons inhalen. Kijken wat hij dan doet.'

De bestuurder wilde zich naar Marten omdraaien.

'Niet doen,' waarschuwde hij hem. 'Ik wil niet dat hij denkt dat je met iemand zit te praten.'

De bestuurder keek weer voor zich en werd er steeds minder gerust op. 'Ik ben maar elektricien, *senhor*. Ik doe dit voor Raisa. Ik heb drie schoolgaande kinderen.'

'Hoe heet je?'

'Tomás.'

Marten keek hem glimlachend aan en zei: 'Maak je geen zorgen, Tomás. Er gebeurt helemaal niets. Ook niet met je kinderen.'

10 uur 15

Moses was opgetrokken en reed naar Rua António Maria Cordosa. Daar was de bestelwagen voor het laatst gezien volgens Branco, die krakend doorkwam op de koptelefoon.

'Afgevaardigde Ryder zit niet op zijn kamer,' zei hij. 'Hij is na het zwemmen naar zijn kamer gegaan. Daarna is hij verdwenen. Net als zijn body-guards.'

'Wát?' zei White, die snel naar Patrice keek die naast hem zat. Irish Jack, die voorin zat, draaide zich naar hem om.

'Ze zijn ook niet meer in het hotel. Niet dat we weten althans.'

'Ze zijn allemaal tegelijk onderweg,' zei Patrice. 'Ze hebben dus op een of andere manier contact gehad. Ze hebben ergens afgesproken.'

White staarde uit het raam. Na vijf seconden draaide hij zijn hoofd weer om. 'Branco,' zei hij in de microfoon, 'je bent een "zeer vindingrijk persoon" die zijn huiswerk ongetwijfeld heeft gedaan voordat hij zijn mensen liet posten. Van wie is Rua do Almada 17?'

'Van ene Raisa Amaro. Ze woont op de begane grond. Een Française. Woont al vijftien jaar in Lissabon. Ze heeft een wasserij in de buurt van het water. Ze is daar vanmorgen om ongeveer half acht naartoe gegaan.'

'Geef me naam en adres van de wasserij.'

'Ogenblik.'

White keek nergens naar. Hij zat na te denken over zijn volgende stap. Hij zat midden in een gevechtssituatie waarin alle mogelijke scenario's bekeken, geanalyseerd en opgelost moesten worden.

Branco's stem klonk weer. '"A Melhor Lavanderia, Lisboa", Avenida de Brasilia 22, in Cais do Sodré. Zoals ik al zei: da's vlak bij het water.'

'Bedankt.'

10.16 uur

'Hij volgt ons nog steeds.'

Tomás ging linksaf de Largo da Academia Nacional de Belas Artes op. De motorrijder volgde op afstand.

'Stoppen,' zei Marten.

'Ja, *senhor*.' Tomás ging langzamer rijden en hield uiteindelijk stil naast een rij geparkeerde auto's. De motorrijder ging ook steeds langzamer rijden terwijl hij dichterbij kwam, trok toen ineens op en reed voorbij. Hij sloeg aan het eind van de straat af en verdween uit het zicht.

'Stap uit en maak de motorkap open. Doe maar net of je pech hebt.' Marten voelde of de Glock nog in de band van zijn broek zat.

Tomás stapte zenuwachtig uit.

Marten schoof naar voren en ging in de zijspiegel van de bestelwagen zitten kijken. Ze stonden in een smal straatje met kinderkopjes in wat eruitzag als een tamelijk hippe buurt. Er gebeurde even helemaal niets en toen kwamen er een auto en een taxi de hoek omgereden. De felle ochtendzon weerspiegelde in hun voorruit terwijl ze dichterbij kwamen. Toen ze gepasseerd waren, werd het weer stil in de straat. Misschien waren ze helemaal niet achtervolgd, dacht Marten. Misschien moest die motorrijder toevallig dezelfde kant op als zij.

Net toen hij tegen Tomás wilde zeggen dat hij weer moest instappen, kwam de motorrijder de straat weer ingereden. Hij had waarschijnlijk een rondje gereden en was nu weer terug. Hij minderde vaart en ging toen langs de kant van de weg staan.

'Verdomme,' zei Marten. 'Hij is terug. Staat achter ons, aan het begin van de straat.'

Anne kwam naast hem zitten om in de spiegel te kijken. 'Hij denkt dat we in de bestelwagen zitten, maar hij weet het niet zeker. Hij staat te wachten tot we doorrijden. Zodra we dat doen, komt hij achter ons aan. Waarschijnlijk vraagt hij nu om versterking.'

Marten keek naar Tomás, die met zijn hoofd onder de motorkap stond. 'Tomás,' zei hij hard genoeg om hoorbaar te zijn, 'doe die klep dicht en stap in.'

Tomás aarzelde, rechtte zijn rug en deed de motorkap dicht. Hij keek weifelend naar de motorrijder.

'Kom op, instappen!'

'Hij is doodsbang,' zei Anne.

'Dat snap ik, maar we kunnen hier niet gaan staan afwachten wat er gebeurt.' Marten trok de Glock uit zijn broeksband. 'Wat denk jij, als beroeps? Hoort onze achtervolger bij White of bij de CIA?'

'Kies zelf maar.'

'Het is niet gewoon iemand die nieuwsgierig is?'

'Nee.'

Tomás deed het portier open en kroop achter het stuur. Marten ging naast hem zitten. 'Hoe komen we vanaf hier in Rua Serpa Pinto? Het was hier dichtbij, toch?'

'Hoezo?'

'Zeg nou maar gewoon waar het is.'

'Deze straat door tot voorbij het chique restaurant aan de linkerkant. Rua Capelo in en aan het einde daarvan moet u zijn.'

'Dank je wel.' Marten keek over zijn schouder naar Anne. 'Rij met Tomás mee. Ik zie je bij het ziekenhuis. Als ik te laat kom of als er iets gebeurt, ga dan in je eentje naar Ryder. Vertel hem alles wat je weet, geef

hem de spullen en ga met hem mee. Bij hem ben je veilig.'
'En wat ga jij dan doen?'
Marten glimlachte. 'Dat weet ik nog niet precies.'
Met die woorden opende hij het portier en stapte uit. 'Wegwezen, Tomás. Nu!'

Hij gooide het portier dicht en ging in de schaduw van twee geparkeerde auto's staan. Tomás keek hem even aan en reed toen weg. Marten keek de straat in. De motorrijder keek naar de bestelwagen of naar hem, dat kon hij moeilijk zien. Plotseling begon hij geanimeerd te knikken, alsof hij bevelen kreeg via een microfoontje in zijn helm. Meteen daarna ging hij zitten en startte de motor. De motor brulde woest en kwam op Marten af. Door de snelheid van het ding wist Marten genoeg. De motorrijder had het bevel gekregen om hem te negeren en de bestelwagen te volgen.

Marten schatte dat de motor binnen tien seconden van 0 naar 250 kilometer per uur kon accelereren. Hij zou dus ongeveer 150 rijden als hij bij hem was. Hij telde tot twee en ging toen midden op straat staan, recht voor de motor. Hij wachtte een fractie van een seconde en richtte toen de Glock met twee handen op de borst van de motorrijder, die in een nanoseconde uit drie opties moest kiezen: uitwijken, hem op volle snelheid raken of neergeschoten worden. De afstand tussen hen werd heel snel kleiner. Marten zag de motor en zijn berijder in een waas. Een kogel die recht op hem afkwam. Marten bleef staan, zijn vinger aan de trekker. Toen was hij dicht genoeg genaderd. Marten zag hoe de motorrijder remde en een scherpe bocht naar links wilde maken, om hem te ontwijken. De zwaartekracht nam het meteen over. De motor gleed onder hem uit en hij vloog door de lucht. Even later klapte hij frontaal tegen de voorruit van een geparkeerde auto. Zijn hoofd sloeg achterover en klapte terug, zijn lichaam slingerde door de lucht. Hij verdween met een doffe plof achter de auto. Het volgende moment klapte de motor tegen een andere geparkeerde auto en ontplofte in een enorme vuurzee.

Marten keek heel even toe, stak de Glock weer in zijn broeksband en liep Rua Capelo in, de kant op die Tomás had gezegd. Achter hem kwam het verkeer tot stilstand terwijl de vlammen en zwarte rook omhoog sloegen.

10.21 uur

105

10.22 uur

'Kunt u hier stoppen, alstublieft?' vroeg Joe Ryder aan de chauffeur toen ze langs een groot plein met bomen eromheen reden. Het was het Rossioplein: een van de belangrijkste pleinen van de stad, vol met toeristen in de winkels en op de terrasjes.

'We zijn nog lang niet in Alfama, *senhor*.'

'Dat geeft niets. Ik herinner me opeens dat het mijn trouwdag is. Ik wil iets voor mijn vrouw kopen.'

'U bent Amerikaan, toch?' De chauffeur ging langzamer rijden en parkeerde toen voor een bloemenstalletje.

'Dat klopt.'

De chauffeur grinnikte. 'Dan bedoelt u zeker dat u nog iets voor uw vrouw móét kopen!'

Ryder lachte terug. 'Zo kun je het ook zeggen.'

'Ik blijf hier op u wachten.'

'Nee hoor, dat hoeft niet. Dank u wel. We nemen wel een andere taxi als we klaar zijn.'

Birns stapte eerst uit, met zijn koffertje in zijn hand, en hij keek goed om zich heen. Ryder betaalde de chauffeur en stapte ook uit. De taxi reed weg. Ze liepen meteen een zijstraat in en gingen een winkel binnen waar felgekleurd keramiek werd verkocht. Een halve minuut later kwamen ze weer naar buiten, liepen naar het eind van de straat en hielden een andere taxi aan.

'Rua Serpa Pinto,' zei Ryder toen ze instapten.

De chauffeur knikte, zette zijn auto in de eerste versnelling en reed weg.

10.24 uur

10.25 uur

Conor White zei tegen Moses en de anderen dat ze in de Mercedes op hem moesten wachten, stak een stoffig parkeerterrein over, liep het trapje op naar een huis en ging via de zijdeur het grote, witgepleisterde pand binnen de 'A Melhor Lavanderia, Lisboa' aan de Avenida de Brasilia 22. In de verte was de Brug van 25 April te zien. Achter hem lag, precies zoals Branco had gezegd, een lang stuk water waar boten variërend van roei- en veerboten tot cruiseschepen die over de Taag voeren, aangemeerd lagen. Een compleet andere wereld die rustig voortkabbelde, op spuugafstand.

De deur viel achter White in het slot en hij liep een laadperron op waar twee flinke bestelbussen konden parkeren. Er stond er één. De andere, als die er al was, was waarschijnlijk iets aan het ophalen of bezorgen. Aan de overkant van het perron stond een gehavend bureau waar een man van middelbare leeftijd aan zat te telefoneren. Hij droeg een witte broek en wit T-shirt. Links van hem was een grote ruimte met enorme wasmachines en droogtrommels voor industrieel gebruik. Er stonden twee in het wit geklede mannen om ze te bedienen. Als er nog meer werknemers waren, dan zag White ze niet.

White liep naar het bureau. 'Hebt u hier de leiding?' vroeg hij beleefd.

De man knikte, beëindigde het telefoontje en hing op.

'Dat klopt,' zei hij met een zwaar Portugees accent. 'Kan ik u helpen?'

'Ik kom voor Raisa Amaro. Ik heb een afspraak.'

De supervisor bekeek hem aandachtig. 'Ik ben bang dat ze er niet is, meneer. Als u zo vriendelijk wilt zijn om uw naam en telefoonnummer achter te laten, dan bellen we...'

'U begrijpt me geloof ik niet helemaal,' onderbrak White hem. 'Ik heb een afspraak.'

'Sorry, maar...'

'Ik heb haar nog geen vijf minuten geleden aan de telefoon gehad.'

De man bekeek hem nog een keer. Ten slotte greep hij naar de telefoon op zijn bureau. 'Ik zal het moeten nagaan.'

White legde zijn hand op die van de man om hem tegen te houden. 'Breng me nou maar gewoon naar haar toe, dat is voor iedereen het beste.' Zijn beleefdheid was op slag verdwenen. Er was een ijskoude, dodelijke vastberadenheid voor in de plaats gekomen.

De man staarde hem onaangedaan aan en keek naar de deur toen er nog twee mannen in pak binnenkwamen. Patrice en Irish Jack. In de verte hoorden ze de toeter van een sleep- of veerboot.

Conor White keek de supervisor aan. 'Raisa Amaro,' zei hij zachtjes.

10.30 uur

Marten liep gehaast door Rua Capelo. Achter hem hoorde hij nog overal sirenes. Zwarte, omhoogkringelende rook van de nog steeds brandende motor was duidelijk te zien.

Een meter of twintig verderop ging de straat over in Rua Serpa Pinto. Hij liep verder, passeerde een vrouw die een man in een rolstoel voortduwde en ontweek twee jonge tieners die rennend op weg waren naar de rook en de sirenes. Eindelijk was hij bij de hoek en bleef staan. Aan zijn linkerkant, halverwege de straat aan de overkant, lag het Hospital da Unversidade. Het leek op het eerste gezicht niet zo groot en zag eruit als een algemeen ziekenhuis.

Het gebouw zelf was smaakvol en goed onderhouden, maar niet indrukwekkend. Met zijn vier verdiepingen en witgepleisterde muren grensde het, net als bijna alle andere gebouwen in de stad, aan de naastgelegen panden. Net als de panden aan weerszijden hadden de balkons op de eerste verdieping gietijzeren hekken. Links naast de ingang stond een telefooncel.

Hij liep ernaartoe, bekeek hem even en liep toen verder. Aan het eind van de straat sloeg hij rechts af. Daarna nog een keer. Hij stond nu in een steegje voor leveranciers. Nog een stukje verder was de achteringang van het ziekenhuis. Het bestelwagentje van Tomás was in geen velden of wegen te bekennen. Andere voertuigen trouwens ook niet. Hij had geen flauw idee of Anne al veilig binnen was. Hij wist ook niet of Raisa de president te pakken had gekregen om te horen wat Joe Ryder werd verondersteld te doen. Hij was er steeds van uitgegaan dat het allemaal gelukt was. Maar als dat nu eens niet zo was? Als Ryder en de president elkaar nooit te spreken hadden gekregen, wat dan? Misschien was de afgevaardigde niet eens in de stad!

Hij werd bevangen door hetzelfde gevoel als hij had gehad in de ondergrondse doorgang, waar hij met Anne had gelopen als een oorlogsvluchteling die niet wist wat hem boven het hoofd hing, met overal spionnen en mensen op de uitkijk. Alles waar ze op gerekend hadden stortte zonder waarschuwing opeens in. Ze zouden dat pas doorhebben als het te laat was. Afwezig voelde hij of de Glock nog onder zijn jas zat. Toen keek hij over zijn schouder en liep vervolgens naar de achteringang van het ziekenhuis.

106

10 uur 35

Raisa Amaro keek naar Conor White en gaf hem zijn identiteitsbewijs terug. Hij heette Jonathan Cape en werkte aan een speciale opdracht voor
Interpol. Er hadden een man en een vrouw in het appertement op de bovenste verdieping van haar pand geslapen die nu weg waren. Ze werden
gezocht voor de moord op de Duitse schrijver Theo Haas en de Berlijnse
hoofdcommissaris Emil Franck. De man wist dat zij hen had helpen ontsnappen. Ze kon een lange gevangenisstraf ontlopen door hem te vertellen waar ze heen gegaan waren.

Raisa keek om zich heen in haar grote, efficiënte kantoor. De man met
het Britse accent die zich Jonathan Cape noemde zat in een houten stoel
tegenover haar. De twee goed geklede mannen die hij bij zich had stonden
buiten te wachten. Ze zag ze door het grote raam dat uitkeek over bijna de
hele wasserij.

'Het spijt me, maar ik weet niet waar u het over hebt,' zei ze met zachte
stem. 'Het gebouw is inderdaad van mij, maar ik woon er alleen en heb
weinig contact met de andere bewoners. Behalve natuurlijk,' voegde ze er
met een flauw lachje aan toe, 'wanneer ze de huur te laat betalen.'

Deze mensen zijn nog steeds voortvluchtig, mevrouw Amaro. De bevolking loopt gevaar.' White was rustig maar dwingend. 'Ik heb geen tijd
voor leugens.'

Raisa keek hem recht aan. 'Als u denkt dat ik iets illegaals heb gedaan,
moet u de commissaris van politie maar bellen. Hij heet Gonçalo Fonseca en is een goede vriend van me.'

'Mevrouw Amaro, u belemmert een internationaal onderzoek. Ik wil
weten waar deze man en vrouw zijn gebleven nadat ze bij u zijn vertrokken en hoe ze ongezien hebben kunnen ontsnappen. Wie de bestelwagen
van de elektricien en de bestuurder ervan heeft geregeld, bespreken we later wel. Ik wil weten waar ze op dit moment zijn.'

'Meneer Cape. Ik weet echt niet waar u het over hebt.'

'Oké.'

Conor White draaide zich om in zijn stoel en knikte naar Patrice aan de
andere kant van het raam. Even later duwde hij en Irish Jack de supervis-
or en de twee mannen die de machines bedienden haar kantoor binnen.

White leunde achterover. 'Ik stel de vraag nog een keer. Waar zijn de man en de vrouw nu? Waar zijn Nicholas Marten en Anne Tidrow?'

Raisa keek van haar werknemers naar White. 'Ik weet het echt niet.'

White hoefde geen commando te geven. Irish Jack wist precies wat er van hem werd verwacht. Net zoals Patrice had geweten wat hij moest doen in de boerderij buiten Madrid. In één vloeiende beweging trok de Ier de Beretta onder zijn jasje uit, zette hem op het hoofd van de dichtstbijzijnde medewerker – een donkere jongen van hooguit vijfentwintig – en haalde de trekker over. Er weerklonken drie knallen door het kantoor. Het grootste deel van de schedel en hersenen van de man spatte op zijn twee collega's, die naast hem stonden. Hij viel met een misselijkmakend doffe klap op de grond.

De andere twee mannen schreeuwden vol afgrijzen. Raisa's uitdrukking veranderde in steen.

'Marten en Anne Tidrow. Waar zijn ze?' herhaalde Conor White kalmpjes alsof er niets gebeurd was. Hij zag dat Raisa vocht tegen haar shock en afgrijzen. Uiteindelijk vond haar blik de zijne.

'Ze zijn afgezet bij de veerboot van Cais da Alfândega, zei ze benepen. 'Ze wilden naar Cacilhas. Ik weet niet of daar zijn…'

'Ze zijn helemaal niet bij die veerboot geweest,' onderbrak White haar woest. 'De kortste afstand tussen twee punten is een rechte lijn. Ik stel een vraag en wil het juiste antwoord. Zo werk ik. Snap je dat? Nog één keer: waar zijn ze?'

Raisa keek hem alleen maar aan; ze zei niets.

White stak zijn hand op. 'Jack…'

'Nee, niet doen!' hoorde White de supervisor achter hem schreeuwen. Hij zag dat Raisa achter hem langs keek.

'Niet doen!' gilde ze.

Er klonken weer drie schoten uit het machinepistool van Irish Jack. Ze hoefde niet te kijken om te weten wat er was gebeurd.

'De bal ligt bij u, mevrouw Amaro,' zei White rustig. 'Ik vind ze toch wel. Of u en uw werknemer dan nog leven is aan u.'

Raisa gaapte hem aan. Ze had geen idee meer wie of waar ze was. 'Hospital da Universidade,' mompelde ze. 'Hospital da Universidade.'

'Bedankt,' zei Conor White. Hij stond op en liep naar de deur. Terwijl hij onderweg was, ging Patrice achter de laatste man staan, haalde zijn Beretta uit zijn jas en schoot hem door zijn hoofd.

White draaide zich om toen hij bij de deur stond. Het was Raisa gelukt om op te staan. Ze hield zich vast aan de rand van het bureau. Verdoofd als ze was keek ze hem toch nog aan.

'Jullie zijn criminelen van de ergste soort. Ik hoop dat jullie eeuwig in de hel zullen branden.'

White keek haar vriendelijk lachend aan. 'Vandaag is typisch zo'n dag dat u beter thuis had kunnen blijven.' Hij knikte naar Irish Jack en liep naar buiten.

Hij hoorde hoe er achter hem drie kogels werden afgevuurd. Met een doffe klap viel Raisa's lichaam op de grond. Het was even stil. Toen hoorde hij in de verte een bulderende scheepstoeter. Irish Jack en Patrice liepen achter hem aan de wasserij door, langs de 'A Melhor Lavanderia, Lisboa'-bestelbus op het laadperron, de zon in.

10.41 uur

107

10.42 uur

CIA-agent Tim Grant, die sprekend leek op afgevaardigde Joe Ryder, stapte in Rua Ivens uit de taxi, betaalde de chauffeur en keek de wagen na. Aan het eind van de straat zag hij de zwaailichten van de hulpdiensten. Hij zag op dezelfde plek zwarte rook. Hij wist niet waar die vandaan kwam. Hij draaide zich om en liep in de richting van Rua Serpa Pinto. Hij schatte de afstand naar het Hospital da Universidade op hooguit een paar honderd meter. Hij droeg een spijkerboek en een jack en had een kleine rugzak over een schouder hangen met daarin zijn portefeuille, diplomatenpaspoort, een plattegrond van Lissabon en een semimachinepistool met twee volle magazijnen. Hij zag er in alle opzichten uit als een toerist, en dat was ook de bedoeling.

10.43 uur

Carlos Branco zat te wachten in een vijf jaar oude Fiat in Rua da Vitória. Hij had om veertien over tien gebeld, vlak voor hij Conor White had verteld dat afgevaardigde Ryder en zijn bodyguards uit het Ritz waren verdwenen.

'Ik zou u bellen als ik woonruimte had voor uw dochter,' had hij gezegd. 'Die heb ik nu, maar ik laat de flat vanmiddag ook al aan iemand anders zien. Als u nu tijd hebt... Ik sta op de hoek van Rua da Vitória en Rua dos Fanguieros, in Baixa. U hebt de eerste keus, maar dan moet u wel snel zijn.'

10.45 uur

Een grijze Ford waarvan de lak dof begon te worden, kwam naast de Fiat tot stilstand. Branco keek even om zich heen, stapte uit en ging naast de bestuurder van de Ford zitten.

'Wat is er?' vroeg Jeremy Moyer emotieloos terwijl hij de Ford het verkeer in stuurde.

'Het begint uit de hand te lopen,' antwoordde Branco. Hij vertelde het hoofd van de CIA in Lissabon wat hij aan de telefoon niet had kunnen zeggen. 'Ryder en zijn bodyguards zijn niet meer in het hotel. Ze zijn erin geslaagd om ongezien te verdwijnen. We moeten er dus van uitgaan dat ze weten dat ze gevolgd werden. Voor Marten en Anne Tidrow geldt hetzelfde. Ze hebben hulp gehad en zijn vertrokken in een bestelwagen van een elektricien. Ik heb ze door een motor laten volgen. De motorrijder is dood. Het kan een ongeluk zijn geweest, maar dat is niet waarschijnlijk.'

Moyer ontstak in woede. 'Je gaat me toch niet vertellen dat je ze, met al die goeie mensen, bent kwijtge...'

'White weet waar Marten en Anne Tidrow op weg naartoe zijn,' onderbrak Branco hem. 'Het Hospital da Universidade op Rua Serpa Pinto. Ze stappen daar over op iets anders, of ze treffen er Ryder. White is onderweg daarheen. Tot nu toe hebben Ryder en zijn bodyguards onderling geen contact gehad, dus we gaan ervan uit dat een derde partij alles coördineert. We weten alleen niet wie. We weten alleen waar ze op weg naartoe zijn. Als we ze in het ziekenhuis moeten neerschieten, is dat niet ideaal. Maar hoe langer we wachten, hoe groter de kans wordt dat er iets fout gaat en we ze kwijtraken. Wat moeten we doen? Jij mag het zeggen.'

Moyer zat knarsetandend naar het verkeer voor hem te kijken. Het kwam opeens allemaal in een stroomversnelling. In de seconden die volgden, schoot er van alles door zijn hoofd. De onderdirecteur van de CIA, Newhan Black, had hem persoonlijk het bevel gegeven om een betrouwbare freelancer als Branco de operatie te laten leiden en hem de klus te laten opzetten voor Conor White. Even dreigde het mis te gaan, maar het begon er nu weer wat rooskleuriger uit te zien. Dan moest het maar in een ziekenhuis. Hij had twee opties. De eerste was teruggaan naar de ambassade, proberen of hij Black te spreken kon krijgen op een beveiligde lijn en hem vragen wat hij moest doen; de tweede was het heft in eigen handen te nemen en doen wat de hele tijd al de bedoeling was: White de klus laten klaren. Carrièretechnisch gezien was de tweede optie uiterst riskant; helemaal als het uit de klauwen zou lopen. Maar gezien de beperkte tijd die ze hadden en het feit dat hij niet wist hoe lang het zou duren voor hij contact kon leggen met Black, leek het hem het beste om op eigen initiatief te handelen. Bovendien: als het allemaal goed zou gaan, zou zijn aanzien binnen de CIA enorm stijgen.

'Ga naar het ziekenhuis en zet je mensen in als versterking voor White,' zei hij tegen Branco. Hij maakte een U-bocht met de Ford en reed terug naar Baixa.

'De rest zit op instructies te wachten in het Ritz. Wat doe ik met hen?'

'Dat regel ik wel,' antwoordde Moyer. Hij moest langzamer gaan rijden in verband met de drukte, en hield toen plotseling stil langs de stoep. Hij keek de freelancer aan. '*Compreenda*?'

'*Sim*.' Ja. Branco stapte uit. Moyer reed weg en Branco liep tussen de toeristen door terug naar zijn auto. Hij had zojuist carte blanche gekregen om te doen wat hem het beste leek om een eind te maken aan deze hele toestand.

10.50 uur

108

Hospital da Universidade, 10.52 uur

Toen Marten bij de achteringang stond, twijfelde hij even. Hij had geen idee wat hem binnen te wachten stond. Er was hem een politieauto tegemoet komen rijden toen hij naar binnen wilde, dus had hij even moeten wachten. De auto was bij de achterdeur gestopt en er was een agent in uniform naar binnen gelopen. Hij kwam ruim tien minuten later pas naar buiten en reed weg. Waarom de politie naar binnen was gegaan en waarom het zo lang had geduurd wist hij niet. Hij moest niet vergeten dat hij behalve door Conor White en de anderen ook gezocht werd voor de moord op Theo Haas. Bovendien had Harris hem verteld dat hij en Anne hoofdverdachten waren in de moord op Hauptkommissar Franck. De Portugese politie wist dat ze de dag ervoor in de Algarve waren geweest en kon wel eens vermoeden dat ze nu in Lissabon waren. Voor hetzelfde geld bezocht de politie alle openbare gelegenheden om een beschrijving van hem en Anne achter te laten en het personeel instructies te geven wat ze moesten doen als een van hen voor hun neus stond. Het feit dat hij het geweer waarmee Franck was vermoord in zijn broek had zitten maakte het er niet beter op. Hij had alleen geen keus. Hij moest naar binnen, hopen dat hij het bij het verkeerde eind had wat de politie betreft en dat Anne, Ryder en zijn bewakers al veilig binnen waren of onderweg waren voor hun ontmoeting van elf uur. Met grote terughoudendheid haalde hij een keer diep adem, trok de deur open en liep het ziekenhuis in.

Wat hij daar aantrof was wat hij had verwacht: een betrekkelijk klein stadsziekenhuis, met gangen die overal en nergens naartoe liepen en mensen die alle kanten uit gingen. Een bord verwees hem naar de hoofdingang en naar een wachtruimte met daarin een stuk of twintig stoelen, waarvan de helft bezet was. Aan de andere kant was een balie waar twee personen achter zaten. Een van hen was kalend en hij leek op de beschrijving die Raisa had gegeven van Mário Gama, het hoofd beveiliging van het ziekenhuis. Hij was een jaar of vijftig, droeg een wit overhemd met een stropdas, een grijze pantalon en een donkergroene blazer. Hij zat achter een computer. Marten liep naar hem toe.

'Sorry, ik ben op zoek naar Mário Gama.'

De man keek op. 'Dan hoeft u niet verder te zoeken, meneer.'

'Mijn naam is Marten. Zijn mevrouw Tidrow en meneer Ferguson al gearriveerd? Ik ben van de American Insurance Company. We hebben een afspraak met Catarina Silva, hoofd van de administratie.'

'Mevrouw Tidrow is er al, de heer Ryder nog niet. Loopt u maar mee.'

'Dank u,' zei Marten dankbaar en liep achter hem aan naar de andere kant van de ruimte, en een gang door.

10.54 *uur*

Gama hield de deur open van een kleine onderzoekskamer. Marten liep naar binnen. Anne stond in haar eentje te wachten. Het verbaasde hem dat ze zo blij was hem te zien, alsof ze zich grote zorgen had gemaakt. Het gaf haar iets menselijks. Misschien nog wel meer dan dat: het was iets wat je deed als je vrienden was, of zelfs meer dan dat. Hoe dan ook, hij vond het erg prettig dat er iemand blij was hem te zien in deze spannende, zeer gevaarlijke omstandigheden.

'Ik laat jullie alleen,' zei Mário, en hij vertrok.

'Wat is er gebeurd?' vroeg Anne toen de deur dichtgevallen was.

'Een ongeluk. De motorrijder kwam achter Tomás en jou aan. Hij moest plotseling uitwijken voor iets op straat.'

'Voor wat dan?'

'Dat weet ik niet.'

Ze trok een wenkbrauw op. 'Dat zal wel.'

'Echt niet.'

'Is-ie dood?'

'Ik had geen tijd om daarachter te komen,' zei Marten. Hij veranderde van onderwerp. 'Is Ryder er nog niet?'

'Nee.' Anne keek hem onzeker aan. Het leek alsof ze hem iets wilde vertellen, maar niet wist hoe ze het moest brengen.

'Wat is er?'

'Ik...'

'Wat?'

'Ik heb daarstraks een sms'je van Loyal Truex ontvangen. Ik heb het je toen niet verteld omdat we toen op de vlucht waren en er geen aanleiding toe was. Maar ik vind dat je het moet weten. Sy Wirth is dood. Ze hebben hem uit de Taag gevist, op de plek waar hij uitmondt in zee.'

'Hij was dus ook in Lissabon.'

'Kennelijk.'

'Met Conor White.'

'Waarchijnlijk wel, ja.'

'Heeft White hem vermoord?'

'Ik denk niet dat hij is uitgegleden. Vul het zelf maar in: Wirth sluit een belachelijke deal met de CIA om het Biokoveld te beveiligen. Daarna huurt hij samen met Loyal White in en wordt SimCo opgericht. Er is niets aan de hand totdat die foto's opduiken. Daarna gaat het snel bergafwaarts. Aan Conor de taak om de foto's in handen te krijgen, maar Sy bemoeit zich zeer waarschijnlijk overal mee. Hij zal wel te ver zijn gegaan, dat doet-ie namelijk altijd, en is te veel in het vaarwater van Conor White gaan zitten.'

'Waardoor de hele operatie in gevaar kwam en White, misschien wel op verzoek van de CIA, hem moest lozen.'

'Zou goed kunnen, maar daar zullen we wel nooit achterkomen. Het is wel duidelijk dat Conor, Loyal, Sy en de CIA eerst alleen uit waren op de foto's maar dat ze nu nog meer willen.'

'Wat bedoel je?'

'Ik wist dat ze er vroeg of laat achter zouden komen dat ik had ingebroken in de computer om het memorandum te lezen. Ze zouden niet weten dat ik het was geweest en waar ik het had gedaan, maar wel welke dag en hoe laat. Ze weten dat ik op dat tijdstip in het Chiado Lisboa zat en dat de kamers daar een internetaansluiting hebben. Misschien weten ze niet dat ik het memorandum gefotografeerd heb, maar ze zullen er ongetwijfeld van uitgaan dat ik jou en Ryder erover zou vertellen.

De foto's op zich zijn al belastend genoeg omdat ze aantonen dat Striker bij de oorlog is betrokken. Het memorandum is zwaar belastend voor de cia. En niet alleen voor de cia, maar voor de onderdirecteur persoonlijk. Conor White heeft alles te verliezen. Dit kan hij er niet ook nog bij hebben. Of hij nou wel of niet voor de cia werkt, hij moet alles op alles zetten om te voorkomen dat het uitlekt. Het zou een enorme afgang zijn als hij te boek zou komen te staan als die soldaat die te stom was om het biokoveld te beveiligen en die tegelijkertijd de cia te schande maakte.

Hij was al gedreven, maar hij gaat nu helemaal tot het gaatje om ons te pakken. Helaas is hij een van de besten in zijn vak. Hij weet waar hij mee bezig is en hij heeft de juiste mensen om zich heen. Hij heeft waarschijnlijk ook nog anderen voor zich werken, zoals de mensen die het huis van Raisa in de gaten hielden. Conor betaalt goed. Hij heeft de touwtjes in handen. En als hij voor de cia werkt, krijgt hij vrij spel, omdat ze daar alleen maar van profiteren. Hij kan zeer gewelddadig zijn en schuwt geen enkel middel om zijn doel te bereiken. Daar is hij voor opgeleid en hij heeft al die medailles niet voor niets gekregen. Als hij weet dat we hier zitten, roeit hij het hele ziekenhuis uit als het moet. Ik…'

Plotseling hoorden ze iets bij de deur. Marten greep automatisch naar de Glock. De deur ging open en er kwam een man in een donker pak binnen. Hij droeg een attachékoffer.

'Doe maar niet, meneer Marten,' zei hij. Hij richtte het koffertje op Marten. 'Dat is nergens voor nodig. Ik ben agent Birns, belast met het beveiligen van afgevaardigde Ryder. Samen met mijn collega.' Hij keek eerst naar Anne en daarna scande hij de ruimte. 'Komt u maar, meneer Ryder.'

Joe Ryder kwam de kamer binnen, gevolgd door zijn evenbeeld, Tim Grant.

11.00 uur

109

Avenida das Forças Armadas, dezelfde tijd

Jeremy Moyer had tijdens de rit terug naar de ambassade, nadat hij Carlos Branco groen licht had gegeven om Conor White te helpen bij de actie in het ziekenhuis, zitten denken hoe hij het beste zou kunnen reageren op de ramp die op het punt stond wereldnieuws te worden. Tegelijkertijd moest hij een goede smoes verzinnen waarom hij zijn CIA-mensen terugtrok uit het Ritz, zodat het achteraf niet zou opvallen dat ze daar waren geweest, vooral wanneer de moord op afgevaardigde Ryder door de FBI of Buitenlandse Zaken zou worden onderzocht. Hij overwoog een paar mogelijkheden en koos toen voor de simpelste: hij zou Debra Wynn bellen, het regionale hoofd beveiliging van het ministerie van Buitenlandse Zaken in Lissabon, en haar vertellen dat een van Ryders beveiligers – Birns – hem zojuist had gebeld om door te geven dat Ryder zijn plannen had gewijzigd en op weg was naar het vliegveld om zo snel mogelijk uit Lissabon te vertrekken. Hij herinnerde zich de naam Birns zo goed omdat hij die had gelezen in de paperassen van Buitenlandse Zaken over het bezoek van Ryder. Hij wist niet of Ryder de ambassadeur ook had ingelicht. Of waarom Birns hem zou hebben gebeld en niet haar. Hij zou haar verzoeken haar mensen uit het Ritz terug te trekken en ze een andere opdracht te geven.

Dat deed hij dan ook. Hij belde haar toen hij bijna bij de ambassade was en legde haar de situatie uit. Hij rondde het af met: 'Als er iets is gebeurd wat met zijn veiligheid te maken heeft, dan heeft hij daar niets over gezegd. Wij zijn niet in hogere staat van paraatheid gebracht dan nodig was voor zijn bezoek. Het zal wel een politiek spelletje zijn, of te maken hebben met Ryders onderzoekscommissie. Misschien vliegt hij terug naar Irak. Ik heb geen idee. Zulke dingen gebeuren. Misschien weten we over een tijdje wel waarom.'

Hij hing op, haalde een keer diep adem en probeerde niet te denken aan wat er op het punt stond te gebeuren.

Agenten Grant en Birns hielden de wacht in de gang voor de onderzoekskamer terwijl Joe Ryder, Marten en Anne een voor een de op Bioko genomen foto's van pater Willy Dorhn bekeken. Ryder was inmiddels op de hoogte van de videobriefing van de CIA en had de negatieven van het memorandum gezien. De beelden waren te klein om de tekst zonder vergrootglas te kunnen lezen, dus had hij geluisterd naar wat Anne hem vertelde over de inhoud ervan. Ze overtuigde hem er tevens van dat als de beelden uitvergroot waren ze duidelijk leesbaar zouden zijn. Hij twijfelde er geen moment aan of ze de waarheid sprak. Haar toon, haar gezichtsuitdrukking, de manier waarop ze zich groot hield, het continue onbewust ballen van haar vuisten zeiden genoeg. Het deed haar duidelijk pijn om erover te praten. Bovendien had ze zichzelf flink in de nesten gewerkt door een uiterst geheim regeringsdocument te stelen, en zat ze in de raad van bestuur van een bedrijf dat zeer waarschijnlijk binnenkort door de overheid aangeklaagd zou worden en waarvan de top voor een internationaal gerechtshof moest verschijnen vanwege misdaden tegen de menselijkheid.

De foto's behoefden geen uitleg; Martens omschrijving van de andere foto's die op de geheugenkaart stonden die de Russische geheim agent Kovalenko had meegenomen ook niet. Op dat kaartje stonden onder andere opnamen van Conor White en de Chileense oorlogsmisdadiger Mariano. Deze foto's waren erg belangrijk, zeker in combinatie met de videobriefing van de CIA die als bewijs zou dienen. Het feit dat Kovalenko de Duitse politieman Franck had vermoord en de geheugenkaart had meegenomen bemoeilijkte de zaak aanzienlijk. De Russen konden zich nu ook politiek bemoeien met Equatoriaal-Guinea. Ze hadden met de foto's een uitstekend chantagemiddel in handen als Moskou zou dreigen ze openbaar te maken.

Marten had behalve aan president Harris nog steeds aan niemand verteld dat hij de geheugenkaart in zijn bezit had en dat op de kaart die Kovalenko had alleen onschuldige foto's stonden. Maar het gevaar was nog lang niet geweken en hij wilde het laatste bewijsmiddel pas uit handen geven als alles achter de rug was. Hij zou de geheugenkaart bij zich houden tot ze het land uit waren en het overige bewijsmateriaal veiliggesteld was. En zelfs dan zou hij het geheugenkaartje maar aan één persoon geven: president Harris.

Er werd op de deur geklopt en Birns en Mário Gama kwamen binnen.

'Er staat iemand in de wachtkamer in een jack van Raisa Amaro's wasserij,' zei Mário. 'Hij heeft tegen de receptioniste gezegd dat hij naar mevrouw Tidrow en de heer Marten moest vragen en dat er een bestelbestelbusje op hen staat te wachten. De receptioniste heeft hem naar mij doorverwezen.'

'Heeft hij onze namen gebruikt?' vroeg Marten.

'Ja.'

'Hij moest buiten op ons wachten. Ik denk niet dat hij weet hoe we heten.'

'Misschien weet hij het wel maar is hij zijn instructies gewoon vergeten en is hij naar binnen gekomen om er zeker van te zijn dat er niets mis zou gaan.'

'Zou kunnen,' zei Marten terwijl hij op zijn horloge keek. 'Hij is te vroeg, hij zou er pas om kwart over elf zijn.'

'Geeft toch niet,' zei Ryder. 'Stop de foto's terug, dan gaan we.'

Anne voelde dat er iets niet klopte. Ze keek naar Marten. Hij liep naar de deur, knikte naar Grant die in de gang stond en deed de deur dicht. Hij keek Gama aan. 'Hebt u het nummer van de wasserij?'

'Ja.'

'Zou u alstublieft Raisa voor me willen bellen en haar aan mij geven als u haar te pakken hebt?'

Mário keek op zijn hoede de kamer door. Hij haalde een BlackBerry uit zijn zak en toetste een nummer in. Ze hoorden de telefoon overgaan, waarna er door een Portugees werd opgenomen.

'Hallo?'

'Ik bel voor Raisa Amaro.'

Er viel even een stilte. Toen werd er gevraagd: 'Wie kan ik zeggen dat het is?'

Gama keek naar Marten bedekte het mondstuk met zijn hand. 'Hij wil weten wie er belt.'

'Zeg maar dat u bevriend bent met haar.'

Gama knikte en deed wat Marten hem had opgedragen.

'Moment graag.'

Er gingen twintig seconden voorbij. Dertig. Gama keek de anderen aan en haalde zijn schouders op. 'Hij is haar aan het zoeken, denk ik.'

Marten en Anne wisselden een blik van verstandhouding. Daarna keek

Marten naar Gama. 'Waar staat het bestelbestelbusje? Door welke deur kwam de man naar binnen?'

'De hoofdingang. Zijn busje staat aan de voorkant geparkeerd.'

Martens nekharen gingen overeind staan. Hij wendde zich tot Gama. 'Ophangen.'

Marten vroeg hem of hij kon uitzoeken of er het afgelopen half uur een ambulance bij de wasserij was geweest.

Gama keek hem ongerust aan. 'Dat kan ik wel, ja.'

'Zou u zo vriendelijk willen zijn?'

'Tuurlijk,' zei het hoofd beveiliging. Hij ging met zijn rug naar de anderen staan om te bellen.

Marten wendde zich tot de anderen. 'Tien tegen één dat de politie de telefoon net opnam. Als dat zo is, wordt het telefoontje nu nagetrokken, daarom duurde het zo lang. White weet het dus van Raisa en is naar de wasserij gegaan. De man die bij de receptie naar ons heeft gevraagd, hoort bij hem.'

'Bedankt,' hoorde hij Gama in het Portugees zeggen waarna hij met een grimmig gezicht de verbinding verbrak. 'De politie heeft gebeld en om ambulances gevraagd. Er zijn vier mensen doodgeschoten. Drie mannen en een vrouw.'

'Raisa,' zei Anne geluidloos.

Marten keek haar aan en knikte nauwelijks zichtbaar. Daarna wendde hij zich weer tot Gama. 'Wat hebt u tegen de chauffeur gezegd toen hij naar ons vroeg?'

'Dat ik van niks wist en zou gaan kijken of ik u kon vinden. Hij zag er niet uit als iemand die bij een wasserij werkt.'

Marten keek naar Ryder. 'Ik neem aan dat uw mannen hun vriendjes bij zich hebben?'

'Ze zijn gewapend, als je dat bedoelt.'

Marten keek weer naar Gama. 'Bij de hoofd- en achteringang zijn beveiligingscamera's, zag ik toen ik binnenkwam. Zijn er nog meer?'

'Ja.'

'Waar zijn de monitoren?'

'In mijn kantoor. In de gang, net voor de receptie.'

'Breng me erheen, alstublieft'

Gama aarzelde. Hij wist niet goed wat er allemaal aan de hand was en vroeg zich bezorgd af of de vermoorde vrouw bij de wasserij Raisa was. Marten zag dat hij er niet gerust op was.

'Ik weet niet hoeveel Raisa u heeft verteld, maar de man die u kent als

Ferguson is het Amerikaanse congreslid Joseph Ryder. Hij is in Lissabon voor een buitengewoon geheime missie. De mannen op de gang zijn beveiligingsbeambten van de Amerikaanse regering. Wij worden gezocht door mensen die ons willen vermoorden. Daarom heeft Raisa uw hulp ingeroepen. Ze wist dat ze u kon vertrouwen. Breng me alstublieft naar uw kantoor. Die man bij de receptie begint zich nu wel af te vragen waar u blijft; het zal niet lang meer duren voor hij u komt zoeken en dat zal hij niet alleen doen.'

110

Conor White twijfelde niet aan de informatie die Raisa hem vlak voor haar dood had gegeven. Ze was panisch geweest, net als de Spaanse arts en haar studenten toen hun verhoor ineens een moorddadig tintje had gekregen. Mensen liegen niet meer onder die omstandigheden, tenzij ze martelaren zijn, en Raisa Amaro gaf te veel om haar personeel om een martelaar te zijn. Vanaf het moment waarop ze eenmaal doorhad wat er aan de hand was, zou ze er alles aan gedaan hebben om hen te redden. Dat had ze ook geprobeerd.

Hij zag vanaf de achterbank van de Mercedes in de buurt van de hoofdingang van het ziekenhuis een bestelbestelbusje staan van 'A Melhor Lavanderia, Lisboa'. Rood met wit gestreepte paaltjes in cementblokken hielden de hoofdingang vrij van auto's. Het enige voortuig dat er momenteel stond was het bestelbusje. Het stond strak tegen de paaltjes geparkeerd, de alarmlichten knipperden, waardoor het leek alsof de bestuurder iets kwam bezorgen of ophalen.

Onderweg van de wasserij naar het ziekenhuis had hij een inschatting gemaakt van de situatie. Marten en Anne hadden ongetwijfeld geweten dat ze in de gaten werden gehouden en waren het huis van Raisa Amaro via een of andere interne doorgang ontvlucht. Daarna waren ze in de bestelwagen van de elektricien weggereden. Raisa Amaro had hen hier ongetwijfeld bij geholpen. Waarom zou ze hen niet nog een keer op dezelfde manier hebben geholpen door een soortgelijke bestelwagen te sturen die ze naar hun volgende bestemming zou brengen? Ofwel om Ryder te treffen, ofwel om mee naar het vliegveld te rijden als hun ontmoeting met Ryder in het ziekenhuis had plaatsgevonden.

Ieder ziekenhuis had schoon wasgoed nodig. Sommige ziekenhuizen hadden zelf een wasserij, andere besteedden hun was uit. Een bestelwagen van een wasserij zou hoe dan ook geen aandacht trekken en was een ideale vluchtauto. De bestelbus die op het laadperron bij Raisa's wasserij had gestaan was groot genoeg voor Anne, Marten en Ryder met zijn bodyguards. White wist dat hij zat te gissen maar hij had genoeg ervaring met clandestiene operaties om te weten dat dit een aannemelijk, misschien zelfs wel een waarschijnlijk scenario was. Hij moest de situatie bekijken vanuit Anne en Marten – wanhopige voortvluchtigen die nog steeds niet gepakt waren en die nu dachten dat ze hun achtervolgers van zich afgeschud hadden – en dan de noodzakelijke stappen ondernemen om hun denkwijze in zijn eigen voordeel te laten werken.

Marten had hem en Patrice de avond ervoor in het Lisboa Chiadohotel gezien. Waarschijnlijk had hij Irish Jack in de BMW zien zitten, dus zou iemand die hij niet kende de bestelwagen moeten besturen. Dat kon Moses, de Algerijnse chauffeur en beroepsmoordenaar die Branco van de Mercedes had voorzien mooi doen. Ze hadden hem een fris wit jack van 'A Melhor Lavanderia, Lisboa' aangetrokken, een microfoontje verstopt in de mouw en hem een radio-ontvanger meegegeven. Hij zou naar de hoofdingang van het ziekenhuis rijden, ongewapend naar binnen gaan naar Anne en Marten vragen alsof hij overal van op de hoogte was en bij hen hoorde. Alles hing af van wat er daarna zou gebeuren. Hij zou of worden weggestuurd met de boodschap dat er niemand met die naam was opgenomen, of hij zou naar hen toe worden gebracht. Hij zou dat dan meteen doorgeven via zijn radio-ontvanger. Met een beetje mazzel zouden ze er Ryder en zijn bewakers ook aantreffen. Als dat zo was, zou Moses hen alle vijf in de bestelwagen zetten en naar een verlaten bouwput aan het water rijden in de buurt van de Avenida Infante Dom Henrique. Als alleen Anne en Marten er waren, zou hij ze naar hun ontmoetingsplek met Ryder brengen, om vervolgens het plan alsnog uit te voeren. Als Moses onverrichterzake weggestuurd zou worden, zouden ze blijven wachten tot Anne en Marten zouden arriveren. Of, in het geval ze er al waren, tot ze vertrokken.

Branco en vier Portugese oud-commando's waren al in positie gebracht. Ze zaten in een zwarte Peugeot en Alfa Romeo te wachten, allebei aan een kant van het steegje achter het ziekenhuis. De mannen waren ervan op de hoogte dat hun collega nog geen uur geleden was omgekomen tijdens de achtervolging. Ook waren ze gewaarschuwd voor de dodelijke precisie waarmee Marten hun andere twee collega's de avond ervoor had doodgeschoten. Het interesseerde ze niet dat ze niet wisten wie Marten in werkelijkheid was, ze wilden hem alleen maar dood hebben.

White zou met Irish Jack en Patrice voor het ziekenhuis geparkeerd blijven staan, vijftig meter van de ingang, wapens en bivakmutsen in de aanslag, klaar om in actie te komen.

Wat er ook zou gebeuren, of waar: het resultaat zou hetzelfde zijn. De vijf doelwitten zouden afgezonderd worden. Hij zou de klus klaren met Patrice en Irish Jack. Branco en zijn team zouden dekking geven. Het zou binnen een halve minuut gepiept zijn. Branco en zijn team zouden daarna meteen in de stad verdwijnen en zij zouden naar het vliegveld rijden, in de wetenschap dat er niet veel agenten waren, waar dan ook op deze wereld, die het in hun hoofd zouden halen om een zwarte Mercedes van de Verenigde Naties met drie keurig geklede mannen erin aan te houden, hoe hard hij ook zou rijden.

Dat was plan A.

In het geval dat Moses ontmaskerd zou worden of met lege handen naar buiten zou komen, zou het minder fraaie maar minstens zo effectieve plan B in werking treden. Het team van Branco zou worden opgeroepen en ze zouden met z'n allen met bivakmutsen op het ziekenhuis inlopen, de boel op slot gooien en zelf gaan zoeken. Het was een klein ziekenhuis en ze hadden zoiets al vaker met succes gedaan. In Bosnië, Afghanistan en Irak.

'Waar blijft Moses verdomme?' vroeg Irish Jack die ongemakkelijk in zijn stoel achter het stuur heen en weer schoof. 'Als ze er zouden zijn, had hij dat toch allang geweten? En zo niet, dan had hij het wel gemeld.'

Patrice pakte een verrekijker en keek naar de hoofdingang.

'Gun hem wat tijd, Jack,' zei White kalm. 'Gun hem wat tijd.'

Irish Jack keek over zijn schouder. 'Kolonel, ik voel aan mijn ballen dat het te lang duurt.'

'Ik heb het volste vertrouwen in de ballen van een man, Jack. Laten we gaan kijken wat er aan de hand is.' White bracht zijn hand naar zijn mond, drukte op het spreekknopje en zei: '3-3, centrale. Is de prooi gesignaleerd? Over.'

11.18 uur

Marten, Mário Gama en geheim agent Grant stonden in een verduisterde ruimte op de beveiligingsafdeling van het ziekenhuis naar een aantal monitoren te kijken die in verbinding stonden met de bewakingscamera's in het gebouw.

'Die man daar,' zei Gama terwijl hij naar een scherm wees waarop een man in een gesteven jack van een wasserij in beeld kwam. 'is degene die naar u vroeg.'

Ze zagen Moses in een bundel daglicht vlak bij de deur staan. Hij hield zijn hand aan zijn oor, zo te zien had hij het ergens druk mee.

'Hij heeft contact via een radio-ontvanger. Hij staat naar iemand te luisteren,' fluisterde Grant.

Ze zagen hoe Moses stond te knikken en zijn mouw naar zijn mond bracht. Meteen daarna draaide hij zich om en liep uit beeld. Een andere monitor pikte hem op bij de receptie, waar hij iets vroeg aan degene die achter de balie zat.

'Degene met wie hij praatte wil weten waarom het zo lang duurt en daar wil hij nu achter zien te komen,' ging Grant verder.

Op de andere monitoren was niet veel méér te zien dan normale ziekenhuisactiviteiten bij beide ingangen, de afdeling Spoedeisende Hulp waar een ziekenwagen stond en de stoep en de straat voor het ziekenhuis waar de bestelwagen van de wasserij aan de andere kant van de paaltjes geparkeerd stond.

'Ik overleg even met Grant, Mário,' zei Marten. 'Kun je de man bij de receptie in de gaten houden? Als hij weggaat wil ik weten waarnaartoe.' Marten nam Grant apart en begon tegen hem te fluisteren.

'White is een slimme, tactische denker die over een groot netwerk beschikt en snel verbanden legt. Hij weet ondertussen ongetwijfeld dat Ryder en jullie verdwenen zijn. Hij is bij Raisa langsgegaan en weet waar we zijn. Hij gokt erop dat wij hier met Ryder hebben afgesproken. Zijn mannetje kwam hier naar ons vragen omdat hij denkt dat de bestelwagen van de wasserij bij onze ontsnapping hoorde, en de eigenlijke bestuurder de opdracht had om ons op te halen. Hij heeft de situatie goed ingeschat, hij kon alleen niet weten hoe laat we opgehaald zouden worden en dat hij bij de achteringang had moeten staan. Het feit dat de man bij de receptie te woord werd gestaan door Mário en niet werd weggestuurd, kan hij opvatten als bewijs dat we niet alleen hier zijn, maar ook de bestelwagen verwachtten. Daarom heeft hij waarschijnlijk nog meer mensen paraat staan en zal iedere vluchtroute geblokkeerd zijn.' Marten keek naar Mário en daarna weer naar Grant.

'Hij denkt dat hij ons te pakken heeft omdat we er zo lang over doen om naar buiten te komen. Hij gaat ervan uit dat we op ons hoede zijn en nu bespreken wat we moeten doen. Hij verwacht dat we het er snel over eens zullen zijn dat tot nu toe alles volgens plan verloopt en we binnen afzienbare tijd mee zullen lopen naar de bestelwagen.'

'Maar dat doen we niet,' zei Grant met nadruk.

'O jawel, hoor. In ieder geval een paar van ons.'

11.22 uur

'Centrale, 3-3 hier. Ontvangt u mij?' klonk de stem van Moses in hun oortjes.

White bracht zijn hand naar zijn mond. 'Centrale, 3-3. Waarom duurt het zo lang?'

'Er was een noodgeval ergens boven in het gebouw. Het hoofd beveiliging heeft zijn excuses aangeboden en vraagt of ik nog even geduld heb. Wat moet ik doen?'

White haalde diep adem en keek door de voorruit van de Mercedes naar de ingang van het ziekenhuis. Uiteindelijk keek hij naar Irish Jack en Patrice. 'Heren, wat vinden jullie?'

Patrice keek White aan met zijn kille, groene ogen. 'Dat ze daarbinnen zijn, is wel zeker. Ze weten ook dat Moses er is om hen op te halen. Daar overleggen ze nu over. Ze zullen ooit naar buiten moeten komen. Als Moses nu weggaat, zullen ze zich afvragen wat er aan de hand is. Ik zou tegen hem zeggen dat hij moet blijven en hun reactie moet afwachten.'

'Mee eens,' zei Irish Jack.

White sprak weer in het microfoontje. '6-4, de centrale hier. Hebben jullie 3-3 begrepen? Over.'

'6-4, begrepen,' kwam de stem van Carlos Branco door hun oortjes. 'We blijven wachten. Over.'

'Begrepen.'

'3-3, blijf zitten waar je zit en wacht tot ze komen. Over.'

'Begrepen.'

Marten, Grant en Mário Gama gingen terug naar Anne, Ryder en Birns in de onderzoekskamer. Marten ontvouwde hun zijn plan.

Ze zouden zich opsplitsen in twee groepen. In de eerste groep zaten Ryder, Birns en Anne, in de tweede groep Grant en hijzelf. Gama zou intussen ergens twee mannen en een vrouw vandaan halen die in het ziekenhuis werkten en die van een afstandje konden doorgaan voor Anne, White's chauffeur en Birns. De man die moest doorgaan voor de chauffeur van White zou het witte jack van de wasserij aantrekken. De tweede man moest zo veel mogelijk op Birns lijken en moest daarom zijn jasje aan, een bril opzetten en een koffertje dragen. De vrouw die Anne zou spelen kreeg het hoedje op dat ze had gedragen tijdens de ontsnapping uit het huis van Raisa en dat ze nu in haar tas had zitten.

Het plan was om Anne, Ryder en Birns bij de achteruitgang van het ziekenhuis via de Spoedeisende Hulp ongezien in een gereedstaande ambulance te laten stappen. Daarna zouden Marten en Grant samen met het ziekenhuispersoneel op een afgesproken teken door de hoofdingang naar buiten lopen, snel in de bestelwagen van de wasserij stappen en wegrijden. Ondertussen zou de ambulance met Gama achter het stuur naar het vliegveld rijden en zouden de passagiers in het gereedstaande vliegtuig van Ryder stappen. Marten en Grant zouden hun achtervolgers door de smalle straatjes van de stad naar Baixa laten rijden. Daar zouden ze ergens stilstaan, het ziekenhuispersoneel laten uitstappen en doorrijden. White en zijn volgelingen zouden even op het verkeerde been gezet worden waardoor Marten en Grant een kleine voorsprong zouden krijgen om ongezien de bestelwagen achter te laten en te voet verder te kunnen gaan door het drukke Baixa. Daarna zouden ze een taxi nemen naar het vliegveld en in het toestel van Ryder stappen.

Dat was Martens plan. Hij was er redelijk van overtuigd dat het zou slagen. Het probleem was alleen dat Grant en Birns er fel op tegen waren. Er stonden buiten gewapende mannen op hen te wachten en hun taak was het beschermen van afgevaardigde Ryder. Ze wisten dat ze onder deze omstandigheden geen hulp van buitenaf konden inroepen, maar ze waren mordicus tegen Martens plan om op te splitsen, waardoor alleen Birns Ryder kon beschermen. Bovendien had de bestuurder specifiek om Marten en Anne gevraagd. Dit hield in dat er een grote kans was dat White en de zijnen waarschijnlijk pas bij het ziekenhuis aangekomen waren nadat Ryder, Birns en Grant waren gearriveerd. Er was dus geen reden om aan te nemen dat ze wisten dat zij er al waren, de bestuurder van de bestelwagen werd alleen maar gebruikt om informatie in te winnen. Waarom zouden ze niet gewoon alle vijf in een ambulance stappen en wegrijden?

'En als jullie nou eens geen gelijk blijken te hebben?' antwoordde Marten. 'We hebben geen idee wanneer ze bij de wasserij waren en ontdekt hebben dat wij hierheen gingen. Als ze hier nou eens de hele tijd al mensen op de uitkijk hadden staan? En ze ons dus allemaal hier hebben zien aankomen? Ze kunnen heus wel tellen. Voor hetzelfde geld weten ze allang dat wij hier zijn. Ze komen ons hier echt niet halen, dat zou veel te veel aandacht trekken. Ze wachten ons dus buiten op en gebruiken de bestelwagen als lokaas, denkend dat wij dat zo verzonnen hebben in plaats van zij. Ik garandeer jullie dat White en zijn mannen niet de enigen zijn. Er staat nog minstens één ander team buiten, als het er niet meer zijn. Dus ja: we kunnen een risico nemen door met de ambulance te gaan en ermee wegkomen. Maar het kan ook fout gaan. En wat doen we dan? Wat doen we als ze ons volgen, afsnijden en klemrijden? Dan zijn we allemaal dood. White gaat terug naar Bioko en doet alsof er niets is gebeurd. Niemand zal er ooit achterkomen dat hij hierbij betrokken was of wat er allemaal op het spel stond. Misschien dat jullie dat risico willen nemen, maar ik niet.' Hij keek Ryder aan. 'En afgevaardigde Ryder ook niet, denk ik.'

'Hij heeft gelijk, mannen,' zei Ryder op een toon alsof hij het over koetjes en kalfjes had. Hij sprak meestal zo. 'Onze taak is om bij het vliegtuig te komen en zo snel mogelijk zien te maken dat we hier wegkomen. Gezien de omstandigheden is het plan van de heer Marten helemaal zo gek nog niet. Het enige nadeel is dat hij zichzelf en jou' – hij wees naar Grant – 'en het ziekenhuispersoneel ernstig in gevaar brengt.'

'Tenzij ze onraad ruiken zullen White en zijn mannen hier in de directe omgeving niets doen. Het is hier veel te druk en te chic,' zei Marten op vlakke toon. 'Het zou net zo iets zijn als het ziekenhuis bestormen, dat zou ook veel te veel aandacht trekken. Ik denk dat ze de bestuurder geïnstrueerd hebben. Als hij iets anders doet, denken ze dat hij doet wat wij hem hebben opgedragen, dus zullen ze met zo veel mogelijk auto's het busje volgen en ergens op een afgelegen plek, in een park, of een braakliggend terrein of zo, hun slag slaan. De rit zal dus niet al te gevaarlijk beginnen.' Marten keek Gama aan. 'Waar ik me het meest zorgen om maak, zijn jouw collega's, omdat het erg gevaarlijk wordt. Dit is ons pakkie-an, niet dat van hen. Als ze niet willen, hoeven ze absoluut niet mee te werken. Als u besluit om het niet te doen, verzinnen we iets anders.'

'Als ik ze nu eerst eens bij elkaar zoek dan kunt u het ze zelf vragen.'

'Lijkt me een goed plan,' zei Marten. 'Het moet alleen wel snel, voor ze zelf naar binnen komen.'

Mário Gama glimlachte. 'Ik weet zo al drie mensen die meer dan graag zullen helpen. Raisa Amaro is, of liever gezegd was…' zijn stem stokte even in zijn keel, 'een vooraanstaand lid van het bestuur van het ziekenhuis. Het is haar gelukt om veel banen te behouden in economisch slechte tijden. Ze wordt hier als een levende legende beschouwd. Iedereen is dol op haar. Ik ben over vijf minuten terug met de juiste mensen. Als het nodig mocht zijn kunt u ze toespreken, maar dat zal wel niet.'

Met die woorden nam Gama afscheid en vertrok. Marten keek op zijn horloge en zei tegen Anne: 'We zijn hier op zijn vroegst over tien minuten weg. Hoeveel geduld zou White nog hebben, denk je?'

'Niet al te veel,' antwoordde ze. Ze haalde een notitieboekje uit haar tas. 'Voor als er iets gebeurt en we elkaar uit het oog verliezen.' Ze krabbelde iets op en scheurde een velletje uit het boekje. 'Mijn mobiele nummer. Ik wil dat van jou ook graag, als het mag.'

'Tuurlijk,' zei hij. Hij pakte het notitieboekje aan en schreef het op. Toen hij het teruggaf keken ze elkaar even aan. Ondanks het feit dat Ryder en zijn geheim agenten vlak bij hen stonden, was het een erg intiem moment. Alles wat ze hadden meegemaakt kwam nu samen. Met een knoop in hun maag vroegen ze zich af – angstig – of ze elkaar ooit nog zouden terugzien. Of een van beiden binnen nu en een uur dood zou zijn.

Toen was het moment voorbij. Het was ook niet meer geweest dan dat: een moment. Maar toch: het was er wel geweest. Ze hadden het allebei heel sterk gevoeld, zonder iets te hoeven zeggen. Was het liefde? Het besef dat het leven zo voorbij kan zijn? Een band tussen twee zielen die in korte tijd samen zo veel hadden meegemaakt? Iets anders? Wie zou het zeggen.

11.30 uur

112

11.39 uur

'Centrale, 3-3 hier. Ontvangt u mij?'
Irish Jack en Patrice sprongen meteen op, en brachten hun hand naar hun oortje.

Conor White zette zijn microfoontje aan. 'Ga je gang, 3-3.'

'Ik heb zojuist gehoord dat onze "familieleden" zijn gevonden. Het hoofd beveiliging brengt me nu naar hen toe.'

'Weet je met hoeveel ze zijn?'

'Er is me alleen verteld dat ze hier toch blijken te zijn en er werden excuses gemaakt voor het oponthoud.'

'Ga maar mee, 3-3. Ik herhaal je instructies: Je werkt voor Raisa Amaro. Ze heeft je gestuurd om hen op te halen en ze weg te brengen, waar ze maar heen willen. Meer weet je niet. Zodra ze in de bestelwagen zitten, rijd je naar de bouwput op Avenida Infante Dom Henrique. Wij komen achter je aan. Doe je oortje uit, we willen niet dat ze zich afvragen waarom je dat in hebt. Begrepen? Over.'

'Begrepen. Over.'

'Begrepen,' zei Branco ertussendoor. 'We zijn er klaar voor.'

'6-2, heb je alles gehoord? Over.'

'Luid en duidelijk, centrale. Over,' zei de norse stem van de bestuurder van de Branco's andere auto.

'Begrepen, 6-2.' White zette de microfoon uit en keek naar buiten toen een wolk een schaduw over de grond wierp. Hij keek er even naar, mompelde iets over regen, bukte zich, maakte zijn koffertje open en haalde er een van de twee MP5 machinepistolen uit. Hij keek of het magazijn erin zat en voelde in een reflex of de korteloops 9mm Sig Sauer nog achter in zijn broek onder zijn jasje zat. 'Heren, de vogel gaat het nest verlaten,' zei hij met zachte stem tegen Irish Jack en Patrice. 'De vogel gaat het nest verlaten.'

11.43 uur

Moses liep achter Gama, het hoofd beveiliging, aan een gang door met verschillende onderzoekskamers. Toen ze iets over de helft waren, klopte Gama op een deur.

'Beveiliging,' zei hij. De deur werd opengedaan en Moses zag de mensen die Conor White had omschreven: Nicholas Marten, Anne Tidrow en afgevaardigde Ryder. Hij zag alleen de bodyguards van Ryder niet. Hij was meteen op zijn hoede. Te laat. Gama duwde hem naar binnen. De deur viel met een klap dicht en hij werd in de houdgreep genomen door de mannen naar wie hij had uitgekeken.

'Doe maar kalm,' zei de een, terwijl de ander keek of hij gewapend was. 'Schoon.'

'Wat is er aan de hand?' vroeg hij in het Engels. 'Ik doe alleen maar wat me…'

'O ja?' zei de ander kortaf.

Zijn jack werd uitgetrokken. Ze zagen het microfoontje op zijn pols en de zender onder zijn oksel. Hij rukte zich los en probeerde de microfoon aan te zetten. Grant en Birns doken op hem af. Marten was hen voor en draaide Moses' arm op zijn rug. Hij schreeuwde het uit van de pijn.

'Haal dat ding weg!' beet Marten hen toe.

Dat deed Birns terwijl Grant hem tegen de muur geduwd hield.

'Mário,' zei Marten. Gama kwam met handboeien aanzetten.

'Je wordt vastgehouden op grond van de Portugese anti-terreurwetten en -statuten,' zei hij in het Engels en daarna in het Portugees. Hij pakte zijn eigen radio-ontvanger. De deur ging vrijwel meteen open en er kwamen twee beveiligingsbeambten van het ziekenhuis binnen die Moses meenamen.

11.47 uur

Irish Jack zat ongeduldig in de auto, zijn handen aan het stuur, zijn blik gericht op de hoofdingang van het ziekenhuis. Er kwamen twee mannen naar buiten, die over de stoep wegliepen. Even later parkeerde er een taxi achter de bestelwagen van de wasserij. Er stapte een vrouw uit, en een meisje met een ooglapje. Ze gingen naar binnen. De taxi reed weg. Toen stond alleen de bestelwagen met de nog steeds flikkerende alarmlichten er nog.

'Het bevalt me niks, kolonel.'

'Mij ook niet,' zei White.

'Centrale. 6-4 hier. Waarom duurt het zo lang? Over.' Branco's stem spatte door hun oortjes.

'6-4, centrale. Moses krijgt nog heel even. Daarna gaan we naar binnen. Over.'

'Begrepen, centrale. We zijn er klaar voor.'

'6-2, alles begrepen?'

'6-2 hier. Alles begrepen. Over.'

De twee groepjes stonden in de hal bij de receptie. Anne, Ryder, Birns en Mário Gama, die inmiddels de witte jas van een ambulancechauffeur droeg, vormden het eerste groepje. In het tweede zaten Marten; de automatische Glock nog steeds in zijn tailleband, het oortje en microfoon van Moses' radio-ontvanger geïnstalleerd, zodat hij de gesprekken van White kon afluisteren, de lookalike van Joe Ryder, geheim agent Grant en de 'dubbelgangers' van Anne, Birns en de zojuist overmeesterde chauffeur van de bestelwagen, Moses. Een boekhoudster had het regenhoedje van Anne over haar oren getrokken; een anesthesist die een beetje op Birns leek had zijn donkere tweedjasje aangetrokken en de broer van Mário Gama, Santos, die in het dagelijks leven ambulancechauffeur was en wel iets van Moses weg had, droeg het jack van de wasserij. Met behulp van bruine make-up die ze van een broeder hadden geleend was zijn gezicht donkerder gemaakt, waardoor hij, in ieder geval van een afstandje, min of meer dezelfde huidskleur had als de Algerijn. Hij zou de bestelwagen besturen.

'Is iedereen klaar?' vroeg Marten. Er klonk wat geroezemoes en iedereen knikte instemmend. Hij keek Anne aan.

'Succes,' zei hij.

'Jij ook.'

'Veel sterkte allemaal,' voegde Ryder er aan toe. Hij keek iedereen een voor een aan. 'Heel erg oprecht veel dank aan jou, Mário, je broer Santos, en al zijn vrienden die ons helpen bij iets waarvan we weten dat het bijzonder gevaarlijk is.' Hij keek Marten aan en knikte.

'We gaan ervoor,' zei Marten en ze vertrokken. Anne, Ryder, Birns en Gama liepen linksaf de gang in naar de ingang van de Spoedeisende Hulp, waar de ambulance stond. Marten en zijn groepje liepen naar rechts, naar de hoofdingang. Toen Marten een brandalarm op de muur zag zitten, liep hij vlug naar Gama. 'Mário!', riep hij. Is er een brandalarm bij de ambulanceparkeerplaats?'

'In het gangetje ernaartoe, ja. Hoezo?'

'Nee, niks. Laat maar.' Hij keek Anne aan, hun ogen vonden elkaar en hij liep terug naar zijn groepje. 'Snel naar buiten en de bestelwagen in!'

113

De twee minuten waren voorbij.

Conor White kon niet meer terug, hij was te vaak tegengewerkt door zaken die buiten zijn macht lagen om zich nu nog terug te trekken. Zijn doelwit was binnen handbereik en lag voor het grijpen. Hij zette het microfoontje aan en bracht zijn hand naar zijn mond.

'6-4, centrale hier. We gaan naar binnen. Insluiten, bivakmutsen op.'

'Begrepen, centrale.'

'6-2, begrepen?' White pakte de bivakmuts van de stoel naast hem.

'Begrepen, centrale.'

'Ze komen naar buiten,' zei Irish Jack opeens.

'Wát zeg je?' zei White terwijl hij opkeek.

Ze zagen vijf mensen gehaast door de hoofdingang naar buiten lopen in de richting van de bestelwagen. Moses liep voorop. Marten was de volgende. Toen kwam Joe Ryder met een rugzak of iets dergelijks. Anne en een van de geheim agenten waren de laatsten.

'6-4, afbreken,' zei White kortaf in de microfoon. 'Onze familie is in beeld!'

'Dat is Moses helemaal niet!' riep Patrice, die door de verrekijker zat te kijken hoe het groepje van Marten instapte. 'En Anne ook niet!'

'Shit!' White pakte zijn MP5. 'Plankgas, Jack. Plankgas!'

Irish Jack startte de motor. De Mercedes met de 510 pk v8 motor kwam brullend tot leven. Slingerend reed hij de bestelwagen achterna.

'6-4, 6-2,' zei White in het microfoontje in zijn mouw. 'Marten gebruikt de bestelwagen als lokaas. Anne en Ryder nemen een ander voertuig. Kijk daarnaar uit. We gaan achter Marten aan. Over.'

'6-4, begrepen, centrale.'

'6-2, begrepen, centrale.'

Marten zat in de passagiersstoel naast de bestuurder door de zijspiegel te kijken. 'Daar heb je ze. In een zwarte Mercedes.' Hij zette de radio-ontvanger van Moses aan en stopte het oortje in zijn linkeroor.

Agent Grant zat recht achter hem. Hij bekeek de boekhoudster en de anesthesist die voor Anne en Birns moesten doorgaan. 'Ga plat op de grond liggen!' beval hij, en haalde het MP5 machinepistool uit zijn rugzak.

'Santos,' zei Marten tegen Mário's broer, die achter het stuur zat. 'Rij naar Baixa en neem de korste route die je kent.'

Twintig meter verderop, onder aan de heuvel, was het eind van Rua Serpa Pinto. Santos trapte de rem in, toeterde en maakte een scherpe bocht naar links. Het topzware bestelbusje helde vervaarlijk over. Marten zag hoe de Mercedes even later op dezelfde manier de bocht inging. Hij greep automatisch naar de Glock die in zijn broek zat. Hij keek naar Santos.

'Ze zitten vlak achter ons. Kun je daar iets aan doen?'

Tot Martens grote verbazing zat Santos te grinniken. Het leek wel of hij er lol in had. 'Ik zit al tweeëntwintig jaar op de ambulance. Dit is dan wel geen ambulance, maar…' Abrupt gooide hij het stuur naar rechts en reed de bestelwagen van de wasserij een smal straatje met kinderkopjes in, dat vanaf de straat nauwelijks zichtbaar was. Marten zag de Mercedes voorbij vliegen, in een wolk van blauwe rook remmen, achteruit rijden en achter hen aan komen. Santos ging nog een keer rechtsaf en maakte daarna weer een scherpe bocht naar links. De Mercedes was het spoor bijster geraakt.

'Is het ver naar Baixa?' drong Marten aan.

'Drie minuten.'

'Rij ergens naartoe van waaruit ik het zelf ook kan vinden en stop dan even. Ik wil jullie uit de wagen hebben.'

Santos zat nog steeds te grinniken. 'Moet ik eruit? Het is juist zo leuk!'

'Da's inderdaad leuk zeg, dat ze ons allemaal dood willen hebben!' zei Marten.

Plotseling werd er in Martens oortje gesproken. 'Centrale, 6-4 hier.'

De mannen in de Mercedes hoorden Carlos Branco ook spreken. 'Toen jullie net weg waren, is in het ziekenhuis het brandalarm afgegaan. Ik zit nu te kijken hoe de brandweer hierop reageert. Ze hebben er vijf wagens op afgestuurd. Waarschijnlijk gaat het alarm zo nog een keer. Alle straten in de wijk zullen – jezus!' schreeuwde Branco plotseling. Daarna was het stil.

'Shit! Wat is er?' riep Conor White in het microfoontje terwijl Irish Jack de Mercedes door een bocht stuurde en daarna weer optrok. 'Wat is er in godsnaam aan de hand?'

'Er vliegt zojuist een ambulance van het ziekenhuis voorbij. Birns zit op de passagiersstoel. Schiet op!' hoorden ze hem in het Portugees tegen de bestuurder roepen. 'We hebben de achtervolging ingezet. Ik neem aan dat Anne en Ryder er ook in zitten, die andere geheim agent misschien ook wel, als hij tenminste niet bij Marten is.'

'Verlies hem niet uit het oog! Niet uit het oog verliezen! 6-2, geef 6-4 dekking. Over.'

'6-4, begrepen. 6-2, bevestig. Over.'

'6-2, begrepen.'

'Ik zie hem! Daar!' Irish Jack ving een glimp op van de bestelwagen. Met gierende banden schoot de Mercedes naar voren toen hij het gaspedaal intrapte. Even later zaten ze achter een antieke tram die op een sukkeldrafje reed. Irish Jack wilde er links omheen rijden, maar zag toen een tegemoetkomende bus op zich afkomen. Hij vloekte hardop en ging weer achter de tram rijden, zodat de bus kon passeren. Meteen daarna ging hij weer naar links. Hij haalde met brullende motor in en ging voor de tram rijden. Hij zag de bestelwagen verderop afslaan. Tegelijkertijd draaide een oude Opel voor hem de weg op vanaf een parkeerplaats.

'Ga verdomme opzij, klootzak!' brulde hij terwijl hij op de rem ging staan. Meteen daarna trapte hij het gaspedaal weer in en reed slingerend weg. Hij miste op een haar na een taxi. De chauffeur toeterde en stak woedend zijn vuist op.

Santos draaide Rua Nova do Almada op. Meteen daarna ging hij rechtsaf en reden ze midden in Baixa.

Marten keek in de zijspiegel en zag de Mercedes achter hen aan scheuren.

'Santos, op de volgende hoek stilstaan. Hoe moet ik daarna verder?'

'Rechtsaf, daarna links,' zei Santos tegen Marten. 'Twee straten verderop…'

'Centrale, 6-4. We hebben de ambulance in beeld. 6-2 achtervolgt hem,' hoorde Marten de krakende stem van Branco zeggen. 'Wij zitten er vlakbij. Over.'

'Centrale, 6-4. Waar zitten jullie? Zie je ze al?' Het sloeg Marten koud om het hart bij het horen van Conor Whites overduidelijke Britse accent door zijn oortje. Hij moest weer denken aan de eerste keer dat hij hem had gezien: samen met Anne in de bar van het hotel in Malabo. Een sterke, trotse, ogenschijnlijk geestelijk gezonde militair in een goed gesneden pak.

'We zitten op Calçada do Carmo en rijden naar het Rossioplein. De straten zijn te smal om goed te kunnen schieten.'

Plotseling hoorde Marten het door merg en been gaande geluid van een sirene in zijn oortje, gevolgd door keihard getoeter. Meteen daarna hoorde hij iets wat op een gigantische botsing leek.

Even was het ondraaglijk stil. Toen: '6-4, centrale. 6-4, over!' hoorde hij

Conor White blaffen. Er kwam geen antwoord. Daarna: ' 6-2. 6-2. Centrale. 6-2! Hoort u mij? Over.'

'6-4 hier, centrale. Er stak een brandweerwagen het kruispunt over. Heeft de ambulance en wagen 6-2 geraakt. Ambulance ligt op zijn kant. Wagen 6-2 kan niet meer rijden.'

'Centrale, 6-4. Hoe erg is het? Zijn er doden gevallen?'

'Geen idee. De brandweer is ermee bezig. Mijn mannen hebben een flinke klap gehad, maar zo te zien valt het mee. Ik weet niet hoe erg het is. De brandweermannen hebben de achterdeuren van de ambulance geopend. Ik kan het niet goed zien. O, wacht even. Ik zie Ryder. Ze helpen hem uitstappen. Hij ziet er geschrokken uit. Hoe het met de rest is, weet ik niet.'

'Haal je mannen uit wagen 6-2,' zei White kalm maar beslist. 'Als ze niet kunnen lopen, dan draag je ze. En maak daarna dat je als de sodemieter wegkomt. Voor je met je ogen kunt knipperen ziet het daar zwart van de hulpdiensten. Ze moeten geen gelegenheid krijgen met je mannen te praten. Over.'

'6-4, begrepen. Over.'

'Centrale, 6-4. Het is noodzakelijk dat we in de buurt van het ongeluk afspreken. Onze wagen heeft navigatie. Waar moeten we naartoe, over?'

'Begrepen, centrale. Zijn bij Calçada do Duque in Rua da Condesea. Over.'

'Naar Calçada do Duque in Rua da Condessa. Duurt vijf minuten. Hooguit. Over.'

'Begrepen, centrale. Vijf minuten.'

Even zat Marten geschokt voor zich uit te kijken. Niet alleen vanwege het onverwachte, plotselinge ongeluk en de vrees dat Anne en Ryder wel eens ernstig gewond zouden kunnen zijn of nog erger, maar omdat het hem opviel hoe snel White alles onder controle had en wist wat hij moest doen. Wat zijn volgende stap ook was en wie 6-2 en 6-4 ook mochten zijn, het was duidelijk dat ze in de buurt bleven.

Meteen was hij weer terug in de werkelijkheid. Hij zag in de spiegel hoe de Mercedes, die een paar auto's achter hen reed, een U-bocht maakte, optrok en in tegengestelde richting wegreed. Hij wendde zich tot Grant.

'Er is een brandweerwagen op de ambulance geknald. Hij ligt op zijn kant. Met Ryder lijkt het goed te gaan, meer weten we nog niet. White liet de ambulance door twee auto's volgen. Een van de twee is bij het ongeluk betrokken. White is er onderweg naartoe en heeft met de anderen in de buurt van het ongeluk afgesproken.' Hij keek Santos aan. 'Je broer is misschien gewond geraakt, maar dat weet ik niet. Kun je ons zo snel als dit ding rijden kan naar Calçada do Carmen in de buurt van het Rossioplein brengen?'

'Natuurlijk.' Santos keek in de achteruitkijkspiegel, wachtte tot een man op een fiets gepasseerd was, draaide links de weg op en trapte flink op het gaspedaal.

12.02 uur

114

Anne zat op haar knieën. Een jonge brandweerman met rood haar dat onder zijn helm uitstak, zat bij haar. Hij hielp haar met opstaan van wat ooit de zijkant was geweest, maar nu de onderkant van de ambulance was. Ze was een beetje licht in het hoofd van de klap en er gutste bloed uit een snee boven haar rechteroog, maar verder leek ze ongedeerd te zijn. Dat was tenminste wat ze tegen de brandweerman zei. In de verte hoorde ze het eentonige geluid van sirenes. Ze schudde haar hoofd, in een poging wat helderder te worden. Toen zag ze Ryder aan de overkant van de straat halverwege een heuveltje op de stoep zitten. Er stonden twee brandweermannen bij hem.

'Rustig,' zei de brandweerman die haar hielp in het Engels. 'Kunnen je benen je gewicht dragen?'

Ze probeerde het en knikte toen.

'Mooi zo. De benzinetank is lek. We moeten de ambulance uit zien te komen en wegwezen.' Hij leidde haar naar de deur die inmiddels opengewrikt was. Haar hoofd werd weer helder en ze begon terug te lopen en als een waanzinnige om zich heen te kijken in de chaos van het omgekeerde bestelbusje. Niets lag nog op z'n plek.

'Waar gaat u naartoe?'

'Ik moet mijn tas hebben.'

'*Senhora*, laat zitten. We moeten hier weg!'

Hij pakte haar bij de arm trok haar naar het portier, toen ze haar tas zag liggen. Hij was door de klap in een hoekje terechtgekomen. Ze trok zich los om hem te gaan pakken. De brandweerman vloekte hartgrondig en klauterde achter haar aan.

'*Senhora*, het voertuig gaat de lucht in. Laat die tas nou maar zitten, die is niet belangrijk.'

'Dat denk jij misschien.' Ze dook naar voren en had hem net te pakken toen ze werd vastgegrepen. Een tel later stonden ze buiten, waar het steeds bewolkter werd, en haastten zich weg van de getroffen ambulance. Overal hing de geur van benzine. Vlak bij de ambulance lag het wrak van de donkerblauwe Peugeot. De voorkant lag er bijna helemaal af. Twee mannen in spijkerbroek en windjacks stonden ernaast met een brandweerman te praten. Een van de twee stond met zijn hand tegen zijn hoofd. Achter hen, op de heuvel waar ze vanaf gereden waren toen ze het ongeluk kregen, zag ze een grijze Alfa Romeo midden op straat tegenover een smalle zijstraat stilstaan. Een slanke man met een baard in een zwart pak was uitgestapt en kwam op hen afgelopen. Ze wist het ineens weer: de Alfa en de Peugeot waren de wagens die hen gevolgd hadden vanaf het ziekenhuis. Ryder en Birns hadden daar een opmerking over gemaakt.

'Hierheen.' De brandweerman met het rode haar bracht haar naar een plek in de buurt van Ryder. De sirenes kwamen dichterbij. Overal om haar heen zag ze mensen staan kijken. Ze dromden samen op de stoep, keken vanuit winkels en appartementen naar buiten. Ze keek naar Ryder en zag dat hij opstond. Links van hem werd Mário op een soort brancard gelegd. Plotseling klonk het oorverdovende geluid van sirenes, dat meteen weer ophield. Er waren twee brandweerwagens tegelijk gearriveerd, waardoor de chaos nog groter werd. Er sprongen brandweermannen uit met zware brandblussers. Ze renden ermee naar de ambulance en legden een deken van grijswit schuim over de lekkende benzine. Er kwam een politiewagen uit een zijstraat, gevolgd door een andere. Vlak daarna stonden ze stil. Agenten in uniform stapten uit en begonnen de toeschouwers terug te dringen. Er arriveerde nog meer politie. Het gebeurde allemaal in een paar seconden tijd. Daarna kwamen er nog twee ambulances. De herrie en de verwarring werden groter en groter. Ze keek achterom en zag hoe de man met de baard gebaarde naar de mannen uit de Peugeot. De brandweerman die haar begeleidde zei dat ze moest uitkijken waar ze liep en vroeg nog een keer of alles goed met haar was. Daarna wilde hij weten hoe ze heette en waarom ze in de ambulance had gezeten.

Ze gaf hem haar voornaam en mompelde toen dat ze niet meer wist waar ze naartoe onderweg waren en waarom. Ze ging naast Ryder op de stoep staan en keek om zich heen of ze Birns ergens zag. Nee. Ze keek naar Ryder. Hij snapte het meteen en schudde zijn hoofd. Toen zag ze twee ambulancebroeders met een brancard rennen. Aan de overkant van de straat lag iemand met een laken over zich heen op de stoep.

Er liep een brandweerman naar het koffertje van Birns en sprak met het ambulancepersoneel. Het was een kort gesprek. Daarna draaide hij zich om en liep naar een agent. Er werd weer kort gepraat en hij gebaarde naar het wrak van de ambulance. In het koffertje zat de MP5 van Birns. En Anne wist precies hoe dat ding werkte. Ze wilde iets verzinnen om het in handen te krijgen, toen de politieagent zijn schouders ophaalde, het koffertje aanpakte van de brandweerman en het in de kofferbak van zijn wagen legde. Daarna gooide hij de klep dicht. Alle hoop die ze had gehad om het koffertje in handen te krijgen, was vervlogen.

115

12.09 uur

Santos minderde genoeg vaart met de bestelwagen van de wasserij om Marten van plaats te laten wisselen met de anesthesist die voor Birns had moeten doorgaan. Hij ging naast Grant en de boekhoudster zitten die Anne had moeten voorstellen. Nu Marten niet meer in het zicht zat, reed Santos naar de wegafzetting die de *Polícia de Segurança Pública* had opgeworpen om het verkeer weg te houden bij het ongeluk.

Toen ze daar aankwamen leunde Santos uit het raampje en zei tegen de politie wie hij was en vroeg of hij erdoor mocht. Hij vertelde hun dat zijn broer achter het stuur had gezeten van de ambulance die bij het ongeluk was betrokken en dat hij zo snel mogelijk naar hem toe wilde. Omdat hij al zo lang in het ziekenhuis werkte, kende bijna iedereen bij de politie hem en de mannen bij de wegafzetting waren geen uitzondering. Zijn bruin geschminkte gezicht, om meer op Moses te lijken, zou normaal gesproken een paar schunnige opmerkingen uitgelokt hebben, nu lieten ze hem doorrijden zonder er iets over te zeggen. Hij kon onder aan de heuvel parkeren en vanaf daar verder lopen. 'Ik heb verplegend personeel bij me,' zei hij met klem. Er werd verder niets gevraagd over de anderen die bij hem waren. Nog geen twee minuten later had hij de bestelwagen geparkeerd en liepen ze terug de heuvel op, door de politieafzetting.

Nauwelijks op de plaats van het ongeluk aangekomen, renden Santos en het ziekenhuispersoneel door de mensenmenigte naar de in elkaar gereden ambulance. Marten keek even om naar de politie en liep toen met Grant achter de anderen aan, op zoek naar Anne, Ryder en Birns.

Het kruispunt van Calçada do Duque en Rua da Condessa, dat White had uitgekozen als ontmoetingsplek met wagen 6-4, wie daar ook in mochten zitten, lag halverwege de heuvel waar volgens Santos het ongeluk was gebeurd. White en zijn mannen waren dus dicht genoeg in de buurt om zich onder de mensen te kunnen begeven die stonden te kijken. Marten voelde even of zijn Glock er nog zat en zag dat Grant zijn rugzak zo onder zijn arm hield dat de loop van zijn mp5 machinepistool net door de opening stak. Zijn vinger zat door een gat in de stof aan de trekker.

Na zich veertig seconden een weg gebaand te hebben tussen de toeschouwers, brandweermannen, reddingswerkers, politie en net aangekomen mediaploegen, zagen ze Anne en Ryder. Birns was niet bij hen. Ze liepen naar hen toe. Op een pleister boven Anne's rechteroog na, leken ze beiden lichamelijk ongedeerd. Anne had, na alles wat ze had doorstaan, de tas met de foto's en het memorandum erin aan haar schouder hangen en hield hem tegen zich aangeklemd.

Dichterbij gekomen hoorden ze Ryder tegen een brandweercommandant zeggen dat het goed ging met Anne en hem en dat ze graag een taxi wilden om hen terug te brengen naar hun hotel. Omdat schijnbaar niemand zich druk om hem maakte, was het duidelijk dat hij nog niet had verteld wie hij was. Marten zag dit als hun kans om weg te komen voor hij het alsnog zou vertellen, en hij gebaarde naar Grant dat hij hem moest dekken voor het geval White en zijn mannen zouden toeslaan.

Hij wilde net naar hen toe lopen toen hij een politieman met een hoge rang op Ryder zag aflopen. Een inspecteur of zo. Hij zou Ryder veel vragen gaan stellen. Te veel. Wie hij was, wie Anne was, waarom ze in de ambulance hadden gezeten, waar ze op weg naartoe waren. Wie Anne was maakte nu even niet uit, omdat de Amerikaanse ambassade zou worden ingelicht zodra Ryders identiteit was vastgesteld, waardoor de cia meteen zou weten waar hij uithing – als White dat niet al doorgegeven had en als wagens 6-2 en 6-4 niet ook van de cia waren. Hoe het ook zij, Marten moest hun aandacht zien te trekken en hen wegvoeren van deze plek.

Anne zag Marten op zich af komen lopen. Hij knikte naar de politieman en schudde zijn hoofd. Tegelijkertijd realiseerde hij zich dat hij een veel betere troef in handen had. De politie zelf. White zou niets kunnen doen als Anne en Ryder opeens in een politiewagen zouden worden gezet en zouden wegrijden.

'Die agent daar,' zei hij tegen Grant, 'die inspecteur of wat dan ook. Onderschep hem. Laat hem je penning zien, vertel hem wie Ryder is en zeg dat Anne en ik bij jullie horen. Jij bent belast met de veiligheid van het congreslid. Hij is meerdere malen met de dood bedreigd. Dit kan best wel eens geen ongeluk geweest zijn. Vraag hem of hij ons hier zo snel mogelijk weg kan krijgen. Daar moet hij toestemming voor vragen, maar als hij die eenmaal heeft, kunnen White en zijn mannen niets meer doen. Dat geeft ons de gelegenheid om iets te bedenken.'

Grant knikte en liep weg. Marten scande de omgeving. Als White, Patrice of die stierennek die Anne Irish Jack noemde er waren, dan zag hij ze niet. Hij keek om. Grant was in gesprek met Ryder en de politieman. Even later zag hij hoe de laatste zich wegdraaide om iets in zijn radio-ontvanger te zeggen. Marten keek nog een keer goed om zich heen.

Er werd toestemming gevraagd.

De bureaucratie bij de politie was overal hetzelfde. Er zou langdurig over en weer gepraat worden en hij ging ervan uit dat White kon meeluisteren en dat hij zou weten wat er aan de hand was. De Amerikaanse ambassade en vooral de CIA dus ook.

Hij voelde een druppel en keek naar de steeds donkerder wordende lucht. Er vielen steeds meer druppels. Plotseling voelde hij hoe hij bij zijn arm werd gepakt. Hij draaide zich razensnel om. Het was Anne. Ryder en Grant waren bij haar.

'Je had gelijk, hij moest eerst toestemming vragen,' zei Grant. 'Daar is-ie nu mee bezig.'

Marten dacht ineens aan Birns. Waar was hij? Anne zag waar hij aan dacht.

'Agent Birns heeft het ongeluk niet overleefd,' zei ze zacht. 'Mário is gewond geraakt. Ik weet niet hoe erg.'

Marten keek naar Grant. Birns was jarenlang zijn wapenbroeder geweest. Ze waren maatjes, vrienden, en erg close. Misschien hadden ze wel een betere band met elkaar dan broers. Hij kende dat allesverterende gevoel maar al te goed uit zijn tijd bij de politie van Los Angeles. Hij wist ook dat je niets anders kon doen dan voor hem te bidden en de draad weer oppakken. Dat deed Grant nu dan ook.

'Gecondoleerd,' zei hij tegen Grant, die hem met een plechtig knikje bedankte. Hij keek naar Anne. Ze zag bleek en was nog zwakjes. De pleister boven haar oog was er door het ambulancepersoneel opgeplakt en ze liep een beetje mank, net als Ryder.

'Gaat het?' vroeg hij.

'Ja hoor.'

Hij keek naar haar tas en grinnikte, vol bewondering. 'De dame weet wel wat belangrijk is in het leven, zo te zien.'

'Soms wel, ja,' zei ze met een lieve glimlach. 'Soms wel.'

Toen zette de regen door. De inspecteur kwam teruggelopen. Hij had twee mannen in uniform bij zich die totaal geen aandacht aan hem of Anne besteedden. Ze moesten Ryder hebben. Er was toestemming verleend voor een politie-escorte en er werd een grote suv zonder politie-logo's voorgereden.

'De Amerikaanse ambassadeur is ingelicht,' zei hij tegen Ryder. 'Hij heeft gevraagd of we u rechtstreeks naar de ambassade kunnen brengen. Daar bent u veilig.'

'Dank u,' zei Ryder vriendelijk en hij keek naar Grant en Marten. Zijn gezichtsuitdrukking onderstreepte wat Marten al die tijd al had geweten: de ambassade was de laatste plek waar ze veilig zouden zijn. Ze zouden onderweg iets moeten verzinnen.

12.22 uur

116

12.28 uur

Conor White wist waar hij naar uit moest kijken: een ongemarkeerde zwarte Toyota Land Cruiser, die uit de richting van het ongeluk kwam gereden, werd gevolgd door een witte Ford. De bestuurder en de sergeant in de Toyota en de mannen in de volgauto waren van een speciale eenheid, belast met het handhaven van de openbare veiligheid, de *Grupo de Operações Especiais*, ofwel GOE. Een goed getrainde anti-terreurbrigade.

De GOE-voertuigen zouden via het Rossioplein en de Avenida da Liberdade naar de Amerikaanse ambassade rijden. Die route had Carlos Branco hem meteen doorgegeven nadat hij Jeremy Moyer, het hoofd van de CIA in Lissabon, had gesproken. De route was door de GOE uitgestippeld en goedgekeurd door de ambassade.

Dit plan gaf hun alles wat ze nodig hadden: een uitgestippelde route en een tijdspad waarin ze de klus moesten klaren. Het ritje zou nog geen kwartier duren. In die tijd zouden ze toeslaan. Waar en wanneer werd bepaald door White. Branco was nog steeds slechts een stroman. Hij deed wat er van hem verlangd werd, zolang hij er maar voor werd betaald. Een aanzienlijk bedrag in dit geval. Los van wat White hem persoonlijk nog had beloofd, zou hij honderdvijftigduizend euro krijgen, die via Moyer en een clandestien fonds van de CIA zouden worden uitbetaald.

Het laatste radiocontact dat Branco met White had gehad was meteen na de aanrijding tussen de brandweerwagen en de ambulance geweest. Tegen die tijd wisten beiden mannen dat Marten de radio-ontvanger van Moses bij zich had en hen afluisterde. White had expres in de buurt van het ongeluk afgesproken, omdat hij wist dat Marten zich meteen naar die plek zou haasten om Anne en Ryder te beschermen, waardoor hij hen alle drie in het vizier zou hebben. Daarna had hij geen contact meer gehad met Branco via de radio, maar hadden ze mobiel gebeld.

Dat Marten had gehapt was gebleken toen White de bestelwagen met de opdruk van de wasserij zag staan op de heuvel bij de zijstraat waar White, Patrice en Irish Jack nu in de zwarte Mercedes van de Verenigde Naties zaten te wachten. In dezelfde straat zat Branco enkele tientallen meters achter hen in de Alfa Romeo met drie voormalige commando's uit het Portugese leger. Ze zouden wachten tot de Land Cruiser en de Ford langsreden om hen dan te volgen langs het Rossioplein, voorbij het metrostation en over de Avenida da Liberdade, tot het kruispunt met Rua Barata Salgueiro. Daar zouden ze aanvallen. Irish Jack zou tot naast de stoet optrekken alsof hij wilde inhalen. Op het laatste moment zou hij de Land Cruiser klemrijden. Branco's Alfa zou ondertussen pal achter de Ford gaan staan. De GOE stond hoog aangeschreven als anti-terreureenheid en arrestatieteam. De leden waren op dezelfde manier opgeleid als de Britse SAS-commando's, waar White lang bij had gediend en kende dus hun tactiek en instelling. Hij wist ook dat de enige manier waarop ze te verslaan waren was door snel en keihard toe te slaan. Branco's mannen zouden afrekenen met de volgauto, en hijzelf, Patrice en Irish Jack zouden de Land Cruiser voor hun rekening nemen. Dat er een aantal politiemensen zou sneuvelen deed hem niets. Lissabon was oorlogsgebied, en had net zo goed in Irak of Afghanistan kunnen liggen. Het zou niet meer dan een halve minuut duren. Branco en zijn mannen zouden er in de Alfa vandoor gaan en ze zouden verdwijnen in de wirwar van smalle, kronkelende straatjes, naar het vliegveld scheuren en in de gereedstaande Falcon 50 terugvliegen naar Bioko.

'Kolonel,' zei Patrice met zachte stem, zijn blik op de straat boven hem gericht, zijn accent overduidelijk Québecaans. 'Daar zijn ze.'

12.30 uur

117

De Land Cruiser kwam langzaam de heuvel afgereden, de ruitenwissers veegden in gestaag tempo de regen van de voorruit. De witte Ford reed er vlak achteraan.

GOE-sergeant Clemente Barbosa, een man van midden dertig, type ruwe bolster, blanke pit, had opdracht gekregen om het congreslid en zijn mensen van de plaats van het ongeluk naar de ambassade te brengen. Hij zat in burger voorin. De bestuurder, Eduardo, was jaren jonger en concentreerde zich op de weg voor hem en het verkeer, de straten en de gebouwen om hen heen. Zijn wereld bestond, net als die van Barbosa, alleen uit het heden. Hetzelfde gold voor de vier gewapende GOE-mannen in uniform in de volgauto.

Ryder en Grant zaten op de bank direct achter Barbosa en Eduardo. Marten en Anne zaten op de achterste bank. Het passagiersgedeelte werd door getinte ramen aan het zicht van de buitenwereld onttrokken. In de korte tijd voordat de GOE arriveerde hadden Marten, Anne, Ryder en Grant de situatie onder de loep genomen. Ze waren het erover eens geweest dat ze niet naar de ambassade wilden, want ze zouden daar hoe dan ook ooit weer weg moeten en ook al werden ze nog zo goed bewaakt, White zou weten wanneer ze zouden vertrekken en waar ze dan naartoe zouden gaan. Dat wist hij nu ongetwijfeld ook. Het verschil was dat als ze nu snel zouden gaan, dus binnen nu en een paar minuten, ze een verrassingselement zouden hebben dat er niet zou zijn als ze in de ambassade waren.

Het plan om in de menigte op te gaan, zoals Marten en Grant dat voor het ongeluk hadden bedacht – ze zouden dan uit de bestelwagen van de wasserij zijn gerend en verdwenen zijn in de drukke straatjes van Baixa – leek hen nog steeds het beste. Zelfs als werden ze geplaagd door de regen, het was hoogseizoen en er liepen overal mensen. Zeker op het Rossioplein, waar ze nu naartoe reden. Ryder en Birns hadden hier 's ochtends van taxi veranderd. Ryder wist zeker dat het daar niet alleen zwart zag van de toeristen, maar ook van de gereedstaande taxi's.

Op het Rossioplein zouden ze dus actie ondernemen. Grant zou Barbosa vragen of ze even konden stoppen omdat Ryder zich niet goed voelde en behoefte had aan frisse lucht. Barbosa zou daar niet blij mee zijn, maar hij had geen andere keus dan te doen wat hem werd opgedragen.

Dan zouden ze uitstappen en Ryder zou zeggen dat hij even zijn benen wilde strekken. Grant zou Barbosa verzekeren dat hij gewapend was en dat Ryder in goede handen was. Meteen daarna zouden ze in de menigte verdwijnen en zich opsplitsen: Grant bleef bij Ryder, Marten en Anne zouden de andere kant op gaan. In twee taxi's zouden ze naar het vliegveld rijden en direct naar Ryders vliegtuig gaan, dat klaar zou staan en waarvan de piloten toestemming hadden om op te stijgen.

Er werd geen woord gesproken toen ze onder aan de heuvel kwamen. Daar reed Eduardo de Praça Dom Pedro IV op en reed door de straten met eenrichtingsverkeer rondom het Rossioplein. Het kwam toen inmiddels met bakken de lucht uit.

118

Irish Jack zette de ruitenwissers van de Mercedes een tandje hoger om de hoeveelheid regen beter aan te kunnen en bleef ondertussen keurig drie auto's achter de witte Ford rijden. Direct achter hen reed een oude zilvergrijze Opel en daarachter reden Branco en zijn mannen in de Alfa. Hij keek naar Patrice die naast hem zat en via de achteruitkijkspiegel naar Conor White op de achterbank. Beide mannen hadden hun automatische wapens in de aanslag. Zijn eigen M4 Colt Commando had hij op schoot liggen. Hij keek weer naar de weg voor hem en zag hoe de Toyota en de Ford de korte kant van het plein hadden bereikt. Ze reden in de richting van de Avenida da Liberdade.

Ryder keek naar Grant en vervolgens over zijn schouder naar Marten. 'En nu?' vroeg hij zachtjes. Vanwege de regen was de menigte die ze als dekmantel hadden willen gebruiken verdwenen. Er liepen slechts een paar duiven op het plein.

Anne keek om. 'Nicholas,' zei ze, 'er rijdt een grijze Alfa Romeo een paar auto's achter ons.'

Marten zag de Alfa en de zwarte Mercedes die ervoor reed ook. 'Die Mercedes is van Conor White.' Hij draaide zich om naar Ryder en Grant.

'Ze zitten vlak achter ons,' zei hij zacht. 'Met alle respect voor de GOE, maar we gaan beslist niet naar de ambassade.'

Hij keek naar het verlaten plein links van hen en wou dat hij wist wat hij moest doen om te ontsnappen. Er was niets anders dan het uitgestrekte, drijfnatte plein. Aan de rechterkant, waar de café's en winkels zaten, stond ook niets dat zijn aandacht trok. Als hij tegen Barbosa zou zeggen dat ze gevolgd werden, zou deze wegscheuren. White zou begrijpen dat ze hem gezien hadden, de achtervolging afbreken en later in andere auto's de draad weer oppakken. Datzelfde zou gebeuren als ze om politieversterking zouden vragen omdat hij zeker wist dat White of zijn mannen de frequentie van de GOE afluisterden. Toen, in de verte, zag hij de oplossing: een grote, rode M bij de ingang van de metro. Hij keek naar Anne en leunde voorover naar Ryder en Grant. 'We gaan ondergronds,' zei hij zachtjes. 'Nu.'

Conor White zat voorovergebogen, zijn bivakmuts en MP5 semiautomatisch pistool op schoot en bereidde zich voor op de actie die binnen twee minuten zou losbarsten. Ze waren voorbij het Rossioplein en reden de Avenida da Liberdade op, in de richting van de plek waar ze zouden toeslaan, Rua Barata Salgueiro.

Opeens voelde hij een donkere schaduw over zich neerdalen, die als een voorbode van het noodlot om hem heen bleef hangen. Wat gaan we nou beleven, zei hij tegen zichzelf. Hij had dit gevoel nooit eerder gehad. Hij wilde het van zich afschudden, maar de schaduw bleef hangen. Hij had het verontrustende voorgevoel dat hij gelijk had en dat het vanaf nu gruwelijk mis zou gaan. Net zoals alles was misgegaan sinds Nicholas Marten op Bioko was aangekomen. Tot die tijd was alles soepel verlopen, maar sinds Marten in beeld was, was dat gedoe met die foto's begonnen en ging alles fout.

'Wel verdomme!' schreeuwde Irish Jack.

Vijftig meter voor hen hielden de Toyota en de witte volgauto plotseling stil langs de kant van weg. De portieren gingen vrijwel meteen open. Ryder en Grant stapten uit, gevolgd door Anne en Marten. De bestuurder en de man naast hem stapten ook uit. Marten keek naar hen, wees naar de Mercedes en zei iets. Toen renden hij, Anne, Ryder en Grant naar de metro.

'Leg de mensen van de GOE om,' zei White onaangedaan. 'We gaan achter hen aan.'

'Blijf bij Anne en Ryder,' schreeuwde Marten naar Grant toen ze het metrostation binnenliepen op weg naar een lange trap die naar de ondergrondse ging. Hij liep zelf terug en haalde de Glock uit zijn broeksband en hield hem met gestrekte arm naar omlaag. Vanuit de ingang van de metro kon hij alles goed zien: de Mercedes die achter de volgauto stond waar de GOE-mannen net uitstapten, hun wapens vol in beeld. Vanaf toen gebeurde alles in een flits. Drie mannen in pak met een bivakmuts op sprongen al schietend met hun vlammen- en geluiddempende automatische wapens uit de Mercedes. Clemente Barbosa en Eudardo gingen bijna geruisloos neer, net als de vier mannen van de GOE. Ze kregen niet eens de kans om hun wapens te gebruiken. Daar bleef het niet bij: de drie mannen kwamen naar het metrostation ingehold, achter hen aan.

Met bonzend hart, de Glock in zijn hand, rende Marten de trap af. Toen hij bijna beneden was zag hij Anne, Ryder en Grant tussen de andere reizigers staan. Hij keek om en zag Conor White al boven aan de trap. Hij had zijn bivakmuts afgetrokken en zijn jasje opengemaakt. Hij hield er iets onder verborgen. Meteen daarna zag Marten Patrice en Irish Jack achter White aan de trap afkomen. Net als White hadden ook zij geen bivakmuts meer op en waren hun jasjes open en hielden ze beiden iets vast dat ze verborgen. Er stonden een stuk of twintig andere mensen tussen hen in.

Marten stak de Glock weer tussen zijn riem en haalde het donkerblauwe mobieltje tevoorschijn. Hij gebruikte de sneltoetsen en hoopte dat hij het goede nummer had ingevoerd en dat het nog in gebruik was. De telefoon ging over. Nog een keer. Uiteindelijk nam er iemand met een bekende stem op.

'Ya?' zei Kovalenko in het Russisch.

'Ben je ook in Lissabon?' vroeg Marten.

'Waar is mijn geheugenkaart verdomme?'

'Ik heb je hulp dringend nodig. Ben je hier of niet?'

'Ik ben je beschermengel. Altijd in de buurt als je me nodig hebt. Wij Russen hebben grote oren en ogen. Ik wilde naar je toe komen in de Amerikaanse ambassade. Die vriend van je, die Logan, met zijn boeken en honden; lief van je dat je zijn visitekaartje in de envelop met foto's had gedaan toen je de geheugenkaarten verwisselde. Zelfs toen dacht je al dat je mijn hulp nog wel eens nodig zou hebben.'

'Klopt.' Marten liep verder de trap af. Hij keek om en haalde daarna een aantrekkelijke jonge vrouw en een grote, dikke man in, in een poging de afstand tussen hem en Conor White zo groot mogelijk te maken. 'We zijn in het metrostation op het Rossioplein. White en twee huurmoordenaars zitten ons op de hielen. Ze hebben zojuist zes agenten neergeschoten. We

hebben hulp nodig en snel ook, anders ga ik er zeker aan en komt je geheugenkaart in de prijzenkast van White te liggen.'

Marten keek op. Hij zag Ryder, Anne en Grant bij het loket. Grant
kocht kaartjes en gebaarde dat hij naar hen moest komen. Hij hield de
rugzak onder zijn arm geklemd, de MP5 in de aanslag. Hij was zeer beheerst. Waarom zou je de andere mensen in paniek brengen? Er zouden
mensen tussen hen en White blijven staan tot ze konden instappen. Hij
keek op een plattegrond van de metrolijnen. Als ze de ene kant opgingen,
was het volgende station Martim Moniz. De andere kant op was het
Baixa/Chiado. Hij koos voor dat laatste omdat hij dacht dat het daar het
drukst zou zijn.

'Ik wil naar Baixa/Chiado. Kom daarnaartoe.' Geen antwoord. Alleen
stilte. 'Kovalenko? Kovalenko! Shit! Ben je daar nog?'

119

Carlos Branco had de Toyota en de volgauto opeens zien stilstaan. Hij had
ook gezien hoe Marten en de anderen uitstapten, dat Marten naar de
Mercedes van White wees en de anderen achterna rende, het metrostation
in. Hij had de reactie gezien van de GOE toen de Mercedes achter hen tot
stilstand kwam. Hij wist wat er ging gebeuren en maakte dat hij wegkwam. De Alfa scheurde net langs het metrostation toen White en zijn
mannen uit de Mercedes stapten.

Hij stopte aan de smalle kant van het plein, keek om en belde Moyer. Er
was geen tijd voor clandestiene ontmoetingen of beveiligde telefoonlij-
nen. Moyer moest nu meteen weten wat er gebeurde.

'Het is helemaal uit de hand gelopen,' zei hij. 'White heeft buiten bij het
metrostation op het Rossioplein zes mannen van de GOE omgelegd en is
met zijn mannen Marten en de anderen achterna gerend, het station in.
Er gaan ongetwijfeld nog meer doden vallen. Wat wil je dat ik doe?'

Het was maar heel even stil. Toen antwoordde Moyer, rustig en beheerst: 'Rond het project af.'

Antwoorden was niet nodig geweest. Branco verbrak de verbinding en keek zijn mannen aan. Ze hadden hooguit één minuut voor een arrestatieteam en de GOE alles hermetisch zouden afsluiten. Ze moesten in het metrostation zijn voor dat gebeurde.

Patrice en Irish Jack haalden White onder aan de trap in. Ze zagen dat Grant een kaartje aan Marten gaf en hoe ze daarna samen door de glazen poortjes het eigenlijke station in gingen. Achter die poortjes waren de treinen en als ze daar in zouden stappen, zou alles verloren zijn. Bovendien zou de GOE pijlsnel en uiterst bevooroordeeld reageren op de moord op hun agenten. Er was geen tijd om voorzichtig te werk te gaan.

Ze liepen snel naar de glazen poortjes die toegang gaven tot de perrons. 'De geheim agent heeft een rugzak,' zei White kalm. Hij verloor zijn doelwitten niet meer uit het oog.

'Anne heeft een grote tas. Ryder en Marten hebben allebei niets bij zich. Anne of de agent moet dus de foto's en de rest hebben. Maak ze eerst koud en pak dan de spullen. Daarna pak je Ryder. Ik vermoed dat Marten nog steeds het wapen heeft waarmee hij de mannen van Branco heeft vermoord. Ik neem hem voor mijn rekening. Wat er ook gebeurt: zorg ervoor dat niemand in de metro kan stappen. Als we klaar zijn: verspreiden en in de eerstvolgende metro vertrekken. Maakt niet uit waarheen. We zien elkaar weer bij het vliegtuig.'

Nog twee passen en ze stonden bij de poortjes. Een vrouw voor hen stopte haar kaartje in de lezer en liep naar binnen. White, Patrice en Irish Jack liepen achter haar aan. Ze duwden haar opzij en gingen op hun prooi af.

'*Hey! Você três! Batente!* – Hé, jullie drieën! Stoppen!' riep iemand in het Portugees.

Irish Jack keek opzij. Een man van de beveiliging kwam op hen af gelopen. Irish Jack sloeg glimlachend zijn jasje open en haalde de M4 Colt Commando eronderuit. De ogen van de beveiligingsman vielen van schrik bijna uit hun kassen.

'Niet doen!' schreeuwde hij en wilde vluchten. Hij had geen schijn van kans. Irish Jack loste één schot. De beveiligingsman viel achterover tegen een muur en viel op de grond. Overal zat bloed.

'Nu!' beval White en ze renden naar de perrons. Ze hoorden ergens een vrouw gillen. Forenzen keken vol afgrijzen en verbazing naar de drie voorbijrennende, goedgeklede mannen.

'Daar zijn ze!' schreeuwde Grant. Hij duwde Ryder voor zich uit naar een trein die net aan kwam rijden. 'Iedereen achteruit graag!' riep hij naar de wachtende mensen. 'Achteruit!'

Marten ving een glimp op van Conor White en zag daarna Patrice rennen met een M4 in zijn handen. Hij duwde iedereen opzij. 'Kijk uit!' brulde hij en richtte zijn Glock. Er stond een ouder echtpaar in zijn vizier en hij moest opzij stappen. Toen was Patrice al in de menigte verdwenen. Er begon paniek uit te breken. Men had schoten en een gillende vrouw gehoord. En er liepen gewapende mannen rond.

De metro stopte en de deuren gingen open. Passagiers stapten uit. Grant duwde Ryder de metro in, de rugzak nog steeds onder zijn arm geklemd, zijn vinger op de trekker van de MP5.

Marten kreeg Patrice weer in zijn vizier. Hij rende naar Grant en Ryder. Irish Jack kwam van de zijkant op hen af. Hij duwde Anne naar Grant en Ryder, en richtte de Glock op Irish Jack. De huurling zag hem en dook onder in de menigte. Op hetzelfde moment kwam Patrice voor hen staan, de M4 in de aanslag. Er klonk gegil. Grant draaide op zijn hielen tilde de rugzak op. De laser van de MP5 was een fractie van een seconde te laat. Er weerklonken gedempte schoten en Grants hoofd werd aan stukken geschoten. Hij tolde wild om zijn as en viel tussen de met afgrijzen vervulde passagiers op de grond.

De mensen renden gillend alle kanten op. Sommigen belden voor hulp. Marten greep Anne beet en duwde haar naar de metro. Hij stopte onderweg alleen om de rugzak van Grant op te rapen en in haar armen te duwen. 'Er zit een MP5 in. Blijf bij Ryder. Zorg dat hij aan boord van het vliegtuig komt.'

'Nee!' schreeuwde ze, en keek hem aan. Liefde. Angst. Afgrijzen. Alles. In het ziekenhuis hadden ze afscheid genomen in de verwachting dat ze elkaar zouden weerzien. Ze wisten allebei dat als Marten achterbleef hij waarschijnlijk binnen de kortste keren dood zou zijn.

'Godverdomme, Anne! Je weet wat je te doen staat! Haal Ryder hier weg! Nu!'

Ze keken elkaar heel even aan. Toen dook Anne de metro in, op zoek naar Ryder. Ze zag hem tussen de opeengepakte mensen staan, net toen de deuren dichtgingen en de metro wegreed. Door het raam zag ze dat Irish Jack door de menigte op hen af kwam rennen. Marten stond op een meter of zeven afstand, de Glock in de aanslag. Ze hoorde mensen schreeuwen die rennend uit de vuurlinie wilden ontsnappen. Irish Jack verdween in de massa en Marten duwde iedereen opzij om hem te zoeken. De metro ging steeds sneller rijden. Plotseling stond Patrice vanuit het niets voor het raam, zijn vinger op de trekker van de M4.

'Liggen!' gilde Anne en ze duwde Ryder tegen de grond toen een zee van kogels de ramen uit het treinstel schoot. Ze griste naar de rugzak en stond op. Patrice was weg. Er lagen een stuk of zes mensen op de grond. Sommigen waren dood, anderen bewogen nog. Ryder wilde een vrouw helpen die onder de bloedspatten naast hem op de grond lag. Ze waren bijna bij de tunnel. Op het perron zag ze Marten naar Patrice zoeken. Hij zag niet dat Irish Jack hooguit een meter achter hem kwam staan, zijn m4 klaar om te vuren. In één beweging draaide ze de rugzak zijn kant op en haalde de trekker van de mp5 over. De 9mm kogels raakten hem vol in zijn indrukwekkende borstkas. Zijn lichaam danste in een halve cirkel voordat het tussen de gillende, bange mensen op het perron viel. Ze draaide zich om om te kijken of ze Marten ergens zag. Hun blikken vonden elkaar net voor de metro de tunnel inreed en het station uit het zicht verdween.

120

Marten zag de achterlichten van de steeds meer vaart makende trein in de tunnel verdwijnen. Met de Glock in zijn hand draaide hij zich om. Hij zag overal gezichten van mensen die dekking hadden gezocht. Onder bankjes, achter decoratief beeldhouwwerk, in de kiosk. De meesten waren verstijfd door de ondraaglijke stilte, hun blikken vervuld van angst en onvoorstelbaar afgrijzen. Iedereen vroeg zich af hoe lang hij nog te leven had. Ineens stonden er twee jonge vrouwen op die over het perron renden, ervanaf sprongen en achter de trein aan de tunnel in renden.

'Niet doen!' riep Marten. Ze negeerden hem. Het ging hem niet om de metro, maar om de onder hoogspanning staande derde rail. Joost mocht weten hoeveel volt daarop stond. Als je tegelijkertijd die rail en de grond zou raken, was je op slag dood. Hij draaide zich weer om. Waar was Patrice verdomme. En Conor White?

Meteen daarna ging het licht uit.

Er stegen massaal verschrikte kreten op en daarna viel er een doodse stilte. Hier en daar hoorde je iemand huilen of bidden, maar verder niets. Het enige licht kwam van de noodverlichting, die op een accu werkte. Het bescheen de trappen en scheen zwak licht over de muren, de kiosk en de tunnelingangen aan weerszijden van het station.

'HIER SPREEKT DE POLITIE!' echode een versterkte stem door de ruimte. Eerst in het Portugees, daarna in het Engels. 'GA OP UW BUIK LIGGEN MET UW HANDEN BOVEN UW HOOFD. IEDEREEN DIE WIL OPSTAAN WORDT NEERGESCHOTEN!'

Marten zag het arrestatieteam de trap afkomen en daarna twee aan twee over het perron lopen. Ze droegen kogelvrije kleding, een helm met vizier en waren met een man of dertig. Zes collega's waren vlak daarvoor verrast en neergeschoten. De daders hielden zich hier ergens schuil, tussen de doodsbange forenzen. Ze zouden het niet kunnen navertellen.

Marten had nog steeds Conor White en Patrice niet gezien sinds de metro was vertrokken. De gebeurtenissen volgden elkaar razendsnel op en er waren nog minstens veertig mensen op het perron. Daar konden ze dus makkelijk tussen zitten.

Het arrestatieteam had geen idee door hoeveel schutters hun collega's onder vuur waren genomen. Marten werd gezocht voor moord. Als ze hem met de Glock aantroffen, zouden ze hem waarschijnlijk ter plekke neerschieten. Aan de andere kant was hij niet van plan zich van het pistool te ontdoen. Stel dat Conor White of Patrice hem eerder vond dan de politie? Derde rail of niet, bevel of geen bevel om op zijn buik te gaan liggen, hij kroop in het halfduister naar de rand van het perron en liet zich op het spoor zakken.

Conor White was net de tunnel ingelopen. Patrice liep aan de andere kant. Wat een eenvoudige klus had moeten zijn, namelijk de hoofdpersonen omleggen, de foto's en ander bewijsmateriaal in handen zien te krijgen – en dan vooral de kopie van het memorandum die Anne gemaakt had tijdens die paar minuten dat ze in de hotelkamer was geweest – was allesbehalve eenvoudig gebleken. Zíj hadden nu in de metro moeten zitten, in plaats van Anne en Ryder. Alles wat fout kon gaan, was fout gegaan. De wet van Murphy. Hij was nooit bijgelovig geweest, maar nu was hij het wel en dat daar was Marten debet aan. Hij leek een of andere duivelse vloek om hem te doden met zich mee te dragen. Tegelijkertijd realiseerde White zich nog iets anders: hoe hij ook zijn best deed om zichzelf ervan te overtuigen dat zijn missie bestond uit het veiligstellen van het enorme olieveld op Bioko voor het Westen, in werkelijkheid was het nog steeds hetzelfde als in het begin: zorg dat je die foto's te pakken krijgt, zodat je nog steeds als held de Britse geschiedenis ingaat. In de stille, allesverterende hoop dat Sir Edward Raines, zijn vader, de man die hij zo intens haatte en van wie hij tegelijkertijd zo wanhopig veel hield, die hem zo lang niet had willen erkennen, dat dan eindelijk wel zou doen.

White keek om naar het donkere station. Het was een spelonkachtige ruimte die hier en daar werd verlicht door de noodverlichting, als het decor van een abstract toneelstuk. Het krioelde er van de politie, verborgen tussen de doodsbange, opgesloten forenzen die zaten te wachten tot ze iets zouden doen. Marten was daar ook ergens. Door hem te uit te schakelen zou de vloek worden opgeheven. Daarna zouden hij en Patrice zich terugtrekken in de metrotunnels en daar zo lang blijven wachten zolang het nodig was – een uur, een dag, een maand – tot de politie uiteindelijk weg zou zijn en ze veilig en levend naar buiten konden. Dat hadden ze al vaker gedaan.

En dat zouden ze zo weer doen.

121

Carlos Branco en de drie voormalige *Batalhão de Comandos* die bij hem in de Alfa Romeo hadden gezeten, snelden in het donker de trap af naar het perron dat door het GOE-arrestatieteam was afgezet. Branco droeg nog steeds het zwarte pak waarin hij de dag begonnen was, al had hij zijn stropdas afgedaan en het bovenste knoopje van zijn witte overhemd opengemaakt. De drie anderen droegen een ruimzittend lichtgewicht jack en een spijkerbroek. Hun uzi's zaten verstopt onder hun jas.

Ze waren iets eerder dan de GOE op het metrostation aangekomen en meteen naar binnen gelopen om daar te wachten tot ze kwamen. Branco was toen met opgestoken hand op hen af gelopen om hen te begroeten. Hij maakte zichzelf bekend en zei dat hij wist waarom ze hier waren, wie ze waren en hij vroeg of hij de commandant even kon spreken, die even later naast hem stond.

Branco was geen onbekende van de GOE-commandant. Hij had jarenlang undercover gewerkt en was behulpzaam geweest bij het vergaren en doorgeven van informatie over de georganiseerde misdaad, terroristengroeperingen, de Afrikaanse drugshandel en wat dies meer zij. Hij moest vaak het vuile werk opknappen en zaken afhandelen die nou eenmaal moesten gebeuren, maar waar de officiële instanties zich niet aan wilden branden uit angst voor politieke of sociale repercussies. Het kwam erop neer dat hij het werk deed wat in hogere kringen 'noodzakelijk kwaad' werd genoemd. Hij had zich hier maar naar te schikken.

'Hij heet Conor White. Voormalig SAS-kolonel. Drager van het Victoriakruis,' zei Branco tegen de commandant. 'Hij is momenteel huurling in Equatoriaal-Guinea en betrokken bij de burgeroorlog. Hij is verantwoordelijk voor de moorden die buiten Madrid zijn gepleegd. Hij zit achter een Amerikaans congreslid aan met de bedoeling hem ook te vermoorden. Dezelfde man die door jullie collega's naar de Amerikaanse ambassade werd geëscorteerd toen ze werden doodgeschoten. Als je hem vermoordt, zullen er allerlei vragen gesteld worden over de reden van zijn aanwezigheid hier. Het onderzoek zal publiek zijn en kan mogelijk gênant worden voor een aantal landen. Als je het ons laat doen, kan de regering volhouden dat hij is neergeschoten door onbekenden die hem naar Lissabon zijn gevolgd, hem vermoord hebben en daarna verdwenen zijn. Kennelijk een represaille die met Equatoriaal-Guinea te maken heeft. Dan wordt het een zaak van dat land en niet van Portugal, Spanje of de Verenigde Staten.'

De commandant zei dat hij het begreep, maar dat er heel veel burgers gevaar liepen en dat hij niet kon gaan staan toekijken hoe er nog meer werden vermoord.

Branco antwoordde dat hij zijn standpunt begreep maar dat hij vond dat het publiek meer gediend was bij een team van vier mannen in burger dan bij een overweldigend aantal mensen van de GOE.

'Schakel de stroom uit en sluit het gebied af,' zei hij. 'Laat mij dan contact opnemen met White en laat het ons opknappen.'

'Kun je nu ook al contact met hem opnemen?'

'Ja.'

De commandant had hem even aangekeken en was toen weggelopen. Branco zag hem in een microfoontje op zijn kraag praten. Een halve minuut later kwam hij terug.

'Oké,' zei hij. Verder niets.

'Nog één ding,' zei Branco. 'Er zal straks meer pers staan dan je ooit bij elkaar hebt gezien. Ontruim de volgende twee stations. Ik wil daar over een automatisch bestuurbaar treinstel kunnen beschikken. White heeft twee mannen bij zich. We gaan hem pakken met dat treinstel. Daarna dragen we hem aan jullie over. Geen pers, geen hordes politie. Slechts een handjevol van jouw mannen en een paar gereedstaande ambulances.'

De commandant keek hem aan en knikte ten slotte. 'Oké,' zei hij.

Conor White stond in het donker tegen de tunnelmuur gedrukt. Hij probeerde of hij kon zien waar Marten was toen hij zijn telefoon voelde trillen. Hij schrok ervan dat het systeem zo ver onder de grond nog werkte en even reageerde hij niet. Ten slotte haalde hij het toestel van zijn riem en keek ernaar. Hij wist meteen wie er belde en nam op.

'Hallo,' zei hij zacht.

'Ik sta hier met de mannen van de GOE,' zei Branco. 'Waar is het aas?'

'Anne en Ryder zijn ontkomen met de laatste metro. De geheim agent is dood, Irish Jack ook. Patrice staat naast me.'

'En Marten?'

'Die loopt hier ergens in het donker.'

'Ik heb een deal gesloten met de politie. Ik haal jullie eruit. Maar dat lukt niet met al die mensen hier. Ik wil dat je ze laat gaan.'

'Branco, die mensen zijn mijn dekking. Of gijzelaars, mocht dat nodig zijn.'

'De politie weet dat we contact hebben. Als iedereen weg is, sturen ze een automatisch bestuurbaar treinstel. Er worden twee stations ontruimd. Je wordt verwacht op het tweede, maar we stappen uit op het eerste. Ik wil tegen de politie zeggen dat je ermee hebt ingestemd om de mensen vrij te laten. Als ze zien dat dat is gebeurd, moeten ze zich terugtrekken. Wij komen naar je toe en dan sturen ze het treinstel.'

'Alleen jullie.'

'Is goed; we zijn in totaal met z'n vieren.'

'En hoe zit het met de verlichting?'

'Hoezo?'

'Marten is hier beneden. Ik wil hem voor mezelf. Begrepen? Ík wil hem. Niet jouw mannen. Zelfs Patrice niet. Doe het licht aan, jaag iedereen naar boven en schakel het dan weer uit.'

'Ik snap het.'

'Nee! Ik wil niet dat je het gewoon snapt. Ik wil dat je het zweert.'

'Ik zweer het.'

'Zeg maar tegen de GOE dat ze hun burgers terugkrijgen.'

122

Marten zat gehurkt op de rails bij het perron toen het licht opeens weer aanging. Hij schrok omdat het zo onverwacht gebeurde. Net zoals de anderen ervan schrokken; er klonken overal nerveuze kreetjes in het station. Hij stapte voorzichtig over de derde rail en ging onder de overstekende rand van het perron zitten, in de hoop dat hij uit het zicht zat. Plotseling werd er hard door een megafoon gepraat.

'DIT IS DE POLITIE,' echode een versterkte mannenstem door het holle station, wederom eerst in het Portugees en daarna in het Engels. 'IEDEREEN STAAN MET DE HANDEN BOVEN HET HOOFD. DAARNA LANGZAAM NAAR DE UITGANG AAN DE ANDERE KANT VAN HET STATION LOPEN. AL UW SPULLEN LATEN LIGGEN. NU!'

Marten was verbijsterd. Wat was dit voor tactiek? Wat was er aan de hand? Ze konden White en Patrice niet te pakken hebben zonder dat hij dat had gehoord. En geen van beide mannen zou zomaar met zijn handen boven het hoofd naar buiten lopen. Ze zouden gijzelaars nemen, en de GOE zou dit moeten weten. Zijn hand gleed over de Glock en hij hurkte nog dieper. Hij kon het beste maar blijven zitten waar hij zat. Hij hoorde mensen in beweging komen en hij nam aan dat ze deden wat hun werd opgedragen. Bij het naar buiten gaan werden ze gescreend door de GOE.

Misschien waren White en Patrice er al vandoor en wist de politie daarvan. Ontsnapt via de tunnels en door een onderhoudsschacht naar buiten geklommen. Ze wisten dat Anne en Ryder in de metro zaten en zouden aannemen dat ze naar Ryders vliegtuig zouden gaan. White en Patrice zouden dat ook doen. En hij kon hen niet tegenhouden, omdat hij opgesloten was door de GOE die het gebied zou uitkammen zodra iedereen weg was. Hij haalde diep adem en wachtte af, niet wetend wat hij moest doen.

Toen werd het station opeens weer donker en ging de noodverlichting weer aan.

Jezus, dacht hij. Wat nou weer?

'We zijn nog maar met zijn tweeën, Marten,' hoorde hij Conor White met zijn Britse accent in zijn oortje zeggen. Hij was totaal vergeten dat hij dat nog steeds in had. Hij klonk rustig, zachtaardig zelfs. 'Ik zou graag willen weten wie je bent. Een complex kereltje, volgens mij. Een Engelse tuinarchitect met een Amerikaans accent. Nogal vaardig met handwapens. Iemand doodschieten is niet zo heel erg moeilijk, maar het wordt een heel ander verhaal als de ander probeert om jou eerst te doden, zoals Branco's mannen in de Jaguar.'

Marten spitste zijn oren. Wie was Branco? Toen dacht hij aan de man in het Chiado Lisboahotel die zich had voorgedaan als de broer van Anne, net voordat White was binnengekomen. Hij hoorde duidelijk bij hen.

'Carlos Branco. De man met de baard in de Alfa Romeo. Een van de twee achtervolgers van de ambulance, voor het ongeluk met de brandweerauto.'

Marten haalde zijn oortje eruit en ging in het donker zitten luisteren of hij White ergens hoorde praten, zodat hij kon bepalen waar hij zat.

'Jij hebt ervoor gezorgd dat het brandalarm afging toen je net uit het ziekenhuis vertrokken was. Dat werd bijna Anne's en Ryders dood. Slim maar dom. Je bent dus niet perfect.'

Marten kon White alleen in zijn oortje horen praten. Niets wees erop dat hij in de buurt was. Toch moest hij hier ergens zijn. Dat gedoe met het licht en het laten gaan van de mensen betekende dat hij een deal met de politie had gesloten. Hoewel dat moeilijk te geloven was, want hij had net zes van hun collega's vermoord. Aan de andere kant moest hij niet vergeten dat de kans groot was dat White voor de CIA werkte. En dat er dus best wel eens een duister politiek spelletje gespeeld kon worden. En hij mocht nóg iets niet vergeten. White had het Victoriakruis en al die ander medailles niet gekregen omdat hij zo verlegen was. Hij had hoogstwaarschijnlijk wel voor hetere vuren gestaan, waar hij op slinkse wijze en met veel lef was uitgekomen. En dan was Patrice er nog, die minstens zo gevaarlijk was als White.

'Marten, waarom kom je niet tevoorschijn zodat we er even over kunnen babbelen?'

Marten deed zijn oortje weer in en ging staan om over de rand te kijken. Alle mensen waren weg. Net als de politie. Het was angstaanjagend en gruwelijk tegelijk.

Een lang, verlaten perron met de lijken van vier omstanders. De lijken van Irish Jack en Grant lagen vlak bij de ingang van de tunnel. Slechts verlicht door het schijnsel van de noodverlichting bij de kiosk halverwege en die bij de in- en uitgangen aan weerszijden van het perron.

'Kom je, Marten?'

Hij controleerde of de Glock op scherp stond en voelde in zijn jaszak naar de extra munitie. In ieder magazijn zaten vijftien kogels. Er waren vier kogels gebruikt: eentje door Kovalenko om Hauptkommissar Franck dood te schieten, de andere drie door hemzelf voor de mannen in de Jaguar. Hij had dus nog elf kogels voordat hij het magazijn moest wisselen. 'Ik zit nog steeds te wachten, Marten.'

Hij bracht zijn hand naar zijn mond, drukte op het 'praten'-knopje van zijn radio-ontvanger en zei in het kleine microfoontje: 'Jij eerst.'

123

Marten zag de vier mannen bij de ingangen naar het perron in het licht stappen. Aan iedere kant twee. Een van hen droeg een stijlvol zwart pak, had grijs haar en een keurig verzorgd kort baardje. Hij was duidelijk hun leider. Het verbaasde Marten niet dat hij leek op de man in het hawaï-hemd en de spijkerbroek die hij in Chiado Lisboahotel had gezien en die zich had voorgedaan als de broer van Anne. Het was zonder enige twijfel Carlos Branco. De anderen, zijn landgenoten, waren gewapend met semiautomatische machinegeweren, zo te zien uzi's, en waren duidelijk uit hetzelfde hout gesneden als de schutters uit de Jaguar van de avond ervoor. Vreemd genoeg stonden ze daar alleen maar. Misschien was dat ook wel hun bedoeling, gewoon de uitgangen blokkeren zodat hij niet kon ontsnappen. Het feit dat ze daar stonden en gewapend waren wilde dus zeggen dat de GOE hiervanaf wist. Waardoor ze op een of andere manier ook met de CIA in verband stonden.

Hij realiseerde zich plotseling nog iets anders: White wist dat Anne en Ryder met de laatste metro waren vertrokken. Het feit dat Branco hier stond betekende dat White contact met hem had gehad. Dan moest Branco dus ook weten dat Anne en Ryder ontkomen waren.

'Marten…' ratelde Whites stem door zijn oortje.

Hij stopte de Glock terug en pakte de mobiele telefoon. Hij hoopte dat hij hier beneden bereik zou hebben en dat Anne in de gelegenheid was om op te nemen. Met grote vrees toetste hij het nummer in dat ze hem had gegeven. Hij slaakte een zucht van verlichting toen hij hem hoorde overgaan. Er werd vrijwel meteen opgenomen.

'Waar zit je? Is alles goed? Wij zijn net vertrokken vanuit Baixa/Chiado en zitten in een taxi naar het vliegveld.'

'Blijf uit de buurt van Ryders toestel,' zei hij met klem.

'Hoezo?'

'Whites mannen zijn hier. De politie heeft ze binnengelaten. De CIA weet dus dat jij en Ryder ontsnapt zijn en ze zullen ervan uitgaan dat jullie op weg zijn naar zijn vliegtuig. Kun je geen andere machine regelen? Jij, niet Ryder, zijn telefoon wordt afgeluisterd. Die van jou misschien ook wel. Gebruik een telefooncel. Bel een van je olievriendjes of een van die andere schatrijke figuren uit je kennissenkring. Lukt dat, denk je?'

'Dat denk ik wel, ja.'

'Mooi. Ga ergens in een park zitten of zo, en blijf daar tot het geregeld is. En zorg dan dat je hier als de sodemieter wegkomt.'

'En jij dan?'

'Ik heb geen idee. Maar dat geeft ook niet.' Marten keek om zich heen. Branco en zijn mannen stonden nog op dezelfde plek.

'Marten.' Conor White klonk ongeduldig. 'Ik wil je ook wel komen halen, hoor.'

Anne, doe wat ik gezegd heb,' zei Marten resoluut. 'Het was gezellig. Misschien tot ooit.' Met die woorden hing hij op en stopte de telefoon weg. Hij haalde de Glock tevoorschijn, zette daarna het microfoontje aan en zei: 'Zoals ik al zei, kolonel, jij eerst.'

Conor White keek in de andere tunnelingang in het kleine beetje licht dat er was naar Patrice. Opeens zag hij schijnsel op de rails achter hem. Er kwamen twee speldenknopjes licht hun kant op. Het automatische treinstel dat Branco hem had beloofd. White keek naar Patrice en daarna weer de tunnel in. Iets klopte er niet, maar hij wist niet wat. Hij had weer het gevoel dat er iets ergs ging gebeuren. Het bovennatuurlijke gevoel dat Marten een boze geest was die hem kwam vernietigen kwam weer terug. Marten moest verpletterd worden, en wel nu meteen. Hem met één voet op zijn nek een kogel door zijn kop jagen.

Marten zag de naderende lichten ook en hoorde toen Whites stem weer.

'Ik kom eraan, Marten. Ik ben een lekker doelwit. Pak me dan.'

Marten hoorde de kille overtuiging in zijn stem. Een beroepssoldaat die staat te popelen om weer te mogen moorden. Hij zag de gezichten van Marita en haar studenten voor zich. Raisa met haar rode haar en roze ochtendjas. Bioko: de vrouw en kinderen tussen de takken van de drijvende boom, hun keel doorgesneden, pater Willy en de jongetjes die werden doodgeslagen door de soldaten van Tiombe, de groteske foto's van White,

Patrice en Irish Jack die in het oerwoud zaten te lunchen met generaal Mariano, de soldaten met de vlammenwerpers die een naakte man levend verbrandden. En nu die toestand hier, op het metrostation. Eerst had White met een bivakmuts op de GOE-mannen buiten in de val gelokt en doodgeschoten. Grant, die zojuist was neergeschoten. Marten had nooit eerder zowel minachting gevoeld voor een ander mens als nu voor Conor White.

'Kom dan, etterbak!' zei hij in de microfoon terwijl de wagon dichterbij kwam. De koplampen schenen fel en opvallend. Plotseling kwam er een schaduw tevoorschijn uit de tunnel waar het treinstel doorheen reed. Iemand sprong op het perron en rende naar de andere kant. Marten loste twee schoten, die allebei doel misten. Ze ketsten af tegen de betonnen muren. De wagon kwam dichterbij. Toen beschenen de koplampen iemand die op zijn hurken in de ingang van de tunnel zat. Patrice. Meteen daarna zat hij zelf in het licht. Patrice richtte de M4. Marten ging plat tussen de rails liggen toen er een kogelregen op het perron terechtkwam. Hij richtte de Glock en haalde de trekker over.

BOEM! BOEM! BOEM!

Het geluid was oorverdovend. Marten raakte Patrice vol in zijn gezicht en borst. Hij viel achterover in de tunnel. Er spatten blauwe vonken op toen hij op de derde rail viel. Een fractie van een seconde later vlogen de kogels uit Whites MP5 over zijn hoofd en sloegen in de tunnelmuur achter hem. Toen reed de metro over hem heen. Hij drukte zich plat op de grond tussen de rails. Met een stille zucht reed de trein over hem heen, op een paar centimeter van zijn hoofd. Toen de wagon voorbij was, klom Marten op het perron. Hij ging op zijn zij liggen en rolde de schaduw in. Met de Glock in de aanslag ging hij op één knie zitten en keek om zich heen. Waar was White verdomme? Waarvandaan waren die schoten gelost?

Met piepende remmen kwam de metro tot stilstand. Er stond één man in met een machinepistool in zijn hand. Hij stapte uit toen de deuren openschoven.

Kovalenko.

'Ga uit het licht staan,' schreeuwde Marten. 'Ze schieten je neer!'

'Fuck you! Waar is mijn geheugenkaart?'

'Die heb ik niet!' Marten keek snel om zich heen. Waar zat White? Waar was hij gebleven? Hij pakte de Glock met zijn linkerhand en bracht zijn rechterhand naar zijn mond. Hij sprak in de microfoon in zijn mouw.

'White,' zei hij zacht. 'Ik zit hier. Vlak bij de tunnel. Kom dan.' Hij pakte de Glock snel weer over en hield hem met twee handen vast. Hij bewoog hem langzaam van links naar rechts en spiedde om zich heen, op zoek naar iets wat bewoog. Hij zag alleen maar een verlaten station met de lijken van Irish Jack en Grant, die op een meter of zeven afstand van elkaar vlak bij hem lagen.

'Tovarich,' zei Kovalenko zacht. Hij gebaarde met zijn hoofd naar de kiosk.

Marten liep ernaartoe. Hij zag White niet. Kovalenko kwam van opzij, zijn machinegeweer paraat, zijn vinger op de trekker. Plotseling bleef Marten staan.

Daar zat hij.

In de kiosk, zijn lichaam als een zwart-wit clair-obscur op een stoel of iets dergelijks. Hij staarde uitdrukkingsloos het donkere station in.

Marten richtte de Glock, onzeker over de situatie. Kovalenko kwam dichterbij. Langzaam wendde White zich tot Marten.

'Hij is dood,' zei White zacht. 'Hij is dood.' Hij wendde zijn hoofd weer af.

Marten kwam langzaam dichterbij. Wat was er aan de hand? Wat dit een truc van White?

'Voorzichtig, tovarich,' waarschuwde Kovalenko.

'Gooi je wapen op de grond,' blafte Marten.

White reageerde niet.

'Je wapen. Nu!'

Kovalenko keek naar links en zag Carlos Branco op hen afkomen in het zwakke licht. Hij hield een Beretta in de aanslag. Hij werd geflankeerd door zijn mannen. Ze hadden alle drie een uzi in hun handen.

Marten keek naar hen, de Glock nog steeds op White gericht. 'Blijf staan of ik schiet hem neer,' beval hij.

Branco stond stil. Zijn mannen ook.

White zat bewegingsloos in de verte te staren.

Marten keek naar Kovalenko. 'Geef me dekking,' zei hij.

Kovalenko knikte. Marten wachtte heel even en sprong toen op de kiosk af, in de verwachting dat White opeens zou bewegen. Maar dat deed hij niet. Toen was Marten in de kiosk, bovenop White. Hij zag slechts een vreemd tafereel: White, die midden in de kiosk zat, zijn gezicht voor de helft verlicht, de rest in het donker. Hij had een krant vast, de MP5 en de automatische Sig Sauer lagen op een stapel tijdschriften naast hem. Het had een stilleven kunnen zijn. Marten hield de Glock tegen Whites hoofd en schoof de wapens voorzichtig buiten handbereik. Hij verwachtte nog steeds dat er iets zou gebeuren. Niets. White zat daar maar naar het niks te kijken, zijn borst ging op en neer terwijl hij ademde. Als bij toverslag leken zijn vechtlust en het leven uit hem verdwenen te zijn. Marten liet de Glock zakken.

Kovalenko kwam naast hem staan. 'Wat zou er gebeurd zijn?'

Marten schudde zijn hoofd. 'Geen idee.'

'Wat bedoelde hij met "Hij is dood"? Die man in de tunnel?'

'Zou kunnen.'

Marten keek naar de krant die White vasthield. Misschien had die er iets mee te maken? Het was de *International Herald Tribune* van die dag. Hij zag een gedeelte van een kop over een zelfmoordaanslag in het Midden-Oosten, een artikel over de voortdurende economische crisis en een paar andere, alledaagse berichten. Niets waar een man als White van onder de indruk zou zijn. Er moest dus iets anders gebeurd zijn. Iets in zijn hoofd. Een hersenbloeding of een lichte hartaanval of zo.

Kovalenko keek Carlos Branco aan. 'Een van zijn mannen ligt in de tunnel. De lijken op het perron. Een aantal van hen is omgekomen in het vuurgevecht. Een ervan hoort ook bij White, de laatste is de geheim agent die voor Ryder werkte.'

'Weet ik,' zei Branco.

'Marten en ik nemen de metro. Als we op de plaats van bestemming zijn, stuur ik hem terug.' Hij keek Marten aan. 'Geef me je pistool.'

Marten keek hem aan. 'Hoezo? Wat wil je ermee doen dan?'

'Geef het nou maar gewoon.'

Marten keek naar Branco en zijn mannen en gaf ten slotte met tegenzin zijn wapen af. De Rus pakte het aan, veegde Martens vingerafdrukken eraf en legde het wapen naast White. De Engelsman bewoog nog steeds niet. Gaf geen blijk van herkenning.

'Stap in, tovarich,' zei Kovalenko. Hij gebaarde met zijn machinepistool. 'Ik wil het over de geheugenkaart hebben.'

Marten keek voor de laatste keer naar White en liep toen naar het treinstel. Kovalenko volgde hem naar binnen en drukte op een knop. De deuren gleden dicht en het treinstel reed terug in de richting waar het vandaan was gekomen. Toen hoorden ze één pistoolschot.

Marten keek Kovalenko aan. 'White,' zei hij. 'Branco heeft hem doodgeschoten.'

De Rus knikte. 'White werkte voor de CIA. Branco deed een freelance klus voor hem.'

'Waarom heeft hij hem dan gedood?'

'Het hoofdstuk moest worden afgesloten, tovarich. Ze waren bang dat hij zou gaan praten als het tot een rechtszaak kwam.'

'De politie gaat ervan uit dat ik Franck en Theo Haas heb vermoord.

Als ze mij oppakken hebben ze dus hetzelfde probleem. Dat moet Branco ook weten. Waarom heeft hij mij dan niet meteen ook neergeschoten?'

'Omdat ik hem heb betaald om dat niet te doen. Hij verdient een hoop geld door van alles níét te doen.'

'Anne is ontkomen. Ryder ook. En nu laat hij mij ook nog gaan. Hoe gaat dit aflopen voor hem?'

'Hij gaat naar degene die zijn zaakjes regelt en zegt: "White en zijn mannen, dat is gelukt. De rest is helaas iets minder voorspoedig verlopen dan gepland. Als je me nodig hebt dan weet je me wel te vinden, hè?" En als ze hem nodig hebben, huren ze hem gewoon weer in. Het rammelt aan alle kanten.'

Marten zuchtte vol ongeloof en keek toen in de richting van het Rossiostation. Een klein helder puntje aan het eind van een donkere tunnel.

'Trek je kleren uit,' zei Kovalenko, die achter hem stond.

'Pardon?' zei Marten die zich op zijn hakken omdraaide. Het machinepistool was op zijn borst gericht.

'Ik ga je visiteren, tovarich. Kleren uit! Ook je sokken en je ondergoed. En keer alles binnenstebuiten!'

'Ik heb die geheugenkaart niet.'

'Mevrouw Tidrow had ongetwijfeld de foto's bij zich, en die zal ze inmiddels wel aan Ryder gegeven hebben. Die ze binnenkort wel zal laten verdwijnen. Maar je hebt haar die geheugenkaart niet gegeven, omdat je haar niet vertrouwde. Dat zag ik in Praia da Rocha. Je hebt hem dus zelf gehouden.'

'Klopt, Yuri. Ik had hem ook. Maar ik ben hem kwijtgeraakt. Ik weet alleen niet waar.'

Kovalenko keek hem woedend aan. 'Je hebt een makkelijk te volgen spoor voor me achtergelaten, omdat je wist dat ik achter je aan zou komen als ik eenmaal doorhad dat je die kaarten had verwisseld. Je rekende erop dat ik je zou helpen omdat je wist dat je in zwaar weer terecht zou komen. Je zou toch moeten weten dat je daar een hoge prijs voor moet betalen. Ik kan niet met lege handen in Moskou komen aanzetten, tovarich. Dan ben ik mijn baan meteen kwijt. Of erger.'

'Je gaat niet met lege handen naar huis. Je hebt een geheugenkaart. Er staan een heleboel mooie jonge vrouwen op die liggen te zonnebaden. Kun jij er wat aan doen dat Theo Haas zo'n hobby had?'

Kovalenko liep plotseling naar de plek van de bestuurder en drukte op een knop. Het treinstel ging meteen langzamer rijden en stopte toen midden in de tunnel. Kovalenko draaide zich om en gebaarde met zijn machinepistool. 'En nou godverdomme die kleren uit, tovarich. Als het moet wil ik best in je reet kijken!'

124

Ze liepen het metrostation van Martim Moniz uit, de felle zon in. Natte trottoirs en plassen waren de enige indicatie dat het pas nog zo hard had geregend. Er stond een zilverkleurige Peugeot langs de kant van de weg. Kovalenko knikte ernaar.

Marten keek hem verbaasd, zo niet bewonderend aan. 'Die trein had ook de andere kant op kunnen rijden. Hoe wist je dat hij hier zou stoppen?'

'Ik word betaald om zulke dingen te weten.'

Vijf minuten later reed Kovalenko met hem langs het metrostation van Intendente, het centrum uit. Bij het station stonden twee ambulances en twee politiewagens geparkeerd.

'Die staan te wachten op de levering van Branco,' zei Marten zacht. 'Ik vind het heel erg van de agenten van Ryder. Ze waren allebei erg oké.'

'Zoals ik al zei: het blijft smerig werk.' Kovalenko hield zijn ogen op de weg gericht. Er verstreek een halve minuut. Toen wendde hij zich tot Marten. 'Als je maar weet dat ik niet blij wordt van die geheugenkaart. Wat heb je daarmee gedaan? En ga nou niet zeggen dat je hem kwijt bent. Waar is dat ding?'

'Als ik je nou beloof dat de foto's nooit openbaar gemaakt worden en dat de CIA ze ook niet krijgt. Geen één. De foto's en de geheugenkaart die jij zo graag wilde hebben, zijn vernietigd of ze hebben nooit bestaan. Volgens de officiële lezing tenminste. De geheugenkaart die jij in je bezit hebt, is de enige. Met die wetenschap kun je dus met een schoon geweten terug naar Moskou om jouw mensen ernaar te laten kijken. Iedereen zal zich doodlachen om wat jij voor je geld moet doen, maar ze kunnen je niks maken.'

Kovalenko keek hem kwaad aan. 'Jij ontwerpt tuinen in Engeland. De foto's en waarschijnlijk ook de geheugenkaart zijn in handen van een of ander Amerikaans congreslid. Alle veiligheidsdiensten in Washington weten dus van hun bestaan. Hoe kun je een dergelijke belofte nou waarmaken?'

'Maak je daar maar niet druk om. Ik beloof het je, Yuri. Erewoord.'

'Lariekoek.'

'Echt waar.'

Kovalenko keek vol walging de andere kant op en richtte zijn blik vervolgens weer op de weg. Ze reden over een boulevard met aan weerszijden bomen. Het was niet al te druk, mensen stonden te praten, liepen een winkel of een kantoorgebouw in, alsof er niets was gebeurd. Het leven in de stad ging gewoon door, de meeste mensen waren zich totaal onbewust van moordzuchtige intriges om hen heen of in het metrostelsel onder hen.

Marten was plotseling alert. 'Waar gaan we eigenlijk heen?'

'Naar het vliegveld. Ik stuur je naar huis en hoop dat je daar heel lang zult blijven. Ik heb het je een hele tijd geleden al gezegd, tovarich: ga terug naar je Engelse tuinen, dit leven past niet bij je.' Hij keek hem aan. 'Ik mag toch hopen dat je je paspoort nog hebt?'

'Yuri,' zei Marten meer dan een beetje ongerust, 'ik kan niet zomaar naar het vliegveld gaan, niet naar een burgervliegveld tenminste. Als ik wil inchecken heeft de politie me al in de boeien geslagen voor ik me kan omdraaien.'

'Hoezo? Voor de moord op Franck en op Theo Haas?'

'Ja.'

Kovalenko lachte. 'Hoe graag ik je ook de bak in zou zien gaan voor het stelen van mijn geheugenkaart, je hoeft je om de politie niet druk te maken. Ik heb je Glock niet voor niets bij Conor White achtergelaten. Met dat wapen is Hauptkommissar Franck omgebracht. De autoriteiten weten dat hij die bewuste dag in Praia da Rocha zat. Het is toevallig ook het wapen waarmee twee van Branco's mannen zijn neergeschoten in Lissabon. Gisteravond, volgens mij.' Hij keek Marten beschuldigend aan. 'Toch?'

'Wat had ik dan moeten doen? Me door hen laten doodschieten? Waarom heb je me dat ding ánders gegeven? *Toch*?'

Kovalenko grinnikte. 'Als de politie er geen chocola van kan maken, helpt Branco ze wel een handje. En daar zal hij vast niet lang mee wachten, want hij weet waar ik je naartoe breng. En wat Theo Haas betreft: zijn moordenaar was al opgepakt voordat Franck en ik uit Berlijn vertrokken.'

'Wát zeg je?' zei Marten stomverbaasd.

'De moordenaar was een jonge man.'

'Met krullen. Dat weet ik, ik heb hem achternagezeten.'

'Toen hij werd opgepakt, bekende hij meteen. Franck heeft bevolen dat het onder de pet gehouden moest worden omdat hij die foto's wilde hebben. Jij wist waar ze waren. Tenminste, dat dachten we, dus moesten we je onder druk blijven zetten. Met een beetje geluk zou de politie je in de smiezen krijgen en je volgen tot wij er waren. Zo is het precies gegaan.'

'Is het ooit bij je opgekomen dat het mijn dood wel eens had kunnen worden?'

'Tuurlijk had dat kunnen gebeuren.'

'Jezus!' Marten keek woedend naar buiten. Hij wendde zich vrijwel meteen weer tot Kovalenko. 'Waarom?'

'Waarom wát?'

'Waarom heeft hij Theo Haas vermoord? Wat was zijn motief?

'Nou,' zei Kovalenko, 'hij vond zijn boeken slecht.'

125

New Hampshire, donderdag 10 juni, 08.03 uur

Nicholas Marten zag de bomen, die net weer bladeren hadden gekregen, voorbijflitsen. Suikerahorns, dacht hij, met hier en daar een conifeer en een eik. De chauffeur minderde vaart en reed de luxe Lincoln sedan een grindpad op, onder een dikke beukenhaag door. Het was een kille, bewolkte avond. Er stonden plassen op de weg en het omliggende bos was drassig van de regen. Er was nog meer op komst.

Het was vijf dagen geleden dat Kovalenko hem op een British Airways-vlucht van Lissabon naar Manchester had gezet. De politie had zich inderdaad nergens druk om gemaakt, niet dat hij wist althans. Hij was zonder problemen aan boord gegaan en zes uur later was hij thuis geweest in zijn loft op Water Street, die uitkeek op de rivier de Irwell.

Marten was zowel geestelijk als lichamelijk uitgeput en het was nauwelijks tot hem doorgedrongen dat hij weer thuis was. Hij had meteen zijn telefoon gepakt om Anne te bellen. Dat was op London Heathrow, waar hij op zijn doorverbinding naar Manchester moest wachten, niet gelukt. Hij had iedere keer de voicemail gekregen. Nu ook weer. Dus sprak hij zijn thuisnummer maar in en zei dat hij weer veilig terug was. Hij baalde, want hij wilde weten hoe het met haar en Ryder ging. Hij was gaan douchen, had een broodje gegeten met een koud biertje erbij en had het nog een keer geprobeerd, met hetzelfde resultaat. Daarna was hij naar bed gegaan en had tien uur onafgebroken geslapen.

Het telefoontje was de volgende ochtend vroeg gekomen. Niet van Anne, maar van president Harris. Mevrouw Tidrow en afgevaardigde Ryder waren veilig op Amerikaanse bodem, had hij gezegd. Dankzij het privévliegtuig van een investeringsbank uit Zürich dat ze had geregeld. Momenteel werd ze door de federale politie op een geheime locatie in veilige bewaring gehouden. Afgevaardigde Ryder ook. Niemand wist dat hij in het land was. Zelfs zijn familie niet en zijn collega's niet. Ze werden beiden in het geheim ondervraagd door een speciale assistent van de procureur-generaal, Julian Kotteras. Kotteras en de president wilden Martens verklaring ook graag horen. Of hij bereid was om die te komen geven? Hij had geantwoord dat hij daar uiteraard toe bereid was en Harris had gezegd dat hij binnenkort verdere instructies zou ontvangen. De president had zakelijk geklonken, afstandelijk bijna. Marten vroeg zich af waarom dat was, omdat ze tot nu toe altijd zo'n warme band gehad hadden. Alsof ze broers waren. Hij stond dus of onder grote druk van iets, óf het was vanwege Raisa. Dus was hij erover begonnen.

'Heb je het gehoord van Raisa?'

'Ja.'

'Ik vind het heel erg.'

'Ik ook, dank je. We hebben het er later wel over.'

En daarmee was de kous af geweest. De president had opgehangen met de woorden dat hij terug zou bellen als hij meer informatie had.

Hij was weer aan het werk gegaan bij Fitzsimmons and Justice, maar bleef zich zorgen maken over wat er in Portugal gebeurd was en over de voortdurende oorlog in Equatoriaal-Guinea, waar maar geen einde aan leek te komen. De ene dag vielen Tiombes troepen die van Abba aan, de volgende dag was het weer omgekeerd. Hij vroeg zich af wat er met Conor White gebeurd zou kunnen zijn. Waarom zou een man als hij het zo makkelijk hebben opgegeven? Dat sloeg nergens op. Marten wist dat hij er niets aan kon veranderen, dus probeerde hij de draad van het gewone leven weer op te pakken. Een dag later had president Harris hem gebeld met instructies om de volgende ochtend naar Portland in Maine te vliegen. Hij zou daar worden opgehaald van het vliegveld door een geheim agent die hem naar hun ontmoetingsplek zou brengen. Hij moest er op voorbereid zijn dat hij daar enige dagen zou doorbrengen.

De chauffeur reed over een houten brug en ging daarna een zwaar beboste heuvel op. Marten zag hier en daar gewapende mannen tussen de bomen, perifere wachters van de geheime dienst. Boven aan de heuvel werd de weg weer vlak en maakten de bomen plaats voor weilanden. Aan het eind van de weg stond een grote victoriaanse boerderij, omgeven door groepjes coniferen. Er stond een aantal terreinwagens voor de deur. Toen ze dichterbij kwamen, zag hij een scherpschutter met een helm op. Daarna nog een, die op het dak zijn positie innam. Toen ze bij de boerderij waren, kwamen er twee mannen in een windjack en spijkerboek tussen de terreinwagens vandaan gelopen. Een van hen hield het portier voor hem open.

'Goedenavond, meneer Marten,' zei hij. 'President Harris verwacht u.'

Toen hij werd binnengeleid, zat iedereen aan een grote vergadertafel in de woonkamer van het huis. President Harris, afgevaardigde Ryder, een man die hij herkende als procureur-generaal Kotteras, een paar anderen die hij niet kende maar van wie hij dacht dat het advocaten waren, en Anne. De meesten droegen vrijetijdskleding. Anne niet. Ze droeg een klassiek mantelpakje. Haar haar was iets korter dan hij het zich herinnerde. Haar dure make-up was perfect aangebracht. Haar blik volgde hem toen hij door de kamer liep. Hij kon haar gedachten bijna lezen: dus dit is die ex van je, schat. Je hebt me dus gewoon gebruikt, lul-de-behanger. Toch zag hij ook een kleine twinkeling in haar ogen, alsof ze het ook allemaal wel kon waarderen en hem er zelfs om bewonderde.

'Meneer de president, afgevaardigde Ryder, Anne,' zei hij op formele toon.

'Gaat u zitten,' zei de president net zo formeel. Hij stelde de procureur-generaal aan hem voor. Er was nog steeds die afstand tussen hen, misschien nog wel meer nu ze elkaar zagen, dan toen Harris hem gebeld had in Manchester. 'Wilt u iets eten of drinken?'

'Nee, dank u.'

De president keek hem aan. 'De aanwezigen hier weten dat ik u heb gevraagd pater Willy Dorhn te treffen op Bioko omdat zijn broer zich zorgen maakte over wat er aan de hand zou kunnen zijn tussen Striker Oil en Hadrian in Equatoriaal-Guinea. Hedenmorgen heeft president Tiombe zijn ambt neergelegd en het land verlaten. Abba en de zijnen hebben de macht overgenomen. Het wordt morgen publiek gemaakt. Wij, de hulpfondsen van de Verenigde Naties en een aantal andere landen, hebben toegezegd humanitaire hulp te verlenen. Die is inmiddels op gang gekomen. Hoe we dat politiek gaan doen, zien we wel als Abba een regering heeft gevormd. Dan pas kunnen we inschatten of we achter hem gaan staan. Het ziet er momenteel goed voor hem uit.

Ik ben me ervan bewust dat u en mevrouw Tidrow zich grote zorgen maken over het welzijn van de bevolking. Zoals u weet heb ik de briefingvideo van de CIA ook gezien, net als afgevaardigde Ryder en Kotteras. Ook hebben we de foto's en de negatieven bekeken en het zogenaamde memorandum van Hadrian gelezen. Het enige wat lijkt te ontbreken is de geheugenkaart. Ik meen me te herinneren dat u ooit gezegd hebt dat daar nog veel controversiële foto's op stonden, en dat u de kaart in uw bezit had.'

Anne keek hem strak aan. Waar ging dit over? Hij had die kaart toch aan Kovalenko gegeven in Praia da Rocha? Dat had ze hem zelf zien doen. Hij keek haar aan en glimlachte.

'Ik heb die kaarten op het laatste moment verwisseld,' biechtte hij op. Hij wendde zich tot de president. 'Mag ik?'

De president knikte.

'Vergaderen in deze setting – ik heb trouwens die beveiligingsmensen in het bos en die scherpschutters op het dak echt wel gezien – en het feit dat u en de procureur-generaal hier aanwezig zijn en dat mevrouw Tidrow en afgevaardigde Ryder in verzekerde bewaring zijn gesteld, wekt bij mij de indruk dat u het onderzoek het liefst binnenskamers houdt en dat alleen de hier aanwezigen hierbij betrokken zijn, en dat een handjevol anderen alleen wordt verteld wat ze moeten weten. Met uitzondering van bepaalde mensen binnen de geheime dienst en de federale politie weet niemand, ook niet bij de CIA of een andere geheime dienst, dat wij hier nu zijn, toch?'

'De procureur-generaal en ik zijn al jaren bevriend. We zijn hier om te vissen. Dit huis is van zijn familie. Meer hebben we niet gezegd.'

'Dus,' zei Marten terwijl hij opstond, 'kan ik wel stellen dat het veilig is.' Hij pakte een zakdoek uit zijn jaszak en haalde er een klein vierkant schijfje uit, dat hij aan de president gaf. 'De geheugenkaart uit de camera van pater Willy. Er staan nog zeker tweehonderd andere foto's van de toestand op Bioko op, en sommigen zijn, zoals ik u al eerder heb verteld, nog schokkender dan die u al gezien hebt.'

Anne keek hem kwaad aan.

'Zie het maar als een verzekering,' zei hij lachend. 'Ik heb hem bij me gehouden voor het geval er iets zou gebeuren met die foto's of met jou. Ik heb het in een aan mezelf gerichte envelop gestopt toen we bij Raisa waren. Ik was dat helemaal vergeten, tot we in het ziekenhuis waren. Ik heb

Mário toen gevraagd of hij de envelop voor me wilde posten. Ik vreesde dat hij dat niet had gedaan. Maar hij lag een paar dagen geleden ineens in de brievenbus.'

'En Kovalenko kreeg het kaartje met de aanstootgevende foto's van zonnebadende lekkere dingen,' zei ze kortaf.

Er speelde een glimlach rond zijn mondhoeken. 'Ik weet niet of ze nou wel zo aanstootgevend waren.'

'Meneer Marten,' kwam de president resoluut tussenbeide. 'U moet weten dat mevrouw Tidrow ermee heeft ingestemd alles te vertellen wat ze weet van de overeenkomst tussen Hadrian en Striker in Irak en de samenzwering tussen Striker/Hadrian/SimCo om de rebellen te bewapenen in Equatoriaal-Guinea. Tevens moet u weten dat naast het onderzoek van de heer Ryder naar eventuele schendingen van contracten met Buitenlandse Zaken, de directeuren van alle drie de bedrijven mogelijk worden aangeklaagd door het Internationale Gerechtshof voor het steunen van oorlogsmisdaden en het plegen van misdrijven tegen de menselijkheid. Bijzonder belangrijk in dezen zijn de foto's van Conor White en generaal Mariano die in het oerwoud van Bioko zijn genomen. Mariano is door datzelfde gerechtshof al bij verstek veroordeeld voor oorlogsmidaden die hij gepleegd heeft tijdens het bewind van Augusto Pinochet in Chili, toen hij commandant was in het leger aldaar. Procureur-generaal Kotteras en afgevaardigde Ryder zijn van mening dat de raad van bestuur van zowel Striker als Hadrian ook vervolgd moeten worden, afhankelijk van de mate van betrokkenheid bij de activiteiten van hun werkgever. De verklaring van mevrouw Tidrow is, hoewel zeer waardevol, geen garantie dat ze niet vervolgd zal worden wanneer er bewijs van haar medeplichtigheid wordt gevonden. Ze is daarop gewezen.'

'Meneer de president,' zei Marten terwijl hij de kamer rondkeek. 'Met alle respect: ik denk dat dit allemaal met instemming en goedkeuring – zoals in het memorandum opgetekend is door de onderdirecteur van de CIA – is gebeurd. Ik denk niet dat u wilt dat dit bekend wordt in Den Haag. En dat kan niet anders als mevrouw Tidrow en ik gedagvaard worden om voor het Internationale Gerechtshof te verschijnen, omdat we afweten van het memorandum en wat er instaat. En omdat mevrouw Tidrow ooit zelf voor de CIA heeft gewerkt, weet ze hoe deze zaken in hun werk gaan. Ik weet niet wat de wettelijke gevolgen zullen zijn voor uzelf, afgevaardigde Ryder, procureur-generaal Kotteras of de onderdirecteur van de CIA. Of jullie allemaal worden opgeroepen om te getuigen. De andere betrokkenen – afgezien van Loyal Truex, directeur van Hadrian, en een of twee mensen bij Striker – zijn dood: Conor White en Sy Wirth.' Marten keek opnieuw de kamer rond en eindigde bij de president. 'Kan ik u misschien even alleen spreken?'

Ze liepen een grote bibliotheek met een houten lambrisering binnen aan de achterkant van het huis. De president deed de deur achter hen dicht, liep naar een barretje en schonk voor hen allebei een flink glas whisky in. Hij gaf Marten een glas en ze gingen in oude leren fauteuils zitten die voor een knapperend haardvuur stonden dat de kou en het vocht uit de lucht haalde, veroorzaakt door de regen.

Marten nam een slok van zijn whisky en keek toen de president aan. 'Je bent gespannen en dat lijkt me ook niet meer dan logisch.'

'Dat klopt en het spijt me,' zei Harris en nam een slok. 'Het heeft allemaal veel meer met me gedaan dan ik dacht. Ik zou je zowel als goede vriend en als president moeten bedanken voor alles wat je gedaan hebt. En dat doe ik ook. Maar de dood van Raisa en de manier waarop ze aan haar eind is gekomen maakt het heel erg persoonlijk voor me. Misschien nog wel persoonlijker dan mijn bezorgdheid om jou. Ik heb jullie zelf met elkaar in contact gebracht, dat weet ik ook wel. Ik bied jullie allebei mijn verontschuldigingen aan. Binnenkort worden we een keer liederlijk dronken en dan vertel ik je over haar. Maar het gaat niet alleen om hoe ík me voel. Ik ga je iets vertellen wat je waarschijnlijk helemaal niet wilt horen, maar ik heb een andere pet op dan jij, of wie dan ook, de procureur-generaal en afgevaardigde Ryder incluis.'

De president stond op en liep naar het raam om naar het natte bos dat hen omringde te kijken. Het leek wel of alleen al de omgeving van die bomen hem een moment van rust gaf en hem hielp bij de enorme druk van het presidentschap. Hij keek even naar buiten, en wendde zich toen weer tot Marten. 'Ik wil niet bekrompen of afgezaagd overkomen, maar dat hoort nou eenmaal ook bij mijn werk,' zei hij met een warme glimlach. 'Het is mijn verantwoordelijkheid om naar beste kunnen over de bevolking en de grondwet van de Verenigde Staten te waken. Dat heb ik gezworen. Tegelijkertijd moet ik met een schuin oog tot op zekere hoogte in de gaten houden wat er in de rest van de wereld gebeurt. Dat gezegd hebbende: waar de onderdirecteur van de CIA in dit memorandum toestemming voor geeft, zou ik zelf waarschijnlijk ook hebben gedaan, alleen op een andere manier. Over zó veel olie kunnen beschikken is een garantie dat we de komende tientallen jaren niet gechanteerd kunnen worden door anderen, terwijl we naar alternatieve energiebronnen zoeken. Het behoedt ons voor catastrofes als het opeens afsluiten van de olietoevoer door een of ander complot of andere onvoorziene omstandigheden. De onderdirecteur werd ingelicht over het olieveld op Bioko en het feit dat het geëxploiteerd werd door een Amerikaans bedrijf. Hij zag in hoe groot de strategische belangen waren. Dat het bedrijf met justitie in Irak overhoop lag, deed er niet toe. Het was zijn taak om het olieveld te behouden en hij deed dat op de voor hem juiste manier, vond hij. Hij steunde de oliemaatschappij zonder de Amerikaanse regering er openlijk bij te betrekken.'

De president pakte zijn glas en ging weer zitten.

'Zoals je weet, wordt de directeur van de CIA door de regering aangesteld. De functie van onderdirecteur krijg je door carrière te maken, en hij of zij is degene die de CIA in feite runt. Je komt op die plek door je op te werken. Je weet hoe het bedrijf in elkaar zit en waar de beren op de weg zitten. Ik kan de directeur opdracht geven om iets te doen en hij speelt die opdracht op zijn beurt weer door aan de onderdirecteur, maar hij of zij doet uiteindelijk toch wat hem of haar goeddunkt. Het probleem is dat ik die persoon niet ons buitenlandse politieke beleid kan laten uitstippelen en hem huurmoordenaars kan laten inhuren met als resultaat die toestand in Equatoriaal-Guinea. In stilte een opstand steunen en dat heeft veel voordelen, zeker in het geval van een dictator als Tiombe – is één ding, maar je kunt er niet een massamoordenaar als Mariano bijhalen en hem carte blanche geven flink huis te houden en mensen levend te verbranden. Dan ben je toch echt verkeerd bezig. Er moet daar iets gebeuren en dat duurt ook niet lang meer, dat verzeker ik je. Onder andere daarom is de procureur-generaal hierbij aanwezig, hij wil zo veel mogelijk informatie uit de eerste hand vergaren om de boel te kunnen beheersen.'

Marten keek hem recht aan. 'Dat dacht Anne ook toen ze het memorandum fotografeerde en me de negatieven gaf. Ik betwijfel of zij, zelfs als lid van de raad van bestuur, wist dat Striker bij de oorlog was betrokken. Ze wist wél dat ze de wet overtrad toen ze die site kraakte en dat ze tegelijkertijd de CIA, haar vaderland, haar werkgever en zichzelf verried. Geloof mij maar als ik zeg dat ze er kapot van was. Maar ze deed er alles aan om iets te vinden dat de oorlog en de slachtingen zou stoppen. Dat zouden we allemaal hebben gedaan, jij ook.'

'Natuurlijk, Nick. En dat waardeer ik ook. Maar ik heb geen invloed op wat er met haar gaat gebeuren.'

'Je zou een goed woordje voor haar kunnen doen.'

'Dat zal ik ook zeker niet nalaten.'

Marten nam nog een slok, zette zijn glas weg, stond op en ging bij de open haard staan. 'Afgezien van de CIA heb je Abba's onvoorwaardelijke vertrouwen en steun nodig, maar dat kun je niet laten merken. Je kunt slechts humanitaire hulp verlenen, toch?

Harris knikte.

'Mag ik een voorstel doen?'

'Natuurlijk.'

'Eerst wil ik dat je me iets belooft.'

'Wat dan?'

'Het heeft te maken met een persoonlijke belofte die ik in Lissabon gedaan heb.'

Epiloog

DEEL EEN

Manchester, Engeland, woensdag 22 september, 10.35 uur

Marten stond met een team van drie landmeters een stuk land van zestien hectare met bossen en weilanden in kaart te brengen. Een particuliere organisatie wilde er een park van maken en dat aan de stad schenken. Het was een zonnige en warme dag, in de lucht dreven schapenwolken. De landmeters gingen gewapend met hun transitie-instrumenten, statieven, steunen, waterpassen en ander gereedschap op weg, waardoor hij even het rijk alleen had. Terwijl hij stond toe te kijken, realiseerde hij zich dat hij hier helemaal niet bij aanwezig hoefde te zijn. Ze gingen alleen het land opmeten. Daar hadden ze absoluut geen tuinarchitect bij nodig die in hun nek stond te hijgen. Hij hoefde hier pas aan de slag als zij met hun werk klaar waren en hun tekeningen hadden gemaakt. Het deed hem ook beseffen dat hij, sinds hij was teruggekomen uit New Hampshire, weinig anders had gedaan dan buitensporig veel werken. Hij werkte de hele dag, ging 's avonds naar huis om verder te werken door overdreven nauwgezet nog eens alles na te lopen wat hij die dag had gedaan en te plannen wat hij de volgende dag zou gaan doen. Alsof dat nog niet genoeg was, verzon hij ook manieren om het bedrijf op andere terreinen op de kaart te zetten in deze steeds 'groener' wordende wereld.

Hij had af en toe een date en het was altijd gezellig, maar hij had geen enkele behoefte aan een vaste relatie. Lady Clementine Simpson was laatst over uit Londen om vrienden te bezoeken uit de tijd dat ze les had gegeven aan de universiteit. Ze had midden in de nacht bij hem op de stoep gestaan, net als een paar jaar daarvoor toen ze onverwacht had aangekondigd dat haar huwelijk voorbij was had gevraagd of ze mocht blijven slapen. Toen was ze twee dagen later teruggegaan naar Londen, had het weer bijgelegd met haar echtgenoot en ze waren teruggegaan naar

Japan, waar hij nog steeds de Britse ambassadeur was. Deze keer had ze hem niet alleen uit zijn slaap gehaald, maar ook trots verteld dat ze zwanger was. Ze hadden tot vijf uur 's ochtends zitten praten over de gevolgen van haar zwangerschap. Toen was ze plotseling opgestaan, had hem een zoen gegeven en gezegd dat ze nog steeds van hem hield en dat ze waarschijnlijk beter met hem had kunnen trouwen, om vervolgens met de eerste trein terug te gaan naar Londen.

Nu, terwijl hij naar de landmeters stond te kijken, ging hij in gedachten terug naar het gesprek dat hij met president Harris had gevoerd in de bibliotheek van de zwaarbewaakte boerderij in New Hampshire.

'Ik heb die Russische agent, Yuri Kovalenko, mijn erewoord gegeven dat de op Bioko genomen foto's nooit zullen worden vrijgegeven, al helemaal niet aan de geheime diensten in Washington, die ze, om wat voor reden dan ook, zouden kunnen laten uitlekken. Het zou Kovalenko's werk ernstig in gevaar kunnen brengen en hem zijn leven kunnen kosten. Ik heb het aan hem te danken dat mijn as niet ergens in een urn op een schoorsteenmantel staat. Ik heb hem mijn woord gegeven omdat ik ervan uitging dat jij me zou steunen. Niet alleen om wat wij samen hebben, maar ook omdat ik wist dat je niet wilde dat de Russen die video van de CIA overal zouden laten zien en dat die foto's werden vrijgegeven. Zonder de foto's is er geen bewijs dat Striker, Hadrian of SimCo bij de oorlog betrokken waren. Die video is dan slechts een clandestiene weergave van de gruwelijkheden van Tiombe tegen zijn eigen volk. Niet voldoende om iemand mee te chanteren of om als propaganda te gebruiken.'

Hij dacht eraan hoe aandachtig president Harris had zitten luisteren en had gezegd dat hij er alles aan zou doen om Kovalenko's leven en reputatie niet in gevaar te brengen, maar dat hij niet kon garanderen dat de foto's niet gebruikt zouden worden als het tot een rechtszaak kwam. Marten zei dat hij zich daar van bewust was, en na de stilte die daar op gevolgd was, had hij gezegd: 'Jij wilt Abba en zijn volk steunen. Als alles aan het licht komt: generaal Mariano, het memorandum – helemaal of gedeeltelijk – dan is Abba opeens geen vriend meer maar een vijand. Jij en de Verenigde Staten zullen er niet bepaald populairder op worden. De Russen en de Chinezen zullen over elkaar heen struikelen om het olieveld op Bioko in handen te krijgen. Alles waar je bang voor was zal dan gebeuren. Natuurlijk kun je een zaak beginnen tegen Striker, Hadrian en SimCo, maar je kunt ook…'

'Wat? Het er gewoon bij laten zitten? Bedoel je dat soms?'

'Laat me even uitpraten.'

'Ik luister.'

'Laat iemand Loyal Truex van Hadrian het dringende advies geven uit de beveiligingswereld te stappen. Laat hem voor mijn part beweren dat het bedrijf fouten heeft gemaakt in Irak en nu onder een andere naam iets heel anders gaat doen. Wat Striker betreft: daar was Sy Wirth natuurlijk de boosdoener en hij is dood. De vader van Anne heeft de zaak groot gemaakt en zij wil graag de naam van het bedrijf zuiveren. Ze zit haar hele leven al in de oliebusiness. Laat haar het roer overnemen. Maak haar directeur.'

'En dan?'

'Equatoriaal-Guinea is een klein, straatarm land dat door Tiombe onder de duim is gehouden. Abba lijkt iemand te zijn die de democratie kan herstellen, maar hij heeft de middelen niet om dat te doen. Het enige wat hij kan doen is de schade herstellen die de oorlog heeft aangericht en dat kan wel jaren gaan duren, als het al lukt. Laat Striker daar zitten en het olieveld exploiteren, met Anne aan de leiding. De regering van Abba krijgt tachtig procent van de nettowinst van de olie, vooropgesteld dat ze dat geld gebruiken voor infrastructuur, drinkwater, waterzuiveringsinstallaties, scholen, ziekenhuizen, verharde wegen; dat soort dingen. Een ander deel kunnen ze gebruiken bij het opzetten van nieuwe bedrijven. Laat eventueel een onafhankelijke partij erop toezien dat het geld op de juiste plaats terechtkomt. Jij weet net zo goed als ik dat vroeg of laat olie als voornaamste energiebron achterhaald is. Je kunt een land niet vanuit het niets uit de grond stampen als het afhankelijk is van inkomsten die toch weer gaan verdwijnen, waardoor het wederom met lege handen komt te staan.

Ik kom misschien heel idealistisch over, maar het kan werken. Ik ben er geweest. Ik heb gezien in wat voor omstandigheden die mensen leven. Armoede en misbruik door het regime van Tiombe zijn de reden dat Abba nu aan de macht is en dat iedereen achter hem staat. Hij heeft de mensen weer hoop gegeven, maar nu is Tiombe weg en is de oorlog voorbij. Hoe goed zijn bedoelingen ongetwijfeld ook zullen zijn, hij moet de hoop van de bevolking nu wel waarmaken, anders keren ze zich tegen hem en gaan ze op zoek naar een andere leider.

Het land is klein genoeg om dit plan te kunnen laten slagen. De olie ligt er. Striker zit er met de juiste mensen en heeft de apparatuur. Ze zijn er klaar voor. Tenzij Abba niet goed snik is, en dat is niet zo volgens jou, zal hij die tachtig procent met beide handen aangrijpen, ook onder deze voorwaarden. Hij kan nu immers laten zien dat hij de juiste man op de juiste plaats is. Hij kan zijn land een voorbeeld laten zijn voor andere opkomende naties. Bovendien kan Anne, als ze het goed aanpakt, en laat dat maar aan haar over, laten zien dat Striker Oil zich financieel bekommert om de mensen en langzaam maar zeker het beeld bijstellen van een inhalig Amerikaans bedrijf dat over de hoofden van derdewereldlanden als Equatoriaal-Guinea geld wil verdienen. Geopolitieke verdenkingen en andere motieven kunnen naar het rijk der fabelen worden verwezen.'

Marten wist nog hoe hij na afloop van zijn betoog in de bibliotheek had zitten wachten tot president Harris het plan zou afschieten. Maar dat had hij niet gedaan. In plaats daarvan lachte hij, dronk zijn glas leeg en ging staan. 'Neef,' zei hij, 'ik denk dat je een goede politicus zou zijn.'

Met die woorden was hij de kamer uitgelopen.

'Meneer Marten, kunt u even komen?' Martens overpeinzingen werden verstoord door een van de landmeters die de heuvel op kwam lopen.

'Tuurlijk,' antwoordde hij en liep met de man mee naar de andere twee. Hij bekeek het uitzicht: uitgestrekte weilanden, bomen, overdrijvende wolken. De herfst hing in de lucht. Fris en geurig. Hier wilde hij zijn. Hier kwam hij pas echt tot leven. Hij had voor de rest van zijn leven genoeg moord en doodslag gezien. Hij had in Lissabon drie mannen vermoord, vier als je de motorrijder meetelde en tot zijn eigen afgrijzen had hij alle moorden gepleegd zonder spijt te voelen.

'Volgens mij ben jij zo iemand die door problemen wordt achtervolgd', had Marita gezegd. Dan kon wel zo zijn, maar dat was verleden tijd. Hij beloofde plechtig dat dit altijd verleden tijd zou blijven.

DEEL TWEE

The Squire Cross pub, Oxford Street, 19.30 uur

Marten bestelde een glas Banks & Taylor Golden Fox en zijn favoriete curryschotel: kip met basmatirijst, naan en mangochutney. Zijn eten stond voor zijn neus maar hij at er niet van. Wel zat hij al aan zijn derde bier.

Hij had de brief thuis al drie keer gelezen en nu weer twee keer. Hij pakte hem weer op. Het was een kopie van de correspondentie die uit Moskou naar hem toe was gestuurd. Geen afzender. Er had een los briefje bijgezeten.

Zie International Herald Tribune van maandag 7 juni, onderaan op de voorpagina.

Verder niets. Alleen een kopie van de brief en het kattenbelletje. Hij hoefde zich niet af te vragen van wie het afkomstig was: Kovalenko.

De brief zelf was kort en zeer persoonlijk. Marten vond hem zeer ontroerend. Hij was, heel ironisch, als memo geschreven en één dag gedateerd voor het voorval in het metrostation.

Aan: Conor White
Van: ekr
Datum: 4 juni

Beste zoon,

Ik ben in de loop der jaren al honderden keren aan deze brief begonnen, maar heb hem iedere keer verfrommeld en weggegooid uit schaamte en gêne en misschien ook wel uit angst dat mijn vrouw en kinderen erachter zouden komen. Uiteindelijk ben ik tot de conclusie gekomen dat het mijn zaak is en dat zij er niets mee te maken hebben. Ik vind dat ik dit moet doen. Ik wil aan het eind van de rit niet hoeven te zeggen dat ik niet mijn best heb gedaan om contact met je te zoeken om je te kunnen vertellen hoe trots ik ben op wat je allemaal hebt bereikt en hoe erg het me spijt dat ik niet op je uitnodiging ben ingegaan erbij te zijn toen je het Victoriakruis opgespeld kreeg.

Ik weet dat je vaak hebt geprobeerd om contact met me te zoeken. Dat ik nooit ergens op geageerd heb is puur een zwaktebod. Mocht je nog steeds interesse hebben, dan zou ik heel graag ergens willen afspreken. Al was het maar om je een hand te kunnen geven en samen een biertje te drinken om elkaar zo beter te leren kennen. Ik heb geen idee waar op de wereld je op dit moment zit, en daarom stuur ik deze brief naar je oude SAS-regiment. Ik hoop dat zij hem naar je willen doorsturen. Mijn secretaresse weet ervan. Als je contact opneemt gaat ze meteen een ontmoeting regelen. Het telefoonnummer heb je. Als je me per post wilt bereiken: House of Commons, London SW1A 0AA.

Ik zou graag iets van je horen en hoop natuurlijk je snel te zien.

Je liefhebbende vader,
ekr

Hij volgde de aanwijzing op van Kovalenko dat hij in de *International Herald Tribune* van maandag 7 juni onderaan op de voorpagina moest kijken. Hij had op de site van de krant de desbetreffende editie opgezocht en was snel naar beneden gescrold. Er stond een foto van een gedistingeerde man met zilvergrijs haar. De kop van het artikel luidde: SIR EDWARD KERCHER RAINES, MEERVOUDIG ONDERSCHEIDEN BRITSE OORLOGSHELD EN AL JARENLANG PARLEMENTSLID OP 75 LEEFTIJD OVERLEDEN.

Hij hoefde de rest niet te lezen. De kop zei genoeg. Het was des te tragischer dat het de krant was die Conor White in zijn hand had toen hij bewegingloos in de schaars verlichte kiosk in de metro had gezeten. Dat had hij dus bedoeld toen hij Marten had aangekeken en zei: 'Hij is dood'.

Het was duidelijk dat Raines de vader was die hij nooit had gekend maar die hij heel graag in zijn leven had gehad. Toen hij de kiosk was ingeglipt om deze als hinderlaag tegen Marten te gebruiken, moest hij onwillekeurig de krant hebben gezien, waardoor zijn wereld in elkaar stortte. Het leed geen twijfel dat hij daarom zo vreemd had gedaan.

Marten verliet de pub en liep op zijn gemak terug naar huis. Het was een koude, heldere avond en de maan was bijna vol. Het was druk buiten, de auto's reden bumper aan bumper en het geluid van de stad hing in de lucht. Hij had het nauwelijks in de gaten. Hij dacht aan Conor White en vroeg zich af of White zijn leven lang had geprobeerd, fysiek en emotioneel, om erkenning te krijgen van zijn vader. Of hij alleen maar in het leger was gegaan om te bewijzen dat hij een goede zoon was. Toen – door het zien van de krant met zijn vaders foto en het bijbehorende bericht – was Whites hoop hierop vervlogen. Hij moest een enorme klap hebben gekregen, zijn leven had opeens geen zin meer. Het meest tragische was nog wel dat hij was gestorven zonder ooit geweten te hebben dat de verzoeningsbrief van zijn vader in zijn brievenbus lag.

Terwijl hij verder liep bedacht hij hoe belangrijk Anne's vader voor haar was geweest. Het verschil was dat zij samen hadden kunnen genieten. Het was niet altijd makkelijk voor haar geweest: haar moeder die ziek werd en doodging en later de dood van haar vader, maar toch hadden ze samen een rijk en gelukkig leven gehad en had ze veel liefde gekend en leuke dingen meegemaakt.

Voor het eerst in lange tijd dacht Marten aan zijn eigen vader. Niet de liefhebbende adoptiefvader bij wie hij en Rebecca in Californë waren opgegroeid, maar zijn biologische vader. Hij vroeg zich af of hij nog leefde, en zo ja, waar. Wie hij was. Wat hij deed. Hoe oud hij was. Hij wist dat zijn biologische moeder een paar weken na zijn geboorte aan een hartkwaal was gestorven. Hij had zijn biologische vader nooit kunnen opsporen. De naam die hij had opgegeven, James Bergen, bleek vals te zijn, en het adres dat hij had opgegeven klopte ook niet. Waarom hij dat had gedaan en waarom hij hem ter adoptie had afgestaan zou hij nooit te weten komen en hem altijd blijven achtervolgen.

Marten liep Liverpool Road in. Hij was bijna thuis, maar hij liep via een omweg omdat hij langs de rivier wilde lopen. De lichten van de stad weerkaatsten in het water en het licht van de maan legde er een sprookjesachtig zilveren schijnsel overheen. Hij moest denken aan de jongen met de krullen die Theo Haas had vermoord. Martens voorgevoel was juist geweest toen hij achter hem aanrende naar de Brandenburger Tor: hij was geen beroepsmoordenaar maar gestoord. Of, achteraf gezien, een overijverige criticus. Dat je een boek, toneelstuk of film niet goed vindt, is één ding. Maar om de schrijver dan maar te vermoorden was een heel ander verhaal.

Er voer een boot langzaam voorbij; het kielzog verstoorde het kalme water, waardoor het licht van de maan werd gebroken. Hij dacht aan Anne en aan hun laatste momenten in Maine. Ze waren in het bos bij de boerderij gaan wandelen om even alleen te kunnen zijn. President Harris en afgevaardigde Ryder waren uren eerder vertrokken en procureur-generaal Kotteras was zijn spullen aan het pakken. Hij zou net als zij binnen een uur weggaan. Martens voorstel om Anne, in plaats haar te vervolgen, de leiding het bedrijf te geven en het Biokoveld te blijven exploiteren en het leeuwendeel van de winst naar de bevolking te laten gaan, was met instemming ontvangen. Ze hadden er uren over zitten praten, maar er was nog geen definitief besluit genomen. Anne en hij hadden het er tijdens hun wandeling ook niet over gehad.

Ze had makkelijk kunnen beginnen over de mannen die hij in Lissabon had doodgeschoten, of kunnen opmerken dat hij wel erg goed met wapens kon omgaan. Of dat hij tegen de drugsdealer in Berlijn had gezegd dat hij een politieman uit Los Angeles was. Of kunnen vragen waarom hij zo dik was met de president van de Verenigde Staten. Maar dat had ze niet gedaan. Ze hadden sowieso weinig gesproken. Ze hadden door het nog natte bos gewandeld, blij dat ze nog leefden en genietend van elkaars gezelschap. Ze waren meer dan eens gestopt om elkaar vast te houden en elkaar in de ogen te kijken. Ze hadden 'ik hou van je' kunnen zeggen, maar dat was niet nodig. Dat ze een paar jaar ouder was dan hij maakte niets uit. Hun werelden lagen mijlenver uit elkaar en hun levens waren totaal anders. Toch hadden ze in een paar dagen samen meer meegemaakt dan anderen in een heel leven. Maar ze moesten de draad weer oppakken en misschien was het maar beter om sommige dingen niet uit te spreken.

Het was na negenen toen hij de trap naar zijn appartement in Water Street opliep. De telefoon ging toen hij binnenkwam. 'Spreek ik met Nicholas Marten?' vroeg een vrouwenstem met een accent uit Manchester.

'Ja,' antwoordde hij.

'U spreekt met koeriersbedrijf H&H. We hebben een pakje voor u dat kan bederven. Bent u het komende uur thuis?'

'Ja,' zei hij zonder erbij na te denken en hing op.

Hij las de brief van Conor Whites vader nog een keer en legde hem toen weg. Toen pas besefte hij dat hij nog nooit van die koerier had gehoord. En wie bezorgde er nou na negen uur 's avonds nog iets dat kon bederven?

Meteen daarna ging de bel.

'Shit!' zei hij binnensmonds. Het beeld van Carlos Branco schoot door zijn hoofd. Misschien had de CIA hem opdracht gegeven het karwei af te maken. Degene die voor de deur stond had waarschijnlijk buiten staan wachten tot hij thuiskwam en toen opgebeld om zeker te weten dat hij binnen was. Er werd nog een keer aangebeld. Hij wou dat hij de Glock nog had. Hij pakte de honkbalknuppel die hij in Maine als aandenken had gekocht, deed het licht uit en liep naar de deur. Hij wachtte even, deed toen voorzichtig open. Hij keek naar buiten. Niemand. Hij hoorde iemand de trap af rennen, liep naar de balustrade en keek er overheen. Hij zag nog net een hand op de reling. Daarna ging de voordeur open. Degene die had aangebeld was weg. Toen hoorde hij achter zich iets piepen. Hij draaide zich met een ruk om.

Er stond een grote rieten mand met een groene deken erin. In het midden van de mand zat, met zijn kop over de rand, een newfoundlandpup met een vacht zo zwart als glanzende steenkool en ogen zo bruin als vruchtbare aarde. Acht, hooguit negen weken oud.

Het was van beide kanten liefde op het eerste gezicht. Ze keken elkaar lang aan zonder te bewegen en met hun ogen te knipperen. Toen legde Marten de knuppel weg en tilde met een grote grijns het hondje op en hield hem boven zijn hoofd. Het was een reu en hij voelde hoe sterk hij was toen hij zich los wilde worstelen. Hij hield hem vlak bij zijn gezicht en kreeg een dikke, natte hondenzoen voor de moeite. Toen zag hij de kaart om zijn nek hangen. Hij ging op een knie zitten om hem te kunnen lezen.

'Bruno wilde dat jij de eerste keus uit zijn nest had. Hij weet zeker dat je een goed baasje zult zijn.'

Het was niet ondertekend.

Met Bruno junior onder zijn arm liep hij terug naar binnen en ging bij het raam staan kijken, in de hoop dat hij iemand zag. Hij zag alleen de glinsterende rivier en de stadslichten. Zijn grijns werd zo mogelijk nog breder. Dit kon maar één iemand gedaan hebben. Er was maar één iemand met genoeg humor en kennis om perfect een accent uit Manchester na te doen zonder ooit in die stad te zijn geweest. Er had maar één iemand naast hem gezeten in het stokoude Volkswagenbusje van Stump Logan van Praia da Rocha naar Lissabon, toen 'Bruno de oudste' op zijn schoot had willen klimmen om hem te troosten. Er was maar een iemand die aanvoelde hoeveel behoefte hij had aan een vriend.

Anne.